NORA ROBERTS | Das Haus der Donna

Das Buch

Als die attraktive Kunstexpertin Dr. Miranda Jones von einer langen Vortragsreise nach Hause zurückkehrt, wird sie von einem Unbekannten überfallen und mit einem Messer bedroht: Er entreißt ihr die Tasche, zersticht die Reifen ihres Autos und verschwindet in der Dunkelheit. Eine Einladung nach Italien erscheint nach dem Schrecken eine willkommene Ablenkung: Miranda soll die Echtheit einer Bronzeskulptur untersuchen, die angeblich aus der Zeit der Medici stammt. Miranda bestätigt die Echtheit der *Dunklen Lady*, doch ihre Expertise entfacht heftige öffentliche Angriffe. Irgendjemand versucht, ihren Ruf als Kunstexpertin zu ruinieren. War der Überfall tatsächlich nur ein Zufall? Als Miranda den attraktiven Galeristen und Kunstdieb Ryan Boldari kennenlernt, gerät sie in ein Netz aus Leidenschaft, Täuschung und Mord.

Die Autorin

Nora Roberts, geboren in Maryland, zählt zu den erfolgreichsten Autorinnen Amerikas. Für ihre vielen internationalen Bestseller erhielt sie nicht nur zahlreiche Auszeichnungen, sondern auch die Ehre, als erste Frau in die Ruhmeshalle der Romance Writers of America aufgenommen zu werden. Weitere Informationen zur Autorin und ihrem Werk finden sich am Ende des Romans.

NORA ROBERTS

Das Haus der Donna

Roman

Aus dem Amerikanischen
von Margarethe van Pée

Diana Verlag

Die Originalausgabe erschien 1998 unter dem Titel
Homeport bei Putnam, New York

MIX
Papier aus verantwor-
tungsvollen Quellen
FSC® C014496

Verlagsgruppe Random House FSC® N001967
Das für dieses Buch verwendete
FSC®-zertifizierte Papier *Holmen Book Cream*
liefert Holmen Paper, Hallstavik, Schweden.

Vollständige deutsche Taschenbuchneuausgabe 02/2015
Copyright © 1998 by Nora Roberts
Copyright © 1999 der deutschsprachigen Ausgabe
by Wilhelm Heyne Verlag, München,
und © 2015 dieser Ausgabe by Diana Verlag, München,
in der Verlagsgruppe Random House GmbH
Umschlaggestaltung | t.mutzenbach design, München
Umschlagmotiv | © Getty Images/Photographer's Choice
Satz | Leingärtner, Nabburg
Druck und Bindung | GGP Media GmbH, Pößneck
Alle Rechte vorbehalten
Printed in Germany
ISBN 978-3-453-35844-7

www.diana-verlag.de

Für Marianne und Ky
voller Liebe, Hoffnung und Bewunderung

TEIL EINS

Zu Hause

Schönheit an sich ist die Entschuldigung
für ihre Existenz.

EMERSON

1

Der scharfe, feuchte Wind drang ihr bis ins Mark. Auf beiden Seiten der Straße türmte sich der Schnee, den der Sturm zu Beginn der Woche dort hingeweht hatte. Der Himmel war schmutzigblau. Kahle Bäume mit nackten, schwarzen Ästen reckten sich aus dem winterbraunen Gras.

Das war Maine im März.

Miranda stellte die Heizung höher und programmierte ihren CD-Player auf Puccinis *La Bohème*. Die Musik dröhnte aus den Lautsprechern.

Sie fuhr nach Hause. Nach einer zehntägigen Vortragsreise, in der sie von einem Ort zum anderen, vom Hotel zum College-Campus, zum Flughafen und ins nächste Hotel gejagt war, sehnte sie sich jetzt danach, endlich wieder nach Hause zu kommen.

Möglicherweise hatte ihre Erleichterung etwas damit zu tun, dass sie Vorträge hasste, dass sie jedes Mal, wenn sie vor den Reihen aufmerksamer Gesichter stand, furchtbar litt. Aber Schüchternheit und Lampenfieber durften der Pflicht nicht im Wege stehen.

Schließlich war sie Dr. Miranda Jones, eine Jones aus Jones Point. Und das durfte sie nie vergessen.

Die Stadt war vom ersten Charles Jones gegründet worden, der damit sein beanspruchtes Gebiet in der Neuen Welt absteckte. Miranda wusste, dass die Jones ihre Herrschaftsbereiche deutlich machen, dass sie ihre Position als führende Familie des Point erhalten mussten, um würdige Mitglieder der Gesellschaft zu sein, um sich so zu verhalten, wie es von den Jones aus Jones Point in Maine erwartet wurde.

Froh, sich endlich vom Flughafen zu entfernen, bog Miranda auf die Küstenstraße ab und trat das Gaspedal durch. Schnell zu fahren war eine ihrer kleinen Freuden. Sie bewegte sich gern schnell, liebte es, in kürzester Zeit und ohne großes Aufsehen von einem Punkt zum anderen zu gelangen. Eine Frau, die auf bloßen Füßen beinahe ein Meter achtzig groß war und deren Haare die Farbe eines Spielzeugfeuerwehrautos hatten, blieb allerdings selten unbemerkt. Selbst wenn sie bei einer Sache ganz unbeteiligt war, sah sie doch immer so aus, als trüge sie die Verantwortung.

Und wenn sie sich mit raschen Schritten und zielgerichtet von der Stelle bewegte, wichen ihr meistens alle Leute aus.

Ihre Stimme hatte ein Mann, der sie verehrte, einmal mit in Samt eingehülltem Sandpapier verglichen. Miranda kompensierte diese Laune der Natur, wie sie sie nannte, durch eine knappe, kühle Sprechweise, die an Schroffheit grenzte.

Aber sie erreichte damit, was sie wollte.

Ihr Körper hätte von einem keltischen Krieger abstammen können, ihr Gesicht jedoch war typisch für New England. Schmal und kühl, mit einer langen, geraden Nase, leicht vorstehendem Kinn und ausgeprägten Wangenknochen. Ihr Mund war voll und groß, allerdings presste sie die Lippen meistens ernst zusammen. Ihre Augen waren leuchtend blau, blickten jedoch in der Regel ziemlich nüchtern.

Doch während sie jetzt die lange, gewundene Straße, die sich um die schneebedeckten Klippen herumschlängelte, entlangfuhr, gelangte ihr Lächeln bis zu den Augen. Das Meer hinter den Klippen war aufgewühlt und stahlgrau. Sie liebte seine Stimmungen, seine Macht, zu beruhigen oder zu erregen. Dort, wo die Straße sich wie ein Finger krümmte, konnte Miranda das donnernde Krachen der Wellen hören. Sie schlugen gegen die Felsen und zogen sich dann zurück, um wie eine Faust erneut zuzuschlagen.

Die blassen Sonnenstrahlen glitzerten auf dem Schnee, den der Wind durch die Luft und über die Straße wirbelte. Als Miranda noch ein Kind gewesen war und voller Fantasien steckte, hatte sie sich immer vorgestellt, wie sich die Bäume vor dem Wind zusammenkuschelten und einander ihre Klagen zuraunten.

Fantasien hatte sie schon lange nicht mehr, aber den Anblick der knorrigen, verwachsenen Bäume, die wie alte Soldaten in Gruppen zusammenstanden, liebte sie immer noch.

Die Straße stieg nun an, während das Land immer schmaler und jetzt von beiden Seiten von Wasser umspült wurde. Mit beständigem Hunger nagte das Meer am Festland. Der höchste Punkt der Küste ragte wie ein Buckel hervor, und auf seiner Spitze lag das alte viktorianische Haus, von dem aus man eine herrliche Aussicht über Land und Meer hatte. Darunter war die weiße Kuppel des Leuchtturms zu sehen, der die Küste bewachte.

Das Haus war ihr als Kind Zuflucht und Freude gewesen – und das nur wegen der Frau, die darin wohnte. Amelia Jones hatte auf die Traditionen der Jones gepfiffen und so gelebt, wie sie es für richtig hielt. Sie hatte stets gesagt, was sie dachte, und immer, immer war in ihrem Herzen Platz für ihre beiden Enkel gewesen.

Miranda hatte sie angebetet. Der einzige große Schmerz, den Amelia ihr je zugefügt hatte, war ihr Tod gewesen – ohne Vorwarnung war sie vor acht Wintern in ihrem Bett eingeschlafen und nicht mehr aufgewacht.

Sie vermachte sowohl das Haus als auch das ansehnliche Vermögen, das sie über die Jahre angesammelt hatte, und ihre Kunstsammlung Miranda und ihrem Bruder. Ihrem Sohn, Mirandas Vater, hinterließ sie den Wunsch, er möge, bis sie sich wiedersähen, wenigstens halbwegs so geworden sein, wie sie es immer gehofft hatte. Ihrer Schwiegertochter wiederum vermachte sie ihre Perlenkette, weil sie das Einzige war, was Elizabeth jemals wirklich geschätzt hatte.

Das ist ganz ihre Art gewesen, dachte Miranda jetzt. Diese giftigen kleinen Kommentare im Testament. Jahrelang hatte sie ganz allein in dem großen Steinhaus gewohnt, da sie ihren Mann um mehr als zehn Jahre überlebt hatte.

Wieder einmal dachte Miranda an ihre Großmutter, als sie das Ende der Küstenstraße erreichte und in die lange, gewundene Einfahrt abbog.

Das Haus hatte alles überlebt, die gnadenlose Kälte der Winter, die plötzliche Hitze der Hochsommer. Doch jetzt, dachte Miranda mit leisem Schuldgefühl, wurde es ziemlich vernachlässigt.

Weder sie noch Andrew fanden jemals Zeit, die Anstreicher kommen zu lassen oder sich um die Rasenpflege zu kümmern.

Das Haus, das in ihrer Kindheit ein Schmuckstück zum Vorzeigen gewesen war, stellte jetzt seine Risse und Narben zur Schau. Und doch war es immer noch schön, dachte Miranda, so wie eine alte Frau, die sich ihrer Jahre nicht schämt. Es wirkte nicht verfallen, sondern stand gerade und rechtwinklig da, würdig durch seinen grauen Stein, edel durch die Erker und Türmchen.

Auf der Windschattenseite befand sich eine reizende, mit Glyzinien berankte Pergola, die das Dach im Frühjahr in ein Blütenmeer hüllte. Miranda nahm sich jedes Mal vor, auf einer der Marmorbänke unter diesem lauschigen Baldachin zu sitzen, um den Duft, den Schatten und die Ruhe zu genießen. Aber irgendwie verging der Frühling, es wurde Sommer, dann Herbst – und erst im Winter, wenn die dicken Ranken wieder kahl waren, fiel ihr ihr Vorhaben wieder ein.

Vielleicht sollte sie einige der Bretter auf der breiten Vorderveranda des Hauses ersetzen. Und das Geländer und die Gitter, deren ursprüngliches Blau zu Grau verblasst war, mussten unbedingt abgekratzt und neu gestrichen werden. Die Glyzinien sollten wahrscheinlich geschnitten und gedüngt werden.

Sie würde das alles in Angriff nehmen. Früher oder später.

Aber die Fenster glänzten, und selbst die grimmigen Gesichter der Wasserspeier, die an den Dachrinnen angebracht waren, grinsten.

Breite Terrassen und schmale Balkone boten Ausblicke in alle Richtungen. Aus den Kaminen stieg Rauch auf – wenn sich jemand die Zeit nahm, ein Feuer zu machen. Riesige Eichen umstanden das Haus, und eine dichte Pinienhecke bot Schutz gegen den Nordwind.

Miranda und ihr Bruder lebten hier friedlich miteinander – oder sie hatten es zumindest getan, bevor Andrew angefangen hatte zu trinken. Aber darüber wollte sie jetzt nicht nachdenken. Sie hatte ihn gern um sich, mochte und liebte ihn, und es war ein Vergnügen, mit ihm zu arbeiten und mit ihm das Haus zu teilen.

Als sie aus dem Wagen stieg, blies der Wind ihr die Haare in die Augen. Unwillig strich sie sie zurück und beugte sich ins Auto, um ihren Laptop und ihre Aktentasche herauszuholen. Sie summte die letzten Takte von Puccini, ging zum Kofferraum und öffnete ihn.

Die Haare wehten ihr abermals ins Gesicht, und sie schnaubte irritiert. Aus dem halben Seufzer wurde jedoch ein ersticktes Keuchen, als jemand in ihr Haar packte und es wie ein Seil benutzte, um ihren Kopf zurückzuziehen. Kleine weiße Sterne tanzten plötzlich vor Mirandas Augen, Schmerz und Schock explodierten in ihrem Schädel. Die Spitze eines Messers presste sich kalt und scharf gegen ihre Halsschlagader.

Innerlich schrie sie auf, und die Angst stieg ihr bis in die Kehle. Doch bevor sie den Mund aufmachen konnte, wurde sie herumgeschleudert und so hart gegen das Auto gestoßen, dass der Schmerz in ihrer Hüfte sie fast besinnungslos machte und ihre Beine unter ihr nachgaben. Die Hand zerrte erneut an ihren Haaren, und ihr Kopf flog wie der einer Puppe hin und her.

Sein Gesicht war grauenerregend. Kalkweiß und voller Narben, mit aufgedunsenen Zügen. Es dauerte einige Sekunden, bevor Miranda in ihrem Entsetzen merkte, dass es eine Maske war – Gummi und Farbe, zur Unkenntlichkeit verzerrt.

Sie wehrte sich nicht, konnte es auch gar nicht. Nichts fürchtete sie so sehr wie ein Messer mit seiner tödlichen Spitze, seiner scharfen, tödlichen Klinge. Es drückte sich in die weiche Stelle unter ihrem Kinn, sodass jeder Atemzug von Schmerz und Entsetzen begleitet war.

Er war groß. Ungefähr ein Meter neunzig, registrierte sie und bemühte sich, jedes Detail in sich aufzunehmen, obwohl ihr das Herz bis zum Hals schlug. Zweihundertfünfzig Pfund oder sogar mehr, breite Schultern, Stiernacken.

O Gott!

Braune Augen. Schmutzigbraun. Das war alles, was sie durch die Horrormaske aus Gummi sehen konnte. Und diese Augen waren kalt wie die eines Hais. Gefühllos fuhr er jetzt mit der Spitze des Messers über ihre Kehle und ritzte die Haut auf.

Es brannte leicht, und Miranda spürte, wie etwas ihren Hals hinunterlief. Blut.

»Bitte«, stammelte sie, während sie unwillkürlich nach seinem Handgelenk griff. Jeder rationale Gedanke verwandelte sich

13

jedoch in nackte Angst, als er die Messerspitze dazu benutzte, ihren Kopf hochzudrücken und die verletzliche Linie ihrer Kehle freizulegen.

Vor Mirandas innerem Auge blitzte ein Bild auf – wie das Messer schnell und leise ihre Halsschlagader aufschlitzte und ein Schwall warmen Blutes hervorschoß. Sie würde im Stehen sterben, geschlachtet wie ein Lamm.

»Bitte nicht! Ich habe dreihundertfünfzig Dollar in bar bei mir.« Bitte, mach, dass er Geld will, dachte sie voller Panik. Bitte lass es nur Geld sein. Sollte er sie allerdings vergewaltigen wollen, so betete Miranda darum, dass sie den Mut hatte zu kämpfen, auch wenn sie nicht gewinnen konnte.

»Ich gebe Ihnen Geld«, begann sie erneut und keuchte entsetzt auf, als er sie wie ein Bündel Lumpen zur Seite stieß.

Sie stürzte hart zu Boden. Die Kieselsteine der Auffahrt schnitten ihr die Handflächen auf. Miranda hörte sich selbst wimmern und hasste sich für die hilflose, lähmende Angst, die es ihr unmöglich machte, etwas anderes zu tun, als den Mann schreckerfüllt anzustarren.

Das Messer anzustarren, das im blassen Sonnenlicht glitzerte. Obwohl ihr Verstand sie vehement aufforderte, wegzulaufen oder zu kämpfen, war sie wie gelähmt.

Er hob ihre Tasche und ihren Aktenkoffer auf und drehte dabei die Klinge so, dass die reflektierende Sonne Miranda blendete. Dann bückte er sich und rammte das Messer in den Hinterreifen. Als er es wieder herausgezogen hatte und einen Schritt auf sie zu machte, begann Miranda, panisch aufs Haus zuzukriechen.

Sie erwartete jeden Moment, dass er wieder zuschlug, an ihren Kleidern zerrte, ihr das Messer mit der gleichen sorglosen Wucht in den Rücken stieß, wie er es in den Reifen gerammt hatte, doch sie kroch immer weiter über das dürre Wintergras.

Erst als sie die Treppe erreicht hatte, blickte sie sich um. In ihrem Kopf drehte sich alles, und kleine, gehetzte Laute drangen aus ihrem Mund.

Sie war allein.

Miranda zog sich die Stufen hinauf Die Atemstöße kratzten in ihrem Hals, brannten in ihren Lungen. Sie musste ins Haus

gelangen, hier wegkommen. Die Tür verriegeln. Bevor er zurückkam. Bevor er zurückkam und sie abermals mit seinem Messer
bedrohte.

Ihre Hand glitt zweimal vom Türgriff ab, zweimal, bevor es ihr
gelang, die Finger darum zu schließen. Abgeschlossen. Natürlich
war die Tür abgeschlossen. Niemand war zu Hause. Niemand
war da, der ihr helfen konnte.

Einen Moment lang rollte sie sich vor der Tür zusammen, zitternd vor Schock und vor der Kälte, die der Wind über die Hügel
brachte.

Beweg dich!, befahl sie sich. Du musst dich bewegen. Hol den
Schlüssel, schließ auf, ruf die Polizei.

Ihr Blick schoss von rechts nach links, wie der eines gehetz-
ten Kaninchens, und ihre Zähne begannen zu klappern. Sie
hielt sich am Türgriff fest und zog sich hoch. Ihre Beine drohten nachzugeben, und ihr linkes Knie schmerzte unerträglich,
aber sie taumelte von der Veranda und blickte sich voller Panik
nach ihrer Tasche um. Bis ihr einfiel, dass er sie ja mitgenommen
hatte.

Miranda plapperte unsinnige Worte, Gebete, Flüche, Bitten,
während sie die Autotür aufriß und das Handschuhfach durchwühlte. Ihre Finger hatten bereits den Zweitschlüssel umkrallt,
als ein Geräusch sie wild herumfahren ließ.

Aber es war nur der Wind, der durch die nackten, schwarzen
Äste rauschte, durch die dornigen Ranken der Kletterrosen und
durch das dürre, raschelnde Gras.

Mit pfeifendem Atem stürzte sie humpelnd wieder auf das
Haus zu, fummelte hektisch mit dem Schlüssel am Schloss herum
und heulte vor Erleichterung auf, als er endlich hineinglitt.

Miranda taumelte ins Haus, schlug die Tür hinter sich zu und
verriegelte sie. Sie sank mit dem Rücken gegen das Holz. Die
Schlüssel glitten ihr aus der Hand. Vor ihren Augen verschwamm
alles, also ließ sie die Lider sinken. Sie fühlte sich wie betäubt.
Doch sie musste etwas tun, erinnerte sich nur nicht, wie der
nächste Schritt auszusehen hatte.

In ihren Ohren klingelte es, und langsam stieg Übelkeit in ihr
hoch. Miranda biss die Zähne zusammen und machte einen Schritt

vorwärts, dann vorsichtig einen weiteren. Die ganze Halle um sie herum schien zu schwanken.

Sie hatte beinahe schon den Fuß der Treppe erreicht, als sie merkte, dass nicht ihre Ohren klingelten, sondern das Telefon. Mechanisch ging sie in den Salon, wo alles so seltsam normal und vertraut war, und nahm den Hörer ab.

»Hallo?« Ihre Stimme klang weit weg, dumpf wie ein Schlag auf eine Holztrommel. Schwankend stand sie da und starrte auf das Muster, das die Sonne auf den Holzboden malte. »Ja. Ja, ich verstehe. Ich komme. Ich habe … Was?« Miranda schüttelte den Kopf, um wieder klar denken zu können, und überlegte krampfhaft, was sie als Nächstes sagen musste. »Ich muss mich zuerst … Ich muss mich zuerst um ein paar andere Dinge kümmern. Nein, ich komme so schnell wie möglich.«

Dann schwoll ein Gefühl in ihr an, das sie, benommen wie sie war, zunächst nicht als Hysterie erkannte. »Ich habe schon gepackt«, sagte sie und lachte.

Sie lachte immer noch, als sie den Hörer wieder auflegte. Und sie lachte auch noch, als sie auf einem Sessel in sich zusammensank, sich wie ein Ball zusammenrollte, und merkte gar nicht, dass aus dem Lachen langsam ein Schluchzen wurde.

Miranda umfasste die Tasse heißen Tee fest mit beiden Händen, trank ihn aber nicht. Sie wusste, dass ihre Hände zu sehr zitterten, um die Tasse zum Mund führen zu können, aber es war tröstlich, sie einfach nur zu halten, die Hitze durch das Porzellan zu spüren.

Sie hatte einen zusammenhängenden Bericht abgegeben – man musste kohärent, präzise und ruhig sein, wenn man der Polizei ein Verbrechen meldete.

Als sie wieder klar denken konnte, hatte sie die richtigen Anrufe getätigt, und sie hatte mit den Polizeibeamten geredet, die zum Haus gekommen waren. Aber jetzt war das erledigt, und sie war wieder allein. Und abermals hatte sie das Gefühl, keinen einzigen klaren Gedanken fassen zu können.

»Miranda!« Der Schrei wurde begleitet von donnernden Schlägen gegen die Haustür. Andrew stürmte herein und registrierte entsetzt den Gesichtsausdruck seiner Schwester. »O mein Gott!« Er lief zu ihr, kauerte sich vor sie hin und strich mit seinen langen Fingern über ihre bleichen Wangen. »Oh, Liebling.«

»Mir geht's gut. Nur ein paar blaue Flecken.« Mirandas mühsam aufgebaute Beherrschung geriet ins Wanken. »Ich bin nicht schwer verletzt – ich hatte nur so unglaubliche Angst!«

Andrew blickte auf die Risse in ihrer Hose, das getrocknete Blut auf der Wolle. »Dieser Hurensohn.« Seine Augen, die von einem helleren Blau waren als die seiner Schwester, wurden dunkel vor Entsetzen. »Hat er …« Er umschloss mit seinen Händen die ihren, die immer noch die Porzellantasse umklammert hielten. »Hat er dich vergewaltigt?«

»Nein. Nein. Nichts dergleichen. Er hat nur meine Tasche gestohlen. Er wollte einfach nur Geld. Es tut mir leid, dass du von der Polizei angerufen worden bist. Ich hätte es selbst tun sollen.«

»Ist schon in Ordnung. Mach dir keine Sorgen.« Andrew umschloss ihre Hände fester, ließ sie aber rasch los, als sie zusammenzuckte. »Oh, Baby!« Er nahm ihr die Tasse ab, stellte sie beiseite und betrachtete ihre aufgeschürften Fingerkuppen. »Es tut mir so leid. Komm, ich bringe dich ins Krankenhaus.«

»Ich muss nicht ins Krankenhaus. Ich habe nur ein paar Beulen und blaue Flecken.« Miranda holte tief Luft, was ihr jetzt, wo er hier war, leichter fiel.

Andrew konnte sie wütend machen, und er hatte sie enttäuscht. Aber er war ihr ganzes Leben lang der Einzige gewesen, der immer bei ihr, immer da gewesen war.

Er drückte ihr die Tasse Tee wieder in die Hand. »Trink einen Schluck«, befahl er, dann stand er auf und lief im Zimmer auf und ab.

Er hatte ein schmales, knochiges Gesicht, das gut zu seinem langgliedrigen, schlaksigen Körperbau passte. Seine Haut sah ähnlich aus wie die seiner Schwester, allerdings waren seine Haare von einem dunkleren Rot, fast mahagonifarben. Jetzt stemmte er wütend die Hände in die Hüften.

»Ich wünschte, ich wäre hier gewesen. Verdammt, Miranda. Ich hätte hier sein müssen!«

»Du kannst nicht überall sein, Andrew. Niemand hätte vorhersagen können, dass ich vor unserem Haus überfallen werde. Ich glaube – und die Polizei glaubt es auch –, dass er ins Haus einbrechen und uns ausrauben wollte, und mein Nachhausekommen hat ihn überrascht und deshalb hat er seine Pläne geändert.«

»Sie sagten, er hatte ein Messer.«

»Ja.« Sie hob die Hand, um behutsam die feine Linie an ihrer Kehle zu betasten. »Und ich kann dir sagen, dass ich meine Messerphobie noch nicht überwunden habe. Ich brauche nur eins zu sehen, und mein Verstand steht still.«

Andrew blickte grimmig drein, fragte aber mit sanfter Stimme, während er sich neben sie setzte: »Was hat er getan? Kannst du es mir erzählen?«

»Er ist aus dem Nichts aufgetaucht. Ich wollte gerade meine Sachen aus dem Auto holen. Er hat mich an den Haaren zurückgerissen und mir das Messer an die Kehle gehalten. Ich dachte, er wollte mich umbringen, aber er hat mich nur niedergeschlagen, meine Tasche und meine Aktentasche genommen, die Reifen zerstochen, und dann war er weg.« Miranda versuchte ein schiefes Lächeln. »Nicht ganz der Empfang zu Hause, den ich mir vorgestellt hatte.«

»Ich hätte hier sein sollen«, sagte Andrew noch einmal.

»Andrew, bitte.« Sie lehnte sich an ihn und schloss die Augen. »Du bist ja jetzt hier.« Und das genügte offenbar, um sie zu beruhigen.

»Mutter hat angerufen.«

»Was?« Er hatte ihr gerade den Arm um die Schultern legen wollen, beugte sich jetzt aber vor, um seiner Schwester ins Gesicht zu sehen.

»Das Telefon klingelte, als ich ins Haus trat. Gott, ich bin immer noch ganz benommen«, klagte Miranda und rieb sich die Schläfen. »Ich muss morgen nach Florenz fliegen.«

»Sei nicht albern. Du bist gerade erst nach Hause gekommen, und du bist überfallen worden, verletzt und durcheinander. Du meine Güte, wie kann sie da von dir erwarten, dass du ein Flugzeug besteigst?«

»Ich habe es ihr nicht gesagt.« Miranda zuckte mit den Schultern. »Ich habe gar nicht nachgedacht. Jedenfalls war die Aufforderung laut und deutlich. Ich muss einen Flug buchen.«

»Miranda, du wirst jetzt ins Bett gehen.«

»Ja.« Sie lächelte wieder. »Bald.«

»Ich rufe sie an.« Andrew sog die Luft ein wie jemand, dem eine unangenehme Aufgabe bevorsteht. »Ich erkläre es ihr.«

»Mein Held.« Liebevoll küsste sie ihn auf die Wange. »Nein, ich fliege. Ein heißes Bad, ein paar Aspirin, und mir geht es wieder gut. Und außerdem kann ich nach diesem kleinen Abenteuer ein bisschen Ablenkung gut gebrauchen. Anscheinend hat sie eine Bronzeskulptur, die ich untersuchen soll.« Der Tee war kalt geworden, und Miranda stellte die Tasse wieder ab. »Sie würde mich nicht nach Standjo beordern, wenn es nicht wichtig wäre. Sie braucht einen Archäometriker und zwar schnell.«

»Sie hat einen unter ihren Leuten in Standjo.«

»Stimmt.« Dieses Mal war Mirandas Lächeln fröhlich. »Standjo« stand für Standford-Jones. Elizabeth hatte dafür gesorgt, dass nicht nur ihr Name, sondern auch alles, was mit ihr zu tun hatte, in dem Florentiner Unternehmen an erster Stelle stand. »Wenn sie mich dahaben will, muss es also etwas Großes sein. Sie will, dass es in der Familie bleibt. Elizabeth Standford-Jones, Direktorin von Standjo, Florenz, schickt nach einem Experten für italienische Renaissance-Bronzen, und sie wünscht, dass dieser den Namen Jones trägt. Ich habe nicht vor, sie zu enttäuschen.«

Miranda bekam für den nächsten Morgen keinen Flug mehr und musste die Abendmaschine nach Rom mit Transfer nach Florenz buchen.

Fast ein ganzer Tag Verspätung.

Das würde ein Heidengeld kosten.

Während sie versuchte, ihre Schmerzen im heißen Badewasser zu lindern, berechnete Miranda die Zeitdifferenz und beschloss, dass es keinen Grund gab, ihre Mutter anzurufen. Elizabeth lag jetzt wahrscheinlich schon im Bett.

Heute Abend konnte sie sowieso nichts mehr in die Wege leiten.

Morgen früh würde sie bei Standjo anrufen. Ein Tag mehr würde keinen großen Unterschied machen, nicht einmal für Elizabeth.

Sie würde mit einem Mietwagen zum Flughafen fahren, weil ihr Knie so sehr schmerzte, dass das Fahren schwierig werden konnte, selbst wenn sie die Reifen rasch gewechselt bekam. Sie musste nur ...

Miranda setzte sich so abrupt auf, dass das Wasser über den Wannenrand schwappte.

Ihr Pass. Ihr Pass, ihr Führerschein, ihre Kreditkarten. Der Kerl hatte ihr die Brieftasche gestohlen, die Handtasche – alle ihre Unterlagen.

»Oh, Mist«, brachte sie nur hervor und rieb sich mit den Händen übers Gesicht. Das war der Tropfen, der das Fass zum Überlaufen brachte.

Miranda zog den altmodischen Stöpsel aus dem Abfluss der Wanne mit den Klauenfüßen. Sie dampfte förmlich, und der Ausbruch zorniger Energie ließ sie aufstehen und nach einem Handtuch greifen, bevor ihr lädiertes Knie unter ihr nachgab. Sie unterdrückte einen Schmerzenslaut, stützte sich an der Wand ab und ließ sich wieder zurücksinken, wobei das Handtuch in das ablaufende Wasser fiel.

Plötzlich hätte sie am liebsten geweint, vor Frustration, Schmerzen und der Angst, die sie jetzt wie ein tiefer Stich durchfuhr. Nackt und zitternd saß sie da, und ihr Atem kam in kurzen, keuchenden Stößen, bis sie sich wieder gefasst hatte.

Durch Tränen würde sie weder ihre Papiere zurückbekommen noch konnte sie damit die Schrammen heilen oder nach Florenz gelangen. Also drängte Miranda sie entschlossen zurück und wrang das Handtuch aus. Vorsichtig stützte sie sich ab, um aus der Wanne zu steigen. Dann hangelte sie sich zu dem deckenhohen Spiegel an der Innenseite der Tür und stellte sich davor.

Auf ihren Armen waren blaue Flecken. Sie konnte sich gar nicht erinnern, dass der Mann sie dort angefasst hatte, aber die Male waren deutlich zu sehen, also musste er es wohl getan haben. Ihre Hüfte schillerte bereits schwarzblau und tat entsetzlich weh. Das kam daher, dass er sie ans Auto gerammt hatte.

Ihre Knie waren zerkratzt und aufgeschürft, das linke war hässlich rot und geschwollen. Wahrscheinlich hatte sie sich eine Prellung zugezogen, als sie hingefallen war. Ihre Handflächen brannten von der rauen Begegnung mit dem Kies der Auffahrt.

Aber es war die lange, feine Linie an ihrer Kehle, die ihr erneut Benommenheit und Übelkeit verursachte. Fasziniert und entsetzt zugleich fuhr sie mit den Fingern daran entlang. Knapp neben der Halsschlagader dachte sie. Knapp am Tod vorbei.

Er hätte sie mit Leichtigkeit töten können.

Und das war schlimmer als die blauen Flecken, schlimmer als die pochenden Schmerzen. Ein Fremder hatte ihr Leben in seiner Hand gehalten.

»Nie wieder.« Sie wandte sich vom Spiegel ab und humpelte zu dem Messinghaken neben der Tür, an dem ihr Bademantel hing. »Das lasse ich nie wieder zu.«

Miranda fror und wickelte sich, so rasch sie konnte, in ihren Bademantel. Während sie ihn zuschnürte, ließ sie ein Geräusch draußen vor dem Fenster erstarren. Ihr Herz raste.

Er war zurückgekommen.

Sie wollte weglaufen, sich verstecken, nach Andrew schreien, sich hinter der verschlossenen Tür zusammenrollen. Mit zusammengebissenen Zähnen schob sie sich jedoch ans Fenster und blickte hinaus.

Es war Andrew. Miranda wurde schwindlig vor Erleichterung. Er trug die Holzfällerjacke, die er immer anhatte, wenn er Holz hackte oder auf den Klippen mit dem Fahrrad unterwegs war. Er hatte das Flutlicht eingeschaltet und schwang auf dem Weg durch den Garten etwas in der Hand.

Verwirrt presste sie ihr Gesicht ans Fenster.

Ein Golfschläger? Warum in aller Welt marschierte er mit einem Golfschläger über den verschneiten Rasen?

Aber dann wusste sie, warum, und Liebe durchflutete sie, beruhigte sie mehr als jedes Schmerzmittel.

Er wollte sie bewachen. Tränen traten ihr in die Augen. Dann sah sie, dass er stehen blieb, etwas aus seiner Tasche zog und zum Mund führte.

Ihr Bruder nahm einen tiefen Schluck aus der Flasche.

Oh, Andrew, dachte sie, und schloss deprimiert die Augen. Was sind wir nur für ein Pärchen.

Die Schmerzen in ihrem Knie weckten sie auf.

Miranda schaltete das Licht an und schüttelte ein paar Tabletten aus dem Röhrchen auf ihren Nachttisch. Sie schluckte sie und dachte dabei, dass sie doch wohl besser Andrews Rat befolgt hätte und ins Krankenhaus gegangen wäre, wo irgendein sympathischer Arzt ihr ein wirkungsvolleres Mittel gegen die Schmerzen verschrieben hätte.

Miranda blickte auf das Leuchtzifferblatt ihrer Uhr und stellte fest, dass es kurz nach drei war. Wenigstens hatte die Mischung aus Ibuprofen und Aspirin, die sie um Mitternacht genommen hatte, ihr drei Stunden Erleichterung verschafft. Doch jetzt war sie wach und von Schmerzen geplagt. Da konnte sie genausogut das Geschäftliche erledigen.

Elizabeth würde inzwischen an ihrem Schreibtisch sitzen. Miranda griff zum Hörer und wählte die Nummer. Stöhnend schob sie ihr Kissen gegen das geschwungene Metallteil am Kopfende des Bettes und lehnte sich dagegen.

»Miranda, ich wollte gerade eine Nachricht in deinem Hotel hinterlassen.«

»Ich werde später kommen. Ich …«

»Später?« Das Wort klang wie ein Eiszapfen, kalt und scharf.

»Es tut mir leid.«

»Ich dachte, ich hätte deutlich gemacht, dass dieses Projekt absolute Priorität besitzt. Ich habe der Regierung garantiert, dass wir heute mit den Untersuchungen beginnen.«

»Ich werde dir John Carter schicken. Ich …«

»Ich habe nicht nach John Carter gefragt, sondern nach dir! Was du sonst im Moment zu tun hast, kann delegiert werden. Ich glaube, das habe ich ebenfalls deutlich genug gemacht.«

»Ja, das hast du.« Nein, dachte Miranda, dieses Mal halfen die Tabletten nicht. Aber die kalte Wut, die in ihr aufstieg, nahm dem Schmerz ein wenig die Schärfe. »Ich hatte auch durchaus die Absicht, pünktlich da zu sein. Wie befohlen.«

»Und warum kommst du dann nicht?«

»Mein Pass und meine anderen Papiere sind gestern gestohlen worden. Ich werde sie mir so schnell wie möglich wiederbeschaffen und den Flug umbuchen. Da jedoch heute Freitag ist, kann ich wohl kaum vor nächster Woche damit rechnen, Ersatzpapiere zu bekommen.«

Sie weiß, wie Bürokratien arbeiten, dachte Miranda grimmig. Sie ist schließlich in einer aufgewachsen.

»Selbst an einem relativ ruhigen Ort wie Jones Point ist es unverantwortlich, das Auto nicht abzuschließen.«

»Die Papiere waren nicht im Auto, ich trug sie bei mir. Ich sage dir Bescheid, sobald ich neue habe und genau weiß, wann ich komme. Es tut mir leid, dass ich mich verspäte. Sobald ich da bin, widme ich dem Projekt meine ganze Zeit und Aufmerksamkeit. Auf Wiedersehen, Mutter.«

Es bereitete Miranda ein perverses Vergnügen aufzulegen, bevor Elizabeth etwas erwidern konnte.

Dreitausend Meilen entfernt starrte Elizabeth in ihrem eleganten, weitläufigen Büro mit einer Mischung aus Ärger und Verwirrung auf das Telefon.

»Gibt es ein Problem?«

Zerstreut sah Elizabeth ihre frühere Schwiegertochter an. Elise Warfield saß mit einem Clipboard auf dem Schoß da, ihre großen, grünen Augen blickten verwirrt, und ihr weicher, voller Mund war zu einem aufmerksamen Lächeln verzogen.

Die Ehe zwischen Elise und Andrew hatte nicht funktioniert, was für Elizabeth eine Enttäuschung gewesen war. Aber ihre professionelle und persönliche Beziehung zu Elise war durch die Scheidung nicht beeinträchtigt worden.

»Ja. Miranda kommt erst später.«

»Später?« Elise zog die Augenbrauen hoch, sodass sie unter ihrem Pony verschwanden. »Das sieht Miranda gar nicht ähnlich.«

»Ihr Pass und ihre anderen Ausweispapiere sind gestohlen worden.«

»Oh, das ist ja schrecklich!« Elise stand auf. Sie war nur etwa ein

Meter sechzig groß. Ihr Körper hatte üppige weibliche Kurven, sah aber trotzdem zart aus. Mit ihrem schwarzen Haar, das sich wie eine Kappe um ihren Kopf schmiegte, den langen Wimpern, der milchweißen Haut und ihrem tiefroten Mund sah sie wie eine vielversprechende, attraktive Fee aus. »Ist sie überfallen worden?«

»Einzelheiten weiß ich nicht.« Elizabeth presste die Lippen zusammen. »Sie kümmert sich darum, dass sie Ersatz bekommt, und bucht ihren Flug um. Es wird ein paar Tage dauern.«

Elise wollte noch fragen, ob Miranda verletzt sei, besann sich aber eines Besseren. Elizabeths Blick nach zu urteilen wusste sie es entweder nicht, oder es war im Moment nicht ihre Hauptsorge. »Ich weiß, dass du heute mit den Untersuchungen beginnen wolltest. Das läßt sich sicher trotzdem arrangieren. Ich kann meine andere Arbeit aufschieben und selbst anfangen.«

Nachdenklich stand Elizabeth auf und trat ans Fenster. Sie konnte immer klarer denken, wenn sie über die Stadt blickte. Florenz war ihr Zuhause, es war ihr Zuhause gewesen, seit sie die Stadt zum ersten Mal gesehen hatte. Damals war sie achtzehn gewesen, eine junge College-Studentin mit einer maßlosen Liebe zur Kunst und einem geheimen Durst nach Abenteuern.

Sie hatte sich hoffnungslos in die Stadt verliebt, in die roten Dächer, die majestätischen Kuppeln, die verwinkelten Gassen und die lärmenden Piazzas.

Und sie hatte sich in einen jungen Bildhauer verliebt, der sie charmant in sein Bett gelockt, sie mit Pasta gefüttert und ihr ihr eigenes Herz gezeigt hatte.

Natürlich war es keine passende Beziehung gewesen. Vollkommen unpassend sogar. Er war arm und voller wilder Leidenschaft. Elizabeths Eltern hatten sie im selben Moment, in dem sie von der Affäre erfuhren, nach Boston zurückgeholt.

Und das hatte die Beziehung natürlich beendet.

Elizabeth schüttelte die Erinnerungen ab, ärgerlich, weil ihre Gedanken in die Vergangenheit abgeglitten waren. Sie hatte ihre eigenen Entscheidungen getroffen, und diese waren absolut richtig gewesen.

Jetzt war sie die Direktorin der weltweit größten und angesehensten Firma, die Kunstgegenstände auf Echtheit und Alter prüfte. Standjo hätte genauso gut zum Familienunternehmen der Jones gehören können, aber es gehörte ihr. Ihr Name befand sich oben an erster Stelle, und sie auch.

Sie stand am Fenster, eine schlanke, attraktive Frau von achtundfünfzig Jahren. Ihre Haare waren aschblond – mit diskreten Strähnchen von einem der Topsalons in Florenz. Ihr untadeliger Geschmack spiegelte sich in ihrem perfekt geschnittenen Valentino-Kostüm wider, auberginefarben mit gehämmerten Goldknöpfen. Ihre Lederpumps passten im Farbton genau dazu.

Elizabeths Gesicht war glatt, die gute New-England-Knochenstruktur kaschierte die wenigen Falten, die es wagten, sich zu zeigen. Ihre Augen waren von einem scharfen und harten, intelligenten Blau. Sie bot das Bild einer kühlen, eleganten Geschäftsfrau mit Geld und der entsprechenden gesellschaftlichen Stellung.

Mit weniger hätte sie sich auch nie zufriedengegeben.

Nein, dachte sie, ich will immer nur das absolut Beste.

»Wir warten auf Miranda«, sagte Elizabeth und drehte sich wieder zu Elise herum. »Sie ist die Spezialistin. Ich werde den Minister persönlich anrufen und ihm die kurze Verzögerung erklären.«

Elise lächelte sie an. »Verzögerungen versteht niemand so gut wie die Italiener.«

»Genau. Wir sehen uns später die Berichte an, Elise. Ich möchte jetzt erst einmal den Anruf erledigen.«

»Du bist die Chefin.«

»Ja. Oh, John Carter kommt übrigens morgen. Er wird in Mirandas Team mitarbeiten. Du kannst ihm ruhig in der Zwischenzeit ein anderes Projekt anvertrauen, schließlich braucht er hier nicht Däumchen zu drehen.«

»John kommt? Das freut mich. Wir können ihn im Labor immer gebrauchen. Ich kümmere mich darum.«

»Danke, Elise.«

Sobald sie allein war, setzte Elizabeth sich wieder an ihren Schreibtisch und musterte den Safe, der gegenüber an der Wand stand. Wenn man bedachte, was er enthielt …

Miranda würde das Projekt leiten. Das hatte sie gleich beschlossen, als sie die Bronze gesehen hatte. Es würde eine Standjo-Unternehmung sein, geleitet von einer Jones. Das hatte Elizabeth so geplant, das erwartete sie.

Und das würde sie auch erreichen.

2

Miranda kam fünf Tage zu spät. Sie stieß die hohen mittelalterlichen Türflügel von Standjo, Florenz, auf und marschierte so energisch durch die Halle, dass die Absätze ihrer praktischen Pumps wie Gewehrschüsse auf dem weißen Marmorboden widerhallten.

Während sie um eine hervorragende Bronzereproduktion von Cellinis Perseus, der Medusas abgeschlagenes Haupt in der Hand hielt, herumging, clippte sie den Standjo-Ausweis, den Elizabeths Assistentin ihr per Express zugeschickt hatte, an den Aufschlag ihres Jacketts.

Miranda hatte sich oft gefragt, was die Kunst-Auswahl in der Eingangshalle wohl über ihre Mutter aussagte. Vermutlich, dass sie alle Feinde mit einem einzigen Schlag vernichtete.

Miranda blieb an der Rezeption stehen, trug sich hastig in das Besucherbuch ein und fügte, nach einem Blick auf ihre Uhr, die Zeit hinzu.

Sie hatte sich sorfältig, geradezu strategisch für diesen Tag angezogen und ein königsblaues Seidenkostüm gewählt, das streng und militärisch wirkte. Miranda fand, es erregte Aufsehen und strahlte zugleich Stärke aus.

Das richtige Auftreten war lebenswichtig, wenn man vor einer Begegnung mit der Direktorin des besten Archäometrie-Labors in der Welt stand. Auch wenn diese Direktorin die eigene Mutter war.

Sie drückte den Aufzugknopf und wartete ungeduldig. Sie war entsetzlich nervös, und das Herz schlug ihr bis zum Hals, aber sie ließ sich nichts anmerken.

Während sie den Aufzug betrat, zog sie ihre Lippen noch einmal nach. Ein Lippenstift hielt bei ihr normalerweise ein ganzes Jahr, manchmal sogar länger, da sie sich mit solch lästigen Dingen nur befasste, wenn es nicht zu vermeiden war.

Zufrieden, ihr Bestes getan zu haben, steckte sie ihre Puderdose mit dem Spiegel wieder in die Handtasche und fuhr mit der Hand über den französischen Knoten, der sie entschieden zu viel Zeit und Probleme gekostet hatte. Die Türen des Aufzugs öffneten sich gerade, als sie ein paar Nadeln, die sich gelöst hatten, wieder an Ort und Stelle schob.

Sie betrat die ruhige, elegante Lobby dessen, was sie immer als das innere Heiligtum bezeichnete. Der perlgraue Teppichboden, die elfenbeinfarbenen Wände und die strengen antiken Stühle passten zu ihrer Mutter, fand sie. Hübsch, geschmackvoll und distanziert. Auch die schmale Konsole, an der die Empfangsdame mit ihrem hochmodernen Computer- und Telefonsystem arbeitete, war ganz Elizabeth. Effizient, nüchtern, im Top-Design.

»*Buon giorno.*« Miranda trat an die Rezeption und trug ihr Anliegen kurz und in fehlerfreiem Italienisch vor. »*Sono la Dottoressa Jones. Ho un appuntamento con la Signora Standford-Jones.*«

»*Si, Dottoressa. Un momento.*«

Im Geiste trat Miranda von einem Fuß auf den anderen, zupfte an ihrem Jackett und ließ die Schultern kreisen. Manchmal half es ihr, ihren Körper ruhig zu halten, wenn sie sich einfach *vorstellte*, wie sie zuckte und sich bewegte. Sie beendete gerade einen imaginären Schrittwechsel, als die Dame vom Empfang ihr lächelnd zu verstehen gab, sie könne eintreten.

Miranda trat durch die doppelten Glastüren zu ihrer Linken und ging den kühlen, weißen Flur entlang, der zum Büro der Signora Direttrice führte.

Sie klopfte an. Elizabeth erwartete von jedem, dass er anklopfte. Sofort ertönte ein »*Entri*«.

Elizabeth saß an ihrem Schreibtisch, einem eleganten Hepplewhite aus Satinholz, der perfekt zu ihrem Aussehen passte. Das Fenster hinter ihr bot einen atemberaubenden Ausblick auf Florenz in all seiner sonnenbeschienenen Pracht.

Die Frauen blickten einander mit kurzer Anerkennung an.

Elizabeth ergriff als Erste das Wort. »Wie war dein Flug?«

»Ohne besondere Vorkommnisse.«

»Schön.«

»Du siehst gut aus.«

»Ich fühle mich auch ganz gut. Und wie geht es dir?«

»Gut.« Miranda stellte sich vor, dass sie einen wilden Steptanz durch das perfekt eingerichtete Büro hinlegte – und stand aufrecht wie ein Kadett bei der Inspektion.

»Möchtest du einen Kaffee oder etwas Kaltes zu trinken?«

»Nein, danke.« Miranda zog eine Augenbraue hoch. »Du hast dich noch nicht nach Andrew erkundigt.«

Elizabeth bedeutete ihr, sich zu setzen. »Wie geht es deinem Bruder?«

Schlecht, dachte Miranda. Er trinkt zu viel. Er ist ärgerlich, depressiv, verbittert. »Es geht ihm gut. Er lässt dich grüßen.« Sie log, ohne mit der Wimper zu zucken. »Ich nehme an, du hast Elise gesagt, dass ich komme.«

»Natürlich.« Weil Miranda stehen geblieben war, erhob sich Elizabeth ebenfalls. »Alle Abteilungsleiter und Mitarbeiter, die es angeht, wissen, dass du eine Zeit lang hier arbeiten wirst. Die Fiesole-Bronze hat absolute Priorität. Natürlich stehen dir alle Labors und die gesamte Ausrüstung zur Verfügung, ebenso wie die Mitarbeiter und die Hilfe aller Teammitglieder, die du dabeihaben möchtest.«

»Ich habe gestern mit John gesprochen. Du hast noch nicht mit den Tests angefangen.«

»Nein. Diese Verzögerung hat uns Zeit gekostet, und ich erwarte von dir, dass du sofort mit der Arbeit beginnst.«

»Deshalb bin ich hier.«

Elizabeth senkte den Kopf. »Was ist mit deinem Bein? Du humpelst ein bisschen.«

»Du weißt doch, dass ich überfallen worden bin.«

»Du hast gesagt, dass du ausgeraubt worden bist, aber nicht, dass du auch verletzt wurdest.«

»Du hast nicht danach gefragt.«

Elizabeth gab einen Laut von sich, den jeder außer Miranda als Seufzer interpretiert hätte. »Du hättest ja sagen können, dass du bei dem Zwischenfall verletzt worden bist.«

»Hätte ich, habe ich aber nicht. Am wichtigsten war schließlich der Verlust meiner Ausweispapiere und die Verzögerung, die dadurch entstanden ist.« Sie neigte genau wie Elizabeth, den Kopf. »Das hast du mir immerhin unmissverständlich klargemacht.«

»Ich nehme an …« Elizabeth brach ab und machte eine Geste, die entweder Verärgerung oder Niederlage bedeuten konnte. »Warum setzt du dich nicht? Ich möchte dir ein paar Hintergrundinformationen geben.«

Schon kamen sie zum Geschäft. Miranda hatte es nicht anders erwartet. Sie setzte sich und schlug die Beine übereinander.

»Der Mann, der die Bronze entdeckt hat …«

»Der Klempner?«

»Ja.« Zum ersten Mal lächelte Elizabeth, das heißt, sie zog kurz die Mundwinkel nach oben, wodurch sie allerdings mehr die Absurdität der Situation anerkannte, als wirkliche Erheiterung zeigte. »Carlo Rinaldi. Offensichtlich ist er in seinem Herzen ein Künstler, wenn nicht sogar in der Realität. Er konnte nie von seinen Bildern leben, und der Vater seiner Frau hat eine Klempnerfirma, also …«

Miranda zog leicht überrascht die Augenbrauen hoch. »Spielt es eine Rolle, was er ist?«

»Oh, nur in Verbindung mit der Bronze, sonst nicht. Er ist buchstäblich darüber gestolpert. Er behauptet, er habe sie unter einer zerbrochenen Treppenstufe im Keller der Villa der Donna Oscura gefunden. Und soweit wir es nachprüfen konnten, scheint das tatsächlich der Fall gewesen zu sein.«

»Gab es daran einen Zweifel? Wird er verdächtigt, die Geschichte – und die Bronze – erfunden zu haben?«

»Wenn es den gab, dann ist er jetzt ausgeräumt. Der Minister glaubt Rinaldis Geschichte inzwischen.«

Elizabeth faltete ihre perfekt manikürten Hände auf der Schreibtischplatte. Sie saß kerzengerade da. Unbewusst straffte sich auch Miranda ein wenig.

»Die Tatsache, dass er sie gefunden hat«, fuhr Elizabeth fort, »in seinem Werkzeugkasten aus der Villa geschmuggelt und sich dann Zeit gelassen hat, bis er sie an die entsprechenden Stellen weiterleitete, hat uns zunächst ziemliche Sorgen bereitet.«

Beunruhigt faltete Miranda ebenfalls die Hände, damit sie nicht mit den Fingern auf ihrem Knie herumtrommelte. Es fiel ihr nicht auf, dass sie die Haltung ihrer Mutter nun genau imitierte. »Wie lange war sie in seinem Besitz?«

»Fünf Tage.«

»Ist sie nicht beschädigt worden? Hast du sie untersucht?«

»Das habe ich, aber ich gebe lieber keinen Kommentar ab, bevor du sie nicht selbst gesehen hast.«

»Na gut.« Miranda warf den Kopf zurück. »Dann wollen wir sie uns mal ansehen.«

Statt einer Antwort ging Elizabeth zu einem Wandschrank, öffnete ihn und gab den Blick auf einen kleinen Stahlsafe frei.

»Du bewahrst sie hier auf?«

»Hier ist sie am sichersten. Zahlreiche Leute haben Zugang zu den Tresoren in den Labors, und in diesem Fall wollte ich das Risiko so gering wie möglich halten. Außerdem war ich der Meinung, dass du hier bei einer ersten Prüfung am wenigsten abgelenkt wirst.«

Elizabeth tippte mit ihren korallenrot lackierten Fingernägeln einen Code ein, wartete und fügte dann eine weitere Zahlenreihe hinzu. Schließlich öffnete sie die Tresortür und nahm einen Metallkasten heraus. Sie trug ihn zu ihrem Schreibtisch, öffnete den Deckel und holte die in verblassten Samt gehüllte Skulptur heraus.

»Den Stoff werden wir auch datieren, ebenso das Holz von der Treppenstufe.«

»Natürlich.« Obwohl es ihr in den Fingern juckte, stand Miranda auf und trat nur langsam näher, während Elizabeth das Bündel auf die makellos weiße Schreibtischunterlage legte. »Es gibt keine Dokumente, oder?«

»Nein, soweit ich weiß. Du kennst ja die Geschichte der Villa.«

»Ja natürlich. Das Haus gehörte Giulietta Buonadoni, einer Geliebten von Lorenzo il Magnifico, die die *Dunkle Lady* genannt wurde. Nach seinem Tod soll sie angeblich die Gefährtin anderer Medicis geworden sein, und eine Zeit lang war jede Persönlichkeit der Renaissance in oder um Florenz herum in ihrem Haus willkommen.«

»Dann verstehst du also, welche Spekulationen man anstellen kann.«

»Spekulationen sind nicht mein Job«, entgegnete Miranda knapp.

»Genau. Deshalb bist du hier.«

Miranda fuhr leicht mit einem Finger über den verschlissenen Samt. »Ach ja?«

»Ich wollte den Besten, und ich bin in der Position, zu bekommen, was ich will. Außerdem verlange ich Diskretion. Wenn etwas über diesen Fund durchsickert, wird es wilde Spekulationen geben. Das kann und will Standjo nicht tolerieren. Die Regierung möchte nicht, dass die Öffentlichkeit davon erfährt, und sie möchte auch keine Spekulationen, bis wir die Bronze datiert haben und die Tests vollständig durchgeführt sind.«

»Der Klempner hat es wahrscheinlich schon all seinen Saufkumpanen erzählt.«

»Das glaube ich nicht.« Abermals umspielte das kleine Lächeln Elizabeths Mund. »Er hat die Skulptur aus einem Regierungsgebäude entwendet. Er ist sich durchaus der Tatsache bewusst, dass er ins Gefängnis wandern kann, wenn er nicht genau das tut, was man ihm sagt.«

»Furcht ist oft ein wirkungsvoller Knebel.«

»Stimmt. Aber das soll nicht unsere Sorge sein. Wir haben den Auftrag, die Bronze zu prüfen und die Regierung mit allen Informationen zu versorgen, die die Wissenschaft liefern kann. Wir brauchen ein objektives Auge, jemanden, der an Tatsachen und nicht an Romantik glaubt.«

»In der Wissenschaft ist kein Platz für Romantik«, murmelte Miranda und schlug vorsichtig den Samt zurück.

Ihr Herz schlug schneller, als die Bronzeskulptur enthüllt vor ihr lag. Ihr geübtes und erfahrenes Auge erkannte die hervorragende handwerkliche Arbeit auf den ersten Blick. Trotzdem runzelte sie die Stirn und verbarg instinktiv ihre Bewunderung hinter Skepsis.

»Sie ist wunderschön ausgeführt – stilistisch fällt sie sicher in die Blütezeit der Renaissance.« Miranda zog ihre Brille aus dem Etui und setzte sie auf, bevor sie die Bronze hochhob. Sie wog sie in der Hand und drehte sie dann langsam.

Die Proportionen waren perfekt, und die Figur war äußerst sinnlich. Die winzigsten Details – Zehennägel, jedes einzelne Haar, die Definition der Muskeln – waren großartig ausgeführt.

Sie war prachtvoll, auf großartige Weise ihrer eigenen Kraft bewusst. Der lange, üppige Körper zurückgestreckt, die Arme erhoben, nicht flehend oder bittend, sondern wie im Triumph. Das Gesicht war nicht zart, aber faszinierend, die Augen wie vor Lust halb geschlossen, die Mundwinkel leicht hochgezogen vor Freude über diese Lust.

Sie balancierte auf den Fußspitzen, wie eine Frau, die gerade in warmes, duftendes Wasser springen will. Oder in die Arme ihres Liebhabers.

Sie war schamlos sexuell, und einen Moment lang hatte Miranda das Gefühl, sie könne ihre Hitze spüren. Als ob sie lebendig wäre.

Die Patina zeugte von ihrem Alter, aber Miranda wusste, dass solche Dinge einen täuschen konnten. Patina konnte man künstlich herstellen. Der Stil des Künstlers war unverkennbar – aber auch Stile konnten nachgeahmt werden.

»Es ist die *Dunkle Lady*«, sagte sie schließlich. »Giulietta Buonadoni. Daran besteht kein Zweifel. Ich habe dieses Gesicht oft genug auf Gemälden und Skulpturen aus jener Zeit gesehen. Aber von dieser Bronzeskulptur habe ich noch nie etwas gehört. Ich werde das noch einmal recherchieren, aber ich bezweifle, dass ich sie übersehen hätte.«

Elizabeth hatte mehr auf Miranda als auf die Bronze geachtet. Sie hatte das Aufzucken von Erregung und Entzücken bemerkt, das Miranda sofort wieder unter Kontrolle gehabt hatte. Genauso, wie sie es erwartet hatte.

»Du stimmst mir also zu, dass es eine Bronze im Renaissance-Stil ist?«

»Ja. Aber deswegen braucht sie noch lange kein verloren gegangenes Stück des 15. Jahrhunderts zu sein.« Miranda kniff die Augen zusammen, während sie die Skulptur erneut langsam drehte. »Jeder Kunststudent mit einem einigermaßen guten Auge hat ihr Gesicht skizziert und kopiert. Ich selbst auch.« Vorsichtig kratzte sie mit dem Daumennagel an der blaugrünen Patina. Die Oberflächenkorrosion war offensichtlich dick, aber sie brauchte mehr, viel mehr.

»Ich werde gleich anfangen.«

Das Labor war erfüllt von leiser Vivaldi-Musik. Die Wände waren lindgrün, der Boden ausgelegt mit fleckenlos weißem Linoleum. Jeder Arbeitsplatz war ordentlich und bestens ausgestattet mit Mikroskopen, Computerterminals, Reagenzgläsern und -röhrchen oder Probenbeuteln. Es gab keine persönlichen Dinge, keine gerahmten Familienbilder, Maskottchen oder Souvenirs.

Die Männer trugen Krawatten, die Frauen Röcke, und alle hatten gestärkte weiße Laborkittel mit dem schwarz eingestickten Standjo-Logo auf der Brusttasche an.

Gespräche wurden nur selten geführt, und wenn, dann leise. Die Maschinen summten wie gutgeschmierte Uhrwerke.

Elizabeth erwartete ein perfekt funktionierendes Unternehmen, und ihre frühere Schwiegertochter tat alles, um ihren Erwartungen gerecht zu werden.

In dem Haus in Maine, in dem Miranda aufgewachsen war, hatte genau die gleiche Atmosphäre geherrscht. Daheim hat es kalt gewirkt, dachte Miranda jetzt, als sie sich umsah, aber an einem Arbeitsplatz war diese Atmosphäre äußerst effizient.

»Es ist eine Weile her, seit du das letzte Mal hier warst«, begann Elizabeth. »Aber Elise wird dich mit den neuesten Informationen versorgen. Du hast natürlich freien Zugang zu allen Bereichen. Ich habe Sicherheitsausweise und Codekarten für dich vorbereitet.«

»Gut.« Als Elise sich von ihrem Mikroskop abwendete und auf sie zutrat, setzte Miranda ein höfliches Lächeln auf.

»Miranda, willkommen in Florenz!« Elises Stimme war leise und wirkte immer ein bisschen atemlos.

»Es ist schön, wieder hier zu sein. Wie geht es dir?«

»Gut. Viel zu tun.« Elise strahlte ihr Hundert-Watt-Lächeln und ergriff Mirandas Hand. »Wie geht es Drew?«

»Nicht ganz so gut – aber er hat auch viel zu tun.« Als Elise mitfühlend ihre Hand drückte, zog Miranda die Augenbrauen hoch.

»Das tut mir leid.«

»Mich geht es ja eigentlich nichts an.«

»Aber mir tut es immer noch leid.« Sie ließ Mirandas Hand los und wandte sich an Elizabeth. »Möchtest du sie herumführen, oder soll ich es tun?«

»Ich will nicht herumgeführt werden«, sagte Miranda, bevor ihre Mutter antworten konnte. »Ich brauche einen Laborkittel, ein Mikroskop und einen Computer. Und ich möchte das Objekt natürlich fotografieren und röntgen.«

»Da bist du ja.« John Carter trat auf sie zu. Mirandas Laborleiter sah inmitten all der makellosen, gestylten Effizienz liebenswert zerknautscht aus. Schon seine Krawatte, auf der dümmlich grinsende Kühe grasten, war schräg. Er war offenbar mit der Tasche seines Kittels irgendwo hängen geblieben, und sie hing nur noch lose an drei Fäden. Auf seinem Kinn war eine dünne Blutspur, weil er sich wohl beim Rasieren geschnitten hatte. Hinter seinem Ohr steckte ein daumendicker Stift, und die Gläser seiner Brille waren verschmiert.

Miranda fühlte sich in seiner Gegenwart sofort zu Hause.

»Geht's dir wieder gut?« Er klopfte ihr auf den Arm. »Und was macht dein Knie? Andrew hat mir erzählt, dass der Kerl dich niedergeschlagen hat.«

»Niedergeschlagen?« Elise blickte auf. »Wir wussten gar nicht, dass du verletzt warst.«

»Nur ein bisschen angeschlagen. Ist schon in Ordnung, mir geht's gut.«

»Er hat ihr ein Messer an die Kehle gehalten«, verkündete Carter.

»Ein Messer!« Elise presste die Hand an ihre Kehle. »Das ist ja schrecklich. Es ist …«

»Ist schon in Ordnung«, sagte Miranda noch einmal. »Er wollte nur Geld.« Sie drehte sich um und sah ihre Mutter an. »Und ich denke, er hat uns schon genug wertvolle Zeit gekostet.«

Einen Moment lang sagte Elizabeth gar nichts. In Mirandas Blick lag etwas Herausforderndes. Offenbar war es für Mitgefühl zu spät.

»Elise soll dich einweisen. Hier ist dein Ausweis, und deine Codekarten sind hier drin.« Elizabeth reichte Miranda einen Umschlag. »Elise müsste all deine Fragen beantworten können. Sollte noch etwas unklar sein, kommst du zu mir.« Sie blickte auf die schmale Uhr an ihrem Handgelenk. »Ich habe in Kürze eine Sitzung, also kannst du gleich anfangen. Ich hoffe, bis heute Abend habe ich schon einen ersten Bericht.«

»Selbstverständlich«, murmelte Miranda, als ihre Mutter wegging.

»Sie verliert wie immer keine Zeit.« Elise lächelte wieder. »Es tut mir leid, dass du so etwas Schreckliches erlebt hast, aber die Arbeit hier bringt dich sicher wieder auf andere Gedanken. Ich habe ein Büro für dich eingerichtet. Die Fiesole-Bronze hat absolute Priorität. Du darfst dir für dein Team jeden von den A-Sicherheits-Angestellten aussuchen.«

»Miranda!« Voller Freude wurde ihr Name gerufen, in der schweren, exotischen Aussprache der Italiener. Miranda lächelte schon, bevor sie sich umdrehte und jemand ihre Hände ergriff und mit Küssen bedeckte.

»Giovanni! Du hast dich gar nicht verändert.« Tatsächlich sah der Chemotechniker immer noch so überwältigend gut aus, wie Miranda ihn in Erinnerung hatte. Dunkelhaarig und schlank, mit Augen wie geschmolzene Schokolade und einem strahlenden Lächeln. Er war ungefähr fünf Zentimeter kleiner als sie, und doch fühlte sie sich in seiner Gegenwart immer besonders zierlich und weiblich. Sein glänzendes schwarzes Haar war zu einem Pferdeschwanz zusammengebunden – eine Tatsache, die Elizabeth nur deshalb duldete, weil Giovanni Beredonno nicht nur einen schönen Anblick bot, sondern darüber hinaus schlichtweg ein Genie war.

»Aber du hast dich verändert, *bella donna*. Du bist noch schöner geworden. Aber, was höre ich da, du bist verletzt worden?« Er flatterte mit seinen Fingern über ihr Gesicht.

»Es ist nichts, ich denke schon gar nicht mehr daran.«

»Soll ich jemanden für dich zusammenschlagen?« Er küsste sie liebevoll erst auf die eine, dann auf die andere Wange.

»Kann ich darauf zurückkommen?«

»Giovanni, Miranda hat zu arbeiten.«

»Ja, ja.« Mit einer nachlässigen Geste wischte er Elises steife, missbilligende Worte weg – ein weiterer Grund für Miranda zu lächeln. »Ich weiß alles darüber. Ein großes Projekt, ganz geheim.« Er ließ seine ausdrucksvollen Augenbrauen zucken. »Wenn die *direttrice* extra eine Expertin aus Amerika kommen lässt, kann es nichts Kleines sein. Also, *bellissima*, kannst du mich gebrauchen?«

»Du bist der erste auf meiner Liste.«

Giovanni hakte sie unter und achtete nicht darauf, dass Elise die Lippen zusammenpresste. »Wann fangen wir an?«

»Heute«, antwortete Miranda. »Ich möchte die Korrosionsschichten und das Metall sofort testen lassen.«

»Ich glaube, Richard Hawthorne könnte dir dabei helfen.« Elise tippte einem Mann auf die Schulter, der sich über die Tastatur eines Computers beugte.

»Dr. Hawthorne.« Der kahl werdende Mann blinzelte Miranda wie eine Eule durch seine Brillengläser an und nahm die Brille dann ab. Etwas an ihm kam ihr vage vertraut vor, und sie bemühte sich, ihn einzuordnen.

»Dr. Jones.« Er lächelte sie schüchtern an, was sein Gesicht verschönte. Er hatte ein fliehendes Kinn, und seine blassblauen Augen blickten zerstreut, aber das Lächeln war nett und jungenhaft. »Ich freue mich, Sie wiederzusehen. Wir sind, ähm, glücklich, Sie hierzuhaben. Ich habe Ihren Artikel über den frühen florentinischen Humanismus gelesen. Ganz hervorragend.«

»Danke.« O ja, jetzt erinnerte sie sich. Er hatte vor ein paar Jahren an ihrem Institut gearbeitet. Nach kurzem Zögern, das wohl nur daher rührte, dass Elise ihn empfohlen hatte, fuhr Miranda fort: »Elise hat ein Büro für mich. Könnten Sie bitte kurz mit uns kommen? Ich möchte Ihnen zeigen, was ich habe.«

»Sehr gern.« Er setzte die Brille wieder auf und drückte ein paar Tasten am Computer, um seine Arbeit zu sichern.

»Der Raum ist nicht besonders groß«, entschuldigte sich Elise, während sie Miranda durch eine Tür führte. »Ich habe das hineinstellen lassen, was du meiner Meinung nach brauchst. Natürlich kannst du aber alles anfordern, was du sonst noch haben möchtest.«

Miranda blickte sich rasch um. Der Computer schien eine neuere Anschaffung zu sein. Auf einer großen weißen Theke warteten Mikroskope, Objektträger und die kleinen Werkzeuge ihres Berufs. Ein Diktiergerät stand für Aufzeichnungen bereit. Es gab allerdings kein Fenster, nur die eine Tür, und jetzt, da sie zu viert im Zimmer standen, konnten sie sich kaum umdrehen.

Aber es gab einen Stuhl, ein Telefon, und die Stifte waren gespitzt. Es wird schon gehen, dachte Miranda, vermutlich sogar sehr gut.

Sie stellte ihre Aktentasche auf die Theke, und dann die Metallkiste. Vorsichtig holte sie die eingewickelte Bronze heraus. »Ich würde gern Ihre Meinung hören, Dr. Hawthorne. Sie brauchen sich die Skulptur nur anzusehen.«

»Natürlich. Es ist mir ein Vergnügen.«

»Das Projekt ist hier in den letzten zwei Tagen *das* heiße Thema gewesen«, warf Giovanni ein, während Miranda die Bronze aus dem Samt wickelte. »Ah!« Er stieß einen Seufzer aus, als sie sie auf die Theke stellte. »*Bella, molto bella.*«

»Eine feine Arbeit.« Richard rückte seine Brille zurecht und betrachtete die Skulptur eingehend. »Einfach. Fließend. Wundervolle Form und Details. Perspektive.«

»Sinnlich«, sagte Giovanni und beugte sich über die Bronze, um sie von Nahem zu betrachten. »Die Arroganz und Haltung einer echten Frau.«

Miranda zog eine Augenbraue hoch und wandte sich an Richard. »Erkennen Sie sie?«

»Es ist die *Dunkle Lady* der Medicis.«

»Das ist auch meine Meinung. Und der Stil?«

»Renaissance, ohne Frage.« Richard strich vorsichtig mit dem Finger über den linken Wangenknochen der Figur. »Sie hat offenbar für sich selbst Modell gestanden und nicht als Vorlage für eine mythologische oder religiöse Gestalt gedient.«

»Ja, die Lady als die Lady«, stimmte Miranda zu. »Der Künstler hat sie vermutlich so dargestellt, wie sie war. Vom Standpunkt des Künstlers aus würde ich sagen, er kannte sie persönlich. Ich werde nach Dokumenten suchen müssen. Ihre Hilfe wäre dabei von unschätzbarem Wert.«

»Es würde mich freuen, wenn ich Ihnen behilflich sein kann. Wenn sich diese Bronze als authentischer Kunstgegenstand aus der Renaissance erweist, wäre das ein echter Coup für Standjo. Und für Sie, Dr. Jones.«

Daran hatte Miranda auch schon gedacht. In der Tat. Trotzdem lächelte sie nur verhalten. »Es geht dabei nicht um mich. Wenn sie eine gewisse Zeit lang in der Umgebung gelegen hat, in der sie gefunden wurde – und das ist offensichtlich so –, muss die Korrosion sie beschädigt haben. Ich will natürlich die Resultate der entsprechenden Untersuchung«, sie wandte sich an Giovanni, »aber sie sind nicht genau genug, dass ich mich nur darauf verlassen kann.«

»Du kannst relative Vergleiche vornehmen – Thermolumineszenz.«

»Richtig.« Wieder lächelte sie Richard an. »Wir werden auch den Stoff und das Holz von der Treppenstufe testen. Aber schriftliche Dokumente würden alles natürlich noch viel schlüssiger machen.«

Miranda lehnte sich an den kleinen Eichenschreibtisch. »Sie wurde im Keller der Villa der Donna Oscura gefunden, verborgen unter der untersten Treppenstufe. Ich bekomme einen Bericht der Details, die wir bis jetzt kennen. Nur für Sie drei und Vincente«, fügte sie hinzu. »Sicherheit ist eines der Hauptanliegen der *direttrice*. Wer Ihnen assistieren will, muss Geheimhaltungsstufe A erfüllen, und die Daten, die Sie weitergeben, müssen sich auf ein Minimum beschränken, bis wir alle Tests abgeschlossen haben.«

»Also gehört sie jetzt uns.« Giovanni zwinkerte ihr zu.

»Sie gehört mir«, verbesserte Miranda ihn mit ernstem Lächeln. »Ich brauche absolut jede Information über die Villa und über die Frau. Ich will sie kennenlernen.«

Richard nickte. »Ich fange sofort an.«

Miranda wandte sich wieder der Bronze zu. »Wir wollen doch mal sehen, woraus sie besteht«, murmelte sie.

Ein paar Stunden später ließ Miranda ihre Schultern kreisen und reckte sich. Die Skulptur stand vor ihr und lächelte hintergründig. In dem Stück Patina und Metall, das Miranda abgeschabt hatte, gab es keine Spuren von Kupfer oder Silikonbronze, kein Platin und auch kein anderes der Metalle oder Materialien, die in der Renaissance nicht benutzt worden waren. Die Bronze hatte einen Tonkern, wie ihn jedes Stück aus jener Zeit besaß. Die ersten Tests der Korrosionsschichten zeigten spätes fünfzehntes Jahrhundert an.

Sei nicht zu voreilig, befahl Miranda sich. Erste Tests sagten nicht genug aus. Bis jetzt hatte sie nur die Negativa abgeklärt. Es gab nichts Ungewöhnliches, nichts, was nicht an seinen Platz gehörte, kein Anzeichen für ein Werkzeug, das nach ihrer visuellen Überprüfung nicht in die Zeit passte. Aber die Positiva musste sie erst noch bestimmen.

War die Dame echt oder falsch?

Miranda nahm sich die Zeit für eine Tasse Kaffee und aß etwas von den Crackern mit Käse, die Elise ihr statt eines Mittagessens bereitgestellt hatte. Sie spürte den Jetlag, beschloss aber, ihn zu ignorieren. Der Kaffee, stark, schwarz und wirkungsvoll, wie nur Italiener ihn machten, pumpte Koffein durch ihre Adern und überdeckte die Müdigkeit. Dieser Zustand würde wohl noch eine ganze Weile vorhalten.

Miranda begann, den vorläufigen Bericht für ihre Mutter in den Computer einzugeben. Er war knapp und trocken, bar jeder Spekulation und vollkommen unpersönlich. Sicher, die Bronze stellte für sie ein Rätsel, ein Geheimnis dar, das sie lösen wollte, aber derart romantische Vorstellungen hatten in ihrem Bericht nichts zu suchen.

Sie schickte ihr den Bericht via E-Mail, speicherte ihn unter ihrem Passwort auf der Festplatte und nahm dann die Skulptur für den letzten Test des Tages mit sich.

Die Technikerin sprach nur wenig englisch und hatte viel zu viel Respekt vor der Tochter der *direttrice*, als dass Miranda sich in ihrer Gegenwart wohlgefühlt hätte. Also schickte sie sie zum Kaffeeholen und begann mit dem Thermoluminiszenzprozess allein.

Durch ionisierende Strahlung fing sie Elektronen im Hochenergiezustand im Tonkern der Bronze ein. Waren die Kristalle im Tonkern erhitzt, gaben sie Lichtgarben ab. Miranda machte sich in ihrem Notizbuch über jeden Schritt und jedes Ergebnis Notizen. Zusätzlich trug sie die Messungen der Lichtgarben ein. Dann erhöhte sie die Strahlung und erhitzte den Ton erneut, um zu messen, wie empfänglich er für das Einfangen der Elektronen war. Auch diese Messungen übertrug sie sorgfältig.

Im nächsten Schritt testete sie die Strahlungslevel des Ortes, an dem die Skulptur entdeckt worden war. Dabei überprüfte sie sowohl die Schmutzproben als auch das Holz.

Der Rest war nur noch Mathematik. Obwohl die Methode nicht hundertprozentig genau war, trug sie dennoch zur Gesamtsicht bei.

Spätes fünfzehntes Jahrhundert. Es gab keinen Zweifel.

In dieser Zeitspanne hat Savonarola gegen Völlerei und heidnische Kunst gewettert, dachte Miranda. Die Bronze war ein grandioser Fußtritt für diese engstirnige Gedankenwelt. Die Medicis herrschten über Florenz, und der inkompetente Piero l'Infortunato trug für eine kurze Zeit die Krone, bis ihn König Karl VIII. von Frankreich aus der Stadt jagte.

Der frühe Ruhm der Renaissance war gerade dabei zu verblassen, als der Architekt Brunelleschi, der Bildhauer Donatello und der Maler Masaccio Form und Funktion der Kunst revolutionierten.

Aus ihnen entstand die nächste Generation in der Dämmerung des sechzehnten Jahrhunderts – Leonardo, Michelangelo und Raffael, Nonkonformisten, die nach reiner Originalität strebten.

Sie kannte den Künstler. Tief in ihrem Innern, in ihrem Herzen kannte sie ihn. Alles, was er geschaffen hatte, hatte sie so intensiv und genau studiert, wie eine Frau das Gesicht ihres Liebhabers studiert.

Aber im Labor haben Gefühle nichts zu suchen, ermahnte sie sich, und auch die Instinkte nicht. Sie würde alle Tests noch einmal durchführen. Und noch ein drittes Mal. Sie würde die bekannten Formeln für Skulpturen aus dieser Zeit miteinander vergleichen und jeden Bestandteil, jede Legierung wieder und wieder überprüfen. Sie würde Richard Hawthorne wegen schriftlicher Dokumente drängen.

Und sie würde die Antworten finden.

3

Der Sonnenaufgang über den Dächern und Kuppeln von Florenz war ein großartiger Augenblick. Kunst und Pracht in einem. Das gleiche zarte Licht hatte über der Stadt gelegen, als Männer die großartigen Kuppeln und Türme entworfen und gebaut hatten, sie mit Marmor aus den Hügeln verkleidet und mit den Bildern von Heiligen und Göttern geschmückt hatten.

Langsam verblassten die Sterne, und der samtschwarze Himmel wurde perlgrau. Die Silhouetten der langen, schlanken Pinien am Fuß der toskanischen Hügel flimmerten, während das Licht stärker wurde und schließlich erstrahlte.

Während die Sonne aufging und die Luft mit ihrem Gold erfüllte, war die Stadt so still wie ganz selten. Dann wurde das eiserne Gitter am Zeitungsstand rasselnd hochgezogen, und der Besitzer bereitete sich gähnend auf den Arbeitstag vor. Nur wenige Fenster der Stadt waren erleuchtet, und eins davon war Mirandas.

Sie zog sich rasch an, ohne auf das prachtvolle Schauspiel vor dem Fenster ihres Hotelzimmers zu achten. In Gedanken war sie schon bei der Arbeit.

Welche Fortschritte würde sie heute machen? Um wie viel würde sie der Antwort näherkommen? Sie arbeitete mit Fakten, und bei diesen Fakten würde sie auch verharren, ganz gleich wie verführerisch es wäre, auf die nächste Ebene zu springen. Instinkten konnte man nicht immer trauen, der Wissenschaft jedoch schon.

Sie band ihre Haare zurück und schlüpfte in ein Paar niedrige Pumps, die zu ihrem einfachen, marineblauen Kostüm passten.

Wenn sie so früh ins Labor ging, würde sie ein paar Stunden lang ungestört allein arbeiten können. Obwohl sie es schätzte, Experten zur Seite zu haben, war die *Dunkle Lady* schon ganz die ihre geworden. Jeder Schritt des Projekts sollte ihren Stempel tragen.

Sie hielt dem verschlafen blickenden Wachmann hinter der Glastür ihren Ausweis hin. Zögernd verließ er sein Frühstück und schlurfte zur Tür, um einen misstrauischen Blick auf die Karte und ihr Gesicht zu werfen. Seufzend schloss er dann die Tür auf.

»Sie sind sehr früh dran, Dottoressa Jones.«

»Ich habe zu tun.«

Nach Meinung des Wachmanns hatten die Amerikaner anscheinend sowieso nichts anderes im Kopf. »Sie müssen sich in das Besucherbuch eintragen.«

»Natürlich.« Als Miranda an die Rezeption trat, stieg ihr der Duft seines Kaffees in die Nase. Rasch kritzelte sie ihren Namen und die Ankunftszeit in das Buch.

»*Grazie.*«

»*Prego*«, murmelte sie und ging zum Aufzug. Sie würde sich jetzt auch erst einmal Kaffee kochen. Schließlich konnte sie keinen klaren Gedanken fassen, bevor sie nicht zumindest ein bisschen Koffein zu sich genommen hatte.

Mit ihrer Schlüsselkarte verschaffte sie sich Zugang zum richtigen Stockwerk, und als sie in dem Sicherheitsbereich vor dem Labor stand, gab sie ihren Code ein. Drinnen schaltete sie die Neonbeleuchtung an und blickte sich rasch um. Alles war in Ordnung und aufgeräumt.

Mutter erwartet das auch, dachte sie. Sie toleriert bei ihren Angestellten nur Ordnung und Effizienz. Bei ihren Kindern ebenfalls. Miranda zuckte mit den Schultern, als wolle sie den lästigen Gedanken abstreifen.

Innerhalb weniger Minuten hatte sie sich Kaffee gekocht, ihren Computer eingeschaltet und überflog nun noch einmal ihre Notizen vom Vortag.

Falls sie beim ersten Schluck des heißen, starken Kaffees aufstöhnte, so konnte es niemand hören. Falls sie sich mit geschlossenen Augen und einem verträumten Lächeln in ihrem Stuhl zurücklehnte, so konnte es niemand sehen. Fünf Minuten lang erlaubte sie sich, nur zu genießen, nur eine Frau zu sein, die die kleinen Freuden des Lebens schätzte. Sie schlüpfte aus ihren Pumps, und ihr scharfgeschnittenes Gesicht entspannte sich. Fast hätte sie geschnurrt.

Dann stand sie auf, goss sich eine weitere Tasse Kaffee ein, zog ihren Laborkittel über und machte sich an die Arbeit.

Miranda testete noch einmal die Schmutzproben vom Fundort, maß die Strahlung und notierte die Ergebnisse. Noch einmal testete sie den Ton, der der Skulptur vorsichtig entnommen worden war. Sie gab eine Probe von beidem auf je einen Objektträger, dann legte sie die Bronze- und Patinasplitter, die sie von der Figur abgekratzt hatte, auf ein weiteres Glasplättchen, und betrachtete sie alle drei nacheinander unter dem Mikroskop.

Sie starrte gerade angestrengt auf den Monitor ihres Computers, als die Angestellten nach und nach eintrafen. Giovanni brachte ihr eine frische Tasse Kaffee und ein süßes Brötchen.

»Sag mir, was du siehst«, forderte sie ihn auf, während sie weiterhin auf den Bildschirm blickte.

»Ich sehe eine Frau, die sich nicht entspannen kann.« Er legte ihr die Hände auf die Schultern und rieb sie sanft. »Miranda, du bist jetzt seit einer Woche hier und hast dir noch keine Stunde Zeit für dich selbst genommen.«

»Was siehst du, Giovanni?«

»Ah.« Er massierte ihre Schultern weiter, schob aber seinen Kopf neben ihren, damit er auf den Bildschirm blicken konnte. »Den Hauptverfallsprozess, Korrosion. Die weiße Linie dort zeigt die Originaloberfläche der Skulptur an, *no?*«

»Ja.«

»Die Korrosion ist dick auf der Oberfläche, und unten geht sie tief ins Metall, was typisch für eine vierhundert Jahre alte Bronze wäre.«

»Wir müssen genau bestimmen, um wie viel sie dicker wird.«

»Das ist nicht leicht«, entgegnete er. »Die Figur hat in einem feuchten Keller gelegen. Da ist die Korrosion bestimmt schnell vonstattengegangen.«

»Das beziehe ich mit ein.« Miranda nahm ihre Brille ab und rieb sich die Druckstelle auf dem Nasenrücken. »Die Temperatur und die Feuchtigkeit. Wir können den Durchschnitt berechnen. Ich habe noch nie erlebt, dass solche Korrosionslevel nachgemacht worden sind. Sie sind wirklich da, Giovanni, sie sind in ihr drin.«

»Der Stoff ist nicht mehr als hundert Jahre alt. Wahrscheinlich sogar zehn bis zwanzig Jahre weniger.«

»Hundert?« Irritiert sah Miranda ihn an. »Bist du sicher?«

»Ja. Du kannst es selbst testen, aber du wirst sehen, dass ich recht habe. Achtzig bis hundert Jahre. Nicht mehr.«

Sie wandte sich wieder dem Computer zu. Ihre Augen sahen, was sie sahen, und ihr Kopf wusste, was er wusste. »In Ordnung. Dann müssen wir also annehmen, dass die Skulptur seit achtzig bis hundert Jahren in Stoff eingewickelt in diesem Keller lag. Aber alle Tests beweisen, dass die Bronze selbst sehr viel älter ist.«

»Vielleicht. Hier, iss dein Frühstück!«

»Mmh.« Geistesabwesend biss sie in das Brötchen. »Vor achtzig Jahren – zu Anfang dieses Jahrhunderts. Der Erste Weltkrieg. In Kiegszeiten werden Wertgegenstände häufig versteckt.«

»Ganz genau.«

»Aber wo war sie vorher? Warum habe ich noch nie von ihr gehört? Sie war auch versteckt, als Piero Medici aus der Stadt vertrieben wurde«, murmelte sie. »Während der italienischen Kriege vielleicht ebenfalls. Versteckt, ja, das könnte möglich sein. Aber vergessen?« Unzufrieden schüttelte sie den Kopf. »Das ist nicht das Werk eines Amateurs, Giovanni.« Sie gab dem Computer den Befehl, das Bild auszudrucken. »Das ist das Werk eines Meisters. Irgendwo muss es eine Niederschrift geben. Ich muss mehr über diese Villa, mehr über die Frau wissen. Wem hat sie ihren Besitz hinterlassen, wer wohnte in der Villa, nachdem sie gestorben war? Hatte sie Kinder?«

»Ich bin Chemiker«, sagte er lächelnd, »kein Historiker. Danach solltest du Richard fragen.«

»Ist er schon da?«

»Er ist immer pünktlich. Warte.« Leise lachend ergriff Giovanni sie am Arm, bevor sie weglaufen konnte. »Komm heute Abend mit mir zum Essen.«

»Giovanni.« Liebevoll drückte Miranda seine Hand und wand sich aus seinem Griff. »Es ist nett von dir, dass du dir Sorgen um mich machst, aber mir geht es gut. Ich habe zu viel zu tun, um abends auszugehen.«

»Du arbeitest zu viel und pflegst dich nicht genug. Ich bin dein Freund, also muss ich mich wohl um dich kümmern.«

»Ich verspreche dir, dass ich mir vom Zimmerservice ein üppiges Mahl servieren lasse, wenn ich heute abend in meinem Zimmer arbeite.«

Sie hauchte ihm einen Kuss auf die Wange. Genau in diesem Moment ging die Tür auf. Elise zog die Augenbrauen hoch und presste missbilligend die Lippen zusammen.

»Es tut mir leid, wenn ich dich störe, Miranda, aber die Direktorin möchte, dass du um halb fünf zu einem Gespräch über deine Fortschritte in ihr Büro kommst.«

»Natürlich, Elise. Weißt du, ob Richard einen Moment Zeit hat?«

»Wir stehen alle zu deiner Verfügung.«

»Genau das habe ich ihr auch gesagt.« Giovanni grinste, offenbar immun gegen Elises frostige Miene, und schlüpfte aus dem Zimmer.

»Miranda ....« Nach kurzem Zögern trat Elise näher und schloss die Tür hinter sich. »Ich hoffe, du bist nicht beleidigt, aber ich glaube, ich sollte dich warnen, dass Giovanni ...«

Amüsiert über Elises offensichtliches Unbehagen verzog Miranda leicht die Mundwinkel. »Giovanni?«

»Er ist brillant bei seiner Arbeit, ein wertvoller Mitarbeiter von Standjo. Aber er ist ein Casanova.«

»Das würde ich nicht sagen.« Miranda setzte ihre Brille auf und zog sie auf die Nasenspitze, um sich die Patina genau anzusehen. »Ein Casanova gebraucht Frauen. Giovanni hingegen gibt.«

»Das mag ja stimmen, aber er flirtet mit jeder Frau hier.«

»Auch mit dir?«

Elise runzelte ihre perfekt geschwungenen Augenbrauen. »Gelegentlich. Ich toleriere das als Teil seiner Persönlichkeit. Aber Flirts und verstohlene Küsse gehören nicht ins Labor.«

»Gott, du hörst dich an wie meine Mutter.« Nichts hätte Miranda mehr irritieren können. »Aber ich werde daran denken, Elise, wenn Giovanni und ich das nächste Mal wilden Sex im Labor haben.«

»Ich habe dich gekränkt«, seufzte Elise und hob in einer hilflosen Geste die Hände. »Dabei wollte ich doch nur ... Er kann eben so charmant sein. Ich bin ja selbst beinahe darauf hereingefallen, als ich hier ankam. Ich war damals so deprimiert und unglücklich.«

»Ach ja?«

Bei Mirandas eisigem Tonfall straffte Elise ihre schmalen Schultern. »Ich habe nicht gerade einen Luftsprung vor Freude gemacht, als ich mich von deinem Bruder scheiden ließ, Miranda. Es war eine schmerzliche und schwierige Entscheidung, und ich kann nur hoffen, dass sie richtig war. Ich habe Drew geliebt, aber er …« Ihre Stimme versagte, und sie schüttelte heftig den Kopf. »Ich kann nur sagen, dass es für uns beide eben nicht gereicht hat.«

Als sie den feuchten Schimmer in Elises Augen sah, schämte sich Miranda. »Es tut mir leid«, murmelte sie. »Es ist alles so schnell gegangen. Ich habe nicht geglaubt, dass es dir etwas ausmacht.«

»Doch, das hat es. Und es ist mir immer noch nicht gleichgültig.« Elise seufzte und drängte die Tränen zurück. »Ich wünschte, es wäre anders gewesen, aber es war eben so. Ich muss mein Leben leben.«

»Ja.« Miranda zuckte mit den Schultern. »Andrew ist es schlecht gegangen, und es war leichter für mich, dir die Schuld zu geben. Aber wahrscheinlich ist es nie nur die Schuld eines einzelnen, wenn eine Ehe auseinanderbricht.«

»Wir haben beide irgendwie nicht zur Ehe getaugt, und deshalb war es letztendlich wohl besser, sie zu beenden, als ständig etwas vorzutäuschen.«

»Wie meine Eltern?«

Elise riss die Augen auf. »Oh, Miranda, ich wollte nicht …«

»Ist schon in Ordnung. Du hast ja recht. Meine Eltern leben schon seit fünfundzwanzig Jahren nicht mehr unter demselben Dach, aber keiner von beiden denkt daran, die Ehe zu beenden. Andrew mag verletzt sein, aber alles in allem ziehe ich deine Entscheidung vor.«

Miranda gestand sich ein, dass sie selbst diesen Weg auch gewählt hätte – wenn sie jemals den Fehler begangen hätte zu heiraten. Scheidung war eine menschlichere Alternative als die blasse Illusion einer Ehe.

»Soll ich mich für all die bösen Gedanken entschuldigen, die ich im letzten Jahr über dich gehabt habe?«

Elise lächelte. »Lieber nicht. Ich verstehe deine Loyalität Drew gegenüber. Ich bewundere das. Schließlich weiß ich, wie nahe ihr euch seid.«

»Wir treten zwar gemeinsam auf, gehen aber getrennt zur Therapie.«

»Wir sind nie wirklich Freundinnen geworden. Wir waren Kolleginnen, dann Verwandte, aber Freundinnen sind wir nie geworden, obwohl wir so viel gemeinsam haben. Vielleicht geht es ja gar nicht – aber ich möchte gern mit dir befreundet sein.«

»Ich habe nicht viele Freunde.« Die Gefahr, dass jemand mir zu nahe kommt, ist zu groß, dachte Miranda in aufkeimender Selbsteinsicht. »Es wäre also dumm von mir, dein Angebot abzulehnen.«

Elise öffnete die Tür. »Ich habe auch nicht viele Freunde«, erwiderte sie leise. »Es ist schön, dass es jetzt dich gibt.«

Gerührt blickte Miranda ihr nach. Dann nahm sie ihre Ausdrucke und Proben und verschloss sie im Safe.

Sie sprach kurz mit Carter und beauftragte ihn, alle Quellen für Skulptur-Formeln der entsprechenden Zeit zu überprüfen – obwohl sie es bereits getan hatte und auch noch einmal tun würde.

Als sie bei Richard eintrat, war er in Computerausdrucken und Büchern geradezu vergraben. Er hing mit der Nase über den Seiten wie ein Bluthund auf der Fährte.

»Haben Sie etwas Brauchbares gefunden?«, fragte Miranda.

»Hm?« Er blinzelte, blickte aber nicht auf. »Die Villa ist 1489 fertiggestellt worden. Lorenzo de' Medici hat den Architekten beauftragt, aber die Schenkungsurkunde ist auf Giulietta Buonadoni ausgestellt.«

»Sie war eine mächtige Frau.« Miranda zog sich einen Stuhl heran. »Es wäre für eine Mätresse nicht ungewöhnlich gewesen, einen so wertvollen Besitz zu verwalten. Sie war ziemlich geschäftstüchtig.«

»Außergewöhnlich schöne Frauen haben schon immer große Macht gehabt«, murmelte er. »Wenn sie klug sind, wissen sie, wie sie ihre Schönheit einsetzen müssen. Und die Geschichte zeigt, dass sie klug war.«

Miranda nahm ein Foto der Skulptur aus ihrem Ordner und sah es fasziniert an. »Sie können an ihrem Gesicht sehen, dass sie sich ihres eigenen Wertes bewusst war. Was lässt sich sonst noch über sie erzählen?«

»Ihr Name wird von Zeit zu Zeit erwähnt. Aber es gibt nicht allzu viele Einzelheiten. Wir wissen zum Beispiel kaum etwas über ihre Herkunft. Ich kann jedenfalls nichts finden. Nach meiner Erkenntnis wird sie zum ersten Mal 1487 erwähnt. Es gibt Hinweise darauf, dass sie zum Haushalt der Medicis gehörte und wahrscheinlich eine Cousine von Clarice Orsini war.«

»Also hat Lorenzo die Cousine seiner Frau zu seiner Geliebten gemacht und es damit sozusagen in der Familie gehalten«, sagte sie lächelnd.

Richard nickte nur. »Das würde erklären, wie er auf sie aufmerksam geworden ist. Eine andere Quelle allerdings behauptet, sie sei möglicherweise die illegitime Tochter eines der Mitglieder von Lorenzos Neoplatonischer Akademie gewesen. Dadurch wäre sie ebenfalls automatisch in sein Blickfeld geraten. Doch wie auch immer sie sich kennengelernt haben, 1489 hat er ihr das Haus geschenkt. Offensichtlich hatte sie ebenso viel Kunstverstand wie er und nutzte ihre Macht und ihren Einfluss, um alle Persönlichkeiten der Zeit unter ihrem Dach zu versammeln. Sie starb 1530, während der Belagerung von Florenz.«

»Interessant.« Auch eine Zeit, in der Wertgegenstände versteckt werden mussten, dachte Miranda. Sie lehnte sich zurück und spielte mit ihrer Brille. »Dann starb sie also, bevor es sicher war, dass die Medicis an der Macht blieben.«

»Es sieht so aus.«

»Kinder?«

»Ich habe nichts gefunden.«

»Geben Sie mir ein paar von diesen Büchern«, sagte sie. »Ich helfe Ihnen bei der Durchsicht.«

Vincente Morelli war eine Art Onkel für Miranda. Er kannte ihre Eltern bereits vor ihrer Geburt und hatte jahrelang die Werbung und die Öffentlichkeitsarbeit für das Institut in Maine gemacht.

Als seine erste Frau krank wurde, ging er mit ihr zurück nach

Florenz und musste sie dort vor zwölf Jahren begraben. Er trauerte drei Jahre um sie, dann heiratete er, zu jedermanns Überraschung, ganz plötzlich eine leidlich erfolgreiche Schauspielerin. Die Tatsache, dass Gina zwei Jahre jünger war als seine älteste Tochter, rief bei seiner Familie Unverständnis hervor und löste bei seinen Partnern höhnisches Grinsen aus.

Vincente war rund wie ein Fass, mit Beinen wie Baumstämme, während seine Frau aussah wie die junge Sophia Loren, beeindruckend, üppig und sinnlich, mit Unmengen von Goldschmuck behangen.

Sie waren ungestüm, lärmend und manchmal ordinär. Miranda liebte sie beide, fragte sich jedoch oft, wie solch ein extrovertiertes Paar schon so lange in enger Verbindung zu ihrer Mutter stehen konnte.

»Ich habe Kopien des Berichts nach oben geschickt«, sagte Miranda zu Vincente, der ihr kleines Büro mit seinem Bauch und seiner Persönlichkeit vollkommen ausfüllte. »Ich nehme an, du willst über die Fortschritte auf dem Laufenden gehalten werden, und wenn wir so weit sind, dass wir etwas an die Medien geben können, kannst du Daten aus dem Bericht ziehen.«

»Ja, ja, über die Fakten zu schreiben ist einfach, aber sag mir, was du denkst, *cara!* Gib mir ein bisschen Farbe.«

»Ich denke, dass noch viel Arbeit vor uns liegt.«

»Miranda«, begann Vincente langsam, während er sich in dem Stuhl zurücklehnte, der unter seinem Gewicht alarmierend ächzte. »Deine wunderbare Mutter hat mir die Hände gebunden, bis alles endgültig abgeklärt ist. Wenn ich also diese Geschichte endlich in die Presse bringen darf, muss sie eindrucksvoll, leidenschaftlich und romantisch sein.«

»Wenn die Skulptur sich als echt herausstellt, dann ist das eindrucksvoll genug.«

»Ja, ja, aber das reicht nicht. Die reizende, begabte Tochter der *direttrice* kommt extra über den Atlantik. Eine Lady kommt sozusagen zu der anderen. Was denkst du über sie? Was für ein Gefühl hast du?«

Miranda zog eine Augenbraue hoch und klopfte mit ihrem Stift gegen die Schreibtischkante. »Ich denke, dass die Fiesole-Bronze neunzig Komma vier Zentimeter groß ist und dass sie vierundzwanzig Komma achtundsechzig Kilogramm wiegt. Es ist ein weiblicher Akt«, fuhr sie fort, wobei sie ein Lächeln unterdrückte, als Vincente die Augen zur Decke verdrehte, »im Stil der Renaissance. Die bisherigen Tests haben ergeben, dass sie im letzten Jahrzehnt des fünfzehnten Jahrhunderts entstanden ist.«

»Du bist genau wie deine Mama.«

»Wenn du mich beleidigst, sage ich gar nichts mehr«, warnte Miranda ihn. Sie grinsten einander an.

»Du machst mir meinen Job nicht leicht, *cara*.« Wenn es an der Zeit war, dachte Vincente, würde er der Presse seine eigenen Mutmaßungen weitergeben.

Elizabeth studierte den Bericht genau. Miranda war sehr sorgfältig mit den Fakten, Zahlen und Formeln umgegangen, bei jedem Schritt und in jeder Phase der Tests. Trotzdem konnte man deutlich sehen, welcher Theorie sie anhing und was sie für das Ergebnis hielt.

»Du hältst sie für echt?«

»Jeder Test zeigt an, dass ihr Alter zwischen vier- und fünfhundert Jahren liegt. Du hast Kopien der computergesteuerten Fotos und von den chemischen Tests.«

»Wer hat sie gemacht?«

»Ich.«

»Und wer hat den Thermoluminiszenzprozess durchgeführt?«

»Ich.«

»Und die Stildatierung ist auch von dir. Die Dokumentation stammt ebenfalls aus deinen eigenen Recherchen. Du hast die chemischen Tests überwacht, die Patina und das Metall persönlich getestet und hast die Formelvergleiche gemacht.«

»Hast du mich nicht deshalb kommen lassen?«

»Ja, aber ich habe dir auch ein Team von Experten zur Verfügung gestellt. Ich hatte erwartet, dass du mehr Nutzen daraus ziehst.«

»Wenn ich die Tests selbst durchführe, habe ich sie besser unter Kontrolle«, erwiderte Miranda knapp. »Es gibt weniger Irrtümer. Das ist schließlich mein Gebiet. Ich habe bereits fünf Stücke

51

aus dieser Zeit bestimmt. Drei davon Bronzeskulpturen, eine von Cellini.«

»Bei dem Cellini gab es eine unübertroffene Dokumentation und Ausgrabungsberichte.«

»Das spielt keine Rolle«, entgegnete Miranda ärgerlich. »Ich habe bei dem Cellini genau die gleichen Tests gemacht wie hier. Ich habe Rücksprache mit dem Louvre, dem Smithsonian und dem Bargello gehalten. Ich glaube, meine Referenzen sind in Ordnung.«

Erschöpft lehnte Elizabeth sich zurück. »Niemand stellt deine Referenzen oder deine Fähigkeiten infrage. Ich hätte dich kaum extra für dieses Projekt hierherkommen lassen, wenn ich das täte.«

»Warum passt es dir dann jetzt nicht, dass ich die Arbeit gemacht habe?«

»Es war lediglich ein Kommentar über deine mangelnde Fähigkeit, im Team zu arbeiten, Miranda, und außerdem fürchte ich, du hast dir bereits in dem Moment deine Meinung gebildet, als du die Bronze gesehen hast.«

»Ich habe die Zeit, den Stil und den Künstler erkannt.« Genau wie du, dachte Miranda wütend. Verdammt, genau wie du. »Und doch«, fuhr sie kühl fort, »habe ich jeden Standardtest mehrere Male durchgeführt und den Vorgang und die Ergebnisse genauestens dokumentiert. Daraus kann ich mir eine Meinung bilden und glauben, dass die Skulptur, die im Moment im Safe liegt, Giulietta Buonadoni darstellt, gegen Ende des fünfzehnten Jahrhunderts entstanden ist und das Werk des jungen Michelangelo Buonarroti ist.«

»Ich würde eher sagen, der Stil stammt aus der Schule Michelangelos.«

»Die Skulptur ist ein zu frühes Werk, um aus seiner Schule zu stammen. Er war damals kaum zwanzig. Und nur ein Genie kann ein Genie nachahmen.«

»Meines Wissens gibt es keine Dokumentation, die die Bronze als ein Werk dieses Künstlers ausweist.«

»Dann muss diese Dokumentation eben noch gefunden werden, oder es hat sie nie gegeben. Die Dokumentationen vieler dieser Stücke sind verloren gegangen. Warum sollten wir nicht wieder einmal ein Kunstwerk ohne Dokumentation haben? Die

Skizze für das Fresco von der Schlacht von Cascina – verloren gegangen. Seine Skulptur von Julius dem Zweiten – zerstört und vernichtet. Viele seiner Zeichnungen von ihm selbst kurz vor seinem Tod verbrannt.«

»Immerhin wissen wir, dass es sie gab.«

»Die *Dunkle Lady* gibt es auch. Das Alter ist richtig, der Stil ist richtig, vor allem wenn man bedenkt, dass es eine frühe Arbeit von ihm war. Er muss ungefähr achtzehn gewesen sein, als sie entstanden ist. Er hatte bereits die *Madonna mit dem Kind an der Treppe* und die *Kentaurenschlacht* geschaffen. Er hatte sein Genie bereits unter Beweis gestellt.«

Da sie sich selbst als geduldige Frau bezeichnete, nickte Elizabeth nur unmerklich mit dem Kopf. »Es gibt keinen Zweifel, dass die Bronze eine hervorragende Arbeit und eindeutig in seinem Stil gehalten ist. Das ist jedoch noch kein Beweis, dass sie auch sein Werk ist.«

»Er lebte im Palast der Medici, wurde dort wie Lorenzos Sohn behandelt. Es *gibt* Beweise, dass sie einander kannten. Sie stand oft Modell, und es wäre sehr ungewöhnlich, wenn sie gerade *ihm* nicht Modell gestanden hätte. Du wusstest, dass es diese Möglichkeit gab, als du nach mir geschickt hast.«

»Spekulationen und Fakten sind unterschiedliche Dinge, Miranda.« Elizabeth faltete die Hände. »Wie du am ersten Tag bereits sagtest, Spekulationen sind nicht dein Job.«

»Ich nenne dir gerade Fakten. Die Bronzeformel ist korrekt, absolut korrekt, und das Röntgen hat ergeben, dass das verwendete Werkzeug für die Zeit authentisch ist. Der Tonkern und Materialsplitter sind datiert worden. Die Tests zeigen nach innen zunehmende Korrosion. Die Patina ist korrekt. Die Skulptur ist spätes fünfzehntes Jahrhundert, höchstwahrscheinlich aus der letzten Dekade.«

Miranda hob die Hand, bevor ihre Mutter etwas entgegnen konnte. »Als Expertin auf diesem Gebiet bin ich nach sorgfältiger und objektiver Untersuchung der Bronze zu dem Schluss gelangt, dass die Skulptur von Michelangelo stammt. Es fehlt nur seine Signatur. Aber er hat normalerweise keins seiner Werke signiert, mit Ausnahme der *Pietà* in Rom.«

»Ich zweifle die Ergebnisse deiner Tests nicht an.« Elizabeth neigte den Kopf. »Deinen Schlussfolgerungen jedoch stehe ich skeptisch gegenüber. Wir können es uns nicht leisten, dass dein Enthusiasmus den Ausschlag gibt. Du wirst im Moment noch nichts davon gegenüber den anderen Mitarbeitern erwähnen. Und ich muss darauf bestehen, dass auch nichts außerhalb des Labors bekannt wird. Wenn irgendwelche Gerüchte zur Presse durchsickern, hätte das katastrophale Folgen.«

»Ich werde wohl kaum die Zeitungen anrufen und verkünden, dass ich einen verloren gegangenen Michelangelo entdeckt habe. Aber es ist so.« Miranda stützte sich mit den Händen auf die Schreibtischplatte und beugte sich vor. »Ich weiß es. Und früher oder später wirst du es auch zugeben müssen.«

»Nichts wäre mir lieber, das kann ich dir versichern. Aber bis dahin müssen wir Stillschweigen bewahren.«

»Mir geht es nicht um den Ruhm.« Obwohl Miranda ihn auf der Zungenspitze schmeckte. Sie konnte ihn geradezu fühlen, er prickelte in ihren Fingerspitzen.

»Uns allen geht es um den Ruhm«, verbesserte Elizabeth sie lächelnd. »Warum sollten wir das nicht zugeben? Wenn deine Theorie sich als richtig erweist, wirst du reichlich Ruhm ernten. Wenn nicht, schadest du deinem Ruf erheblich, wenn du deine Erkenntnisse zu früh hinausposaunst. Und auch meinem und dem dieses Instituts. Das, Miranda, werde ich nicht dulden. Fahr bitte mit der Dokumentensuche fort.«

»Das habe ich vor.« Miranda drehte sich auf dem Absatz um und marschierte hinaus. Sie würde einen ganzen Stapel von Büchern zusammensuchen, sie mit ins Hotel nehmen, und, bei Gott, sie würde das fehlende Verbindungsglied finden.

Als um drei Uhr früh das Telefon klingelte, saß Miranda, umgeben von Büchern und Papieren, auf dem Bett. Der schrille Doppelton riss sie aus einem farbigen Traum von sonnigen Hügeln und kühlen Marmorhallen, Brunnengeplätscher und Harfenklängen.

Verwirrt blinzelte sie in das Nachtlicht und griff nach dem Hörer.

»*Pronto.* Dr. Jones. Hallo?«

»Miranda, du musst so schnell wie möglich zu mir nach Hause kommen.«

»Was? Mutter!« Mit müden Augen starrte sie auf den Wecker, der auf dem Nachttisch stand. »Es ist drei Uhr früh.«

»Ich weiß selbst, wie spät es ist. Und der stellvertretende Minister weiß es auch. Er ist vor zwanzig Minuten von einem Reporter geweckt worden, der Details über die verloren gegangene Bronzeskulptur von Michelangelo wissen wollte.«

»*Was?* Aber ...«

»Ich möchte dieses Thema nicht am Telefon diskutieren.« Elizabeths Stimme bebte vor kaltem, kaum unterdrücktem Zorn. »Weißt du noch, wie du hierherkommst?«

»Ja, natürlich.«

»Ich erwarte dich in der nächsten halben Stunde«, sagte sie und legte auf.

Miranda schaffte es in zwanzig Minuten.

Elizabeths Heim war klein und elegant, ein zweistöckiges Stadthaus, wie es für Florenz typisch war, mit elfenbeinfarbenen Wänden und rotem Ziegeldach. Aus Kästen und Kübeln wucherten Blumen, die von der Haushälterin mit hingebungsvollem Eifer gepflegt wurden.

Durch die geschlossenen Läden fielen breite Lichtstreifen auf die dunkle Straße. Miranda hatte das Haus als geräumig in Erinnerung, eine attraktive Umgebung für Feste. Es wäre jedoch weder der Mutter noch der Tochter in den Sinn gekommen, dass Miranda hier hätte wohnen können, wenn sie in Florenz war.

Die Tür wurde aufgerissen, noch bevor sie klopfen konnte. Elizabeth stand im Rahmen, sorgfältig zurechtgemacht, in einem pfirsichfarbenen Kleid.

»Was ist passiert?«, fragte Miranda.

»Genau das wollte ich dich fragen.« Nur ihre Selbstbeherrschung hinderte Elizabeth daran, die Tür zuzuknallen. »Wenn das deine Methode ist, die Richtigkeit deiner Expertise beweisen zu wollen und mir beruflichen Ärger zu bereiten, dann hast du nur Letzteres erreicht.«

»Ich weiß nicht, wovon du redest.« Miranda hatte sich nicht die Zeit genommen, sich zu frisieren, und fuhr sich jetzt ungeduldig mit der Hand durch die Haare, um sie aus der Stirn zu streichen. »Du hast gesagt, ein Reporter hätte angerufen …«

»Das ist richtig.«

Aufrecht wie ein General wandte Elizabeth sich um und ging in den vorderen Salon. Im Kamin war bereits Holz aufgeschichtet, es musste nur noch angezündet werden. Das Lampenlicht spiegelte sich in den polierten Möbeln. Auf dem Kaminsims stand eine Vase mit weißen Rosen und sonst nichts. Alle Farben waren weich und blass.

Ein Teil von Miranda registrierte genau das, was ihr immer auffiel, wenn sie dieses oder irgendein anderes Zimmer im Haus betrat. Eigentlich waren sie eher Ausstellungsräume als ein Zuhause, und ebenso kühl.

»Der Reporter hat sich natürlich geweigert, seine Quelle preiszugeben. Aber er verfügt über ziemlich viele Informationen.«

»Vincente würde nie etwas zu früh an die Presse weitergeben.«

»Nein«, stimmte Elizabeth ihr kühl zu, »Vincente ganz sicher nicht.«

»Könnte es sein, dass der Klempner – wie war noch gleich sein Name? – mit einem Reporter geredet hat?«

»Der Klempner hätte ihn wohl kaum mit Fotos der Skulptur und mit Testergebnissen versorgen können.«

»Testergebnisse.« Miranda wurden die Knie weich, und sie musste sich setzen. »Meine Tests?«

»Standjo-Tests«, presste Elizabeth zwischen zusammengebissenen Zähnen hervor. »Obwohl du sie durchgeführt hast, stehen sie immer noch unter der Verantwortlichkeit meines Labors. Und die Sicherheit dieses Labors ist durchbrochen worden.«

»Aber wie …« Jetzt endlich verstand sie den Tonfall und den Blick ihrer Mutter. Langsam erhob sie sich. »Du glaubst, ich hätte einen Reporter angerufen und ihm die Informationen gegeben? Geheime Fotos und Testergebnisse?«

Elizabeth ließ sich von Mirandas wütendem Gesicht nicht beeindrucken. »Und, hast du?«

»Nein! Selbst wenn wir nicht darüber geredet hätten, hätte ich ein Projekt nie auf diese Art und Weise gefährdet. Meine Reputation steht schließlich auch auf dem Spiel.«

»Sie könnte dadurch aber entscheidend aufgewertet werden.«

In Elizabeths Augen erkannte Miranda, dass sie sich ihre Meinung bereits gebildet hatte. »Du kannst zur Hölle gehen!«

»Der Reporter hat aus deinem Bericht zitiert.«

»Direkt zur Hölle – und nimm dein kostbares Labor gleich mit! Es hat dir immer schon mehr bedeutet als dein eigen Fleisch und Blut!«

»Mein kostbares Labor hat dir deine Ausbildung und eine Anstellung ermöglicht, und es hat dir die Möglichkeit gegeben, in deinem Gebiet an die Spitze zu gelangen! Jetzt wird wegen deiner Eile, deiner Verbohrtheit und deinem Ego meine professionelle Integrität infrage gestellt, und vielleicht ist auch dein Ruf zum Teufel. Die Bronzeskulptur wird heute zu einem anderen Institut gebracht.«

»Zu einem anderen Institut?«

»Wir sind gefeuert«, schnappte Elizabeth. Sie trat ans Telefon, das auf einem Tisch neben ihr klingelte. Kurz darauf kniff sie die Lippen zusammen und atmete zischend aus. »Kein Kommentar«, sagte sie auf italienisch und legte auf. »Schon wieder ein Reporter. Der dritte, der mich unter meiner Privatnummer anruft.«

»Das ist doch egal.« Obwohl Miranda völlig aufgewühlt war, blieb ihre Stimme ganz ruhig. »Sollen sie sie doch in ein anderes Institut bringen. Jedes auch nur einigermaßen ernstzunehmende Labor wird zum gleichen Ergebnis kommen wie ich.«

»Das ist genau die Arroganz, die uns in diese Lage gebracht hat.« Elizabeths Augen strahlten eine solch eisige Kälte aus, dass Miranda die dunklen Ringe gar nicht auffielen. »Ich habe Jahre darauf hingearbeitet, diesen Punkt zu erreichen. Ein Institut aufzubauen, das zu den besten in der Welt gehört.«

»Daran wird sich doch nichts ändern! Selbst in den besten Instituten gibt es durchlässige Stellen.«

»Aber nicht bei Standjo.« Elizabeths Seidenkleid wirbelte um ihre Beine, während sie erregt hin und her lief. Die dazu passenden Slipper hinterließen kein Geräusch auf den pinkfarbenen Rosen auf dem Teppich. »Ich werde sofort damit anfangen, den Schaden zu beheben. Ich erwarte von dir, dass du die Presse meidest und den nächsten Flug zurück nach Maine nimmst.«

»Ich fliege nicht, bevor ich hier nicht fertig bin.«

»Du bist fertig. Deine Arbeit für Standjo ist beendet.« Entschlossen und mit eisigem Blick drehte sich Elizabeth wieder zu ihrer Tochter um. »Dein Sicherheitsausweis gilt nicht mehr.«

»Ich verstehe. Eine schnelle Verurteilung ohne Gerichtsverhandlung. Eigentlich sollte mich das nicht überraschen«, sagte sie halb zu sich selbst. »Warum bin ich trotzdem überrascht?«

»Es ist jetzt nicht die Zeit, um dramatisch zu werden.«

Weil ihre Nerven bloßlagen, gestattete Elizabeth sich einen Brandy. In ihrem Kopf pochte es, was sie jedoch eher irritierte, als dass es ihr Schmerz bereitete.

»Es wird einige Mühe kosten, Standjo nach diesem Vorfall wieder in ruhiges Fahrwasser zu bringen. Und es wird Fragen geben, viele Fragen.« Mit dem Rücken zu Miranda goss Elizabeth sich einen doppelten Brandy ein. »Es wäre besser für dich, wenn du in dieser Zeit nicht hier wärst.«

»Ich habe keine Angst vor Fragen.« Langsam überfiel Miranda eine Panik. Sie sollte weggeschickt werden, man wollte ihr die *Dunkle Lady* wegnehmen! Ihre Arbeit wurde infrage gestellt, ihre Integrität angezweifelt! »Ich habe nichts Illegales oder Verwerfliches getan. Ich stehe zu meiner Meinung über die Skulptur. Weil sie richtig ist.«

»Ich kann es nur für dich hoffen. Die Presse kennt deinen Namen.« Elizabeth hob ihr Brandyglas zu einem unbewussten Toast. »Und, glaube mir, sie werden ihn benutzen.«

»Dann lass sie doch.«

»Arroganz«, zischte Elizabeth. »Offenbar hast du nicht bedacht, dass das alles auf mich zurückfällt, und zwar beruflich wie privat.«

»Du allerdings hast daran gedacht«, gab Miranda zurück, »als du mich hierherholtest, um deine eigenen Vermutungen verifizieren und bestätigen zu lassen. Du bist vielleicht die Direktorin von Standjo, aber du bist für diese Art von Arbeit nicht qualifiziert. Du wolltest nur den Ruhm.« Miranda schlug das Herz bis zum Hals. Sie trat näher. »Du hast nach mir geschickt, weil ich deinen Namen trage und von deinem Blut bin, wie sehr wir beide das auch bedauern mögen.«

Elizabeth kniff die Augen zusammen. Die Anschuldigung war nicht falsch, aber ganz stimmte sie auch nicht. »Ich habe dir die Chance deines Lebens geboten, wegen deiner Qualifikationen und, ja, weil du eine Jones bist. Du hast diese Chance jedoch nicht wahrgenommen, sondern vielmehr meiner Organisation geschadet.«

»Ich habe nur getan, worum du mich gebeten hast. Ich habe mit niemandem außerhalb des Instituts geredet und auch mit niemandem im Labor, außer mit den Leuten, die den Sicherheitsbestimmungen entsprechen.«

Elizabeth holte tief Luft. Sie rief sich ins Gedächtnis, dass sie ihre Entscheidung bereits getroffen hatte. Es hatte keinen Sinn, noch länger darüber zu reden. »Du wirst noch heute Italien verlassen. Du wirst nicht mehr ins Labor zurückkehren und auch mit niemandem Kontakt aufnehmen, der dort arbeitet. Wenn du dich nicht daran hältst, sehe ich mich leider gezwungen, deine Stelle im Museum zu kündigen.«

»Keiner von euch, weder du noch Vater, hat dafür die Verantwortung. Andrew und ich leiten inzwischen das Institut in Maine.«

»Wenn du möchtest, dass es so bleibt, tust du, was ich sage. Ob du es glaubst oder nicht, ich versuche nur, dir Unannehmlichkeiten zu ersparen.«

»Du brauchst mir keinen Gefallen zu tun, Mutter. Wir machen deinem Namen schon keine Schande.« *Verbannt*, war der einzige klare Gedanke, den sie fassen konnte. Abgeschnitten von der aufregendsten Arbeit ihres Lebens und weggeschickt wie ein Kind, das ungehorsam war.

»Ich habe dir meine Entscheidung mitgeteilt, Miranda. Wenn du hierbleibst, dann auf eigene Verantwortung. Bei Standjo wirst du dann allerdings nicht mehr willkommen sein, und auch nicht beim New England Institute für Kunstgeschichte.«

Miranda fing vor Angst und Wut an zu zittern. Aber obwohl sie innerlich schrie, entgegnete sie mit ruhiger Stimme: »Das werde ich dir nie verzeihen. Niemals. Aber ich werde abreisen, weil mir das Institut wichtig ist. Und weil du dich, wenn dies vorüber ist, bei mir entschuldigen wirst. Ich werde dann erwidern: Fahr zur Hölle. Und das werden die letzten Worte sein, die ich jemals zu dir spreche.«

Sie nahm ihrer Mutter das Brandyglas aus der Hand. »*Salute*«, sagte sie und kippte den Brandy in einem Schluck hinunter. Dann stellte sie das Glas krachend auf den Tisch und ging. Sie sah sich nicht mehr um.

4

Während Andrew Jones an einem vollen Glas Jack Daniel's Black nippte, dachte er über die Ehe und über menschliches Versagen nach. Er war sich durchaus der Tatsache bewusst, dass alle, die ihn kannten, der Ansicht waren, er müsse seine Scheidung langsam überwunden haben und wieder ein normales Leben führen können.

Aber er hatte keine Lust dazu. Er empfand es als tröstlich, in Selbstmitleid zu baden.

Die Ehe war ein gewaltiger Schritt für ihn gewesen, und er hatte ihn gründlich bedacht, obwohl er sehr verliebt gewesen war. Die Entscheidung, ein Gefühl in einen rechtlich legitimierten Zustand umzuwandeln, hatte ihn viele schlaflose Nächte gekostet. Niemand aus der Familie Jones hatte je viel Glück in der Ehe gehabt.

Er und Miranda nannten es immer den Fluch der Jones'.

Seine Großmutter hatte ihren Mann um zehn Jahre überlebt und hatte nie – zumindest konnte ihr Enkel sich nicht daran erinnern – auch nur ein gutes Haar an dem Menschen gelassen, mit dem sie mehr als dreißig Jahre ihres Lebens verbracht hatte.

Man konnte ihr allerdings kaum einen Vorwurf daraus machen, da der nach seinem Tod unbeweinte Andrew Jones zeit seines Lebens eine verhängnisvolle Neigung zu jungen Blondinen und Jack Daniel's Black gehabt hatte.

Sein Namensvetter war sich sehr wohl bewusst, dass der alte Mann ein Bastard gewesen war, zwar clever und erfolgreich, aber dennoch ein Bastard.

Andrews Vater wiederum zog Ausgrabungen dem heimischen Kaminfeuer vor und verbrachte die meiste Zeit fern von zu Hause, um uralten Schmutz von uralten Knochen zu wischen. War er doch einmal anwesend, sagte er zu allem Ja und Amen, was seine Frau anordnete, blinzelte seine Kinder wie eine Eule an, als habe er vergessen, dass es sie überhaupt gab, und schloss sich stundenlang in seinem Arbeitszimmer ein.

Bei Charles Jones waren es nicht die Frauen und der Whiskey gewesen. Er hatte mit der Wissenschaft Ehebruch begangen.

Allerdings war das der großartigen Dr. Elizabeth Standford-Jones vollkommen egal gewesen, grübelte Andrew über seinem Drink in Annie's Place. Sie hatte die Kindererziehung den Dienstboten überlassen, den Haushalt wie ein General geführt und ihren Ehemann genauso ignoriert wie er sie.

Es brachte Andrew immer wieder zum Schaudern, wenn er sich vorstellte, dass diese kaltblütigen, nur mit sich selbst beschäftigten Menschen sich zumindest zweimal lange genug miteinander im Bett gewälzt haben mussten, um zwei Kinder zu zeugen.

Als Junge hatte Andrew sich oft vorgestellt, dass Charles und Elizabeth ihn und seine Schwester irgendwelchen armen Leuten abgekauft hatten, die heftig weinten, weil sie ihre Kinder gegen Geld für die Miete eintauschen mussten.

Als er älter wurde, war seine Lieblingsfantasie gewesen, dass er und Miranda in einem Labor geschaffen worden waren, entstanden aus wissenschaftlichen Experimenten statt durch Sex.

Traurig war nur, dass in ihm offensichtlich so viel Jones-Gene waren, dass er nur auf natürliche Weise gezeugt worden sein konnte.

Ja, dachte er und hob sein Glas, da haben der alte Charles und Elizabeth vor dreiunddreißig Jahren eine schöne Nacht miteinander verbracht und die nächste Generation von Arschlöchern gezeugt.

Aber ich habe es zumindest versucht, sagte sich Andrew und ließ den Whiskey wie eine heiße Liebkosung seine Kehle hinunterrinnen. Er hatte sein Bestes getan, damit diese Ehe funktionierte – um Elise glücklich zu machen, um der Ehemann zu sein, den sie haben wollte, und den Fluch der Jones' zu durchbrechen.

Und er hatte auf der ganzen Linie versagt.

»Gib mir noch einen, Annie.«

»Nein, du hast genug.«

Andrew verlagerte auf dem Barhocker sein Gewicht und seufzte schwer. Er kannte Annie McLean fast schon sein ganzes Leben lang und wusste, wie er sie zu nehmen hatte.

In jenem Sommer, als sie beide siebzehn waren, hatten sie sich auf einem rauen Badetuch vor den tosenden Wellen des Atlantiks geliebt.

Wahrscheinlich hatte es mehrere Gründe für ihren unbeholfenen Sex – der sich für sie beide als das erste Mal erwiesen hatte – gegeben: das Bier, das sie getrunken hatten, die dunkle Nacht, die Ausgelassenheit der Jugend und das Begehren, das jeder beim anderen auslöste.

Und keiner von ihnen hatte wissen können, was diese eine Nacht, diese wenigen Stunden am Meer, bei ihnen beiden bewirkte.

»Komm schon, Annie, gib mir noch einen!«

»Du hattest schon zwei.«

»Dann kann noch einer auch nicht schaden.«

Annie zapfte ihr Bier zu Ende und schob den Krug dem wartenden Gast über die Theke hinweg zu.

Energisch wischte sie sich dann die schmalen Hände an ihrer Servierschürze ab.

Mit ihren ein Meter siebzig und den hundertdreißig gut verteilten Pfund machte Annie McLean den Eindruck einer Frau, die genau wusste, was sie wollte.

Nur ganz wenige Personen – einschließlich ihrem Ex-Ehemann – wussten, dass sich auf ihrer Pobacke ein zarter blauer Schmetterling tummelte.

Ihre kurzgeschnittenen, weizenblonden Haare umrahmten ein Gesicht, das eher interessant als schön zu nennen war. Ihr Kinn war ausgeprägt, ihre Nase hatte eine leichte Krümmung nach links und war voller Sommersprossen. Ihre Stimme war leicht ordinär, und sie neigte dazu, Vokale zu verschlucken.

Mit ihren harten Arbeitshänden konnte sie erwachsene Männer aus der Bar werfen – und sie hatte es auch schon getan.

Annie's Place gehörte ihr, und sie hatte das Lokal zu dem gemacht, was es war. Sie hatte jeden Pfennig ihrer Ersparnisse aus der Zeit als Kellnerin in dieser Bar hineingesteckt – jeden Pfennig, den ihr Taugenichts von Ehemann nicht durchgebracht hatte –, und den Rest hatte sie sich zusammengebettelt und geliehen. Sie hatte Tag und Nacht gearbeitet, um aus dem verkommenen Kellerlokal eine anständige Bar zu machen.

Sie hielt das Lokal sauber, kannte ihre Stammgäste, deren Familien und Probleme. Sie wusste, wann sie das nächste Bier zapfen sollte, wann sie besser Kaffee servierte, und wann sie die Autoschlüssel einsammeln und ein Taxi bestellen musste.

Jetzt blickte sie Andrew an und schüttelte den Kopf. Er würde sich noch zu Tode trinken, wenn sie ihn gewähren ließe.

»Andrew, geh nach Hause! Mach dir was zu essen.«

»Ich habe keinen Hunger.« Er lächelte, weil er wusste, dass man dann seine Grübchen sah. »Draußen ist es kalt, und es regnet, Annie. Ich will mich doch nur ein bisschen aufwärmen.«

»Na gut.« Sie nahm die Kaffeekanne und goss ihm einen Becher Kaffee ein. »Der ist heiß und frisch.«

»O Gott. Ich brauche nur die Straße runterzugehen und kann mir woanders ohne den ganzen Aufwand was zu trinken bestellen.«

Kaum merklich zog sie die Augenbrauen hoch. »Trink deinen Kaffee und hör auf zu jammern.« Mit diesen Worten wandte sie sich den anderen Gästen zu.

Die meisten ihrer Stammgäste waren bei diesem Wetter zu Hause geblieben. Aber diejenigen, die dem Sturm getrotzt hatten, klebten auf ihren Plätzen, tranken ihr Bier, sahen die Sportberichterstattung im Fernsehen an und unterhielten sich.

In dem kleinen Steinofen prasselte ein helles Feuer, und aus der Jukebox drang Musik, weil jemand Geld eingeworfen hatte.

Das war ein Abend nach ihrem Geschmack. Warm, freundlich und unkompliziert. Dafür hatte sie jeden Pfennig gespart, sich die Hände wundgearbeitet und nächtelang wachgelegen. Nicht viele hatten an ihren Erfolg geglaubt. Schließlich war sie damals erst sechsundzwanzig gewesen, und ihre einzige Geschäftserfahrung hatte darin bestanden, dass sie servierte und Trinkgelder zählte.

Sieben Jahre später jedoch war Annie's Place ein Begriff in Jones Point.

Andrew hat an mich geglaubt, erinnerte sie sich mit leisem Schuldbewusstsein, als er aus der Bar marschierte. Er hatte ihr Geld geliehen, als die Banken es nicht mehr taten. Er war mit belegten Broten vorbeigekommen, als sie Wände gestrichen und

Holz lasiert hatte. Er hatte sich ihre Träume angehört, als niemand sonst etwas davon wissen wollte.

Wahrscheinlich glaubte er mir das zu schulden, dachte sie. Und er war ein anständiger Mann, der seine Schulden bezahlte.

Aber auch damit konnte er die Nacht vor sechzehn Jahren nicht ungeschehen machen, als sie ihm, hoffnungslos in ihn verliebt, ihre Unschuld geschenkt und ihm seine genommen hatte. Deshalb vergaß sie doch nicht, dass sie damals ein Leben gezeugt hatten.

Und sie würde nie den Ausdruck auf seinem Gesicht vergessen, als sie ihm, mit einer Mischung aus Freude und Entsetzen, gesagt hatte, dass sie schwanger war. Sein Gesicht war ganz ausdruckslos geworden, und ganz starr hatte er am Strand auf dem Felsen gesessen und aufs Meer gestarrt.

Und seine Stimme war ganz flach, kühl und unpersönlich gewesen, als er sie fragte, ob sie ihn heiraten wolle.

Eine Schuld begleichen, dachte sie jetzt. Nicht mehr und nicht weniger. Doch indem er ihr die Ehe anbot, was die meisten Menschen wohl als ehrenhaft ansahen, hatte er ihr das Herz gebrochen.

Wahrscheinlich war es Schicksal, dass sie nur zwei Wochen später das Kind verlor. Es hatte sie beide vor Entscheidungen bewahrt, denen sie nicht gewachsen waren. Aber sie hatte das Wesen, das in ihr wuchs, geliebt, genauso wie sie Andrew geliebt hatte.

Doch nachdem sie schließlich akzeptiert hatte, dass das Baby nicht mehr da war, starb auch die Liebe zu ihm. Und das war sowohl für Andrew als auch für sie eine Erleichterung gewesen.

Eine einfache Freundschaft, dachte sie nun, ist sehr viel einfacher zu ertragen als die Verwicklungen des Herzens.

Die verdammten Frauen sind noch mal mein Untergang, dachte Andrew, während er sein Auto aufschloss und sich hinters Steuer setzte. Immer sagten sie einem, was man tun sollte, wie man es tun sollte, und vor allem, dass man es falsch machte.

Was für ein Glück, dass er damit nichts mehr zu tun hatte.

Er war viel besser dran, wenn er sich tagsüber in die Arbeit im Institut vergrub und abends den Schmerz mit Whiskey linderte. So tat er niemandem weh, und am wenigsten sich selbst.

Jetzt allerdings war er viel zu nüchtern, und der Abend, der vor ihm lag, noch viel zu lang.

Während Andrew durch den Regen fuhr, überlegte er, wie es wohl wäre, wenn er einfach immer weiterfuhr. Weiterfuhr, bis der Tank leer war, und einfach dort stehen blieb, wo immer das sein mochte, und einen neuen Anfang machte. Er konnte seinen Namen ändern und sich einen Job im Baugewerbe suchen. Er hatte einen starken Rücken und geschickte Hände. Vielleicht war ja harte manuelle Arbeit die Lösung.

Niemand würde ihn kennen oder etwas von ihm erwarten.

Aber sogleich wusste er, dass er das nicht tun würde. Er würde das Institut nie verlassen. Es war sein eigentliches Zuhause, und er brauchte es ebenso sehr, wie er dort gebraucht wurde.

Nun, er hatte noch ein oder zwei Flaschen zu Hause. Warum sollte er nicht an seinem eigenen Kamin sitzen und so viel trinken, bis er schlafen konnte?

Als er die gewundene Auffahrt hochfuhr, sah er, dass die Fenster erleuchtet waren. Miranda. Er hatte seine Schwester noch lange nicht zurückerwartet. Seine Finger krampften sich um das Lenkrad, als er daran dachte, dass sie in Florenz mit Elise zusammen gewesen war.

Der Wind peitschte ihm entgegen, als er aus dem Auto stieg. Regen schlug ihm ins Gesicht und lief in seinen Kragen hinein. Direkt über dem Haus war der Himmel von grellen Blitzen hell erleuchtet.

Eine wilde Nacht. Miranda genoss das Schauspiel wahrscheinlich. Sie liebte Stürme, während er eher Frieden, Ruhe und Vergessen mochte.

Er lief zur Haustür, und als er endlich in der Halle stand, schüttelte er sich wie ein Hund. Er hängte seinen nassen Mantel an die alte Eichengarderobe und fuhr sich, ohne einen Blick in den antiken Spiegel zu werfen, mit der Hand durch die Haare. Aus dem Wohnzimmer drangen die getragenen Töne von Mozarts Requiem.

Wenn Miranda das hörte, konnte die Reise nicht gut verlaufen sein.

Miranda saß zusammengerollt in einem Sessel vor dem Feuer,

eingewickelt in ihren Lieblingsmorgenmantel aus grauem Kaschmir, und trank Tee aus dem guten Porzellan ihrer Großmutter.

Also hatte sie ihr ganzes Trostrepertoire um sich versammelt.

»Du bist schon zurück?«

»Sieht so aus.« Sie musterte ihn. Er hatte bestimmt getrunken, aber seine Augen waren klar und seine Gesichtsfarbe normal. Zumindest war er also noch einigermaßen nüchtern.

Obwohl er gern etwas getrunken hätte, setzte er sich erst einmal ihr gegenüber. Es war offensichtlich, dass sie wütend war. Aber er kannte sie besser als jeder andere und sah auch ihre Traurigkeit. »Also, was ist los?«

»Sie hatte ein Projekt für mich.« Weil Miranda gehofft hatte, er käme nach Hause, bevor sie zu Bett ging, hatte sie gleich zwei Tassen geholt. Jetzt goss sie ihm einen Tee ein und tat so, als sähe sie nicht, dass Andrew vor Abscheu zusammenzuckte.

Sie wusste sehr wohl, dass er lieber einen Whiskey getrunken hätte.

»Ein unglaubliches Projekt«, fuhr Miranda fort und hielt ihm Untertasse und Tasse hin. »Im Keller der Villa der Donna Oscura ist eine Bronzeskulptur entdeckt worden. Kennst du die Geschichte des Hauses?«

»Hilf mir auf die Sprünge.«

»Giulietta Buonadoni.«

»Okay, jetzt weiß ich es wieder. Die Dunkle Lady, die Geliebte von einem der Medicis.«

»Lorenzo il Magnifico – zumindest war er ihr erster Beschützer«, erläuterte Miranda, dankbar dafür, dass Andrew zumindest in Ansätzen Bescheid wusste. »Die Skulptur stellt die Dame selbst dar, das Gesicht ist unverkennbar. Ich sollte die Tests und die Datierung machen.«

Er schwieg. Dann sagte er: »Elise hätte das auch machen können.«

»Sie ist nicht so spezialisiert wie ich.« Leichter Ärger klang in Mirandas Tonfall durch. »Die Renaissance ist meine Zeit und Skulpturen sind mein Fachgebiet. Elizabeth wollte einfach den besten Spezialisten dafür haben.«

»Das will sie immer. Du hast also die Tests gemacht?«

»Ja. Wieder und wieder. Die besten Leute aus dem Unternehmen haben mich unterstützt. Aber ich habe alles persönlich durchgeführt, Schritt für Schritt. Dann habe ich wieder von vorn angefangen und die Tests noch einmal gemacht.«

»Und?«

»Sie ist echt, Andrew.« Die alte Erregung flackerte wieder auf, und Miranda beugte sich vor. »Spätes fünfzehntes Jahrhundert.«

»Das ist ja unglaublich! Wunderbar. Warum feierst du denn nicht?«

»Die Geschichte ist noch nicht zu Ende.« Sie holte tief Luft, um sich wieder unter Kontrolle zu bekommen. »Es ist ein Michelangelo.«

»Du meine Güte!« Hastig stellte Andrew seine Tasse ab. »Bist du sicher? Ich kann mich gar nicht an eine verloren gegangene Bronzeskulptur erinnern.«

Eine eigensinnige Falte bildete sich zwischen ihren Augenbrauen. »Ich verwette meinen Ruf darauf. Es ist ein frühes Werk, brillant ausgeführt – ein großartiges Stück, ähnlich dem sinnlichen Stil seines betrunkenen *Bacchus*. Als ich abreiste, war ich mit der Dokumentation noch nicht ganz durch, aber es gibt genug Beweise.«

»Die Skulptur ist nicht dokumentiert?«

Miranda wippte gereizt mit dem Fuß. »Giulietta hat sie wahrscheinlich versteckt oder sie zumindest für sich behalten. Politik. Es passt«, beharrte sie. »Ich hätte es zweifellos bewiesen, wenn *sie* mir mehr Zeit gelassen hätte.«

»Und?«

Miranda stand auf und stocherte mit dem Feuerhaken im Kamin. »Jemand hat es an die Presse weitergegeben. Wir standen kurz vor der offiziellen Verkündung, und die Regierung ist nervös geworden. Sie haben Standjo entlassen und mich auch. Und *sie* hat mir vorgeworfen, ich hätte die Informationen weitergegeben.« Wütend drehte sie sich um. »Sie hat gesagt, ich sei so versessen auf den Ruhm gewesen, dass ich das ganze Projekt deswegen in Gefahr gebracht hätte. Das hätte ich niemals getan!«

»Nein, natürlich nicht.« Darüber brauchte Andrew gar nicht nachzudenken. »Sie haben sie hinausgeworfen.« Obwohl es kleinlich war, konnte er doch ein Grinsen nicht unterdrücken. »Ich wette, sie raste vor Wut.«

»Sie war außer sich. Unter anderen Umständen hätte ich viel-leicht eine Befriedigung darin gefunden, aber ich habe dadurch das Projekt verloren. Und jetzt bekomme ich nicht nur keine wissenschaftliche Anerkennung dafür, sondern kann mir die Skulptur auch höchstens noch im Museum ansehen. Verdammt, Andrew, ich war so nahe dran!«

»Ich verwette meinen Kopf darauf, dass sie, wenn sich die Skulptur erst einmal als echt erwiesen hat und der Öffentlichkeit zugänglich gemacht worden ist, einen Weg findet, um Standjo wieder ins Spiel zu bringen.« Er zwinkerte seiner Schwester zu. »Und wenn sie das tut, dann musst du eben dafür sorgen, dass auch dein Name nicht unerwähnt bleibt.«

»Das ist nicht dasselbe.«

»Nimm, was du kriegen kannst.« Er stand auch auf und ging zur Bar. Dann musste er sie einfach fragen. »Hast du Elise gesehen?«

»Ja.« Miranda steckte die Hände in die Taschen ihres Morgenmantels. Sie würde ihm antworten müssen. »Sie sieht gut aus. Ich glaube, es macht ihr Spaß, das Labor zu managen. Sie hat mich gefragt, wie es dir geht.«

»Und du hast ihr gesagt, dass ich fröhlich und guter Dinge bin.«

Miranda sah zu, wie er sich den ersten Whiskey einschenkte. »Ich fand, ich sollte ihr besser nicht sagen, dass du zu einem grüblerischen, selbstzerstörerischen Trinker geworden bist.«

»Ich habe immer schon gegrübelt«, erwiderte er und prostete ihr zu. »Das tun wir doch alle, also heißt es nichts. Hat sie einen Freund?«

»Ich weiß nicht. Wir stehen uns nicht so nahe, dass wir unser Liebesleben miteinander besprechen. Andrew, du musst damit aufhören.«

»Warum?«

»Weil es vergeudete Zeit und dumm ist. Und ehrlich gesagt mag ich sie zwar, aber sie ist es nicht wert.« Miranda zuckte mit den Schultern. »Niemand ist das wert.«

»Ich habe sie geliebt«, murmelte er und schwenkte den Whiskey im Glas, bevor er einen Schluck trank. »Ich habe ihr mein Bestes gegeben.«

»Hast du dir jemals überlegt, dass *sie* vielleicht nicht ihr Bestes gegeben hat? Dass sie vielleicht diejenige war, die versagt hat?«

Er musterte Miranda. »Nein.«

»Vielleicht solltest du darüber mal nachdenken. Oder in Erwägung ziehen, dass dein Bestes und ihr Bestes zusammen nicht das Beste ergeben haben. Ständig gehen Ehen auseinander, und die Leute kommen darüber hinweg.«

Andrew betrachtete seinen Whiskey und die Lichtreflexe darin. »Wenn sie nicht so leicht darüber hinwegkämen, würden vielleicht gar nicht so viele Ehen auseinandergehen.«

»Und wenn Menschen nicht so täten, als ob Liebe das Wichtigste auf der Welt wäre, würden sie sich vielleicht ihre Ehepartner sorgfältiger aussuchen.«

»Aber Liebe ist das Wichtigste, Miranda. Deshalb ist es doch so beschissen auf der Welt.«

Andrew hob sein Glas und trank.

5

Der Himmel schimmerte in einer kalten, grauen Dämmerung. Ruhelos und dunkel schlug das Meer gegen die Felsen und reckte seine weißen Schaumkronen in die raue, bittere Luft. Der Frühling würde es dieses Jahr schwer haben, sich gegen den Winter durchzusetzen.

Miranda konnte das nur recht sein.

Sie stand auf der Klippe, und ihre Stimmung glich dem tosenden Wasser unter ihr. Sie sah zu, wie es sich von den eisigen Felsen zurückzog und mit erneuter Gewalt wieder über sie brach.

Sie hatte schlecht geschlafen, verstrickt in Träume, die sie sowohl auf ihre schlechte Laune als auch auf die Erschöpfung nach der Reise zurückführte. Eigentlich war sie nicht der Typ zum Träumen. Es war noch dunkel gewesen, als sie schließlich aufgestanden war und sich einen dicken, grünen Pullover und eine dunkelgraue Hose aus weichem Wollstoff angezogen hatte. Sie hatte den letzten Rest Kaffee zusammengekratzt – Andrew würde nicht begeistert sein, wenn er wach wurde – und sich eine Kanne Kaffee gekocht.

Jetzt trank sie das starke, schwarze Gebräu aus einem großen Becher und sah zu, wie sich im Osten die Dämmerung an diesem unglücklichen Himmel ihren Weg bahnte.

Es hatte aufgehört zu regnen, aber es würde sicher wieder anfangen. Und da die Temperaturen während der Nacht stark zurückgegangen waren, würde es auch sicher noch einmal schneien. Das war gut so, das war bestens.

Das war Maine.

Florenz mit seiner hellen, gleißenden Sonne und dem warmen, trockenen Wind war einen ganzen Ozean weit entfernt. In ihr jedoch, in ihrem zornigen Herzen, war die Stadt ihr ganz nah.

Die *Dunkle Lady* war ihre Eintrittskarte zum Ruhm gewesen. Elizabeth hatte zumindest in dieser Hinsicht recht. Ruhm war immer schon ihr Ziel gewesen. Aber bei Gott, sie hatte auch dafür gearbeitet. Sie hatte studiert, sich selbst brutal dazu gezwungen zu lernen, alles aufzunehmen, sich zu erinnern, während ihre Altersgenossen von Party zu Party und von Beziehung zu Beziehung hüpften.

In ihrem Leben hatte es keine wilde, rebellische Phase gegeben, sie hatte sich in der Zeit auf dem College nicht gegen Regeln und Traditionen aufgelehnt, und sie hatte keine verrückten, herzzerreißenden Affären gehabt. Verklemmt, hatte eine Zimmergenossin sie einmal genannt. Sterbenslangweilig eine andere. Insgeheim stimmte Miranda dieser Ansicht zu, löste das Problem jedoch dadurch, dass sie vom Campus wegzog und sich eine eigene kleine Wohnung nahm.

Das war besser für sie gewesen. Ihr soziales Talent war nicht besonders ausgeprägt, und hinter der Fassade von angelernter Selbstsicherheit war sie hoffnungslos schüchtern. Sie fühlte sich sicherer, wenn sie sich Wissen aneignen konnte.

Also hatte sie gelesen, geschrieben und sich mit eiserner Disziplin in andere Jahrhunderte versenkt, getrieben von flammendem Ehrgeiz.

Und ihr Ehrgeiz hatte nur ein Ziel: die Beste zu sein. Und zu erleben, dass ihre Eltern stolz auf sie waren, voller Freude und Respekt auf sie blickten. Oh, es machte sie ganz krank zu wissen, dass dies insgeheim immer noch ihre Motivation war …

Sie war jetzt fast dreißig Jahre alt, hatte ihren Doktor gemacht, hatte ihre Stellung am Institut und einen guten Ruf in der Archäometrie. Und ein beklagenswertes Bedürfnis danach, dass ihre Eltern ihre Leistung anerkannten. Nun, sie musste eben darüber hinwegkommen.

Bald, dachte sie, werden meine Ergebnisse sich als richtig erweisen. Dann würde sie dafür sorgen, dass sie die Anerkennung bekam, die sie verdiente. Sie würde einen Artikel über die *Dunkle Lady* und ihren Anteil an den Tests und dem Echtheitsnachweis schreiben. Und sie würde es Elizabeth nie, niemals verzeihen, dass sie ihr die Angelegenheit aus der Hand genommen hatte. Oder dass sie überhaupt die Macht gehabt hatte, dies zu tun.

Der Wind frischte auf, und Miranda fröstelte. Die ersten dünnen, nassen Flocken wirbelten durch die Luft. Sie wandte ihren Blick vom Meer ab und begann, den Felsen hinunterzuklettern.

Der stete Lichtstrahl des Leuchtturms kreiste über dem Wasser und den Felsen, obwohl weit und breit kein Schiff zu sehen war. Er versagt nie, dachte sie, von der Abenddämmerung bis zum Morgengrauen, Jahr für Jahr. Manche fanden seinen Anblick sicher romantisch. Wenn jedoch Miranda den kompakten, weißgewaschenen Turm betrachtete, sah sie nur Verlässlichkeit.

Mehr, als man jemals bei Menschen erwarten kann, dachte sie jetzt.

In der Ferne stand das Haus, dunkel und verschlafen, eine schwache Silhouette aus einer anderen Zeit.

Das Gras war winterbraun und knirschte unter ihren Sohlen, weil es gefroren hatte. Das, was von dem einst so hübschen Garten ihrer Großmutter übrig geblieben war, schien sie auszuschelten.

Dieses Jahr, gelobte sich Miranda im Stillen, während sie an den schwärzlichen Blättern und kahlen Ästen vorbeiging, werde ich ihm Zeit und Aufmerksamkeit widmen. Sie würde Gartenarbeit zu ihrem Hobby machen. Miranda versprach sich jedes Jahr ein Hobby.

In der Küche schüttete sie den Rest Kaffee in ihren Becher. Nach einem letzten Blick auf den immer dichter fallenden Schnee beschloss sie, früh ins Institut zu fahren, bevor die Straßen zugeschneit waren.

Aus dem warmen Komfort seines gemieteten Mercedes beobachtete er, wie der Landrover mühelos über die dünne Schneedecke auf der Straße glitt und dann auf den Parkplatz neben dem New England Institute of Art History einbog.

Sie ist schon ein ganz besonderer Anblick, dachte er, während sie ausstieg. In den Stiefeln ungefähr ein Meter achtzig, schätzte er, zum größten Teil eingehüllt in einen stahlgrauen Mantel, der eher warm als modisch aussah. Ihre Haare waren leuchtend rot und ringelten sich unter einer schwarzen Skimütze hervor. Sie trug einen dicken Aktenkoffer und bewegte sich präzise und zielstrebig.

Aber hinter diesem Gang verbarg sich die arrogante und unbeabsichtigte Attraktivität einer Frau, die glaubte, kein physisches Bedürfnis nach Männern zu haben.

Selbst in dem schwachen Licht erkannte er sie wieder. Sie ist eben eine Frau, dachte er lächelnd, die man nicht übersehen kann.

Er saß jetzt seit fast einer Stunde da und vertrieb sich die Zeit mit verschiedenen Arien aus *Carmen, La Bohème* und *Die Hochzeit des Figaro*. Er hatte alles, was er im Moment brauchte, und er hatte alles getan, was er tun musste, aber er war dankbar, dass er lange genug ausgeharrt hatte, um sie ankommen zu sehen.

Eine Frühaufsteherin, dachte er, eine Frau, die ihre Arbeit so sehr liebt, dass sie sogar an einem kalten, verschneiten Morgen ins Institut fährt, noch bevor die Stadt richtig erwacht ist. Er mochte Menschen, die Freude an ihrer Arbeit hatten. Schließlich liebte er seine auch.

Aber was sollte er mit Dr. Miranda Jones machen? Er stellte sich vor, wie sie den Seiteneingang benutzte, wie sie ihre Karte in den Schlitz steckte und ihren Code auf dem Nummerndisplay eingab. Wahrscheinlich würde sie den Sicherheitsalarm wieder aktivieren, sobald sie im Gebäude war.

Alle Berichte wiesen darauf hin, dass sie eine praktische und sorgfältige Frau war. Er schätzte praktisch veranlagte Frauen. Es war eine Freude, sie zu korrumpieren.

Er konnte um sie herum arbeiten, oder er konnte sie benutzen. Seinen Job würde er so oder so erledigen. Aber sie zu benutzen würde weitaus … unterhaltsamer sein. Und da dies sein letzter Job war, kam es ihm nur fair vor, der Spannung und dem Profit ein wenig Unterhaltung hinzuzufügen.

Wahrscheinlich würde sich die Mühe lohnen, Miranda Jones kennenzulernen, sich auf sie einzulassen. Und sie dann zu bestehlen.

In einem Fenster im dritten Stock des weiträumigen Granitgebäudes ging das Licht an. Sofort an die Arbeit, dachte er und lächelte wieder, als er einen Schatten hinter dem Fenster sah.

Er musste sich jetzt auch an die Arbeit machen. Er ließ den Wagen an und fuhr los, um sich für den nächsten Teil seines Tages umzuziehen.

Das New England Institute of Art History war von Mirandas Urgroßvater gebaut worden. Es war jedoch ihr Großvater Andrew Jones gewesen, der es zu seiner vollen Blüte gebracht hatte. Er hatte immer ein starkes Interesse an Kunst gehabt, und hatte sogar selbst gemalt. Zumindest war er so begabt gewesen, dass er eine stattliche Anzahl junger Modelle davon hatte überzeugen können, sich die Kleider auszuziehen und ihm zu posieren.

Er liebte die Gesellschaft von Künstlern, unterhielt sich gern mit ihnen und gab sich väterlich, wenn ihm ein Künstler – vor allem eine attraktive Künstlerin – auffiel. Er mochte zwar ein Frauenheld und ein starker Trinker gewesen sein, aber er war auch großzügig und fantasievoll, und wenn ihm etwas am Herzen lag, dann war er mit seinem Geld nicht knauserig.

Das Gebäude bestand aus dickem grauem Granit und erstreckte sich mit seinen turmartigen Säulen, seinen Flügeln und Bogengängen über einen ganzen Block. Ursprünglich war es ein Museum mit sorgfältig gepflegten Rasenflächen ringsum, mit riesigen, alten schattenspendenden Bäumen und einer ruhigen, eher strengen Würde gewesen.

Andrew senior hatte mehr gewollt. Er hatte das Institut als Schauplatz für die Kunst und für Künstler gesehen, als eine Arena, in der Kunst dargestellt, wiederhergestellt, gelehrt und analysiert wurde. Also hatte er die Bäume gefällt, die Rasenflächen bebaut und der ursprünglichen Struktur anmutige und verspielte Gebäude hinzugefügt.

Nun gab es lichtdurchflutete Ateliers und Klassenräume mit hohen Fenstern, sorgfältig entworfene Labors, luftige Lagerräume und zahllose Büros. Die Galeriefläche war mehr als verdreifacht worden.

Studenten, die im Institut studieren wollten, wurden nach ihren Verdiensten ausgewählt. Diejenigen, die aufgenommen wurden und es sich leisten konnten, zahlten einen hohen Preis für das Privileg. Diejenigen, die es sich nicht leisten konnten und dennoch für würdig befunden wurden, bekamen ein Stipendium.

Kunst war heilig am Institut, und seine Gottheit war die Wissenschaft.

Über dem Haupteingang waren die Worte Longfellows in Stein gemeißelt.

KUNST DAUERT UND DIE ZEIT VERGEHT

Das Institut widmete sich der Aufgabe, diese Kunst zu studieren, zu erhalten und auszustellen.

75

Auch fünfzig Jahre später hatte Andrews Konzeption unter der Führung seiner Enkel noch ihre Berechtigung.

Die Museumsgalerien im Institut waren die besten in ganz Maine, und die dort ausgestellten Werke über die Jahre sorgfältig ausgewählt und erworben worden, angefangen bei Charles' und später bei Andrews eigenen Sammlungen.

Im Parterre befand sich der öffentlich zugängliche Bereich mit zahlreichen Galerien. Die Klassenräume und Ateliers lagen im ersten Stock. Der Restaurationsbereich war von ihnen durch eine kleine Halle getrennt, sodass Besucher mit den entsprechenden Ausweisen die Arbeitsräume besichtigen konnten.

Die Labors befanden sich im Untergeschoß und waren auf alle Flügel verteilt. Sie bildeten, trotz der großen Galerien und Bildungsmöglichkeiten, die eigentliche Grundlage des Instituts.

Die Labors, dachte Miranda oft, sind auch meine Grundlage.

Jetzt stellte sie ihre Aktentasche ab und trat an den Bibliothekstisch vor dem Fenster, um sich einen Kaffee zu kochen. Als sie den Wasserkocher anstellte, klingelte ihr Faxgerät. Miranda öffnete die Fensterläden, dann trat sie an das Gerät und nahm die Seite heraus.

Willkommen zu Hause, Miranda! Hat es dir in Florenz gefallen? Schade, dass deine Reise so brutal abgebrochen worden ist. Wo, denkst du, hast du einen Fehler gemacht? Hast du schon darüber nachgedacht? Oder bist du zu sehr davon überzeugt, dass du recht hast?

Bereite dich auf den Sturz vor. Es wird ein harter Aufschlag werden. Ich habe lange gewartet. Ich habe dich geduldig beobachtet.

Ich beobachte dich immer noch, und das Warten ist fast vorbei.

Unwillkürlich rieb sich Miranda mit der Hand über den Arm, während sie die Nachricht las. Als sie es merkte, hörte sie auf, aber das Frösteln blieb.

Auf dem Fax stand weder ein Name noch eine Absendernummer.

Der Text liest sich wie ein verschlagenes Kichern, dachte sie. Der Ton war höhnisch und bedrohlich. Aber warum? Und wer sollte so etwas schreiben?

Ihre Mutter? Sofort schämte sie sich für diesen Gedanken. Eine Frau mit Elizabeths Macht, Persönlichkeit und Position würde sich wohl kaum zu solchen kryptischen anonymen Botschaften hinreißen lassen.

Schließlich hatte sie Miranda ja auch schon auf eine direktere Art verletzt.

Wahrscheinlich war es eher ein verärgerter Angestellter von Standjo oder aus dem Institut, jemand der sich von ihr ungerecht behandelt fühlte.

Natürlich, das muss es sein, beschloss sie und versuchte, ihren zitternden Atem wieder unter Kontrolle zu bekommen. Vielleicht ein Techniker, dem sie Vorwürfe gemacht hatte, oder ein Student, der mit einer Benotung nicht zufrieden war. Offenbar wollte sie jemand verunsichern. Aber das würde ihm nicht gelingen.

Trotzdem warf sie das Blatt Papier nicht weg, sondern legte es in ihre Schreibtischschublade und schloss sie ab.

Entschlossen verdrängte sie dann die Nachricht und setzte sich hin, um ihren Tag zu planen. Als sie die ersten Aufgaben auf ihrer Liste abgehakt hatte – die Post und ihre Memos zu lesen, die Telefonnachrichten abzuhören –, war die Sonne aufgegangen.

»Miranda?« Ein Klopfen an der Tür ließ sie zusammenfahren.

»Ja, kommen Sie herein.« Sie blickte auf die Uhr und stellte fest, dass ihre Assistentin wie immer pünktlich war.

»Ich habe Ihr Auto auf dem Parkplatz gesehen. Ich wusste gar nicht, dass Sie heute schon wieder zurück sind.«

»Nein, das war auch … nicht so geplant.«

»Wie war es denn in Florenz?« Lori bewegte sich rasch durch das Zimmer, warf einen Blick auf die Nachrichten, richtete die Jalousien.

»Warm und sonnig.«

»Das klingt wunderbar.« Zufrieden, dass alles in Ordnung war, setzte Lori sich hin und nahm ihr Notizbuch auf die Knie. Sie war eine hübsche Blondine mit einem Puppenmund, einer Stimme wie Betty Boop, und sie arbeitete zügig und zuverlässig. »Es ist schön, dass Sie wieder da sind«, sagte sie lächelnd.

»Danke.« Weil sie so aufrichtig willkommen geheißen wurde, erwiderte Miranda das Lächeln. »Es ist auch schön, wieder hier zu sein. Ich habe eine Menge aufzuarbeiten. Ich brauche die neuesten Daten von dem Carbello-Akt und der Bronzino-Restaurierung.«

Die Routine tat Miranda gut, und in den nächsten zwei Stunden vergaß sie alles andere. Dann ließ sie Lori allein, damit sie die Verabredungen und Konferenzen organisieren konnte, und eilte ins Labor.

Andrew fiel ihr ein, und Miranda beschloss, auf dem Weg ins Untergeschoss an seinem Büro vorbeizugehen. Sein Zimmer lag im entgegengesetzten Flügel, näher am öffentlichen Bereich. Er betreute die Galerien, die Ankäufe und Ausstellungen, während Miranda es vorzog, eher hinter den Kulissen zu arbeiten.

Sie ging durch die langen Flure, und ihre Stiefel quietschten auf dem Marmorboden.

Die Bürotüren waren geschlossen. Gelegentlich ertönte das Klingeln von Telefonen oder das Läuten von Faxgeräten. Eine Sekretärin kam mit einem Stapel Papier aus dem Vorratsraum und warf Miranda einen ängstlichen Kaninchenblick zu, bevor sie »Guten Morgen, Dr. Jones« murmelte und rasch weitereilte.

Haben die Leute Angst vor mir?, fragte Miranda sich. Wirkte sie so unfreundlich? Plötzlich fiel ihr das Fax wieder ein, und sie blickte der Frau, die hinter einer Tür verschwand, mit zusammengekniffenen Augen nach.

Vielleicht war sie nicht besonders zugänglich, vielleicht mochten die Leute sie nicht so gern wie Andrew, aber sie war doch nicht … hart. Oder?

Nur ungern erkannte sie, dass ihre angeborene Zurückhaltung als Kälte wahrgenommen wurde.

Wie bei ihrer Mutter.

Nein, das wollte sie nicht glauben. Die, die sie kannten, dachten nicht so von ihr. Ihre Beziehung zu Lori war in Ordnung, und auch mit John Carter verstand sie sich gut. Sie führte das Labor schließlich nicht wie ein Feldwebel, sodass niemand etwas sagen oder lachen durfte.

Witze erzählte ihr allerdings auch niemand.

Aber schließlich bin ich die Chefin, erinnerte sie sich selbst. Was wollte sie also erwarten?

Entschlossen straffte Miranda die Schultern. Sie konnte es nicht zulassen, dass eine furchtsame Sekretärin eine ausgiebige Selbstanalyse bei ihr auslöste.

Weil an diesem Tag glücklicherweise keine Verabredungen oder öffentliche Sitzungen auf dem Plan standen, trug sie immer noch den Pullover und die Hose, in die sie am Morgen geschlüpft war, um zuzusehen, wie der Tag dämmerte. Ihre Haare hatte sie zu einem einfachen Zopf geflochten, und inzwischen ringelten sich bereits unordentliche Löckchen um ihr Gesicht.

In Italien war es jetzt früher Nachmittag, und sie waren bestimmt gerade dabei, die Bronzeskulptur zu testen. Bei dem Gedanken verspannten sich Mirandas Schultern wieder.

Sie betrat das Büro ihres Bruders durch das Vorzimmer. An einem mächtigen viktorianischen Schreibtisch, vor dem zwei strenge Stühle mit geraden Rückenlehnen standen, saß die Frau, die alles überwachte.

»Guten Morgen, Ms. Purdue.«

Andrews Assistentin war etwas über fünfzig, ordentlich wie eine Nonne und auch genauso streng. Ihre graugesträhnten Haare waren jahraus, jahrein zu einem Knoten geschlungen, und sie trug immer eine gestärkte Bluse und ein dunkles Kostüm.

Sie war und blieb Ms. Purdue. Sie nickte und nahm ihre flinken Finger von der Tastatur. »Guten Morgen, Dr. Jones. Ich wusste nicht, dass Sie schon wieder aus Italien zurück sind.«

»Ich bin gestern wiedergekommen.« Miranda versuchte zu lächeln, schließlich konnte sie genauso gut gleich damit anfangen, freundlicher zu den Angestellten zu sein. »Es ist ein ziemlicher Schock, in diese Kälte zurückzukehren.« Als Ms. Purdue daraufhin nur nickte, gab Miranda – dankbar – die Absicht auf, ein Schwätzchen mit ihr zu halten. »Ist mein Bruder da?«

»Dr. Jones ist gerade hinuntergegangen, um einen Gast zu begrüßen. Er muss jeden Moment wieder da sein. Möchten Sie auf ihn warten, oder soll ich ihm etwas ausrichten?«

»Nein, ist schon gut. Ich sehe ihn ja später.« Sie wollte sich gerade umdrehen, als sie Männerstimmen auf der Treppe hörte. Hätte nicht Ms. Purdues kritischer Blick auf ihr geruht, wäre Miranda auf der Stelle hinausgestürzt, um sich zu verstecken, damit sie nicht Andrews Gast begegnete.

Rasch fuhr sie sich durch die Haare und setzte ein höfliches Lächeln auf.

Ihr Lächeln erlosch jedoch, als Andrew und sein Begleiter in der Tür erschienen.

»Miranda, das ist ja nett!« Andrew strahlte sie an – und ein rascher Blick überzeugte Miranda davon, dass er offenbar letzte Nacht nicht mehr allzu viel getrunken hatte. »Dann brauche ich nicht in deinem Büro anzurufen. Ich möchte dir Ryan Boldari von der Galerie Boldari vorstellen.«

Sein Begleiter trat vor, ergriff Mirandas Hand und zog sie leicht an seine Lippen. »Wie nett, Sie endlich kennenzulernen.«

Sein Gesicht hätte von einem der Gemälde im Institut stammen können. Er sah gut aus, ein dunkler, wilder Typ Mann, und dieser Eindruck wurde nur leicht gemildert durch den untadelig geschnittenen grauen Anzug und die perfekt geknotete Seidenkrawatte. Seine Haare waren dicht, schwarz wie Tinte und leicht gewellt. Seine Haut war leicht gebräunt, und die Vollkommenheit seiner Gesichtszüge wurde nur durch eine kleine Narbe über der linken Augenbraue gestört.

Seine Augen schimmerten dunkelbraun mit kleinen Goldreflexen. Sein Mund hätte von einem alten Meister geschaffen worden sein können, und er war jetzt zu einem Lächeln verzogen, bei dem sich jede Frau unwillkürlich fragen musste, wie sich diese Lippen wohl auf ihren anfühlen würden.

In Mirandas Kopf gab es ein klingendes Geräusch, und ihr Herz schlug schneller.

»Willkommen im Institut, Mr. Boldari.«

»Ich freue mich, hier zu sein.« Er behielt ihre Hand in seiner. Sie lächelte zwar höflich, aber zwischen ihren Augenbrauen erschien eine Falte, und sie überlegte, ob sie ihm die Hand einfach entziehen sollte. Dann beschloss sie jedoch, dass dies vielleicht eine allzu weibliche Reaktion wäre.

»Warum gehen wir nicht in mein Büro?« Andrew bemerkte wieder einmal nicht, was sich direkt unter seiner Nase abspielte, und wies auf die Tür zu seinem Büro. »Miranda, hast du eine Minute Zeit?«

»Eigentlich wollte ich gerade …«

»Ich würde mich sehr freuen, wenn Sie mir einen Moment Ihrer Zeit widmen könnten, Dr. Jones.« Ryan lächelte sie strahlend an, und sie entzog ihm rasch ihre Hand. »Ich möchte Ihrem Bruder einen Vorschlag unterbreiten, der Sie auch interessieren wird. Ihr Spezialgebiet ist doch die Renaissance, nicht wahr?«

Überrumpelt ließ sie sich in Andrews Büro führen. »Das stimmt.«

»Eine brillante Zeit, voller Schönheit und Energie. Kennen Sie das Werk von Giorgio Vasari?«

»Natürlich. Späte Renaissance, ein Manierist, einer, dessen Stil die Bewegung um der Eleganz willen darstellte.«

»Ryan hat drei Vasaris.« Andrew wies auf die Sessel, die dank Ms. Purdue nicht wie sonst mit Büchern und Papieren bedeckt waren.

»Wirklich?« Miranda setzte sich und versuchte zu lächeln. Andrews Büro war sehr viel kleiner als ihres, weil er es so lieber hatte. Es war vollgestopft mit all den Kleinigkeiten, die er gern um sich wusste. Alte Knochen, Tonscherben und Gläser. Ihr wäre es lieber gewesen, diese unerwartete Begegnung hätte in der nüchternen, formellen Umgebung ihres eigenen Büros stattgefunden.

Weil sie nervös war, stellte sie sich insgeheim vor, mit den Fingern zu trommeln und mit den Beinen zu wippen.

»Ja.« Ryan zog seine Hosenbeine leicht hoch und setzte sich in einen Ledersessel. »Finden Sie seine Werke nicht auch ein bisschen zu selbstverliebt? Überreif?«

»Auch das ist typisch für Manierismus«, konterte Miranda. »Vasari ist ein bedeutender Künstler dieser Zeit und dieses Stils.«

»Da stimme ich Ihnen zu«, erwiderte Ryan ernst. »Ich persönlich ziehe auch eher die frühe und die Hochrenaissance vor, aber Geschäft ist Geschäft.« Er unterstrich seine Worte mit einer Geste – Miranda fiel auf, dass er starke, anmutige Hände hatte. Breite Handflächen und lange Finger.

Dass ihr dies auffiel, irritierte sie, und es war ihr peinlich, dass sie sich für einen kurzen Moment vorgestellt hatte, wie sich diese Hände wohl auf ihrer Haut anfühlen würden. Wie ein Teenager, dachte sie, der zum ersten Mal einem Rockstar gegenübersteht.

Entschlossen wandte sie ihre Augen von seinen Händen ab, begegnete jedoch stattdessen seinem Blick. Er lächelte erneut, und seine Augen strahlten sie warm an.

Mirandas Stimme wurde kühl. »Und welche Art Geschäfte möchten Sie mit dem Institut machen?«

Eine faszinierende Frau, dachte er. Der Körper einer Göttin, das Verhalten einer alten Jungfer, das Modebewusstsein eines Aussteigers und ein reizender Anflug von Schüchternheit um diese heißen blauen Augen.

Er fragte sich, wie sie wohl mit dieser Nickelbrille aussehen mochte, die am Ausschnitt ihres Pullovers hing.

Sexy wie eine Lehrerin.

»Ich habe Ihren Bruder vor ein paar Monaten in Washington bei der Wohltätigkeitsveranstaltung für Frauen in der Kunst kennengelernt. Ich glaube, er war an Ihrer Stelle da.«

»Ja, ich konnte hier nicht weg.«

»Miranda hat hüfttief im Labor gesteckt.« Andrew grinste. »Ich bin nicht so unabkömmlich.« Er lehnte sich auf seinem Stuhl zurück. »Ryan ist an unserer Cellini-Madonna interessiert.«

Miranda zog die Augenbrauen hoch. »Sie ist eins unserer teuersten Stücke.«

»Ja, ich habe sie gerade gesehen. Großartig. Ihr Bruder und ich haben über einen Handel gesprochen.«

»Der Cellini?« Fragend sah sie ihren Bruder an. »Andrew …«

»Nicht für immer«, erwiderte Ryan rasch, wobei er sich noch nicht mal die Mühe machte, sein Schmunzeln angesichts ihres Entsetzens zu verbergen. »Nur ein dreimonatiger Austausch – zu unserer beider Nutzen. Ich plane für unsere New Yorker Galerie eine Cellini-Ausstellung, und Ihre Madonna wäre als Leihgabe eine große Attraktion. Im Austausch dafür wäre ich bereit, dem Institut für die gleiche Zeitspanne meine drei Vasaris zur Verfügung zu stellen.«

»Dann könntest du endlich diese Ausstellung der drei Stile der Renaissance veranstalten, von der du schon seit Jahren redest«, erläuterte Andrew.

Das war einer ihrer Träume – eine Ausstellung, in der sie die ganze Bandbreite ihres Spezialgebietes zeigen konnte. Kunstwerke, Kunsthandwerk, Geschichte, Dokumente, und zwar so, wie sie sie zusammenstellte.

Miranda hielt ihre Hände im Schoß gefaltet, um nicht triumphierend die Faust zu recken.

»Ja, das könnte ich dann vermutlich.« Trotz des Adrenalinsto-
ßes, den sie verspürte, wandte sie sich äußerlich ruhig an Ryan.
»Die Echtheit der Vasaris ist bestätigt worden?«

Ryan neigte den Kopf, und beide taten so, als hörten sie Andrews leises Stöhnen nicht. »Ja, natürlich. Ich werde dafür sorgen,
dass Sie Kopien der Dokumente bekommen, bevor wir die Verein-
barung unterzeichnen. Und Sie veranlassen bitte das Gleiche für
den Cellini.«

»Das kann ich Ihnen heute schon geben. Meine Assistentin wird
Ihnen die Unterlagen ins Hotel schicken lassen.«

»Gut, ich wäre Ihnen sehr dankbar.«

»Dann verlasse ich Sie jetzt, damit Sie mit meinem Bruder die
Details ausarbeiten können.«

Als sie aufstand, erhob er sich jedoch ebenfalls und ergriff wieder ihre Hand. »Ich habe mich gerade gefragt, ob ich es Ihnen wohl
zumuten kann, mich ein wenig herumzuführen. Andrew sagte,
dass die Labors und Restaurierungsateliers Ihr Bereich sind. Ich
würde sie wirklich gern sehen.«

»Ich …«

Bevor sie sich entschuldigen konnte, war Andrew schon aufgestanden und gab ihr einen unübersehbaren Rippenstoß. »Sie
könnten nicht in besseren Händen sein. Wir treffen uns dann in
ein paar Stunden wieder hier, Ryan. Und dann testen wir die
Muschelsuppe, die ich Ihnen versprochen habe.«

»Ich freue mich darauf … In meinen Galerien wird Kunst nur
ausgestellt«, begann er und ergriff wie zufällig Mirandas Arm, als
sie den Flur entlang zum nächsten Flügel gingen. »Über den wissenschaftlichen Hintergrund weiß ich so gut wie gar nichts. Macht
es Ihnen manchmal Schwierigkeiten, die beiden Dinge miteinander zu verbinden?«

»Nein. Ohne das eine würde es das andere nicht geben.« Da Miranda spürte, dass ihre Antwort zu abrupt geklungen hatte, holte
sie tief Luft. Der Mann machte sie nervös, jedenfalls so nervös,
dass man es ihr anmerkte. Das durfte sie nicht zulassen. »Das Institut ist für beides gebaut worden, man könnte sogar sagen, um
beides zu zelebrieren. Als Wissenschaftlerin, die Kunst studiert
hat, schätze ich das sehr.«

»Ich war immer ein miserabler Wissenschaftler«, sagte Ryan mit einem charmanten Lächeln, das sie unwillkürlich erwiderte.

»Ich bin sicher, dass Sie andere Stärken haben.«

»Das will ich doch hoffen.«

Er war ein aufmerksamer Mann und registrierte sorgfältig den Raum zwischen den einzelnen Flügeln, die Lage der Treppen, Büros, Lagerräume und Fenster. Und natürlich die Überwachungskameras. Alles entsprach genau seinen Informationen. Er würde seine Beobachtungen jedoch später noch detailliert niederschreiben. Für den Moment speicherte er sie lediglich in seinem Gedächtnis ab und genoss den Duft von Mirandas Parfüm.

Nichts Aufdringliches für Dr. Jones, dachte er. Nichts offensichtlich Weibliches. Und der holzige Geruch kam wohl eher von Seife als aus einem Parfumflakon. Aber er passte genau zu ihr.

Am Ende des Korridors bog sie nach rechts ab und blieb dann stehen, um ihre Schlüsselkarte in einen Schlitz neben einer grauen Metalltür zu stecken. Ein Summer ertönte und Verriegelungen klickten. Ryan blickte zur Kamera hinauf.

»Unser internes Sicherheitssystem ist sehr gründlich«, begann Miranda. »Niemand kann ohne Schlüssel oder Begleitperson in diese Abteilung gelangen. Wir machen häufig unabhängige Tests für Einzelpersonen oder andere Museen.«

Sie führte ihn in einen Bereich, der dem bei Standjo sehr ähnlich sah, obwohl er wesentlich kleiner war. Techniker arbeiteten an Computern und Mikroskopen oder eilten mit wehenden Kitteln von Zimmer zu Zimmer.

Miranda fiel ein Angestellter auf, der an einem verkrusteten Topf arbeitete, und sie führte Ryan dorthin. »Stanley, was können Sie uns darüber erzählen?«

Der Techniker kratzte sich seinen blonden Schnurrbart und zog Luft durch die Zähne. »Ihr Vater hat dieses Stück zusammen mit anderen Artefakten von einer Ausgrabung in Utah hergeschickt. Wahrscheinlich ist es Anasazi, zwölftes Jahrhundert, und wurde als Kochtopf benutzt.«

Er räusperte sich, warf Miranda einen raschen Blick zu und fuhr auf ihr Nicken hin fort: »Er ist fast vollkommen unversehrt, bis auf einen kleinen Sprung am Rand.«

»Warum glauben Sie, dass es ein Kochtopf ist?«, wollte Ryan wissen.

Stanley blinzelte. »Wegen der Form, der Größe und der Dicke.«

»Danke, Stanley.« Miranda drehte sich zu Ryan um und wäre fast mit ihm zusammengestoßen, da er nähergetreten war. Sie trat sofort zur Seite, aber es war ihr trotzdem aufgefallen, dass er fast einen Kopf größer war als sie. Sein amüsierter Blick ließ ihn äußerst sexy wirken.

Wieder machte es ping in ihrem Kopf.

»Wir sind in erster Linie ein Kunstinstitut, aber da das Interessengebiet meines Vaters die Archäologie ist, haben wir auch eine Abteilung, in der wir Artefakte ausstellen, und wir übernehmen hier auch zahlreiche Tests und Datierungen. Es ist allerdings nicht mein Gebiet. Und nun …«

Miranda ging zu einem Schrank, öffnete eine Schublade und zog eine kleine, braune Tasche hervor. Sie legte die winzigen farbigen Teilchen, die sich darin befanden, auf einen Objektträger und schob ihn unter ein unbenutztes Mikroskop.

»Sehen Sie mal hindurch«, forderte sie ihn auf. »Sagen Sie mir, was Sie sehen.«

Er beugte sich vor und stellte die Linse ein. »Farbe, Form, ganz interessant – eher wie ein Bild von Pollock.« Er richtete sich wieder auf und blickte sie mit seinen cognacfarbenen Augen an. »Was habe ich gesehen, Dr. Jones?«

»Farbproben von einem Bronzino, den wir gerade restaurieren. Die Farbe ist fraglos sechzehntes Jahrhundert. Wir nehmen zur Sicherheit je eine Probe, bevor wir mit der Arbeit beginnen und nachdem wir die Arbeit beendet haben. So kann es keinen Zweifel daran geben, dass wir ein echtes Werk erhalten haben, und ebenso gibt es keinen Zweifel daran, dass wir den Besitzern nach der Fertigstellung dasselbe Werk wieder zurückgeben.«

»Woher wissen Sie, dass die Farbe aus dem sechzehnten Jahrhundert stammt?«

»Möchten Sie eine Unterrichtsstunde in wissenschaftlicher Arbeit erhalten, Mr. Boldari?«

»Sagen Sie Ryan zu mir – dann kann ich Sie auch beim Vornamen nennen. Miranda ist ein so hübscher Name.« Seine Stimme klang wie warme Sahne über Whiskey und machte sie ganz nervös. »Und mit der richtigen Lehrerin würde mir diese Unterrichtsstunde sicher Spaß machen.«

»Dann müssen Sie sich zum Unterricht anmelden.«

»Arme Studenten nehmen besser Einzelunterricht. Essen Sie doch bitte heute mit mir zu Abend.«

»Ich bin nur eine mittelmäßige Lehrerin.«

»Gehen Sie trotzdem mit mir essen. Wir können über Kunst und Wissenschaft diskutieren, und ich kann Ihnen von den Vasaris erzählen.« Er verspürte den Drang, die Hand zu heben und diese unordentlichen Locken, die ihr Gesicht umrahmten, zu berühren. Aber sie würde wahrscheinlich zurückschrecken wie ein Kaninchen. »Wir bezeichnen es einfach als Geschäftsessen, wenn Ihnen dabei wohler ist.«

»Mir ist nicht unwohl.«

»Nun gut. Dann hole ich Sie um sieben ab. Wissen Sie«, fuhr er fort und griff wieder nach ihrer Hand, »ich würde zu gern diesen Bronzino sehen. Ich bewundere die formale Klarheit in seinem Werk.«

Bevor Miranda noch überlegen konnte, wie sie ihm ihre Hand entziehen sollte, hatte er sie bereits untergehakt und zog sie zur Tür.

6

Sie wusste nicht, warum sie diesem Abendessen zugestimmt hatte. Allerdings, wenn sie genauer über das Gespräch nachdachte, hatte sie eigentlich gar nicht zugestimmt. Aber das erklärte nicht, warum sie sich jetzt zum Ausgehen umzog.

Er ist ein Geschäftspartner, rief sie sich ins Gedächtnis. Die Galerie Boldari hatte wegen ihrer Eleganz und Exklusivität einen hervorragenden Ruf. Das einzige Mal, als Miranda sich bei einem ihrer Besuche in New York eine Stunde freimachen konnte, um sie sich anzusehen, war sie von der zurückhaltenden Pracht des Gebäudes ebenso beeindruckt gewesen wie von den dort ausgestellten Kunstwerken.

Es würde dem Institut wohl kaum schaden, wenn sie die Beziehung zwischen einer der großartigsten Galerien des Landes und dem Unternehmen der Jones' etwas fester knüpfte.

Boldari wollte mit ihr essen gehen, um mit ihr übers Geschäft zu reden. Sie würde schon dafür sorgen, dass sich alles nur ums Geschäft drehte. Auch wenn sein Lächeln ihr Herz höher schlagen ließ.

Wenn er mit ihr flirten wollte, gut. Flirten machte ihr nichts aus. Sie war schließlich nicht so leicht zu beeindrucken. Männer, die aussahen wie Ryan Boldari, waren bereits mit voll entwickelten Flirtfähigkeiten auf die Welt gekommen.

Miranda redete sich gern ein, dass sie von Geburt an gegen solche armseligen Fähigkeiten immun war.

Er hatte unglaubliche Augen. Augen, die einen ansahen, als ob alles andere als man selbst einfach zerschmolzen sei.

Als sie merkte, dass sie bei dem Gedanken seufzte und die Augen schloss, rief sie sich energisch zur Ordnung und zog den Rückenreißverschluß ihres Kleides zu.

Es hatte lediglich etwas mit Stolz und professioneller Höflichkeit zu tun, dass sie ihre Kleidung für heute Abend mit besonderer

87

Sorgfalt ausgewählt hatte. Als sie ihm am Morgen begegnet war, hatte sie ausgesehen wie eine schlampige Studentin. Heute Abend würde er schon merken, dass sie eine reife, lebenskluge Frau war, die keine Probleme damit hatte, mit einem Mann zu Abend zu essen.

Miranda hatte ein schwarzes Kleid aus dünner, weicher Wolle gewählt, das so tief ausgeschnitten war, dass man den Ansatz ihrer Brüste sah. Die Ärmel waren lang und eng, und der schmale Rock umspielte ihre Knöchel. Beim Schmuck entschied sie sich für eine exquisite und fraglos sehr sexy wirkende Reproduktion eines byzantinischen Kreuzes, das bis in die Spalte zwischen ihren Brüsten hing.

Schließlich steckte sie ihre Haare mit mehreren Nadeln lässig hoch. Das Ergebnis sah, wie sie sich selbst eingestehen musste, sehr sexy aus, selbstbewusst und meilenweit entfernt von der großen, linkischen Frau, die sie während ihrer Collegezeit gewesen war. Niemand, der sie sah, würde auf die Idee kommen, dass sie wegen eines einfachen Abendessens aufgeregt war, oder dass sie sich Sorgen darüber machte, dass ihr möglicherweise schon vor dem ersten Gang kein intelligenter Gesprächsstoff mehr einfallen könnte.

Wer sie sah, würde nur Charme und Stil sehen. Alle – und vor allem er – würden genau das sehen, was sie wollte.

Sie nahm ihre Tasche, verrenkte den Hals, um sich noch einmal von hinten im Spiegel zu betrachten, und lief dann die Treppe hinunter.

Andrew war im vorderen Salon und schon bei seinem zweiten Whiskey angelangt. Er senkte sein Glas, als sie eintrat, und zog die Augenbrauen hoch.

»Toll. Wow!«

»Andrew, du bist ein richtiger Poet. Sehe ich in dem Kleid dick aus?«

»Auf diese Frage gibt es nie die richtige Antwort. Oder wenn es sie doch gibt, so hat sie jedenfalls noch kein Mann gefunden. Deshalb …«, er prostete ihr zu, »enthalte ich mich.«

»Feigling.« Und weil Miranda sehr nervös war, schenkte sie sich selbst ein halbes Glas Weißwein ein.

»Bist du für ein Geschäftsessen nicht ein bisschen zu aufgedonnert?«

Sie nippte an ihrem Wein und wartete, bis der Alkohol die Schmetterlinge in ihrem Bauch besänftigt hatte. »Hast du mir nicht heute Nachmittag einen langen Vortrag darüber gehalten, wie gut uns eine Verbindung zur Galerie Boldari zu Gesicht stünde?«

»Stimmt.« Andrew kniff die Augen zusammen. Obwohl er seine Schwester nicht oft als Frau ansah, blieb ihm heute nichts andres übrig. Sie sieht hinreißend aus, dachte er unbehaglich. »Hat er Eindruck auf dich gemacht?«

»Reiß dich zusammen!«

»Hat er?«

»Nein, eigentlich nicht«, lenkte sie ein. »Und wenn, ich bin schließlich eine erwachsene Frau, die weiß, wie sie damit umgehen muss.«

»Wohin geht ihr?«

»Ich habe ihn nicht gefragt.«

»Die Straßen sind immer noch vereist.«

»Es ist März, und wir befinden uns in Maine – natürlich sind die Straßen vereist. Spiel nicht den großen Bruder, Andrew.« Sie tätschelte ihm die Wange. »Das muss Ryan sein«, fügte sie hinzu, als die Türglocke ertönte. »Benimm dich.«

»Für die Vasaris benehme ich mich gern«, murmelte er, zog aber die Brauen hoch, während er Miranda nachsah. Manchmal vergaß er einfach, wie großartig sie aussehen konnte, wenn sie ein wenig Zeit darauf verwendete. Und dass sie jetzt offensichtlich Zeit darauf verwendet hatte, versetzte ihm einen Stich.

Es hätte ihm sicher noch einen weiteren Stich versetzt, wenn er Ryans Blick gesehen hätte, als Miranda ihm die Tür öffnete.

Es kam Ryan vor, als habe er einen Schlag in den Magen bekommen. Auf diesen Anblick war er nicht vorbereitet gewesen. »Sie sehen aus, als habe Tizian Sie gemalt.« Er ergriff Mirandas Hand, trat dann jedoch vor, um sie auf beide Wangen zu küssen.

»Danke.« Sie schloss die Tür und widerstand dem Bedürfnis, sich haltsuchend dagegenzulehnen. Durch ihre hohen Absätze waren ihre Augen und ihre Münder auf einer Höhe, und das verstärkte noch ihre gegenseitige Anziehungskraft. Im Bett, dachte sie, würde es auch so sein.

»Andrew ist im Salon«, sagte sie. »Möchten Sie nicht einen Moment hereinkommen?«

»Ja, gern. Sie haben ein wundervolles Haus.« Er blickte sich in der Halle um und warf einen raschen Blick zur Treppe hinüber, während er ihr in den Salon folgte. »Majestätisch und komfortabel zugleich. Sie sollten jemanden beauftragen, es zu malen.«

»Mein Großvater hat es in Öl gemalt. Das Bild ist nicht sehr gut, aber wir hängen daran. Möchten Sie etwas trinken?«

»Nein, danke. Hallo, Andrew.« Ryan reichte ihm die Hand. »Ich entführe Ihnen Ihre Schwester für heute Abend, es sei denn, Sie möchten mitkommen.«

Ryan hatte gutes Benehmen bereits mit der Muttermilch eingesogen, aber jetzt fluchte er insgeheim, als er feststellen musste, dass Andrew seine Einladung anzunehmen erwog. Um so erleichterter war er, als Andrew den Kopf schüttelte. Die drohenden Blicke, die Miranda ihrem Bruder hinter seinem Rücken zugeworfen hatte, waren ihm entgangen.

»Ich würde ja gern, aber ich bin leider schon verabredet. Ich wünsche euch beiden viel Spaß.«

»Ich hole nur rasch meinen Mantel.«

Andrew sah ihnen nach. Dann holte er ebenfalls seinen Mantel. Er hatte keine Lust mehr, allein zu trinken. Lieber betrank er sich in Gesellschaft.

Miranda schürzte die Lippen, als sie auf den Rücksitz der Limousine schlüpfte. »Lassen Sie sich immer fahren?«

»Nein.« Ryan setzte sich neben sie, zog eine einzelne weiße Rose aus einer kleinen Vase und hielt sie ihr hin. »Aber ich hatte das Bedürfnis nach Champagner, dem ich nicht hätte nachgeben können, wenn ich selbst gefahren wäre.« Zum Beweis zog er eine bereits geöffnete Champagnerflasche aus einem Eiskübel und goss ihr ein Glas ein.

»Geschäftsessen beginnen selten mit Rosen und Champagner.«

»Das sollten sie aber.« Er goss sich ebenfalls ein Glas ein und tippte damit gegen ihres. »Zumindest wenn faszinierende Frauen daran teilnehmen. Auf den Beginn einer unterhaltsamen Beziehung.«

»Geschäftsbeziehung«, korrigierte Miranda ihn und trank einen Schluck. »Ich kenne Ihre New Yorker Galerie.«

»Wirklich? Und was halten Sie davon?«

»Intim. Prachtvoll. Ein kleiner geschliffener Diamant, dessen Facetten die Kunst sind.«

»Ich bin geschmeichelt. Unsere Galerie in San Francisco ist weitläufiger, mehr Licht und Raum. Wir stellen dort hauptsächlich zeitgenössische und moderne Kunst aus. Mein Bruder Michael hat ein Auge und einen ganz besonderen Sinn dafür. Ich ziehe die Klassik vor … und das Intime.«

Seine Stimme glitt sanft über ihre Haut. Vielsagend und wie Miranda fand, gefährlich. »Dann ist also Boldari ein Familienunternehmen?«

»Ja, wie Ihres auch.«

»Das bezweifle ich«, murmelte sie, rief sich aber sofort zur Ordnung. Mache Konversation, ermahnte sie sich. Du bist doch eine selbstbewusste Frau, du kannst das doch. »Wie sind Sie zur Kunst gekommen?«

»Meine Eltern sind Künstler. Die meiste Zeit unterrichten sie zwar, aber die Aquarelle meiner Mutter sind wundervoll. Mein Vater ist Bildhauer, er produziert komplizierte Metallgebilde, die außer Michael anscheinend niemand versteht. Aber sie sind gut für seine Seele.«

Ryan blickte sie, während er sprach, direkt an – mit einer ruhigen Intensität, die ihre Haut wie unter einer Berührung brennen ließ. »Malen oder bildhauern Sie auch?« fragte sie.

»Nein, ich habe kein Talent dazu, oder vielleicht auch nicht die Seele. Es war eine große Enttäuschung für meine Eltern, dass keins ihrer sechs Kinder eine Begabung für die bildenden Künste hatte.«

»Sechs!« Miranda blinzelte und stellte ihr Glas ab. »Sechs Kinder?«

»Meine Mutter ist Irin und mein Vater Italiener.« Er grinste, frech und charmant. »Was blieb ihnen anderes übrig? Ich habe zwei Brüder und drei Schwestern, und ich bin der älteste. Sie haben faszinierende Haare«, murmelte er und drehte spielerisch eine Locke um seinen Finger. Sie zuckte zusammen. »Wie schaffen Sie es nur, es nicht dauernd anzufassen?«

»Es ist rot, schwer zu bändigen, und ich würde es kurz schneiden, wenn ich dann nicht aussähe wie eine ein Meter achtzig hohe Azalee.«

»Es war das erste, was mir an Ihnen aufgefallen ist.« Sein Blick senkte sich, bis er wieder ihre Augen traf. »Und dann Ihre Augen. Sie haben kühne Farben und Formen.«

Krampfhaft versuchte sie, den Drang zu unterdrücken, ihn bei der Jacke zu packen und sich einfach an ihn zu pressen. Doch trotz ihrer Bemühungen um Beherrschung musste sie kichern. »Wie moderne Kunst?«

Er schmunzelte. »Nein, dazu sind Sie zu klassisch. Ich finde Sie schön«, sagte er noch, als die Limousine schon an den Straßenrand fuhr und anhielt. Sobald die Tür aufging, nahm er ihre Hand, um ihr beim Aussteigen zu helfen. Sein Mund war dicht an ihrem Ohr. »Wir wollen doch mal sehen, ob wir auch diesen Abend schön finden.«

Sie konnte nicht genau sagen, wann sie endlich anfing, sich zu entspannen. Vielleicht bei ihrem dritten Glas Champagner. Miranda musste zugeben, dass er ein guter Unterhalter war – vielleicht ein bisschen zu gut –, aber es funktionierte. Es war lange her, dass sie im Kerzenschein einem Mann gegenübergesessen hatte, und da der Mann ein Gesicht hatte, als sei er einem Renaissancegemälde entsprungen, war es einfach unmöglich, die Situation nicht zu genießen.

Und er hörte zu. Er mochte ja behaupten, kein besonders guter Student der Kunstgeschichte gewesen zu sein, aber er stellte die richtigen Fragen und war interessiert an den Antworten. Vielleicht wollte er ihr auch einfach nur die Situation erleichtern, indem er sich mit ihr über berufliche Themen unterhielt. Wie auch immer – Miranda war dankbar dafür.

Sie konnte sich nicht mehr erinnern, wann sie sich zum letzten Mal einen Abend lang über ihre Arbeit unterhalten hatte, und während sie darüber redete, wurde ihr wieder einmal klar, warum sie sie liebte.

»Es ist wahrscheinlich diese Enthüllung eines Geheimnisses«, sagte sie. »Das Studieren eines Kunstwerks, seine Geschichte in Erfahrung zu bringen, seine Individualität und Persönlichkeit.«

»Es zu zerlegen?«

»In gewisser Weise, ja.« Es war angenehm, dort zu sitzen, in der gemütlichen Wärme des Restaurants mit dem knisternden Kaminfeuer und dem kalten, dunklen Meer direkt vor dem Fenster. »Die Farbe, der Pinselstrich, das Thema, der Zweck. Alle Teile können auf der Suche nach Antworten studiert und analysiert werden.«

»Und meinen Sie nicht, dass am Ende die Kunst selbst die Antwort ist?«

»Ohne die Geschichte und die Analyse ist es nur ein Gemälde oder eine beliebige Abbildung.«

»Wenn etwas schön ist, ist das genug. Wenn ich Ihr Gesicht analysieren müsste, nähme ich Ihre Augen – die kühne Sommerbläue, die Intelligenz, die leichte Traurigkeit. Und das Misstrauen«, fügte Ryan lächelnd hinzu. »Ihren Mund, weich, groß, nur zögernd lächelnd. Ihre Wangenknochen, scharf, aristokratisch. Ihre Nase, schmal und elegant. Ich würde die einzelnen Teile getrennt studieren und analysieren, aber ich würde doch immer zu dem Schluss kommen, dass Sie eine faszinierende Frau sind. Und das kann ich auch, indem ich mich einfach zurücklehne und das Ganze betrachte.«

Miranda stocherte abwesend in ihrem Fisch herum und bemühte sich, nicht zu sehr geschmeichelt oder bezaubert zu sein. »Das war geschickt.«

»Ich bin ein geschickter Mann, und Sie trauen mir nicht.«

Sie sah ihn an. »Ich kenne Sie ja gar nicht.«

»Was soll ich Ihnen denn noch erzählen? Ich komme aus einer großen, lauten, ethnisch geprägten Familie, bin in New York aufgewachsen, habe ohne besondere Begeisterung an der Columbia studiert. Und weil ich nicht künstlerisch veranlagt bin, habe ich mich auf den Kunsthandel verlegt. Ich habe nie geheiratet, was meiner Mutter nicht gefällt – mir reicht es jedoch, dass ich es einmal ganz kurz in Erwägung gezogen habe.«

Sie zog eine Augenbraue hoch. »Und es abgelehnt?«

»Zu dieser speziellen Zeit, mit dieser speziellen Frau. Der zündende Funke hat gefehlt.« Er beugte sich vor, um ihr näher zu sein – und weil es ihm Spaß machte, die Vorsicht in ihren Augen zu sehen. »Glauben Sie an Funken, Miranda?«

Funken, so stellte sie sich vor, mussten mit den Pings, die sie hörte, verwandt sein. »Ich glaube, sie sorgen für eine kurzfristige Anziehung, aber dann verlöschen sie und reichen nicht aus für eine lange Beziehung.«

»Sie sind zynisch«, stellte er fest. »Ich dagegen bin ein Romantiker. Sie analysieren und schätzen. Das ist eine interessante Kombination, finden Sie nicht?«

Miranda zuckte mit der Schulter und merkte, dass sie nicht mehr ganz entspannt war. Er hatte wieder ihre Hand ergriffen und spielte mit ihren Fingern. Er hatte eine Art, jemanden zu berühren, an die sie nicht gewöhnt war, und die sie nur zu deutlich Funken spüren ließ.

Funken, dachte sie, geben ein hübsches Licht. Aber sie können auch verbrennen.

Dass sie sich so schnell und so stark von ihm angezogen fühlte, war gefährlich, und es war unlogisch. Das hatte nur etwas mit Hormonen und nichts mit dem Verstand zu tun.

Deshalb musste sie sich kontrollieren.

»Ich habe kein Verständnis für Romantiker. Sie treffen Entscheidungen, die eher auf Gefühlen als auf Fakten beruhen.« Andrew ist ein Romantiker, dachte sie mitleidig. »Und dann sind sie erstaunt, wenn ihre Entscheidungen sich als falsch erweisen.«

»Aber wir haben mehr Spaß als Zyniker.« Ryan stellte fest, dass er sich weitaus stärker von ihr angezogen fühlte, als er gedacht hatte. Es liegt nicht nur an ihrem Aussehen, dachte er, als die Teller abgeräumt wurden. Es war dieser praktische, pragmatische Ansatz, den er unwiderstehlich fand.

Und, ja, die großen traurigen Augen.

»Dessert?«, fragte er.

»Nein, danke. Ich kann nicht mehr. Es war ein wundervolles Essen.«

»Kaffee?«

»Es ist schon viel zu spät für Kaffee.«

Er grinste, vollkommen hingerissen. »Sie sind eine ordentliche Frau, Miranda. Das mag ich an Ihnen.« Ohne den Blick von ihr abzuwenden, winkte er nach der Rechnung. »Lassen Sie uns noch einen Spaziergang machen? Sie können mir die Küste zeigen.«

»Jones Point ist eine sichere Stadt«, sagte sie, als sie durch den eisigen Wind liefen, der vom Meer hochpeitschte. Die Limousine folgte ihnen langsam, eine Tatsache, die Miranda amüsierte und faszinierte. Gleichgültig, wie reich sie war, keine Jones würde jemals eine Limousine mieten, die ihr beim Spazierengehen folgte. »Man kann hier gut entlanggehen. Es gibt ein paar Parks. Sie sind im Frühling und im Sommer wunderschön. Schatten, Bäume, Blumenbeete. Sind Sie noch nie hier gewesen?«

»Nein. Aber Ihre Familie lebt schon seit Generationen hier?«

»Ja. In Jones Point hat es schon immer Jones gegeben.«

»Wohnen Sie deshalb hier?« Er verschränkte seine behandschuhten Finger mit ihren, Leder glitt über Leder. »Weil es von Ihnen erwartet wird?«

»Nein. Ich lebe hier, weil hier meine Wurzeln sind.« Es war schwer zu erklären, sogar für sie selbst, wie sehr sie mit diesem felsigen Stück New England verbunden war. »Ich reise gern, aber wenn es darum geht, zu Hause zu sein, möchte ich nur hier sein.«

»Dann erzählen Sie mir von Jones Point.«

»Das Leben verläuft hier ruhig und gesittet. Die Stadt war früher ein Fischerdorf und ist inzwischen zu einem touristischen und kulturellen Zentrum geworden. Aber viele Einwohner leben immer noch vom Fischfang. Besonders ertragreich ist der Hummerfang – wir verschicken Hummer in alle Welt.«

»Haben Sie das schon mal gemacht?«

»Was?«

»Hummer gefangen.«

»Nein.« Sie lächelte. »Aber ich kann die Boote und Kutter vom Felsen hinter dem Haus aus sehen. Ich beobachte sie gern.«

Lieber beobachten als teilnehmen, dachte er.

»Hier sind wir am alten Hafen«, fuhr sie fort. »In diesem Teil der Stadt gibt es zahlreiche Galerien. Sie könnten sich ein paar ansehen, bevor Sie abreisen.«

»Vielleicht.«

»Die Stadt ist im Frühling am schönsten, wenn man die Parks und die Strände nutzen kann. Es gibt ein paar wunderschöne Sandstrände, mit Aussicht auf die Miracle Bay und die Inseln. Aber auch im Winter kommt man auf seine Kosten. Im Atlantic Park ist dann der Teich zugefroren und die Leute gehen dort Schlittschuh laufen.«

»Sie auch?« Ryan legte Miranda den Arm um die Schulter, um sie vor dem Wind zu schützen. Ihre Körper stießen aneinander. »Laufen Sie auch Schlittschuh?«

»Ja.« Ihre Kehle wurde trocken, und ihr Herz schlug schneller. »Es ist gut für die Kondition.«

Er lachte. Unter dem Lichtkreis einer Straßenlaterne drehte er sie zu sich um. Seine Hände lagen auf ihren Schultern, und seine Haare waren ganz zerzaust vom Wind. »Also machen Sie das wegen der Fitness und nicht aus Spaß.«

»Ich liebe es. Aber jetzt ist es schon zu spät zum Schlittschuhlaufen.«

Er spürte, wie nervös sie war. Bezaubert zog er sie ein wenig dichter an sich heran. »Und wie trainieren Sie in dieser Jahreszeit?«

»Ich laufe viel. Und schwimme, wenn ich kann.« Ihr Puls beschleunigte sich. »Es ist zu kalt, um hier stehen zu bleiben.«

»Warum betrachten wir es dann nicht als sportlichen Austausch von Körperwärme?« Ran hatte eigentlich nicht vorgehabt, sie zu küssen – wenn es sich ergab, ja, natürlich, aber nicht so bald. Aber er hatte nicht gelogen, als er behauptet hatte, er sei ein Romantiker. Und der Augenblick verlangte einfach danach.

Prüfend fuhr er mit seinen Lippen über ihre, wobei er die Augen ebenso geöffnet hielt wie sie auch. Behutsam küsste er sie ein zweites Mal, und die Widerspenstigkeit ihrer Lippen brachte ihn zum Lächeln. Er war ein Mann, der stets so lange übte, bis er in einer Sache eine befriedigende Fertigkeit besaß. Was Frauen anging, war er sehr erfahren, und so wärmte er ihre Lippen geduldig mit seinen, bis sie weich wurden, sich öffneten, Mirandas Lider sich senkten und sie leise seufzte.

Vielleicht war es verrückt, aber was konnte es schon schaden? Das Aufbegehren der Vernunft in ihrem Kopf wurde schwächer, je stärker sie von ihren Gefühlen überwältigt wurde. Sein Mund war fest und fordernd, sein Körper lang und hart. Er roch schwach nach dem Wein, den sie getrunken hatten, und er war erregend fremd und reich.

Sie lehnte sich an ihn und klammerte sich an seinen Mantel. Und dann dachte sie nichts mehr.

Plötzlich umfasste er mit beiden Händen ihr Gesicht, und das kalte, glatte Leder riss sie aus ihren Träumen. Miranda öffnete die Augen und sah, dass er sie mit einer Intensität anblickte, die nicht mehr zu dem sanften Kuss passte.

»Lass uns das noch einmal versuchen.«

Dieses Mal war sein Kuss drängend und heiß, bis alles in ihr brauste wie das Meer hinter ihrem Haus. Er stellte Forderungen und war sich in seiner Arroganz sicher, dass sie erfüllt werden würden. Obwohl ihr Verstand sich dagegen auflehnte, konnte ihr Mund ihm nicht widerstehen.

Er wusste, was er wollte. Er hatte in seinem Leben immer viel gewollt und hatte es sich zur Aufgabe gemacht, dies auch zu erreichen. Miranda zu wollen konnte er akzeptieren, das hatte er sogar erwartet. Aber dass er sie jetzt mit dieser Macht begehrte, war gefährlich. Selbst ein Mann, der ab und zu spielte, sollte Risiken vermeiden können, die ihm keinen Gewinn brachten.

Deshalb zögerte er so lange, bis er sich wieder in der Gewalt hatte und sich darüber im Klaren war, dass er die Nacht allein verbringen würde. Er konnte es sich nicht leisten, sie zu verführen, mit ihr ins Bett zu gehen. Er hatte zu arbeiten, und der Zeitplan stand bereits. Vor allem konnte er es sich nicht leisten, sich um sie zu sorgen. Wenn er für jemanden Zuneigung empfand, würde er das Spiel verlieren.

Und er verlor nie.

Ryan hielt Miranda von sich weg und betrachtete sie forschend.

Ihre Wangen waren gerötet, sowohl von der Kälte als auch von der Hitze. Ihre Augen waren von einer Leidenschaft verhangen, die sie wohl genauso überrascht hatte wie ihn. Sie erschauerte, als seine Hände von ihren Schultern über ihre Arme glitten. Und sie sagte kein Wort.

»Ich bringe dich jetzt besser nach Hause.« Obwohl er insgeheim fluchte, gelang ihm ein freundliches und unverbindliches Lächeln.

»Ja.« Sie wollte sich unbedingt hinsetzen, um ihr Gleichgewicht wiederzufinden. Um nachdenken zu können. »Es ist schon spät.«

»Noch eine Minute länger«, murmelte Ryan, »und es wäre endgültig zu spät gewesen.« Er ergriff ihre Hand und führte sie zu der wartenden Limousine. »Kommst du oft nach New York?«

»Ab und zu.« Alle Hitze schien wie ein Ball in ihrer Kehle zu stecken. Am ganzen übrigen Körper war ihr kalt. Genauer gesagt, sie fror erbärmlich.

»Lass es mich wissen, wenn du das nächste Mal kommst. Ich werde dann meine Termine mit deinen abstimmen.«

»In Ordnung«, hörte sie sich sagen – und sie kam sich nicht einmal albern dabei vor.

Miranda sang unter der Dusche. Das tat sie sonst nie. Man musste ihr nicht sagen, dass sie eine entsetzliche Stimme hatte, das konnte sie selbst hören. Aber an diesem Morgen schmetterte sie aus voller Kehle »Making Whoopee«. Sie hatte keine Ahnung, warum ihr gerade dieses Lied einfiel – sie hatte gar nicht gewusst, dass sie es überhaupt singen konnte.

Sie summte immer noch, als sie sich abtrocknete.

Hüftschwenkend beugte sie sich vor und schlang sich ein Handtuch um den Kopf. Tanzen konnte sie auch nicht besser, obwohl sie die richtigen Schritte kannte. Die Mitglieder des Art Council, mit denen sie so viele steife Walzer getanzt hatte, wären schockiert gewesen, wenn sie gesehen hätten, wie die kühle Dr. Jones durch ihr funktionales Badezimmer hüpfte.

Bei dem Gedanken daran musste Miranda kichern, ein so ungewohntes Geräusch für sie, dass sie stehen blieb und den Atem anhielt. Da erst merkte sie, dass sie glücklich war. Wirklich glücklich. Auch das war selten. Sie war oft zufrieden, herausgefordert oder beteiligt, aber einfach nur glücklich zu sein gelang ihr fast nie.

Es war ein großartiges Gefühl.

Und warum auch nicht? Sie schlüpfte in einen hübschen Samtbademantel und cremte ihre Arme und Beine mit duftender Körperlotion ein. Sie war an einem äußerst attraktiven Mann interessiert, und er war an ihr interessiert. Er genoss ihre Gesellschaft, schätzte ihre Arbeit und fand sie sowohl auf körperlicher als auch auf intellektueller Ebene attraktiv.

Er erschien nicht so furchterregend, wie viele andere Männer es aufgrund ihrer Position oder ihrer Persönlichkeit waren. Er war charmant, erfolgreich, geradezu faszinierend – und er war kultiviert genug, um sie nicht gleich am ersten Abend ins Bett zu locken.

Wäre ich mitgegangen?, fragte sich Miranda, als sie den beschlagenen Spiegel abrieb. Normalerweise hätte sie entschieden mit Nein geantwortet. Sie neigte nicht dazu, überstürzte Affären mit Männern zu beginnen, die sie kaum kannte. Sie neigte überhaupt nicht dazu, Affären zu haben. Es war schon über zwei Jahre her, seit sie das letzte Mal einen Liebhaber gehabt hatte, und diese Geschichte war so jämmerlich zu Ende gegangen, dass sie beschlossen hatte, selbst oberflächliche Beziehungen zu vermeiden.

Aber gestern Abend … Ja, dachte sie, ich hätte mich überreden lassen. Gegen alle Vernunft hätte ich mich davontragen lassen. Aber voller Respekt vor ihr hatte er gar nicht erst gefragt.

Immer noch summend wählte sie ihre Kleidung für den heutigen Tag aus – ein Wollkostüm mit kurzem Rock und langem Jackett in Stahlblau, einer Farbe, die ihr schmeichelte. Sie schminkte sich sorgfältig und ließ ihre Haare offen. Und in einem letzten weiblichen Aufbegehren gegen die tobenden Elemente schlüpfte sie in hochhackige Pumps.

Als sie in der eisigen Dunkelheit das Haus verließ, sang sie immer noch.

Andrew erwachte mit einem mächtigen Kater. Da er sein eigenes Jammern nicht ertragen konnte, versuchte er, es zwischen den Kissen zu ersticken. Sein Überlebenswille war jedoch stärker als das Elend, und keuchend fuhr er wieder hoch. Dabei hielt er sich den Kopf fest, damit er ihm nicht von den Schultern fiel.

Langsam und vorsichtig tastete er sich schließlich aus dem Bett. Als Wissenschaftler war ihm klar, dass seine Knochen nicht auseinanderfallen konnten, aber er fürchtete, sie könnten die Gesetze der Physik widerlegen und es trotzdem tun.

Alles war Annies Schuld, stellte er fest. Sie war am Abend zuvor so ärgerlich auf ihn gewesen, dass sie zugelassen hatte, dass er sich sinnlos betrank. Er hatte damit gerechnet, dass sie ihn, wie sonst auch immer, davon abhalten würde. Aber nein, jedes Mal, wenn er es verlangte, knallte sie einen neuen Drink vor ihn auf die Theke.

Er konnte sich dunkel daran erinnern, dass sie ihn am Ende in ein Taxi gesetzt und irgendetwas Giftiges gemurmelt hatte wie, sie hoffe, ihm sei kotzübel.

Sie hat ihren Willen bekommen, dachte Andrew, während er die Treppe hinuntertaumelte. Wenn er sich noch elender fühlen würde, wäre er tot.

Als er sah, dass bereits frisch gekochter Kaffee auf ihn wartete, weinte er fast vor Liebe und Dankbarkeit zu seiner Schwester. Mit zitternden Händen schüttelte er vier extra starke Excedrin aus der Packung und spülte sie mit dem heißen Kaffee, der ihm die Zunge verbrannte, hinunter.

Nie wieder, schwor er sich und presste die Handballen gegen seine schmerzenden, blutunterlaufenen Augen. Nie wieder würde er derart maßlos trinken. Doch sogar im Moment des Schwurs durchschauerte ihn das Verlangen nach nur einem einzigen Glas. Nur ein einziges Glas, damit seine Hände aufhörten zu zittern, damit sich sein Magen beruhigte.

Er widerstand dem Wunsch jedoch, indem er sich sagte, dass es einen Unterschied gab zwischen übermäßigem Alkoholgenuss und Alkoholismus. Wenn er um sieben Uhr morgens trinken würde, wäre das Alkoholismus. Um sieben Uhr abends war es in Ordnung. Er konnte warten. Auch zwölf Stunden.

Das Schrillen der Türglocke fuhr wie ein Messer durch seinen Kopf. Fast hätte er aufgeschrien. Statt zur Tür zu gehen, setzte er sich an den Küchentisch, legte den Kopf darauf und betete um Linderung.

Er war fast eingedöst, als sich die Hintertür öffnete und einen eisigen Lufthauch samt einer ärgerlichen Frau hineinließ.

»Hab' ich mir doch gedacht, dass du dich irgendwo zusammengerollt hast und dich selbst bemitleidest.« Annie stellte eine Einkaufstüte auf den Tisch, stemmte die Hände in die Hüften und musterte ihn finster. »Sieh dich doch mal an, Andrew! Ein Häufchen Elend. Halb nackt, unrasiert, blutunterlaufene Augen und ungewaschen. Geh dich duschen!«

Er hob den Kopf und blinzelte sie an. »Ich will nicht.«

»Du gehst duschen, und ich mache Frühstück.« Als er den Kopf wieder auf die Tischplatte legen wollte, zog sie ihn einfach an den Haaren hoch. »Du bekommst nur, was du verdienst.«

»Annie, du reißt mir den Kopf ab!«

»Wenn ich das könnte, ginge es dir beträchtlich besser. Beweg deinen Hintern und geh dich waschen – und sieh zu, dass du dir die Zähne putzt. Du hast es nötig.«

»Allmächtiger! Was tust du eigentlich hier?« Andrew hätte nicht geglaubt, dass ihm bei seinem Kater etwas peinlich sein könnte, aber plötzlich fühlte er förmlich, wie ihm die Röte den Brustkorb hinaufkroch. »Geh weg!«

»Ich habe dir schließlich den Schnaps verkauft.« Annie ließ seine Haare los, und sein Kopf fiel schwer auf den Tisch zurück. Er jaulte auf. »Ich war wütend auf dich, also habe ich dich weitertrinken lassen. Und deshalb mache ich dir jetzt ein anständiges Frühstück, passe auf, dass du dich fertig machst und zur Arbeit gehen kannst. Und jetzt geh duschen, sonst schleppe ich dich eigenhändig nach oben und setze dich in die Badewanne.«

»Okay, okay.« Alles andere war besser als diese ständige Nörgelei. So würdevoll, wie es seine Boxershorts zuließen, stand Andrew auf. »Ich möchte nichts essen.«

»Du isst das, was ich dir vorsetze.« Annie wandte sich zum Tresen und begann, die Tüte auszupacken. »Und jetzt verschwinde. Du riechst wie der Fußboden in einer zweitklassigen Bar.«

Sie wartete, bis er davongeschlurft war, dann schloss sie die Augen und lehnte sich an den Tresen.

Oh, er hatte so mitleiderregend ausgesehen! So traurig und elend. Am liebsten hätte sie ihn in die Arme genommen und ihm das ganze Gift aus dem Körper gestreichelt. Gift, dachte sie schuldbewusst, das ich ihm verkauft habe, weil ich wütend auf ihn war.

Es war im Grunde nicht der Alkohol. Es war sein Herz, und sie wusste nicht, wie sie es erreichen konnte. Ob sie es vielleicht schaffen würde, wenn sie ihn weniger gern hätte?

Die Rohre rauschten, während er duschte, und sie musste lächeln. Er ist genauso wie das Haus, dachte sie. Ein bisschen heruntergekommen, ein bisschen ramponiert, aber hinter der Fassade erstaunlich solide.

Er hatte nur nie verstanden, dass Elise, trotz ihres Verstandes und ihrer Schönheit, nicht die Richtige für ihn gewesen war. Sie waren ein aufsehenerregendes Paar gewesen, intelligent und außergewöhnlich, aber das war alles nur Fassade. Sie hatte ihn nicht verstanden, nicht sein Bedürfnis nach liebevoller Zuwendung, und nicht den Schmerz in seinem Herzen, der daher rührte, dass er sich für nicht liebenswert hielt.

Er brauchte einfach viel liebevolle Pflege.

Und die kann ich ihm geben, stellte Annie fest und krempelte die Ärmel hoch. Wenn sie schon sonst nichts tun konnte, so konnte sie ihm wenigstens wieder auf die Füße helfen.

Schließlich, so sagte sie sich, stehen Freunde einander bei.

Die Küche duftete appetitlich, als Andrew zurückkam. Wenn nicht Annie da gewesen wäre, hätte er sich vermutlich in seinem Zimmer eingeschlossen. Aber die Dusche hatte geholfen, und die Tabletten hatten den Kater gelindert. Ihm war zwar immer noch leicht übel, aber es ging ihm schon deutlich besser.

Er räusperte sich und rang sich ein Lächeln ab. »Riecht toll.«

»Setz dich«, erwiderte sie, ohne sich umzudrehen.

»Okay. Es tut mir leid, Annie.«

»Du brauchst dich nicht bei mir zu entschuldigen, du solltest dich bei dir selbst entschuldigen. Du bist derjenige, der sich Schaden zufügt.«

»Tut mir trotzdem leid.« Er blickte auf die Schüssel, die sie vor ihn hinstellte. »Haferflocken?«

»Die behältst du wenigstens bei dir. Sie sind gut für den Magen.«

»Bei Mrs. Patch musste ich auch immer Haferflocken essen«, sagte er und dachte an die Frau, die für sie gekocht hatte, als er ein Junge war. »Jeden Morgen vor der Schule, das ganze Jahr über.«

»Mrs. Patch wusste eben, was gut für dich war.«

»Sie hat immer ein bisschen Ahornsirup hineingetan.«

Leise lächelnd öffnete Annie eine Schranktür. Sie kannte seine Küche genauso gut wie ihre eigene. Sie stellte die Sirupflasche vor ihn auf den Tisch und einen Teller mit getoasteten Brotscheiben daneben. »Iss jetzt.«

»Ja, Ma'am.« Vorsichtig nahm er einen Löffel voll, als sei er noch unsicher, ob er es bei sich behalten würde. »Es schmeckt gut. Danke.«

Als sie sah, dass es ihm langsam besser ging und seine Gesichtsfarbe zurückkehrte, setzte sie sich ihm gegenüber. Freunde stehen einander bei, dachte sie wieder. Und sie sind aufrichtig zueinander.

»Andrew, du musst damit aufhören.«

»Ich weiß, dass ich nicht so viel hätte trinken dürfen.«

Sie berührte seine Hand. »Wenn du das erste Glas trinkst, hörst du nicht mehr auf.«

Verärgert zuckte er mit den Schultern. »Gegen einen Drink ab und zu ist nichts einzuwenden. Und es ist auch nichts dagegen einzuwenden, wenn man ab und zu mal betrunken ist.«

»Doch, wenn du Alkoholiker bist.«

»Bin ich aber nicht.«

Annie lehnte sich zurück. »Ich habe eine Bar, und ich war mit einem Trinker verheiratet. Ich kenne die Anzeichen. Es gibt einen Unterschied zwischen jemandem, der mal ein paar Gläser zu viel trinkt, und jemandem, der nicht aufhören kann.«

»Ich kann aufhören.« Er griff nach der Kaffeetasse. »Trinke ich jetzt etwa? Während der Arbeit trinke ich ebenfalls nichts – und es beeinträchtigt meine Arbeit auch nicht. Und ich bin schließlich nicht jeden Abend betrunken.«

»Aber du trinkst jeden Abend.«

»Das tut die Hälfte der Menschheit. Was ist der Unterschied zwischen ein paar Gläsern Wein beim Abendessen und einem oder zwei Whiskey?«

»Das musst du mit dir selbst ausmachen. So wie ich es getan habe. Wir waren beide halb betrunken in jener Nacht, als wir …« Es tat weh, es auszusprechen. Sie hatte gedacht, es mache ihr nichts mehr aus, aber es schmerzte immer noch, und sie konnte den Satz nicht zu Ende bringen.

»Du meine Güte, Annie.« Scham und Schuldbewusstsein schnürten ihm die Kehle zu, und verlegen fuhr er sich mit der Hand durch die Haare. »Wir waren noch Kinder!«

»Wir waren immerhin alt genug, um ein Kind zu zeugen.« Sie presste die Lippen zusammen. Ganz gleich, wie schwer es ihr fiel, sie würde versuchen weiterzusprechen. »Wir waren dumm und unschuldig und verantwortungslos. Ich habe das eingesehen.« O Gott, sie versuchte es einzusehen. »Aber ich habe daraus gelernt, was du verlieren kannst. Was es bewirken kann, wenn du die Kontrolle über dich verlierst. Und du hast keine Kontrolle mehr über dich, Andrew.«

»Die eine Nacht vor fünfzehn Jahren hat nichts mit heute zu tun.« Schon, als er die Worte aussprach und sah, wie sie zusammenzuckte, tat es ihm leid. »So habe ich es nicht gemeint, Annie. Ich meinte nicht, dass es überhaupt keine Bedeutung hat. Ich wollte nur …«

»Hör auf.« Ihre Stimme war kühl und distanziert. »Es ist wohl besser, wenn wir so tun, als wäre es nie passiert. Ich habe das Thema auch nur angeschnitten, weil du anscheinend den Unterschied nicht begreifst. Du warst erst siebzehn, hattest aber schon Probleme mit dem Alkohol. Ich hatte keine. Auch heute nicht. Bis jetzt hast du es geschafft, dein Leben zu meistern, ohne das Problem übermächtig werden zu lassen. Aber langsam überschreitest du die Grenze. Der Alkohol beginnt dich zu beherrschen, Andrew, und du musst dich wieder unter Kontrolle bekommen. Das sage ich dir als Freundin.« Sie stand auf und barg ihr Gesicht in den Händen. »Komm nie wieder in meine Bar. Ich werde dir nichts mehr ausschenken.«

»Jetzt komm aber, Annie ...«

»Du kannst gern kommen, wenn du dich unterhalten willst, aber wenn du etwas zu trinken bestellst, werde ich dir nichts mehr geben.«

Sie drehte sich um, nahm ihren Mantel und lief hinaus.

7

Ryan wanderte durch die südliche Galerie und bewunderte den Lichteinfall und den weiten Raum. Die Jones' verstehen ihr Geschäft, dachte er. Die Objekte waren professionell arrangiert, die Hinweisschilder diskret und informativ.

Er hörte mit halbem Ohr einer Frau mit blaugetöntem Haar zu, die eine kleine Reisegruppe zu einer von Raffaels großartigen Madonnen führte.

Eine weitere Gruppe, größer und lärmender, bestand aus Schulkindern und wurde von einer flotten Brünetten begleitet. Zu Ryans Erleichterung verschwanden sie in Richtung der Impressionisten.

Nicht, dass er Kinder nicht mochte. Im Gegenteil, seine Nichten und Neffen waren für ihn eine ständige Quelle der Freude und Erheiterung. Er liebte es, sie so oft wie möglich ausgiebig zu verwöhnen. Aber bei der Arbeit lenkten Kinder ab. Und gerade jetzt war Ryan sehr in seine Arbeit vertieft.

Die Wachleute waren unaufdringlich, aber es gab viele. Er notierte sich im Geiste, wo sie standen, und sah an dem verstohlenen Blick, den ein Wachmann auf seine Uhr warf, dass ein Schichtwechsel bevorstand.

Ryan tat so, als wandere er ziellos hin und her, blieb von Zeit zu Zeit stehen, um ein Gemälde, eine Skulptur oder andere Objekte zu betrachten. Im Gedanken jedoch zählte er die Schritte. Von der Tür bis zur Kamera in der südwestlichen Ecke, von der Kamera zum Durchgang, vom Durchgang zur nächsten Kamera, und von dort bis zum Zielpunkt.

Er blieb nicht länger vor dem Schaukasten mit der Skulptur aus dem 15. Jahrhundert stehen, als es jeder Kunstliebhaber getan hätte. Die Bronzeskulptur *David* war ein kleines Juwel – jung, herausfordernd, schlank, die Schleuder im historischen Moment der Wahrheit erhoben.

Obwohl der Künstler unbekannt war, war es der Stil Leonardos. Und wie die Hinweistafel anzeigte, wurde das Werk auch einem seiner Schüler zugeschrieben.

Ryans Kunde war ein besonderer Verehrer Leonardos, und er hatte dieses bestimmte Werk in Auftrag gegeben, seit er es vor einem halben Jahr im Institut gesehen hatte.

Ryan nahm an, dass sein Klient wahrscheinlich sehr glücklich sein würde, um so mehr, wenn er es sogar noch früher bekam. Er hatte beschlossen, seinen Zeitplan zu straffen. Es war klüger, schneller zu handeln und wieder weg zu sein, bevor er in Bezug auf Miranda einen Fehler machte. Es tat ihm sogar schon ein bisschen leid, dass er ihr Unannehmlichkeiten und Ärger bereiten musste.

Aber sie war ja schließlich versichert. Und bei der Bronze handelte es sich wohl kaum um das beste Stück des Instituts.

Wenn er sich selbst etwas hätte aussuchen können, dann hätte er den Cellini genommen oder vielleicht auch das Frauenporträt von Tizian, das ihn an Miranda erinnerte. Aber sein Kunde hatte die taschengroße Bronzeskulptur gewählt. Und sie war sicher leichter mitzunehmen als der Cellini oder der Tizian.

Nachdem Ryan Miranda nach Hause gebracht und sich umgezogen hatte, hatte er ein oder zwei produktive Stunden im Röhrensystem unter dem Institut zugebracht. Dort lagen die Kabel für das Sicherheitssystem des Gebäudes. Alarmanlagen, Kameras, Sensoren.

Er brauchte nur seinen Laptop und ein bisschen Zeit, um die Hauptanlage auf seine Bedürfnisse einzustellen. Allzu viel hatte er nicht geändert. Die meiste Arbeit würde in ein paar Stunden zu erledigen sein, aber ein paar grundlegende Eingriffe würden seine Aufgabe langfristig leichter machen.

Ryan vervollständigte seine Messungen und machte dann gemäß seinem Zeitplan den ersten Test. Er lächelte die blaugetönte Dame an und ging an ihrer Gruppe vorbei. Mit den Händen in den Taschen studierte er ein düsteres Gemälde der Verkündigung. Er tastete in der Jackentasche nach dem kleinen Mechanismus und fuhr mit dem Daumen darüber, bis er am richtigen Knopf angelangt war. Die Kamera war direkt rechts von ihm.

Er lächelte die Jungfrau Maria an, als er aus dem Augenwinkel das winzige rote Licht der Kamera aufblinken sah.

Gott, er liebte die Technologie.

In der anderen Jackentasche drückte er auf den Knopf einer Stoppuhr. Dann wartete er.

Es verstrichen ungefähr zwei Minuten, bevor das Walkie-Talkie des Wachmanns, der am nächsten stand, zu piepen begann. Ryan drückte erneut die Stoppuhr, schaltete die Kamera mit der anderen Hand aus und ging ein paar Schritte weiter, um sich das traurige, gequälte Gesicht des heiligen Sebastian anzusehen.

Mehr als zufrieden verließ Ryan schließlich die Galerie und holte sein Handy hervor.

»Dr. Jones' Büro. Was kann ich für Sie tun?«

Die lebhafte Stimme von Mirandas Assistentin brachte ihn zum Grinsen. »Ist Dr. Jones da? Hier spricht Ryan Boldari.«

»Einen Moment bitte, Mr. Boldari.«

Ryan trat in den Windschatten, während er wartete. Er mochte den Blick auf die Stadt, die unterschiedliche Architektur, die Granit und Ziegelbauten. Bei einem seiner Spaziergänge war er an einer würdigen Statue von Longfellow vorbeigekommen, und er fand, dass sie ebenso wie die anderen Statuen und Monumente die Stadt interessant machten.

Auch wenn ihm das temporeiche, herausfordernde Leben in New York noch besser gefiel, so hatte er nichts dagegen, ein wenig länger hierzubleiben. Ein anderes Mal natürlich. Es war niemals klug, noch zu bleiben, wenn man seine Arbeit getan hatte.

»Ryan?« Ihre Stimme klang ein wenig atemlos. »Tut mir leid, dass ich dich habe warten lassen.«

»Das macht nichts. Ich hatte mir ein bisschen freigenommen und bin durch deine Galerien gewandert.« Es war besser, wenn sie Bescheid wusste, da sie sich am nächsten Tag bestimmt die Aufzeichnungen ansehen würden.

»Oh, du hättest mir sagen sollen, dass du kommst. Dann hätte ich dich selbst herumgeführt.«

»Ich wollte dich nicht von der Arbeit abhalten. Aber ich möchte dir sagen, dass ich glaube, dass meine Vasaris ein wundervolles

Heim haben werden. Und du solltest nach New York kommen und dir ansehen, wo dein Cellini untergebracht wird.«

Er hatte das eigentlich nicht sagen wollen. Verdammt. Ryan nahm das Telefon in die andere Hand und ermahnte sich im Stillen, eine Zeit lang noch ein wenig Distanz zu halten.

»Das tue ich vielleicht auch. Möchtest du heraufkommen? Ich kann den Sicherheitskräften Bescheid sagen.«

»Ich würde gern, aber ich habe ein paar Termine, die ich nicht verschieben kann. Ich bin heute den ganzen Tag über beschäftigt, aber ich würde morgen gern mit dir zum Mittagessen gehen.«

»Das kann ich sicher einrichten. Wann passt es dir am besten?«

»Je früher, desto besser. Ich möchte dich sehen, Miranda.« Er konnte sich vorstellen, wie sie in ihrem Büro saß, vielleicht trug sie einen Laborkittel über einem zu großen Pullover. O ja, er wollte sie sehr gern sehen. »Wie wäre es mit zwölf Uhr?«

Er hörte Papier rascheln. Sie sieht in ihrem Kalender nach, dachte er und fand es irgendwie entzückend. »Ja, zwölf Uhr passt gut. Ach übrigens, die Dokumentation über deine Vasaris ist gerade auf meinem Schreibtisch gelandet. Du arbeitest schnell.«

»Schöne Frauen sollte man nicht warten lassen. Ich sehe dich dann morgen. Und ich denke heute Nacht an dich.«

Er unterbrach die Verbindung und verspürte ein sehr seltenes Gefühl, das er nur deshalb als Schuldgefühl identifizierte, weil er sich nicht erinnern konnte, es jemals zuvor empfunden zu haben. Jedenfalls nicht im Zusammenhang mit Frauen oder Arbeit.

»Es nützt alles nichts«, sagte er leise und steckte sein Handy wieder ein. Während er zum Parkplatz ging, holte er die Stoppuhr heraus. Hundertzehn Sekunden.

Zeit genug. Mehr als genug.

Er blickte zu Mirandas Bürofenster hinauf. Dafür würde auch noch Zeit sein. Aber berufliche Verpflichtungen kamen an erster Stelle. Eine so praktisch veranlagte Frau würde ihm da sicher zustimmen.

Ryan verbrachte die nächsten Stunden in seiner Suite. Er bestellte sich das Mittagessen aufs Zimmer, schaltete einen Klassiksender im Radio ein und breitete seine Notizen aus, um sie noch einmal zu überprüfen.

Die Pläne des Instituts fixierte er auf dem Konferenztisch, mit den Salz- und Pfefferstreuern und den winzigen Senf- und Ketchupflaschen, die der Zimmerservice mitgebracht hatte.

Die Schemazeichnungen des Sicherheitssystems erschienen auf dem Monitor seines Laptops. Er knabberte an seinen Pommes frites, trank einen Schluck Evian und studierte sie.

Es war leicht gewesen, an die Pläne zu kommen. Mit Kontakten und Bargeld bekam man beinahe alles. Und er konnte gut mit dem Computer umgehen. Diese Fähigkeit hatte er bereits auf der Highschool erworben und ausgebaut.

Seine Mutter hatte darauf bestanden, dass er Schreibmaschine schreiben lernte – man wusste ja nie –, aber er konnte sich schon bald interessantere Dinge im Umgang mit der Tastatur vorstellen, als seine Korrespondenz zu erledigen.

Er hatte sich seinen privaten Laptop selbst eingerichtet, und auch ein paar Extras hinzugefügt, die eigentlich nicht legal waren. Aber er war schließlich weder Jurist noch Computerfachmann.

Die Boldari-Galerien wurden völlig korrekt geführt. Sie finanzierten sich selbst, warfen sogar einen stattlichen Gewinn ab. Aufgebaut waren sie jedoch auf Fonds, die er zusammengetragen hatte, seit er als Junge mit flinken Fingern und rascher Auffassungsgabe die Straßen von New York unsicher gemacht hatte.

Manche Menschen waren geborene Künstler, andere geborene Buchhalter. Ryan war ein geborener Dieb.

Zuerst hatte er Taschendiebstähle begangen und Portemonnaies gestohlen, weil das Geld knapp war. Schließlich schwammen Kunstlehrer nicht im Geld, und im Haushalt der Boldaris waren viele hungrige Mäuler zu füttern.

Später verlegte er sich aufs Einbrechen, weil er – nun ja, er war gut darin und fand es aufregend. Er konnte sich noch lebhaft an sein erstes Eindringen in ein dunkles, schlafendes Haus erinnern. Die Stille, die Spannung, die Erregung, an einem Ort zu sein, an dem er nichts zu suchen hatte, das anfängliche Unbehagen, weil er ja schließlich gefasst werden konnte, all das hatte zu dem Kick beigetragen.

Wie Sex an einem öffentlichen Ort. Mit der Frau eines anderen.

Da er jedoch strikt gegen Ehebruch war, beschränkte er die spannende Erfahrung aufs Stehlen.

Und jetzt, fast zwanzig Jahre später, verspürte er immer noch die gleiche Erregung, wenn er ein Schloss knackte und in ein gesichertes Gebäude einbrach.

Er hatte seine Techniken verfeinert, und seit mehr als zehn Jahren war er nun auf Kunst spezialisiert. Er hatte ein Gefühl für Kunst, liebte sie und sah sie im Grunde genommen als öffentliches Eigentum an. Wenn er ein Gemälde aus dem Smithsonian entwendete – und das hatte er schon getan –, erwies er lediglich einem Individuum einen Dienst, für den er gut bezahlt wurde.

Und mit seinem Gewinn erwarb er weitere Kunstwerke, die er für die Öffentlichkeit zugänglich in seinen Galerien ausstellte.

Ihm kam das wie ein äußerst gelungenes Gleichgewicht vor.

Wenn er doch so gut mit Elektronik umgehen konnte, warum sollte er dann dieses Talent nicht mit seiner gottgegebenen Begabung für Diebstahl kombinieren?

Er wandte sich seinem Laptop zu, gab die Messungen, die er in der Südgalerie vorgenommen hatte, ein, und holte sich den dreidimensionalen Raumplan auf den Monitor. Die Positionen der Kameras waren rot eingezeichnet. Dann ließ er sich von dem Gerät die Winkel, die Entfernungen und den besten Weg berechnen.

Seine Zeit als Fassadenkletterer war schon lange vorbei, die Zeit, als er in Häuser einbrach, durch Fenster kletterte, herumschlich und Schmuck in seine Tasche stopfte. Dieser Teil des Berufs war etwas für die Jungen, Wagemutigen oder Dummen. Außerdem hatten in der heutigen, unruhigen Zeit zu viele Leute Schusswaffen in ihren Häusern und schossen auf alles, was sich im Dunkeln bewegte.

Ryan zog es vor, schießwütige Hausbesitzer zu meiden.

Es war weitaus besser, die Technologien zu nutzen, den Job rasch, sauber und ordentlich zu erledigen und dann zu verschwinden.

Aus Gewohnheit überprüfte er die Batterien in dem kleinen Impulsgeber. Er hatte ihn selbst entworfen, und er sah aus wie eine

Mischung aus einer TV-Fernbedienung, einem Handy und einem Pager.

Nachdem er das Sicherheitssystem studiert hatte – Andrew war so nett gewesen, es ihm zu erklären –, konnte er leicht den Bereich und die Frequenz einstellen, die er benötigte, nachdem er das System auf seine Bedürfnisse umgestellt hatte. Sein Test am späten Vormittag hatte ihm bewiesen, dass er dabei erfolgreich gewesen war.

In das System hineinzukommen war schwieriger gewesen. Wenn er mit einem Partner gearbeitet hätte, hätte einer im Röhrensystem den Computer bedienen können, um die Verriegelungen zu lösen. Aber er arbeitete allein, und er brauchte den Impulsgeber für die Kameras.

Die Schlösser waren relativ einfach. Er hatte die Schemazeichnungen des Sicherheitssystems vor Wochen bekommen und sie schließlich geknackt. Dann hatte er zwei Nächte vor dem Gebäude zugebracht, die Seitentür gekennzeichnet und eine Zugangskarte gefälscht.

Der Sicherheitscode selbst war ihm dank Andrew bekannt geworden. Ryan fand es erstaunlich, was die Leute so alles in ihren Brieftaschen bei sich trugen. Die Zahlenfolge war säuberlich auf einem zusammengefalteten Zettel notiert, der hinter Andrews Führerschein steckte. Ryan hatte nur Sekunden gebraucht, um ihm die Brieftasche zu entwenden, sie zu durchsuchen, die Zahlen zu finden und sie sich einzuprägen. Dann hatte er Andrew freundlich auf den Rücken geklopft und ihm dabei die Brieftasche wieder in die Tasche gesteckt.

Für die ganze Vorbereitung hatte Ryan ungefähr zweiundsiebzig Stunden gebraucht. Zählte er die Stunde dazu, die er zur Ausführung brauchte, und rechnete er noch seine Ausgaben hinzu, so kam er auf einen Gewinn von fünfundachtzigtausend Dollar.

Netter Auftrag, dachte er, und verdrängte sein Bedauern darüber, dass es sein letztes Abenteuer war. Er hatte sein Wort gegeben, und er brach nie ein Versprechen. Nicht der Familie gegenüber.

Er sah auf die Uhr und stellte fest, dass er bis zu seinem Auftritt noch acht Stunden Zeit hatte. Die erste Stunde verbrachte er mit dem Vernichten der Beweise. Er verbrannte die Pläne in dem Kamin seiner Suite, speicherte seine elektronischen Unterlagen unter einem Codewort ab und sicherte sie zusätzlich noch durch verschiedene Passwörter.

Danach hatte er noch genug Zeit für sportliche Betätigung, um in die Sauna und schwimmen zu gehen und um ein Nickerchen zu halten. Ryan glaubte fest daran, dass sowohl Körper als auch Geist fit sein mussten, bevor er irgendwo einbrach.

Kurz nach sechs saß Miranda allein in ihrem Büro, um einen Brief zu schreiben. Obwohl im Wesentlichen sie und Andrew das Institut führten, erwarteten ihre Eltern, dass sie in regelmäßigen Abständen über neue Ankäufe oder Verkäufe informiert wurden.

Der Brief sollte kühl und geschäftsmäßig klingen, und sie wollte so lange an jedem Wort feilen, bis sie genau diesen Ton getroffen hatte.

Miranda hatte gerade den ersten Entwurf fertiggestellt und mit dem Überarbeiten begonnen, als das Telefon klingelte.

»New England Institute. Dr. Jones.«

»Miranda, du bist da, Gott sei Dank.«

»Entschuldigung.« Sie zog ihren Ohrring ab, weil er sie am Hörer störte. »Wer spricht?«

»Ich bin es, Giovanni.«

»Giovanni?« Sie blickte auf ihre Uhr. »Bei euch ist es schon nach Mitternacht. Ist irgendwas passiert?«

»Alles ist passiert! Es ist eine Katastrophe! Ich habe mich nicht getraut, dich früher anzurufen, aber ich fand, du solltest es so früh wie möglich erfahren – auf jeden Fall vor morgen.«

Ihr Herz schlug plötzlich bis zum Hals, und der Ohrring fiel ihr aus der Hand. »Meine Mutter? Ist irgendetwas mit meiner Mutter?«

»Ja – nein. Es geht ihr gut, ihr fehlt nichts. Tut mir leid. Ich bin ganz durcheinander.«

»Ist schon in Ordnung.« Um sich zu beruhigen, schloss Miranda die Augen und atmete tief durch. »Sag mir einfach, was passiert ist.«

»Die Bronzeskulptur. Die Fiesole-Bronze. Sie ist eine Fälschung.«

»Das ist doch lächerlich.« Sie setzte sich aufrecht hin. »Sie ist keine Fälschung. Wer behauptet das?«

»Heute sind die Ergebnisse von den Untersuchungen in Rom gekommen. Aus den Arcana-Jasper Labors. Dr. Ponti hat die Tests überwacht. Kennst du seine Arbeit?«

»Ja, natürlich. Du bist einfach falsch informiert, Giovanni.«

»Ich sage dir, ich habe die Ergebnisse selbst gesehen. Dr. Standford-Jones hat mich mit Richard und Elise zu sich gerufen, weil wir zur ersten Mannschaft gehört haben. Sie hat sogar Vincente zu sich zitiert. Sie ist außer sich vor Wut, Miranda, und total am Boden zerstört. Die Skulptur ist eine Fälschung. Wahrscheinlich ist sie erst vor ein paar Monaten entstanden, wenn überhaupt. Die Metallformel war richtig, sogar die Patina war so perfekt, dass man sich leicht irren konnte.«

»Ich habe mich keineswegs geirrt«, beharrte Miranda, spürte jedoch, wie die Panik nach ihr griff.

»Die Korrosionslevel waren falsch, alle falsch. Ich weiß nicht, warum uns das passiert ist, Miranda, aber sie waren alle falsch.«

»Du hast doch die Ergebnisse, die Computerfotos und die Röntgenaufnahmen gesehen!«

»Ich weiß. Das habe ich deiner Mutter auch gesagt, aber …«

»Aber was, Giovanni?«

»Sie hat mich gefragt, wer die Röntgenaufnahmen gemacht, wer den Computer programmiert und wer die Strahlungstests vorgenommen hat. *Cara*, es tut mir leid.«

»Ich verstehe.« Sie fühlte sich ganz taub und konnte keinen klaren Gedanken mehr fassen. »Ich bin verantwortlich, weil ich die Tests gemacht und die Berichte geschrieben habe.«

»Wenn es nicht an die Presse durchgesickert wäre, hätten wir es unter den Teppich kehren können, zumindest einen Teil der Informationen.«

»Ponti könnte sich irren.« Miranda rieb sich über den Mund. »Er könnte sich geirrt haben. Bei so etwas Grundlegendem wie dem Korrosionslevel habe ich mich nicht vertan. Ich muss darüber nachdenken, Giovanni. Danke, dass du es mir gesagt hast.«

»Ich hasse es, dich um Stillschweigen zu bitten, Miranda, aber wenn ich meine Stelle behalten will … Deine Mutter darf nicht wissen, dass ich mit dir darüber geredet habe. Ich glaube, sie will dich morgen früh selbst anrufen.«

»Mach dir keine Sorgen, ich werde deinen Namen nicht erwähnen. Ich kann jetzt nicht mehr reden. Ich muss nachdenken.«

»In Ordnung. Es tut mir so leid, wirklich.«

Langsam und entschlossen legte Miranda den Hörer auf, saß ganz still an ihrem Schreibtisch und starrte ins Leere. Sie bemühte sich, sich alle Daten noch einmal ins Gedächtnis zu rufen, sie zu ordnen und so klar vor sich zu sehen wie in Florenz. Aber in ihrem Kopf rauschte es nur, und entmutigt ließ sie ihn sinken.

Eine Fälschung? Das konnte nicht sein. Das war nicht möglich. Miranda atmete stoßweise. Und dann ließ auf einmal das Gefühl der Taubheit nach, und sie begann zu zittern.

Ich bin sorgfältig vorgegangen, beruhigte sie sich selbst. Sie war gründlich gewesen und akkurat. Ihr Herz schlug so heftig, dass sie die Hand gegen ihr Brustbein presste.

O Gott, sie war nicht sorgfältig *genug*, nicht gründlich genug, nicht akkurat genug gewesen.

Hatte ihre Mutter recht gehabt? War sie, Miranda, obwohl sie das Gegenteil behauptet hatte, einfach von Anfang an davon ausgegangen, dass die Skulptur echt war?

Ich habe es mir zumindest gewünscht, gestand sie sich ein. Erschöpft lehnte sie sich in ihrem Stuhl zurück. Sie hatte gewollt, dass sie echt war, hatte bestätigen wollen, dass sie etwas Bedeutendes, Kostbares und Seltenes in Händen hielt.

Arroganz hatte Elizabeth es genannt. Ihre Arroganz und ihren Ehrgeiz. Hatten dieses Verlangen und ihr Bedürfnis nach Bestätigung etwa ihr Urteilsvermögen getrübt?

Nein, nein, nein. Miranda ballte die Fäuste und presste sie gegen die Augen. Sie hatte die Bilder gesehen, die Ultraschallergebnisse, die chemischen Tests. Sie genau studiert. Sie waren Fakten, und Fakten logen nicht. Jeder Test hatte ihre Annahme bestätigt. Es musste ein Fehler geschehen sein, aber *sie* hatte ihn nicht gemacht.

Denn wenn ich ihn gemacht habe, dachte sie, dann wäre das schlimmer als Versagen. Dann würde ihr niemand je wieder vertrauen.

Sie schloss die Augen und legte den Kopf zurück.

So fand Andrew sie zwanzig Minuten später.

»Ich habe gesehen, dass bei dir noch Licht brannte. Ich habe auch lange gearbeitet und …« Er schwieg und blieb auf der Schwelle stehen. Miranda war leichenblass, und als sie die Augen öffnete, stellte er fest, dass sie dunkel und blicklos waren. »Hey, geht's dir nicht gut?«

Obwohl es ihn nervös machte, wenn jemand krank war, trat Andrew auf sie zu und legte ihr die Hand auf die Stirn. »Du bist ja ganz kalt.« Instinktiv nahm er ihre Hände zwischen seine und begann sie zu reiben. »Du hast bestimmt eine Erkältung. Ich bringe dich nach Hause. Du solltest dich hinlegen.«

»Andrew …« Sie wollte es ihm sagen, es laut aussprechen. Ihre Kehle war ganz rau. »Die *Dunkle Lady*. Sie ist eine Fälschung.«

»Was?« Er hatte ihren Kopf getätschelt und hielt jetzt erschreckt inne. »Die Skulptur? In Florenz?«

»Die Ergebnisse der neuen Tests sind gekommen. Die Korrosionsdichte ist falsch, die Strahlungszahlen sind falsch. Ponti, in Rom. Er hat die Tests selbst überwacht.«

Er setzte sich auf die Schreibtischkante. Bei dieser Krankheit bewirkten seine brüderlichen Streicheleinheiten gar nichts. »Woher weißt du das?«

»Giovanni – er hat gerade angerufen. Er durfte es eigentlich gar nicht. Wenn Mutter es herausfindet, kann sie ihn entlassen.«

»Okay.« Giovanni war ihm im Moment gleichgültig. »Bist du sicher, dass seine Information richtig ist?«

»Ich möchte es lieber nicht glauben.« Miranda verschränkte die Arme vor der Brust und grub die Fingernägel in ihre Oberarme. »Aber er hätte mich nicht angerufen, wenn es nicht so wäre. Mutter hat ihn, Elise und Richard Hawthorne zu sich bestellt, um es ihnen zu sagen. Vincente auch. Ich kann mir schon vorstellen, wie sie sie fertiggemacht hat. Sie werden sagen, dass ich versagt habe.« Ihre Stimme brach, und sie schüttelte heftig den Kopf. »Genau wie sie es vorhergesagt hat.«

»Und, hast du versagt?«

Miranda öffnete den Mund, um ihm heftig zu widersprechen. Doch dann schloss sie ihn wieder und presste die Lippen aufeinander. Nimm dich zusammen, befahl sie sich. Wenigstens das.

»Ich wüsste nicht, wie. Ich habe die Tests durchgeführt. Ich habe alle Vorgänge überprüft. Ich habe die Ergebnisse dokumentiert. Aber ich wollte unbedingt, dass sie echt ist, Andrew, vielleicht habe ich mich dadurch zu sehr leiten lassen.«

»Ich habe noch nie erlebt, dass deine Wünsche dein Urteilsvermögen beeinträchtigt haben.« Er konnte es nicht ertragen, sie so hilflos zu sehen. Von ihnen beiden war sie immer die Stärkere gewesen. Und sie hatten sich beide darauf verlassen. »Könnte es nicht sein, dass irgendein Teil der Ausrüstung fehlerhaft war?«

Miranda musste beinahe lachen. »Wir reden hier von Elizabeths ganzem Stolz, Andrew.«

»Auch Maschinen gehen kaputt.«

»Oder die Menschen, die die Daten in diese Maschinen eingeben, machen Fehler. Pontis Team könnte ebenfalls einen gemacht haben.« Sie stand auf und begann mit zitternden Beinen hin und her zu laufen. »Das ist auch nicht unwahrscheinlicher, als dass ich fehlerhaft gearbeitet habe. Ich muss meine Daten und die Ergebnisse noch einmal sehen. Und ich muss die *Dunkle Lady* noch einmal sehen.«

»Du musst mit ihr reden.«

»Ich weiß.« Miranda blieb am Fenster stehen und blickte hinaus. Sie sah nur Dunkelheit. »Ich würde sie sofort anrufen, wenn ich damit nicht Giovanni schaden würde. Ich würde auch lieber jetzt darüber reden, als zu warten, bis sie sich bei mir meldet.«

»Du hast deine Medizin immer schon im Ganzen hinuntergeschluckt. Ich hingegen ziehe es vor, die Dinge vor mir herzuschieben.«

»Ich kann es ja doch nicht vermeiden. Wenn die Ergebnisse veröffentlicht werden, fliegt sowieso alles auf. Ich stehe entweder als Idiotin oder als Betrügerin da, und das eine ist so schlimm wie das andere. Vincente wird irgendeine harmlose Formulierung finden, aber damit werden sich die Journalisten nicht zufriedengeben. Sie hatte ganz recht. Es wird Standjo schaden und ihr und mir auch.« Miranda drehte sich zu ihrem Bruder um. »Es wird auch dem Institut schaden.«

»Damit werden wir schon fertig.«

»Es ist mein Fehler, Andrew, nicht deiner.«

Er trat zu ihr und legte ihr die Hände auf die Schultern. »Nein.« Bei seiner Erwiderung traten ihr die Tränen in die Augen. »Wir halten zusammen, genau so wie immer.«

Sie atmete aus, lehnte sich an ihn und ließ sich trösten. Aber sie mutmaßte, dass ihre Mutter ihr wahrscheinlich keine Wahl lassen würde. Wenn es darum ging, ob das Institut oder der Ruf ihrer Tochter ruiniert wurde, konnte es keinen Zweifel geben, was Elizabeth wichtiger war.

8

Der Wind um Mitternacht war heftig und unangenehm. Ryan machte er jedoch nichts aus. Als er von der Stelle, wo er seinen Wagen geparkt hatte, drei Blocks weiterging, fand er ihn eher erfrischend.

Alles, was er brauchte, steckte unter seinem Mantel in den Taschen oder in der kleinen Aktentasche, die er bei sich trug. Wenn ihn aus irgendeinem Grund die Polizei anhalten und durchsuchen würde, wäre er bereits eingesperrt, noch bevor er von seinem Recht auf einen Anwalt Gebrauch machen könnte. Aber auch das gehörte zu dem erregenden Spiel.

Gott, es wird mir fehlen, dachte er, während er mit den eiligen Schritten eines Mannes durch die Nacht eilte, der seine Geliebte treffen will. Die Planungsphase war vorüber. Jetzt näherte sich die Ausführung, seine letzte. Er wollte sich jedes Detail einprägen, damit er sich als alter Mann, umringt von seinen Enkelkindern, daran erinnern konnte, wie jung, vital und stark er sich in diesem Moment gefühlt hatte.

Ryan blickte die Straße entlang. Die Bäume waren kahl und windzerzaust, und es herrschte kaum noch Verkehr. Der Mond hing blass am Himmel, immer wieder verdeckt durch die treibenden Wolken. Er kam an einer Bar vorbei, in deren Fenster ein blaues Neon-Martiniglas blinkte, und er musste lächeln. Vielleicht würde er nach getaner Arbeit hier einen Drink nehmen. Ein kleiner Toast auf das Ende einer Ära schien ihm angemessen.

Er überquerte die Straße an der Ampel, ein aufrechter Bürger, der nicht im Traum daran dachte, sich gesetzeswidrig zu verhalten. Zumindest nicht, wenn er Einbruchswerkzeug bei sich trug.

Vor ihm lag das Institut, eine majestätische Silhouette aus festem, grauem Granit. Es gefiel ihm, dass seine letzte Tat der Einbruch in solch ein stolzes und würdiges Gebäude war.

Die Fenster waren dunkel, nur in der Eingangshalle schimmerte das Sicherheitslicht. Er hatte es immer schon seltsam gefunden und auch ein bisschen naiv, dass die Leute das Licht anließen, um Einbrecher abzuschrecken. Ein guter Einbrecher konnte bei hellem Tageslicht genauso erfolgreich arbeiten wie im Schutz der Nacht.

Und er war sehr gut.

Er blickte die Straße hinauf und hinunter, bevor er auf seine Uhr sah. Bei seiner Recherche hatte er herausgefunden, in welchen Abständen die Polizei hier Streife fuhr. Falls nicht ein Polizeiwagen unplanmäßig gerufen wurde, hatte er gut fünfzehn Minuten Zeit, bevor jemand hier vorbeikam.

Ryan ging zur Südseite des Gebäudes, schritt flott, aber nicht hastig aus. Mit dem langen Mantel sah es so aus, als habe er einen Bauch, der weiche Filzhut beschattete sein Gesicht, und seine Haare darunter waren jetzt würdevoll grau.

Jeder, der ihn sah, musste ihn für einen älteren, leicht übergewichtigen Geschäftsmann halten.

Er war noch ungefähr drei Meter von der Tür entfernt und noch nicht im Blickfeld der Kameras, als er den Impulsgeber aus der Tasche zog und ihn auf die Kamera richtete. Das rote Licht ging aus.

Es erforderte einiges Geschick, die gefälschte Schlüsselkarte einzuführen, aber beim dritten Versuch glitt sie in den Schlitz und wurde gelesen. Aus dem Gedächtnis gab er den Code ein und war innerhalb von fünfundvierzig Sekunden im Vorraum. Er schaltete die Kamera wieder ein – immerhin konnte es sein, dass irgendein übereifriger Wachmann auftauchte, um sie zu überprüfen –, dann schloss er die Tür und verriegelte sie wieder.

Er zog seinen Mantel aus und hängte ihn ordentlich neben den Getränke- und Imbissautomaten der Belegschaft auf. Seine schwarzen Ziegenlederhandschuhe steckte er in die Tasche. Darunter trug er dünne Chirurgenhandschuhe. Auf seine silbergrauen Haare setzte er eine schwarze Kappe.

Sorgfältig überprüfte er ein letztes Mal seine Werkzeuge.

Erst dann gönnte er sich eine kurze Pause. Ryan stand im Dunkeln und lauschte der Stille, die eigentlich nicht wirklich still war. Gebäude hatten ihre eigenen Laute, und dieses hier summte und krachte. Er konnte die heiße Luft in den Heizungsrohren wirbeln hören und das Seufzen des Windes, der gegen die Tür hinter ihm drückte.

Die Räume des Wachpersonals befanden sich ein Stockwerk höher, und die Wände waren dick. Von ihnen hörte er nichts, und er wusste, dass sie auch ihn nicht hörten. Als sich seine Augen an die Dunkelheit gewöhnt hatten, ging er zur nächsten Tür. Sie hatte ein stabiles Sicherheitsschloss, und er brauchte seine Dietriche, seine Taschenlampe, die er zwischen die Zähne klemmte, und fast dreißig Sekunden seiner Zeit, um mit ihr fertigzuwerden.

Er lächelte, als er hörte, wie das Schloss aufschnappte, und schlüpfte in den Flur.

Die erste Kamera war am Ende des Korridors angebracht, wo sie von rechts nach links wanderte. Ryan machte sich nicht allzu viele Gedanken darüber. Hier war er ein Schatten von vielen, und außerdem war sie auf die Galerie gerichtet. Er schlich an der Wand unter ihr hindurch und wandte sich dann nach links.

Aladins Höhle, dachte er, als er bei der Südgalerie ankam. Der Tower von London, Barbarossas Schatz, Wunderland. Hier an diesem Ort war es wie in all den Märchen, die er als Junge gelesen und vorgelesen bekommen hatte.

Ryan straffte sich, und das bekannte Verlangen stieg in ihm auf. Alles war seins. Er musste daran denken, wie leicht ein professioneller Dieb maßlos und gierig werden konnte – zu seinem eigenen Verderben.

Wieder blickte er auf die Uhr. Die penible Gründlichkeit der Yankees hier bedeutete, dass die Wachen ihre Runden machten, obwohl die Kameras und Sensoren eigentlich ausgereicht hätten. Natürlich war er selbst der Beweis dafür, dass das nicht stimmte, und wenn er hier verantwortlich wäre, würde er zweimal so viele Wachleute einstellen und ihre Runden verdoppeln.

Aber das war nicht sein Job.

Er machte seine Taschenlampe jetzt aus. Selbst ihr schwaches Licht wurde von den Sensoren aufgenommen. Entsprechend seiner Messungen und der Tatsache, dass er im Dunkeln hervorragend sah, huschte er zur Ecke der Galerie, richtete seine Fernbedienung auf die Kamera und schaltete sie aus.

Ein Teil seines Gehirns zählte die Sekunden, ein anderer befahl seinem Körper, sich rasch zu bewegen. Als er am Ausstellungskasten angekommen war, hielt er bereits den Glasschneider in der Hand. Er schnitt einen sauberen Kreis in das Glas, holte die Glasplatte geräuschlos heraus und legte sie ordentlich oben auf den Kasten.

Ryan arbeitete schnell, aber mit geschmeidigen, sparsamen Bewegungen. Er verschwendete keine Zeit damit, seinen Raub zu bewundern oder auch nur einen Moment lang darüber nachzudenken, ob er nicht noch mehr mitnehmen sollte. So etwas taten Amateure. Er griff einfach hinein, packte die Skulptur und steckte sie in seine Tasche.

Weil er sowohl Ordnung als auch Ironie liebte, verschloss er das Loch wieder mit der Glasplatte und schlich dann zur Ecke zurück. Dort schaltete er die Kamera wieder ein und nahm den gleichen Weg zurück, den er hereingekommen war.

Seiner Berechnung nach hatte er dafür fünfundsiebzig Sekunden gebraucht.

Im Vorraum packte er die Skulptur zwischen zwei dicke Schaumstoffplatten in seine Aktentasche. Er setzte seinen Hut wieder auf, zog die Chirurgenhandschuhe aus und steckte sie in die Tasche.

Dann zog er seinen Mantel an, ging hinaus und verschloss die Tür hinter sich. Kaum zehn Minuten, nachdem er das Gebäude betreten hatte, war er schon wieder einen Block davon entfernt.

Glatt und ordentlich, dachte er. Eine gute Art, die Karriere zu beenden. Als er an der Bar vorbeikam, wäre er fast eingetreten. Doch dann beschloss er, lieber ins Hotel zurückzufahren und sich eine Flasche Champagner aufs Zimmer zu bestellen.

Manche Toasts waren eben reine Privatsache.

Um sechs Uhr morgens wurde Miranda nach einer schlaflosen Nacht durch das Klingeln des Telefons aus einem unruhigen Dämmern gerissen. Verwirrt und mit schmerzendem Kopf griff sie nach dem Hörer.

»Dr. Jones. *Pronto.*« Nein, nicht Italien, Maine, zu Hause. »Hallo?«

»Dr. Jones, hier ist Ken Scutter, Sicherheitsdienst.«

»Mr. Scutter.« Sie verband kein Gesicht mit dem Namen und war auch zu erschöpft, um es zu versuchen. »Was gibt es?«

»Es gab einen Zwischenfall.«

»Einen Zwischenfall?« Miranda richtete sich im Bett auf. Laken und Decke hatten sich so um sie gewickelt, dass sie Mühe hatte, sich zu befreien. »Was meinen Sie damit?«

»Wir haben es erst vor ein paar Augenblicken beim Schichtwechsel bemerkt, aber ich wollte Sie sofort anrufen. Es gab einen Einbruch.«

»Einbruch?« Jetzt war sie völlig wach. Sie sprang auf. »Im Institut?«

»Ja, Ma'am. Ich dachte, Sie wollen vielleicht gleich herkommen.«

»Ist etwas beschädigt oder gestohlen worden?«

»Es ist nichts kaputt, Dr. Jones. Aber in der Südgalerie fehlt ein Ausstellungsstück. Laut Katalog ist es eine Bronzeskulptur von David aus dem fünfzehnten Jahrhundert, Künstler unbekannt.«

Eine Bronzeskulptur, dachte sie. Sie wurde auf einmal von Bronzeskulpturen verfolgt. »Ich bin schon auf dem Weg.«

Miranda sprang aus dem Bett, raste in ihrem blauen Flanellpyjama in Andrews Zimmer und schüttelte ihn heftig.

»Andrew, wach auf! Es gab einen Einbruch.«

»Huh? Was?« Er schob ihre Hand weg, fuhr sich mit der Zunge über die Zähne und gähnte. Seine Kieferknochen knackten, während er sich aufrichtete. »Was? Wo? Wann?«

»Im Institut. Eine Bronzeskulptur wurde aus der Südgalerie gestohlen. Zieh dich an, wir müssen hinfahren.«

»Eine Bronzeskulptur?« Er rieb sich mit der Hand über das Gesicht. »Miranda, hast du schlecht geträumt?«

»Scutter vom Wachdienst hat gerade angerufen«, stieß sie hervor. »Ich träume nicht. Zehn Minuten, Andrew«, rief sie ihm noch über die Schulter zu, während sie hinauseilte.

Vierzig Minuten später stand sie neben ihrem Bruder in der Südgalerie und starrte auf den perfekten Kreis im Glas und den leeren Raum dahinter. Dann wurde ihr übel.

»Rufen Sie die Polizei an, Mr. Scutter.«

»Ja, Ma'am.« Er gab einem seiner Männer ein Zeichen. »Ich habe eine Durchsuchung des Gebäudes angeordnet – sie ist noch im Gange –, aber bis jetzt haben wir nichts Ungewöhnliches gefunden, und es fehlt auch sonst nichts.«

Andrew nickte. »Ich möchte mir die Aufzeichnungen der letzten vierundzwanzig Stunden ansehen.«

»Ja, Sir.« Scutter stieß einen Seufzer aus. »Dr. Jones, der Nachtchef hat von einem kleinen Problem mit zwei der Kameras berichtet.«

»Problem?« Miranda drehte sich zu Scutter um. Er war ein kleiner, dicker Mann, ein früherer Polizist, erinnerte sie sich wieder, der beschlossen hatte, den Streifendienst gegen eine private Wachorganisation einzutauschen. Sein Ruf war makellos. Andrew hatte selbst das Gespräch mit ihm geführt und ihn persönlich eingestellt.

»Diese Kamera.« Scutter wies nach oben. »Sie ist gestern Morgen zirka neunzig Sekunden lang ausgefallen. Niemand hat sich etwas dabei gedacht, und es ist nur die Standardüberprüfung durchgeführt worden. Gestern Nacht, ungefähr um Mitternacht, fiel dann die Außenkamera am Südeingang für eine knappe Minute aus. Wir hatten starken Wind, und der Ausfall wurde dem Wetter zugeschrieben. Diese Kamera hier ist dann auch wieder für etwa achtzig Sekunden ausgefallen, zwischen Mitternacht und ein Uhr. Die genauen Zeiten sind auf den Bändern vermerkt.«

»Ich verstehe.« Andrew steckte die Hände in die Taschen und ballte sie zu Fäusten. »Was ist Ihre Meinung, Mr. Scutter?«

»Ich denke, der Einbrecher ist ein Profi, und er kennt sich mit Sicherheitssystemen und Elektronik aus. Er ist durch den Südeingang gekommen und hat den Alarm und die Kameras umgangen. Er wusste, wonach er suchte, und hat sich nicht lange aufgehalten. Das heißt, er kannte das Museum und die Exponate.«

»Und er tanzt hier herein«, sagte Miranda wütend, »nimmt sich, was er will, und tanzt wieder hinaus – trotz eines komplexen und teuren Sicherheitssystems und einem halben Dutzend bewaffneter Wachleute?«

»Ja, Ma'am.« Scutter presste die Lippen zusammen. »So könnte man es sagen.«

»Danke. Würden Sie bitte die Polizei in der Halle empfangen?«
Sie wartete, bis er gegangen war, dann erlaubte sie sich, ihrer Wut
Luft zu machen.

»Dieser verdammte Kerl, Andrew!« Sie trat an die Kamera,
blickte sie stirnrunzelnd an und machte wieder einen Schritt zurück. »Der Mann will uns wirklich einreden, dass jemand das
Sicherheitssystem umgehen, hier eindringen und ein bestimmtes Kunstwerk stehlen kann, und das alles in weniger als zehn
Minuten?«

»Das ist die wahrscheinlichste Theorie, es sei denn, du glaubst,
die Wachleute hätten sich verschworen und eine Vorliebe für
kleine, nackte italienische Jungen in Bronze entwickelt.«

Andrew war ganz übel. Er hatte gerade diese Skulptur geliebt,
ihre Vitalität, ihre Ausdrucksstärke. »Es hätte noch viel schlimmer
kommen können, Miranda.«

»Unser Sicherheitssystem hat versagt, und unser Eigentum ist
gestohlen worden. Was hätte noch schlimmer kommen können?«

»Der Typ hätte einen Nikolaussack dabeihaben und die Hälfte
der Exponate einpacken können.«

»Ein Stück oder ein Dutzend, Einbruch bleibt Einbruch. Gott!«
Sie schlug die Hände vors Gesicht. »Seit den sechs Gemälden in
den fünfziger Jahren ist nichts mehr aus dem Institut gestohlen
worden, und davon hat man immerhin vier wiedergefunden.«

»Dann waren wir vielleicht mal wieder fällig«, entgegnete ihr
Bruder düster.

»Quatsch!« Miranda wirbelte herum. »Wir haben unseren Besitz
doch geschützt und keine Kosten für die Sicherheit gescheut.«

»Keine Bewegungsdetektoren«, murmelte er.

»Du wolltest welche.«

»Das System, das ich wollte, hätte bedeutet, dass wir den Fußboden hätten aufreißen müssen.« Er blickte auf den wundervollen
dicken Marmor. »Das wollten die Alten nicht.«

Mit den Alten meinte er ihre Eltern. Sein Vater war entsetzt gewesen über die Vorstellung, den Boden zu zerstören, und beinahe
genauso entsetzt über die Kosten des neuen Systems.

»Vielleicht hätte das sowieso keine Rolle gespielt«, sagte er schulterzuckend. »Der Dieb hätte wahrscheinlich einen Weg gefunden,

auch das zu umgehen. Verdammt, Miranda, die Sicherheit fällt in meinen Zuständigkeitsbereich.«

»Es ist doch nicht deine Schuld.«

Andrew seufzte. Noch nie hatte er sich so verzweifelt nach einem Whiskey gesehnt. »Irgendjemandes Schuld ist es immer. Ich werde es ihnen sagen müssen. Dabei weiß ich noch nicht einmal, wie ich den alten Herrn in Utah erreichen soll.«

»Sie wird es schon wissen, aber lass uns lieber nichts überstürzen. Lass mich eine Minute nachdenken.« Miranda schloss die Augen und blieb stehen. »Wie du schon sagtest, es hätte schlimmer kommen können. Wir haben nur ein Stück verloren – und es könnte gut sein, dass wir es wiederfinden. Zudem ist es versichert, und die Polizei ist unterwegs. Wir können erst einmal nichts mehr tun. Wir sollten den Rest der Polizei überlassen.«

»Ich muss reagieren, Miranda. Ich muss in Florenz anrufen.« Andrew lächelte schwach. »Sieh es doch mal so – unser kleiner Zwischenfall hier verdrängt vielleicht dein Problem mit ihr eine Weile.«

Sie schnaubte. »Wenn ich das glauben würde, hätte ich das verdammte Teil selbst gestohlen.«

»Dr. Jones.« Ein Mann betrat den Raum, die Wangen gerötet von der Kälte, die blassgrünen Augen unter dichten grauen Brauen zusammengekniffen. »Und Dr. Jones, Detective Cook.« Er hielt eine Metallplakette hoch. »Es heißt, dass Sie etwas verloren haben.«

Um neun Uhr schmerzte Mirandas Kopf so sehr, dass sie der Versuchung nachgab und ihn auf die Schreibtischplatte sinken ließ. Sie hatte die Tür hinter sich geschlossen, dabei kaum dem Bedürfnis widerstanden, sie abzuschließen, und erlaubte sich nun zehn Minuten der Verzweiflung und des Selbstmitleids.

Fünf Minuten davon waren jedoch erst verstrichen, als das Telefon klingelte. »Miranda, es tut mir leid.« Loris Stimme klang zögernd und besorgt zugleich. »Dr. Standford-Jones ist auf Leitung eins. Soll ich ihr sagen, dass Sie beschäftigt sind?«

Das war verführerisch. Doch Miranda holte tief Luft und setzte sich gerade hin. »Nein, ich nehme das Gespräch an. Danke, Lori.«

Sie räusperte sich und drückte dann auf den Knopf von Leitung eins. »Hallo, Mutter.«

»Die Tests an der Fiesole-Bronze sind abgeschlossen«, sagte Elizabeth ohne jede weitere Einleitung.

»Ich verstehe.«

»Deine Ergebnisse haben nicht gestimmt.«

»Das glaube ich nicht.«

»Was auch immer du glauben magst, sie sind nicht bestätigt worden. Die Skulptur ist nichts weiter als ein cleverer, gut ausgeführter Versuch, den Stil und die Materialien der Renaissance nachzuahmen. Die Behörden verhören jetzt Carlo Rinaldi, den Mann, der behauptet hat, sie gefunden zu haben.«

»Ich möchte die Ergebnisse der zweiten Testreihe sehen.«

»Das steht nicht zur Debatte.«

»Du kannst das arrangieren. Ich habe das Recht …«

»Du hast überhaupt kein Recht, Miranda. Lass uns Klartext reden. Mein Hauptanliegen ist, zu vermeiden, dass der Schaden noch größer wird. Zwei Aufträge sind bereits von der Regierung zurückgezogen worden. Dein Ruf, und in der Folge auch meiner, stehen auf dem Spiel. Es gibt Leute, die glauben, dass du absichtlich Tests und Ergebnisse so ausführst, dass du den Ruhm einheimsen kannst.«

Langsam und bedächtig wischte Miranda den feuchten Ring weg, den eine Teetasse auf ihrem Schreibtisch hinterlassen hatte. »Glaubst du das auch?«

Elizabeths Zögern war deutlicher als die Worte, die folgten. »Ich glaube, dass Ehrgeiz, Hast und Enthusiasmus dein Urteilsvermögen und deine Logik getrübt haben. Ich übernehme die Verantwortung dafür, schließlich habe ich dich beauftragt.«

»Ich bin für mich selbst verantwortlich. Danke für deine Unterstützung.«

»Sarkasmus ist hier nicht angebracht. Ich bin sicher, dass die Medien in den nächsten Tagen versuchen werden, dich zu erreichen. Du gibst bitte keinerlei Kommentare ab.«

»Ich habe zahlreiche Kommentare abzugeben.«

»Die wirst du für dich behalten. Es wäre übrigens das beste, du würdest Urlaub nehmen.«

»Tatsächlich?« Mirandas Hand begann zu zittern, deshalb ballte sie sie zur Faust. »Das ist ein passives Schuldeingeständnis, und das will ich nicht. Ich möchte diese Ergebnisse sehen. Wenn ich einen Fehler gemacht habe, dann will ich zumindest wissen, wo und wie.«

»Die Sache liegt nicht in meiner Hand.«

»Gut. Ich werde einen Weg finden, dich zu umgehen.« Sie blickte irritiert auf, weil ihr Faxgerät klingelte. »Ich werde Ponti selbst anrufen.«

»Ich habe schon mit ihm gesprochen. Er hat kein Interesse an dir. Die Angelegenheit ist abgeschlossen. Verbinde mich mit Andrews Büro.«

»Oh, nur zu gern. Er hat Neuigkeiten für dich.« Wütend drückte sie die Unterbrechungstaste und läutete Lori an. »Stellen Sie den Anruf zu Andrew durch«, befahl sie und stand auf.

Dann holte sie tief Luft. Sie würde Andrew ein paar Minuten Zeit lassen und dann zu ihm gehen. Bis dahin wäre sie wieder ruhig. Ruhig und hilfreich. Sie würde ihr eigenes Problem eine Weile zur Seite schieben und sich auf den Einbruch konzentrieren.

Um sich abzulenken, trat sie ans Faxgerät und holte die Seite heraus.

Ihr gefror das Blut in den Adern.

Du warst so sicher, nicht wahr? Doch anscheinend hast du dich geirrt. Wie willst du das erklären?

Was bleibt dir, Miranda, wenn dein Ruf hinüber ist? Nichts. Denn nur daraus hast du bestanden, aus deinem Ruf, einem Namen, einer Handvoll akademischer Grade.

Jetzt bist du nur noch bemitleidenswert. Du hast nichts mehr.

Ich habe jetzt alles.

Wie fühlt es sich an, Miranda, als Betrügerin entlarvt zu werden, als unfähig angesehen zu werden?

Ein Versager zu sein?

Miranda presste ihre Hand auf die Brust. Ihr Atem ging stoßweise, und sie musste sich an den Schreibtisch lehnen.

»Wer bist du?« Ihre Wut brachte sie wieder zu sich. »Wer, zum Teufel, bist du?«

Es spielt doch gar keine Rolle, sagte sie sich selbst. Sie würde es nicht zulassen, dass diese schmierigen, gemeinen Botschaften sie berührten. Sie bedeuteten nichts.

Trotzdem legte sie das Blatt zu dem anderen in die Schreibtischschublade und verschloss sie wieder.

Irgendwann würde sie es in Erfahrung bringen. Es gab immer eine Möglichkeit, es herauszufinden. Sie drückte ihre Hände auf die Wangen, damit sie wieder Farbe bekamen.

Sie hatte jetzt keine Zeit, sich mit diesen bösartigen kleinen Gemeinheiten zu befassen. Miranda holte tief Luft und rieb ihre Hände, bis sie wieder warm waren.

Andrew brauchte sie. Und das Institut auch. Sie kniff die Augen zusammen, weil der Schmerz in ihrem Kopf nicht nachließ. Sie war nicht nur ein Name, eine Ansammlung von akademischen Graden.

Sie war mehr. Und sie würde es beweisen.

Miranda straffte die Schultern und machte sich auf den Weg zu Andrew.

Zumindest zwei Mitglieder dieser Familie hielten zusammen.

An Loris Schreibtisch stand Detective Cook. »Ich muss leider noch einmal Ihre Zeit beanspruchen, Dr. Jones.«

»Natürlich.« Obwohl ihr hundeelend zumute war, bewahrte sie Haltung und wies auf ihre Tür. »Kommen Sie herein und setzen Sie sich. Lori, nehmen Sie bitte meine Anrufe entgegen. Möchten Sie einen Kaffee, Detective?«

»Nein, danke. Ich gewöhne es mir gerade ab. Koffein und Tabak sind der reinste Mord.« Er setzte sich und holte sein Notizbuch hervor. »Dr. Jones, Dr. Andrew Jones hat mir gesagt, dass die gestohlene Skulptur versichert war.«

»Das Institut ist vollständig gegen Diebstahl und Feuer versichert.«

»Fünfhunderttausend Dollar. Ist das nicht ein bisschen viel für solch ein kleines Stück? Es war nicht von einem berühmten Künstler, oder?«

»Der Künstler ist unbekannt, aber man nimmt an, dass er ein Schüler von Leonardo da Vinci war.« Sie hätte gern die nagenden Kopfschmerzen in ihren Schläfen fortmassiert, hielt aber die

Hände still. »Es war eine hervorragende Studie von David, zirka 1524.«

Ich habe die Skulptur selbst überprüft, dachte sie säuerlich. Und niemand hatte ihre Ergebnisse infrage gestellt.

»Fünfhunderttausend liegt etwa in dem Bereich, den das Stück erbracht hätte, wenn es versteigert oder an einen Sammler verkauft worden wäre«, fügte sie hinzu.

»Machen Sie das hier auch?« Cook schürzte die Lippen. »Verkaufen?«

»Gelegentlich. Wir kaufen auch ein. Das ist Teil unserer Geschäftspolitik.«

Er ließ seinen Blick durch ihr Büro wandern. Funktional, ordentlich, mit teuren Möbeln ausgestattet und einem Schreibtisch, der wahrscheinlich ein kleines Vermögen gekostet hatte. »Man braucht viel Geld, um ein solches Haus wie dieses hier zu führen.«

»Richtig. Die Einnahmen aus dem Unterricht, der Beratertätigkeit und den Zulassungen decken jedoch einen großen Teil der Kosten. Und dann gibt es noch einen Trustfonds, den mein Großvater eingerichtet hat. Und die Schirmherren schenken uns Fonds oder Sammlungen.« Kurz kam ihr der Gedanke, dass sie vielleicht besser ihren Anwalt angerufen hätte, aber dann sagte sie: »Detective Cook, wir brauchen keine fünfhunderttausend Dollar von der Versicherung, um das Institut zu führen.«

»Es wäre in der Tat wahrscheinlich nur ein Tropfen auf den heißen Stein. Natürlich ist es für manche Leute ganz schön viel Geld, vor allem wenn sie spielen oder Schulden haben oder sich einfach nur ein schickes Auto kaufen wollen.«

Obwohl Miranda völlig verkrampft war, erwiderte sie gelassen seinen Blick. »Ich spiele nicht, besondere Schulden habe ich auch nicht, und ein Auto besitze ich bereits.«

»Entschuldigen Sie, wenn ich das so sage, Dr. Jones, aber Sie wirken nicht besonders aufgebracht über den Verlust.«

»Finden Sie die Bronze schneller, wenn ich aufgebracht bin?«

Er schnalzte mit der Zunge. »Ein Punkt für Sie. Ihr Bruder hingegen ist ziemlich außer sich.«

Miranda senkte den Blick und starrte in ihren Tee. »Er fühlt sich verantwortlich. Er nimmt sich solche Dinge sehr zu Herzen.«

»Und Sie nicht?«

»Mich verantwortlich fühlen oder mir die Dinge zu Herzen nehmen?«, konterte sie und hob die Hände. »In diesem Fall keins von beidem.«

»Nur für meine Notizen – würde es Ihnen etwas ausmachen, mir zu sagen, was Sie gestern Abend getan haben?«

»Nein, gern.« Ihre Stimme war ganz ruhig. »Andrew und ich haben bis gegen sieben Uhr gearbeitet. Einige Minuten nach sechs habe ich meine Assistentin nach Hause geschickt. Kurz darauf habe ich ein Ferngespräch geführt.«

»Wohin?«

»Mit Florenz, Italien. Einer meiner Partner.« Der Schmerz breitete sich wieder in ihr aus. »Wir haben ungefähr zehn Minuten miteinander geredet, vielleicht auch etwas weniger. Dann kam Andrew in mein Büro. Wir haben etwas besprochen und sind gegen sieben gemeinsam weggefahren.«

»Fahren Sie immer zusammen zur Arbeit?«

»Nein, normalerweise nicht. Wir arbeiten oft zu unterschiedlichen Zeiten. Ich habe mich gestern Abend nicht wohlgefühlt, deshalb hat er mich nach Hause gebracht. Wir wohnen gemeinsam in dem Haus, das meine Großmutter uns hinterlassen hat. Wir haben zu Abend gegessen, und gegen neun bin ich nach oben gegangen.«

»Und dort auch für den Rest der Nacht geblieben?«

»Ja. Wie ich bereits sagte, habe ich mich nicht wohlgefühlt.«

»Und auch Ihr Bruder war die ganze Nacht zu Hause?«

Sie hatte keine Ahnung. »Ja. Ich habe ihn sofort geweckt, nachdem Mr. Scutter vom Sicherheitsdienst angerufen hatte, kurz nach sechs heute früh. Wir sind zusammen hierhergefahren, haben die Situation geprüft und Mr. Scutter angewiesen, die Polizei zu rufen.«

»Diese kleine Bronzeskulptur …« Cook legte das Notizbuch auf sein Knie. »Sie haben Ausstellungsstücke in der Galerie, die vermutlich wesentlich mehr wert sind. Es ist wirklich seltsam, dass er nur dieses eine Stück mitgenommen hat – nur ein

Stück, wo er doch die ganze Mühe aufgewendet hat, um hereinzukommen.«

»Ja«, erwiderte Miranda gleichmütig. »Das habe ich auch schon gedacht. Wie würden Sie sich das erklären, Detective?«

Er musste lächeln. Das war ein guter Schachzug. »Ich würde sagen, dass er genau dieses Stück haben wollte. Sonst fehlt nichts?«

»Die ganze Galerie ist gründlich durchsucht worden. Sonst scheint nichts zu fehlen. Ich weiß nicht, was ich Ihnen noch sagen soll.«

»Das genügt auch fürs Erste.« Er stand auf und steckte sein Notizbuch wieder ein. »Wir befragen noch Ihre Angestellten, und ich werde wahrscheinlich später auch noch mal mit Ihnen sprechen müssen.«

»Ich stehe Ihnen jederzeit zur Verfügung.« Auch Miranda erhob sich. Sie wollte, dass er endlich ging. »Sie können mich hier oder zu Hause erreichen«, fuhr sie fort, während sie ihn zur Tür begleitete. Sie öffnete sie – und sah sich Ryan gegenüber.

»Miranda.« Er kam direkt auf sie zu und ergriff ihre Hände. »Ich habe es gerade gehört.«

Ihr traten beinahe wieder die Tränen in die Augen. Entschlossen drängte sie sie zurück. »Schlechter Tag«, gelang es ihr zu sagen.

»Es tut mir so leid. Ist viel gestohlen worden? Hat die Polizei schon einen Verdacht?«

»Ich – Ryan, das ist Detective Cook. Er leitet die Ermittlungen. Detective, das ist Ryan Boldari, ein Geschäftspartner.«

»Detective.« Ryan hätte einen Polizisten aus fünfhundert Metern Entfernung blind erkennen können.

»Mr. Boldari. Arbeiten Sie hier?«

»Nein, ich besitze Galerien in New York und San Francisco. Ich bin für ein paar Tage geschäftlich hier. Miranda, wie kann ich dir helfen?«

»Ich weiß nicht. Es gibt wohl nichts, was du tun kannst.« Wieder schlug alles wie eine Woge über ihr zusammen. Ihre Hände begannen zu zittern.

»Du solltest dich setzen, du bist ja fix und fertig.«

»Mr. Boldari?« Cook hielt Ryan, der Miranda in ihr Büro führen wollte, zurück. »Wie heißen Ihre Galerien?«

»Boldari«, erwiderte Ryan mit hochgezogenen Brauen. »Die Boldari-Galerien.« Er zog ein silbernes Etui hervor und entnahm ihm eine Visitenkarte. »Hier stehen beide Adressen drauf. Entschuldigen Sie mich, Detective. Dr. Jones muss sich ein wenig ausruhen.«

Er verspürte ein leises Gefühl der Genugtuung, als er dem Polizisten die Tür vor der Nase zuschlug. »Setz dich, Miranda. Erzähl mir, was passiert ist.«

Sie berichtete es ihm und registrierte dankbar, wie fest er ihre Hand in seiner hielt.

»Nur ein Stück gestohlen«, sagte Ryan, als sie fertig war. »Seltsam.«

»Es muss ein dummer Dieb gewesen sein«, bestätigte sie lebhaft. »Er hätte sämtliche Ausstellungsstücke mitnehmen können, ohne viel größeren Zeitaufwand oder mehr Mühe.«

Ryan schmunzelte und ermahnte sich, nicht beleidigt zu sein. »Offenbar war er wählerisch. Aber dumm? Schwer zu glauben, dass ein dummer Mann – oder auch eine dumme Frau – das Sicherheitssystem so mühelos und schnell umgehen konnte.«

»Nun, er hat vielleicht Ahnung von Elektronik, aber von Kunst versteht er überhaupt nichts.« Unruhig stand sie auf. »Der *David* ist ein hübsches kleines Werk, aber wohl kaum das beste, das wir haben. Oh, es ist eigentlich egal«, murmelte sie und fuhr sich mit der Hand durch die Haare. »Ich höre mich an, als sei ich verärgert darüber, dass er nicht mehr oder etwas Besseres mitgenommen hat. Ich bin nur so wütend, dass er überhaupt hereingekommen ist!«

»Das wäre ich auch.« Ryan trat zu ihr und küsste sie auf den Scheitel. »Die Polizei findet ihn und den *David* bestimmt. Cook kam mir äußerst kompetent vor.«

»Vermutlich – wenn er erst einmal Andrew und mich von der Liste der Verdächtigen gestrichen hat und sich darauf konzentriert, den wirklichen Einbrecher zu fangen.«

»Das ist wahrscheinlich typisch in solchen Fällen.« Ryan verspürte abermals leises Schuldbewusstsein, als er sich zu ihr umdrehte. »Du machst dir doch nichts daraus, oder?«

»Nein, im Grunde nicht. Ich bin verärgert, aber nicht betroffen. Es ist nett, dass du vorbeigekommen bist, Ryan. Ich – oh, unser Mittagessen«, erschrak sie, »ich glaube, das schaffe ich heute nicht.«

»Mach dir nichts draus. Wenn ich das nächste Mal herkomme, holen wir es nach.«

»Das nächste Mal?«

»Ich muss heute Abend abreisen. Ich hatte gehofft, noch ein oder zwei Tage bleiben zu können – aus persönlichen Gründen. Aber ich muss heute Abend schon zurückfliegen.«

»Oh.« Miranda hatte nicht geglaubt, dass sie sich noch unglücklicher fühlen konnte.

Er führte ihre Hände an seine Lippen. Traurige Augen, dachte er, sind so bezaubernd. »Es wäre nicht schlecht, wenn du mich vermisst. Es würde dich von allem anderen ablenken.«

»Ich nehme an, dass ich in den nächsten Tagen sehr beschäftigt sein werde. Aber es ist schade, dass du nicht länger bleiben kannst. Das wird doch … dieses Problem wird doch nicht dazu führen, dass du deine Meinung über den Tausch änderst?«

»Miranda!« Er genoss es, den strahlenden und hilfreichen Helden zu spielen. »Sei nicht albern. Die Vasaris werden noch in diesem Monat bei euch eintreffen.«

»Danke. Nach diesem Morgen weiß ich dein Vertrauen umso mehr zu schätzen.«

»Und werde ich dir fehlen?«

Sie lächelte ihn an. »Ich glaube schon.«

»Dann sag jetzt auf Wiedersehen.«

Sie öffnete den Mund, aber er verschloss ihn mit seinen Lippen und raubte ihr einen langen, leidenschaftlichen Kuss, wie ein echter Dieb.

Es würde sehr lange dauern, bis er sie wiedersah – wenn überhaupt jemals. Ihre Wege trennten sich hier, aber er wollte wenigstens etwas mitnehmen.

Also nahm er die Süße, die gerade erst unter der Stärke zum Vorschein kam, und die Leidenschaft, die er gerade erst unter der Selbstbeherrschung geweckt hatte.

Schließlich hielt er Miranda von sich weg, betrachtete ihr Gesicht und streichelte ihre Arme.

»Auf Wiedersehen, Miranda«, sagte er mit mehr Bedauern, als ihm lieb war. Und dann ging er. Sie würde mit den kleinen Unannehmlichkeiten, die er ihr verursacht hatte, schon fertigwerden.

9

Als Andrew nach dem Gespräch mit seiner Mutter endlich den Hörer auflegte, hätte er für einen doppelten Jack Daniels sein Vaterland verraten. Er war schuld. Er akzeptierte das. Schließlich lag die Verantwortung für den täglichen Ablauf im Institut bei ihm, und die Sicherheit war oberste Priorität.

Seine Mutter hatte ihn darauf hingewiesen – in knappen, klaren Sätzen.

Elizabeth sah den Einbruch als persönliche Beleidigung an, und der Verlust der kleinen *David*-Skulptur war genauso bitter, als wenn die gesamte Galerie leergeräumt worden wäre.

Er konnte auch das akzeptieren. Er konnte und wollte derjenige sein, der sich mit der Polizei, der Versicherung, den Angestellten und der Presse auseinandersetzte. Aber was er nicht akzeptieren konnte, was ihn wünschen ließ, Alkohol in Reichweite zu haben, war ihr völliger Mangel an Unterstützung oder Mitgefühl.

Aber er hatte keinen Whiskey in Reichweite. Eine Flasche im Büro hatte er sich bisher noch nicht gestattet, was ihm zudem jederzeit die Möglichkeit gab, sein angebliches Alkoholproblem mit einem Schulterzucken abzutun.

Er trank zu Hause, in Bars, bei gesellschaftlichen Ereignissen. Bei der Arbeit trank er nicht. Deshalb hatte er alles im Griff.

Er drückte auf die Verbindungstaste zu seinem Vorzimmer. »Ms. Purdue.«

»Ja, Dr. Jones?«

Laufen Sie bitte runter in den Laden, bitte, liebe Ms. Purdue, und holen Sie mir eine Flasche Jack Daniels Black. Es ist eine Familientradition.

»Könnten Sie bitte hereinkommen?«

»Sofort, Sir.«

Andrew blickte aus dem Fenster. Seine Hände waren ruhig, oder etwa nicht? Ihm war übel gewesen, und sein Rücken war von kaltem Schweiß bedeckt, aber seine Hände waren immer noch ruhig. Er hatte sich unter Kontrolle.

Sie kam herein und schloss leise die Tür hinter sich.

»Der Mann von der Versicherung wird um elf hier sein«, sagte er, ohne sich umzudrehen. »Sorgen Sie bitte dafür, dass ich keine anderen Termine habe.«

»Ich habe alle wichtigen Termine für heute abgesagt, Dr. Jones.«

»Gut, danke. Ach …« Er rieb sich den Nasenrücken in der Hoffnung, dass der Druck in seinem Kopf nachließ. »Wir müssen eine Personalversammlung einberufen, aber nur die Abteilungsleiter. So früh am Nachmittag wie möglich.«

»Ein Uhr, Dr. Jones.«

»Gut. Schicken Sie meiner Schwester eine Hausmitteilung. Ich möchte, dass sie mit der Presseabteilung eine Meldung verfasst. Teilen Sie allen Journalisten, die anrufen, mit, dass wir heute Abend eine Erklärung abgeben und vorher nichts kommentieren.«

»Ja, Sir. Dr. Jones, Detective Cook möchte so bald wie möglich noch einmal mit Ihnen sprechen. Er ist unten.«

»Ich gehe kurz hinunter. Wir müssen einen Brief an Dr. Standford-Jones und Dr. Charles Jones schreiben, in dem wir den Einbruch und die jetzige Situation genau schildern. Sie …« Er brach ab, als es an der Tür klopfte, und drehte sich um. Miranda trat ein.

»Entschuldigung, Andrew. Ich kann später wiederkommen, wenn du jetzt beschäftigt bist.«

»Ist schon in Ordnung. Du ersparst Ms. Purdue ein Memo. Kannst du mit der Presseabteilung eine Erklärung verfassen?«

»Ich mache mich gleich an die Arbeit.« Sie registrierte die Anspannung in seinem Gesicht. »Du hast mit Florenz geredet?«

Er lächelte dünn. »Florenz hat mit mir geredet. Ich werde einen Brief schreiben, in dem ich die traurige Geschichte erzähle, und ihr und Vater je eine Kopie schicken.«

»Das kann ich doch tun.« Die Schatten unter seinen Augen sind zu dunkel, dachte sie, und die Falten um seinen Mund zu tief. »Damit kann ich dir ein bisschen Zeit und Ärger ersparen.«

»Das wäre nett. Der Mann von der Versicherung wird gleich hier sein, und Cook will auch noch mal mit mir sprechen.«

»Oh.« Sie verschränkte ihre Hände, um sie ruhig zu halten. »Ms. Purdue, lassen Sie uns bitte einen Moment allein?«

»Natürlich. Ich berufe die Personalversammlung ein, Dr. Jones.«

»Nur die Abteilungsleiter«, sagte Andrew zu Miranda, als die Tür sich hinter Ms. Purdue geschlossen hatte. »Um eins.«

»Gut. Andrew, nun zu Cook. Er will alles über die letzte Nacht wissen. Wo du warst, was du getan hast, mit wem du zusammen warst. Ich habe ihm gesagt, dass wir gegen sieben gemeinsam nach Hause gefahren sind und dass wir beide die ganze Nacht über zu Hause waren.«

»Gut.«

Ihre Finger zuckten. »Warst du denn da?«

»Was? Zu Hause? Ja.« Er kniff die Augen zusammen. »Warum?«

»Ich wusste nicht, ob du noch ausgegangen bist.« Sie rieb sich durchs Gesicht. »Ich hielt es einfach für das Beste zu sagen, dass du nicht mehr weggegangen bist.«

»Du musst mich nicht beschützen, Miranda. Ich habe nichts getan – was laut unserer Mutter das eigentliche Problem ist.«

»Ich weiß, dass du nichts getan hast. So habe ich das nicht gemeint.« Sie berührte ihn leicht am Arm. »Mir kam nur plötzlich in den Sinn, was denn wäre, wenn du doch noch weggegangen und gesehen worden bist …«

»An einen Pfahl gekettet?«, entgegnete er bitter. »Oder wie ich um das Gelände schleiche?«

»Oh, Andrew.« Unglücklich setzte sie sich auf die Armlehne seines Stuhls. »Wir sollten uns nicht noch gegenseitig das Leben schwermachen. Cook macht mich nur nervös, und ich habe Angst, dass alles nur schlimmer wird, wenn er mich bei einer Lüge erwischt, und sei sie auch noch so harmlos.«

Seufzend sank Andrew auf seinen Stuhl. »Sieht so aus, als steckten wir knietief in der Scheiße.«

»Ich bis zur Taille«, murmelte sie. »Sie hat mir befohlen, Urlaub zu nehmen, aber ich habe mich geweigert.«

»Tust du das wegen dir, oder willst du sie nur damit treffen?«

Miranda musterte stirnrunzelnd ihre Fingernägel. *Wie fühlt es sich an, ein Versager zu sein?* Nein, sie wollte jetzt nicht daran denken. »Wahrscheinlich aus beiden Gründen.«

»Pass auf, dass du dabei nicht aufs Kreuz fällst. Gestern Abend hätte ich ihr noch zugestimmt – nicht aus den gleichen Gründen, aber ich hätte ihr recht gegeben. Heute sieht alles anders aus. Ich brauche dich hier.«

»Ich werde nirgendwohin fahren.«

Er tätschelte ihr Knie, während er aufstand. »Ich rede jetzt mit Cook. Schick mir eine Kopie der Pressemitteilung und den Brief. Ach so, sie hat mir Vaters Adresse in Utah gegeben.« Er riss das oberste Blatt von dem Notizblock auf seinem Schreibtisch und reichte es ihr. »Schick die Briefe mit Luftpost. Je eher sie es schriftlich haben, desto besser.«

»Wir treffen uns dann um eins. Oh, Andrew – Ryan hat mich gebeten, dir von ihm auf Wiedersehen zu sagen.«

Er blieb stehen, die Hand am Türgriff. »Auf Wiedersehen?«

»Er muss heute nach New York zurückfliegen.«

»Er war hier? Verdammt! Weiß er schon von der Geschichte? Die Vasaris?«

»Er hat volles Verständnis. Er hat mir versichert, dass dieses Problem unseren Handel in keiner Weise beeinträchtigt. Ich habe überlegt, ob ich, ähm, in ein paar Wochen nicht selbst nach New York fahren soll.« In der Tat, sie hatte gerade daran gedacht. »Um … das Tauschobjekt abzuliefern.«

Zerstreut nickte er. »Das ist eine gute Idee. Wir reden später darüber. Eine neue Ausstellung wäre jetzt genau das Richtige für uns.«

Andrew blickte auf seine Uhr, während er die Treppe hinunterging. Erstaunlicherweise war es gerade erst zehn. Ihm war es vorgekommen, als sei schon der ganze Tag vergangen.

Polizisten in Uniform und Zivil bevölkerten das Erdgeschoss. Auf der Ausstellungsvitrine war Pulver wegen der Fingerabdrücke verstreut worden. Die kleine runde Glasplatte war weg. Wahrscheinlich hatte man sie als Beweisstück mitgenommen.

Andrew wandte sich an einen der uniformierten Polizisten, der ihm erklärte, er finde Detective Cook am Südeingang.

Auf dem Weg dorthin kam Andrew in den Sinn, dass der Dieb auch hier gegangen war. Er stellte ihn sich als schwarz gekleideten Mann mit hartem Gesicht vor. Vielleicht mit einer Narbe quer über die Wange? Ob er wohl einen Revolver dabeigehabt hatte? Oder ein Messer? Ein Messer, nahm Andrew an. Falls notwendig hätte er bestimmt lieber rasch und leise getötet.

Er dachte daran, wie oft Miranda nachts noch im Labor oder in ihrem Büro arbeitete, und fluchte heftig.

Als er in den Vorraum trat und Cook dabei antraf, wie er das Angebot des Snack-Automaten studierte, war er immer noch wütend.

»Finden Sie den Verbrecher so?«, fragte Andrew. »Indem Sie Kartoffelchips mampfen?«

»Eigentlich wollte ich die Brezeln nehmen.« Seelenruhig drückte Cook auf den entsprechenden Knopf. »Ich versuche, möglichst fettfrei zu essen.« Die Tüte plumpste auf das Metalltablett, und Cook griff durch den Schlitz und holte sie heraus.

»Toll. Ein gesundheitsbewusster Polizist. Ich möchte von Ihnen wissen, was Sie zu tun gedenken, um diesen Bastard zu finden, der in mein Gebäude eingebrochen ist.«

»Meinen Job, Dr. Jones. Setzen wir uns doch!« Er wies auf einen der kleinen Kaffeehaustische. »Sie sehen so aus, als ob Sie einen Kaffee gebrauchen könnten.«

Andrews Augen schossen Blitze. Ihr plötzliches Aufleuchten verwandelte sein schönes Gesicht in eine harte Maske. Cook registrierte die auffällige Veränderung genau.

»Ich will mich nicht setzen«, zischte Andrew, »und ich will auch keinen Kaffee.« Letzteres stimmte allerdings nicht. Er hätte nichts lieber gehabt als einen Kaffee. »Meine Schwester arbeitet abends oft lange, Detective. Allein, und zwar hier im Gebäude. Und wenn sie gestern Abend nicht krank gewesen wäre, wäre sie vielleicht noch hier gewesen, als der Kerl eingebrochen ist. Und ich hätte womöglich noch viel mehr verloren, etwas, das viel kostbarer für mich ist als eine Bronzeskulptur!«

»Ich verstehe Ihre Besorgnis.«

»Das glaube ich nicht.«

»Ich habe auch Familie.« Trotz Andrews Ablehnung zählte Cook Münzen ab und wandte sich zur Kaffeemaschine. »Wie möchten Sie ihn?«

»Ich sagte – schwarz«, murrte Andrew. »Ohne alles.«

»Früher habe ich ihn auch immer so getrunken. Das fehlt mir heute noch.« Cook holt tief Luft, als der Kaffee in den Pappbecher floss. »Ich kann Ihnen Ihre Angst ein wenig nehmen, Dr. Jones. Ein typischer Einbrecher – vor allem ein besonders kluger – hat nicht vor, jemanden zu verletzen. Er würde eher vor der Tat zurückschrecken, als dass er sich auf ein solches Risiko einlässt. Er trägt noch nicht einmal eine Waffe bei sich, weil er sonst viel zu lange eingesperrt würde, falls man ihn fasst.«

Cook stellte den Kaffee auf den Tisch, setzte sich und wartete. Andrew zögerte für einen Moment, dann gesellte er sich zu ihm. Die Wut in seinen Augen ließ nach, sein schmales Gesicht entspannte sich, und seine Schultern sanken wieder leicht nach vorn. »Vielleicht war der Kerl aber kein typischer Einbrecher.«

»Vielleicht nicht – aber wenn er so clever ist, wie ich annehme, hat er die Regeln befolgt. Keine Waffen, kein Kontakt mit Menschen. Weder drinnen noch draußen. Wenn Ihre Schwester hier gewesen wäre, hätte er sie gemieden.«

»Sie kennen meine Schwester nicht.« Der Kaffee gab Andrew das Gefühl, langsam wieder ein Mensch zu werden.

»Eine starke Lady, Ihre Schwester?«

»Sie musste immer schon stark sein. Aber sie ist vor Kurzem überfallen worden, direkt vor unserem Haus. Der Kerl hatte ein Messer – sie hat schreckliche Angst vor Messern. Sie konnte nichts gegen ihn ausrichten.«

Cook schürzte die Lippen. »Wann war das?«

»Vor ein paar Wochen.« Andrew fuhr sich mit den Fingern durch die Haare. »Er schlug sie nieder und stahl ihr die Handtasche und den Aktenkoffer.« Er schwieg und trank noch einen Schluck Kaffee. »Sie war ganz fertig: Wir waren beide fertig. Und wenn ich mir vorstelle, sie wäre hier gewesen, als der Kerl eingebrochen ist …«

»Dieser Typ Einbrecher schlägt keine Frauen nieder und raubt ihnen die Handtasche. Das ist nicht sein Stil.«

»Vielleicht nicht. Aber man hat ihn nie gefasst. Sie hat entsetzliche Angst gehabt. Miranda hat wirklich genug mitgemacht – erst das und dann die Probleme in Florenz.« Andrew brach ab. Offenbar fühlte er sich bereits so entspannt, dass er einfach hier saß und über Miranda plauderte. »Aber darüber wollten Sie sicher nicht mit mir reden.«

»Nun, es ist durchaus hilfreich.« Ein Überfall und ein Einbruch in weniger als einem Monat. Dasselbe Opfer? Cook fand es höchst interessant. »Sie sagten, Ihre Schwester fühlte sich gestern Abend nicht wohl. Was fehlte ihr denn?«

»Ein Problem in Florenz«, erwiderte Andrew knapp. »Schwierigkeiten mit unserer Mutter. Miranda hat sich darüber aufgeregt.«

»Lebt Ihre Mutter in Italien?«

»Ja, sie lebt und arbeitet dort. Sie leitet Standjo, ein Labor, in dem Kunstwerke und archäologische Funde getestet werden. Es gehört zum Familienunternehmen. Ein Ableger des Instituts, sozusagen.«

»Es gibt also Spannungen zwischen Ihrer Mutter und Ihrer Schwester?«

Andrew trank einen weiteren Schluck Kaffee und sah Cook prüfend an. Seine Augen wurden wieder hart. »Unsere Familienangelegenheiten gehen die Polizei nichts an.«

»Ich versuche nur, mir einen vollständigen Eindruck zu verschaffen. Schließlich ist dies ein Familienunternehmen. Und es gibt kein Anzeichen dafür, dass der Einbrecher gewaltsam eingedrungen ist.«

Andrew zuckte zusammen und verschüttete beinahe seinen Kaffee. »Wie bitte?«

»Es gibt an keiner dieser Türen ein Anzeichen dafür, dass jemand gewaltsam eingedrungen ist.« Cook wies mit dem Finger auf die innere und äußere Tür. »Beide waren verschlossen. Von außen braucht man aber eine Schlüsselkarte und einen Code, richtig?«

»Ja. Nur Abteilungsleiter können diesen Eingang benutzen. Dieser Bereich hier dient als Aufenthaltsraum für die leitenden Angestellten. Der Raum für alle anderen ist im dritten Stock.«

»Ich brauche eine Liste mit den Namen der Abteilungsleiter.«

»Natürlich. Glauben Sie, es war jemand, der hier arbeitet?«

»Ich glaube gar nichts. Der größte Fehler, den man machen kann, ist, mit einer festen Vorstellung irgendwohin zu kommen.« Er lächelte. »Das ist einfach meine normale Vorgehensweise.«

Der Einbruch in das Institut war der Aufmacher der lokalen Nachrichten um elf Uhr. In New York wurde er dreißig Sekunden lang gegen Ende der Nachrichten erwähnt. Ryan lag ausgestreckt auf dem Sofa in seiner Wohnung am Central Park South, nippte an einem Brandy, genoss das Aroma einer schlanken kubanischen Zigarre und merkte sich die Details.

Es gab allerdings nicht viele. In New York gab es schließlich reichlich eigene Verbrechen und Skandale, mit denen die Schlagzeilen gefüllt werden konnten. Wenn das Institut nicht so berühmt und die Jones' nicht solch eine prominente Familie in New England gewesen wären, hätte niemand außerhalb von Maine Notiz davon genommen.

Die Polizei stellte Nachforschungen an. Ryan grinste, als er an Cook dachte. Er kannte den Typ. Erfahren, gründlich, mit zahlreichen erfolgreich abgeschlossenen Fällen. Es befriedigte ihn, dass ein guter Polizist seinen letzten Einbruch bearbeitete. Das war ein netter Abschluss seiner Karriere.

Sie verfolgten verschiedene Spuren. Nun, das war Quatsch. Es gab keine verschiedenen Spuren, aber sie mussten so etwas wohl sagen, um das Gesicht zu wahren.

Ryan setzte sich auf, als Miranda ins Bild kam, wie sie gerade das Gebäude verließ. Sie hatte die Haare zu einem Zopf zurückgebunden. Das hat sie wohl für die Kameras gemacht, dachte er, denn als er sie zum Abschied geküsst hatte, war ihr Haar noch offen und lockig gewesen. Ihr Gesicht wirkte ruhig und gefasst. Kalt, dachte er.

Es gefiel ihm, dass sie die Situation offenbar gut meisterte. Sie war klug. Trotz all ihrer Schüchternheit und Traurigkeit war sie hart und klug. Noch ein oder zwei Tage, schätzte er, und sie würde wieder zu ihrer Alltagsroutine gefunden haben. Die kleine Unregelmäßigkeit, die er hineingebracht hatte, würde sich regulieren, die Versicherung würde bezahlen, und die Polizei würde den Fall zu den Akten legen und vergessen.

Und ich, dachte Ryan, während er heitere Rauchringe an die

Decke blies, habe einen zufriedenen Kunden, einen untadeligen Ruf und viel Freizeit.

Vielleicht, aber nur vielleicht, würde er ja in diesem Fall die Regeln brechen und mit Miranda für ein paar Wochen auf die Westindischen Inseln fliegen. Sonne, Sand und Sex. Es würde ihr sicher guttun.

Und ihm konnte es auch nicht schaden.

Annie McLeans Wohnung hätte in Ryans Wohnzimmer gepasst, aber sie hatte wenigstens Aussicht auf den Park. Zumindest wenn sie sich weit genug aus ihrem Schlafzimmerfenster lehnte, sich den Hals verrenkte, bis er wehtat, und die Augen zusammenkniff. Ihr jedoch reichte es.

Die Möbel mochten aus zweiter Hand sein, aber die Wohnung war in hellen Farben eingerichtet. Der Teppich war ebenfalls gebraucht, aber er war frisch gereinigt, und sie liebte die dicken Rosenblüten auf seinem Rand.

Die Regale hatte sie selbst zusamengebaut, sie dunkelgrün gestrichen und mit den Büchern vollgestopft, die sie im alljährlich stattfindenden Ausverkauf der Bücherei erworben hatte.

Es waren größtenteils Klassiker. Bücher, die sie in der Schule nie gelesen hatte, und nach deren Erforschung sie sich jetzt sehnte. Immer, wenn sie ein oder zwei Stunden freihatte, kuschelte sie sich unter der grünblau gestreiften Decke zusammen, die ihre Mutter gehäkelt hatte, und tauchte ein in die Welt von Hemingway, Steinbeck oder Fitzgerald.

Vor zwei Jahren hatte sie sich zu Weihnachten einen CD-Spieler geschenkt und angefangen, die unterschiedlichsten Musikrichtungen zu sammeln.

In ihrer Jugend hatte Annie keine Zeit für Bücher und Musik gehabt. Die Schwangerschaft, die Fehlgeburt und das gebrochene Herz noch vor ihrem achtzehnten Geburtstag hatten ihre persönliche Entwicklung in eine andere Richtung gedrängt. Sie war entschlossen gewesen, etwas aus sich zu machen und etwas für sich ganz allein zu haben.

Dann war sie auf das aalglatte Geschwätz dieses Taugenichtses Buster hereingefallen.

Hormone und das Bedürfnis, ein Heim und eine Familie zu haben, hatten sie diese unmögliche Ehe mit dem meistens arbeitslosen Mechaniker eingehen lassen, der eine Schwäche für Bier und Blondinen hatte.

Sie hatte ein Kind gewollt. Vielleicht, um das verlorene zu ersetzen.

Lebe und lerne, war bald ihre Devise geworden. Sie hatte beides getan. Jetzt war sie eine unabhängige Frau mit einem eigenen Geschäft.

Annie hörte den Meinungen und Ansichten ihrer Gäste gern zu und verglich sie mit ihren eigenen. So erweiterte sie ihren Horizont. In den sieben Jahren, die sie Annie's Place nun besaß, hatte sie wahrscheinlich mehr über Politik, Religion, Sex und wirtschaftliche Zusammenhänge gelernt als jeder Collegeabsolvent.

Und wenn sie sich in manchen Nächten sehnlichst jemanden wünschte, der ihr zuhörte, sie festhielt und mit ihr lachte, so war dies nur ein kleiner Preis, den sie für ihre Unabhängigkeit zahlte.

Sie wusste aus Erfahrung, dass Männer gar nicht hören wollten, was eine Frau zu sagen hatte. Sie wollten einfach nur jemanden, der ihnen den Rücken kratzte und mit ihnen ins Bett ging.

Allein war sie viel besser dran.

Eines Tages würde sie sich vielleicht ein Haus mit einem Garten kaufen. Und sie würde einen Hund haben. Sie würde weniger arbeiten und vielleicht einen Geschäftsführer für die Bar einstellen. Und dann würde sie Urlaub machen. Zuerst natürlich in Irland. Sie wollte die grünen Hügel sehen – und die Pubs.

Aber noch steckte ihr die Demütigung in den Knochen, nicht genug Geld zu haben, Türen vor der Nase zugeschlagen zu bekommen, wenn sie um ein Darlehen bat, gesagt zu bekommen, sie sei ein Risiko.

Das wollte sie nie wieder durchmachen.

Also steckte sie ihren Gewinn in das Lokal, und was sie darüber hinaus abzweigen konnte, legte sie in Fonds und Aktien an. Sie brauchte keine Reichtümer, aber arm wollte sie nie wieder sein.

Annies ganzes Leben war davon bestimmt gewesen, dass ihre Eltern immer am Rande der Armut gelebt hatten. Sie hatten für sie getan, was sie konnten, aber ihrem Vater war das Geld immer durch die Finger geronnen.

Als sie vor drei Jahren nach Florida gezogen waren, hatte Annie sie zum Abschied geküsst, ein paar Tränen vergossen und ihrer Mutter fünfhundert Dollar zugesteckt. Sie hatte hart dafür gearbeitet, aber sie wusste, dass ihre Mutter das Geld brauchen würde, wenn ihr Vater wieder einmal einen seiner Träume vom schnellen Reichtum verwirklichen wollte.

Sie rief sie jeden Sonntagnachmittag an, wenn die Tarife ermäßigt waren, und schickte ihrer Mutter alle drei Monate einen Scheck. Sie versprach, sie bald zu besuchen, war aber in den vergangenen drei Jahren nur zweimal bei ihr gewesen.

Jetzt, während Annie die Spätnachrichten sah und das Buch schloss, mit dem sie sich gerade abmühte, dachte sie wieder einmal an ihre Eltern. Sie beteten Andrew an. Sie hatten natürlich nie von dieser Nacht am Strand erfahren, und auch nicht von dem Kind, das Annie empfangen und verloren hatte.

Kopfschüttelnd verdrängte sie die Gedanken. Sie schaltete den Fernseher aus, ergriff die Teetasse, deren Inhalt kalt geworden war, und trug sie in die Küche.

Gerade wollte sie das Licht ausschalten, als jemand an die Tür klopfte. Annie warf einen Blick auf den Baseballschläger, der neben der Tür lehnte. Genau den gleichen hatte sie hinter der Theke in der Bar stehen. Sie war noch nie in die Verlegenheit gekommen, sie benutzen zu müssen, aber sie gaben ihr ein Gefühl der Sicherheit.

»Wer ist da?«

»Ich bin's, Andrew. Lass mich rein, ja? Dein Vermieter hat das Treppenhaus nicht geheizt.«

Obwohl sie nicht sonderlich erfreut darüber war, dass er vor ihrer Tür stand, nahm sie die Kette ab, öffnete die Verriegelung und machte ihm auf. »Es ist spät, Andrew.«

»Ach was«, entgegnete er, obwohl sie einen Hausmantel und dicke schwarze Socken trug. »Ich habe gesehen, dass bei dir noch Licht ist. Komm schon, Annie, sei lieb und lass mich rein.«

»Ich gebe dir nichts zu trinken.«

»Ist schon in Ordnung.« Er griff unter seinen Mantel und zog eine Flasche hervor. »Ich habe mir selbst was mitgebracht. Heute war ein langer, schrecklicher Tag, Annie.« Er warf ihr einen mitleidheischenden Blick zu, der ihr fast das Herz zerriss. »Ich will einfach noch nicht nach Hause.«

»Gut.« Verärgert marschierte sie in die Küche und holte ein Glas. »Du bist erwachsen. Wenn du denkst, du musst trinken, dann tu es eben.«

»Ja, ich muss.« Er schenkte sich ein und hob sein Glas. »Danke. Du kennst vermutlich die Neuigkeiten schon.«

»Ja. Es tut mir leid.« Annie setzte sich auf die Couch und schob *Moby Dick* unauffällig unter die Kissen, obwohl sie eigentlich nicht wusste, warum es ihr hätte peinlich sein sollen, wenn er das Buch sah.

»Die Polizei glaubt, es sei jemand aus dem Institut gewesen.« Er trank einen Schluck und lachte leise. »Ich hätte nie gedacht, dass ich mal solche Sätze sagen würde. Sie hatten zuerst Miranda und mich im Verdacht.«

»Warum in aller Welt solltet ihr euch selbst bestehlen?«

»Das kommt doch andauernd vor. Die Versicherungsgesellschaft stellt auch Nachforschungen an. Wir werden gründlich durchleuchtet.«

»Das ist bestimmt nur Routine.« Besorgt griff sie nach seiner Hand und zog ihn neben sich auf die Couch.

»Ja, aber die Routine nervt. Ich mochte die Skulptur.«

»Die, die gestohlen worden ist?«

»Sie hat mir etwas gesagt. Der kleine David, der gegen den Riesen antritt und mit seiner Steinschleuder gegen ein Schwert kämpfen will. Mut, den ich nie hatte.«

»Warum bist du immer so hart mit dir?« Zornig wandte sie sich ihm zu.

»Ich wage es nie, gegen Riesen zu kämpfen«, sagte er und griff wieder nach der Flasche. »Ich schwimme nur mit dem Strom und führe Befehle aus. Meine Eltern sagen, es ist Zeit, dass du die Leitung des Instituts übernimmst, Andrew. Und ich antworte brav, wann soll ich anfangen?«

»Du liebst das Institut.«

»Ein glücklicher Zufall. Wenn sie mir befohlen hätten, nach Borneo zu gehen und die Bräuche der Einheimischen zu studieren …

Ich wette mit dir, ich wäre jetzt schon ganz schön braun. Elise sagt, es ist Zeit, dass wir heiraten – ich antworte, setz das Datum fest. Sie sagt, ich will mich scheiden lassen – ich frage, Liebling, soll ich den Anwalt bezahlen?«

Ich sage dir, dass ich schwanger bin, dachte Annie, und du fragst mich, ob wir heiraten sollen.

Er betrachtete den Whiskey in seinem Glas und beobachtete, wie sich das Licht der Lampe in der bernsteinfarbenen Flüssigkeit brach. »Ich habe das Sicherheitssystem nie erneuert, weil es mir nicht der Mühe wert schien. Und das ist kein Ruhmesblatt für Andrew Jones.«

»Also trinkst du, weil das einfacher ist, als den Tatsachen ins Auge zu sehen?«

»Vielleicht.« Unvermittelt stellte er das Glas ab, um zu sehen, ob er auch ohne Krücke reden konnte. »Ich habe dir unrecht getan, Annie. Ich habe dir damals nicht so beigestanden, wie ich es hätte tun müssen, weil ich so schreckliche Angst davor hatte, wie sie reagieren würden.«

»Ich möchte nicht darüber reden.«

»Wir haben nie darüber gesprochen, hauptsächlich wohl deshalb, weil ich immer dachte, du wolltest es nicht. Aber gestern hast du selbst das Thema angeschnitten.«

»Ich hätte es nicht tun sollen.« Bei dem Gedanken daran verspürte Annie leise Panik. »Es ist vorbei und vergessen, eine alte Geschichte.«

»Aber es ist unsere Geschichte, Annie«, entgegnete Andrew sanft, weil er ihre Panik bemerkte.

»Lass sie ruhen.« Sie wandte sich von ihm ab und verschränkte abwehrend die Arme.

»In Ordnung.« Warum sollen wir alte Wunden aufreißen, dachte er, wenn es neue gab? »Bleiben wir im Leben von Andrew Jones. Im Moment warte ich darauf, dass die Polizei mir mitteilt, ob ich ins Gefängnis muss oder nicht.«

Er wollte wieder nach dem Whiskey greifen, aber sie kam ihm zuvor, nahm die Flasche, ging in die Küche und goss den Inhalt in den Abfluss.

»Verdammt, Annie!«

»Du brauchst keinen Whiskey, um dich elend zu fühlen, Andrew. Das schaffst du auch so. Deine Eltern haben dich nicht genug geliebt. Das ist schlimm.«

Eine Wut ergriff von ihr Besitz, wie sie sie noch nie verspürt hatte. »Meine haben mich geliebt, sehr sogar, und trotzdem sitze ich abends immer noch allein hier, mit meinen Erinnerungen und Selbstvorwürfen. Deine Frau hat dich auch nicht genug geliebt. Auch schlimm. Mein Mann hat sich einen Sechserpack Bier reingeschüttet und mich geliebt, ob ich wollte oder nicht.«

»Annie, um Gottes willen!« Das hatte er nicht gewusst. »Es tut mir leid.«

»Sag nicht, dass es dir leidtut«, schoss sie zurück. »Ich hab's überstanden. Ich habe dich überstanden, und ich habe ihn überstanden, indem ich mir klarmachte, dass ich einen Fehler begangen habe und ihn ausbügeln muss.«

»Sag so was nicht.« Jetzt wurde auch Andrew wütend. Ein gefährliches Licht flackerte in seinen Augen, und erregt sprang er auf. »Vergleiche nicht das, was zwischen uns war, mit deiner Ehe!«

»Dann solltest du dasselbe auch nicht mit unserer Geschichte und Elises tun.«

»Das habe ich nie getan. Es ist nicht dasselbe.«

»Verdammt richtig, weil sie so schön und intelligent war.« Annie setzte ihm den Finger auf die Brust, und er wich einen Schritt zurück. »Und vielleicht hast du sie nicht genug geliebt. Wenn du sie nämlich genug geliebt hättest, wäre sie noch bei dir. Ich habe noch nie erlebt, dass du etwas nicht bekommen hast, was du wirklich wolltest. Du kämpfst vielleicht nicht um die Dinge, aber du bekommst sie letztendlich doch.«

»Sie wollte weg«, schrie er. »Man kann nicht erzwingen, dass einen jemand liebt.«

Annie lehnte sich an die Anrichte, schloss die Augen und begann zu seiner Überraschung zu lachen. »Nein, das kann man wirklich nicht.« Sie wischte sich die Tränen aus den Augen. »Du magst ja einen Universitätsabschluss haben, Dr. Jones, aber du bist dumm. Du bist ein dummer Mann, und ich bin müde. Ich gehe jetzt ins Bett. Du findest den Weg hinaus sicher allein.«

Sie stürmte an ihm vorbei, halb hoffend, dass sie ihn so wütend gemacht hatte, dass er sie packte. Aber er tat es nicht, und so lief sie allein in ihr Schlafzimmer. Als sie hörte, wie die Tür hinter ihm zuschlug, rollte sie sich auf ihrem Bett zusammen. Und dann kamen endlich die erlösenden Tränen.

10

Als Cook vor dreiundzwanzig Jahren Polizist geworden war, hatte er bald begriffen, dass ein Detective stundenlange Telefongespräche führen, endlosen Papierkram erledigen und zahllose Leute befragen musste. Es war weder so aufregend wie im Kino noch so, wie er es sich in seinem jugendlichen Eifer vorgestellt hatte.

Cook hatte an diesem Sonntagnachmittag vorgehabt, in der Miracle Bay zu angeln, da das Wetter sich beruhigt hatte und die Temperaturen ein wenig gestiegen waren. Doch aus einer Laune heraus fuhr er bei der Polizeiwache vorbei. Er hatte sich angewöhnt, seinen Launen und plötzlichen Eingebungen zu folgen, da sie meistens in eine Spur mündeten.

Auf seinem Schreibtisch lag der computergeschriebene Bericht von Mary Chaney, der jungen, hübschen Polizeibeamtin.

Technologie hatte Cook schon immer fasziniert. Er wagte sich nur mit äußerster Vorsicht an den Computer, so wie sich ein Polizist in einer dunklen Straße einem Junkie nähert. Man musste sich darauf einlassen, weil es ja schließlich zum Job gehörte, aber man wusste verdammt gut, dass es schiefgehen konnte, wenn man auch nur einen falschen Schritt machte.

Der Fall Jones war besonders wichtig, weil die Jones' reich waren und der Gouverneur sie persönlich kannte. Cook hatte Mary deshalb gebeten, im Computer nachzuprüfen, welche Verbrechen Ähnlichkeit mit diesem Fall aufwiesen.

Vor Jahren hätte eine solche Überprüfung noch Wochen gedauert. Jetzt aber lag bereits eine Aufstellung vor ihm, bei deren Anblick er seine Angelpläne vergaß, sich in seinem Stuhl zurücklehnte und sie studierte.

Es gab sechs vergleichbare Fälle in einem Zeitraum von sechs Jahren und ungefähr doppelt so viele, die zumindest so ähnlich waren, dass sie eine Erwähnung verdienten.

New York, Chicago, San Francisco, Boston, Kansas City, Atlanta. In jeder dieser Städte hatte ein Museum oder eine Galerie einen Einbruch angezeigt, bei dem ein Kunstgegenstand gestohlen worden war. Der Wert der Kunstwerke reichte von hunderttausend bis zu über einer Million Dollar. Nie war etwas beschädigt worden, nie war etwas durcheinandergebracht, nie Alarm ausgelöst worden. Jedes Stück war von der entsprechenden Versicherung bezahlt worden, und es hatte keine Verhaftungen gegeben.

Schlau, dachte er. Der Kerl war schlau.

Bei dem übrigen Dutzend gab es ein paar Varianten. Der Täter hatte zwei oder mehr Stücke gestohlen, und in einem Fall ließ sich im Kaffee eines Wachmannes ein Schlafmittel nachweisen, und das Sicherheitssystem war einfach dreißig Minuten lang ausgeschaltet worden. In einem anderen Fall hatte es eine Verhaftung gegeben. Ein Wachmann hatte versucht, eine Kamee aus dem fünfzehnten Jahrhundert zu versetzen. Er wurde verhaftet und gestand, behauptete aber, er habe die Kamee erst nach dem Einbruch an sich genommen. Das Landschaftsgemälde von Renoir und das Porträt von Manet, die auch gestohlen worden waren, wurden nie gefunden.

Interessant, dachte Cook noch einmal. Das Profil, das sich in seinem Kopf darstellte, schloss Pfandleihen bisher nicht mit ein. Vielleicht sollte er die Wachleute doch noch einmal überprüfen. Das war sicher der Mühe wert.

Und es konnte auch nicht schaden, wenn er nachprüfte, wo sich die Jones' zurzeit der anderen Diebstähle aufgehalten hatten. Irgendwie, so stellte er fest, hatte auch dies alles etwas mit Angeln zu tun.

Als Miranda am Sonntagmorgen die Augen aufschlug, fiel ihr als Erstes die *Dunkle Lady* ein. Sie musste sie unbedingt noch einmal sehen, sie noch einmal überprüfen. Wie sollte sie sonst jemals erfahren, warum sie sich dermaßen geirrt hatte?

In den letzten Tagen war sie zu der schmerzlichen Schlussfolgerung gekommen, dass sie sich geirrt haben musste. Wie war das Ganze sonst zu erklären? Sie kannte ihre Mutter zu gut. Um Standjos Ruf zu retten, hatte Elizabeth garantiert jede Einzelheit des zweiten Tests infrage gestellt. Sie musste also den absoluten Beweis für seine Richtigkeit erhalten haben.

Mit weniger hätte sie sich nie zufriedengegeben.

Miranda konnte dies nur akzeptieren und ihren Stolz bewahren, indem sie nichts mehr zu dem Thema sagte, bis sich die Aufregung wieder gelegt hatte.

Sie stellte fest, dass sie etwas Besseres mit ihrer Zeit anfangen konnte, als zu grübeln, und zog ihren Trainingsanzug an. Ein paar Stunden im Fitnessclub würden die düsteren Gedanken vielleicht vertreiben.

Als sie zwei Stunden später wieder nach Hause kam, traf sie auf Andrew, der seinen Kater auskurierte. Sie wollte gerade nach oben gehen, als es an der Tür läutete.

»Geben Sie mir Ihre Jacke, Detective Cook«, hörte sie Andrew sagen.

Cook? Am Sonntagnachmittag? Miranda fuhr sich durch die Haare, räusperte sich und setzte sich hin.

Als Andrew Cook hereinführte, lächelte Miranda ihn höflich an. »Haben Sie Neuigkeiten für uns?«

»Nichts Bestimmtes, Dr. Jones. Lediglich ein oder zwei lose Enden.«

»Setzen Sie sich doch.«

»Tolles Haus.« Mit geschultem Blick musterte Cook den Raum, während er zu einem Stuhl ging. »Es steht wirklich sehr majestätisch hier oben auf den Klippen.« Altes Geld, dachte er, hat seinen eigenen Geruch, sein eigenes Aussehen. Hier waren es Bohnerwachs und Zitronenöl. Geerbte Möbel, verblichene Tapeten und deckenhohe Fenster mit burgunderroten Seidenvorhängen.

Klasse und Privileg und dennoch genug Privates, um es wie ein richtiges Heim aussehen zu lassen.

»Was können wir für Sie tun, Detective?«

»Es gibt einen kleinen Anhaltspunkt, an dem ich arbeite. Könnten Sie mir wohl sagen, wo Sie beide letztes Jahr in der ersten Novemberwoche waren?«

»Letzten November?« Das war eine komische Frage. Andrew

153

kratzte sich am Kopf. »Ich war hier in Jones Point. Ich bin letzten Herbst nicht verreist. Oder?«, fragte er Miranda.

»Nicht dass ich wüsste. Warum ist das wichtig, Detective?«

»Ich kläre nur ein paar Details. Waren Sie auch hier, Dr. Jones?«

»Ich war Anfang November ein paar Tage in Washington. Ich habe im Smithsonian eine Beratung gemacht. Aber um ganz sicherzugehen, muss ich meinen Terminkalender holen.«

»Tun Sie das bitte?« Cook lächelte entschuldigend. »Nur, damit ich das klären kann.«

»In Ordnung.« Miranda verstand es zwar nicht, aber es konnte auch nicht schaden. »Er ist oben in meinem Arbeitszimmer.«

»Nun, Sir«, fuhr Cook fort, als sie das Zimmer verlassen hatte, »das ist wirklich ein beeindruckendes Haus. Es muss eine ganze Menge an Heizkosten verschlingen.«

»Wir verbrauchen jede Menge Brennholz«, murmelte Andrew.

»Verreisen Sie oft, Dr. Jones?«

»Ich bin die meiste Zeit im Institut. Miranda reist viel durch die Gegend. Sie macht häufig Beratungen oder hält Vorträge.« Er trommelte mit den Fingern auf seinem Knie herum und bemerkte, dass Cooks Blick auf der Jack-Daniel's-Flasche auf dem Couchtisch ruhte. Unwillkürlich straffte er die Schultern. »Was hat der letzte November mit unserem Einbruch zu tun?«

»Ich bin gar nicht sicher, dass er etwas mit dem Einbruch zu tun hat, ich folge nur einer Idee. Angeln Sie?«

»Nein, ich werde schnell seekrank.«

»Das ist schade.«

»Nach meinen Unterlagen«, sagte Miranda, als sie das Zimmer wieder betrat, »war ich vom dritten bis zum siebten November in Washington.«

Und der Einbruch in San Francisco hatte in den frühen Morgenstunden des fünften stattgefunden, erinnerte sich Cook. »Sie sind vermutlich dorthin geflogen?«

»Ja, zum National.« Miranda warf abermals einen Blick in ihren Terminkalender. »USAir Flug 4108, Abflug von Jones Point um zehn Uhr fünfzig, Ankunft National um zwölf Uhr neunundfünfzig. Ich habe im The Four Seasons gewohnt. Ist Ihnen das genau genug?«

»Ja, natürlich. Als Wissenschaftlerin notieren Sie sich wohl alles.«

»Richtig.« Sie trat zu Andrew und setzte sich auf die Armlehne seines Stuhls, wodurch sie wie eine Einheit wirkten. »Worum geht es denn überhaupt?«

»Ich bringe nur Ordnung in meine Ideen. Könnten Sie auch mal nachsehen, wo Sie im Juni waren? In der dritten Woche?«

»Natürlich.« Beruhigt durch Andrews Hand auf ihrem Knie blätterte Miranda zum Juni zurück. »Ich war den ganzen Monat über im Institut. Laborarbeit, ein paar Seminare. Du hast auch ein paar gegeben, Andrew. Weißt du noch, als bei Jack Goldbloom die Allergien auftraten und er sich ein paar Tage freigenommen hat?«

»Ja.« Andrew erinnerte sich. »Das muss gegen Ende Juni gewesen sein. Orientalische Kunst aus dem zwölften Jahrhundert.« Er grinste Miranda an. »Du wolltest nichts damit zu tun haben, und ich musste es mir mühsam aneignen. Wir können Ihnen leicht die exakten Daten besorgen, Detective«, fuhr er fort. »Im Institut wird alles minutiös festgehalten.«

»Gut. Das würde mir sehr helfen.«

»Wir helfen Ihnen gern«, entgegnete Miranda knapp. »Aber wir erwarten das Gleiche auch von Ihnen. Unser Eigentum ist gestohlen worden, Detective. Ich glaube, wir haben ein Recht darauf zu erfahren, welche Spuren Sie verfolgen.«

»Kein Problem. Ich überprüfe ein paar Einbrüche, die dem bei Ihnen ähneln. Vielleicht haben Sie ja, da Sie in derselben Branche arbeiten, von dem Diebstahl in Boston letztes Jahr im Juni gehört.«

»Das Harvard University Art Museum.« Miranda lief ein Schauer über den Rücken. »Die *Kuang*-Bronze. Eine chinesische Grabgabe, vermutlich aus dem späten dreizehnten oder frühen zwölften Jahrhundert vor Christus. Auch eine Skulptur.«

»Sie haben ein gutes Gedächtnis für Einzelheiten.«

»Das stimmt. Es war ein schwerer Verlust. Es ist eine der schönsten erhaltenen chinesischen Skulpturen und wesentlich mehr wert als unser David.«

»Der Einbruch im November war in San Francisco, dieses Mal ein Gemälde.«

Keine Bronze, dachte Miranda erleichtert. »Das war im M.H. de Young Memorial Museum.«

»Das ist richtig.«

»Amerikanische Kunst«, warf Andrew ein. »Koloniale Periode. Wo ist die Verbindung?«

»Ich habe nicht behauptet, dass es eine gibt, aber ich vermute es.« Cook stand auf. »Es könnte sein, dass wir es hier mit einem Dieb zu tun haben, der einen recht eklektischen Kunstgeschmack hat. Ich zum Beispiel mag am liebsten die Bilder von Georgia O'Keeffe. Sie sind fröhlich, und man weiß, was sie darstellen. Danke, dass Sie mir Ihre Zeit gewidmet haben.« Er wandte sich zum Gehen, drehte sich dann aber noch einmal um. »Meinen Sie, ich könnte mir Ihren Terminkalender einmal ausleihen, Dr. Jones? Und vielleicht gibt es ja auch noch schriftliche Unterlagen über das vergangene Jahr von Ihnen beiden. Das würde mir sehr helfen.«

Miranda zögerte. Wieder kam ihr der Gedanke, einen Anwalt einzuschalten. Doch dann siegte ihr Stolz, und sie reichte ihm das schmale, ledergebundene Buch. »Aber gern. In meinem Büro im Institut habe ich außerdem noch die Terminkalender der letzten drei Jahre.«

»Danke. Ich gebe Ihnen natürlich eine Empfangsbestätigung für diesen hier.« Cook nahm den Kalender entgegen und kritzelte eine Quittung auf einem Blatt seines eigenen Kalenders.

Andrew erhob sich ebenfalls. »Ich lasse Ihnen meinen schicken.«

»Das wäre mir eine große Hilfe.«

»Es fällt schwer, sich durch Ihr Vorgehen nicht angegriffen zu fühlen, Detective.«

Cook wandte sich zu Miranda um und zog die Augenbrauen hoch. »Das tut mir leid, Dr. Jones. Ich versuche nur, meine Arbeit zu machen.«

»Das denke ich mir. Und Sie werden sie noch schneller und wirkungsvoller erledigen können, sobald Sie meinen Bruder und mich von der Liste der Verdächtigen gestrichen haben. Nur deshalb akzeptieren wir diese Art der Behandlung. Ich bringe Sie hinaus.«

Cook nickte Andrew zu und folgte ihr in die Halle. »Ich wollte Sie nicht beleidigen, Dr. Jones.«

»Doch, das wollten Sie, Detective.« Sie öffnete die Tür. »Guten Tag.«

»Ma'am.« Auch nach einem Vierteljahrhundert Polizeiarbeit war er noch immer nicht immun gegen die scharfe Zunge einer ärgerlichen Frau. Er zog den Kopf ein und verzog das Gesicht, als die Tür hinter ihm laut zugeschlagen wurde.

»Der Mann denkt, wir sind Diebe!« Wütend marschierte Miranda in den Salon zurück. Es ärgerte sie zwar, überraschte sie aber nicht, als sie sah, dass Andrew sich etwas zu trinken eingeschenkt hatte. »Er denkt wirklich, wir fliegen durch die Gegend und brechen in Museen ein!«

»Wäre doch lustig, oder?«

»Was?«

»Ich versuche nur, die Situation zu entspannen.« Er hob sein Glas. »Auf die eine oder andere Art.«

»Das ist kein Spiel, Andrew, und ich schätze es nicht, unter das Polizeimikroskop gelegt zu werden.«

»Er will doch nur die Wahrheit herausfinden.«

»Nicht das Ergebnis beunruhigt mich, sondern die Vorgehensweise. *Wir* beide werden durchleuchtet, und am Ende bekommt die Presse noch Wind davon.«

»Miranda«, sagte Andrew leise und lächelte sie liebevoll an. »Du hörst dich beinahe so an wie Mutter.«

»Es besteht kein Grund, mich zu beleidigen.«

»Tut mir leid – du hast recht.«

»Ich mache jetzt einen Eintopf«, verkündete Miranda und wandte sich zur Küche.

»Einen Eintopf!« Seine Laune hob sich. »Mit den kleinen Kartoffeln und mit Karotten?«

»Du schälst die Kartoffeln. Komm und leiste mir Gesellschaft, Andrew.« Sie bat ihn nicht nur um ihretwillen darum, sondern auch, um ihn von der Flasche wegzubekommen. »Ich mag nicht allein sein.«

»Natürlich.« Er stellte sein Glas ab. Es war sowieso leer. Dann legte er ihr den Arm um die Schultern.

Das Essen tat ihnen gut, und auch die Zubereitung hatte schon entspannend gewirkt. Miranda kochte gern und betrachtete es irgendwie als Wissenschaft für sich. Mrs. Patch hatte es ihr beigebracht, erfreut darüber, dass sie als junges Mädchen Interesse an Küchenarbeit gezeigt hatte. Miranda hatte sich von der Wärme dieser Küche und der Gesellschaft angezogen gefühlt. Die anderen Räume im Haus waren alle so kalt und ordentlich gewesen. Aber in der Küche hatte Mrs. Patch das Regiment geführt, und selbst Elizabeth hatte nicht gewagt, sich dort einzumischen.

Wahrscheinlich hat sie auch gar kein Interesse daran gehabt, dachte Miranda, während sie sich zum Schlafengehen fertig machte. Sie hatte nie erlebt, dass ihre Mutter etwas kochte, und diese Tatsache hatte es für sie selbst wahrscheinlich noch reizvoller gemacht, es zu lernen.

Sie wollte Elizabeth nicht ähnlich sein.

Der Eintopf hat seine Wirkung getan, dachte sie jetzt. Fleisch und Kartoffeln, die Unterhaltung mit Andrew. Er hatte zwar etwas mehr Wein zum Abendessen getrunken, als ihr lieb war, aber zumindest war sie nicht allein gewesen.

Die Atmosphäre hätte man beinahe fröhlich nennen können. Sie hatten sich darauf geeinigt, weder über das Institut noch über den Ärger in Florenz zu reden. Es war viel entspannender gewesen, über ihre unterschiedlichen Ansichten in Bezug auf Musik und Literatur zu streiten.

Sie hatten sich immer schon über alles Mögliche gestritten, erinnerte sich Miranda, während sie in ihren Pyjama schlüpfte. Hatten stets ihre Ansichten, Gedanken und Hoffnungen ausgetauscht. Ohne Andrew hätte sie ihre Kindheit wohl kaum heil überlebt. Solange sie denken konnte, waren sie sich gegenseitig der Anker in stürmischer See gewesen.

Sie wünschte nur, mehr für ihn tun zu können, damit er sich wieder fangen und Hilfe suchen würde. Aber immer, wenn sie ihn auf sein Trinken ansprach, lenkte er ab. Und trank noch mehr. Miranda konnte nur zusehen und ihm beistehen, bis er von der Klippe hinunterstürzte, an deren Rand er sich bewegte. Dann würde sie alles tun, um ihn wieder aufzurichten.

Sie stieg ins Bett, stopfte sich ihre Kissen in den Rücken und nahm sich das Buch vor, in dem sie vor dem Schlafen las. Für manche mochte die wiederholte Lektüre von Homer nicht besonders entspannend sein, aber bei ihr wirkte es immer.

Gegen Mitternacht war ihr Kopf voller griechischer Schlachten und Verrat, und sie dachte nicht mehr an ihre eigenen Probleme. Sie markierte die Seite, legte das Buch weg und schaltete das Licht aus. Kurz darauf schlief sie tief und fest.

So tief jedenfalls, dass sie nicht hörte, wie sich die Tür öffnete und wieder schloss. Und sie hörte auch nicht die Schritte, die auf das Bett zukamen.

Erschreckt wachte sie auf, als sich eine behandschuhte Hand fest auf ihren Mund presste, sich die andere Hand um ihre Kehle legte und die Stimme eines Mannes leise eine Drohung in ihr Ohr flüsterte.

»Ich könnte dich erwürgen!«

TEIL ZWEI

Der Dieb

Alle Männer lieben es, sich fremdes Eigentum anzueignen.
Das ist ein universelles Verlangen;
unterschiedlich ist nur die Ausführung.

ALAIN RENÉ LESAGE

11

Sie erstarrte. Das Messer. Einen gräßlichen Moment lang glaubte sie die kalte Klinge an ihrer Kehle gespürt zu haben, und ihr Körper wurde schwach vor Entsetzen.

Es musste ein Traum sein. Sicher träumte sie. Aber sie konnte Leder riechen und den Mann, sie spürte den Druck an ihrer Kehle, der sie zwang, nach Luft zu ringen, und sie fühlte die Hand, die sich über ihren Mund presste. Sie konnte einen Schatten erkennen, die Umrisse eines Kopfes, die Schultern.

All das nahm sie innerhalb von Sekunden wahr, die ihr wie Stunden vorkamen.

Nicht noch einmal, gelobte sie sich. Nie wieder.

Instinktiv ballte sie ihre rechte Hand zur Faust und stieß sie unter der Decke hervor. Aber entweder war er schneller, oder er konnte Gedanken lesen, denn er fing die Bewegung sofort ab, und sie landete nur einen harmlosen Schlag auf seinen Oberarm.

»Beweg dich nicht und sei still«, zischte er und schüttelte sie ein wenig. »So gern ich dir auch Schmerzen bereiten möchte, ich tue dir nichts. Dein Bruder schnarcht übrigens in seinem Zimmer, und es ist unwahrscheinlich, dass er dich schreien hört. Außerdem schreist du gar nicht, oder?« Seine Finger glitten über ihre Kehle, und bei der streichelnden Bewegung seines Daumens fuhr ihr ein Schauer über den Rücken. »Das ist doch gegen deinen Yankee-Stolz, nicht wahr?«

Sie murmelte etwas in seine behandschuhte Hand. Er zog sie von ihrem Mund weg, packte aber gleichzeitig ihre Kehle fester. »Was wollen Sie?«, fragte sie.

»Ich würde dich am liebsten in deinen prächtigen Hintern treten. Verdammt noch mal, Dr. Jones, du hast es verdorben!«

»Ich weiß nicht, wovon Sie reden.« Es fiel ihr schwer, ihren Atem unter Kontrolle zu halten, aber es gelang ihr. Auch das hatte etwas mit Stolz zu tun. »Lassen Sie mich los! Ich werde nicht schreien.«

Sie würde es schon deshalb nicht tun, weil Andrew es womöglich hörte und hereinkam. Und wer auch immer hier auf ihrem Bett sitzen mochte, er war vielleicht bewaffnet.

Nun, dachte sie, dieses Mal bin ich auch bewaffnet. Wenn es ihr gelänge, an die Schublade ihres Nachttisches zu kommen und ihre Pistole herauszuholen.

Der Mann setzte sich auf die Bettkante, wobei er sie immer noch festhielt, und schaltete die Nachttischlampe ein. Sie blinzelte, als das Licht anging, dann riss sie entgeistert die Augen auf.

»*Ryan?*«

»Wie konntest du nur einen so dummen, unprofessionellen Fehler machen?«

Er war ganz in Schwarz gekleidet und trug enge Jeans, Stiefel, einen Rollkragenpullover und eine Bomberjacke. Er sah genauso gut aus wie immer, aber seine Augen blickten nicht so warm und liebevoll wie beim letzten Mal. Eher wütend, ungeduldig und eindeutig gefährlich.

»Ryan«, stieß sie hervor, »was machst du hier?«

»Ich versuche, das Chaos in Ordnung zu bringen, das du angerichtet hast.«

»Ich verstehe.« Vielleicht hatte er eine Art … Nervenzusammenbruch. Da war es wichtig, ganz ruhig zu bleiben und ihn nicht noch nervöser zu machen. Langsam legte Miranda ihre Hand auf seine und schob sie von ihrer Kehle. Sie setzte sich auf und zog ihren Pyjama züchtig vor der Brust zusammen.

»Ryan.« Es gelang ihr sogar, ein beruhigendes Lächeln auf ihr Gesicht zu zaubern. »Du befindest dich mitten in der Nacht in meinem Schlafzimmer! Wie bist du hier hereingekommen?«

»So wie ich immer in Häuser komme, die mir nicht gehören. Ich habe das Schloss aufgebrochen. Du solltest ein besseres einbauen lassen.«

»Du hast das Schloss aufgebrochen.« Verständnislos blinzelnd sah sie ihn an. Er sah seltsamerweise nicht aus wie ein Mann, der mitten in einer mentalen Krise steckte, sondern eigentlich eher wie jemand, der vor Wut kochte. »Du bist in mein Haus eingebrochen?« Der Satz kam ihr völlig lächerlich vor. »Du bist eingebrochen?«, wiederholte sie abermals.

»Ganz recht.« Er spielte mit ihren Haaren, die ihr über die Schulter fielen. Er war völlig verrückt nach ihrem Haar. »Das tue ich immer.«

»Aber du bist doch Geschäftsmann, Kunsthändler. Du bist – oder bist du überhaupt nicht Ryan Boldari?«

»Doch, ganz bestimmt.« Zum ersten Mal lächelte er sein bezauberndes Lächeln, und es erreichte sogar die Augen und ließ sie golden schimmern. »Das bin ich, seit meine gesegnete Mutter mich vor zweiunddreißig Jahren in Brooklyn auf diesen Namen taufen ließ. Und bis zu meinem Zusammentreffen mit dir hat dieser Name auch für etwas gestanden.« Das Lächeln erlosch. »Für Verlässlichkeit und Perfektion. Die verdammte Bronze war eine Fälschung!«

»Die Bronze?« Miranda wurde kreideweiß. Sie konnte förmlich fühlen, wie ihr jeder Blutstropfen aus dem Gesicht wich. »Woher weißt du etwas über die Bronze?«

»Ich weiß es, weil ich dieses wertlose Stück Scheiße gestohlen habe.« Er legte den Kopf schräg. »Oder meinst du vielleicht die Skulptur in Florenz, die andere, die du falsch bewertet hast? Ich habe gestern Wind davon bekommen – nachdem mein Kunde mich hinausgeschmissen hat, weil ich ihm eine Fälschung angedreht habe. Eine Fälschung, du liebe Güte!«

Erregt sprang er auf und lief im Zimmer hin und her. »Über zwanzig Jahre ohne Fehl und Tadel, und jetzt das. Und alles nur, weil ich dir vertraut habe.«

»Mir vertraut.« Mit zusammengebissenen Zähnen richtete Miranda sich auf. Ihre Angst war wie weggeblasen, so zornig war sie auf einmal. »Du hast mich bestohlen, du Bastard!«

»Und wenn schon. Was ich genommen habe, ist höchstens hundert Dollar als Briefbeschwerer wert.« Er trat wieder an ihr Bett und ärgerte sich über sich selbst, weil er ihre blitzenden Augen und die vor Erregung geröteten Wangen so bezaubernd fand. »Wie viele Fälschungen bewahrst du in deinem Museum noch auf?«

Miranda überlegte nicht lange, sondern handelte. Wie ein Geschoss sprang sie aus dem Bett und flog auf ihn zu. Sie war durchaus kein Fliegengewicht, und Ryan bekam die ganze Wucht ihres gut trainierten Körpers und ihrer Wut zu spüren. Seine angeborene Zuneigung zu Frauen veranlasste ihn, sich zur Seite zu bewegen, um ihren Fall zu bremsen – eine Reaktion, die er sofort bedauerte, da sie beide zu Boden stürzten. Um ihnen einen Kampf zu ersparen, rollte er sich über sie und hielt sie fest.

»Du hast mich bestohlen!« Sie bäumte sich auf, setzte sich erbittert gegen ihn zur Wehr. »Du hast mich ausgenutzt! Du Bastard, du hast mir aus Berechnung den Hof gemacht!« Das war das Schlimmste von allem. Er hatte sie umschmeichelt, und sie hatte sich beinahe verführen lassen.

»Das war ein positiver Nebeneffekt.« Ryan packte ihre Handgelenke fester, damit sie ihm nicht ins Gesicht schlug. »Du bist äußerst attraktiv. Das hat mir überhaupt keine Probleme gemacht.«

»Du bist ein Dieb. Du bist nichts weiter als ein ganz gewöhnlicher Dieb!«

»Wenn du denkst, dass du mich damit beleidigen kannst, irrst du dich. Ich bin ein wirklich guter Dieb. Und jetzt setzen wir uns in aller Ruhe hin und klären die Sache. Wir können natürlich auch hier liegen bleiben und miteinander kämpfen. Aber ich warne dich. Selbst in diesem unglaublich hässlichen Pyjama bist du ziemlich bezaubernd. Es liegt an dir, Miranda.«

Sie lag ganz still, und er beobachtete mit widerwilliger Bewunderung, wie ihre blitzenden Augen kalt wurden. »Geh von mir runter. Geh verdammt noch mal von mir runter.«

»Okay.« Er ließ sie los und richtete sich auf. Sie schlug die Hand, die er ihr entgegenstreckte, beiseite und stand ohne Hilfe auf.

»Wenn du Andrew etwas getan hast …«

»Warum, zum Teufel, sollte ich Andrew etwas tun? *Du* hast die Skulptur dokumentiert.«

»Und du hast sie gestohlen.« Sie griff nach ihrem Morgenmantel. »Was willst du jetzt machen? Mich erschießen und dann das Haus leerräumen?«

»Ich erschieße niemanden. Ich bin ein Dieb, kein Schwerverbrecher.«

»Dann bist du bemerkenswert dumm. Was glaubst du, werde ich tun, sobald du gegangen bist?«, fauchte sie ihn über die Schulter an, während sie in den Morgenmantel schlüpfte. »Ich werde an dieses Telefon gehen, Detective Cook anrufen und ihm sagen, wer ins Institut eingebrochen ist.«

Er hakte die Daumen in die Taschen seiner Jeans. Dieser Morgenmantel, dachte er, ist genauso unattraktiv wie der Pyjama. Es gab eigentlich überhaupt keinen Grund, warum er sich nicht langsam einen Weg durch diesen ganzen Flanell bahnen sollte.

»Wenn du die Polizei rufst, wirst du wie eine Idiotin dastehen. Erst einmal, weil dir niemand glauben würde. Ich bin überhaupt nicht hier, Miranda. Ich bin in New York.« Sein Lächeln war spöttisch und selbstsicher. »Und es gibt zahlreiche Leute, die nur zu gern bereit wären, das zu beschwören.«

»Kriminelle.«

»Du solltest nicht so über meine Familie und meine Freunde reden. Zumal du sie überhaupt noch nicht kennst. Zum zweiten«, fuhr er fort, während sie mit den Zähnen knirschte, »würdest du der Polizei erklären müssen, warum das gestohlene Kunstwerk für eine sechsstellige Summe versichert war, obwohl es nur ein Taschengeld wert ist.«

»Du lügst. Ich habe das Stück selbst überprüft. Es ist aus dem sechzehnten Jahrhundert.«

»Ja, und die Fiesole-Bronze stammt von Michelangelo.« Ryan grinste sie höhnisch an. »Jetzt bist du still, was? Setz dich hin, und ich sage dir, was wir machen werden.«

»Ich will, dass du gehst.« Miranda reckte das Kinn. »Ich möchte, dass du sofort mein Haus verlässt.«

»Oder was?«

Es war ein wilder Impuls, aber zum ersten Mal in ihrem Leben folgte sie ihrem Instinkt. Blitzschnell zog sie die Schublade auf und griff nach der Pistole. Doch seine Hand schloss sich um ihr Handgelenk, und er fluchte leise, während er ihr die Waffe entwand. Mit der anderen Hand schob er sie aufs Bett zurück.

»Weißt du eigentlich, wie viele Menschen aus Versehen erschossen werden, weil die Leute geladene Waffen im Haus haben?«

Er war stärker, als sie gedacht hatte. Und schneller. »Das hier wäre kein Versehen gewesen.«

»Du hättest dich selbst verletzen können«, murrte er, und holte die Patronen heraus. Dann steckte er sie ein und warf die Pistole zurück in die Schublade. »Und nun ...«

Miranda wollte sich aufrichten, aber er drückte ihren Kopf mit der gespreizten Hand zurück.

»Bleib sitzen. Hör mir zu. Das schuldest du mir, Miranda.«

»Ich ...« Sie verschluckte sich beinahe. »Ich *schulde* es dir?«

»Ich hatte einen makellosen Ruf. Immer, wenn ich einen Auftrag übernahm, habe ich den Kunden auch zufriedengestellt. Und dies war mein letzter Auftrag, verdammt noch mal. Ich kann es kaum glauben, dass am Ende ein cleverer Rotschopf meinen Ruf verdirbt! Ich musste meinem Kunden ein Stück aus meiner privaten Sammlung geben und ihm sein Geld zurückzahlen, nur um unseren Vertrag zu erfüllen.«

»Ruf? Kunde? Vertrag?« Miranda raufte sich die Haare und hätte beinahe laut geschrien. »Du bist ein Dieb, um Himmels willen, kein Kunsthändler!«

»Ich will keine semantische Diskussion mit dir führen«, erwiderte er ruhig und beherrscht. »Ich will die kleine Venus, den Donatello.«

»Wie bitte, *was* willst du?«

»Die kleine Venus, die mit deinem gefälschten David zusammen ausgestellt war. Ich könnte zwar hingehen und sie mir holen, aber das würde die Lage auch nicht besser machen. Ich möchte, dass du sie mir gibst, und wenn sie authentisch ist, dann ist die Angelegenheit erledigt.«

Entgeistert sah Miranda ihn an. »Du hast den Verstand verloren.«

»Wenn du es nicht tust, sorge ich dafür, dass der David wieder auf den Markt kommt. Sobald die Versicherungsgesellschaft ihn entdeckt und ihn routinemäßig überprüfen lässt, wird deine Inkompetenz aufgedeckt.« Ryan erkannte an ihrem Stirnrunzeln, dass sie seine Gedankengänge sehr wohl nachvollziehen konnte. »Das wäre, neben deinem jüngsten Desaster in Florenz, ein ziemlich unattraktiver Dämpfer für deine Karriere, Dr. Jones. Ich möchte dir diese Peinlichkeit ersparen, obwohl ich keine Ahnung habe, warum eigentlich.«

»Du brauchst mir keinen Gefallen zu tun! Ich lasse mich nicht dazu erpressen, dir den Donatello oder sonst etwas zu geben. Diese Bronze ist keine Fälschung, und du gehst ins Gefängnis.«

»Du kannst einfach keinen Fehler zugeben, stimmt's?«

Du warst dir so sicher, nicht wahr? Doch anscheinend hast du dich geirrt. Wie willst du das erklären? Ein Schauer lief ihr über den Rücken, aber sie hatte sich sofort wieder unter Kontrolle. »Wenn ich einen mache, gebe ich ihn auch zu.«

»So wie in Florenz?«, konterte er. »Die Nachrichten über deine Stümperei sind schon in die Kunstwelt durchgesickert. Die Meinungen stehen fünfzig zu fünfzig, ob du die Tests gefälscht hast oder einfach nur inkompetent bist.«

»Es ist mir egal, was die Leute denken.« Ihr Widerspruch klang schwach, und sie rieb sich die Arme, damit ihr warm wurde.

»Wenn ich ein paar Tage früher davon erfahren hätte, wäre ich nicht das Risiko eingegangen, etwas zu stehlen, das du überprüft hast.«

»Ich kann gar keinen Fehler gemacht haben.« Miranda schloss die Augen, weil der Gedanke daran plötzlich noch viel schlimmer war als das Bewusstsein, dass Ryan sie für seinen Diebstahl missbraucht hatte. »Jedenfalls nicht solch einen Fehler. Das geht gar nicht.«

Er hörte die stille Verzweiflung in ihrer Stimme und steckte die Hände in die Taschen. Sie sah auf einmal so verletzlich aus, und vor allem unendlich erschöpft.

»Jeder macht Fehler, Miranda. Das gehört zum Leben.«

»Nicht bei meiner Arbeit.« Tränen standen ihr in den Augen, als sie ihn anblickte. »Ich mache bei meiner Arbeit normalerweise keine Fehler. Dazu bin ich zu vorsichtig. Ich ziehe keine voreiligen Schlüsse. Ich gehe die ganze Prozedur sorgfältig durch. Ich …« Ihre Stimme drohte zu versagen, und sie presste die Hand auf die Brust, um die Tränen zu unterdrücken.

»Okay, ist schon gut. Lass uns nicht emotional werden.«

»Ich werde nicht weinen. Ich werde nicht weinen.« Sie wiederholte den Satz immer wieder, wie ein Mantra.

»Gut so, Miranda. Hier geht es ums Geschäft.« Ihre großen blauen Augen waren feucht und glänzend. Und sie lenkten ihn ab. »Wir wollen es auf dieser Ebene lassen, dann sind wir beide glücklicher.«

»Geschäft.« Sie rieb sich mit dem Handrücken über den Mund,

erleichtert darüber, dass seine absurde Äußerung die Tränen hatte vergehen lassen. »In Ordnung, Mr. Boldari. Geschäft. Du sagst, die Skulptur sei eine Fälschung. Ich sage, sie ist keine. Du sagst, dass ich es nicht der Polizei erzählen werde. Ich sage, ich tue es doch. Was sagst du dazu?«

Er musterte sie einen Moment lang. Bei seiner Arbeit – in beiden Jobs – musste er Menschen rasch und genau beurteilen können. Es war leicht zu erkennen, dass diese Frau sich absolut sicher war, was ihre Tests betraf, und dass sie die Polizei rufen würde. Letzteres bereitete ihm nicht allzu viele Probleme, aber es würde einige Unannehmlichkeiten bedeuten.

»Okay, zieh dich an!«

»Warum?«

»Wir fahren ins Labor – du kannst sie noch einmal testen, in meiner Anwesenheit, und so die geschäftliche Grundlage wiederherstellen.«

»Es ist zwei Uhr morgens!«

»Dann werden wir auch nicht unterbrochen. Und wenn du nicht im Pyjama fahren willst, zieh dir jetzt etwas an.«

»Ich kann nichts testen, was ich nicht habe.«

»Dort ist sie.« Ryan wies auf die Ledertasche, die neben der Tür stand. »Ich habe die Skulptur mitgebracht, weil ich sie dir am liebsten in den Hals gesteckt hätte. Aber meine Vernunft hat natürlich gesiegt. Zieh dich warm an«, riet er ihr und setzte sich gemütlich in ihren Sessel, »es ist wieder kälter geworden.«

»Ich nehme dich nicht mit ins Institut.«

»Du bist doch eine logisch denkende Frau, also … Die Skulptur und dein Ruf liegen in meiner Hand. Du willst eine Chance, erstere zurückzubekommen und zweiteren zu retten. Ich gebe sie dir.« Er wartete einen Moment lang, bis der Satz bei ihr angekommen war. »Ich gebe dir genügend Zeit, sie zu testen, bleibe aber bei dir, bis du fertig bist. Das ist der Deal, Dr. Jones. Sei klug. Ergreife die Chance.«

Sie wollte es schließlich wissen, oder nicht? Um sicher zu sein. Und sobald sie sicher war, würde sie ihn der Polizei übergeben, noch bevor er einmal mit seinen hübschen Augen blinzeln konnte.

Ich werde schon mit ihm fertig, dachte sie. Und ihr Stolz verlangte von ihr, die Gelegenheit zu ergreifen. »Ich werde mich nicht in deiner Gegenwart anziehen.«

»Dr. Jones, wenn ich mit dir Sex hätte haben wollen, dann hätten wir das erledigt, als wir uns auf dem Fußboden wälzten. Ein Geschäft«, sagte er noch einmal. »Und ich werde dich nicht aus den Augen lassen, bis wir damit fertig sind.«

»Ich hasse dich.« Miranda sagte es so inbrünstig, dass er keinen Grund sah, ihr nicht zu glauben. Doch als sie in den Schrank trat und die Tür hinter sich schloss, lächelte er still in sich hinein.

Sie war eine Wissenschaftlerin, eine gebildete Frau von untadeliger Erziehung und mit einem hervorragenden Ruf. Ihre Aufsätze waren in einem Dutzend bedeutender Wissenschafts- und Kunstjournale veröffentlicht worden. In *Newsweek* hatte ein Artikel über sie gestanden. Sie hatte Vorlesungen in Harvard gehalten und drei Monate als Gastprofessorin in Oxford verbracht.

Es war doch einfach nicht möglich, dass sie hier in Maine zusammen mit einem Dieb durch die eiskalte Nacht fuhr und vorhatte, in ihr eigenes Labor einzubrechen und heimliche Tests an einer gestohlenen Bronze durchzuführen!

Sie trat auf die Bremse und fuhr an den Straßenrand. »Ich kann das nicht tun. Es ist lächerlich, wenn nicht sogar illegal. Ich rufe die Polizei.«

»Gut.« Ryan zuckte kaum, als sie nach dem Autotelefon griff. »Mach, was du willst, Liebling. Dann kannst du ihnen auch gleich erklären, was du mit einem wertlosen Stück Metall vorhast, das du als Kunstwerk ausgegeben hast. Und du kannst der Versicherungsgesellschaft erklären, wie es kommt, dass sie eine halbe Million Dollar für eine Fälschung bezahlen sollen. Die du persönlich für echt erklärt hast.«

»Es ist keine Fälschung«, presste Miranda zwischen zusammengebissenen Zähnen hervor, aber sie wählte die Nummer nicht.

»Beweis es.« Ryan grinste. »Beweis es mir und dir selbst, Dr. Jones. Wenn du das schaffst – dann verhandeln wir.«

»Verhandeln, dass ich nicht lache! Du gehst ins Gefängnis«, erwiderte sie und wandte sich ihm zu. »Ich freue mich schon darauf.«

»Die wichtigen Dinge zuerst.« Er grinste und kniff sie freundlich ins Kinn. »Ruf deinen Wachdienst an. Sag ihnen, dass du und dein Bruder kommen, weil ihr im Labor arbeiten müsst.«

»Ich werde Andrew da nicht mit hineinziehen.«

»Andrew steckt schon drin. Ruf einfach an. Und lass dir irgendeine Erklärung einfallen. Sag, du konntest nicht schlafen und hast deshalb beschlossen zu arbeiten, solange es noch ruhig ist. Mach schon, Miranda. Du willst doch die Wahrheit wissen, oder?«

»Ich weiß die Wahrheit. Du dagegen würdest sie nicht mal erkennen, wenn sie dich anspringen und beißen würde.«

»Du verlierst immer ein bisschen von deiner Contenance, wenn du sauer bist.« Er beugte sich vor und küsste sie auf die Schulter, bevor sie ihn zurückstoßen konnte. »Ich mag das.«

»Nimm deine Hände von mir!«

»Das waren nicht meine Hände.« Er streichelte ihre Schultern. »*Das* waren meine Hände. Ruf an.«

Sie schob ihn mit dem Ellbogen weg und tippte die Nummer ein. Die Kameras sind sicher eingeschaltet, dachte sie. Er würde nie als Andrew durchgehen, also war die Sache schon vorüber, noch bevor sie angefangen hatten. Wenn ihr Sicherheitschef auch nur einen Funken Verstand hatte, würde er die Polizei rufen. Und dann brauchte sie nur noch ihre Geschichte zu erzählen, und Ryan Boldari würde in Handschellen aus ihrem Leben entfernt.

»Hier spricht Dr. Miranda Jones.« Sie schlug zu, als Ryan zustimmend ihr Knie tätschelte. »Mein Bruder und ich sind auf dem Weg ins Institut. Ja, um zu arbeiten. Durch die Aufregung in den letzten Tagen bin ich mit meiner Laborarbeit im Verzug. Wir sind in ungefähr zehn Minuten da. Wir nehmen den Haupteingang. Danke.«

Schniefend legte sie auf. Jetzt habe ich ihn, dachte sie, und er hat den Schlüssel selbst im Schloss herumgedreht. »Sie warten auf mich und schalten den Alarm ab, wenn ich komme.«

»Gut.« Er streckte die Beine aus. »Ich tue das für dich, weißt du.«

»Ich kann dir gar nicht sagen, wie sehr ich es zu schätzen weiß.«

»Du brauchst mir nicht zu danken.« Grinsend machte er eine abwehrende Geste. »Wirklich, ich mag dich, trotz all des Ärgers, den du mir bereitest.«

»Ach, das macht mich ganz aufgeregt.«

»Siehst du? Du hast Stil – ganz zu schweigen von deinem Mund, der geradezu danach schreit, im Dunkeln stundenlang geküsst zu werden. Ich bedaure wirklich, dass ich ihm nicht mehr Zeit widmen kann.«

Miranda packte das Lenkrad fester und schnaubte wütend. »Du wirst reichlich Zeit haben, Ryan«, erwiderte sie dann süßlich. »Mein Mund wird dich nämlich auffressen und wieder ausspucken, noch bevor wir miteinander fertig sind.«

»Ich freue mich schon darauf. Das ist eine hübsche Gegend«, fuhr er im Konversationston fort, während sie die Küstenstraße entlangfuhr. »Sturmgepeitscht, dramatisch, einsam, und doch sind Kultur und Zivilisation ganz nahe. Sie passt zu dir. Du hast das Haus von deiner Familie geerbt, nehme ich an.«

Sie antwortete nicht. So albern sie sich auch benehmen mochte, sie wollte es nicht noch schlimmer machen, indem sie ein Gespräch mit ihm in Gang hielt.

»Beneidenswert«, fuhr er unbeeindruckt fort. »Das Erbe, und das Geld natürlich. Aber hinter dem Privileg steht der Name, nicht wahr? Die Jones' aus Maine. Das riecht geradezu nach Klasse.«

»Anders als die Boldaris aus Brooklyn«, murmelte sie, was ihn jedoch nur zum Lachen brachte.

»Oh, bei uns riecht es nach anderen Dingen. Du würdest meine Familie mögen. Es ist unmöglich, sie nicht zu mögen. Wie sie dich wohl finden würden, Dr. Jones?«

»Vielleicht lernen wir uns ja bei der Verhandlung kennen.«

»Immer noch entschlossen, mich vor Gericht zu bringen?« Ihr Profil gefiel ihm genauso gut wie die Schatten der zerklüfteten Felsen und der Anblick des dunklen Meeres. »Ich bin seit zwanzig Jahren im Geschäft, Liebling, und ich habe nicht die Absicht, am Vorabend meiner Pensionierung einen Fehltritt zu begehen.«

»Einmal ein Dieb, immer ein Dieb.«

»Ja, jedenfalls im Herzen, da stimme ich dir zu. Aber was die Taten betrifft …« Er seufzte. »Sobald ich meinen guten Ruf wiederhergestellt habe, lasse ich die Finger davon. Wenn du nicht alles verdorben hättest, würde ich jetzt bereits meinen wohlverdienten Urlaub auf St. Bart's genießen.«

»Wie tragisch für dich.«

»Nun ja.« Er zuckte mit den Schultern. »Ein paar Tage kann ich immer noch rausschlagen.« Er löste seinen Sicherheitsgurt und griff nach der Tasche, die er auf den Rücksitz geworfen hatte.

»Was tust du?«

»Wir sind gleich da.« Er pfiff leise vor sich hin, während er eine Skimütze herausholte und sie sich so tief ins Gesicht zog, dass man seine Haare nicht mehr sehen konnte. Als Nächstes schlang er einen langen schwarzen Kaschmirschal um die untere Hälfte seines Gesichts und um den Hals.

»Du kannst gern versuchen, die Wachen zu warnen«, sagte er, während er den Spiegel auf der Beifahrerseite herunterklappte, um sich darin zu mustern. »Doch dann wirst du weder die Skulptur noch mich jemals wiedersehen. Wenn du jedoch keine Tricks versuchst, sondern einfach hineingehst wie immer, ist alles in Ordnung. Andrew ist ein bisschen größer als ich«, überlegte er, während er einen langen, dunklen Mantel auspackte. »Aber das spielt wohl keine Rolle. Die Leute sehen immer nur das, was sie sehen wollen.«

Während Miranda einparkte, musste sie zugeben, dass er recht hatte. In dieser Schlechtwetterkleidung wirkte er so anonym, dass niemand zweimal hinsehen würde. Und als sie aus dem Auto stiegen und auf den Haupteingang zugingen, hätte sie ihn selbst beinahe für Andrew gehalten.

Die Körpersprache, der Gang, die leicht vornübergebeugten Schultern waren perfekt.

Sie schob ihre Karte in den Schlitz und gab dann ihren Code ein. Am liebsten hätte sie Gesichter in die Kamera geschnitten und Ryan mit den Fäusten bearbeitet, damit die Wachleute aufmerksam wurden, doch stattdessen stand sie nur da, schlug sich mit ihrer Karte ungeduldig auf die Handfläche und wartete darauf, dass der Summer ertönte und sie hineingelassen würden.

Ryan öffnete ihr die Tür und legte ihr brüderlich die Hand auf die Schulter. Währenddessen senkte er den Kopf und murmelte: »Keine Umwege, Dr. Jones. Du willst schließlich weder Ärger noch die Presse am Hals haben.«

»Ich will nur die Bronze.«

»Du bekommst sie gleich. Zumindest für eine Weile.«

Er ließ die Hand auf ihrer Schulter, führte sie den Flur entlang und die Treppe hinunter zu den Türen der Labors. Abermals musste sie ihre Karte in den Schlitz stecken. »Du gehst hier nicht noch einmal mit meinem Eigentum hinaus.«

Ryan schaltete das Licht an. »Mach deine Tests«, riet er und zog den Mantel aus. »Du verschwendest nur Zeit.« Seine Handschuhe ließ er jedoch an, als er die Skulptur aus der Tasche holte und sie ihr gab. »Ich verstehe etwas von Echtheitsüberprüfungen, Dr. Jones, und ich werde dich sehr genau beobachten.«

Doch genau das, sagte er zu sich, ist eines der größten Risiken meiner langen Karriere. Dass er mit ihr hierhergekommen war. Den wahren Grund dafür wusste er selbst nicht. Na ja, warum er zurückgekommen war, wusste er schon. Er sah zu, wie sie eine Brille aus einer Schublade nahm und sie aufsetzte.

Die sexy Schulmeisterin. Doch er verdrängte den Gedanken und ließ sich bequem nieder, während sie mit der Bronze zu einem Arbeitstisch ging, um eine Probe zu nehmen.

Sein Ruf und sein Stolz – was ein und dasselbe war – standen auf dem Spiel.

Und doch wäre er besser seiner ursprünglichen Absicht gefolgt, hätte Miranda damit konfrontiert, hätte sie bedroht und gezwungen, seine Verluste zu ersetzen, und wäre dann gegangen.

Er hatte jedoch der Versuchung nicht widerstehen können, sie zu überlisten. Insgeheim zweifelte er nicht daran, dass sie die Tests zu ihren Gunsten auslegen würde, dass sie versuchen würde, ihn davon zu überzeugen, dass die Skulptur echt war. Und dafür würde sie bezahlen.

Der Cellini war eine faire Bezahlung für seine Geduld. Das Institut würde der Galerie Boldari ein großzügiges Geschenk machen, beschloss er und steckte die Hände in die Taschen, während er ihr zusah.

Es würde sie umbringen.

Miranda hatte die Stirn gerunzelt und sah vom Mikroskop auf. In ihrem Magen war ein Knoten, der nichts mehr mit Wut oder irritierter Erregung zu tun hatte. Aber sie sagte kein Wort, sondern machte sich mit ruhiger Hand Notizen.

Sie nahm eine weitere Probe von der Bronze, dieses Mal Patina und Metall zusammen, legte sie auf ein Glasplättchen und studierte sie unter dem Mikroskop. Dann stellte sie die Bronze auf eine Waage und machte sich weitere Notizen. Ihr Gesicht war blass und gefasst.

»Ich muss den Korrosionslevel testen und eine Röntgenaufnahme machen.«

»Gut. Gehen wir.« Er durchquerte mit ihr das Labor, wobei er sich ausmalte, wie er den Cellini ausstellen würde. Die kleine Bronzevenus, die sie ihm würde geben müssen, war für seine eigene Sammlung gedacht, aber der Cellini war für die Galerie, für die Öffentlichkeit bestimmt, und würde sein Prestige beträchtlich aufwerten.

Ryan zog eine schlanke Zigarre aus seiner Tasche und suchte nach Streichhölzern.

»Hier wird nicht geraucht«, fuhr Miranda ihn an.

Er steckte sie einfach in den Mund und zündete sie an. »Ruf doch die Polizei«, schlug er vor. »Was hältst du von einem Kaffee?«

»Lass mich in Ruhe und halt die Klappe.«

Der Knoten in ihrem Magen wurde härter und breitete sich immer mehr aus. Sie führte den Test vorschriftsmäßig durch, aber sie wusste das Ergebnis eigentlich schon.

Sie erhitzte den Ton, wartete und betete, dass die Kristalle endlich aufblitzten. Schließlich biss sie sich auf die Lippen, um ein Keuchen zu unterdrücken. Diese Genugtuung wollte sie ihm nicht geben.

Aber als sie die Röntgenaufnahme hochhielt und ihren Verdacht bestätigt sah, waren ihre Finger eiskalt.

»Nun?« Ryan zog eine Augenbraue hoch und wartete auf ihre Erklärung.

»Die Skulptur ist eine Fälschung.« Ihre Beine gaben nach, und sie musste sich auf einen Hocker setzen. Deshalb fiel ihr das überraschte Aufleuchten in seinen Augen nicht auf. »Die Formel ist, soweit ich das anhand dieser Voruntersuchungen feststellen kann, korrekt. Die Patina wurde jedoch erst kürzlich aufgetragen, und die Korrosionslevel stimmen nicht mit einer Bronze aus dem sechzehnten Jahrhundert überein. Auch die benutzten Werkzeuge sind nicht authentisch. Es ist gut gemacht«, fuhr sie fort, wobei sie sich unbewusst die Hand auf ihren schmerzenden Magen presste, »aber es ist eine Fälschung.«

»Nun, Dr. Jones«, murmelte Ryan, »du überraschst mich.«

»Das ist nicht die Skulptur, die ich vor drei Jahren überprüft habe.«

Er steckte die Daumen in seine Hosentaschen und wippte auf den Absätzen. »Du hast dich geirrt, Miranda. Du musst dich der Tatsache stellen.«

»Es ist nicht dieselbe Skulptur«, wiederholte sie und stand auf. »Ich weiß nicht, was du beweisen wolltest, indem du mir diese Fälschung gebracht und diese lächerliche Scharade veranstaltet hast.«

»Das ist die Bronze, die ich in der Südgalerie gestohlen habe«, erwiderte er, »und zwar auf deine Echtheitsüberprüfung hin, Doktor. Lass uns also mit dem Quatsch aufhören und unseren Handel beenden.«

»Ich handle nicht mit dir.« Sie ergriff die Skulptur und reichte sie ihm. »Glaubst du, du kannst einfach in mein Haus eindringen, mir diese offensichtliche Fälschung als mein Eigentum andrehen, und ich gebe dir etwas anderes dafür? Du bist ein Irrer!«

»Ich habe diese Skulptur in gutem Glauben gestohlen.«

»Oh, um Gottes willen – ich rufe jetzt den Wachdienst.«

Er packte sie am Arm und drückte sie hart gegen den Tresen. »Hör mal, Schätzchen, ich habe dieses kleine Spiel wider besseres Wissen geduldet. Jetzt ist es vorbei. Vielleicht hast du tatsächlich nicht versucht, mich hereinzulegen. Vielleicht war es ein echter Fehler, aber …«

»Ich habe keinen Fehler gemacht. Ich mache nie Fehler.«

»Fällt dir bei dem Wort Fiesole etwas ein?«

Die ärgerliche Röte wich aus ihren Wangen. Ihr Blick wurde unsicher und glasig. Einen Moment lang dachte er, sie würde ohnmächtig. Er hatte sie wohl unterschätzt.

»Ich habe keinen Fehler gemacht«, wiederholte sie mit zitternder Stimme. »Ich kann es beweisen. Es existieren schließlich die Aufzeichnungen, meine Notizen, die Röntgenaufnahmen und die Ergebnisse der Tests an der echten Skulptur.«

Ihre offensichtliche Verletztheit bewirkte, dass Ryan sie losließ. Kopfschüttelnd folgte er ihr in einen Raum voller Aktenschränke.

»Das Gewicht war falsch«, sagte sie, während sie eine Schublade aufschloss. »Die Proben stimmten auch nicht überein, aber dass das Gewicht falsch war, wusste ich bereits in dem Moment, als ich sie in die Hand nahm. Sie war zu schwer, aber ... Wo, zum Teufel, ist der Aktenordner?«

»Miranda ...«

»Sie war zu schwer, eine Spur zu schwer, und auch die Patina, sie ist zwar ähnlich, aber nicht richtig. Sie ist einfach nicht richtig. Und selbst wenn man das übersieht – bei den Korrosionslevels kann man sich nicht irren. Da kann man sich einfach nicht irren.«

Vor sich hinstammelnd schob sie die Schublade wieder zu, schloss eine andere auf und dann noch eine.

»Sie sind nicht da. Die Akten sind nicht da. Sie sind weg.« Mühsam um Beherrschung ringend schloss sie die letzte Schublade. »Die Bilder, die Notizen, die Berichte, alles über die Davidskulptur ist weg! Du hast es genommen.«

»Zu welchem Zweck?«, fragte er – mit bewundernswerter Geduld, wie er fand. »Sieh mal, wenn ich doch hier eindringen und eine Fälschung mitnehmen kann, hätte ich genauso gut alles Mögliche andere nehmen können. Was hätte ich davon gehabt, ausgerechnet die Unterlagen mitzunehmen, Miranda?«

»Ich muss nachdenken. Sei still. Ich muss nachdenken.« Sie presste die Hände vor den Mund und ging unruhig auf und ab. Logisch, denk logisch, befahl sie sich. Betrachte die Fakten.

Er hatte die Skulptur gestohlen, und sie war eine Fälschung. Warum hatte er eine Fälschung gestohlen und sie dann zurückgebracht? Das ergab keinen Sinn. Wenn sie echt gewesen wäre, wäre er nie im Leben zurückgekehrt. Also war die Geschichte, die er ihr erzählt hatte, wahr – so absurd sie auch klingen mochte.

Sie hatte die Skulptur getestet und war zu den gleichen Ergebnissen gekommen wie er.

Hatte sie einen Fehler gemacht? O Gott, hatte sie etwa vorher einen Fehler gemacht?

Nein. Sei logisch, sei nicht so emotional, ermahnte sie sich. Miranda zwang sich, ganz still stehen zu bleiben.

Wenn man die Gesetze der Logik richtig anwendete, war es erstaunlich einfach.

»Jemand hat dich reingelegt«, sagte sie ruhig. »Jemand hat dich reingelegt und die echte Skulptur durch eine Fälschung ersetzt.«

Sie wandte sich zu ihm um und sah an dem Ausdruck auf seinem Gesicht, dass er wohl zum gleichen Ergebnis gekommen war.

»Nun, Dr. Jones, es sieht so aus, als ob wir beide einen Tritt bekommen hätten.« Ryan musterte sie. »Und was machen wir jetzt?«

12

Miranda beschloss zu akzeptieren, dass dies offenbar ein Tag war, an dem lauter ungewöhnliche Dinge geschahen. Um sechs Uhr morgens saßen sie in einer Raststätte an der Route 1.

Die Kellnerin brachte ihnen eine Kanne Kaffee, zwei große braune Becher und die in Plastik eingeschweißten Speisekarten.

»Was machen wir hier eigentlich?«

Ryan schenkte ihnen ein, schnüffelte an seinem Becher, nahm einen Schluck und seufzte. »Endlich Kaffee!«

»Boldari, was tun wir hier?«

»Wir frühstücken.« Er lehnte sich zurück und studierte die Karte.

Miranda holte tief Luft. »Es ist sechs Uhr morgens. Ich habe eine harte Nacht hinter mir, und ich bin müde. Ich muss ernsthaft über einige Probleme nachdenken, und ich habe eigentlich keine Zeit, um in einer Raststätte zu sitzen und Spitzfindigkeiten mit einem Dieb auszutauschen.«

»So spitzfindig warst du bis jetzt gar nicht. Aber wie du schon sagtest, du hast eine harte Nacht hinter dir. Glaubst du, du triffst hier jemanden, den du kennst?«

»Natürlich nicht.«

»Genau. Wir müssen etwas essen, und wir müssen reden.« Ryan legte die Karte weg und warf der Kellnerin, die sofort mit ihrem Notizblock zu ihnen kam, ein Lächeln zu. »Ich hätte gern die Pfannkuchen, Spiegeleier und Schinken.«

»Kriegen Sie, Capt'n. Was ist mit Ihnen, Schätzchen?«

»Ich …« Resigniert durchforstete Miranda die Karte, um irgendetwas zu finden, das nicht sofort tödlich wirkte. »Einfach die, hm, Haferflocken. Haben Sie fettarme Milch?«

»Ich sehe nach und bin sofort wieder bei Ihnen.«

»Okay, fassen wir die Situation zusammen«, begann Ryan. »Vor drei Jahren hast du eine kleine Davidskulptur gekauft. Meine Nachforschungen haben ergeben, dass sie von deinem Vater stammt, von einer privaten Ausgrabung außerhalb Roms.«

»Das stimmt. Die meisten Funde werden dem Nationalmuseum in Rom geschenkt, aber den David hat er für das Institut mit nach Amerika gebracht, damit ich ihn auf seine Echtheit überprüfen und dann ausstellen konnte.«

»Und du hast festgestellt, dass er echt ist.«

»Ja.«

»Wer hat mit dir daran gearbeitet?«

»Ohne meine Aufzeichnungen kann ich das nicht mehr genau sagen.«

»Versuch dich zu erinnern.«

»Das war vor drei Jahren!« Miranda nahm einen Schluck Kaffee, um ihre Gedanken in Ordnung zu bringen, und prompt kam die Erleuchtung. »Andrew natürlich«, rief sie. »Er war ganz begeistert von dem Stück. Ich glaube, er hat sogar Skizzen davon gemacht. Mein Vater kam von Zeit zu Zeit ins Labor und hat den Fortgang der Tests überprüft. Er war von den Resultaten natürlich angetan. John Carter«, fügte sie hinzu und rieb sich die Stirn. »Er ist der Laborleiter.«

»Also hätte er Zugang zu allem gehabt. Wer sonst noch?«

»Fast jeder, der in jener Zeit im Labor gearbeitet hat. Es war kein besonders geheimes Projekt.«

»Wie viele Leute arbeiten im Labor?«

»Ungefähr zwölf bis fünfzehn, je nachdem.«

»Haben alle Zugang zu den Akten?«

»Nein.« Miranda verstummte, weil ihr Frühstück serviert wurde. »Nicht alle Assistenten und Techniker besitzen Schlüssel«, fuhr sie dann fort.

»Glaube mir, Miranda, Schlüssel sind überflüssig.« Strahlend lächelte er sie an und schenkte Kaffee nach. »Wir können davon ausgehen, dass jeder, der im Labor gearbeitet hat, auch Zugang zu den Akten hatte. Du musst eine Liste der Angestellten machen lassen.«

»Meinst du wirklich?«

»Wenn du die Wahrheit herausfinden willst, musst du die drei Jahre abdecken«, erklärte er. »Von dem Zeitpunkt an, wo du die

181

Skulptur für echt erklärt hast, bis zu dem Moment, an dem ich dir die Fälschung gestohlen habe. Wer auch immer sie dort postiert hat, muss Zugang zum Original gehabt haben, um eine Fälschung herstellen zu können. Die klügste und einfachste Methode ist eine Silikonform, ein Wachsabdruck des Originals.«

»Über Fälschungen weißt du offensichtlich hervorragend Bescheid«, entgegnete sie spitz.

»Nur das, was ein Mann mit meinem Job wissen muss. Du brauchst das Original, um den Abdruck zu machen«, fuhr Ryan unbeeindruckt fort. Miranda fragte sich, warum sie sich überhaupt die Mühe machte, ihn zu reizen. »Am einfachsten wäre das natürlich gewesen, solange die Bronze noch im Labor war. Ist sie erst einmal ausgestellt, muss man das Sicherheitssystem umgehen – und eures ist ziemlich wirkungsvoll.«

»Vielen Dank. Das ist keine fettarme Milch«, beschwerte sie sich und blickte stirnrunzelnd auf den kleinen Krug, den die Kellnerin mit den Haferflocken gebracht hatte.

Ryan streute ungerührt Salz über seine Eier. »Ich sehe das so: Jemand im Labor hat mitbekommen, wie sich deine Tests entwickelt haben. Es ist ein hübsches kleines Stück, für das jeder Sammler einen netten Preis zahlen würde. Dieser Mensch hat vielleicht Schulden, vielleicht ist er auch nur sauer auf dich oder deine Familie oder er hat beschlossen, endlich einmal sein Glück zu versuchen. Irgendwann nachts macht er also einen Abdruck. Das ist kein besonders kompliziertes Verfahren, und außerdem befindet er sich ja schon in einem Labor. Wenn er das selbst nicht kann, dann kennt er bestimmt jemanden, der dazu in der Lage ist. Und derjenige weiß vielleicht auch, wie man es hinkriegt, dass die Fälschung an der Oberfläche so aussieht, als ob sie mehrere Jahrhunderte alt ist. Sobald das erledigt ist, tauscht er die beiden Skulpturen gegeneinander aus – wahrscheinlich kurz bevor die echte in den Ausstellungskasten kommen soll. Niemand merkt etwas davon.«

»Das kann nicht spontan passiert sein. So etwas muss man planen, man braucht Zeit dazu.«

»Ich sage ja gar nicht, dass es eine spontane Idee war. Aber übermäßig viel Zeit braucht man auch nicht dazu. Wie lange war die Bronze im Labor?«

»Ich weiß es nicht mehr genau. Vielleicht zwei, drei Wochen.«

»Lange genug.« Ryan gestikulierte mit einem Stück Speck, bevor er es in den Mund steckte. »Wenn ich du wäre, würde ich auch noch ein paar andere Stücke überprüfen.«

»Wie bitte?« Miranda wusste nicht, warum es ihr noch nicht selbst in den Sinn gekommen war, aber die Erkenntnis traf sie wie ein Schlag. »O Gott.«

»Er hat es einmal getan, und es hat hervorragend geklappt. Warum sollte er es nicht mehrmals versuchen? Guck nicht so niedergeschlagen, Liebling. Ich werde dir helfen.«

»Mir helfen?« Sie rieb sich die schmerzenden Augen. »Warum?«

»Weil ich diese Skulptur haben will. Schließlich habe ich sie meinem Kunden versprochen.«

Sie ließ die Hände sinken. »Du hilfst mir, sie zurückzubekommen, damit du sie noch einmal stehlen kannst?«

»Ich habe immerhin ein berechtigtes Interesse daran. Jetzt iss dein Frühstück. Wir haben zu tun.« Er griff nach seinem Kaffeebecher und grinste sie an. »Partner.«

Partner. Das Wort ließ Miranda erschauern. Vielleicht war sie ja nur zu müde, um klar zu denken, aber im Moment sah sie keine Möglichkeit, ohne Ryan ihr Eigentum zurückzubekommen.

Er hat mich benutzt, dachte sie, als sie ihre Haustür aufsperrte. Jetzt würde sie ihn benutzen. Und dann würde sie dafür sorgen, dass er die nächsten zwanzig Jahre seines Lebens die Gemeinschaftsduschen in einer staatlichen Einrichtung aufsuchen musste.

»Erwartest du heute jemanden? Haushälterin, Telegrammboten, Klempner?«

»Nein. Die Reinigungsfirma kommt dienstags und freitags.«

»Reinigungsfirma!« Ryan zog sein Jackett aus. »Von Reinigungsfirmen wirst du nie schmackhafte Eintöpfe und kluge Ratschläge bekommen. Du brauchst eine Haushälterin, die Mabel heißt, weiße gestärkte Schürzen und derbe Schuhe trägt.«

»Die Reinigungsfirma ist zuverlässig und unauffällig.«

»Schlimm genug. Andrew ist wohl mittlerweile zur Arbeit gefahren.« Er sah auf seine Uhr. Es war Viertel nach acht. »Um wie viel Uhr fängt deine Assistentin an?«

»Lori kommt um neun, normalerweise kurz vorher.«

»Du musst sie anrufen – hast du ihre Telefonnummer zu Hause?«

»Ja, aber …«

»Ruf sie an und sag ihr, dass du heute nicht kommst.«

»Natürlich fahre ich ins Büro. Ich habe Termine.«

»Sie wird sie schon absagen.« Er ging in den Salon und schichtete Holzspäne im Kamin auf. »Sag ihr, du brauchst die Personallisten des Labors der letzten drei Jahre. Es ist das beste, wenn wir damit anfangen. Sie soll sie dir per Computer mailen.«

Ryan zündete die Späne an, und sofort begannen sie gemütlich zu knistern. Miranda sagte nichts. Er wählte zwei Holzscheite aus dem Korb aus und legte sie auf die brennenden Späne.

Als er sich aufrichtete und sich zu ihr umdrehte, begegnete er ihrem scharfen, unfreundlichen Lächeln. »Kann ich sonst noch etwas tun?«

»Liebling, du solltest die Aufträge schon ein bisschen freudiger ausführen. Jemand muss ja schließlich das Sagen haben.«

»Und du hast das Sagen?«

»Ja.« Er trat zu ihr und ergriff sie bei den Schultern. »Ich weiß viel mehr über Diebstahl als du.«

»Die meisten Menschen würden das nicht gerade für ein Führungsattribut halten.«

»Die meisten Menschen versuchen auch nicht, einen Dieb zu fangen.« Sein Blick glitt an ihr herunter und verweilte auf ihrem Mund.

»Wag es nicht!«

»Ich zensiere meine Gedanken nie. Man bekommt Magengeschwüre davon. Wir könnten unsere … gemeinsame Zeit weit mehr genießen, wenn du ein wenig freundlicher wärst.«

»Freundlicher?«

»Flexibler.« Er zog sie dichter an sich heran. »In bestimmter Hinsicht.«

Miranda lehnte sich leicht an ihn und blickte ihn verführerisch an. »In welcher?«

»Nun, zum Beispiel …« Er senkte den Kopf, sog ihren Duft ein und genoss das Gefühl der Vorfreude. Da plötzlich hieb sie ihm mit aller Macht die Faust in den Bauch, und er keuchte auf.

»Ich habe dir gesagt, du sollst die Finger von mir lassen.«

»Das hast du in der Tat gesagt.« Ryan nickte langsam und rieb sich den Bauch. Ein bisschen tiefer, dachte er, und es hätte verdammt wehgetan. »Du hast einen festen Schlag, Dr. Jones.«

»Du kannst dankbar sein, dass ich mich zurückgehalten habe, Boldari.« Das war zugegebenermaßen übertrieben. »Sonst lägst du jetzt auf Händen und Knien und würdest nach Luft schnappen. Ich denke, wir verstehen einander.«

»Vollkommen. Ruf jetzt an, Miranda. Und lass uns mit der Arbeit anfangen.«

Sie tat, was er sagte, weil er recht hatte. Einmal musste sie anfangen.

Um halb zehn saß sie in ihrem Arbeitszimmer und rief Daten auf dem Computer ab.

Das Zimmer war genauso praktisch eingerichtet wie ihr Büro im Institut, nur auch ein wenig gemütlicher. Ryan hatte hier ebenfalls Feuer gemacht, obwohl sie es nicht so kalt fand, dass sie sich danach sehnte. Der Kachelofen knisterte, und durch die zurückgezogenen Vorhänge schien die Spätwintersonne.

Sie saßen nebeneinander am Schreibtisch und gingen die Namen durch.

»Es sieht so aus, als hätte es vor achtzehn Monaten eine ungewöhnlich hohe Fluktuation gegeben«, sagte Ryan.

»Stimmt. Meine Mutter hat ihr Labor in Florenz neu strukturiert. Ein paar Angestellte sind dorthin gegangen oder von da ins Institut gekommen.«

»Es überrascht mich, dass du die Gelegenheit nicht auch ergriffen hast.«

»Welche Gelegenheit?«

»Nach Florenz zu gehen.«

Miranda schaltete den Drucker ein. Wenn sie eine Kopie in Händen hatte, brauchte sie nicht so dicht neben ihm zu sitzen. »Die Möglichkeit hatte ich gar nicht. Andrew und ich leiten das Institut. Meine Mutter leitet Standjo.«

»Ich verstehe.« Ryan zögerte kurz. »Probleme zwischen dir und Mama?«

»Meine familiären Beziehungen gehen dich nichts an.«

»Mehr als Probleme, würde ich sagen. Was ist mit deinem Vater?«

»Wie bitte?«

»Bist du Daddys kleines Mädchen?«

Miranda musste lachen. Dann stand sie auf, um den Ausdruck aus dem Drucker zu holen. »Ich war niemals jemandes kleines Mädchen.«

»Schade«, erwiderte er aufrichtig.

»Es geht hier nicht um meine Familie.« Sie setzte sich wieder und versuchte, sich auf die Namen zu konzentrieren, die vor ihren übermüdeten Augen verschwammen.

»Möglicherweise doch. Ihr habt ein Familienunternehmen. Vielleicht wollte sich jemand an eurer Familie rächen, indem er die Skulptur gefälscht hat.«

»Jetzt kommt der Italiener in dir durch«, erwiderte sie trocken.

Ryan lächelte. »Iren sind genauso interessiert an Rache, Liebling. Erzähl mir was über die Leute auf der Liste.«

»John Carter. Laborleiter. Hat an der Duke promoviert. Er arbeitet seit sechzehn Jahren am Institut. Sein Spezialgebiet ist orientalische Kunst.«

»Nein, ich will es persönlicher. Ist er verheiratet? Bezahlt er Alimente? Spielt er? Trinkt er? Was isst er zu Mittag? Zieht er am Wochenende Frauenkleider an?«

»Sei nicht albern.« Miranda versuchte, sich aufrecht hinzusetzen, gab es aber dann auf und zog die Beine unter sich. »Er ist verheiratet, nicht geschieden. Zwei Kinder. Ich glaube, der älteste hat gerade mit dem College angefangen.«

»Es kostet viel Geld, Kinder großzuziehen und sie aufs College zu schicken.« Ryan überflog die Liste und sah sich das Jahreseinkommen an. »Er verdient ganz ordentlich, aber ganz ordentlich ist oft nicht genug.«

»Seine Frau ist Anwältin und verdient wahrscheinlich mehr als er. Geld ist kein Problem für sie.«

»Geld ist immer ein Problem. Was für ein Auto fährt er?«

»Ich habe keine Ahnung.«

»Wie zieht er sich an?«

Miranda seufzte, verstand aber, worauf er hinauswollte. »Alte Jacketts und alberne Krawatten«, begann sie. Sie schloss die Augen und versuchte, sich ihren Laborleiter vorzustellen. »Nichts Auffälliges – allerdings hat ihm seine Frau zum zwanzigsten Hochzeitstag eine Rolex geschenkt.« Sie unterdrückte ein Gähnen und kuschelte sich noch ein wenig mehr zusammen. »Er trägt jeden Tag die gleichen Schuhe. Hush Puppies. Wenn sie ihm von den Füßen fallen, kauft er sich das gleiche Paar wieder.«

»Schlaf ein bisschen, Miranda.«

»Es geht schon. Wer ist der nächste?« Angestrengt blickte sie auf die Liste. »Oh, Elise. Die Exfrau meines Bruders.«

»Hässliche Scheidung?«

»Scheidungen sind nie angenehm, aber Elise ist recht sanft mit Andrew umgesprungen. Sie war hier Johns Assistentin und ist dann nach Florenz gegangen. Jetzt ist sie Laborleiterin bei meiner Mutter. Sie und Andrew haben sich im Institut kennengelernt – eigentlich habe ich sie miteinander bekannt gemacht. Er hat sich auf der Stelle in sie verliebt. Sechs Monate später waren sie verheiratet.« Miranda gähnte noch einmal. Dieses Mal bemühte sie sich nicht mehr, es zu unterdrücken.

»Wie lange hat es gehalten?«

»Ein paar Jahre. Zuerst schienen sie sehr glücklich zu sein, und dann ging die Ehe auf einmal auseinander.«

»Was wollte sie? Designerkleider, Ferien in Europa, ein großes, schickes Haus?«

»Sie wollte seine Aufmerksamkeit«, murmelte Miranda und stützte ihren Kopf in die Hand. »Sie wollte, dass er nüchtern bleibt und sich auf seine Ehe konzentriert. Es ist der Fluch der Jones'. Wir können es einfach nicht. Wir sind beziehungsuntauglich. Ich muss meine Augen mal ein bisschen schließen.«

»Natürlich, mach nur.«

Ryan fuhr fort, die Liste zu studieren. Bis jetzt waren es für ihn nur Namen. Aber sie würden bald viel mehr bedeuten. Bevor dies hier vorbei war, würde er die intimen Details über die Leute wissen. Kontostände. Unarten. Gewohnheiten.

Er fügte noch drei Namen hinzu: Andrew Jones, Charles Jones und Elizabeth Standford-Jones.

Er stand auf, zog ihr die Brille von der Nase und legte sie auf den Tisch neben ihr. Miranda sieht im Schlaf nicht wie ein unschuldiges junges Mädchen aus, dachte er, sondern wie eine erschöpfte Frau.

Vorsichtig nahm er die Chenilledecke von der Lehne der Chaise-longue und legte sie über sie. Er wollte sie ein oder zwei Stunden schlafen lassen, danach war sie vermutlich wieder fit.

Irgendwann würde sie die Antworten auf alle Fragen geben können, da war er ganz sicher. Sie war das Bindeglied.

Während Miranda schlief, rief er in New York an. Schließlich hatte er einen Bruder, der ein Computergenie war. Warum sollte er ihn nicht von Zeit zu Zeit in Anspruch nehmen?

»Patrick? Ich bin's, Ryan.« Er lehnte sich in seinem Stuhl zurück und betrachtete Miranda. »Ich habe hier ein paar Dinge zu erledigen, unter anderem auch einen kleinen Hackerjob, für den mir die Zeit fehlt. Bist du interessiert?« Er lachte. »Ja, es zahlt sich aus.«

Kirchenglocken läuteten. Ihr Klang tönte über die roten Ziegeldächer bis hin zu den fernen Hügeln. Die Luft war warm und der Himmel strahlend blau.

Im dunklen Keller der Villa jedoch bedrängten sie die Schatten. Sie erschauerte, als sie die Treppenstufe anhob. Es war da. Sie wusste, dass es da war.

Es wartete auf sie.

Das Holz zersplitterte, als sie hineinhackte. *Beeil dich, beeil dich.* Sie begann zu keuchen, Schweiß rann über ihren Rücken. Und ihre Hände zitterten, als sie danach griff, es aus dem Dunkel hob und den Strahl ihrer Taschenlampe darauf richtete.

Hochgereckte Arme, üppige Brüste, eine verführerische Haarfülle. Die Bronzeskulptur glänzte, ohne die blaugrüne Alterspatina. Sie fuhr mit den Fingern an ihr entlang, fühlte das kühle Metall.

Dann hörte sie Harfenmusik und das leise Lachen einer Frau. Die Augen der Skulptur wurden lebendig, der Bronzemund lächelte und nannte ihren Namen.

Miranda.

Erschreckt erwachte sie. Ihr Herz raste. Einen Augenblick lang hätte sie schwören können, dass sie Parfüm gerochen hatte – einen starken blumigen Duft. Und immer noch hörte sie das ferne Echo der Harfenklänge.

Es war jedoch die Klingel an der Haustür, die ertönte, wiederholt und ungeduldig. Zitternd warf Miranda die Decke zurück und eilte aus dem Zimmer.

Überrascht musste sie feststellen, dass Ryan an der offenen Haustür stand. Und auf der Schwelle entdeckte sie ihren Vater. Es traf sie wie ein Schock.

»Vater.« Sie räusperte sich und machte einen erneuten Anlauf. »Hallo! Ich wusste gar nicht, dass du nach Maine kommst.«

»Ich bin gerade erst eingetroffen.« Er war ein großer, schlanker Mann, von der Sonne gebräunt. Sein Haar war voll, dicht und glänzend wie polierter Stahl. Sein schmales Gesicht sah mit dem gepflegten Bart und dem Schnurrbart gut aus.

Seine Augen – vom gleichen tiefen Blau wie die seiner Tochter – blickten über den Rand einer Nickelbrille und musterten Ryan.

»Ich sehe, du hast Gesellschaft. Ich hoffe, ich störe nicht.«

Ryan überschaute die Situation sofort und streckte ihm die Hand entgegen. »Dr. Jones, es ist mir ein Vergnügen. Rodney J. Pettebone. Ich bin ein Geschäftspartner Ihrer Tochter – und ein Freund, hoffe ich. Ich komme gerade aus London«, fuhr er fort, trat zurück und ließ Charles eintreten. Dann blickte er zur Treppe, wo Miranda immer noch wie angewurzelt stand und ihn ansah, als habe er auf einmal zwei Köpfe bekommen.

»Miranda war so liebenswürdig, mir ein wenig von ihrer Zeit zu opfern. Miranda, meine Liebe.« Er setzte ein albernes, unterwürfiges Lächeln auf und streckte ihr die Hand entgegen.

Sie wusste nicht, was sie fassungsloser machte – das Welpenlächeln oder der britische Oberklassenakzent, der ihm von der Zunge glitt, als ob er der königlichen Familie entstammte.

»Pettebone?« Charles runzelte die Stirn, während Miranda immer noch dastand wie eine ihrer Statuen. »Rogers Sohn?«

»Nein, er ist mein Onkel.«

»Onkel? Ich wusste gar nicht, dass Roger Geschwister hat.«

»Einen Halbbruder, Clarence. Meinen Vater. Darf ich Ihnen den Mantel abnehmen, Dr. Jones?«

»Ja, danke. Miranda, ich war gerade im Institut. Man hat mir gesagt, dass du dich heute nicht wohlfühlst.«

»Ich war … Kopfschmerzen. Nichts …«

»Nun sind wir doch ertappt worden, Liebling.« Ryan ging die Treppe hinauf und ergriff ihre Hand. »Ich bin sicher, dass dein Vater das versteht.«

»Nein«, entgegnete Miranda entschieden, »das tut er sicher nicht.«

»Es ist alles meine Schuld, Dr. Jones. Ich bin nur ein paar Tage hier.« Er unterstrich seine Worte, indem er liebevoll Mirandas Fingerspitzen küsste. »Leider habe ich Ihre Tochter dazu überredet, dass sie sich heute freinimmt. Sie hilft mir bei meinen Untersuchungen über die flämische Kunst des siebzehnten Jahrhunderts. Ohne sie wüsste ich überhaupt nicht weiter.«

»Ich verstehe.« Charles' Blick spiegelte deutlich seine Missbilligung wider. »Es tut mir leid …«

»Ich wollte gerade Tee machen«, unterbrach Miranda ihn. Sie brauchte einen Augenblick Zeit, um ihre Gedanken zu ordnen. »Wenn du uns bitte entschuldigen würdest, Vater. Warum wartest du nicht im Salon? Wir brauchen nicht lange. Rodney, du hilfst mir doch, nicht wahr?«

»Aber liebend gern.« Er lächelte sie strahlend an, während sie seine Hand fast zerquetschte.

»Hast du den Verstand verloren?«, zischte Miranda, sobald sie in der Küche waren. »Rodney J. Pettebone? Wer, zum Teufel, ist das?«

»Im Moment bin ich das. Ryan ist doch gar nicht hier, erinnerst du dich?« Er kniff sie ins Kinn.

»Du hast vor meinem Vater so getan, als ob wir die Schule schwänzen. Du liebe Güte!« Sie nahm den Kessel vom Herd und trat damit an die Spüle. »Und nicht nur das, sondern dass wir hier backe, backe Kuchen spielen!«

»Backe, backe Kuchen.« Er konnte nicht widerstehen und schlang von hinten die Arme um sie. »Du bist so süß, Miranda.«

»Ich bin nicht süß, und ich bin auch nicht glücklich über diese alberne Lüge.«

»Nun, vermutlich hätte ich ihm sagen sollen, dass ich die Bronze gestohlen habe. Dann könnten wir ihm erklären, dass sie eine Fälschung ist und dass das Institut im Moment Versicherungsbetrug begeht. Irgendwie fand ich es aber angebrachter, so zu tun, als spieltest du mit einem britischen Kerl backe, backe Kuchen.«

190

Sie biss die Zähne zusammen und wärmte die Teekanne an. »Warum denn gerade ein Engländer, um Gottes willen?«

»Es fiel mir gerade so ein. Ich dachte, das könnte vielleicht dein Typ sein.« Er lächelte sie gewinnend an, doch sie warf ihm über die Schulter einen vernichtenden Blick zu. »Es ist doch so, Miranda. Dein Vater ist hier, er war im Institut, und offensichtlich will er ein paar Fragen beantwortet haben. Du musst dir genau überlegen, was du ihm sagst.«

»Glaubst du, das weiß ich nicht? Sehe ich so aus, als sei ich blöd?«

»Überhaupt nicht, aber du bist ein von Grund auf aufrichtiger Mensch. Lügen will gelernt sein. Du musst ihm alles sagen, was du weißt, bis zu dem Punkt, als ich dich heute früh am Bett besucht habe.«

»Das wäre mir auch von allein eingefallen, Rodney.« Doch bei dem Gedanken an die Lügerei hob sich ihr Magen bereits.

»Du hast nur knapp drei Stunden geschlafen. Deine Reaktionen sind verlangsamt. Wo sind die Tassen?« Er öffnete einen Schrank.

»Nein, die sind nicht so schön.« Miranda wedelte abwesend mit der Hand. »Hol bitte das gute Porzellan aus der Anrichte im Esszimmer.«

Ryan zog die Augenbrauen hoch. Das gute Porzellan war für Besuch, nicht für die Familie. Eine weitere Erkenntnis über Miranda Jones. »Ich hole nur zwei Tassen. Ich glaube, Rodney hat gemerkt, dass dein Vater gern unter vier Augen mit dir plaudern möchte.«

»Feigling«, murrte sie.

Miranda stellte die Kanne, die Tassen und die Untertassen sorgfältig auf das Tablett und versuchte, sich nicht darüber zu ärgern, dass Ryan wieder nach oben gegangen war und sie allein ließ. Dann straffte sie die Schultern, ergriff das Tablett und trug es zum Salon, wo ihr Vater vor dem Kamin stand und in einem kleinen, ledergebundenen Notizbuch las.

Er sieht gut aus, war alles, was sie denken konnte. Groß, aufrecht und gebräunt, mit glänzendem Haar. Als sie klein war, hatte sie immer gefunden, dass er wie jemand aus einem Märchen aussah. Nicht wie der Prinz oder ein Ritter, sondern wie ein Zauberer. So weise und würdig.

Sie hatte sich stets sehnlichst gewünscht, dass er sie liebte. Dass er sie auf seinen Schultern reiten ließ, sie auf den Schoß nahm, abends die Decke um sie herum feststeckte und ihr lustige Geschichten erzählte.

Stattdessen musste sie sich mit seiner milden und oft abwesenden Zuneigung begnügen. Niemand hatte sie je auf seinen Schultern reiten lassen oder ihr lustige Geschichten erzählt.

Seufzend verdrängte sie ihren Kummer und trat in den Raum. »Ich habe Rodney gebeten, uns ein paar Minuten allein zu lassen«, begann sie. »Ich nehme an, du möchtest mit mir über den Einbruch sprechen.«

»Ja. Es ist sehr ärgerlich, Miranda.«

»Da hast du recht. Wir sind alle außer uns.« Sie stellte das Tablett ab, setzte sich und schenkte den Tee in die Tassen, wie man es ihr beigebracht hatte. »Die Polizei stellt intensive Nachforschungen an. Wir hoffen, die Skulptur zurückzubekommen.«

»Bis dahin sind aber die Schlagzeilen äußerst schädlich für das Institut. Deine Mutter ist genervt, und ich musste mein Projekt in einer kritischen Phase verlassen.«

»Es gibt keinen Grund, warum du herkommen musstest.« Mit ruhiger Hand hielt sie ihm seine Tasse entgegen. »Alles, was wir tun konnten, haben wir gemacht.«

»Offensichtlich ist unser Sicherheitssystem nicht ausreichend. Dein Bruder ist dafür verantwortlich.«

»Das ist nicht Andrews Schuld.«

»Wir haben das Institut in seine und in deine Hände gelegt«, erinnerte er sie, während er an seinem Tee nippte.

»Er macht seine Arbeit großartig. Wir haben zehn Prozent mehr Studenten, und auch die Besucherzahlen sind gestiegen. Die Qualität unserer Akquisitionen in den letzten fünf Jahren ist erstaunlich.«

Oh, es war so bitter, dass sie sich vor jenem Mann verteidigen und rechtfertigen musste, der sich vor der Verantwortung für das Institut genauso leichtherzig gedrückt hatte wie vor der Verantwortung für seine Familie.

»Das Institut war dir doch nie wirklich wichtig.« Miranda sagte es ganz sanft, weil sie wusste, dass er nur den Vorwurf daraus hören würde. »Du hast die Feldforschung immer vorgezogen. Andrew und ich aber haben all unsere Energie hineingesteckt.«

»Und jetzt gab es den ersten Diebstahl seit mehr als einer Generation. Das dürfen wir nicht übersehen, Miranda.«

»Nein, aber die Zeit, den Schweiß und die Arbeit, die wir investiert haben, dürfen wir auch nicht übersehen.«

»Niemand stellt deinen Enthusiasmus infrage.« Charles machte eine abwehrende Geste. »Aber wir müssen uns der Situation stellen. Und zusammen mit der negativen Presse wegen deines Fehltritts in Florenz bringt uns das in eine missliche Lage.«

»Mein Fehltritt«, murmelte sie. Das sah ihm ähnlich, diesen Euphemismus für eine Krise zu gebrauchen. »Ich habe alles getan, was in meiner Macht stand. Alles.« Sie schluckte die Emotionen, die in ihr aufstiegen, hinunter und antwortete ihm so leidenschaftslos, wie er es erwartete. »Wenn ich die Ergebnisse des zweiten Tests sehen könnte, wäre ich imstande, meine eigenen Resultate zu analysieren und festzustellen, wo der Fehler lag.«

»Das musst du mit deiner Mutter ausmachen. Ich kann dir nur sagen, dass sie außer sich ist. Wenn die Presse nicht verständigt worden wäre …«

»Ich habe nie mit irgendwelchen Journalisten geredet.« Miranda stand auf, weil sie ihre Erregung nicht mehr verbergen konnte. »Ich habe *nie* mit jemandem außerhalb des Labors über die *Dunkle Lady* gesprochen. Verdammt noch mal, warum sollte ich?«

Charles schwieg für einen Moment und stellte seine Teetasse ab. Er hasste Auseinandersetzungen ebenso wie Emotionen, die den glatten Ablauf einer Sache behinderten. Es war ihm klar, dass in seiner Tochter zahlreiche dieser Emotionen schlummerten, und er hatte nie verstehen können, woher sie kamen.

»Ich glaube dir.«

»Was wirft man mir denn vor?«

»Ich glaube dir. Du magst hitzköpfig sein und meiner Meinung nach oft auch auf dem falschen Weg, aber du warst immer aufrichtig. Wenn du mir sagst, dass du über diese Angelegenheit nicht mit der Presse geredet hast, dann glaube ich dir.«

»Ich …« Ihre Kehle brannte. »Danke.«

»Das ändert jedoch kaum die Situation. Weitere Schlagzeilen

müssen unter allen Umständen vermieden werden. Du bist sozusagen in den Mittelpunkt des Sturms geraten. Deine Mutter und ich halten es für das beste, wenn du eine Weile verreist.«

Die Tränen, die Miranda in die Augen geschossen waren, versiegten. »Darüber habe ich bereits mit ihr gesprochen. Und ich habe ihr gesagt, dass ich mich nicht verstecke. Ich habe nichts Unrechtes getan.«

»Es geht hier nicht darum, was du getan oder nicht getan hast. Bis diese beiden Themen nicht vom Tisch sind, ist deine Anwesenheit schädlich für das Institut.«

Er zog seine Hosenbeine glatt und erhob sich. »Mit dem heutigen Tag wirst du dir einen Monat lang freinehmen. Wenn es nötig ist, kannst du noch einmal ins Büro fahren, um unerledigte Angelegenheiten zu ordnen, aber es wäre besser, du würdest das in den nächsten achtundvierzig Stunden von hier aus arrangieren.«

»Du könntest mir genausogut ein S für schuldig auf die Stirn malen.«

»Du übertreibst, wie immer.«

»Und du gehst weg, wie immer. Na ja, ich weiß sowieso, dass ich auf verlorenem Posten stehe. Und zwar allein.« Obwohl es demütigend war, versuchte sie es ein letztes Mal. »Könntest du dich nicht einmal, ein einziges Mal hinter mich stellen?«

»Darum geht es hier nicht, Miranda. Und es ist auch kein persönlicher Angriff. Hier geht es nur darum, was für alle Beteiligten, für das Institut und für Standjo, das beste ist.«

»Es verletzt mich.«

Er räusperte sich und mied ihren Blick. »Wenn du erst einmal in Ruhe darüber nachgedacht hast, wirst du sicher ebenfalls einsehen, dass dies der logischste Weg ist. Ich bin bis morgen im Regency, falls du mich erreichen musst.«

»Ich habe dich noch nie erreichen können«, erwiderte sie leise. »Ich hole deinen Mantel.«

Er folgte ihr in die Halle. »Du solltest die Zeit zur Erholung nutzen und ein bisschen verreisen. Flieg in die Sonne. Vielleicht will dich ja dein, hm, junger Mann begleiten.«

»Mein was?« Sie nahm den Mantel aus dem Schrank und blickte die Treppe hinauf. Dann begann sie zu lachen. »Oh, sicher.« Sie wischte sich die Lachtränen aus den Augen. »Ich wette, der gute Rodney ist ganz wild darauf, mit mir zu verreisen.«

Sie brachte ihren Vater zur Tür, dann setzte sie sich auf die unterste Treppenstufe und lachte wie eine Verrückte – bis sie anfing zu weinen.

13

Ein Mann mit drei Schwestern wusste alles über Frauentränen. Es gab die langsamen, lieblichen, die wie kleine, flüssige Diamanten über die Wange rannen und einen Mann zum Betteln brachten. Es gab die heißen, zornigen Tränen, die wie Feuer aus den Augen einer Frau sprangen und vor denen ein kluger Mann sich besser in Sicherheit brachte.

Und dann gab es die Tränen, die so tief aus dem Herzen kamen, dass sie sich ihren Weg wie eine Sintflut des Schmerzes bahnten. Angesichts dieser Tränen war ein Mann machtlos.

Miranda saß zusammengekauert auf der unteren Treppenstufe, und Ryan ließ sie in Ruhe weinen. Er wusste, dass der Schmerz, der eine solche Tränenflut hervorbrachte, sie vollständig beherrschte, und er konnte sie nur damit allein lassen und warten.

Als sich das heftige Schluchzen endlich gelegt hatte, ging er in die Halle hinunter und nahm eine Jacke aus dem Garderobenschrank. »Hier.« Er hielt sie ihr hin. »Lass uns ein bisschen an die Luft gehen.«

Verwirrt starrte sie ihn aus ihren geschwollenen Augen an. Sie hatte ganz vergessen, dass er da war. »Was?«

»Lass uns ein bisschen an die Luft gehen«, wiederholte er, und weil sie immer noch wie erstarrt dasaß, zog er sie hoch. Er half ihr in die Jacke und knöpfte sie zu.

»Ich möchte lieber allein sein.« Miranda versuchte Haltung zu bewahren, aber ihre Kehle war immer noch rau, und es gelang ihr nicht.

»Du warst lange genug allein.« Ryan griff nach seiner eigenen Jacke, schlüpfte hinein und zog Miranda zur Haustür.

Die Luft tat gut, und die Sonne war so stark, dass sie ihr in die Augen stach. Ein Gefühl der Demütigung machte sich in ihr breit. Tränen sind sowieso schon zwecklos, dachte sie, aber wenn man allein ist, sieht wenigstens niemand, dass man die Beherrschung verliert.

»Das ist eine wunderschöne Gegend«, sagte Ryan. Er hielt ihre Hand fest, obwohl sie versuchte, sie ihm zu entwinden. »Abgelegen, großartige Aussicht, der Geruch des Meeres direkt vor der Haustür. Euren Garten könntet ihr ein bisschen mehr pflegen.«

Es sah so aus, als ob die Jones' nicht genug Zeit im Freien verbrachten. Auf dem Rasen standen zwei große, alte Bäume, die geradezu danach schrien, dass man eine Hängematte zwischen ihnen befestigte. Ryan bezweifelte, dass Miranda je das wunderbare Gefühl genossen hatte, an einem Sommernachmittag in einer Hängematte im Schatten zu liegen.

Es gab Sträucher, die sicher im Frühjahr wunderschön blühten, ohne dass sich irgendjemand darum kümmerte. Auf dem Rasen waren kahle Stellen, die man neu aussäen und düngen müsste.

Obwohl Ryan eigentlich durch und durch ein Stadtmensch war, liebte er das Land.

»Du kümmerst dich nicht genug um deinen Besitz. Das überrascht mich, Miranda. Ich hätte gedacht, dass eine Frau, die so praktisch veranlagt ist wie du, darauf bestehen würde, ihren Besitz zu erhalten und über dieses Erbe zu wachen.«

»Es ist nur ein Haus.«

»Ja, aber es könnte ein Heim sein. Bist du hier aufgewachsen?«

»Nein.« Sie war ganz benommen vom Weinen. Am liebsten wäre sie wieder hineingegangen, hätte ein Aspirin genommen und sich in einem abgedunkelten Zimmer hingelegt. Aber sie hatte nicht die Kraft, sich gegen ihn zu wehren. Er zog sie zu dem Pfad, der am Kliff entlangführte. »Es hat meiner Großmutter gehört.«

»Das macht schon mehr Sinn. Ich konnte mir nämlich nicht vorstellen, dass dein Vater als Erwachsener hier hätte leben wollen. Das würde gar nicht zu ihm passen.«

»Du kennst meinen Vater doch überhaupt nicht.«

»Natürlich kenne ich ihn.« Sie stemmten sich gegen den Wind, während sie den Pfad hochstiegen. Im Laufe der Jahrhunderte hatte der Wind die Felsen glatt und rund gemacht. Sie schimmerten wie Zinn im Sonnenlicht. »Er ist aufgeblasen und arrogant. Sein Blickwinkel ist so eng, dass er in seinem Beruf zwar genial sein mag, aber als menschliches Wesen unzulänglich ist. Er hat nichts von dem, was du gesagt hast, registriert«, fügte er hinzu, als sie die Plattform erreicht hatten, die über dem Meer emporragte. »Er weiß nämlich gar nicht, wie man zuhört.«

»Offensichtlich du aber.« Miranda entzog ihm ihre Hand und verschränkte abwehrend die Arme vor der Brust. »Ich weiß nicht, warum es mich noch überrascht, dass jemand, der anderen Leuten das Eigentum stiehlt, nicht davor zurückschreckt, private Gespräche zu belauschen.«

»Das weiß ich auch nicht. Aber darum geht es doch jetzt gar nicht. In Wirklichkeit geht es darum, dass du jetzt in der Luft hängst. Was willst du dagegen unternehmen?«

»Was kann ich schon tun? Ich mag zwar im Institut die Chefin sein, aber letztendlich arbeite ich immer noch für meine Eltern. Und nun bin ich eine Zeit lang meiner Pflichten enthoben. So ist es eben.«

»Das muss nicht so sein, wenn du Rückgrat hast.«

»Du hast ja keine Ahnung.« Heftig drehte Miranda sich zu ihm um, und das Selbstmitleid in ihren Augen wich heftigem Zorn. »Sie leiten den Laden, und das war schon immer so. Wie du es auch interpretieren magst, ich tue lediglich, was man mir aufträgt. Ich leite das Institut zusammen mit Andrew, weil keiner von den beiden sich mit der Alltagsarbeit abgeben wollte. Und wir haben immer gewusst, dass sie uns jederzeit den Boden unter den Füßen wegziehen können, wenn ihnen danach ist. Und jetzt haben sie es getan.«

»Und du nimmst das einfach so hin? Tritt doch zurück, Miranda!« Ryan packte in ihre Haare, die vom Wind wild durcheinandergeweht wurden. »Zeig ihnen, was du kannst! Das Institut ist nicht der einzige Ort, an dem du glänzen kannst.«

»Glaubst du, irgendein größeres Museum oder Labor würde mich nach diesem Vorfall noch haben wollen? Die Fiesole-Bronze hat mich ruiniert. Ich wünschte bei Gott, ich hätte sie nie gesehen.«

Niedergeschlagen setzte sie sich auf die Felsen und starrte auf den Leuchtturm, der sich wie weißer Marmor vom klaren blauen Himmel abhob.

»Dann bau dir ein eigenes Labor auf.«

»Das ist ein Wunschtraum.«

»Das haben viele Leute auch zu mir gesagt, bevor ich die Galerie in New York eröffnet habe.« Ryan setzte sich neben sie.

Miranda lachte kurz auf. »Der Unterschied wird wahrscheinlich sein, dass ich nicht vorhabe zu stehlen, um von dem Erlös mein Geschäft aufzubauen.«

»Wir tun alle das, was wir am besten können«, erwiderte er leichthin, holte eine Zigarre heraus und zündete sie an. »Du hast doch Kontakte, oder? Und du hast Verstand und Geld.«

»Ich habe Verstand und Geld. Die Kontakte …« Sie zuckte mit den Schultern. »Auf die kann ich jetzt nicht mehr rechnen. Ich liebe meine Arbeit«, hörte sie sich selbst sagen. »Ich liebe ihren Ablauf, die Entdeckungen, die man dabei machen kann. Die meisten Leute denken, wissenschaftliches Arbeiten bestehe aus einer Vielzahl von konkreten, vorhersagbaren Schritten, aber das ist nicht so. Es ist ein Puzzle, und nicht immer passen alle Teile zusammen. Wenn es dir jedoch gelingt, sie zueinander zu bringen, der Antwort näherzukommen, dann ist das ein erregendes Gefühl. Ich möchte das nicht missen.«

»Das brauchst du auch nicht, wenn du nicht aufgibst.«

»In dem Moment, als ich die Fiesole-Bronze gesehen habe, war ich von dem Projekt und was es für mich bedeuten könnte fasziniert. Ich weiß, dass es auch etwas mit meinem Ego zu tun hat, aber wen kümmert das schon? Ich sollte ihre Echtheit überprüfen, ich sollte beweisen, wie klug und geschickt ich war, und meine Mutter würde mir Beifall klatschen. So wie Mütter, die ihren Kinder bei einer Schulaufführung zusehen. Voller sentimentaler Begeisterung und Stolz.« Miranda ließ den Kopf auf die Knie sinken. »Das ist kindisch, nicht wahr?«

»Nein, das ist es nicht. Die meisten Menschen geben sich auch noch als Erwachsene für ihre Eltern Mühe und hoffen auf ihren Applaus.«

Sie sah ihn an. »Du auch?«

»Ich kann mich noch gut an die Eröffnung meiner Galerie in New York erinnern. An den Moment, als meine Eltern hereinkamen. Mein Vater in seinem guten Anzug – den er zu Hochzeiten und Beerdigungen trägt – und meine Mutter in einem neuen blauen Kleid mit sorgfältig frisierten Haaren. Ich kann mich noch an den Ausdruck auf ihren Gesichtern erinnern. Sentimentale Begeisterung und Stolz.« Er lachte. »Und überhaupt keine Kritik. Das war wichtig für mich.«

Miranda stützte ihr Kinn in die Hand und blickte auf das Meer hinaus, wo sich die Wellen weiß und kalt brachen. »Ich kann mich auch noch an den Ausdruck auf dem Gesicht meiner Mutter erinnern, als sie mir das Fiesole-Projekt weggenommen hat.« Sie seufzte. »Mit Enttäuschung oder Bedauern hätte ich besser umgehen können als mit dieser eisigen Verachtung.«

»Vergiss die Bronze.«

»Wie könnte ich? Damit hat dieser ganze Erdrutsch angefangen. Wenn ich doch nur hingehen und selbst überprüfen könnte, wo ich mich geirrt habe …« Sie presste die Fingerspitzen auf die Augen. »Wenn ich sie doch noch einmal testen könnte wie den *David!*«

Langsam senkte sie die Hände. Ihre Handflächen waren plötzlich ganz feucht. »Wie den *David*«, murmelte sie. »O mein Gott.« Sie sprang so schnell auf, dass Ryan einen Moment lang befürchtete, sie wolle sich von den Klippen stürzen.

»Pass auf!« Er stand ebenfalls auf und nahm ihre Hand. »Du stehst für meinen Geschmack ein bisschen zu nah am Abgrund.«

»Es ist wie beim *David!*« Sie entwand sich ihm und packte ihn an den Jackenaufschlägen. »Ich habe die Prozedur Schritt für Schritt durchgeführt. Ich weiß, was ich in der Hand hatte. Ich weiß es!« Ungeduldig stieß sie ihn wieder weg. »Ich habe alles richtig gemacht. Ich habe jedes Detail beachtet. Die Messungen, die Formeln, die Korrosionslevels. Ich kannte alle Fakten und alle Antworten. Jemand hat sie vertauscht!«

»Vertauscht?«

»Wie den *David*.« Sie boxte auf seine Brust, als wolle sie die Wahrheit in ihn hineinschlagen. »Genau wie den *David!* In Pontis Labor hatten sie eine Fälschung, es war nicht dieselbe Bronze! Es war eine Kopie. Es muss eine Kopie gewesen sein.«

»Das ist ziemlich gewagt, Dr. Jones.« Dennoch begann sich der Gedanke auch bei ihm festzusetzen. »Allerdings interessant.«

»Es passt. Und es macht Sinn. Nur so macht es Sinn!«

»Warum?« Ryan zog die Augenbrauen hoch. »Warum ist es nicht logischer, dass du einen Fehler gemacht hast?«

»Weil ich keinen gemacht habe! Oh, ich kann nicht glauben, dass ich jemals an meinen Erkenntnissen gezweifelt habe!« Miranda fuhr sich durch die Haare und presste die Fäuste an die Schläfen. »Ich habe nicht mehr klar gedacht. Wenn man dir nur oft und entschieden genug sagt, dass du dich irrst, dann glaubst du es schließlich. Selbst, wenn du dich nicht geirrt hast.«

Sie begann weiterzugehen, mit langen, entschlossenen Schritten, und ließ sich den Kopf vom Wind frei pusten. »Und ich hätte es weiterhin geglaubt, wenn nicht die Sache mit dem *David* passiert wäre.«

»Wie gut, dass ich ihn gestohlen habe.«

Sie warf Ryan einen schrägen Blick zu. Er ging neben ihr her und schien den Nachmittagsspaziergang geradezu zu genießen. »Offensichtlich«, murmelte sie. »Warum gerade das Stück? Warum hast du gerade diese Skulptur gestohlen?«

»Ich habe dir doch gesagt, dass ich einen Kunden dafür hatte.«

»Wen?«

Er verzog den Mund. »Wirklich, Miranda, manche Dinge sind und bleiben geheim.«

»Es könnte eine Verbindung geben.«

»Zwischen meinem *David* und deiner *Dame?* Das ist ziemlich weit hergeholt.«

»*Mein David* und *meine Dame* – und so weit hergeholt ist es nun auch wieder nicht. Es sind beides Skulpturen, beide aus der Renaissance. Außerdem gehören Standjo und das Institut zusammen, und ich habe an beiden gearbeitet. Das sind Fakten. Beide Skulpturen waren echt, und beide sind durch Kopien ersetzt worden.«

»Letzteres sind Spekulationen, keine Fakten.«

»Es ist eine wissenschaftlich fundierte und logische Theorie«, berichtigte sie ihn. »Und damit die Grundlage für eine vorläufige Schlussfolgerung.«

»Ich kenne diesen Kunden seit ein paar Jahren. Glaube mir, er ist nicht an komplizierten Vorgängen und Verschwörungen interessiert. Er sieht einfach etwas, das er haben will, und gibt mir einen Auftrag. Und wenn ich es für machbar halte, führe ich ihn aus. Alles ganz einfach.«

»Einfach.« Miranda war dankbar, dass sie eine solche Haltung nie verstehen würde.

»Und«, fügte Ryan hinzu, »er würde mir kaum den Auftrag geben, eine Fälschung zu stehlen.«

Sie zog die Augenbrauen hoch. »Ich glaube trotzdem, dass derjenige, der den *David* ausgetauscht hat, auch die *Dunkle Lady* vertauschte.«

»Und ich stimme dir zu, dass dies tatsächlich eine faszinierende Theorie ist.«

»Ich könnte sie festigen, wenn ich die Möglichkeit hätte, beide Stücke zu testen und miteinander zu vergleichen.«

»Okay.«

»Okay was?«

»Dann tun wir das doch.«

Miranda blieb am Fuß des Leuchtturms stehen. »Was tun?«

»Sie miteinander vergleichen. Eine Skulptur haben wir. Wir müssen nur noch an die andere kommen.«

»Sie stehlen? Mach dich nicht lächerlich.«

Ryan packte sie am Arm, als sie sich abwenden wollte. »Du willst doch die Wahrheit wissen, oder?«

»Ja, ich will die Wahrheit wissen, aber ich werde nicht nach Italien fliegen, in ein Regierungsgebäude einbrechen und eine wertlose Kopie stehlen.«

»Wenn wir schon einmal dort sind, können wir ja noch etwas anderes mitnehmen. Nur so ein Gedanke«, fügte er hinzu, als sie ihn ungläubig ansah. »Wenn du recht hast und wir es beweisen können, wirst du deinen Ruf völlig wiederherstellen. Du schaffst das schon.«

Es war unmöglich, wahnsinnig. Selbstverständlich konnten sie das nicht tun. Miranda sah jedoch das Funkeln in seinen Augen und begann zu überlegen. »Warum willst du mir helfen? Was hast du davon?«

»Wenn du recht hast, bringt mich das wieder einen Schritt näher an den echten *David* heran. Ich habe schließlich auch meinen Ruf zu retten.«

Und wenn sie recht hat, dachte er, und die *Dunkle Lady* ist echt, dann komme ich auch an sie näher heran. Sie würde großartig zu seiner privaten Sammlung passen.

»Ich werde das Gesetz nicht brechen.«

»Das tust du doch bereits! Du stehst hier mit mir, oder etwa nicht? Du bist eine Komplizin, Dr. Jones.« Freundschaftlich legte Ryan ihr den Arm um die Schultern. »Ich halte dir weder eine Pistole an den Kopf noch drücke ich dir ein Messer in die Rippen. Dennoch hast du mich heimlich mit ins Institut genommen«, fuhr er fort, während sie wieder auf das Haus zugingen. »Du hast den Tag mit mir verbracht, obwohl du ganz genau weißt, dass ich Diebesgut bei mir habe. Du steckst schon mittendrin.« Er gab ihr einen Kuss auf den Scheitel. »Also kannst du genauso gut auch weitermachen.«

Ryan blickte auf seine Uhr und rechnete. »Du solltest hochgehen und packen. Wir müssen zuerst nach New York fliegen. Ich will dort noch ein paar Dinge klären, und außerdem muss ich auch ein paar Kleidungsstücke und Werkzeuge mitnehmen.«

»Werkzeuge?« Miranda strich sich die Haare aus dem Gesicht. Doch dann beschloss sie, es lieber nicht zu genau wissen zu wollen. »Ich kann nicht einfach so nach Italien fliegen. Ich muss zuerst noch mit Andrew sprechen und es ihm erklären.«

»Schreib ihm einen Brief«, schlug Ryan vor und öffnete die Hintertür. »Mach es kurz. Sag ihm einfach, dass du für ein paar Wochen verreist bist. Verrate ihm nicht zu viel, damit er keine Probleme bekommt, wenn die Polizei hier herumschnüffelt.«

»Die Polizei … Wenn ich einfach so verschwinde, bevor sie die Untersuchungen abgeschlossen haben, kommen sie noch auf die Idee, dass ich etwas damit zu tun habe!«

»Das macht es doch nur noch aufregender, oder nicht? Ich nehme besser nicht dein Telefon«, murmelte Ryan. »Am Ende hören sie es noch ab. Ich rufe meinen Vetter Joey mit meinem Handy an.«

Miranda schwirrte der Kopf. »Deinen Vetter Joey?«

»Er ist Reiseunternehmer. Geh jetzt packen«, wiederholte er. »Er wird uns den ersten möglichen Flug buchen. Vergiss deinen Pass nicht – und deinen Laptop. Wir müssen uns die Personallisten noch zu Ende ansehen.«

Sie holte tief Luft. »Soll ich sonst noch etwas mitnehmen?«

»Appetit.« Er zog sein Telefon aus seiner Tasche. »Wir sind zum Abendessen in New York. Die Linguine meiner Mutter werden dir vorzüglich schmecken.«

Es war fast sechs, als Andrew endlich nach Hause kam. Er hatte ein halbes dutzendmal versucht, Miranda anzurufen, hatte aber immer nur den Anrufbeantworter erreicht. Er war sich nicht sicher, in welcher Verfassung er sie vorfinden würde – außer sich vor Wut oder vollkommen verzweifelt und verletzt. Hoffentlich konnte er ihr helfen.

Er fand jedoch nur eine Nachricht am Kühlschrank vor.

Andrew, du weißt sicher, dass ich beurlaubt worden bin. Es tut mir leid, dass ich dich in dieser schwierigen Zeit allein lassen muss. Ich will nicht behaupten, dass ich keine andere Wahl habe, aber ich tue das, was für mich am besten ist. Ich werde ungefähr zwei Wochen lang weg sein. Mach dir bitte keine Sorgen. Wenn ich kann, melde ich mich.

Vergiss nicht, den Müll hinauszubringen. Es ist noch genug Eintopf vom Sonntag da, dass es für ein oder zwei Mahlzeiten reicht. Achte darauf, dass du regelmäßig etwas isst.

Alles Liebe
Miranda

»Mist.« Andrew nahm den Brief in die Hand und las ihn noch einmal. »Wo, um Himmels willen, bist du?«

14

»Ich verstehe nicht, warum wir nicht direkt nach Florenz geflogen sind.« Miranda überlegte immer noch, ob das, was sie taten, richtig war, während sie bereits in einem schicken kleinen BMW saßen und Ryan aus La Guardia hinausfuhr. »Wenn wir schon etwas so Wahnsinniges planen, sollten wir doch nicht auch noch einen Umweg machen.«

»Es ist kein Umweg, sondern ein geplanter Zwischenstopp. Ich brauche meine Sachen.«

»Kleider hättest du dir auch in Italien kaufen können.«

»Wahrscheinlich tue ich das auch. Wenn die Italiener die ganze Welt anziehen würden, sähen wahrscheinlich alle Leute attraktiver aus. Aber ich brauche bestimmte Dinge, die man nicht einfach so im Geschäft kaufen kann.«

»Deine Werkzeuge«, murrte sie. »Einbruchswerkzeuge.«

»Unter anderem.«

»Gut, gut.« Sie rutschte auf ihrem Sitz hin und her und trommelte mit den Fingern auf ihr Knie. Irgendwie musste sie die Tatsache akzeptieren, dass sie jetzt mit einem Kriminellen zusammenarbeitete. Mit einem Dieb ohne jede Moral.

Ohne seine Hilfe jedoch würde sie die Bronze nie wiedersehen – und die Fälschung auch nicht. Und es gab eine Fälschung, da war sie ganz sicher. Es war eine logische Tatsache, die nur noch durch Daten und Tests bewiesen werden musste.

Und wenn sie ihren Stolz hinunterschluckte und ihrer Mutter diese Theorie vortrug? Die Vorstellung brachte Miranda beinahe zum Lachen. Elizabeth würde sie sofort ablehnen, und ihre Tochter gleich mit, und sie würde das alles nur ihrer Arroganz, Verbohrtheit und Verzweiflung zuschreiben.

Und sie hätte damit gar nicht mal so unrecht, gestand Miranda sich ein.

Der Einzige, der bereit war, ihr zuzuhören und die Theorie zu überprüfen, war ein professioneller Dieb, der aus eigenem Interesse mitarbeitete – und von ihr erwartete, dass sie ihm die Donatello-*Venus* als Beraterhonorar gab.

Na ja, das würden sie noch sehen.

Er ist lediglich ein Faktor in der Gleichung, dachte Miranda, nicht mehr. Die *Dunkle Lady* zu finden und zu überprüfen war wichtiger als die Formel, mit der sie das erreichen wollte.

»Es gibt keinen Grund, nach Brooklyn zu fahren.«

»Aber natürlich.« Ryan konnte sich lebhaft vorstellen, was in ihrem bewundernswert klugen Kopf vor sich ging. Sie hatte ein sehr ausdrucksvolles Mienenspiel – wenn sie sich unbeobachtet fühlte. »Ich vermisse das Essen meiner Mutter.«

Er strahlte Miranda an und überholte einen anderen Wagen. »Außerdem muss ich, bevor wir nach Italien fliegen, noch ein paar Dinge mit meiner Familie regeln. Meine Schwester wird Schuhe haben wollen«, murmelte er. »Sie will immer Schuhe haben. Sie ist süchtig nach Ferragamo.«

»Du stiehlst Schuhe für deine Schwester?«

»*Bitte.*« Ernsthaft beleidigt runzelte er die Stirn. »Ich bin doch kein Ladendieb.«

»Entschuldige bitte, aber Stehlen ist Stehlen. Und für mich gibt es keinen Grund, nach Brooklyn zu fahren. Warum setzt du mich nicht einfach an dem Hotel ab, in dem ich übernachte?«

»Du wohnst nicht im Hotel. Du wohnst bei mir.«

Ruckartig wandte sie ihm den Kopf zu. Ihre Augen verengten sich zu Schlitzen. »Das tue ich ganz sicher nicht.«

»Und außerdem fährst du mit nach Brooklyn, weil wir, wie du anscheinend vergessen hast, an der Hüfte zusammengewachsen sind, bis die Geschichte vorbei ist. Wo ich hingehe, gehst auch du hin … Dr. Jones.«

»Das ist lächerlich.« Und es war unbequem. Sie brauchte Zeit für sich allein, Zeit, um alles ordentlich zu Papier zu bringen. Um es abzuwägen und zu überdenken. Er hatte ihr bis jetzt keine Minute zum Nachdenken gelassen. »Du hast selbst gesagt, dass ich viel zu tief in der Sache drinstecke, um nicht zu kooperieren. Wenn du mir nicht vertraust, verkomplizierst du alles nur unnötig.«

»Dir zu vertrauen würde die Dinge unnötig kompliziert machen«, berichtigte er sie. »Dein Problem ist, dass du ein Gewissen hast. Und von Zeit zu Zeit schaltet es sich ein und versucht dich zu überreden, die Polizei anzurufen und alles zu gestehen.« Er tätschelte ihre Hand. »Sieh mich einfach als bösen Engel an, der dir über die Schulter guckt und dem guten Engel eins überzieht, wenn er etwas über Aufrichtigkeit und Wahrheit von sich gibt.«

»Ich werde nicht bei dir wohnen. Ich habe nicht vor, mit dir zu schlafen.«

»Ach, was du nicht sagst. Und ich dachte, wir wollten zusammenziehen.«

Das Lachen in seiner Stimme machte sie wütend. »Du weißt sehr gut, dass du mit mir schlafen willst.«

»Davon habe ich mein ganzes Leben lang geträumt, und nun ist der Traum zerstört. Ich weiß gar nicht, wie ich weiterleben soll.«

»Ich verachte dich«, zischte sie, und weil er abermals nur lachte, starrte sie aus dem Fenster und redete für den Rest der Fahrt kein Wort mehr mit ihm.

Miranda wusste nicht, was sie erwartet hatte, aber auf jeden Fall nicht dieses hübsche, zweistöckige Haus in einer ruhigen Gegend.

»Hier bist du aufgewachsen?«

»Hier? Nein.«

Ryan lächelte über das Erstaunen in ihrer Stimme. Sie hatte wahrscheinlich erwartet, dass er sie in einen schmutzigen Slum bringen würde, wo die Leute herumschrien und es nach Knoblauch und Abfall roch.

»Meine Familie ist vor ungefähr zehn Jahren hierhergezogen. Komm, sie erwarten uns, und Mama hat wahrscheinlich schon die Antipasti vorbereitet.«

»Was meinst du mit erwarten?«

»Ich habe angerufen und Bescheid gesagt, dass wir kommen.«

»Du hast angerufen? Und wer bin ich deiner Ankündigung nach?«

»Das muss jeder für sich selbst beantworten.«

»Was hast du ihr gesagt?«, fragte Miranda und hielt ihn davon ab, ihr die Tür zu öffnen.

»Dass ich zum Abendessen eine Frau mitbringe.« Ryan hatte sich über sie gebeugt, um die Beifahrertür zu öffnen, und blieb in dieser Position, sein Gesicht ganz nahe an ihrem. »Komm schon, sei nicht so schüchtern. Sie sind ganz unkompliziert.«

»Ich bin nicht schüchtern.« Aber ihr war leicht übel, wie immer, wenn sie neue Menschen kennenlernen sollte. In diesem Fall, sagte sie sich, ist das allerdings absurd. »Ich will nur wissen, wie du erklärt hast … Hör auf damit«, sagte sie, als sie bemerkte, dass sein Blick auf ihrem Mund ruhte.

»Hmmm.« Er hätte wirklich am liebsten ganz langsam in diese widerspenstige Unterlippe gebissen. »Entschuldige, ich war abgelenkt. Du riechst … interessant, Dr. Jones.«

Der Augenblick erforderte, dass sie handelte und sich bewegte – und die lächerliche Fantasie verdrängte, die ihr in den Sinn kam, nämlich ihn bei den Haaren zu packen und seinen Mund zu sich heranzuziehen. Stattdessen schob sie ihn beiseite, öffnete die Tür und sprang hinaus.

Er schmunzelte und stieg auf seiner Seite aus. »Hey, Remo!«

Der große braune Hund, der im Garten geschlafen hatte, stand auf, bellte einmal kurz und tief und sprang dann begeistert an Ryan hoch. »Ich habe gehofft, sie hätten dir Manieren beigebracht.« Grinsend kraulte er den Hund hinter den Ohren. »Wie war das mit der Hundeschule? Sie haben dich dort hinausgeworfen, was?«, fragte Ryan, während sie zur Tür gingen.

Als ob er die Antwort darauf vermeiden wollte, blickte der Hund Miranda an.

»Du hast doch keine Angst vor Hunden, oder?«

»Nein, ich mag sie«, erwiderte sie. Ryan öffnete die Haustür. Augenblicklich waren sie umgeben vom Geräusch der Abendnachrichten, männlichen und weiblichen Stimmen, die erbittert und heftig zu streiten schienen, dem köstlichen Aroma von geröstetem Knoblauch und Gewürzen und einer großen, gefleckten Katze, die sofort auf den Hund losstürzte.

»Home, sweet home«, murmelte Ryan und zog Miranda in das Gewühl hinein.

»Wenn du dich nicht wie ein anständiges menschliches Wesen benehmen kannst, dann sprich bitte nie mehr mit meinen Freunden.«

»Ich habe doch nur gesagt, dass sie, wenn sie zu einem Schönheitschirurgen ginge, ihr Aussehen, ihr Selbstbewusstsein und ihr Sexleben verbessern könnte.«

»Du bist ein Schwein, Patrick!«

»Du meine Güte, deine Freundin hat eine Nase wie die Schwanzflosse eines siebenundfünfziger Chevys!«

»Du bist nicht nur ein Schwein, sondern auch noch ein arrogantes, oberflächliches Arschloch.«

»Ich versuche die Nachrichten zu hören. Könnt ihr euren Streit nicht draußen austragen, bis der Sport vorbei ist, um Himmels willen?«

»Wir haben den Zeitpunkt unserer Ankunft offenbar schlecht gewählt«, sagte Miranda kühl.

»Nein, das ist normal«, versicherte Ryan ihr und zog sie in den geräumigen, unordentlichen und lauten Wohnraum.

»Hey, Ry!«

Der Mann – eigentlich ein Junge, wie Miranda feststellte, als er sich mit einem Grinsen, das genauso entwaffnend war wie Ryans, zu ihnen umdrehte – kam auf sie zu und boxte Ryan auf die Schulter.

Er hatte dunkle, lockige Haare und goldbraune, glänzende Augen, in einem Gesicht, das wahrscheinlich die Mädchen auf der Highschool dazu gebracht hatte, nachts in ihre Kissen zu seufzen.

»Pat!« Mit gleicher Zuneigung packte Ryan ihn an den Haaren, um ihn vorzustellen. »Mein kleiner Bruder Patrick, Miranda Jones. Benimm dich«, warnte er Patrick.

»Klar. Hey, Miranda, wie geht's Ihnen?«

Bevor sie antworten konnte, trat die junge Frau, mit der Patrick sich gestritten hatte, zu ihnen. Während sie die Arme um ihren Bruder schlang und ihre Wange an seiner rieb, warf sie Miranda einen langen abschätzenden Blick zu. »Du hast mir gefehlt. Hallo, Miranda, ich bin Colleen.« Sie reichte ihr nicht die Hand, sondern hielt ihren Bruder besitzergreifend umschlungen.

Auch sie hatte die goldene Gesichtsfarbe der Boldaris, und einen scharfen, prüfenden Glanz in den Augen.

»Nett, Sie beide kennenzulernen.« Miranda schenkte Colleen

ein kühles Lächeln, das sie für Patrick ein wenig wärmer werden ließ.

»Wollt ihr das Mädchen den ganzen Tag an der Tür stehen lassen, oder bringt ihr sie her, damit ich sie mir auch mal ansehen kann?«, erscholl eine Stimme aus dem Wohnzimmer, und alle drei Boldaris grinsten.

»Ich bringe sie dir schon, Papa. Gib mir deinen Mantel.«

Miranda reichte ihn ihm widerstrebend, und als die Tür hinter ihr zuging, kam sie sich vor, als würde sie in eine Gefängniszelle geführt.

Giorgio Boldari erhob sich aus seinem Lehnsessel und stellte höflich den Fernseher leise. Den Körperbau hat Ryan wohl nicht von seinem Vater geerbt, dachte Miranda. Der Mann, der sie musterte, war klein, stämmig und hatte einen grauen Schnauzbart. Er trug Khakihosen, ein sauber gebügeltes Hemd, Nikes und ein Medaillon der Madonna an einer Halskette.

Niemand sagte etwas. Miranda war so nervös, dass ihre Ohren zu rauschen begannen.

»Sie sind keine Italienerin, nicht wahr?«, fragte Ryans Vater gedehnt.

»Nein.«

Giorgio schürzte die Lippen und ließ seinen Blick über ihr Gesicht gleiten. »Nach Ihrem Haar zu urteilen haben Sie vermutlich irisches Blut.«

»Die Mutter meines Vaters war eine geborene Riley.« Miranda unterdrückte das Bedürfnis, mit den Füßen zu scharren, und zog stattdessen die Augenbrauen hoch.

Da lächelte Giorgio plötzlich und hell wie ein Blitz. »Sie sieht klasse aus, Ry! Hol dem Mädchen endlich einen Wein, Colleen. Warum lasst ihr sie hier durstig herumstehen? Die Yankees haben heute verloren. Interessieren Sie sich für Baseball?«

»Nein, ich …«

»Sollten Sie aber. Es wäre gut für Sie.« Dann wandte er sich an Ryan und umarmte ihn. »Du solltest öfter nach Hause kommen.«

»Ich bemühe mich ja. Ist Mama in der Küche?«

»Ja. Maureen!« Der Schrei hätte ein Gebäude zum Einstürzen bringen können. »Ryan ist mit seinem Mädchen hier. Sieht toll aus!« Er zwinkerte Miranda zu. »Wie kommt es, dass Sie Baseball nicht mögen?«

»Ich finde es eigentlich gar nicht so schlimm. Ich …«

»Ryan hat dritte Startlinie gespielt – heiße Ecke. Hat er Ihnen das erzählt?«

»Nein, ich …«

»Hat in seinem letzten Jahr mehr Runs gehabt als jeder andere. Keiner hat mehr Startlinien gestohlen als mein Ryan.«

Mirandas Blick glitt zu Ryan. »Das glaube ich sofort.«

»Wir haben seine Pokale. Ry, zeig deinem Mädchen deine Pokale.«

»Später, Papa.«

Colleen und Patrick begannen erneut mit ihrem Streit und zischten sich gegenseitig Gemeinheiten zu. Der Hund hörte nicht auf, an der Haustür zu bellen, und Giorgio schrie wieder nach seiner Frau. Sie solle, zum Teufel, endlich kommen und Ryans Mädchen kennenlernen.

Zumindest, dachte Miranda, muss ich hier nicht allzu viel Konversation machen. Diese Leute erledigten das schon, sie taten einfach so, als sei nicht etwa eine Fremde im Haus.

Das Haus selbst war voller Licht und Kunst. Ryan hatte recht gehabt, was die Aquarelle seiner Mutter betraf. Die drei verträumten New Yorker Straßenszenen an der Wand waren reizend.

Hinter einer Couch, auf der dicke blaue Kissen voller Hundehaare lagen, befand sich ein seltsames, faszinierendes Gewirr aus schwarzem Metall – wahrscheinlich ein Werk seines Vaters.

Überall standen Erinnerungsstücke und gerahmte Schnappschüsse herum, auf dem Boden lag ein zernagtes, verknotetes Seil, das wahrscheinlich Remo gehörte, und auf dem Couchtisch lagen Zeitungen und Zeitschriften verstreut.

Niemand begann hastig sie wegzuräumen, niemand entschuldigte sich für die Unordnung.

»Willkommen bei den Boldaris.« Augenzwinkernd nahm Ryan zwei Gläser von dem Tablett, das Colleen hereingetragen hatte, reichte Miranda eins und prostete ihr zu. »Dein Leben wird nie wieder wie vorher sein.«

Sie begann langsam, ihm zu glauben.

Als sie gerade den ersten Schluck nahm, eilte eine Frau ins Zimmer, die sich die Hände an ihrer soßenbespritzten Schürze abwischte. Maureen Boldari war gut zehn Zentimeter größer als ihr Mann, schlank wie eine Tanne und eine äußerst gut aussehende, dunkelhaarige Irin. Ihre glänzenden Haare schmiegten sich in Wellen um ihr Gesicht, und ihre lebhaften blauen Augen funkelten vor Freude. Sie breitete die Arme aus.

»Da ist ja mein Junge! Komm her und gib deiner Mama einen Kuss.«

Ryan gehorchte, wobei er sie hochhob, was ihr ein herzliches Lachen entlockte. »Patrick, Colleen, hört mit dem Gezanke auf, sonst bekommt ihr eine Ohrfeige. Wir haben Besuch! Giorgio, wo sind deine guten Manieren geblieben? Schalt endlich den Fernseher aus! Remo, hör auf zu bellen!«

Da alles, was sie anordnete, schnell und ohne Widerspruch ausgeführt wurde, erfasste Miranda schnell, wer in diesem Haus das Regiment führte.

»Ryan, stell mir doch bitte deine junge Dame vor.«

»Ja, Ma'am. Maureen Boldari, Liebe meines Lebens, das ist Dr. Miranda Jones. Ist sie nicht hübsch, Mama?«

»Ja, das ist sie. Willkommen in unserem Heim, Miranda.«

»Es ist sehr nett von Ihnen, mich so freundlich aufzunehmen, Mrs. Boldari.«

»Gute Manieren«, stellte Maureen mit einem knappen Nicken fest. »Patrick, hol den Antipasto, und dann setzen wir uns hin. Ryan, zeig Miranda, wo sie sich frisch machen kann.«

Ryan führte sie aus dem Wohnzimmer, einen kleinen Flur entlang in ein kleines Badezimmer, das in Pink und Weiß gehalten war. Sobald sie allein waren, packte sie ihn am Hemd.

»Du hast ihnen gesagt, dass wir ein Paar sind!«

»Wir sind doch auch ein Paar.«

»Du weißt genau, was ich meine«, flüsterte sie wütend. »Dein Mädchen? Das ist ja lächerlich.«

»Ich habe ihnen nicht gesagt, dass du mein Mädchen bist.« Amüsiert senkte er seine Stimme ebenfalls zu einem Flüstern. »Ich bin zweiunddreißig. Sie wollen, dass ich heirate und eine Familie gründe. Sie gehen also einfach davon aus.«

»Warum hast du nicht klargestellt, dass wir nur Geschäftspartner sind?«

»Du bist schön, alleinstehend und eine Frau. Sie hätten mir sowieso nicht geglaubt, dass wir nur geschäftlich miteinander zu tun haben. Was ist denn so schlimm daran?«

»Deine Schwester hat mich angesehen, als ob sie mich verprügeln würde, wenn ich dich nicht hinreichend anbete – und außerdem ist es hinterhältig. So etwas wie Aufrichtigkeit kommt dir wohl gar nicht in den Sinn.«

»Ich bin meiner Familie gegenüber immer aufrichtig.«

»Na klar! Deine Mutter ist zweifellos sehr stolz auf ihren Sohn, den Dieb.«

»Natürlich ist sie das.«

Miranda fing an zu stottern, weil sie nicht wusste, was sie darauf sagen wollte. »Versuchst du etwa, mir einzureden, sie wüsste, dass du stiehlst?«

»Natürlich! Sieht sie aus, als ob sie blöd wäre?« Ryan schüttelte den Kopf. »Ich lüge meine Mutter nicht an. Und jetzt beeil dich, ja?« Er schubste sie ins Badezimmer. »Ich habe Hunger.«

Dieser Zustand änderte sich schnell. Innerhalb kürzester Zeit stand genug Essen auf dem Tisch, um eine kleine, ausgehungerte Armee zu verköstigen.

Weil Miranda zu Besuch war, aßen sie im Esszimmer mit den hübschen, gestreiften Tapeten und einem großen Mahagonitisch. Das gute Porzellan stand auf dem Tisch, die Kristallgläser funkelten, und es gab so viel Wein, dass man damit ein Schiff hätte versenken können.

Das Gespräch stockte nie, sondern war im Gegenteil so lebhaft, dass man nicht zu Wort kam, wenn man seine Sätze nicht sehr schnell begann. Als Miranda merkte, dass ihr Weinglas sofort wieder nachgefüllt wurde, wenn sie auch nur einen Schluck nahm, hörte sie auf zu trinken und widmete sich dem Essen.

In einem Punkt hatte Ryan recht gehabt. Die Linguine seiner Mutter waren fantastisch.

Sie erzählten ihr alles über die Familie. Michael, der zweite Sohn, leitete die Galerie Boldari in San Francisco. Er war mit seiner Collegeliebe verheiratet und hatte zwei Kinder. Letztere Information wurde von dem stolzen Großvater mit einem bedeutungsvollen Blick zu Ryan und einem augenzwinkernden Grinsen in Richtung Miranda geliefert.

»Mögen Sie Kinder?«, fragte Maureen.

»Hmm, ja.« Auf Distanz, fügte Miranda im Stillen hinzu.

»Kinder geben dem Leben einen Mittelpunkt, ein echtes Ziel, und sie sind der Ausdruck der Liebe, die Mann und Frau zueinanderbringt.« Maureen reichte ihr einen Korb mit appetitlich aussehendem Brot.

»Da haben Sie sicher recht.«

»Nehmen Sie nur meine Mary Jo.«

Und dann wurde Miranda in die Tugenden ihrer ältesten Tochter eingeführt, die eine Boutique in Manhattan besaß *und* drei Kinder hatte.

Dann war da noch Bridget, die gerade für ein paar Monate mit ihrer Karriere im Verlagswesen aussetzte, um sich zu Hause ihrer neugeborenen Tochter zu widmen.

»Sie müssen sehr stolz auf sie sein.«

»Es sind gute Kinder. Gebildet.« Maureen strahlte Ryan an. »Alle meine Kinder waren auf dem College. Patrick ist im ersten Jahr dort. Er weiß alles über Computer.«

»Tatsächlich.« Das Thema schien ein sicheres Gebiet zu sein. Miranda lächelte Patrick an. »Das ist ein faszinierendes Gebiet.«

»Es ist so, als wenn man spielend Geld verdient. Oh, Ry, ich habe übrigens ein paar von den Daten, um die du mich gebeten hast.«

»Großartig.«

»Was für Daten?« Colleen hörte auf, Miranda zu mustern, und wandte sich misstrauisch an Ryan.

»Nur eine kleine geschäftliche Angelegenheit, Liebes.« Er tätschelte ihre Hand. »Mama, du hast dich heute Abend wieder selbst übertroffen.«

»Weich nicht vom Thema ab, Ryan.«

»Colleen!« Maureens Stimme war zwar sanft, aber man hörte die Strenge darunter. »Wir haben einen Gast. Hilf mir, den Tisch abzuräumen. Ich habe Tiramisu gemacht, dein Lieblingsdessert, Ryan.«

»Wir reden noch darüber«, zischte Colleen, stand aber gehorsam auf, um die Teller abzuräumen.

»Ich helfe Ihnen.« Miranda wollte sich ebenfalls erheben, wurde aber von ihrer Gastgeberin daran gehindert.

»Unsere Gäste räumen nicht den Tisch ab. Bleiben Sie sitzen.«

»Macht euch keine Gedanken wegen Colleen«, sagte Patrick, als sie außer Hörweite war. »Ich werde schon mit ihr fertig.«

»Halt den Mund, Patrick.« Ryan lächelte Miranda zwar an, doch sie nahm das leichte Missbehagen in seinem Blick wahr. »Ich glaube, wir haben noch gar nicht erwähnt, was Colleen beruflich macht.«

»Nein.«

»Sie ist Polizistin.« Seufzend stand er auf. »Ich helfe den beiden beim Kaffee.«

»Oh, wundervoll.« Blind griff Miranda nach ihrem Weinglas.

Miranda zog sich nach Kaffee und Dessert ins Wohnzimmer zurück. Giorgio hielt sie auf Trab, indem er sie nach ihrem Beruf fragte, und warum sie nicht verheiratet war. Niemand schien sich an den ärgerlichen Worten, die aus der Küche drangen, zu stören.

Als Colleen herausgestürmt kam, verdrehte Patrick die Augen. »Sie dreht schon wieder durch.«

»Du hast es versprochen, Ry! Du hast dein Wort gegeben!«

»Ich halte es auch.« Frustriert fuhr Ryan sich durch die Haare. »Ich führe nur etwas zu Ende, was ich angefangen habe, Liebes. Dann ist es endgültig vorbei.«

»Und was hat sie damit zu tun?« Colleen wies mit dem Finger auf Miranda.

»Colleen, man zeigt nicht mit dem Finger auf jemanden«, ermahnte Giorgio sie.

»Oh, zum Teufel!« Colleen stieß einen unfreundlichen Satz auf italienisch aus und rannte aus dem Haus.

»Verdammt«, fluchte Ryan und schenkte Miranda sofort ein um Entschuldigung bittendes Lächeln. »Ich bin gleich wieder da.«

»Ähm …« Sie blieb noch einen Moment lang sitzen und fühlte sich äußerst unbehaglich unter Giorgios und Patricks Blicken. »Ich sehe mal nach, ob Mrs. Boldari meine Hilfe brauchen kann.«

Damit entfloh Miranda in den ihrer Meinung nach sichersten Bereich des Hauses. Die Küche war groß und hell und noch ganz erfüllt von den appetitlichen Essensdüften. Mit den hellen Holzschränken und dem glänzenden weißen Fußboden sah sie aus wie ein Bild aus einem Landhauskatalog.

Am Kühlschrank hingen Dutzende unverständlicher Buntstiftkritzeleien. Auf dem Tisch stand eine Schale mit frischem Obst, und an den Fenstern hingen Kaffeehausgardinen.

Normalität, dachte Miranda.

»Ich habe gehofft, dass Sie vielleicht Ihre Regeln brechen und mich etwas helfen lassen.«

»Setzen Sie sich.« Maureen wies auf den Tisch. »Trinken Sie einen Kaffee. Sie hören sicher bald auf zu streiten. Ich sollte sie beide übers Knie legen, weil sie vor einem Gast eine solche Szene machen. Meine Kinder!« Sie drehte sich zu der Cappuccino-Maschine um und brühte Miranda eine Tasse auf. »Sie sind leidenschaftlich, klug und eigensinnig. Sie kommen nach ihrem Vater.«

»Finden Sie? Ryan ist Ihnen sehr ähnlich.«

Damit hatte sie genau das Richtige gesagt. Maureens Augen wurden warm und liebevoll. »Der Erstgeborene. Egal, wie viele Kinder man hat, es gibt immer nur einen Erstgeborenen. Man liebt sie alle – so sehr, dass es ein Wunder ist, dass einem nicht darüber das Herz bricht. Aber es gibt nur einen Erstgeborenen. Sie werden das eines Tages auch erfahren.«

»Hmmm.« Miranda enthielt sich eines Kommentars. »Es ist bestimmt nicht ganz einfach, wenn ein Kind bei der Polizei arbeitet.«

»Colleen weiß, was sie will. Das Mädchen geht immer nur vorwärts. Eines Tages wird sie Captain sein, Sie werden sehen. Sie hat einen Narren gefressen an Ryan«, fuhr Maureen fort, während sie die Tasse mit frischem Cappuccino vor Miranda hinstellte. »Er wird sie mit seinem Charme schon überzeugen.«

»Das glaube ich auch. Er ist überaus charmant.«

»Die Mädchen waren immer hinter ihm her. Aber mein Ryan ist etwas Besonderes. Er hat ein Auge auf Sie geworfen.«

Miranda beschloss, dass es an der Zeit war, diesen Irrtum richtigzustellen. »Mrs. Boldari, ich glaube nicht, dass Ryan sich klar ausgedrückt hat. Wir sind nur Geschäftspartner.«

»Tatsächlich?«, erwiderte Maureen freundlich und wandte sich ab, um die Spülmaschine einzuräumen. »Sieht er Ihrer Meinung nach nicht gut genug aus?«

»Er sieht sehr gut aus, aber …«

»Vielleicht ist er nicht gut genug für eine Akademikerin, weil er aus Brooklyn kommt und nicht aus der Park Avenue?«

»Nein, keineswegs. Es ist einfach … Es ist einfach so, dass wir nur Geschäftspartner sind.«

»Küsst er Sie nicht?«

»Er … Ich …« Um Gottes willen, dachte Miranda und trank einen Schluck von ihrem Cappuccino.

»Das dachte ich mir. Ich würde mir Sorgen um den Jungen machen, wenn er eine Frau, die so aussieht wie Sie, nicht küssen würde. Er mag intelligente Frauen. Er ist nicht oberflächlich. Aber vielleicht mögen Sie ja seine Art zu küssen nicht. Das spielt eine große Rolle«, fügte sie hinzu, während Miranda in ihren Kaffee starrte. »Wenn ein Mann Sie mit seinen Küssen nicht erregen kann, werden Sie nie eine glückliche Beziehung mit ihm haben. Sex ist wichtig. Wer etwas anderes behauptet, hat noch nie guten Sex gehabt.«

O mein Gott, war alles, was Miranda denken konnte.

»Ich habe keinen Sex mit Ryan.«

»Warum nicht?«

»*Warum nicht?*« Miranda blinzelte verständnislos, während Maureen die Spülmaschine schloss und begann, in der Spüle die Töpfe sauberzumachen. »Ich kenne ihn kaum.« Sie konnte es nicht fassen, dass sie ein solches Gespräch führte. »Ich habe schließlich nicht mit jedem attraktiven Mann, den ich kennenlerne, Sex!«

»Gut. Ich will auch nicht, dass mein Sohn sich mit einer Frau einlässt, die leicht zu haben ist.«

»Mrs. Boldari …« Miranda fragte sich, ob es wohl etwas nützen würde, wenn sie ihren Kopf auf die Tischplatte rammte. »Wir haben uns nicht miteinander eingelassen. Unsere Beziehung ist rein geschäftlich.«

»Ryan bringt keine Geschäftspartner mit nach Hause, damit sie meine Linguine probieren.«

Weil Miranda darauf nichts mehr einfiel, machte sie ihren

Mund wieder zu. Als Ryan und seine Schwester wieder hereinkamen, blickte sie erleichtert auf.

Wie erwartet hatte er Colleens Ärger zerstreut. Lächelnd und Arm in Arm standen die beiden da. Zum ersten Mal schenkte Colleen Miranda einen freundlichen Blick.

»Tut mir leid. Wir mussten nur ein paar Dinge klären.«

»Kein Problem.«

»Also …« Colleen setzte sich an den Tisch und legte ihre Füße auf den gegenüberstehenden Stuhl. »Haben Sie irgendeinen Verdacht, wer die Originalbronze gestohlen haben könnte?«

Miranda blinzelte. »Wie bitte?«

»Ryan hat mich eingeweiht. Vielleicht kann ich Ihnen helfen, es herauszufinden.«

»Seit sechs Monaten erst aus der Akademie – und schon ist sie Sherlock Holmes.« Ryan beugte sich über sie und küsste sie aufs Haar. »Soll ich die Töpfe abtrocknen, Mama?«

»Nein, Patrick ist an der Reihe.« Maureen drehte sich um. »Hat jemand deiner jungen Dame etwas gestohlen?«

»Ich«, erwiderte er leichthin und setzte sich zu den beiden Frauen an den Tisch. »Es stellte sich jedoch als Fälschung heraus, und jetzt versuchen wir, den Fall zu klären.«

»Gut.«

»Warten Sie! Warten Sie mal.« Miranda hob beide Hände. »*Gut?* Haben Sie gerade *gut* gesagt? Wollen Sie damit behaupten, Sie wissen, dass Ihr Sohn ein Dieb ist?«

»Glauben Sie, ich bin blöd?« Maureen trocknete sich die Hände ab und stemmte sie dann in die Hüften. »Natürlich weiß ich das.«

»Ich habe es dir doch gesagt.« Ryan grinste.

»Ja, aber …« Miranda wollte es einfach nicht glauben. Verblüfft drehte sie sich um und musterte Maureens hübsches Gesicht. »Und Sie finden das in Ordnung? Sie finden das gut? Und Sie …« – sie wies auf Colleen – »Sie sind Polizeibeamtin! Ihr Bruder stiehlt! Wie können Sie das miteinander vereinen?«

»Er zieht sich ja gerade aus dem Geschäft zurück.« Colleen zuckte mit den Schultern. »Allerdings ein bisschen später als vorgesehen.«

»Ich verstehe das nicht.« Miranda presste sich die Hände an die

Schläfen. »Sie sind seine Mutter. Wie können Sie ihn nur ermutigen, das Gesetz zu brechen?«

»Ermutigen?« Maureen lachte wieder ihr herzliches Lachen. »Ich musste ihn nicht ermutigen.« Entschlossen, ihrem Gast eine Erklärung zu liefern, legte sie ihr Küchenhandtuch hin. »Glauben Sie an Gott?«

»Wie bitte? Was hat denn das damit zu tun?«

»Diskutieren Sie nicht, antworten Sie einfach. Glauben Sie an Gott?«

Ryan grinste. Miranda konnte es nicht wissen, aber wenn seine Mutter in diesem Ton mit jemandem redete, hatte sie beschlossen, ihn zu mögen.

»Na gut, ja.«

»Wenn Gott einem ein Talent verleiht, ist es eine Sünde, es nicht zu nutzen.«

Miranda schloss einen Moment lang die Augen. »Wollen Sie damit sagen, dass Gott Ryan jenes Talent geschenkt hat, und dass er eine Sünde beginge, wenn er nicht in Gebäude einbrechen und stehlen würde?«

»Gott hätte ihm ja auch eine Begabung für Musik schenken können, wie Er es bei meiner Mary Jo getan hat, die Klavier spielt wie ein Engel. Aber stattdessen hat Gott ihm nun einmal diese Gabe verliehen.«

»Mrs. Boldari …«

»Streite dich nicht mit ihr«, murmelte Ryan. »Du bekommst nur Kopfschmerzen davon.«

Miranda blickte ihn finster an. »Mrs. Boldari«, versuchte sie noch einmal, »ich verstehe ja Ihre Loyalität gegenüber Ihrem Sohn, aber …«

»Wissen Sie, was er mit seinem Talent macht?«

»Ja, allerdings.«

»Er kaufte dieses Haus für seine Familie, weil die Gegend, in der wir früher gelebt haben, nicht mehr sicher ist.« Sie breitete die Arme aus, um auf ihre hübsche Küche hinzuweisen. »Er sieht zu, dass seine Geschwister aufs College gehen können. All das gäbe es sonst nicht. Wie hart Giorgio und ich auch immer arbeiten würden, wir hätten mit unseren Lehrergehältern nicht sechs Kinder

219

aufs College schicken können. Gott hat ihm ein Talent geschenkt«, sagte sie noch einmal und legte Ryan die Hand auf die Schulter. »Wollen Sie sich mit Gott streiten?«

Ryan hatte wieder einmal recht gehabt. Miranda bekam tatsächlich Kopfschmerzen. Auf der Fahrt nach Manhattan schwieg sie die ganze Zeit. Sie wusste nicht genau, was sie mehr verblüfft hatte – Maureens Standpunkt, mit dem sie den Beruf ihres Sohnes verteidigt hatte, oder die warmen Umarmungen von jedem Familienmitglied, als sie gefahren waren.

Ryan ließ sie in Ruhe ihren Gedanken nachhängen. Nachdem er vor seinem Haus vorgefahren war, reichte er seine Autoschlüssel dem Portier. »Hi, Jack. Sorgen Sie bitte dafür, dass der Mietwagen zum Flughafen zurückgebracht wird, und lassen Sie Dr. Jones' Gepäck – es ist in meinem Kofferraum – in meine Wohnung bringen.«

»Alles klar, Mr. Boldari. Willkommen zu Hause.« Der Zwanzigdollarschein, der dabei diskret den Besitzer wechselte, zauberte ein breites Grinsen auf Jacks Gesicht. »Einen schönen Abend noch.«

»Ich verstehe dein Leben nicht«, begann Miranda, als er sie durch eine elegante Halle voller Antiquitäten und Kunstwerke führte.

»Das macht nichts. Ich verstehe deins auch nicht.« Ryan trat in den Aufzug und benutzte seinen Schlüssel, um in den obersten Stock zu gelangen. »Du musst ganz erschöpft sein. Jack wird gleich mit deinen Sachen nach oben kommen, dann kannst du es dir gemütlich machen.«

»Deine Mutter wollte wissen, warum ich keinen Sex mit dir habe.«

»Das frage ich mich auch die ganze Zeit.« Die Aufzugtüren öffneten sich und gaben den Blick auf einen großzügigen Wohnbereich frei, der ganz in kühnen Blau- und Grüntönen gehalten war. Große Terrassenfenster boten einen unglaublichen Ausblick auf New York.

Offensichtlich hat er ganz seiner Neigung für eine feine Einrichtung nachgegeben, dachte Miranda nach einer raschen Musterung. Art-deco-Lampen, Chippendale-Tische, Baccarat-Kristall.

Sie fragte sich, wie viel davon wohl gestohlen war.

»Alles legitim erworben«, sagte er, als könne er ihre Gedanken lesen. »Na ja, die Erté-Lampe war heiß, aber da konnte ich nicht widerstehen. Möchtest du noch etwas trinken?«

»Nein, nein, danke.«

Der Fußboden bestand aus glänzendem honigfarbenem Holz, und darauf lag der schönste Orientteppich, den sie je gesehen hatte. Die Bilder an den Wänden reichten von einem trüben Corot bis hin zu einem sanften, reizenden Aquarell, das wohl eine irische Landschaft darstellte.

»Ein Bild von deiner Mutter.«

»Ja. Sie ist gut, nicht wahr?«

»Sehr gut. Verwirrend, aber sehr gut.«

»Sie mag dich.«

Seufzend trat Miranda ans Fenster. »Ich mag sie aus irgendeinem Grund auch.«

Ihre eigene Mutter hatte sie nie so umarmt, sie nie so fest voller Zustimmung und Zuneigung an sich gedrückt. Und ihr eigener Vater hatte sie nie mit diesem lebhaften Zwinkern in den Augen angegrinst, wie Ryans Vater es getan hatte.

Sie fragte sich, warum ihr wohl trotz allem, was sie über Ryan wusste, seine Familie so viel normaler vorkam als ihre.

»Das sind bestimmt deine Koffer.« Der Summer ertönte, und Ryan gab den Aufzug frei. Das Gepäck wurde übergeben und eine weitere Dollarnote ebenfalls. Dann schlossen sich die Aufzugtüren wieder. Ryan ließ das Gepäck dort stehen, wo Jack es abgestellt hatte, und trat zu ihr.

»Du bist ganz verspannt«, murmelte er und begann, Mirandas Schultern zu massieren. »Ich hatte gehofft, ein Abend mit meiner Familie würde dich entspannen.«

»Wie soll man sich entspannen – bei so viel Energie um einen herum?« Unwillkürlich bog sie ihm ihren Rücken entgegen. »Du musst eine interessante Kindheit gehabt haben.«

»Ich hatte eine fantastische Kindheit.« Zwar nicht so privilegiert wie ihre, aber weitaus liebevoller. »Das war ein langer Tag«, murmelte er, und weil er spürte, dass sie sich jetzt zu entspannen begann, beugte er sich hinunter und begann, an ihrem Hals zu knabbern.

»Ja, sehr lang. Lass das.«

»Ich wollte gerade – hier herumkommen.« Er drehte sie zu sich um, drückte seinen Mund auf ihren und raubte ihr den Atem.

Seine Mutter hatte gesagt, Küsse sollten das Blut in Wallung bringen. Mirandas sprudelte geradezu unter ihrer Haut, schoss ihr in den Kopf, pumpte viel zu schnell durch ihre Adern.

»Lass das«, sagte sie noch einmal, aber es war nur ein schwacher Protest.

Ryan konnte ihr Verlangen spüren. Es spielte keine Rolle, dass es gar nicht in erster Linie um ihn ging. Er wollte nicht zulassen, dass es eine Rolle spielte. Er wollte sie, wollte derjenige sein, der ihren Schutzschild durchbrach und den Vulkan darunter entdeckte.

Irgendetwas zog ihn zu ihr, mit einer intensiven und stetigen Stärke, die er nicht ignorieren konnte.

»Lass mich dich berühren.« Noch während er sie bat, handelte er bereits. Seine Hände glitten über ihre Brüste. »Ich will dich.«

O ja. Benommen seufzte sie. *Berühr mich. Nimm mich. Gott, bitte, lass mich nicht nachdenken.*

»Nein.« Schockiert vernahm sie diese Worte aus ihrem Mund. Und sie stieß ihn von sich weg, obwohl sie sich danach sehnte, sich noch enger an ihn zu schmiegen. »Das geht nicht.«

»Ich fand es schön.« Ryan packte sie am Hosenbund und schüttelte sie leicht. »Und ich glaube, du auch.«

»Ich lasse mich nicht verführen, Ryan.« Miranda konzentrierte sich auf das ärgerliche Funkeln in seinen Augen und ignorierte ihr eigenes Verlangen nach seinen Küssen. »Du bekommst mich nicht. Wir können unsere Aufgabe nur auf einer rein geschäftlichen Ebene erfolgreich zu Ende bringen.«

»Ich mag diese Ebene nicht.«

»So haben wir es vereinbart, und dabei bleibt es.«

»Bekommst du immer Frostbeulen auf der Zunge, wenn du diesen Ton anschlägst?« Er steckte die Hände in die Taschen, während sie ihn böse musterte. »Okay, Dr. Jones, es bleibt alles rein geschäftlich. Ich zeige dir dein Zimmer.«

Er holte ihre Koffer und trug sie eine freischwingende Metalltreppe mit einer leichten grünen Patina hinauf. Oben stellte er das

Gepäck hinter einer Tür ab und wies in das Zimmer. »Ich denke, es wird dir gefallen. Privat genug ist es jedenfalls. Unser Flug ist für morgen Abend gebucht. Ich habe also ausreichend Zeit, noch ein paar geschäftliche Angelegenheiten zu erledigen. Schlaf gut«, fügte er hinzu und schloss die Tür vor ihrer Nase, noch bevor sie Gelegenheit hatte, sie ihrerseits zuzuschlagen.

Miranda riss die Augen auf, als sie das Klicken des Schlosses hörte. Mit einem Sprung war sie an der Tür und rüttelte an der Klinke.

»Du Bastard! Du kannst mich hier nicht einschließen.«

»Reine Vorsichtsmaßnahme, Dr. Jones.« Ryans Stimme war weich wie Seide. »Nur um sicherzugehen, dass du morgen früh auch noch da bist.«

Pfeifend ging er die Treppe hinunter, während sie vergeblich an die Tür hämmerte und Rache schwor.

15

Obwohl sie wusste, dass es überflüssig war, schloss Miranda am nächsten Morgen die Tür zum Badezimmer ab. Sie duschte rasch, wobei sie immer mit einem Auge zur Tür schielte, für den Fall, dass Ryan irgendwelche Spielchen mit ihr treiben wollte.

Erst als sie sicher in ihren Morgenmantel eingewickelt war, ließ sie sich Zeit. Sie wollte fertig angezogen sein, sorgfältig geschminkt und frisiert, bevor sie ihn sah. Es würde keinen gemütlichen Frühstücksschwatz im Pyjama geben.

Natürlich musste er sie dazu erst einmal herauslassen. Der Bastard.

»Lass mich hier raus, Boldari«, rief sie schließlich und schlug gegen die Tür.

Die Antwort war Schweigen. Wütend hämmerte Miranda heftiger, schrie lauter und begann, wüste Drohungen auszustoßen.

Das ist Kidnapping, dachte sie. Sie konnte zu der Liste seiner Übeltaten nun also auch noch Kidnapping hinzufügen. Sie hoffte bloß, dass seine Zellengenossen ihn hinlänglich quälen würden.

Frustriert rüttelte sie an der Türklinke. Sofort ging die Tür auf, und ihr Ärger wich tiefer Verlegenheit.

Miranda trat aus dem Zimmer und blickte vorsichtig den Flur entlang. Alle Türen standen offen, und entschlossen, ihm gegenüberzutreten, ging sie in das erstbeste Zimmer.

Sie befand sich in einer Bibliothek mit deckenhohen Bücherregalen voller Bücher, gemütlichen Ledersesseln und einem kleinen Marmorkamin, auf dessen Sims eine Pendeluhr stand. In einem sechseckigen Glasschrank wurde eine eindrucksvolle Sammlung orientalischer Wasserpfeifen aufbewahrt. Miranda schniefte. Ryan mochte ja einen hervorragenden Geschmack und viel Kultur besitzen, aber er blieb trotzdem ein Dieb.

Sie trat durch die nächste Tür und stand in seinem Schlafzimmer. Das große französische Bett mit dem Rokoko-Kopf- und Fußteil war sehr beeindruckend, aber die Tatsache, dass es sorgfältig gemacht und die perlgraue Überdecke darübergezogen war, erstaunte sie am meisten. Entweder hatte er gar nicht darin geschlafen, oder seine Mutter hatte ihn sehr gut erzogen.

Da sie Maureen kennengelernt hatte, entschied sie sich für Letzteres.

Es war ein sehr männliches Zimmer, und doch auch irgendwie sinnlich, mit jadegrünen Wänden und einer cremefarbenen Abschlussleiste. Graziöse Frauen im Art-deco-Stil, den er wohl sehr schätzte, hielten Lampenschirme, die gedämpftes Licht abgaben. Ein großer Sessel in dem gleichen Mondscheingrau wie die Decke stand einladend vor dem riesigen Kamin aus rosagesprenkeltem Marmor. Neben dem großen Fenster befanden sich in Kübeln prächtige Zitronenbäume, und die Vorhänge waren zurückgezogen, um das Sonnenlicht hereinzulassen.

Die Kommode war Duncan Phyfe, und neben einer Bronzeskulptur des persischen Gottes Mithras lagen Kleingeld, entwertete Tickets, ein Streichholzbriefchen und andere Dinge aus der Hosentasche eines Mannes.

Miranda war versucht, in seinen Schrank zu blicken und die Schubladen aufzuziehen, ließ es aber. Am Ende kam er noch herein, wenn sie gerade dabei war, und erhielt den Eindruck, sie sei an ihm interessiert.

Es gab noch ein drittes Zimmer, offensichtlich das Arbeitszimmer eines Mannes, der sich die besten Geräte für seine Arbeit zu Hause leisten konnte. Zwei Computer, beide mit Laserdruckern, ein Fax und ein Kopierer, ein Telefon mit zwei Leitungen, Aktenschränke aus Eiche. In soliden Eichenregalen standen Bücher, Kleinigkeiten und Dutzende von gerahmten Fotografien seiner Familie.

Die Kinder waren bestimmt seine Nichten und Neffen. Hübsche Gesichter. Die Frau mit dem heiteren Madonnenlächeln, die ein Baby auf dem Arm hielt, musste seine Schwester Bridget sein, der schlanke junge Mann mit den Boldari-Augen war bestimmt Michael, und die Frau, um die er den Arm gelegt hatte, seine Frau. Miranda erinnerte sich wieder, dass sie in Kalifornien lebten.

Es gab einen Schnappschuss von Ryan mit Colleen, auf dem sie beide in die Kamera grinsten, und ein Gruppenbild von der ganzen Familie, das offenbar in der Zeit um Weihnachten aufgenommen worden war. Hinter den vielen Gesichtern leuchteten verschwommen die Kerzen des Weihnachtsbaums.

Sie sehen glücklich aus, dachte Miranda. So eins miteinander und nicht so steif, wie andere Leute manchmal auf Fotos wirkten. Nachdenklich studierte sie ein weiteres Foto von Ryan, auf dem er seiner Schwester die Hand küsste. Sie trug ein traumhaft schönes Hochzeitskleid und strahlte ihn an.

Neid stieg in ihr auf. Bei ihr zu Hause gab es keine sentimentalen Familienfotos.

Am liebsten wäre sie in eines dieser Bilder hineingeschlüpft, hätte sich in einen dieser liebevollen Arme gekuschelt und das Gleiche empfunden, was sie empfanden.

Liebe.

Dann verdrängte sie den Gedanken und wandte sich entschlossen von den Regalen ab. Jetzt war nicht die Zeit, um darüber zu spekulieren, warum die Familie Boldari so warmherzig war und ihre eigene so kalt. Sie musste Ryan finden und ihm die Meinung sagen, solange ihr Ärger noch frisch war.

Miranda lief die Treppe hinunter und biss sich auf die Zunge, um nicht seinen Namen zu rufen. Diese Genugtuung wollte sie ihm nicht geben. Im Wohnzimmer war er nicht, und auch nicht in dem Zimmer mit dem großen Fernseher, der komfortablen Stereoanlage und dem Spielautomaten, der den passenden Titel »Polizisten und Räuber« trug.

Er fand das wahrscheinlich witzig.

Auch in der Küche war er nicht. Aber auf der Warmhalteplatte stand eine halbvolle Kaffeekanne.

Er war überhaupt nicht in der Wohnung.

Miranda nahm den Telefonhörer ab, weil sie auf einmal die wilde Idee durchzuckte, Andrew anzurufen und ihm alles zu erzählen. Es kam kein Freizeichen. Heftig fluchend stürzte sie zurück ins Wohnzimmer und drückte den Aufzugknopf. Er gab kein Geräusch von sich. Und auch die Tür war verschlossen.

Mit zusammengekniffenen Augen schaltete sie die Gegensprechanlage ein, hörte aber nur Rauschen.

Dieser Bastard hatte zwar ihr Schlafzimmer aufgeschlossen, dadurch jedoch lediglich die Ausmaße ihres Käfigs vergrößert.

Es war schon nach ein Uhr, als sie endlich das ruhige Summen des Aufzugs hörte. Miranda hatte den Morgen nicht vertrödelt, sondern die Gelegenheit genutzt, um jeden Quadratzentimeter seiner Wohnung zu durchsuchen. Sie hatte ohne jedes Schuldgefühl seinen Schrank durchwühlt. Er bevorzugte eindeutig italienische Designer. Sie hatte alle Schubladen aufgezogen. Ryan trug gern sexy Boxershorts aus Seide und Hemden und Pullover aus Naturfasern.

Die Schreibtische – im Schlafzimmer, in der Bibliothek und im Arbeitszimmer – waren ärgerlicherweise alle verschlossen. Sie hatte ziemlich viel Zeit mit dem Versuch verschwendet, die Schlösser mithilfe von Haarnadeln aufzubekommen. Da ihr die erforderlichen Passwörter fehlten, hatte sie keinen Zugang zu seinen Computern, die Terrasse vor dem Wohnraum hatte sie bezaubert, und das Koffein, das sie ständig zu sich genommen hatte, hielt ihr System auf Hochtouren.

Als er aus dem Aufzug trat, war sie mehr als bereit für eine Konfrontation.

»Wie kannst du es wagen, mich hier einzuschließen? Ich bin nicht deine Gefangene!«

»Nur eine Vorsichtsmaßnahme.« Ryan stellte seine Aktentasche und die Einkaufstüten ab.

»Was kommt als Nächstes? Handschellen?«

»Erst wenn wir uns besser kennen. Wie war dein Tag?«

»Ich …«

»Hasse, verabscheue und verachte dich«, vollendete er den Satz, während er seinen Mantel auszog. »Nun, das hatten wir schon.« Ordentlich hängte er ihn auf. Seine Mutter hatte ihn tatsächlich gut erzogen. »Ich hatte ein paar Besorgungen zu machen. Ich hoffe, du hast es dir gemütlich gemacht, während ich weg war.«

»Ich will sofort hier weg. Ich muss zeitweilig unzurechnungsfähig gewesen sein, als ich annahm, wir könnten zusammenarbeiten.«

Ryan wartete, bis sie die Treppe erreicht hatte. »Die *Dunkle Lady* liegt in einem Lagerraum im Bargello, bis überprüft ist, wo sie herkommt und wer sie gemacht hat.«

Miranda blieb stehen, wie er erwartet hatte, und drehte sich langsam um. »Woher weißt du das?«

»Es ist mein Job, so etwas in Erfahrung zu bringen. Und ich werde nach Italien fliegen und sie da rausholen, ob nun mit dir oder ohne dich. Ich finde mühelos einen anderen Archäometriker, und ich werde schon herausbekommen, was passiert ist und warum. Du kannst gehen, wenn du willst.«

»Aus dem Bargello wirst du sie nie stehlen können.«

»O doch.« Er lächelte wölfisch. »Das werde ich. Und dann kannst du sie entweder untersuchen, oder du kannst nach Maine zurückfahren und darauf warten, dass deine Eltern dich wieder mitmischen lassen.«

Darauf erwiderte sie nichts. »Wie willst du sie herausholen?«, fragte sie schließlich.

»Das ist mein Problem.«

»Wenn ich diesem idiotischen Plan zustimmen soll, muss ich die Details wissen.«

»Ich werde dich schon einweihen, wenn wir auf dem Weg dorthin sind. Das ist der Deal. Rein oder raus, Dr. Jones? Entscheide dich.«

Offensichtlich befand sie sich an einem Punkt, an dem sie nicht mehr zurückkonnte. Er beobachtete sie, wartete, und sein Blick war so arrogant, dass ihr Stolz aufflammte.

»Wenn du wirklich das Wunder vollbringst und ins Bargello hineinkommst, dann nimmst du nur die Bronze. Das ist kein Einkaufscenter.«

»In Ordnung.«

»Wenn wir schließlich im Besitz der Skulptur sind, bin nur ich dafür verantwortlich.«

»Du bist die Wissenschaftlerin«, fügte er lächelnd hinzu. Die Kopie kann sie gern haben, dachte er. Er wollte das Original. »Das ist der Deal«, wiederholte er. »Rein oder raus?«

»Rein.« Miranda atmete aus. »Gott möge mir helfen.«

»Gut. Und nun …« Er öffnete seine Aktentasche und legte ein paar Dinge auf den Tisch. »Das ist für dich.«

Sie nahm das dunkelblaue Büchlein in die Hand. »Das ist nicht mein Pass.«

»Für die nächste Zeit doch.«

»Das ist nicht mein Name – wie bist du an das Bild gekommen?« Sie starrte auf ihr Foto. »Das ist das Foto aus meinem Pass!«

»Genau.«

»*Mein* Pass! Und mein Führerschein«, fuhr sie fort und griff danach. »Du hast meine Brieftasche gestohlen!«

»Ich habe mir ein paar Dinge aus deiner Brieftasche geliehen«, berichtigte er sie.

Miranda vibrierte vor Zorn. »Du bist in mein Zimmer gekommen, während ich schlief, und hast meine Sachen gestohlen!«

»Du warst sehr unruhig«, erinnerte er sich. »Hast dich gewälzt und um dich geschlagen. Du solltest es mal mit Meditation versuchen, um deine Spannungen abzubauen.«

»Das ist verachtenswert.«

»Nein, es war notwendig. Es wäre verachtenswert gewesen, wenn ich zu dir ins Bett gekommen wäre. Schön, aber verachtenswert.«

Sie sog Luft durch die Nase ein. »Was hast du mit meinem richtigen Ausweis gemacht?«

»Er ist sicher deponiert. Du brauchst ihn erst wieder, wenn wir zurück sind. Ich bin nur vorsichtig, Darling. Wenn die Polizei herumschnüffelt, ist es besser, sie wissen nicht, dass du das Land verlassen hast.«

Miranda warf den Pass wieder auf den Tisch. »Ich bin nicht Abigail O'Connell!«

»Mrs. Abigail O'Connell – wir sind auf unserer zweiten Hochzeitsreise. Und ich denke, ich werde dich Abby nennen, das klingt nett.«

»Ich werde nicht so tun, als ob ich mit dir verheiratet wäre. Lieber wäre ich mit einem Soziopathen verheiratet.«

Sie ist unerfahren, dachte er bei sich. Er musste geduldig sein. »Miranda, wir reisen zusammen. Wir teilen uns eine Hotelsuite. Bei einem verheirateten Paar schöpft niemand Verdacht oder stellt Fragen. Das macht alles einfacher. In den nächsten Tagen bin ich Kevin O'Connell, dein ergebener Ehemann. Ich bin Stockbroker, du bist in der Werbung tätig. Wir sind seit fünf Jahren verheiratet, wohnen an der Upper West Side und überlegen uns, ob wir eine Familie gründen sollen.«

»Dann sind wir also Yuppies.«

»Diesen Ausdruck verwendet niemand mehr, aber im Grunde genommen sind wir es, ja. Ich habe dir ein paar Kreditkarten besorgt.«

Sie blickte auf den Tisch. »Wie bist du daran gekommen?«

»Kontakte«, erwiderte er leichthin.

Sie stellte sich vor, wie Ryan in einem dunklen, stickigen Zimmer mit einem fetten Mann mit einer Schlangentätowierung und schlechtem Atem verhandelte, der gefälschte Pässe und Waffen ohne Waffenschein verkaufte.

Natürlich ahnte sie nichts von dem Stadthaus in La Rochelle, wo Ryans Buchhaltervetter – zweiten Grades – in seinem Keller Dokumente herstellte.

»Es ist illegal, mit einem falschen Pass ins Ausland zu reisen.«

Er starrte sie fassungslos an, dann brach er in lautes Gelächter aus. »Du bist wundervoll! Ernsthaft. Jetzt brauche ich noch eine detaillierte Beschreibung der Bronze. Ich muss sie rasch erkennen können.«

Miranda musterte ihn und fragte sich, wie es wohl jemand mit einem Mann aushielt, der so schnell von Heiterkeit zu kühler Geschäftsmäßigkeit wechseln konnte. »Vierundneunzig Zentimeter hoch, vierundzwanzig Komma achtundsechzig Kilogramm schwer, eine nackte Frau mit jener blaugrünen Patina, die typisch ist für eine Bronze, die mehr als fünfhundert Jahre alt sein soll.«

Während sie sprach, sah sie die Skulptur vor sich. »Sie steht mit erhobenen Armen auf den Zehenspitzen – es wäre einfacher, wenn ich sie dir aufzeichnen würde.«

»Großartig.« Ryan trat zu einer Anrichte und holte Block und Bleistift aus einer Schublade. »So präzise, wie du kannst. Ich hasse es, Fehler zu machen.«

Miranda setzte sich und zeichnete mit einer Geschwindigkeit und einem Können, das ihn sprachlos machte, die Skulptur auf das Papier. Das Gesicht, das schlaue, sinnliche Lächeln, das Suchende, die hoch erhobenen gespreizten Finger, der fließende Bogen des Körpers.

»Großartig. Absolut großartig«, murmelte er, über Mirandas Schulter gebeugt. Die Kraft, die das Bild ausstrahlte, faszinierte ihn. »Du bist gut. Malst du?«

»Nein.«

»Warum nicht?«

»Weil ich es nicht tue.« Krampfhaft bemühte sie sich, nicht seine Schulter zu berühren. Seine Wange lag fast an ihrer, als sie die letzten Einzelheiten einzeichnete.

»Du hast echtes Talent. Warum verschwendest du es?«

»Das tue ich gar nicht. Eine gute Skizze kann mir bei meiner Arbeit sehr nützlich sein.«

Miranda legte den Stift weg und stand auf. »Die Zeichnung ist genau. Wenn du das Glück haben solltest, über die Bronze zu stolpern, wirst du sie wiedererkennen.«

»Das hat wenig mit Glück zu tun.« Er berührte kurz ihre Wange. »Du siehst ihr ein wenig ähnlich – die Gesichtsform, die starke Knochenstruktur. Es wäre interessant, dich mit diesem schlauen, selbstbewussten Lächeln zu sehen. Du lächelst nicht sehr oft, Miranda.«

»Es gab in der letzten Zeit nicht viel Grund zum Lächeln.«

»Ich glaube, das können wir ändern. In ungefähr einer Stunde kommt der Wagen – Abby. Gewöhn dich an deinen neuen Namen. Und wenn du dir nicht merken kannst, dass du mich Kevin nennen sollst …«, er zwinkerte ihr zu, »dann nenn mich einfach Liebling.«

»Das werde ich bestimmt nicht tun.«

»Oh, noch etwas.« Er zog eine kleine Schmuckschachtel aus seiner Tasche. Als er sie öffnete, musste Miranda beim Funkeln der Diamanten blinzeln. »Kraft meines Amtes, und so weiter«, sagte er und steckte ihr den Ring an den Finger.

»Nein!«

»Sei nicht albern. Das ist Schaufensterschmuck.«

Sie konnte nicht verhindern, dass sie auf ihren Finger starrte. Der Ehering hatte einen Besatz aus vier eckig geschliffenen Diamanten, die wie Eis glitzerten. »Aus irgendeinem Schaufenster. Wahrscheinlich gestohlen.«

»Du verletzt mich. Ein Freund von mir leitet einen Laden im

Diamantendistrikt. Ich hab' ihn zum Einkaufspreis bekommen. Ich muss jetzt packen.«

Er ging zur Treppe, und Miranda betrachtete besorgt den Ring. Es war absurd, aber sie wünschte, er würde nicht so perfekt passen. »Ryan, glaubst du, es gelingt dir wirklich?«

Er zwinkerte ihr über die Schulter zu. »Beobachte mich einfach.«

Er wusste sofort, dass sie seine Sachen durchwühlt hatte. Sie war zwar ordentlich vorgegangen, aber nicht ordentlich genug. Natürlich hatte sie die kleinen Hinweise nicht bemerkt, die er überall angebracht hatte – das einzelne Haar über dem Griff seines zweitürigen Schranks, das winzige Stückchen unsichtbares Klebeband über seiner Kommode. Es war eine alte Gewohnheit, die er nicht ablegen konnte.

Ryan schüttelte den Kopf. Sie hätte sowieso nichts gefunden, was er ihr nicht freiwillig gezeigt hätte.

Er öffnete seinen Schrank, drückte auf einen verborgenen Mechanismus unter der Leiste und betrat sein privates Zimmer. Er brauchte nicht viel Zeit, um auszusuchen, was er mitnehmen wollte. Das hatte er sich schon zurechtgelegt. Er benötigte seine Dietriche und die handliche Elektronik seines Gewerbes. Das dünne Seil und die chirurgischen Handschuhe.

Klebstoff, Haarfärbemittel, ein paar Narben, zwei Brillen. Er bezweifelte zwar, dass er sich für den Job würde verkleiden müssen, und wenn alles planmäßig ablief, würde er auch nur die grundlegendsten Werkzeuge brauchen, aber er wollte trotzdem auf alles vorbereitet sein.

All diese Dinge verpackte er sorgfältig im doppelten Boden seines Koffers. Obenauf legte er die Dinge, die ein Mann für einen Italienurlaub zu zweit benötigte. Am Ende hatte er den Koffer und eine Reisetasche damit gefüllt.

In seinem Arbeitszimmer präparierte er seinen Laptop, suchte die notwendigen CD-Roms aus. Im Geiste hakte er beim Packen alles ab und fügte noch ein paar Dinge hinzu, die er besorgt hatte.

Zufrieden schloss er schließlich seinen Pass in dem Safe hinter der kompletten Werkausgabe von Edgar Allan Poe ein – der Vater des Krimis der verschlossenen Tür – und nahm aus einem Impuls heraus den schlichten Goldring an sich, den er dort aufbewahrte.

Es war der Ehering seines Großvaters gewesen. Bei der Beerdigung vor vielen Jahren hatte seine Mutter ihn Ryan gegeben. Obwohl er schon bei früheren Gelegenheiten zur Tarnung einen Ehering tragen musste, hatte er diesen noch nie benutzt.

Ohne weiter darüber nachzudenken, warum es dieses Mal gerade dieser Ring sein musste, streifte er ihn über seinen Ringfinger, verschloss den Safe und widmete sich wieder seinem Koffer.

Als er sein Gepäck gerade die Treppe hinuntertrug, summte die Gegensprechanlage und kündigte den Wagen an. Miranda hatte ihre Sachen bereits nach unten gebracht. Ihre Koffer, ihr Lap-top und ihre Aktentasche standen im Wohnraum. Ryan zog die Augenbrauen hoch.

»Ich mag Frauen, die pünktlich fertig sind. Alles okay?«

Sie holte tief Luft. Jetzt geht es los, dachte sie. »Lass uns fahren. Ich komme nicht gern in letzter Minute zum Flughafen.«

Er lächelte sie an. »So liebe ich es«, sagte er und beugte sich vor, um einen ihrer Koffer zu nehmen.

»Ich kann meine Sachen selbst tragen.« Sie schob seine Hand weg und ergriff ihre Koffer.

Achselzuckend trat er beiseite und wartete, bis sie sich bepackt hatte. »Nach dir, Dr. Jones.«

Es überraschte Miranda nicht, dass er trotz der kurzen Zeit zwei Plätze in der Ersten Klasse hatte buchen können. Weil sie jedes Mal zusammenzuckte, wenn die Stewardess sie mit Mrs. O'Connell anredete, vergrub sie sich kurz nach dem Start in ein Buch von Kafka, das sie mitgenommen hatte.

Ryan amüsierte sich einige Zeit lang mit dem neuesten Krimi von Lawrence Block. Dann trank er Champagner und sah sich in seinem Sitzfernseher einen Film mit Arnold Schwarzenegger an. Miranda trank Mineralwasser und versuchte später, sich auf eine Naturdokumentation zu konzentrieren.

Auf halbem Weg über dem Atlantik machte sich bemerkbar, dass sie in der Nacht zuvor nur unruhig geschlafen hatte. Sie tat ihr Bestes, um ihren Sitznachbarn zu ignorieren, ließ die Rückenlehne ihres Sitzes herunter, streckte sich aus und schlief ein.

Sie träumte von Maine, von den Klippen, gegen die das Meer

donnerte, und von einem dicken, grauen Nebel, der alles einhüllte. Das Licht flackerte nur schwach, dabei brauchte sie es, um den Weg zum Leuchtturm zu finden.

Sie war allein, völlig allein.

Und sie hatte Angst. Schreckliche Angst.

Sie stolperte und fiel und unterdrückte sogar das laute Keuchen ihres Atems. Das sanfte und gleichzeitig bedrohliche Lachen einer Frau ängstigte sie so sehr, dass sie blindlings weiterrannte.

Und plötzlich stand sie am Abgrund, unter sich nur noch die tosende See.

Als eine Hand nach ihrer griff, umklammerte sie sie fest. *Lass mich nicht allein.*

Neben ihr blickte Ryan auf ihre miteinander verschlungenen Hände. Selbst im Schlaf traten die Knöchel von Mirandas Hand weiß hervor. Wovon wird sie gejagt, fragte er sich, und was hält sie davon ab, sich jemandem anzuvertrauen?

Er streichelte mit dem Daumen über ihre Finger, bis sie sich entspannten. Dann hielt er ihre Hand und fand es seltsam tröstlich, während auch er die Augen schloss und einschlief.

16

»Es gibt nur ein Schlafzimmer!« Miranda hatte keinen Blick für die hübsche Suite. Sie sah nur den einzelnen Schlafraum mit dem anmutigen Doppelbett und der eleganten weißen Überdecke.

Im Wohnraum öffnete Ryan die Doppeltüren und trat auf eine riesige Terrasse. Die Frühlingsluft war mild, und die italienische Sonne strahlte heiter auf die blassroten Dächer.

»Guck dir diese Aussicht an! Diese Terrasse ist einer der Gründe, warum ich dieses Zimmer wieder haben wollte. Hier könnte man wohnen.«

»Gut.« Miranda stieß die Türen im Schlafzimmer ebenfalls auf und trat hinaus. »Warum tust du es dann nicht?« Sie würde sich nicht von dem atemberaubenden Blick auf die Stadt verzaubern lassen, und auch nicht von den bunten Geranien, die in Kästen am Geländer hingen. Und schon gar nicht von diesem Mann, der sich gerade darüber beugte und so aussah, als müsste er einfach an genau dieser Stelle stehen.

»Es gibt nur ein Schlafzimmer«, wiederholte sie.

»Wir sind verheiratet. Wobei mir einfällt: Wie wäre es, wenn du mir ein Bier holst?«

»Es gibt bestimmt eine gewisse Sorte von Frauen, die dich unwiderstehlich amüsant findet, Boldari. Ich gehöre leider nicht dazu.« Sie trat die Stufe zum Geländer hoch. »Und in dem Schlafzimmer gibt es nur ein Bett.«

»Wenn du dich genierst, können wir abwechselnd auf dem Sofa im Wohnzimmer schlafen. Du zuerst.« Er legte ihr den Arm um die Schultern und drückte sie freundschaftlich an sich. »Entspann dich, Miranda. Es wäre nett, mit dir zu schlafen, aber das ist nicht meine oberste Priorität. So eine Aussicht entschädigt einen für den langen Flug, findest du nicht?«

»Die Aussicht ist nicht *meine* oberste Priorität.«

»Sie ist aber da, also kannst du sie ebensogut auch genießen.

In der Wohnung dort drüben wohnt ein junges Paar.« Ryan schob sie ein wenig nach vorn und wies auf ein Fenster im letzten Stock eines hellgelben Gebäudes links von ihnen. »Samstagsmorgens arbeiten sie immer zusammen auf dem Dachgarten. Und einmal sind sie nachts herausgekommen und haben sich dort geliebt.«

»Du hast sie beobachtet?«

»Nur, bis ich gemerkt habe, was sie taten. Ich bin nicht pervers.«

»Das steht noch nicht fest. Du warst also schon einmal hier.«

»Kevin O'Connell war letztes Jahr ein paar Tage lang hier. Deshalb benutzen wir auch seinen Namen noch einmal. In einem gutgeführten Hotel wie diesem erinnert man sich normalerweise an die Gäste – vor allem, wenn sie gute Trinkgelder geben. Und Kevin ist äußerst großzügig.«

»Warum warst du als Kevin O'Connell hier?«

»Es hatte etwas mit einer Reliquie mit einem Knochenfragment von Giovanni Battista zu tun.«

»Du hast eine Reliquie gestohlen? *Eine Reliquie?* Den Knochen von Johannes dem Täufer?«

»Nur ein Fragment davon. Du meine Güte, die Einzelteile sind über ganz Italien verstreut – vor allem hier, wo er der Schutzheilige ist.« Er konnte sich nicht helfen, ihr fassungsloses Staunen versetzte ihn in Erregung. »Beliebter Kerl, der alte Johnny. Keiner wird ein oder zwei Splitter von seinen Knochen vermissen.«

»Mir fehlen die Worte«, murmelte Miranda.

»Mein Kunde hatte Krebs – und er war davon überzeugt, dass die Reliquie ihn heilen würde. Natürlich ist er trotzdem gestorben, aber er lebte immerhin neun Monate länger, als die Ärzte ihm gegeben hatten. Wer sagt's also? Lass uns auspacken.« Er tätschelte ihr den Arm. »Ich möchte duschen, und dann fangen wir mit der Arbeit an.«

»Arbeit?«

»Ich muss einkaufen.«

»Ich werde den Tag nicht damit verbringen, Ferragamo-Schuhe für deine Schwester auszusuchen.«

»Das dauert doch nicht lange, und außerdem brauche ich noch Mitbringsel für die übrige Familie.«

»Hör mal, Boldari, ich glaube, wir haben wichtigere Dinge zu tun, als Souvenirs für deine Familie zu kaufen.«

Es machte sie wütend, dass er sie einfach auf die Nasenspitze küsste. »Keine Sorge, Liebling, dir kaufe ich auch etwas. Zieh dir bequeme Schuhe an«, riet er ihr und ging hinein, um zu duschen.

In einem Geschäft auf dem Ponte Vecchio kaufte er ein Goldarmband mit Smaragden – seine Mutter hatte bald Geburtstag – und ließ es ins Hotel schicken. Offensichtlich genoss er das Gewimmel von Touristen und Schnäppchenjägern auf der Brücke über dem friedlichen Arno. Er erstand auch noch Ketten aus schimmerndem italienischem Gold, Marcasit-Ohrringe und Broschen im Florentiner Stil. Sie seien für seine Schwestern, erklärte er Miranda, die ungeduldig wartete und sich weigerte, sich von der glitzernden Fülle in den Auslagen bezaubern zu lassen.

»Wenn man hier nur lange genug steht«, sagte er, »kann man jede Sprache der Welt hören.«

»Haben wir jetzt lange genug hier gestanden?«

Er legte ihr den Arm um die Schultern und schüttelte den Kopf, als sie sich versteifte. »Gibst du dich nie mal nur dem Augenblick hin, Dr. Jones? Wir sind in Florenz und stehen auf der ältesten Brücke der Stadt. Die Sonne scheint. Atme tief ein«, riet er, »und nimm sie in dich auf.«

Beinahe wäre sie seinem Rat gefolgt, hätte sich an ihn geschmiegt und einfach nur das getan, was er sagte. »Wir sind nicht wegen der Atmosphäre hier«, erwiderte sie jedoch in einem Ton, der ihrer Ansicht nach kühl genug war, um seinen Enthusiasmus und ihr eigenes typisches Verlangen zu dämpfen.

»Aber die Atmosphäre existiert trotzdem. Und wir auch.« Unbeeindruckt nahm er sie bei der Hand und zog sie über die Brücke.

Die kleinen Läden und Stände schienen ihn zu entzücken. Miranda beobachtete ihn, wie er in der Nähe der Piazza della Repubblica um Lederwaren feilschte.

Sie ignorierte seinen Vorschlag, sich selbst doch auch etwas zu kaufen. Stattdessen richtete sie ihr Augenmerk auf die Architektur und wartete in wütendem Schweigen auf ihn.

»Hier, das ist das Richtige für Robbie.« Er nahm eine kleine schwarze Lederjacke mit silbernem Besatz von einem Kleiderständer.

»Robbie?«

»Mein Neffe. Er ist drei. Er schnappt über, wenn er die sieht.«

Sie war wunderschön gemacht, zweifellos teuer und so niedlich, dass Miranda an sich halten musste, um nicht zu lächeln. »Sie ist völlig unpraktisch für einen Dreijährigen.«

»Aber sie ist für einen Dreijährigen gemacht«, beharrte Ryan. »Sonst wäre sie nicht so klein. *Quanto?*«, fragte er den Händler, und das Spiel begann von Neuem.

Als diese Runde beendet war, lenkte er seine Schritte nach Westen. Wenn er jedoch gehofft hatte, Miranda mit der exklusiven Mode in der Via Tornabuoni locken zu können, unterschätzte er ihre Willenskraft.

In Ferragamos Fußbekleidungstempel kaufte er drei Paar Schuhe. Sie kaufte nichts – auch nicht die wundervollen perlgrauen Lederpumps, die ihr ins Auge stachen und ihre Begehrlichkeit weckten.

Auf den Kreditkarten in ihrem Portemonnaie stand nicht ihr Name. Lieber würde sie barfuß gehen, als sie zu benutzen.

»Die meisten Frauen«, bemerkte er, während sie in Richtung Fluss gingen, »trügen mittlerweile schon ein Dutzend Tüten und Schachteln.«

»Ich bin nicht die meisten Frauen.«

»Das habe ich schon gemerkt. Du würdest allerdings in Leder verdammt gut aussehen.«

»In deinen armseligen Fantasien, Boldari.«

»An meinen Fantasien ist nichts Armseliges.« Er blieb vor einem Geschäft stehen und öffnete die Glastür.

»Was passiert jetzt?«

»Wir können uns nicht in Florenz aufhalten, ohne Kunst zu kaufen.«

»Wir sind nicht hierhergekommen, um einzukaufen. Wir sind aus geschäftlichen Gründen hier.«

»Entspann dich endlich.« Er nahm ihre Hand und führte sie schwungvoll an seine Lippen. »Vertrau mir.«

»Das sind zwei Sätze, die nie zusammenpassen werden, wenn man sie auf dich anwendet.«

Der Laden war voller Marmor- und Bronzereproduktionen. Götter und Göttinnen tanzten, um die Touristen dazu zu verlocken, ihre goldenen Kreditkarten zu zücken und sich die Kopie eines Meisterwerks oder das Werk eines jungen, unbekannten Künstlers zu kaufen.

Nur mühsam beherrscht bereitete Miranda sich darauf vor, eine weitere kostbare Stunde zu vergeuden, während Ryan seinen familiären Verpflichtungen nachkam. Aber er überraschte sie, indem er schon nach fünf Minuten auf eine Venusstatue wies.

»Was hältst du davon?«

Nüchtern trat sie näher und betrachtete die polierte Bronzefigur. »Sie ist ganz nett, zwar nicht besonders gut gemacht, aber wenn einer deiner zahllosen Verwandten nach Gebrauchskunst sucht, dann reicht sie aus.«

»Ja, ich glaube, sie reicht aus.« Er strahlte den Verkäufer an und zog dann seinen Italienisch-Führer aus der Tasche. Miranda runzelte die Stirn.

Während des ganzen Einkaufsbummels hatte er fließend italienisch gesprochen, und jetzt stümperte er auf einmal die einfachsten Sätze mit einem so grauenvollen Akzent hervor, dass der Verkäufer ihn mitleidig anlächelte.

»Sie sind Amerikaner, nicht wahr? Wir können Englisch sprechen.«

»Ja? Gott sei Dank.« Ryan lachte und ergriff Mirandas Hand. »Meine Frau und ich wollen etwas Besonderes mit nach Hause nehmen. Uns gefällt diese Statue sehr. Sie würde großartig in den Wintergarten passen, nicht wahr, Abby?«

Miranda brachte lediglich ein langgezogenes »Hmmm« hervor.

Er handelte dieses Mal auch nicht besonders gut, sondern zuckte bei dem Preis zusammen und zog sie zur Seite, als wolle er sich mit ihr unter vier Augen beraten.

»Was soll das?«, flüsterte sie.

»Ich möchte nichts kaufen, ohne dass meine Frau zustimmt.«

»Du bist ein Idiot.«

»Das habe ich nun davon, dass ich so ein umsichtiger Ehemann bin.« Er senkte den Kopf, gab ihr einen festen Kuss – und verdankte es nur seiner schnellen Reaktion, dass er ihren Zähnen entging. »Versprich mir, dass du das später noch einmal versuchst.«

Bevor sie darauf etwas erwidern konnte, hatte er sich schon wieder an den Verkäufer gewandt. »Wir nehmen sie.«

Als der Kauf getätigt und die Statue eingepackt war, lehnte er das Angebot ab, sie ins Hotel schicken zu lassen.

»Nein danke, das ist schon in Ordnung. Wir sind sowieso auf dem Rückweg.« Ryan ergriff die Tüte und legte den Arm um Miranda, wobei ihr eine der zwei Kameras, die er sich um den Hals gehängt hatte, gegen die Schulter schlug. »Lass uns noch ein Eis essen, Abby.«

»Ich will jetzt kein Eis«, murrte sie, während sie den Laden verließen.

»Aber sicher willst du eins. Das wird dir Kraft geben. Wir müssen nämlich noch etwas erledigen.«

»Bitte, ich bin müde, meine Füße tun weh, und ich gehe nicht gern einkaufen. Ich mache mich einfach schon mal auf den Weg ins Hotel.«

»Damit du den ganzen Spaß verpasst? Wir müssen nämlich ins Bargello.«

»Jetzt?« Eine Mischung aus Erregung und Entsetzen machte sich in ihr breit. »Wir machen es jetzt?«

»Wir spielen noch ein bisschen länger Touristen.« Ryan trat auf die Straße, um ihr auf dem engen Bürgersteig Platz zu machen. »Wir sehen uns das Ganze an, um ein Gefühl dafür zu bekommen, und machen ein paar Fotos.« Zwinkernd fügte er hinzu: »Wir checken sozusagen die Lage, wie es in den Filmen immer heißt.«

»Die Lage checken«, murmelte sie.

»Wo sind die Überwachungskameras? Wie weit steht Michelangelos *Bacchus* vom Haupteingang weg?« Das wusste er allerdings schon. Schließlich war es nicht sein erster Ausflug hierher. »Wie weit ist es quer durch den Innenhof? Wie viele Schritte sind es bis zum Balkon im ersten Stock? Wann haben die Wachleute Schichtwechsel? Wie viele …«

»Schon gut, schon gut, ich hab's begriffen.« Miranda hob die Hände. »Warum haben wir das denn nicht als Erstes gemacht?«

»Alles zu seiner Zeit, Liebling. Abby und Kevin wollten an ihrem ersten Tag doch zunächst etwas von der Stadt sehen, oder?«

Sie stellte fest, dass sie wirklich genau wie amerikanische Touristen aussahen – Kameras, Einkaufstüten und Reiseführer. Unterwegs kaufte er ihr ein Eis. Um ihre innere Spannung abzubauen, leckte sie gehorsam an dem kalten Zitroneneis, während sie durch die Straßen bummelten, sich Gebäude und Straßen ansahen und vor Schaufenstern oder ausgehängten Menükarten stehen blieben.

Vielleicht hat er ja recht, dachte sie. Niemand würde auf sie achten, und wenn sie sich darauf konzentrierte, hatte sie fast das Gefühl, wirklich zum ersten Mal in ihrem Leben durch diese Stadt zu schlendern. Ein bisschen kam sie sich vor wie in einem Theaterstück. *Abbys und Kevins Ferien in Italien.*

Wenn sie nur nicht so eine schlechte Schauspielerin wäre.

»Großartig, nicht wahr?« Er blieb stehen und verschränkte seine Finger mit ihren, während er den prächtigen Dom betrachtete, der die Stadt beherrschte.

»Ja. Brunelleschis Bauwerk war eine revolutionäre Leistung. Er hat keine Gerüste benutzt. Giotto hat den Campanile entworfen, aber er ist gestorben, bevor er fertiggestellt war.« Miranda rückte ihre Sonnenbrille zurecht. »Die neogotische Marmorfassade entspricht seinem Stil, wurde aber erst im neunzehnten Jahrhundert hinzugefügt.«

Sie fuhr sich durch die Haare und sah, dass Ryan sie anlächelte. »Was ist los?«

»Du hast eine nette Art, Geschichtsunterricht zu erteilen, Dr. Jones.« Ihr Gesicht verschloss sich wieder, aber er umfasste es mit den Händen. »Nein, nicht. Das war nicht böse gemeint, sondern ein Kompliment.« Er strich leicht über ihre Wangenknochen. Sie ist so empfindsam, dachte er. »Erzähl mir mehr.«

Falls er sich über sie lustig machte, so verbarg er das geschickt. Also redete sie weiter. »Michelangelo schuf seinen *David* im Hof des Museo dell'Opera del Duomo.«

»Wirklich?«

Er sagte das so ernst, dass sie unwillkürlich lächeln musste.
»Ja. Er hat auch Donatellos *Johannes den Täufer* für seinen *Moses* kopiert. Aber der ganze Stolz des Museums ist wahrscheinlich seine *Pietà*. Die Figur des Nicodemus soll angeblich ein Selbstporträt sein und ist großartig. Die Maria Magdalena jedoch ist schlechter ausgeführt und offenbar das Werk eines seiner Schüler. Küss mich nicht, Ryan«, sagte sie rasch, schloss jedoch die Augen, als sein Mund sich ihrem näherte. »Es kompliziert die Dinge nur.«

»Müssen sie denn unbedingt einfach sein?«

»Ja.« Sie öffnete die Augen wieder und sah ihn an. »In diesem Fall, ja.«

»Normalerweise bin ich der gleichen Meinung wie du.« Nachdenklich fuhr er mit seinem Daumen über ihre Lippen. »Wir fühlen uns zueinander hingezogen, und das sollte eigentlich kein Problem sein. Ist es aber.« Er strich mit seinen Händen ihre Arme auf und ab. Ihr Puls ging rasch und heftig.

Doch dann trat er einen Schritt zurück. »Okay, machen wir es uns so einfach wie möglich. Stell dich dort drüben hin.«

»Warum?«

»Damit ich dich fotografieren kann, Liebling.« Er nahm seine Sonnenbrille ab und zwinkerte ihr zu. »Wir wollen doch schließlich unseren Freunden zu Hause Fotos zeigen, nicht wahr, Abby?«

Obwohl sie es eigentlich übertrieben fand, stellte sie sich mit Hunderten anderer Touristen vor den prachtvollen Duomo und ließ sich von Ryan vor dem weißen, grünen und rosafarbenen Marmor fotografieren.

»Und jetzt fotografierst du mich.« Er trat zu ihr und hielt ihr seine Nikon entgegen. »Du musst einfach nur hindurchsehen und abdrücken. Du musst …«

»Ich weiß, wie man einen Fotoapparat bedient.« Sie riss ihm die Kamera aus der Hand. »Kevin!«

Miranda trat zurück, hielt die Kamera vors Auge und stellte die Entfernung ein. Er bot einen hinreißenden Anblick – groß, dunkelhaarig und selbstgefällig in die Kamera grinsend.

»So. Bist du jetzt zufrieden?«

»Noch nicht ganz.« Er bat ein Touristenpaar, ein Foto von ihnen beiden zu machen.

»Das ist lächerlich«, murrte Miranda, während sie sich neben Ryan aufstellte, der ihr dieses Mal den Arm um die Taille legte.

»Es ist für meine Mutter«, sagte er und gab ihr spontan einen Kuss.

Flügelrauschend flog ein Schwarm Tauben auf. Sie konnte nicht widerstehen, konnte ihn nicht abwehren. Seine Lippen waren warm und fest, und er zog sie näher zu sich heran, während er sie küsste. Der leise Laut, den sie von sich gab, hatte mit Protest nichts zu tun, und auch ihre Hand, die sich an seinen Kopf legte, wollte ihn nicht abwehren.

Die Sonne war gleißend weiß und die Luft erfüllt von Geräuschen.

Entweder wendet sie sich ganz ab oder sie gibt sich ganz hin, dachte Ryan. Er küsste die Innenfläche ihrer Hand. »Entschuldigung«, sagte er ernst, »ich glaube, ich bin dem Zauber des Augenblicks erlegen.«

Dann ließ er sie mit zitternden Knien stehen und holte seine Kamera zurück.

Er hängte sie sich wieder um den Hals, ergriff die Einkaufstüten und streckte Miranda die Hand entgegen. »Lass uns gehen.«

Fast hätte sie vergessen, was sie vorhatten. Sie nickte und ging mit ihm weiter.

Als sie die Tore des alten Palazzo erreichten, zog er, wie ein guter Tourist, den Führer aus der Hosentasche.

»Er ist 1255 erbaut worden«, sagte er zu ihr. »Vom sechzehnten bis zur Mitte des neunzehnten Jahrhunderts diente er als Gefängnis. Im Hof wurden Exekutionen durchgeführt.«

»Wie passend«, murmelte sie. »Ich kenne übrigens die Geschichte.«

»Dr. Jones kennt die Geschichte.« Er gab ihr einen liebevollen Klaps auf den Po. »Abby, Liebling.«

Sobald sie in dem fürstlichen Innenraum standen, griff er nach seiner Videokamera. »Ist es nicht toll hier, Abby? Sieh dir den Kerl an – der hat ganz schön geladen, was?«

Ryan richtete die Kamera auf die berühmte Bronzestatue des trunkenen *Bacchus* und schwenkte sie dann langsam durch den

Raum. »Warte nur, bis Jack und Sally die Bilder sehen. Die werden grün vor Neid.«

Er richtete die Kamera auf eine Ecke, in der ein Wachmann saß und die Besucher beobachtete. »Geh herum«, sagte er leise zu ihr. »Mach einen ehrfürchtigen Mittelschicht-Eindruck.«

Mirandas Hände wurden feucht. Das war natürlich lächerlich. Es war ganz normal, dass sie sich hier aufhielten, und schließlich konnte ja niemand ahnen, was in ihren Köpfen vor sich ging. Trotzdem schlug ihr das Herz bis zum Hals, während sie durch die Halle wanderte.

»Wunderbar schrecklich, nicht wahr?«

Sie zuckte leicht zusammen, als Ryan neben sie trat, während sie gerade vorgab, Bandinellis *Adam und Eva* zu betrachten. »Es ist ein bedeutendes Werk.«

»Nur weil es alt ist. Sie sehen aus wie ein Paar aus der Vorstadt, das jedes Wochenende in einem Nudistencamp herumhängt. Komm, wir sehen uns Giambolognas Vögel in der Loggia an.«

Nach einer Stunde bekam Miranda langsam den Verdacht, dass kriminelle Aktivitäten äußerst ermüdend waren. Sie gingen durch jeden Saal und hielten jeden Zentimeter, jeden Winkel mit der Kamera fest. Sie hatte jedoch vergessen, dass im Sala dei Bronzetti Italiens prächtigste Sammlung kleiner Renaissance-Bronzen gezeigt wurde. Der *David* fiel ihr wieder ein, und sie wurde nervös.

»Hast du noch nicht genug?«

»Beinahe. Flirte mal mit dem Wachmann dort drüben.«

»Wie bitte?«

»Mach ihn auf dich aufmerksam.« Ryan ließ die Kamera sinken und öffnete rasch die beiden obersten Knöpfe von Mirandas Baumwollbluse.

»Was machst du da?«

»Ich stelle sicher, dass er dir seine Aufmerksamkeit schenkt, *cara*. Stell ihm ein paar Fragen, rede schlechtes Reiseführer-Italienisch, klimper mit deinen Wimpern, und gib ihm das Gefühl, dass er wichtig ist.«

»Und was tust du in der Zwischenzeit?«

»Wenn du ihn nicht fünf Minuten lang ablenken kannst, nichts.

So lange brauche ich. Wenn du fertig bist, frage ihn nach der Damentoilette, und geh dann dorthin. Wir treffen uns in zehn Minuten im Hof.«

»Aber …«

»Tu, was ich sage«, befahl er. Sein Blick war ganz hart geworden. »Es sind gerade genug Leute hier, dass ich es schaffen könnte.«

»O Gott. In Ordnung.« Ihr Magen sank ihr fast bis in die zitternden Knie, während sie auf den Wachmann zuging.

»Ah … *scusi*«, begann sie mit einem harten amerikanischen Akzent. »*Per favore* …« Der Blick des Wachmanns verhakte sich in ihrem Ausschnitt, und dann richtete er ihn lächelnd auf ihr Gesicht. Miranda schluckte und breitete hilflos die Hände aus. »Sprechen Sie englisch?«

»*Sì, signora*, ein bisschen.«

»Oh, wunderbar.« Sie klimperte ein wenig mit ihren Wimpern und sah am Lächeln des Wachmanns, dass solche armseligen Hilfsmittel tatsächlich wirkten. »Vor meiner Abreise habe ich mein Italienisch noch ein bisschen aufpoliert, aber ich habe alles schon wieder vergessen. Ist es nicht schrecklich, dass so wenige Amerikaner eine Fremdsprache sprechen, so wie die meisten Europäer?«

An dem Ausdruck in seinen Augen erkannte sie, dass sie viel zu schnell für ihn redete. Umso besser. »Alles ist so wunderschön hier. Könnten Sie mir vielleicht etwas erzählen über …« Sie wählte eine Skulptur am Rand.

Ryan wartete, bis er sah, dass der Wachmann abgelenkt war, dann zog er einen kleinen Dietrich aus der Tasche und widmete sich dem Seiteneingang.

Es war ziemlich einfach zu bewerkstelligen. Niemand hier im Museum rechnete damit, dass die Besucher mit Dietrichen bewaffnet waren oder sich am hellichten Tag an verschlossenen Türen Eintritt verschaffen wollten.

Den Grundriss des Museums hatte er auf einer Diskette gespeichert. Wie Dutzende von anderen Grundrissen auch. Wenn er seiner Quelle trauen konnte, würde Ryan das, was er suchte, hinter der Tür finden, in einem der vollgestopften Lagerräume in diesem Stockwerk.

Er behielt die Sicherheitskamera im Auge und schätzte ab, wie viel Zeit ihm noch blieb, bis eine Gruppe von Kunstliebhabern vor ihm vorüberkam.

Noch bevor sie ihn erreicht hatten, war er schon durch die Tür und schloss sie leise hinter sich.

Zufrieden atmete er auf, zog die Handschuhe über und spreizte die Finger. Allzu viel Zeit hatte er nicht zu verlieren.

Es gab etliche kleine Räume, wie in einem Kaninchenbau, die vollgestopft waren mit Statuen und Bildern, von denen die meisten auf ihre Restaurierung warteten. Seiner Erfahrung nach waren die Menschen, die ihr Leben mit Kunstwerken verbrachten, nicht die ordentlichsten.

Einige Stücke fielen ihm ins Auge, zum Beispiel eine traurig blickende Madonna mit einer zerborstenen Schulter. Aber er suchte schließlich nach einer anderen Dame ...

Leises Pfeifen und das Geräusch von Schritten ließ ihn jedoch rasch nach einem Versteck Ausschau halten.

Miranda wartete zehn Minuten, dann fünfzehn. Nach zwanzig Minuten rang sie nervös die Hände, während sie auf einer Bank im Hof saß, und stellte sich vor, wie es wohl sein mochte, einige Zeit in einem italienischen Gefängnis zu verbringen.

Vielleicht war das Essen dort ja gut.

Zumindest wurden Diebe heutzutage nicht mehr zum Tode verurteilt, und man hängte ihre Leichen auch nicht mehr zur Abschreckung aus den Fenstern des Bargello.

Wieder schaute sie auf die Uhr und rieb sich mit den Fingern über die Lippen. Sie hatten ihn ganz bestimmt gefasst. Jetzt gerade wurde er in irgendeinem heißen, kleinen Zimmer verhört, und er würde ohne Zögern ihren Namen preisgeben. Dieser Feigling.

Doch plötzlich sah sie ihn. Er kam über den Hof auf sie zugeschlendert, ein Mann ohne Sorgen und ohne den Schatten eines Diebstahls auf seinem Herzen. Ihre Erleichterung war so groß, dass sie aufsprang und ihn umarmte.

»Wo bist du gewesen? Ich dachte, sie hätten dich ...«

Ryan küsste sie, sowohl um sie zum Schweigen zu bringen, als auch, um die Situation auszunutzen. »Lass uns etwas trinken gehen. Ich erzähle dir dann alles«, sagte er dicht an ihrem Mund.

»Wie konntest du mich nur so lange hier warten lassen? Du hast zehn Minuten gesagt. Jetzt ist es schon fast eine halbe Stunde …«

»Es hat ein bisschen länger gedauert.« Sein Mund war immer noch ganz dicht an ihrem, und er grinste sie an. »Hast du mich vermisst?«

»Nein. Ich habe mir gerade überlegt, was es heute im Gefängnis wohl zu essen gibt.«

»Vertrau mir doch.« Er klatschte in die Hände und breitete dann die Arme weit aus. »Etwas Wein und Käse wären jetzt genau das Richtige. Die Piazza della Signoria ist zwar nicht so pittoresk wie die anderen Plätze, aber sie ist ganz in der Nähe.«

»Wo warst du?«, fragte sie erneut. »Ich habe mich so lange mit dem Wachmann aufgehalten, wie ich konnte, und als ich mich nach dir umdrehte, warst du weg.«

»Ich wollte wissen, was sich hinter der Tür Nummer drei befindet. Dieses Gebäude mag ja früher ein Palast gewesen sein und später sogar ein Gefängnis, aber die Innentüren sind ein Kinderspiel.«

Er blickte in ein Schaufenster, an dem sie gerade vorbeikamen, und gelobte sich im Stillen, noch einmal einkaufen zu gehen. »Ich habe unsere Lady gefunden«, sagte er beiläufig.

»Das ist unverantwortlich, dumm und egozentrisch … *Was?*«

»Ich habe sie gefunden.« Sein Grinsen blitzte auf wie die toskanische Sonne. »Und ich glaube, sie ist nicht allzu glücklich darüber, in einer dunklen Kammer Staub anzusetzen. Geduld«, fügte er hinzu, bevor Miranda eine weitere Frage stellen konnte. »Ich habe Durst.«

»Du hast Durst? Wie kannst du an Wein und Käse denken, um Himmels willen? Wir sollten etwas tun! Unseren nächsten Schritt planen. Wir können doch nicht einfach dasitzen und Chianti trinken!«

»Genau das werden wir aber tun – und hör auf, ständig über die Schulter zu blicken, als ob die *polizia* uns schon auf den Fersen wäre.«

Er zog Miranda unter die Markise einer Trattoria und schob sie auf einen leeren Tisch zu.

»Du hast den Verstand verloren. Du bummelst durch Geschäfte, kaufst Souvenirs, feilschst um Lederjacken für Kleinkinder und wanderst durch das Bargello, als wärst du noch nie da gewesen. Und jetzt ...«

Als er sie auf einen Stuhl stieß, brach sie schockiert ab. Hart packte er ihre Hand und beugte sich über den Tisch. Sein Lächeln war genauso eisig wie seine Stimme.

»Jetzt werden wir einfach ein Weilchen hier sitzen, und du wirst mir keinen Ärger mehr machen.«

»Ich ...«

»Nicht den geringsten Ärger.« Sein Lächeln wurde freundlicher, als er den Kellner anblickte. Da er sich im Moment nicht zu tarnen brauchte, bestellte er in perfektem Italienisch eine Flasche des hiesigen Weins und eine Käseplatte.

»Ich werde dein Machoverhalten nicht dulden.«

»Mein Schatz, du wirst alles dulden, was ich tue. Ich habe die Lady.«

»Du leidest unter – *Was?*« Alle Farbe wich aus ihrem Gesicht. »Was soll das heißen, du hast die Lady?«

»Sie steht unter dem Tisch.«

»Unter dem ...« Sie wollte spontan ihren Stuhl zurückschieben und nachsehen, aber er packte ihr Handgelenk so fest, dass sie einen Aufschrei unterdrückte.

»Sieh mich an, *cara*, und tu so, als seist du in mich verliebt.« Er zog ihre Hand an die Lippen.

»Willst du mir erzählen, du seist einfach am hellichten Tag in ein Museum gegangen und mit der Bronze wieder herausgekommen?«

»Ich bin gut. Das habe ich dir doch gesagt.«

»Aber gerade eben? Jetzt? Du warst doch nur eine halbe Stunde weg.«

»Wenn nicht ein Wachmann in den Lagerraum gekommen wäre, um schnell einen Schluck Wein zu trinken, hätte ich nur die Hälfte der Zeit gebraucht.«

»Aber du hast doch gesagt, wir müssten den Ort überprüfen, aufnehmen, abmessen und zunächst ein Gefühl dafür bekommen!«

Er küsste wieder ihre Finger. »Ich habe gelogen.« Er nahm ihre Hand in seine und schaute sie verträumt an, während der Kellner Wein und Käse auf den Tisch stellte. Dieser lächelte, da er die Liebenden nicht stören wollte, nachsichtig und ließ sie wieder allein.

»Du hast gelogen.«

»Wenn ich dir gesagt hätte, dass ich sie jetzt schon holen würde, wärst du nervös und unruhig gewesen und hättest mit Sicherheit alles verdorben.« Er goss ihnen beiden Wein ein und nahm einen Schluck. »Der Wein aus dieser Region ist hervorragend. Möchtest du ihn nicht auch mal probieren?«

Miranda starrte ihn immer noch an, hob aber gehorsam ihr Glas und trank den Inhalt in wenigen, langen Zügen aus. Jetzt war sie die Komplizin eines Diebs.

»Wenn du weiter so trinkst, solltest du auch etwas essen.« Er schnitt ein Stück Käse ab und reichte es ihr. »Hier.«

Sie stieß seine Hand weg und griff nach der Flasche. »Du wusstest schon, als wir hingegangen sind, dass du es heute tun wolltest.«

»Ich wusste beim Hineingehen, dass ich den Austausch vornehmen würde, wenn die Gelegenheit sich ergibt.«

»Welchen Austausch?«

»Die Bronze, die wir vorher gekauft haben – ich habe sie statt der Lady hingestellt. Glaub mir, die meisten Menschen sehen das, was sie sehen wollen. Die Bronzestatue einer Frau steht im Lager. Höchstwahrscheinlich wird eine ganze Weile lang niemand bemerken, dass es die falsche ist.«

Er lud sich Käse auf den Teller, probierte und legte sich ein Stückchen auf einen Cracker. »Und wenn sie es merken, werden sie glauben, dass die richtige Statue irgendwo anders hingestellt worden ist. Und wenn sie sie nirgendwo finden, können sie nicht mehr rekonstruieren, wann sie weggekommen ist. Mit etwas Glück, sind wir bis dahin längst wieder zurück in den Staaten.«

»Ich muss sie sehen.«

»Dazu ist noch Zeit genug. Ich kann dir sagen, wenn man wissentlich eine Fälschung stiehlt … ist das nicht halb so aufregend wie sonst.«

»Tatsächlich?«, murmelte sie.

»Nein. Die Erregung wird mir sicher auch fehlen, wenn ich demnächst im Ruhestand bin. Du hast deine Sache übrigens gut gemacht.«

»Oh.« Miranda empfand überhaupt keine Erregung, ihr zog sich lediglich der Magen zusammen.

»Als du den Wachmann abgelenkt hast. Und nun stärke dich ein bisschen.« Er bot ihr abermals Käse an. »Wir haben noch zu arbeiten.«

Es war eine surreale Situation, im Hotelzimmer zu sitzen und die *Dunkle Lady* in der Hand zu halten. Miranda prüfte sie sorgfältig, stellte fest, wo Proben entnommen worden waren, schätzte das Gewicht und betrachtete den Stil.

Die Skulptur war wunderschön und anmutig, mit der blaugrünen Patina, die ihr die Würde des Alters verlieh.

Miranda stellte sie auf den Tisch neben den *David*.

»Sie ist großartig«, kommentierte Ryan, während er an seiner Zigarre zog. »Deine Skizze von ihr war sehr genau. Du hast die Ausstrahlung nicht wiedergeben können, aber die Einzelheiten hast du alle ganz genau dargestellt. Du wärst sicher eine noch bessere Künstlerin, wenn du mehr mit dem Herzen bei der Sache wärst.«

»Ich bin überhaupt keine Künstlerin.« Ihre Kehle war staubtrocken. »Ich bin Wissenschaftlerin, und das ist nicht die Bronze, die ich getestet habe.«

Er zog eine Augenbraue hoch. »Woher weißt du das?«

Sie konnte ihm nicht sagen, dass sie sich falsch anfühlte. Sie konnte nicht einmal sich selbst gegenüber zugeben, dass sie nicht das gleiche Prickeln in den Fingerspitzen spürte, wenn sie sie hielt. Also nannte sie ihm die Tatsachen.

»Es ist durchaus möglich, dass jemand mit einer gewissen Übung ein Werk aus dem zwanzigsten Jahrhundert allein durch visuelle Überprüfung erkennen kann. In diesem Fall würde ich mich natürlich nicht nur darauf verlassen. Aber ich habe Proben bei der echten Skulptur entnommen. Hier, und hier.« Sie wies mit der Fingerspitze auf die hintere Hüfte und die Rundung der Schulter. »Auf diesem Stück hier sieht man nichts davon. Pontis Labor hat Proben am Rücken und am Fuß entnommen. Das sind nicht meine Stellen. Ich brauche die entsprechende Ausrüstung und meine Notizen, um es zu verifizieren, aber das ist ganz bestimmt nicht die Bronze, an der ich gearbeitet habe.«

Nachdenklich streifte Ryan die Asche seiner Zigarre in einem Aschenbecher ab. »Lass uns deine Behauptung also zuerst verifizieren.«

»Niemand wird mir glauben. Selbst wenn ich sie verifiziere, wird niemand mir glauben, dass dies nicht die Figur ist, die ich getestet habe.« Sie sah ihn an. »Warum sollten sie auch?«

»Sie werden dir glauben, wenn wir auch das Original haben.«

»Wie …«

»Alles zu seiner Zeit, Dr. Jones. Du wirst dich sicher umziehen wollen. Einfache schwarze Kleidung passt am besten zu einem unterhaltsamen Abend, an dem man einbrechen will. Ich kümmere mich um das Transportmittel.«

Miranda leckte sich über die Lippen. »Wir wollen bei Standjo einbrechen?«

»So ist mein Plan.« Er spürte ihr Unbehagen und lehnte sich in seinem Stuhl zurück. »Es sei denn, du möchtest deine Mutter anrufen, ihr alles erklären und sie bitten, dich für eine Weile in ihr Labor zu lassen.«

Miranda stand auf und sah Ryan kühl an. »Ich gehe mich umziehen.«

Die Schlafzimmertür hatte kein Schloss, also schob sie den Schreibtischstuhl davor und klemmte seinen Rücken unter die Klinke. Sie fühlte sich wohler so. Er benutzt mich, dachte sie, als wenn ich eins seiner Werkzeuge wäre. Es war eine Illusion, dass sie Partner sein konnten. Dabei hatte sie ihm bereits beim Stehlen geholfen.

Und nun war sie auf dem Weg, in ihr Familienunternehmen einzubrechen. Wie würde sie ihn bloß aufhalten können, wenn er plötzlich mehr als nur ein paar grundlegende Tests machen wollte?

Sie hörte, wie er vom Wohnzimmer aus telefonierte, und zog

sich langsam ein schwarzes Hemd und schwarze, enge Hosen an. Sie brauchte einen eigenen Plan. Sie musste jemanden einweihen, dem sie vertrauen konnte.

»Ich muss rasch zur Rezeption hinunter«, rief er. »Beeil dich! Ich bin nur eine Minute weg, und ich muss mich auch noch umziehen.«

»Ich bin gleich fertig.« Sobald Miranda die Tür ins Schloß fallen hörte, zog sie den Stuhl von der Tür weg. »Sei da, sei da, sei da«, flüsterte sie hektisch, während sie ihr Adressbuch aus ihrer Aktentasche riss. Sie fand die Nummer und rief an.

»*Pronto.*«

»Giovanni, ich bin's, Miranda!«

»Miranda?« Er klang nicht erfreut, nur vorsichtig. »Wo bist du? Dein Bruder ist …«

»Ich bin in Florenz«, unterbrach sie ihn. »Ich muss dich sofort sehen. Bitte, Giovanni, komm zur Santa Maria Novella. Wir treffen uns in der Kirche. In zehn Minuten.«

»Aber …«

»Bitte, es ist lebenswichtig.« Sie legte auf. Dann wickelte sie rasch die Statuen ein, steckte sie in ihre Tasche, hängte sich diese über die Schulter, ergriff noch die Handtasche und lief los.

Sie nahm die Treppe, und während sie die Stufen hinunterrannte, schlug ihr das Herz bis zum Hals. Die Tasche war schwer, und am Fuß der Treppe musste sie kurz stehen bleiben, um zu verschnaufen.

Sie entdeckte Ryan, der fröhlich plaudernd an der Rezeption stand. Sie konnte es nicht riskieren, die Lobby zu durchqueren, also drückte sie sich an der Seite vorbei und huschte durch die Glastüren, die auf den hübschen Garten mit dem Swimmingpool und den schattigen Bäumen führten. Tauben flogen auf, als sie hindurchlief.

Obwohl die Tasche immer schwerer wurde, blieb Miranda nicht stehen, bis sie das Gebäude umrundet hatte und auf der Straße angelangt war. Dann verlagerte sie das Gewicht von der einen auf die andere Schulter und sah sich nervös um. Schließlich marschierte sie geradewegs zur Kirche.

Santa Maria Novella, mit der wunderschön gemusterten Fassade aus grünweißem Marmor, war nicht weit vom Hotel entfernt.

Miranda trat keuchend in die kühle, dämmerige Kirche. Als sie sich links von der Kanzel in eine Bank setzte, zitterten ihre Beine. Erst jetzt wurde ihr klar, was sie gerade gemacht hatte.

Ryan würde außer sich sein vor Wut, und sie konnte nicht abschätzen, wie gewalttätig er reagieren würde. Aber sie tat das Richtige, das einzig Logische.

Selbst die Kopie musste geschützt werden, bis das Problem gelöst war. Sie konnte doch nicht einem Mann vertrauen, der sich seinen Lebensunterhalt mit Diebstählen verdiente!

Giovanni wird kommen, sagte sie sich. Sie kannte ihn seit Jahren. Wie gern er auch flirtete, wie exzentrisch er auch sein mochte, im Herzen war er ein Wissenschaftler. Und er war immer ihr Freund gewesen.

Er würde zuhören und ihr einen Rat geben. Er würde ihr helfen.

Um sich zu beruhigen, schloss sie die Augen.

Vertrauen und Kraft lag in diesen alten Kirchen in der Luft. Religion hatte immer etwas mit Kraft zu tun. Und hier hatte sich diese Kraft in großartiger Kunst manifestiert, für die die Familie der Medici viel Geld bezahlt hatte.

Ob sie damit ihre Seelen freigekauft haben?, fragte Miranda sich. Wollten sie ihre Untaten und Sünden ungeschehen machen, indem sie eine so prächtige Kirche erbauen ließen? Lorenzo hatte seine Frau mit der Donna oscura betrogen – auch wenn solche Affären damals an der Tagesordnung waren. Und sein größter Protegé hatte sie als Statue unsterblich gemacht.

Hatte er es gewusst?

Nein, nein, erinnerte sie sich, er war ja schon tot gewesen, als die Skulptur entstand. Sie hatte damals ihre Gunst bereits Piero, einem der jüngeren Cousins, geschenkt.

Sie hätte die Macht, die ihr ihre Schönheit verlieh, nie aufs Spiel gesetzt, indem sie einen neuen Beschützer abwies. Dafür war sie zu klug, zu praktisch veranlagt. Um Erfolg zu haben, um in jener Zeit auch nur überleben zu können, brauchte eine Frau den Schutz eines Mannes – oder zumindest ein eigenes Vermögen und eine einigermaßen akzeptable Herkunft.

253

Oder große Schönheit, gepaart mit einem kühlen Verstand und einem Herzen, das sie zu nutzen verstand.

Giulietta hatte es verstanden.

Erschauernd öffnete Miranda die Augen. Es geht um die Skulptur, rief sie sich ins Gedächtnis, nicht um die Frau. Wissenschaft, nicht Spekulation, würde das Rätsel lösen.

Als sie rasche Schritte hörte, fuhr sie zusammen. Er hatte sie gefunden. O Gott. Miranda sprang auf, wirbelte herum und weinte fast vor Erleichterung.

»Giovanni!« Ihr wurde ganz schwach in den Beinen, als sie auf ihn zutrat und ihn umarmte.

»*Bella*, was machst du hier?« Er erwiderte die Umarmung mit einer Mischung aus Ärger und Zuneigung. »Warum rufst du mich mit einer so angstvollen Stimme an und bittest mich, dich hier in aller Heimlichkeit zu treffen?« Er blickte zum Hochaltar. »In der Kirche!«

»Hier ist es ruhig und sicher. Und heilig«, erwiderte sie mit einem schwachen Lächeln, während sie einen Schritt zurücktrat. »Ich möchte dir gern alles erklären, aber ich weiß nicht, wie viel Zeit ich habe. Er weiß inzwischen sicher, dass ich fort bin, und er wird nach mir suchen.«

»*Wer* weiß das?«

»Zu kompliziert. Setz dich für eine Minute.« Sie flüsterte automatisch, wie es Situation und Umgebung erforderten. »Giovanni, die Bronze. Die *Dunkle Lady* – es war eine Fälschung!«

»Miranda, mein Englisch mag nicht ganz einwandfrei sein, aber ich glaube verstanden zu haben, dass die Bronze immer schon eine Fälschung war. Sie war falsch, ein schlechter Witz, ein …« Er suchte nach dem passenden Wort. »Pech«, schloss er. »Die Behörden haben den Klempner verhört, aber offensichtlich scheint er selbst auch darauf hereingefallen zu sein. Ist das der richtige Ausdruck? Jemand wollte die Statue echt erscheinen lassen, und fast wäre es ihm gelungen.«

»Sie *war* echt.«

Er ergriff ihre Hände. »Ich weiß, dass dies alles schwierig für dich ist.«

»Du hast die Testergebnisse gesehen.«

»*Sì*, aber …«

Es tat weh, den Zweifel und den Verdacht in den Augen des Freundes zu sehen. »Glaubst du, ich habe die Ergebnisse verfälscht?«

»Ich glaube, du hast dich geirrt. Wir haben viel zu schnell gearbeitet, wir alle, Miranda …«

»Schnelles Arbeiten verändert nicht automatisch die Ergebnisse. Die Bronze war echt. *Diese* hier ist eine Fälschung.« Sie griff in die Tasche und holte die eingewickelte Skulptur heraus.

»Was ist das?«

»Es ist die Kopie. Die, die Ponti getestet hat.«

»*Dio mio!* Wie bist du daran gekommen?« Seine Stimme war lauter geworden, und ein paar Köpfe drehten sich zu ihnen um. Giovanni zuckte zusammen und flüsterte: »Sie haben sie im Bargello gelagert!«

»Das spielt keine Rolle. Wichtig ist nur, dass dies hier nicht die Bronze ist, an der ich gerabeitet habe. Du wirst es selbst sehen, sobald du sie im Labor hast.«

»Im Labor? Miranda, was ist das schon wieder für eine verrückte Idee?«

»Das ist eine äußerst gesunde Idee.« Sie musste nur fest daran glauben. »Ich darf Standjo nicht mehr betreten. Alle Aufzeichnungen sind jedoch dort, Giovanni, und die Ausrüstung auch. Ich brauche deine Hilfe. In dieser Tasche ist auch noch eine *David*-Skulptur. Sie ist ebenfalls eine Fälschung, ich habe sie schon getestet. Aber ich möchte, dass du sie beide prüfst und so viele Tests mit ihnen durchführst, wie du nur kannst. Du wirst die Ergebnisse dieser Bronze mit denen vergleichen, die am Original durchgeführt wurden. Du wirst beweisen, dass es nicht dieselbe Skulptur ist.«

»Miranda, nimm doch Verstand an! Selbst wenn ich deine Bitte erfülle, beweise ich doch nur, dass du unrecht hattest.«

»Nein. Du hast dann meine Aufzeichnungen und deine eigenen. Und Richards. Du führst die Tests durch und vergleichst. Sie werden übereinstimmen. Wir können uns nicht alle geirrt haben, Giovanni! Ich würde es ja selbst machen, aber es gibt Komplikationen.«

Miranda dachte an Ryan, der bestimmt schon wütend die ganze Stadt durchkämmte, um sie und die Skulpturen zu finden. »Und außerdem würde es niemanden überzeugen, wenn ich sie selbst durchführe. Es müssen objektive Tests sein. Und ich kann nur dir trauen.«

Sie drückte Giovannis Hände, wohl wissend, dass sie an seine Schwäche für Freundschaft plädierte. Sie hätte die Tränen, die ihr in die Augen traten, sicher zurückdrängen können, aber zumindest waren sie echt. »Es geht um meinen Ruf, Giovanni. Um meine Arbeit. Mein Leben.«

Er fluchte leise und zuckte dann zusammen, als ihm einfiel, wo er war. Rasch sprach er ein Gebet und machte das Kreuzzeichen.

»Das alles wird dich nur unglücklich machen.«

»Unglücklicher, als ich bereits bin, kann ich nicht mehr werden. Aus Freundschaft, Giovanni! Für mich.«

»Ich werde tun, worum du mich bittest.«

Sie schloss die Augen, und ihr Herz schwoll vor Dankbarkeit. »Heute Abend noch, jetzt gleich.«

»Je eher, desto besser. Das Labor ist ein paar Tage lang geschlossen, also wird es niemand erfahren.«

»Warum ist es geschlossen?«

Er lächelte zum ersten Mal. »Morgen, meine entzückende Heidin, ist Karfreitag.« Und so hatte er sich sein langes Wochenende nicht vorgestellt. Seufzend stieß er mit dem Fuß an die Tasche. »Wo erreiche ich dich, wenn ich fertig bin?«

»Ich rufe dich an.« Sie beugte sich vor und gab ihm einen leichten Kuss auf den Mund. »*Grazie, Giovanni. Mille grazie.* Ich werde immer in deiner Schuld stehen.«

»Für den Anfang würde mir eine Erklärung schon genügen.«

»Ich werde dir alles ausführlich erklären, das verspreche ich dir. Oh, es ist so schön, dich zu sehen! Ich wünschte, ich könnte hierbleiben, aber ich muss zurück und … na ja, mich unangenehmen Dingen stellen. Ich rufe dich morgen früh an. Pass gut auf sie auf«, fügte sie hinzu und schob ihm die Tasche mit dem Fuß zu. »Warte ein oder zwei Minuten, ehe du gehst, ja? Nur zur Sicherheit.«

Sie küsste ihn noch einmal und verließ ihn dann.

Weil sie weder nach rechts noch nach links blickte, sah sie nicht die Gestalt, die sich den Anschein gab, die verblichenen Fresken von Dantes Inferno zu betrachten.

Sie spürte weder die Wut noch die Bedrohung.

Miranda kam es vor, als sei eine Last von ihren Schultern genommen, eine Last, die sie mit Gewalt niedergedrückt hatte. Sie trat hinaus, in das sanfte Licht der Sonne, die gerade im Westen unterging. Um nicht Ryan in die Arme zu laufen, falls er sich zu Fuß auf die Suche nach ihr gemacht hatte, ging sie zum Fluss hinunter, noch weiter vom Hotel fort.

Er durfte sie nicht finden, bevor Giovanni und sie nicht ein gutes Stück voneinander entfernt waren.

Es wurde ein langer Spaziergang, der ihr Zeit gab, sich zu beruhigen, nachzudenken und sich über die Paare zu wundern, die Hand in Hand an ihr vorübergingen, sich lange Blicke zuwarfen und einander umarmten. Giovanni hatte einmal zu ihr gesagt, in der Florentiner Luft warte auch ihre Romanze auf sie, sie müsse sie nur einatmen.

Bei dem Gedanken daran lächelte und seufzte sie zugleich.

Sie war einfach nicht für Romanzen geschaffen. Hatte sie das nicht oft genug bewiesen? Der einzige Mann, der sie jemals wirklich berührt hatte, war ein Dieb, der keine Moral und keinen Anstand besaß.

Allein war sie viel, viel besser dran. So war es immer schon gewesen.

Miranda erreichte den Fluss und beobachtete, wie die letzten Strahlen der untergehenden Sonne sich im Wasser spiegelten. Als sie das dumpfe Röhren eines Motorrades hinter sich hörte, als dieses Röhren plötzlich erstarb, wusste sie, dass er sie gefunden hatte.

»Steig auf!«

Sie blickte in sein wütendes Gesicht, sah den Zorn, der seine warmen braunen Augen in tödliches Eis verwandelt hatte. Er war jetzt genau wie sie ganz in Schwarz gekleidet und saß auf einem blauen Motorrad. Der Wind hatte sein Haar zerzaust. Er sah gefährlich und trotzdem verführerisch aus.

»Ich kann zu Fuß gehen, danke.«

»Steig auf, Miranda! Wenn ich absteigen und dich hier herauf-holen muss, könnte es wehtun.«

Da ihre einzige Alternative darin bestand, wie ein Feigling weg-zulaufen und möglicherweise auch noch überfahren zu werden, zuckte sie mit den Schultern. Miranda trat an den Bordstein, setzte sich hinter Ryan und hielt sich am Sitz fest.

Als er jedoch losschoss wie eine Rakete, gewann ihr Überlebens-instinkt die Oberhand, und sie schlang die Arme fest um ihn.

17

»Ich hätte dir doch besser Handschellen angelegt.« Nachdem Ryan mit einer halsbrecherischen Geschwindigkeit, die seiner Stimmung entsprach, durch die engen, kurvigen Straßen gerast war, brachte er das Motorrad jetzt in der Piazzale Michelangelo abrupt zum Stehen.

Der Platz schien äußerst passend. Von hier aus hatten sie nicht nur eine wundervolle Aussicht auf Florenz und die toskanischen Hügel, sondern er war auch so abgelegen, dass Ryan, ohne Zeugen fürchten zu müssen, gewalttätig werden konnte.

Die Verkaufsstände, die tagsüber für reges Treiben sorgten, waren jetzt leer, und im Westen, den die letzten Strahlen der Sonne gerade noch rot gefärbt hatten, braute sich ein Unwetter zusammen.

»Steig ab«, befahl er und wartete, dass sie die Hände von seiner Taille löste. Er hatte ihr mit der Fahrt einen höllischen Schrecken eingejagt, und genau das war seine Absicht gewesen.

»Du fährst wie ein Wahnsinniger.«

»Halb Italiener, halb Ire. Was erwartest du?« Er stieg ebenfalls ab und zog sie zu der Mauer hinüber. Unter ihnen lag Florenz wie ein antikes Schmuckstück da. Es liefen immer noch ein paar Touristen in ihrer Nähe herum und machten Aufnahmen vom großen Brunnen, aber da es Japaner waren, konnte er es wohl riskieren, englisch oder italienisch mit ihr zu reden. Er entschied sich für Letzteres, weil es die leidenschaftlichere Sprache war.

»Wo sind sie?«

»In Sicherheit.«

»Ich habe nicht gefragt, wie es ihnen geht, sondern wo sie sind. Was hast du mit den Skulpturen gemacht?«

»Es wird ein Gewitter geben«, erwiderte sie, als ein Blitz über den Himmel zuckte. »Wir sollten uns irgendwo unterstellen.«

Ryan schob Miranda noch näher an die Mauer und drängte sich an sie. »Ich will die Skulpturen wiederhaben, Miranda.«

Sie wich seinem Blick nicht aus. Und sie würde die Touristen nicht um Hilfe anflehen. Das würde sie ganz allein durchstehen, gelobte sie sich. »Sie sind doch wertlos für dich.«

»Das entscheide ich ganz allein. Verdammt noch mal, ich habe dir vertraut!«

Sie funkelte ihn an. »Du meinst wohl eher, dass du mich im Hotel nicht einschließen konntest, wie du es in deiner Wohnung gemacht hast.« Ihre Stimme war leise, aber rau vor unterdrückter Wut. »Du konntest mich auch nicht warten lassen, so wie im Bargello, während du, ohne mir etwas zu sagen, einfach losgezogen bist, um deinen Plan durchzuführen. Dieses Mal bin eben *ich* einfach losgegangen.«

Er legte die Arme um sie, sodass sie aussahen wie Liebende, die sich weder um die Aussicht noch um das nahende Unwetter kümmerten. Sein Griff war so fest, dass sie kaum atmen konnte. »Und was hast du getan?«

»Dinge in die Wege geleitet. Du tust mir weh.«

»Das ist noch gar nichts. Du musstest sie jemandem geben. Deiner Mutter. Nein«, verbesserte er sich, »nicht deiner Mutter. Du hoffst immer noch, dass sie sich bei dir entschuldigt, weil sie deine Meinung angezweifelt hat. Du hast einen Freund hier in Florenz, Dr. Jones, jemanden, den du überreden konntest, die Bronzen so lange bei sich aufzubewahren, bis ich aufgebe. Aber ich will die Skulpturen jetzt – und zwar beide.«

Das Donnergrollen kam näher.

»Ich habe dir doch gesagt, sie sind in Sicherheit. Ich habe in die Wege geleitet, was ich für das Beste hielt.«

»Sehe ich aus, als würde ich mich um deine Meinung scheren?«

»Ich will beweisen, dass es Kopien sind. Du auch. Wenn ich die Tests und die Vergleiche selbst durchführe, wird man mir vorwerfen, ich hätte sie gefälscht. Und dann wären wir keinen Schritt weiter. Es war deine Aufgabe, die Skulptur aus dem Bargello herauszuholen, meine ist es zu entscheiden, wie ich beweisen kann, dass sie eine Fälschung ist.«

»Du hast sie jemandem von Standjo gegeben.« Ryan trat so weit zurück, dass er ihr Gesicht in die Hände nehmen konnte. »Bist du wirklich so dumm?«

»Ich habe sie jemandem gegeben, dem ich vertraue, jemandem, den ich seit Jahren kenne.« Sie holte tief Luft, um es ihm in vernünftigem Ton zu erklären. »Er wird die Tests machen. Morgen rufe ich ihn an, und er sagt mir die Ergebnisse.«

Ryan verspürte das heftige Bedürfnis, ihren Kopf gegen die Mauer zu schlagen, nur um zu sehen, wie hart er wirklich war. »Sieh es doch mal logisch, Dr. Jones. Die *Dunkle Lady* ist eine Fälschung. Und jemand von Standjo muss sie gemacht haben. Jemand, der wusste, wie die Testergebnisse aussehen würden, wie man die Skulptur echt genug aussehen lassen kann, damit sie die ersten Überprüfungen übersteht, jemand, der wahrscheinlich eine Quelle hat, die für die echte Skulptur exzellent bezahlt.«

»Er würde das nie tun. Seine Arbeit bedeutet ihm sehr viel.«

»Und meine bedeutet mir sehr viel. Lass uns gehen.«

»Wohin?«

Er zog sie quer über den Platz zu dem Motorrad, während die ersten dicken Regentropfen fielen. »Zum Labor, mein Schatz. Wir werden uns mal darum kümmern, welche Fortschritte dein Freund macht.«

»Verstehst du denn nicht? Wenn wir ins Labor einbrechen, sind die Tests infrage gestellt. Niemand wird mir glauben.«

»Du vergisst, dass ich dir bereits glaube. Das ist ein Teil des Problems. Und jetzt steig auf, sonst lasse ich dich hier stehen und kümmere mich allein um die Angelegenheit.«

Miranda dachte kurz nach und entschied dann, dass ein wütender Ryan, der in das Labor eindrang, das letzte war, was Giovanni gebrauchen konnte. »Lass ihn die Tests durchführen.« Sie fuhr sich durch die nassen Haare. »Nur so sind sie gültig.«

Er startete das Motorrad. »Steig auf!«

Sie gehorchte, und während Ryan losfuhr, versuchte sie sich selbst davon zu überzeugen, dass er schon zur Vernunft kommen würde, wenn sie erst einmal in Standjo wären.

Einen halben Block vom Institut entfernt stellte er das Motorrad am Straßenrand ab. »Sei still«, sagte er und holte irgendwelche Beutel aus den Satteltaschen, »und tu, was ich dir sage. Halte das hier.« Er gab ihr einen der Beutel, ergriff sie am Arm und führte sie die Straße entlang.

»Wir gehen von hinten hinein, nur für den Fall, dass jemand so neugierig ist und in den Regen hinausschaut. Wir gehen direkt über dem Fotolabor zur Treppe.«

»Woher kennst du die Räumlichkeiten?«

»Ich informiere mich immer vorher. Ich habe Pläne des ganzen Gebäudes auf Diskette.« Er zog sie zur Hinterseite des Gebäudes, dann holte er ein Paar chirurgische Handschuhe heraus. »Zieh sie an.«

»Das wird doch nicht …«

»Ich sagte, sei still und tu, was ich dir sage. Du hast mir schon mehr Ärger als nötig gemacht. Ich werde die Alarmanlage in diesem Bereich ausschalten, was bedeutet, dass du ganz dicht bei mir bleiben musst, wenn wir drin sind.«

Ryan zog seine eigenen Handschuhe an. Der Regen, der jetzt schwer auf sie niederrauschte, schien ihm nichts auszumachen. »Wenn wir in einen anderen Bereich des Gebäudes eindringen müssen, werde ich mich drinnen um die Alarmanlage kümmern. Das ist einfacher. Es gibt keine Wachleute, alles ist elektronisch gesichert, also ist es unwahrscheinlich, dass wir jemand anders als deinem Freund begegnen.«

Miranda wollte erneut protestieren, schloss jedoch rechtzeitig den Mund. Wenn sie erst einmal drin waren, würde Giovanni ihr schon beistehen. Zusammen konnten sie sicher mit diesem Dieb fertigwerden.

Ryan trat an die Tür und setzte seine Tasche ab. Mit zusammengekniffenen Augen musterte er den Kasten neben der Tür. »Der Alarm ist ausgeschaltet«, murmelte er. »Dein Freund scheint ziemlich sorglos zu sein, Dr. Jones. Er hat das System nicht von innen wieder eingeschaltet.«

Ein Schauer durchlief sie. »Wahrscheinlich hat er es nicht für nötig gehalten.«

»Hmm. Die Tür ist allerdings verschlossen. Aber das passiert automatisch, sobald sie zugefallen ist. Wir regeln das schon.«

Er entrollte einen weichen Lederstreifen und versuchte, so gut er konnte, seine Werkzeuge vor dem Regen zu schützen.

»Ich brauche nicht lange, aber halte trotzdem deine Augen offen.«

Ryan summte vor sich hin, eine Passage aus *Aida*. Miranda verschränkte die Arme vor der Brust, drehte ihm den Rücken zu und starrte in den Regen.

Wer auch immer die Sicherheitsanlage installiert hatte, hatte die schöne alte Tür nicht mit Bolzen verschandeln wollen. Auf den Messinggriffen saßen traurig blickende Cherubim, die zu der mittelalterlichen Architektur passten und eine Reihe wirkungsvoller, aber ästhetisch unauffälliger Riegel bewachten.

Ryan konnte nur nach Gefühl arbeiten. Das Rauschen des Regens hinderte ihn daran, das schwache Klicken des Schlosses zu hören, als es einrastete. Die soliden britischen Schlösser gaben jedoch nach, Stück für Stück.

»Bring die Tasche«, sagte er zu Miranda, als er die schwere Tür schließlich aufzog.

Mit seiner Taschenlampe leuchtete er zur Treppe. »Du wirst deinem Freund erklären, dass ich dir helfe. Und ich nehme die Skulpturen wieder mit. Das heißt, wenn er überhaupt da ist.«

»Er hat gesagt, dass er hier ist. Er hat es mir versprochen.«

»Dann arbeitet er anscheinend gern im Dunkeln.« Ryan leuchtete geradeaus. »Das ist dein Labor, nicht wahr?«

»Ja.« Sie runzelte die Stirn. Es war stockdunkel. »Er ist wahrscheinlich noch nicht da.«

»Und wer hat dann den Alarm abgestellt?«

»Ich … Wahrscheinlich ist er im Chemielabor. Das ist sein Bereich.«

»Wir überprüfen das gleich. Doch zuerst wollen wir nachsehen, ob deine Unterlagen noch in deinem Büro sind. Hier durch?«

»Ja, durch die Türen und dann links. Das war nur für eine Weile mein Büro.«

»Hast du die Daten auf der Festplatte gespeichert?«

»Ja.«

»Dann kriegen wir sie auch.«

Die Türen waren nicht verschlossen. Ryan hatte ein ungutes Gefühl. Zur Vorsicht schaltete er die Taschenlampe aus. »Bleib hinter mir.«

»Warum?«

»Nur so.« Er trat durch die Tür, wobei er Miranda mit seinem

Körper schützte. Ein paar Sekunden lang lauschte er, und als er nichts hörte als das Rauschen des Regens, schaltete er das Licht ein.

»O Gott.« Instinktiv packte sie ihn an der Schulter. »O mein Gott.«

»Ich dachte immer, Wisenschaftler seien so ordentlich«, murmelte Ryan.

Es sah aus, als habe jemand einen Wutanfall gehabt oder eine wüste Party gefeiert. Die Computer waren zerschmettert, und der Fußboden war übersät mit den Glassplittern der Monitore und der Teströhrchen. Die Arbeitstische waren umgestürzt worden, und überall waren Papiere verstreut. Die Mikroskope lagen auf einem Haufen zusammen, und der stechende Geruch von Chemikalien erfüllte die Luft.

»Ich verstehe das nicht. Was soll das?«

»Das war kein Einbruch«, stellte Ryan fest. »Jemand, der an die Unterlagen wollte, hätte die Computer nicht zerstört. Es sieht so aus, Dr. Jones, als ob dein Freund nur einen kurzen Besuch abgestattet hätte.«

»Giovanni würde das niemals tun.« Miranda drängte sich an Ryan vorbei. »Das müssen Vandalen gewesen sein, vielleicht Jugendliche auf Zerstörungstour. Die ganze Ausrüstung, die ganzen Daten!« Sie lief aufgeregt durchs Zimmer. »Alles zerstört, vernichtet!«

»Vandalen?« Er glaubte das nicht. Das hier war in voller Absicht passiert. Und er hatte das Gefühl, dass der Täter sich noch in der Nähe befand.

»Lass uns von hier verschwinden.«

»Ich muss in die anderen Abteilungen, um festzustellen, wie groß der Schaden ist. Wenn sie bis ins chemische Labor vorgedrungen sind …«

Sie brach ab, weil ihr auf einmal die schreckliche Vorstellung durch den Kopf schoss, eine Bande jugendlicher Krimineller habe sich hier an den vorhandenen Chemikalien bedient.

»Du kannst das jetzt nicht überprüfen«, murmelte er und ging ihr nach. Miranda stand bereits schwankend an einer offenen Tür und starrte in das Zimmer.

Giovanni hatte sein Versprechen gehalten und war gleich hierhergefahren. Er lag auf dem Rücken, den Kopf in einer dunklen, glänzenden Pfütze seltsam verdreht. Seine weit geöffneten Augen waren auf die *Dunkle Lady* gerichtet. Sie lag neben ihm, die anmutigen Hände und das lächelnde Gesicht voller Blut.

»O Gott.« Ryan zog Miranda weg und drehte sie zu sich um, um ihr den Anblick zu ersparen. »Ist das dein Freund?«

»Ich … Giovanni.« Ihre Pupillen waren vor Entsetzen und Schock geweitet.

»Nimm dich zusammen. Du musst dich zusammennehmen, Miranda, weil wir vielleicht nicht viel Zeit haben. Unsere Fingerabdrücke sind auf der Skulptur, verstehst du?« Und inzwischen war aus der Fälschung eine Mordwaffe geworden. »Und nur diese Fingerabdrücke wird die Polizei finden. Wir stecken in der Klemme!«

In ihren Ohren war ein Rauschen – das Meer, das gegen die Felsen schlug. »Giovanni ist tot.«

»Ja – und jetzt bleib hier stehen.« Ryan lehnte sie gegen die Wand. Er trat in das Zimmer und zog die Luft durch die Zähne ein, um den Geruch des Todes, der den Raum erfüllte, nicht einatmen zu müssen. Obwohl es ihn ekelte, ergriff er die Bronze und stopfte sie in seine Tasche. Dann blickte er sich rasch im Zimmer um.

Der *David* lag in einer Ecke. Offensichtlich hatte ihn jemand dorthin geworfen, denn an der Wand war eine Schramme zu erkennen.

Sehr schlau, dachte er, während er auch ihn in die Tasche steckte. Sehr ordentlich. Man braucht bloß beide Stücke hierzulassen, und jeder kann die Verbindung herstellen. Sofort zieht sich die Schlinge um Mirandas Hals zusammen.

Sie stand noch immer an der Wand, nur dass sie jetzt heftig zitterte und kalkweiß war.

»Los«, sagte er grob zu ihr. »Du schaffst es. Du kannst sogar laufen, wenn es sein muss. Denn wir müssen hier heraus.«

»Wir können – wir können ihn doch nicht hier liegenlassen! Einfach so … Giovanni – er ist tot!«

»Du kannst jetzt nichts mehr für ihn tun. Wir müssen jetzt weg.«

»Ich kann ihn nicht hierlassen.«

Statt weiter mit ihr herumzustreiten, zog er sie einfach mit sich fort. Miranda wehrte sich nicht, wiederholte nur immer wieder die gleichen Worte, wie eine Beschwörungsformel. »Ich kann ihn doch nicht hierlassen. Ich kann ihn doch nicht einfach hierlassen.«

Als sie am Ausgang ankamen, war Ryan außer Atem. Er öffnete die Tür einen Spalt, um hinauszublicken. Alles sah ganz normal aus, und doch prickelte sein Hals, als ob jemand ein Messer daran hielte.

Draußen im Regen ergriff er Mirandas Oberarme und schüttelte sie. »Du brichst erst zusammen, wenn wir das hier hinter uns haben. Reiß dich zusammen, Miranda!«

Ohne ihre Antwort abzuwarten, zog er sie um das Gebäude herum und die Straße hinunter. Sie stieg hinter ihm auf das Motorrad und presste sich an ihn, sodass er ihren unregelmäßigen Herzschlag an seinem Rücken spürte. Dann fuhren sie durch den Regen.

Am liebsten hätte er sie schnell ins Hotel gebracht, fuhr jedoch einen Umweg durch enge Seitenstraßen, um sicherzugehen, dass ihnen niemand folgte. Wer auch immer Giovanni umgebracht hatte, hatte möglicherweise auch das Gebäude beobachtet und auf sie gewartet. Aber darüber konnte er sich erst ein Urteil erlauben, wenn er die ganze Geschichte aus Miranda herausbekommen hatte.

Schließlich parkte er vor dem Hotel. Er ergriff seine Taschen, drehte sich zu ihr um und strich ihr das nasse Haar aus dem Gesicht. »Hör mir zu.« Er hielt ihren Kopf fest, bis sie ihn mit glasigen Augen ansah. »Wir müssen jetzt durch die Lobby. Ich möchte, dass du direkt zum Aufzug gehst. Ich rede mit dem Portier. Du gehst einfach weiter und stellst dich vor den Aufzug. Ist das klar?«

»Ja.« Ihre Stimme klang so, als sei sie ganz weit entfernt.

Bei jedem Schritt kam es ihr so vor, als schwimme sie durch Sirup, aber sie ging gehorsam weiter und konzentrierte sich ganz auf die glänzenden Türen der Aufzüge. Das ist mein Ziel, dachte sie. Sie musste nur zum Aufzug gehen.

Undeutlich hörte sie, wie Ryan mit dem Portier sprach, wie

beide lachten. Sie starrte auf die Tür und fuhr mit der Fingerspitze über die Oberfläche, als wolle sie das Material prüfen. Es war so glatt und kühl. Seltsam, dass ihr das zuvor nicht aufgefallen war. Sie legte ihre Handfläche darauf. Da trat Ryan bereits neben sie und drückte auf den Knopf.

Der Aufzug rumpelt wie Donner, dachte sie. Und die Tür öffnete sich mit einem zischenden Geräusch.

Ryan fiel auf, dass Miranda leichenblass war. Und sie klapperte mit den Zähnen. Sie musste bis auf die Knochen durchgefroren sein. Ihm war allerdings auch sehr kalt, und das kam nicht nur von der Motorradfahrt durch den Regen.

»Geh den Flur entlang«, befahl er ihr und nahm die Taschen in eine Hand, damit er den anderen Arm um sie legen konnte. Sie lehnte sich nicht an ihn; ihr Körper schien nicht mehr genug Substanz zu haben, um Gewicht zu vermitteln, aber er hielt sie fest, bis sie die Suite erreicht hatten.

Ryan verschloss die Tür und schob die Kette vor, bevor er Miranda ins Schlafzimmer brachte. »Zieh deine nassen Kleider aus, und schlüpf in einen Morgenmantel!« Er hätte ihr am liebsten ein heißes Bad eingelassen, hatte aber Angst, sie würde einfach untertauchen und ertrinken.

Er vergewisserte sich, dass auch die Terrassentüren abgeschlossen waren. Dann holte er eine Flasche Brandy aus der Minibar. Gläser brauchte er keine.

Sie saß noch genauso auf dem Bett, wie er sie hingesetzt hatte. »Du musst deine Sachen ausziehen«, sagte er. »Du bist vollkommen durchnässt.«

»Ich – meine Finger funktionieren nicht.«

»Okay, okay. Hier, trink.«

Er öffnete die Flasche und hielt sie ihr an die Lippen. Miranda gehorchte, und die Flüssigkeit rann wie Feuer durch ihre Kehle. »Ich mag keinen Brandy.«

»Ich mag auch keinen Spinat, aber meine Mutter hat mich trotzdem immer gezwungen, ihn zu essen. Noch einen Schluck. Komm, sei ein braves Mädchen.« Es gelang ihm, ihr noch einen Schluck einzuflößen, bevor sie anfing zu spucken und seine Hand wegschob.

»Es geht mir gut. Es geht mir schon wieder gut.«

»Natürlich.« Um seine eigene Übelkeit zu bekämpfen, nahm Ryan selbst einen Schluck. »Jetzt die Kleider.« Er stellte die Flasche beiseite und fing an, ihre Bluse aufzuknöpfen.

»Nicht …«

»Miranda.« Da er merkte, dass auch er nicht mehr ganz sicher auf den Beinen war, setzte er sich neben sie. »Denkst du, ich will diese Situation ausnutzen? Du hast einen Schock. Du musst wieder warm und trocken werden. Und ich auch.«

»Ich kann es allein. Es geht schon.« Schwankend stand sie auf und stolperte ins Bad.

Als sie die Tür hinter sich schloss, widerstand er nur mühsam dem Bedürfnis, ihr nachzugehen, um sich zu vergewissern, dass sie nicht zu Boden gesunken war.

Einen Moment lang vergrub er den Kopf in den Händen und befahl sich, einfach nur zu atmen. Es war seine erste persönliche Erfahrung mit einem gewaltsamen Tod gewesen. Gewaltsam und wirklich, dachte er und nahm noch einen Schluck aus der Brandyflasche.

»Ich bestelle etwas Warmes zu essen«, rief er und zog sein nasses Jackett aus. Mit einem Blick auf die Tür entkleidete er sich ganz, schob seine nassen Sachen beiseite und zog Hose und Hemd an.

»Miranda?« Mit den Händen in den Taschen blickte Ryan stirnrunzelnd auf die Tür. Verdammte Schicklichkeit, dachte er und öffnete sie.

Miranda hatte einen Bademantel angezogen, doch ihre Haare waren immer noch ganz nass. Sie stand mitten im Raum, hatte die Arme um sich geschlungen und schaukelte vor und zurück. Mit einem herzzerreißend elenden Blick sah sie Ryan an. »Giovanni!«

»Na komm, es ist schon gut.« Er legte die Arme um sie und bettete ihren Kopf an seine Schulter. »Du hast deine Sache gut gemacht. Es ist in Ordnung, wenn du jetzt zusammenbrichst.«

Hinter seinem Rücken öffnete und schloss sie die Fäuste. »Wer kann ihm das nur angetan haben? Er hat nie jemandem etwas Böses gewollt. Wer kann das nur getan haben?«

»Wir finden es heraus. Bestimmt. Wir werden darüber reden, ganz ausführlich.« Er zog sie dichter an sich heran und strich ihr über die nassen Haare. »Aber du musst erst wieder zu dir kommen. Ich brauche deinen klaren Verstand, dein logisches Denken.«

»Ich kann nicht denken. Ich sehe ihn immer nur da liegen. Das ganze Blut. Er war mein Freund. Er ist sofort gekommen, als ich ihn darum gebeten habe. Er …«

Und dann überfiel sie mit einem Mal die schockierende, entsetzliche Wahrheit. »O Gott, Ryan! Ich habe ihn umgebracht!«

»Nein.« Er sah ihr in die Augen. »Derjenige, der ihm die Bronze über den Schädel schlug, hat ihn umgebracht. Du musst dich nicht schuldig fühlen, Miranda, es hilft uns nicht weiter.«

»Er war nur wegen mir da. Wenn ich ihn nicht darum gebeten hätte, wäre er zu Hause geblieben oder hätte in irgendeiner Trattoria gesessen und mit Freunden Wein getrunken.«

Sie presste die Fäuste an den Mund. »Er ist tot, weil ich ihn gebeten habe, mir zu helfen. Weil ich dir nicht vertraut habe und weil mir mein Ruf so wichtig ist, dass ich unbedingt meinen Plan durchsetzen musste.« Sie schüttelte den Kopf. »Darüber werde ich nie hinwegkommen.«

Obwohl ihre Augen immer noch ganz elend blickten, hatte sie wieder Farbe bekommen, und auch ihre Stimme klang wieder kräftiger. Schuldgefühle konnten auch beleben. »Okay, dann schöpfe wenigstens Kraft daraus. Trockne dir die Haare, während ich etwas zu essen bestelle. Wir haben eine Menge zu bereden.«

Sie tat, was er gesagt hatte, schlüpfte in einen weißen Baumwollpyjama und wickelte sich in den Bademantel ein. Ich muss etwas essen, sagte sie sich, sonst werde ich krank. Sie musste stark sein und einen klaren Kopf bewahren, wenn sie Giovanni rächen wollte.

Rächen?, dachte sie schaudernd. Sie hatte noch niemals Rache geschworen. Aber jetzt erschien es ihr völlig normal, völlig logisch. Der Ausdruck »Auge um Auge« kreiste beständig in ihrem Kopf. Wer auch immer Giovanni umgebracht hatte, hatte sie ebenso kaltblütig als Waffe benutzt wie die Bronzeskulptur.

Und gleichgültig, wie viel Mühe es kostete, wie lange es auch dauern mochte, sie würde dafür sorgen, dass die Täter dafür bezahlen mussten.

Als sie aus dem Schlafzimmer kam, sah sie, dass Ryan den Tisch auf der Terrasse hatte decken lassen. Es hatte aufgehört zu regnen, und die Luft war frisch. Der Tisch stand unter der hellgrün und weiß gestreiften Markise und war mit Kerzen geschmückt.

Offensichtlich wollte er alles tun, damit sie sich besser fühlte. Sie war ihm dankbar dafür, und deshalb tat sie so, als würde es ihr gefallen.

»Das sieht hübsch aus.« Mühsam brachte sie ein Lächeln zustande. »Was gibt es zu essen?«

»Zuerst eine Minestrone, dann Steaks. Es wird uns guttun. Setz dich und iss.«

Sie zog einen Stuhl heran, und es gelang ihr sogar, einen Löffel mit Suppe zum Mund zu führen. Fast blieb sie ihr im Hals stecken, aber Miranda zwang sich zu schlucken. Und Ryan hatte recht, die heiße Flüssigkeit brachte den Eisklumpen in ihrem Magen zum Schmelzen.

»Ich muss mich bei dir entschuldigen.«

»In Ordnung. Ich lehne die Entschuldigung einer Frau nie ab.«

»Ich habe dir gegenüber mein Wort gebrochen.« Sie sah ihm in die Augen. »Ich hatte sogar niemals vor, es zu halten. Ich habe mir eingeredet, man brauche ein Versprechen, das man einem Mann wie dir gibt, nicht zu halten. Das war falsch, und es tut mir leid.«

Die einfachen Worte und der ruhige Ton berührten Ryans Herz. »Wir haben unterschiedliche Ziele. Das ist eben so. Und doch haben wir auch eine gemeinsame Absicht. Wir wollen die echten Skulpturen finden. Und jetzt wirft uns jemand Steine in den Weg. Es wäre vielleicht klüger, wenn du dich aus der Sache zurückziehst. Der Beweis, dass du recht gehabt hast, ist nicht so wichtig wie dein Leben.«

»Ein Freund musste deshalb *sein* Leben lassen.« Sie presste die Lippen zusammen, zwang sich dann aber, noch einen Löffel Suppe zu sich zu nehmen. »Ich will mich nicht zurückziehen, Ryan. Ich könnte mit der Schuld nicht leben. Ich habe nicht viele Freunde. Das liegt sicher an mir. Ich komme nicht gut mit anderen Menschen aus.«

»Du bist zu hart mit dir. Wenn du nicht so zurückhaltend bist, kommst du auch gut mit anderen zurecht. So wie mit meiner Familie.«

»Da bin ich doch auch gar nicht offen gewesen. Sie haben nur nicht darauf geachtet. Ich beneide dich um sie.« Mirandas Stimme zitterte ein wenig. Sie schüttelte den Kopf und aß noch einen Löffel Suppe. »Diese bedingungslose Liebe zueinander, diese Freude, die ihr alle aneinander habt! So etwas kann man sich nicht kaufen.« Sie lächelte ein wenig. »Und stehlen auch nicht.«

»Aber man kann es sich schaffen. Man muss es nur wollen.«

»Jemand muss deine Anstrengungen aber auch würdigen.« Seufzend trank sie einen Schluck Wein. »Wenn meine Eltern und ich ein besseres Verhältnis zueinander hätten, würden wir beide nicht hier sitzen. Darauf lässt es sich wirklich reduzieren. Kaputte Familienverhältnisse äußern sich nicht nur in lauten Stimmen und erhobenen Fäusten. Manchmal zeigen sie sich auch in äußerst distanzierter Höflichkeit.«

»Hast du ihnen jemals gesagt, was du empfindest?«

»Nicht so, wie du dir das wahrscheinlich vorstellst.« Miranda sah an Ryan vorbei über die Stadt, wo die Lichter leuchteten und am klaren Himmel langsam der Mond aufging. »Ich weiß gar nicht, ob ich bis vor Kurzem überhaupt wusste, was ich empfand. Und jetzt spielt es keine Rolle mehr. Es spielt nur noch eine Rolle, ob wir herausfinden, wer Giovanni umgebracht hat.«

Ryan beließ es dabei und kümmerte sich vorübergehend lieber um die praktischen Dinge des Lebens. Er hob den Deckel von der Platte mit den Steaks und bot ihr eins an. »Niemand kann besser mit einem Stück Rindfleisch umgehen als die Florentiner. Erzähl mir von Giovanni.«

Es war, als hätte ihr jemand mit der Faust in den Magen geschlagen. Schockiert starrte sie ihn an. »Wie meinst du das?«

»Erzähl mir, was du von ihm weißt und wie du ihn kennengelernt hast.« So würde sie am leichtesten zu den Details kommen, die er eigentlich hören wollte.

»Er ist … Er war genial. Ein Chemiker. Er ist hier in Florenz geboren und kam vor ungefähr zehn Jahren zu Standjo. Er hat hauptsächlich hier gearbeitet, war aber auch für einige Zeit im Labor bei uns im Institut. Dort habe ich das erste Mal mit ihm zusammengearbeitet, vor ungefähr sechs Jahren.«

Miranda rieb sich die Schläfen. »Er war ein reizender Mann, lieb

271

und lustig. Er lebte allein. Er liebte die Frauen und war sehr charmant und aufmerksam.«

»Wart ihr ein Liebespaar?«

Sie zuckte zusammen und schüttelte den Kopf. »Nein. Wir waren Freunde. Ich habe seine Fähigkeiten sehr geschätzt. Ich vertraute seinem Urteil und bewunderte seine Loyalität«, erwiderte sie ruhig. Dann stand sie auf und trat ans Geländer.

Sie brauchte einen Augenblick Zeit, um sich zu sammeln. Giovanni war tot. Sie konnte es nicht ändern. Wie oft und wie lange würde sie dies noch verfolgen?, fragte sie sich.

»Giovanni war derjenige, der mich angerufen hat, um mir zu sagen, dass die Bronze für unecht erklärt wurde«, fuhr sie fort. »Er wollte mich auf das Gespräch mit meiner Mutter vorbereiten.«

»Dann genoss er also ihr Vertrauen?«

»Er gehörte hier zu dem Team, das an dem Projekt gearbeitet hat. Und er war sofort zu ihr zitiert worden, als man meine Ergebnisse für falsch deklarierte.« Gefasster trat sie an den Tisch zurück und setzte sich wieder. »Ich habe seine Loyalität und unsere Freundschaft missbraucht. Ganz bewusst.«

»Hast du heute zum ersten Mal mit ihm darüber geredet, dass die Bronze eine Kopie ist?«

»Ja. Ich habe ihn angerufen, als du hinuntergegangen bist. Ich habe ihn gebeten, sich mit mir in Santa Maria Novella zu treffen. Ich habe ihm gesagt, dass es dringend sei.«

»Wo hast du ihn angerufen?«

»Im Labor. Ich wusste ja, dass ich ihn bis abends dort erreichen würde. Dann habe ich die Skulpturen genommen, und bin die Treppe hinunter und durch den hinteren Garten gelaufen, während du an der Rezeption warst. Er ist sofort gekommen. Es kann nicht länger als fünfzehn Minuten gedauert haben.«

Genug Zeit, dachte Ryan, um irgendjemandem von dem Anruf zu erzählen. Dem Falschen. »Was hast du ihm gesagt?«

»Fast alles. Ich habe ihm erklärt, dass ich die Bronze hätte, die Ponti geprüft hat, und dass es nicht dieselbe sei, die ich getestet hatte. Auch über den *David* habe ich ihm so viel gesagt, wie ich konnte. Er hat mir wahrscheinlich nicht geglaubt. Aber er hat mir auf jeden Fall zugehört.«

Sie gab es auf, ihr Steak auf dem Teller hin und her zu schieben. Es strengte sie zu sehr an, so zu tun, als ob sie essen wollte. »Ich habe ihn gebeten, die Skulpturen mit ins Labor zu nehmen und Tests und Vergleiche durchzuführen. Und morgen wollte ich ihn anrufen. Den Namen des Hotels habe ich ihm nicht genannt, weil ich nicht wollte, dass er hier anruft oder vorbeikommt. Ich wollte nicht, dass du erfährst, was ich mit den Skulpturen gemacht hatte.«

Ryan lehnte sich zurück und beschloss, ebenfalls nichts mehr zu essen. Stattdessen zog er eine Zigarre hervor. »Deshalb sitzen wir jetzt auch hier und genießen den Mondschein.«

»Was meinst du damit?«

»Benutz deinen Verstand, Dr. Jones. Dein Freund hatte die Skulpturen, und jetzt ist er tot. Die Mordwaffe und der *David* wurden am Tatort zurückgelassen. Und was ist die Verbindung zwischen beidem? Du.«

Er zündete die Zigarre an, damit sie in Ruhe über seine Worte nachdenken konnte. »Wenn die Polizei die Bronzen am Tatort gefunden hätte, hätte sie nach dir gesucht. Wer auch immer der Täter ist, er weiß, dass du genug Schlussfolgerungen gezogen hast, um die Sache aufklären zu wollen. Und dass du dich bereits so nahe am Rande der Legalität bewegst, dass du dich hüten wirst, die Polizei ins Spiel zu bringen.«

»Er hat Giovanni umgebracht, um es mir anzulasten.« Das war zu kaltblütig, zu entsetzlich, um darüber nachzudenken. Aber es war auch zu logisch, um es zu ignorieren.

»Ein zusätzlicher Nutzen. Wenn er ehrlich gewesen wäre, hätte er sich nach den Tests selbst Fragen gestellt. Und er hätte sich noch einmal deine Notizen und Ergebnisse angesehen.«

»Deshalb war das Labor verwüstet«, murmelte Miranda. »Jetzt finden wir meine Dokumentation nie mehr.«

»Er hat sie mitgenommen oder zerstört«, stimmte Ryan ihr zu. »Dein Freund war ihm im Weg. Und du, Miranda, bist es auch.«

»Ja, ich verstehe.« Irgendwie war es besser so. Leichter. »Den Mord aufzuklären ist wichtiger, als das Original wiederzufinden. Derjenige, der die Skulpturen ausgetauscht hat, hat auch Giovanni umgebracht.«

»Weißt du, was man über das Töten sagt? Beim ersten Mal ist es schwer. Danach ist es nur noch Geschäft.«

Sie ignorierte den Schauer, der ihr über die Haut lief. »Wenn das bedeutet, dass du unser Abkommen hier und jetzt auflösen willst, könnte ich dir keinen Vorwurf machen.«

»Nein?« Er lehnte sich zurück und zog an seiner Zigarre. Dabei fragte er sich, welche Rolle für ihn wohl die Tatsache spielte, dass sie ihn für einen solchen Feigling hielt. Und wie sehr sein Bedürfnis, sie zu beschützen, die Entscheidung beeinflusst hatte, die er bereits getroffen hatte. »Ich bringe zu Ende, was ich angefangen habe.«

Ein Gefühl der Erleichterung breitete sich in Miranda aus. Sie hob ihr Weinglas und prostete ihm zu. »Ich auch.«

18

Es war noch weit vor Mitternacht, als Carlo die Trattoria verließ und sich auf den Weg nach Hause machte. Er hatte seiner Frau versprochen, nicht zu spät zu kommen. Die Absprachen in ihrer Ehe erlaubten ihm einen Abend pro Woche, an dem er mit seinen Freunden etwas trinken und Lügengeschichten erzählen konnte. Auch Sofia hatte einen Abend für sich, eine Art Kaffeeklatsch bei ihrer Schwester, an dem wahrscheinlich das Gleiche vor sich ging wie bei den Männern.

Für gewöhnlich blieb er bis zwölf oder sogar noch ein bisschen länger, aber in der letzten Zeit hatte sich das geändert. Seitdem die Zeitungen verkündet hatten, die *Dunkle Lady* sei eine Fälschung gewesen, war er zur Zielscheibe des Spotts geworden.

Er glaubte es nicht, nicht eine Minute lang. Er hatte die Statue in den Händen gehalten, er hatte den flüsternden Atem auf seinen Wangen gespürt. Ein Künstler erkannte Kunst. Aber immer wenn er das sagte, lachten seine Freunde ihn aus.

Die Behörden hatten ihn behandelt wie einen Verbrecher. *Dio mio*, er hatte doch nichts Falsches getan! Vielleicht war es nur nicht ganz richtig gewesen, dass er die Statue aus der Villa mitgenommen hatte.

Aber schließlich hatte er sie gefunden! Er hatte sie in der Hand gehalten, ihr Gesicht betrachtet und ihre Schönheit und ihre Macht wie Wein in seinem Blut gespürt. Sie hatte ihn verzaubert. Verhext. Und trotzdem hatte er letztendlich das Richtige getan und sie abgegeben.

Und jetzt behaupteten sie, sie sei nicht echt gewesen. Eine geschickte Fälschung, um die Kunstwelt zu täuschen. In seinem Herzen jedoch wusste er, dass das eine Lüge war.

Sofia sagte zwar, sie glaube ihm, aber er wusste, dass dies nicht stimmte. Sie sagte es nur, weil sie loyal war und ihn liebte und weil sie sich dann nicht vor den Kindern mit ihm zu streiten brauchte. Die Reporter, mit denen er geredet hatte, hatten alles, was er sagte, mitgeschrieben, und in den Zeitungen hatte es dann wie die Äußerungen eines Dummkopfes geklungen.

Er hatte versucht, mit der Amerikanerin zu reden, die das große Labor leitete, wohin man seine Lady gebracht hatte. Aber sie hatte ihm nicht zugehört. Schließlich hatte er die Geduld verloren und verlangt, mit Dr. Miranda Jones sprechen zu können, die bewiesen hatte, dass die Lady echt war.

Da hatte die *direttrice* den Sicherheitsdienst gerufen und ihn hinauswerfen lassen. Es war demütigend gewesen.

Ich hätte niemals auf Sofia hören sollen, dachte er jetzt, während er über die ruhige Straße außerhalb der Stadt nach Hause ging, ein wenig taumelnd wegen des Weins, den er getrunken hatte. Er hätte die Lady für sich behalten sollen, wie er es ursprünglich vorgehabt hatte. Er hatte sie gefunden, er hatte sie aus dem feuchten, dunklen Keller befreit und ans Licht gebracht. Sie gehörte ihm.

Und jetzt, wo sie behaupteten, sie sei wertlos, wollten sie sie ihm noch nicht einmal zurückgeben.

Aber er wollte sie wiederhaben.

Er hatte in dem Labor in Rom angerufen und die Rückgabe seines Eigentums gefordert. Er hatte geschrien und getobt und sie alle Lügner und Betrüger genannt. Er hatte sogar in Amerika angerufen und eine Nachricht auf Mirandas Anrufbeantworter hinterlassen. Er hielt sie für das Bindeglied zu seiner Lady. Sie würde ihm schon irgendwie helfen.

Er würde keine Ruhe finden, bevor er die Lady nicht wiedersah, sie wieder in Händen hielt.

Ich werde einen Anwalt engagieren, beschloss er, inspiriert vom Wein und der Demütigung des spöttischen Gelächters. Er würde noch einmal bei der Amerikanerin anrufen, dieses Mal in Maine, und er würde sie davon überzeugen, dass alles eine Verschwörung war, um ihm die Lady zu stehlen.

Er erinnerte sich an ihr Foto aus den Zeitungen. Ein starkes und aufrichtiges Gesicht. Ja, sie würde ihm helfen.

Miranda Jones. Sie würde ihm zuhören.

Carlo blickte sich nicht um, als er das näherkommende Auto

hörte. Die Straße war frei, und er war gut zu sehen. Er konzentrierte sich auf seine Erinnerung an das Gesicht in der Zeitung, auf das, was er zu der Frau Wissenschaftlerin sagen würde.

Er dachte an Miranda und die *Dunkle Lady*, als das Auto ihn mit voller Geschwindigkeit überfuhr.

Miranda stand im Morgenlicht auf der Terrasse und blickte über die Stadt.

Dies war das erste Mal, dass sie die Schönheit wirklich genoss. Giovannis Tod hatte ihr Leben unwiderruflich verändert. In ihrem Innern würde immer ein dunkles Loch bleiben, voller Schuld und Trauer. Und doch fühlte sie sich gleichzeitig leichter als jemals zuvor. Sie spürte das nie gekannte Bedürfnis, den Augenblick festzuhalten, sich Zeit zu nehmen, die Details zu genießen.

Eine leichte Brise strich über ihre Wangen. Über der Stadt und den Hügeln lagen die ersten Sonnenstrahlen, und sie fühlte den warmen Steinboden unter ihren bloßen Füßen.

Eigentlich würde ich jetzt gern hinuntergehen, dachte sie. Mich anziehen und ohne Ziel durch die Straßen laufen. Einfach nur Schaufenster ansehen, am Fluss entlangbummeln. Sich lebendig fühlen.

»Miranda.«

Sie atmete tief ein, blickte über die Schulter und sah Ryan in der Tür stehen. »Es ist ein wundervoller Morgen. Frühling. Wiedergeburt. Ich glaube nicht, dass ich das jemals so genossen habe.«

Er trat zu ihr und legte auf dem Geländer seine Hand auf ihre. Wenn sie nicht den Blick in seinen Augen gesehen hätte, hätte sie gelächelt. So aber fragte sie erschrocken: »O Gott! Was ist passiert?«

»Der Klempner, Carlo Rinaldi … Er ist tot. Er ist gestern Abend überfahren worden. Ich habe es gerade in den Nachrichten gehört.« Sie ergriff seine Hand. »Er ist gegen Mitternacht nach Hause gegangen. Mehr Einzelheiten haben sie nicht genannt.« Kalte Wut stieg in ihm auf. »Er hatte drei Kinder, und ein weiteres ist unterwegs.«

»Es könnte ein Unfall gewesen sein.« Miranda wollte das gern glauben und hätte es wohl auch gekonnt, wenn nicht der Ausdruck in Ryans Augen gewesen wäre. »Nun, es war wohl keiner. Doch warum sollte ihn jemand umbringen wollen? Er hat schließlich mit dem Labor gar nichts zu tun! Er weiß doch gar nichts.«

»Er hat eine Menge Lärm gemacht. Er könnte von vorneherein an der ganzen Sache beteiligt gewesen sein. Auf jeden Fall hat er die Skulptur gefunden und hatte sie ein paar Tage bei sich zu Hause. Er hat sie bestimmt genau studiert. Er war so etwas wie ein loses Ende, Miranda, und lose Enden werden abgeschnitten.«

»Wie Giovanni.« Sie wandte sich von ihm ab. Ich werde damit leben, sagte sie sich. Ich muss es einfach. »Haben sie in den Nachrichten irgendetwas von Giovanni gesagt?«

»Nein, aber das kommt bestimmt noch. Zieh dich an. Wir gehen hinaus.«

Hinaus, dachte sie. Aber nicht, um durch die Straßen zu laufen, um am Fluss entlangzuschlendern, um einfach nur das Leben zu spüren. »In Ordnung.«

»Keine Einwände?« Er zog eine Augenbraue hoch. »Kein Wohin, Was, Warum?«

»Im Moment nicht.« Miranda ging ins Schlafzimmer und schloss die Tür hinter sich.

Eine halbe Stunde später standen sie an einer Telefonzelle, und Ryan tat etwas, das er bisher stets vermieden hatte. Er rief die Polizei an.

Er schraubte seine Stimme so hoch wie möglich und berichtete in nachlässigem Italienisch, dass im Labor von Standjo eine Leiche läge. Dann legte er auf. »Das müsste reichen. Lass uns verschwinden, für den Fall, dass die Polizei die Telefonzelle geortet hat.«

»Fahren wir zurück ins Hotel?«

»Nein.« Er schwang sich aufs Motorrad. »Wir fahren zu deiner Mutter. Du sagst mir den Weg.«

»Zu meiner Mutter?« Vor lauter Entsetzen brach Miranda ihr Versprechen, keine Fragen zu stellen. »Warum? Bist du verrückt? Ich kann dich doch nicht mit zu meiner Mutter nehmen!«

»Wahrscheinlich gibt es bei ihr keine Linguine mit Tomatensoße zum Mittagessen, aber wir kaufen uns auf dem Weg eine Pizza. Das dauert dann auch lange genug.«

»Wofür?«

»Damit die Polizei die Leiche findet und deine Mutter davon erfährt. Was denkst du, wird sie tun?«

»Sie wird sofort ins Labor fahren.«

»Damit rechne ich auch. Dann können wir in Ruhe ihr Haus durchsuchen.«

»Wir brechen ins Haus meiner Mutter ein?«

»Es sei denn, sie hinterlegt einen Schlüssel unter der Fußmatte. Zieh das an.« Ryan zog eine Schlägermütze aus der Satteltasche. »Die Nachbarn erkennen sonst deine Haare aus einer Meile Entfernung.«

»Ich verstehe dein Vorgehen nicht«, klagte Miranda eine Stunde später. Sie saß einen halben Block vom Haus ihrer Mutter entfernt hinter ihm auf dem Motorrad. »Ich kann doch nicht in das Haus meiner Mutter einbrechen und ihre Sachen durchwühlen!«

»All deine schriftlichen Aufzeichnungen über die Tests sind aus dem Labor verschwunden. Immerhin besteht die Chance, dass sie Kopien zu Hause hat.«

»Warum sollte sie?«

»Weil du ihre Tochter bist.«

»Das spielt keine Rolle.«

Für dich schon, dachte Ryan. »Vielleicht nicht. Vielleicht aber doch. Ist sie das?«

Miranda blickte zum Haus hinüber, wobei sie sich wie ein Kind beim Versteckspielen hinter Ryans Rücken duckte. »Ja.«

»Attraktive Frau. Du siehst ihr überhaupt nicht ähnlich.«

»Vielen Dank.«

Er schmunzelte und beobachtete, wie Elizabeth, die ein makelloses dunkles Kostüm trug, ihr Auto aufschloss. »Es lässt sie kalt«, stellte er fest. »Kein Mensch könnte ihr ansehen, dass man ihr gerade gesagt hat, dass jemand in ihr Unternehmen eingebrochen und einer ihrer Mitarbeiter tot ist.«

»Es ist meiner Mutter nicht gegeben, Emotionen zu zeigen.«

»Wie ich schon sagte, du bist ihr überhaupt nicht ähnlich. Okay, wir gehen von hier aus zu Fuß. Sie wird ein paar Stunden lang weg sein, aber um die Sache so unkompliziert wie möglich zu machen, werden wir nur eine Stunde brauchen.«

»Hier ist nichts unkompliziert.« Sie beobachtete, wie er sich seine Tasche umhängte. Ihr Leben würde nie wieder so sein wie vorher. Sie war jetzt eine Kriminelle.

Ryan ging direkt zur Haustür und läutete. »Hat sie Personal? Einen Hund? Einen Liebhaber?«

»Sie hat eine Haushälterin, glaube ich, aber die wohnt nicht hier. Und für Haustiere hat sie nichts übrig.« Miranda zog sich die Mütze tief ins Gesicht. »Über ihr Sexleben weiß ich gar nichts.«

Er läutete noch einmal. Für ihn gab es nichts Entsetzlicheres, als ein vermeintlich leeres Haus zu betreten und feststellen zu müssen, dass der Hauseigentümer mit einer Grippe im Bett lag.

Dann zog er seinen Dietrich heraus und öffnete das Schloss beinahe ebenso schnell, wie es mit einem Schlüssel gedauert hätte. »Alarmanlage?«

»Ich weiß nicht. Wahrscheinlich.«

»Okay, damit werden wir schon fertig.« Ryan trat ein und sah sofort, dass der Kasten an der Wand ein Codesystem erforderte. Er überlegte kurz, zog einen Schraubenzieher heraus, schraubte die Deckplatte ab, knipste ein paar Drähte durch und ließ es dabei bewenden.

Miranda konnte seine rasche, wirkungsvolle Arbeitsweise nur bewundern und sagte: »Ich frage mich, warum sich alle so viele Gedanken um diese Anlagen machen. Warum lässt man dann nicht gleich Türen und Fenster offen?«

»Der Meinung bin ich auch.« Ryan zwinkerte ihr zu. Dann sah er sich in der Eingangshalle um. »Nett hier. Sehr schöne Bilder – ein bisschen steril, aber attraktiv. Wo ist ihr Arbeitszimmer?«

Miranda fragte sich, warum sie seine Kritik am Geschmack ihrer Mutter so erheiternd fand. Es hätte sie doch eigentlich eher kränken müssen. »Zweiter Stock links, glaube ich. Ich war noch nicht oft hier.«

»Dann wollen wir es mal versuchen.« Sie stiegen die Treppe hinauf. Wenn es hier ein bisschen mehr Farbe und ein paar Überraschungen gäbe, dachte er, könnte es ganz schön sein. Alles war so vollendet wie in einer Zeitschrift, und es wirkte auch genauso unbewohnt.

Das Arbeitszimmer wirkte weiblich, aber nicht verspielt, kühl, aber auch nicht ganz nüchtern. Vermutlich spiegelte es den Charakter seiner Besitzerin wider.

»Gibt es einen Safe?«

»Ich weiß nicht.«

»Dann sieh dich um«, schlug er vor und begann, hinter alle Bilder zu blicken. »Hier ist er, hinter diesem hübschen Renoir-Druck. Ich kümmere mich darum. Du durchsuchst den Schreibtisch.«

Sie zögerte. Selbst als Kind hatte sie sich nicht getraut, ohne Erlaubnis die Räume ihrer Mutter zu betreten. Sie wäre niemals einfach in ihr Schlafzimmer gegangen und hätte sich Ohrringe geliehen oder Parfüm aufgesprüht. Und an den Schreibtisch ihrer Mutter wäre sie ganz bestimmt nie gegangen.

Es sah ganz so aus, als würde sie jetzt für verlorene Zeit entschädigt.

Miranda schob die Konditionierung eines ganzen Lebens einfach beiseite und ging mit wesentlich mehr Enthusiasmus ans Werk, als sie jemals zugegeben hätte.

»Hier sind zahlreiche Akten«, sagte sie zu Ryan. »Die meisten scheinen persönlich zu sein, Versicherungen, Rechnungen, Korrespondenz.«

»Such weiter.«

Sie setzte sich auf den Schreibtischstuhl und durchsuchte eine weitere Schublade. Vor Aufregung und Schuldgefühl krampfte sich ihr Magen zusammen.

»Vertragskopien«, murmelte sie, »und Berichte. Sie wird wahrscheinlich auch zu Hause arbeiten. Oh.« Sie erstarrte. »Die Fiesole-Bronze. Sie hat die Akte!«

»Nimm sie heraus. Durchsehen können wir sie später.« Ryan lauschte, bis er das Klicken des letzten Bolzens hörte, der einrastete. »Habe ich dich, meine Schöne. Sehr, sehr hübsch«, flüsterte er, öffnete ein Samtkästchen und bewunderte eine doppelte Perlenkette. »Ein Erbstück – sie würde dir gut stehen.«

»Leg sie zurück.«

»Keine Sorge, ich stehle sie nicht. Ich arbeite nicht mit Schmuck.«
Trotzdem öffnete er ein weiteres Kästchen und pfiff leise und anerkennend. »Äußerst wertvolle Brillantohrringe, jeder ungefähr drei Karat, viereckig geschliffen, sieht aus wie reinstes Wasser.«

»Ich denke, du arbeitest nicht mit Schmuck?«

»Das bedeutet doch nicht, dass ich kein Interesse daran habe. Die würden toll zu deinem Ring aussehen.«

»Das ist nicht mein Ring«, erwiderte sie spitz, blickte aber trotzdem zu dem Diamanten an ihrem Finger. »Es ist nur Schaufensterdekoration.«

»Genau. Sieh dir das an.« Ryan zog einen dünnen Plastikordner hervor. »Kommt dir das bekannt vor?«

»Die Röntgenaufnahmen!« Miranda sprang auf und griff mit klopfendem Herzen danach. »Die Computer-Ausdrucke! Da, sieh sie dir an. Das ist es! Du kannst es selbst sehen. Der Korrosionslevel. Da ist er. Er ist real!«

Ihre Gefühle überwältigten sie. Miranda presste die Handflächen an die Stirn und schloss die Augen. »Da ist es. Ich habe mich nicht geirrt. Ich habe keinen Fehler gemacht.«

»Das habe ich auch nicht angenommen.«

Sie öffnete die Augen und lächelte ihn an. »Lügner. Du bist in mein Schlafzimmer eingedrungen und hast gedroht, mich zu erwürgen.«

»Ich habe gesagt, ich könnte dich erwürgen.« Er umfasste ihren Hals mit den Händen. »Und das war, bevor ich dich näher kannte. Beeil dich, Liebling. Wir haben noch eine Menge zu tun.«

Die nächsten Stunden verbrachten sie in der Hotelsuite. Miranda ging Zeile für Zeile ihre Reports durch, und Ryan arbeitete am Computer.

»Hier steht alles drin. Alles, was ich gemacht habe, jede einzelne Phase. Jeder Test, jedes Ergebnis. Ich muss zwar zugeben, dass man noch ausführlicher hätte vorgehen können, aber es hält trotzdem stand. Warum hat sie das nicht gesehen?«

»Sieh dir das hier an, und überprüfe mal, ob ich recht habe.«

»Was?«

Ryan winkte sie zu sich. »Hier stehen die Namen der Leute, die zu beiden Skulpturen Zugang hatten. Es sind wahrscheinlich noch mehr, aber das hier sind die Schlüsselfiguren.«

Miranda stand auf und blickte ihm über die Schulter. Als sie sah, dass ihr Name ganz oben auf der Liste stand, kniff sie die Lippen zusammen. Hinzu kamen ihre Mutter, ihr Vater, Andrew, Giovanni, Elise, Carter, Hawthorne, Vincente.

»Andrew hatte keinen Zugang zu der *Dunklen Lady.*«

Sie hatte ihre Haare aufgesteckt, und jetzt fiel eine Strähne heraus und streifte seine Wange. Sein Körper reagierte sofort, und er stieß leise die Luft aus. Allein ihre Haare machten ihn schon verrückt.

»Er ist mit dir, deiner Mutter und Elise verbunden. Nahe genug.«

Miranda schniefte und rückte ihre Brille zurecht. »Ich finde das beleidigend.«

»Ich möchte nur wissen, wie genau die Liste ist. Spar dir deine Kommentare.«

»Sie ist fast vollständig und beleidigend.«

O ja, die Dame konnte auch spitz klingen. Es wäre ihm tausendmal lieber gewesen, statt dieser kühlen Stimme ihr Stöhnen zu hören. »War Hawthornes Frau mit ihm in Florenz?«

»Nein.«

»Richard ist geschieden.« Was soll's, dachte er und quälte sich ein bisschen, indem er den Kopf leicht umwandte und den Duft ihres Haares einatmete. »Hatte er eine Frau dabei, als er in Maine arbeitete?«

»Ich weiß nicht. Ich kannte ihn kaum. Ich konnte mich gar nicht an ihn erinnern, bis er mir sagte, dass wir uns schon begegnet seien.« Verärgert sah Miranda Ryan an – und bemerkte an seinem Blick, dass er nicht ganz bei der Sache war. Ihr Herz machte einen Sprung. »Spielt das eine Rolle?«

»Was soll eine Rolle spielen?« Er wollte diesen Mund. Verdammt, er hatte ein Recht darauf!

»Dass Richard geschieden ist.«

»Das ist deshalb wichtig, weil Menschen ihren Ehepartnern und Liebhabern alle möglichen vertraulichen Sachen erzählen. Sex«, murmelte er und wickelte die lose Strähne um seinen Finger, »ist ein großer Kommunikator.«

Wenn ich nur ein bisschen ziehen würde, dachte er, nur ein kleines bisschen, dann lägen ihre Lippen auf meinen. Und er hielte diese ganze ungebändigte lockige Haarpracht in seinen Händen. Und in fünf Minuten wäre sie nackt. Bis auf die Brille.

Er bedauerte wirklich, dass er nicht zog, sondern stattdessen die Haarsträhne losließ und sich wieder dem Computer zuwandte.

»Wir müssen auch die Liste der normalen Angestellten durchgehen, aber jetzt brauchen wir erst einmal eine Pause.«

»Eine Pause?« Sie konnte nicht mehr klar denken. Sämtliche Nerven prickelten unter ihrer Haut.

Wenn er sie jetzt berührte, wenn er sie jetzt küssen würde, dann wäre es um sie geschehen. Sie richtete sich auf und schloss die Augen. Und sehnte sich insgeheim nach ihm.

»Woran hast du gedacht?«

»Lass uns das hier wegräumen und etwas essen gehen.«

Sie öffnete die Augen. »Was?«

»Etwas essen, Dr. Jones.« Ryan konzentrierte sich auf den Computer und sah nicht, wie sie sich hinter seinem Rücken das Gesicht rieb.

»Ja, essen.« Ihre Stimme zitterte ein wenig – ob vor Erleichterung oder Verzweiflung wusste sie nicht so genau. »Gute Idee.«

»Was hättest du an deinem letzten Abend in Florenz denn gern?«

»Am letzten Abend?«

»Es könnte hier gefährlich werden. Wir arbeiten besser zu Hause weiter.«

»Aber wenn die *Dunkle Lady* hier ist …«

»Wir kommen wieder und holen sie.« Er schaltete das Gerät aus und stand von dem kleinen Schreibtisch auf. »Florenz ist keine Großstadt, Dr. Jones. Früher oder später sieht dich jemand, den du kennst.« Er fuhr leicht über ihre Haare. »Du fällst eben auf. Und jetzt – schnell, schick oder gutbürgerlich?«

Nach Hause. Sie stellte fest, dass sie dringend nach Hause wollte, um dort alles mit ihrem neuen Blick zu sehen. »Ich glaube, ich hätte es zur Abwechslung gern gutbürgerlich.«

»Sehr schön. Ich kenne genau das richtige Lokal.«

Es war laut, es war voll, und das grelle Licht fiel unerbittlich auf die kitschigen Bilder an der Wand. Sie passten zu den Würsten und geräucherten Schinken, die von den Deckenbalken hingen. Die Tische waren zusammengerückt, sodass die Gäste – Fremde wie Freunde – eng beieinandersaßen, um riesige Portionen Fleisch und Pasta zu vertilgen.

Ein rundlicher Mann mit einer gestärkten Schürze, der Ryans Bitte um eine Flasche hiesigen Rotweins mit einen Nicken entgegennahm, führte sie in eine Ecke. Links von Miranda saß die eine Hälfte eines schwulen amerikanischen Pärchens. Sie teilten sich den Inhalt des Brotkorbs, und Ryan zog sie mit einer Leichtigkeit und Offenheit ins Gespräch, die Miranda bewunderte.

Sie hätte nie in einem Restaurant mit Fremden geredet, und wenn, dann nur die nötigsten Sätze. Doch als der Wein auf dem Tisch stand und eingeschenkt war, wusste sie bereits, dass sie aus New York waren, ein Restaurant im Village hatten und seit zehn Jahren zusammenlebten. Sie erzählten, es sei ihre Reise zum Jahrestag.

»Bei uns ist es die zweite Hochzeitsreise.« Ryan ergriff Mirandas Hand und küsste sie. »Nicht wahr, Abby, mein Schatz?«

Verwirrt starrte sie ihn an, reagierte dann aber auf den leisen Tritt gegen das Schienbein, den er ihr unter dem Tisch verpasste. »O ja. Ähm … Als wir heirateten, konnten wir uns keine Hochzeitsreise leisten. Kevin hatte gerade angefangen zu arbeiten, und ich war – nur Assistentin in der Kanzlei. Jetzt wollen wir uns noch einmal etwas leisten, bevor wir Kinder bekommen.«

Überrascht über sich selbst nahm sie einen Schluck Wein, während Ryan sie anstrahlte. »Es war das Warten wert. In Florenz liegt die Romantik in der Luft.«

Endlich gelang es dem Kellner, sich zwischen den Tischen hindurchzudrängen, und er fragte sie nach ihren Wünschen.

Knapp eine Stunde später hatte Miranda Lust auf noch mehr Wein. »Es ist einfach wundervoll. Es ist wundervoll hier!« Sie wandte sich um und lächelte liebevoll zu einem Tisch mit Engländern hinüber, die sich fröhlich miteinander unterhielten, während an einem Tisch neben ihnen eine deutsche Gruppe Bier trank und sang. »Ich gehe sonst nie in solche Lokale.« Alles drehte sich ihr im Kopf, die Gerüche, die Stimmen, der Wein.

»Möchtest du Nachtisch?«

»Na klar. Iss, trink und sei fröhlich!« Miranda schenkte sich ein weiteres Glas Wein ein und grinste Ryan beschwipst an. »Ich liebe dieses Lokal.«

»Ja, das sehe ich.« Er schob die Flasche aus ihrer Reichweite und winkte dem Kellner.

»War das nicht ein nettes Paar?« Sie bedachte den Platz, den ihre Tischgenossen gerade verlassen hatten, mit einem sentimentalen Lächeln. »Sie waren wirklich ineinander verliebt. Wir besuchen sie mal, wenn wir zu Hause sind, ja? Nein, wenn *sie* wieder zu Hause sind. *Wir* fliegen ja morgen schon.«

»Wir nehmen die Zabbaione«, sagte Ryan zu dem Kellner, wobei er Miranda, die begann, die Lieder der Deutschen mitzusummen, misstrauisch beäugte. »Und Cappuccino.«

»Ich hätte lieber noch Wein.«

»Keine gute Idee.«

»Warum nicht?« Voller Zuneigung prostete sie ihrem Begleiter zu und leerte ihr Glas in einem Zug. »Mir schmeckt er aber.«

»Wegen deinem Kopf«, erwiderte er schulterzuckend, als sie erneut nach der Flasche griff. »Wenn du so weitermachst, wirst du morgen keinen angenehmen Flug haben.«

»Ich kann ausgezeichnet fliegen.« Mit zusammengekniffenen Augen schenkte sie sich das Glas bis knapp unter den Rand ein. »Sieh dir das an, meine Hände sind ganz ruhig.« Sie kicherte und beugte sich verschwörerisch vor. »Aber Abby ist eine Säuferin.«

»Kevin macht sich heftige Sorgen, dass sie über dem Tisch zusammenbricht und er sie nach Hause tragen muss.«

»Nö.« Miranda rieb sich mit dem Handrücken über die Nase. »Das würde Dr. Jones nicht zulassen. Viel zu peinlich. Lass uns zum Fluss gehen, ich möchte gern im Mondschein am Fluss entlangspazieren. Abby gestattet dir bestimmt, sie zu küssen.«

»Das ist ein interessantes Angebot, aber ich glaube, ich bringe dich besser nach Hause.«

»Ich liebe Maine.« Sie lehnte sich zurück und schwenkte ihr Weinglas. »Ich liebe die Klippen und den Nebel und die rauschenden Wellen und die Hummerkutter. Ich werde einen Garten anlegen. Dieses Jahr werde ich es bestimmt machen. Mmm«, gab sie von sich, als das cremige Dessert vor sie gestellt wurde. »Ich liebe es zu sündigen.« Sie setzte ihr Glas ab und tauchte den Löffel in die Nachspeise. »Ich kenne mich so gar nicht«, sagte sie mit vollem Mund.

»Trink mal einen Schluck Kaffee«, schlug Ryan vor.

»Ich möchte Wein.« Doch als sie nach dem Glas griff, zog er es weg.

»Kann ich dich noch für irgendetwas anderes interessieren?«

Sie musterte ihn nachdenklich und grinste dann. »Bring mir den Kopf von Johannes dem Täufer«, befahl sie und fing an zu kichern. »Hast du wirklich seine Gebeine gestohlen? Ich kann einfach nicht verstehen, dass man die Knochen eines Heiligen stehlen kann! Aber es ist faszinierend.«

Zeit zu gehen beschloss Ryan und zog rasch sein Geld heraus, um die Rechnung zu bezahlen. »Lass uns spazieren gehen, Liebling.«

»Okay.« Miranda sprang auf, musste sich aber mit der Hand an der Wand abstützen. »O mein Gott, hier ist einiges an Schwerkraft im Raum.«

»Vielleicht wird es draußen weniger.« Er legte ihr den Arm um die Taille, zog sie durch das Restaurant und musste selbst lachen, als sie sich nach allen Seiten fröhlich verabschiedete.

»Du bist mir schon eine, Dr. Jones.«

»Wie hieß der Wein? Er war lecker. Ich möchte mir gern eine Kiste kaufen.«

»Wenn du eine ganze Kiste trinken würdest, tätest du dir keinen Gefallen.« Ryan führte sie über die stille Straße, dankbar dafür, dass sie zu Fuß gingen und nicht auf dem Motorrad saßen. Er hätte sie festbinden müssen.

»Ich werde meine Fensterläden anstreichen.«

»Gute Idee.«

»Euer Haus hat gelbe Fensterläden. Das sieht so fröhlich aus. Alle in deiner Familie sind so fröhlich.«

Sie schlang ihm den Arm um die Taille. »Aber ich glaube, zu meinem Haus würde ein hübsches Hellblau gut passen. Ein hübsches Hellblau, und auf die vordere Veranda stelle ich einen Schaukelstuhl.«

»Es geht nichts über einen Schaukelstuhl auf der Veranda. Pass auf, wo du hintrittst. So ist es gut.«

»Ich bin heute in das Haus meiner Mutter eingebrochen.«

»Das habe ich schon irgendwo gehört.«

»Ich teile die Hotelsuite mit einem Dieb, und ich bin in das Haus meiner Mutter eingebrochen. Ich hätte sie sogar ausrauben können.«

»Du hättest mich nur darum zu bitten brauchen. Wir müssen hier links abbiegen. Wir sind fast da.«

»Es war großartig.«

»Was?«

»Das Einbrechen. Ich wollte dir das im Haus nicht sagen, aber es war großartig.« Sie umfasste sein Gesicht mit den Händen. »Vielleicht könntest du mir ja zeigen, wie man mit einem Dietrich umgeht. Würdest du das machen, Ryan?«

»Aber ja, gelegentlich.« Er zog sie zum Hoteleingang.

»Ich könnte dich verführen, damit du es mir zeigst.« Miranda wandte sich ihm zu und drückte die Lippen auf seinen Mund, bevor er reagieren konnte. In seinem Kopf drehte sich alles.

»Miranda …«

»Ich bin Abby, mein Junge«, murmelte sie. Der Portier wandte diskret seinen Blick ab. »Und was ist mit dir?«

»Lass uns oben darüber reden.« Ryan zog sie zum Aufzug.

»Ich will aber nicht reden.« Sie knabberte an seinem Ohrläppchen. »Ich möchte wilden, verrückten Sex. Und zwar jetzt.«

»Wer möchte das nicht?«, mischte sich die männliche Hälfte eines elegant gekleideten Paares ein, das gerade aus dem Aufzug trat.

»Siehst du?«, kicherte Miranda, während Ryan sie in den Aufzug schob. »Er findet das auch. Ich wollte schon mit dir ins Bett, seit ich dich das erste Mal gesehen und dieses Ping gehört habe.«

»Ping?« Er geriet bei seinen Bemühungen, sich ihrem drängenden Zugriff zu erwehren, langsam außer Atem.

»Ich höre lauter Pings, wenn ich bei dir bin. Im Moment ist mein ganzer Kopf voller Pings. Küss mich noch einmal, Ryan! Ich weiß doch, dass du es willst.«

288

»Hör auf.« Nervös wehrte er ihre Hände ab, die gerade dabei waren, sein Hemd aufzuknöpfen. »Du bist betrunken.«

»Was kümmert dich das?« Lachend warf sie den Kopf zurück. »Du hast die ganze Zeit versucht, mich ins Bett zu bekommen. Jetzt hast du deine Chance.«

»Es gibt Regeln«, murmelte er. Er schwankte wie ein Betrunkener, während sie sich an ihn drängte. Einer von uns beiden braucht dringend eine kalte Dusche, dachte er.

»Plötzlich gibt es Regeln.« Lachend zog sie ihm das Hemd aus der Hose. Während er versuchte, den Schlüssel ins Schloss zu stecken, wanderten ihre Hände über seinen Rücken und seinen Bauch.

»Du meine Güte. Miranda – o Gott.« Ihre Hände hatten sich noch weiter nach unten gewagt. »Ich habe Nein gesagt!« Finster blickte er sie an, während sie ins Zimmer taumelte. »Nimm dich zusammen.«

»Ich kann nicht. Nimm du dich zusammen.« Sie ließ ihn kurz los und drängte sich dann erneut an ihn, durchwühlte seine Haare mit den Händen und presste ihre Lippen auf seine. »Ich will dich. Oh, ich will dich so sehr!« Ihre Lippen waren überall auf seinem Gesicht, und sie atmete in kurzen Stößen. »Schlaf mit mir. Fass mich an. Ich möchte deine Hände spüren.«

Das tat sie bereits. Er hatte es nicht lassen können, ihren reizenden, festen Hintern anzufassen. Sein ganzer Körper schrie nach ihr, während er sie leidenschaftlich küsste. Der letzte Rest von seinem gesunden Menschenverstand wurde immer schwächer.

»Du wirst uns morgen früh beide hassen.«

»Und wenn schon.« Miranda lachte, und ihre Augen leuchteten in einem wilden Blau. Sie warf die Haare zurück, und alles in ihm drängte ihr entgegen. »Jetzt ist jetzt. Genieß den Augenblick mit mir, Ryan. Ich will nicht allein sein.«

Sie sahen einander tief in die Augen. Ryan hob Miranda hoch und trug sie ins Schlafzimmer. »Dann wollen wir sehen, wie lange der Augenblick dauert. Und denk dran, Dr. Jones …«, er knabberte an ihrer Oberlippe, »du hast darum gebeten.«

Sie fielen zusammen aufs Bett. Mondlicht erfüllte den Raum, Schatten tanzten in den Ecken. Der Druck seines Körpers, der sie auf die Matratze presste, erregte sie. Wieder trafen sich ihre Lippen in einem leidenschaftlichen, gierigen Kuss, und dann wanderten ihre Münder weiter und erkundeten den Körper des anderen.

Sie wollte alles, und noch mehr. Alles. Das Unmögliche. Und sie wusste, dass sie es von ihm bekommen würde.

Miranda drängte sich an ihn, konnte nicht passiv bleiben. O Gott, sie war frei! Und lebendig, so lebendig. In ihrer Hast, seine Haut zu spüren, riss sie so ungeduldig an seinem eleganten Seidenhemd, dass die Knöpfe absprangen.

»O ja«, flüsterte sie, als er ihr die Bluse auszog. »Mach schnell.«

Und er hätte sich auch gar nicht mehr zurückhalten können. Beinahe grob zog er ihr den BH aus und umschloss ihre Brüste mit seinen Händen.

Weiß wie Marmor, und weich wie Seide.

Als diese Berührungen nicht mehr ausreichten, fiel er gierig mit dem Mund über sie her.

Miranda schrie auf. Seine Lippen, seine Zähne, seine Zunge waren überall. Sie fuhr mit den Fingernägeln über seinen Rücken, und Wellen der Erregung durchliefen ihren Körper. Verlangen und Lust überwältigten sie.

»Jetzt. Jetzt. Bitte jetzt.«

Doch sein Mund glitt tiefer. Noch nicht. Jetzt noch nicht.

Er zog ihr die Hose aus und tauchte seine Zunge tief in ihre pulsierende Mitte. Sie kam sofort. Sie schluchzte seinen Namen, und ihre Finger krallten sich in seine Haare, während sich schon wieder neues Verlangen in ihr regte.

Ihr Körper war ein Wunder, ein Kunstwerk – die langen Beine, die milchweiße Haut, die bebenden Muskeln. Ryan wollte sie schmecken, sie überall ablecken. Er wollte sein Gesicht in diesen Haaren vergraben, bis er nichts mehr hörte und sah.

Doch alles in ihm schrie nach Erlösung. Und dann drang er in sie ein.

Einen Augenblick lang schien die Zeit stillzustehen. Er hielt inne, und sie sahen sich an. Langsam glitten ihre Hände seinen Rücken hinunter und packten seine Hüften.

Und dann begannen sie, sich miteinander zu bewegen, wurden

schneller. Ihre Körper überzogen sich mit einem dünnen Schweiß-
film, während ihre Erregung wuchs.

Alles, und dann noch mehr, dachte Miranda benommen, während sie dem Gipfel zustrebten. Alles, und dann das Unmögliche.
Und das geschah, als sie sich an ihn klammerte und sie beide
gleichzeitig den Höhepunkt erreichten.

19

Strahlender Sonnenschein weckte sie. Einen schrecklichen Augenblick lang glaubte sie, ihre Augen stünden in Flammen, und sie schlug mit den Handflächen danach, bis sie vollkommen wach war.

Dann stellte sie fest, dass sie sich nicht etwa selbst entzündet hatte. Und dass sie nicht allein im Bett war. Erstickt stöhnte Miranda auf und schloss die Augen wieder.

Was hatte sie getan?

Nun ja, es war offensichtlich, was sie getan hatte – und wenn sie ihr Gedächtnis nicht trog, hatte sie es sogar zweimal getan. Dazwischen hatte Ryan ihr drei Aspirin und Unmengen von Wasser verabreicht. Allein dieser Tatsache hatte sie es wohl zu verdanken, dass ihr Kopf noch auf den Schultern saß.

Vorsichtig blickte sie zur Seite. Er lag auf dem Bauch und hatte den Kopf im Kissen vergraben. Wahrscheinlich störte auch ihn die strahlende Helligkeit der Sonne, aber am Abend zuvor hatten sie beide nicht mehr daran gedacht, die Vorhänge zuzuziehen.

O Gott.

Sie hatte ihn angesprungen, hatte ihn bedrängt und wie eine Irre an seinen Kleidern gezerrt.

Und selbst jetzt, im hellen Tageslicht, spürte sie bei dem Gedanken daran sofort das Verlangen, es wieder zu tun.

In der Hoffnung, ihre Würde wenigstens so lange bewahren zu können, bis sie das Badezimmer erreicht hatte, erhob sie sich langsam. Ryan bewegte keinen Muskel und gab kein Geräusch von sich, und dankbar für diese kleine Gnade ging Miranda ins Badezimmer.

Glücklicherweise sah sie nicht, wie er ein Auge öffnete und grinsend ihrem nackten Hintern nachsah.

Während des Duschens führte sie Selbstgespräche. Sie war froh über den harten, heißen Wasserstrahl, da er einen Teil ihrer

Schmerzen wegspülte. Die tieferen und süßeren Schmerzen jedoch waren geblieben.

Sicherheitshalber nahm sie drei weitere Aspirin.

Als sie aus dem Bad kam, stand Ryan bereits auf der Terrasse und plauderte mit dem Zimmerkellner. Da es zu spät war, sich zu verstecken, schenkte sie beiden ein zaghaftes Lächeln.

»*Buon giorno.* Ist der Tag nicht schön, *sì*? Sie werden ihn genießen.« Der Kellner nahm die abgezeichnete Rechnung mit einer kleinen Verbeugung entgegen. »*Grazie. Buon appetito.*«

Dann waren sie allein, mit dem gedeckten Frühstückstisch und einer Taube, die auf der Mauer der Terrasse entlangspazierte und gierig das Futterangebot beäugte.

»Nun – ich …« Verlegen stopfte Miranda die Hände in die Taschen ihres Bademantels, weil sie so zitterten.

»Trink einen Kaffee«, schlug er vor. Er trug eine graue Hose und ein schwarzes Hemd, in dem er sehr entspannt und weltmännisch wirkte. Bei seinem Anblick fiel ihr ein, dass ihre Haare nass und ungekämmt waren.

Fast hätte sie sich mit dieser Ausrede zurückgezogen, aber dann schüttelte sie den Kopf. Sie war schließlich eine Frau, die den Tatsachen ins Auge sah. »Ryan, gestern Abend … Ich glaube, ich muss um Entschuldigung bitten.«

»Wirklich?« Er schenkte zwei Tassen Kaffee ein und machte es sich am Tisch bequem.

»Ich habe zu viel getrunken. Das ist natürlich keine Entschuldigung, sondern einfach eine Tatsache.«

»Liebling, du warst der reinste Mähdrescher. Aber auch süß«, fügte er hinzu, während er sich Marmelade auf ein Croissant löffelte. »Und erstaunlich agil.«

Miranda schloss die Augen, gab nach und setzte sich. »Mein Benehmen ist unentschuldbar und bedauerlich, und es tut mir leid, dass ich dich in diese peinliche Position gebracht habe.«

»Ich kann mich an mehrere Positionen erinnern.« Ryan trank einen Schluck Kaffee und beobachtete hingerissen, wie sie errötete. »Und keine davon war im Geringsten peinlich.«

Sie hob ebenfalls ihre Tasse und verbrannte sich an dem heißen Kaffee die Zunge.

»Warum bittest du um Entschuldigung?«, fragte er, nahm einen kleinen Kuchen aus dem Korb und legte ihn auf ihren Teller. »Was soll das Bedauern? Haben wir irgendjemandem etwas getan?«

»Das Problem ist …«

»Das Problem – wenn es überhaupt eins gibt – ist, dass wir beide Singles sind, ungebundene, gesunde Erwachsene, die sich zueinander hingezogen fühlen. Und gestern Abend haben wir danach gehandelt.« Er hob den Deckel von einer Platte, auf der ein goldgelbes Omelett lag. »Und ich für meinen Teil habe es sehr genossen.« Er zerteilte das Omelett und legte ihr ein Stück auf den Teller. »Wie ist es mit dir?«

Sie hatte sich ganz bewusst demütigen wollen, die volle Verantwortung für alles übernehmen wollen. Warum ließ er es bloß nicht zu? »Darum geht es nicht.«

»Doch. Da bin ich ganz anderer Meinung. Ach, jetzt kommt wieder das ärgerliche Funkeln in deine Augen. Gut so. Ich schätze es sehr, dass du so feinfühlig bist, mir nicht vorzuwerfen, ich hätte die Situation ausgenutzt – während du mir die Kleider vom Leib gerissen hast –, aber dir selbst Vorwürfe zu machen ist völlig albern.«

»Ich gebe dem Wein die Schuld«, entgegnete sie steif.

»Nun, eben hast du noch gesagt, das wäre keine Entschuldigung.« Er lachte, ergriff ihre Hand und legte eine Gabel hinein. »Ich wollte von dem Augenblick an, als ich dich zum ersten Mal gesehen habe, mit dir schlafen – und je länger ich dich kannte, desto dringender wurde dieser Wunsch. Du faszinierst mich, Miranda. Und jetzt iss dein Omelett, bevor es kalt wird.«

Sie starrte auf ihren Teller. Sie konnte einfach nicht böse auf ihn sein. »Ich habe normalerweise nicht willkürlich Sex.«

»Das nennst du willkürlich?« Er stieß langsam die Luft aus. »Dann gnade uns Gott, wenn wir erst einmal ernst machen.«

Sie musste unwillkürlich lächeln und gab auf. »Es war großartig.«

»Ich freue mich, dass du dich daran erinnerst. Ich war mir nicht ganz sicher, ob du alles mitbekommen hast. Ich wünschte, wir könnten noch hierbleiben.« Er spielte mit ihren feuchten Haaren. »Florenz ist gut für Liebende.«

Miranda holte tief Luft, sah ihm in die Augen und machte ein für sie ungewöhnliches Zugeständnis. »Maine ist im Frühling auch wunderschön.«

Er lächelte und fuhr mit dem Finger über ihre Wange. »Ich freue mich darauf, es kennenzulernen.«

Die *Dunkle Lady* stand unter einem einzelnen Lichtstrahl. Der, der sie betrachtete, saß im Dunkeln. Sein Verstand war kalt, ruhig und klar, wie in dem Augenblick, als der Mord geschah.

Der Mord war nicht geplant gewesen. Die treibende Kraft war der Drang gewesen, alles richtig zu machen. Wenn alles korrekt abgelaufen wäre, hätte er keine Gewalt anwenden müssen.

Aber es war nicht korrekt abgelaufen, war nicht gut gegangen, und deshalb hatte er Korrekturen vornehmen müssen. Schuld am Tod von zwei Menschen war der Diebstahl des *David*. Wer hätte das voraussehen können?

Er würde es als Joker verwenden. Ja, als Joker.

Aber zu morden war gar nicht so schrecklich, wie man meinen sollte. Es verlieh einem Macht. Nichts und niemand sollte die Existenz der *Dunklen Lady* beweisen können und weiterleben dürfen. Das war einfach ein Fakt.

Darum würde er sich schon kümmern. Sauber, vollständig und endgültig.

Zu gegebener Zeit kam auch das Ende für Miranda.

Eine Schande, dass jemand mit einem derart scharfen Verstand zerstört werden musste. Früher hätte die Zerstörung des Rufs ausgereicht. Jetzt musste alles dran glauben. Für Gefühle gab es in der Wissenschaft und in Fragen der Macht keinen Raum.

Ein Unfall vielleicht. Obwohl Selbstmord besser wäre.

Ja, Selbstmord. Das wäre wirklich – befriedigend. Seltsam, dass er nicht schon früher auf den Gedanken gekommen war, wie befriedigend ihr Tod sein würde.

Es würde einige Überlegungen, einiges an Planung erfordern. Er würde … Ein schlaues Lächeln breitete sich auf seinem Gesicht aus. Es würde Geduld erfordern.

Niemand außer der *Dunklen Lady* unter ihrem Lichtstrahl konnte das stille Lachen des Verdammten hören. Oder des Irren.

Der Frühling war in Maine eingezogen. Die Luft war plötzlich viel weicher als noch vor einer Woche. Zumindest empfand es Miranda jetzt so.

Das alte Haus stand unbeirrt mit der Rückseite zum Meer. Die Fenster glänzten golden im Licht der untergehenden Sonne. Es war gut, wieder zu Hause zu sein.

Miranda trat ein und fand Andrew im Studierzimmer – in der Gesellschaft einer Flasche Jack Daniel's. Ihre gute Laune schwand augenblicklich.

Schwankend sprang er auf. Sie bemerkte, dass es einen Augenblick lang dauerte, bis er sie klar sehen konnte. Er hatte sich seit ein oder zwei Tagen nicht mehr rasiert, und seine Kleidung war zerknittert.

Er war betrunken, und das wahrscheinlich schon seit ein paar Tagen.

»Wo bist du gewesen?« Schlurfend kam er auf sie zu und schlang unsicher die Arme um sie. »Ich habe mir Sorgen um dich gemacht. Ich habe überall herumtelefoniert. Keiner wusste, wo du warst.«

Trotz seiner Whiskeyfahne war seine Besorgnis aufrichtig, das wusste sie. Und obwohl sie seine Umarmung erwiderte, war sie sich nicht darüber im Klaren, ob sie ihm die Wahrheit erzählen sollte. Wie weit konnte sie einem Betrunkenen trauen?

»Ich habe Urlaub«, erinnerte sie ihn. »Und ich habe dir eine Nachricht hinterlassen.«

»Ja, und die hat mir gar nichts gesagt.« Er trat einen Schritt zurück, musterte sie und tätschelte ihr den Kopf. »Als der alte Herr ins Institut kam, wusste ich, dass wir in der Tinte sitzen. Ich bin so schnell wie möglich hierhergefahren, aber du warst schon weg.«

»Sie haben mir keine andere Wahl gelassen. Ist er sehr hart mit dir umgesprungen?«

»Nicht schlimmer, als ich erwartet habe.« Andrew zuckte mit den Schultern. Obwohl er vom Whiskey benebelt war, spürte er, dass etwas anders war als sonst. »Was ist los, Miranda? Was hast du gemacht?«

»Ich war ein paar Tage weg.« Mit leisem Bedauern beschloss sie, ihre Erlebnisse für sich zu behalten. »Ich habe Ryan Boldari in New York getroffen.«

Sie wandte sich ab, weil sie eine schlechte Lügnerin war. Und Andrew hatte sie noch nie angelogen. »Er ist jetzt auch wieder in Maine. Er wird ein paar Tage hierbleiben.«

»Hier?«

»Ja, ich … Wir haben ein Verhältnis.«

»Ihr … Oh.« Andrew fuhr sich mit der Zungenspitze über die Lippen und versuchte nachzudenken. »Okay. Das ist aber – schnell gegangen.«

»Eigentlich nicht. Wir haben viel gemeinsam.« Miranda wollte nicht näher auf das Thema eingehen. »Haben die Nachforschungen etwas Neues ergeben?«

»Wir sind auf Schwierigkeiten gestoßen. Wir können die Dokumentation über den *David* nicht finden.«

Obwohl sie das erwartet hatte, hob sich ihr Magen. Nervös fuhr sie sich durch die Haare. »Du kannst sie nicht finden? Sie müsste bei den Unterlagen sein.«

»Ich weiß, wo sie sein müsste.« Zornig griff er nach der Flasche und goss, sich einen weiteren Whiskey ein. »Aber sie ist nicht da. Sie ist nirgendwo im Institut. Ich habe überall nachgesehen.« Er drückte die Finger auf seine Augen. »Die Versicherungsgesellschaft macht Schwierigkeiten. Wenn wir die Dokumentation nicht herbeischaffen, müssen wir den Verlust selbst tragen. Du hast doch die Tests gemacht.«

»Ja«, erwiderte sie vorsichtig. »Ich habe die Tests gemacht. Ich habe das Stück untersucht, und die Dokumentation ist ordentlich abgelegt worden. Das weißt du doch, Andrew. Du hast doch auch daran gearbeitet.«

»Richtig. Na ja, jetzt ist sie eben weg. Die Versicherungsgesellschaft weist den Anspruch zurück, solange sie keine Unterlagen haben. Unsere Mutter droht uns anzureisen, um selbst zu begutachten, warum wir so unfähig sind. Warum wir nicht nur ein wertvolles Kunstwerk verlieren, sondern auch noch die Unterlagen darüber. Und Cook überwacht mich mit Argusaugen.«

»Es tut mir leid, dass ich dich mit alldem alleingelassen habe.«

Und es tat ihr sogar noch mehr leid, jetzt mitansehen zu müssen, wie er damit umging. »Andrew, bitte.« Sie trat zu ihm und nahm ihm das Glas aus der Hand. »Ich kann nicht mit dir reden, wenn du betrunken bist.«

Er lächelte nur. »Ich bin noch nicht betrunken.«

»Doch, das bist du.« Sie kannte die Anzeichen. »Du musst Hilfe suchen.«

Das Lächeln verschwand. Du meine Güte, dachte er. Genau das, was er zurzeit brauchte. »Was ich benötige, ist ein bisschen Unterstützung und Mitarbeit.« Verärgert schnappte er sich sein Glas wieder und nahm einen tiefen Schluck. »Es mag dir ja leidtun, dass du mich alleingelassen hast, aber genau das ist geschehen. Und wenn ich nach einem furchtbaren Tag im Institut mit der Polizei und der ganzen Arbeit und dem Steptanz für unsere Eltern etwas zu trinken brauche, dann geht das verdammt noch mal niemanden etwas an.«

Ihr zog sich das Herz zusammen. »Ich liebe dich.« Das Geständnis schmerzte, weil Miranda wusste, dass keiner von ihnen es oft genug sagte. »Ich liebe dich, Andrew, und du begehst vor meinen Augen Selbstmord. Und deshalb geht es mich etwas an.«

Tränen standen in ihren Augen, und ihre Stimme weckte sein Schuldbewusstsein und machte ihn wütend. »Gut, dann bringe ich mich also besser allein um. Denn dann geht es dich verdammt noch mal überhaupt nichts an.« Er ergriff die Flasche und marschierte aus dem Zimmer.

Er hasste sich selbst für sein Verhalten, dafür, dass er den einzigen Menschen, dem er rückhaltlos vertrauen konnte, so enttäuscht und ihm wehgetan hatte. Aber verdammt noch mal, es war sein Leben.

Andrew schlug die Tür zu seinem Schlafzimmer hinter sich zu und bemerkte gar nicht, dass immer noch der schale Geruch des Whiskeys vom Abend zuvor in der Luft hing. Er setzte sich in einen Stuhl und trank direkt aus der Flasche.

Er hatte schließlich ein Recht auf Entspannung, oder? Er machte seinen Job – und zwar bestimmt nicht schlecht –, warum sollte er sich also Vorwürfe anhören, wenn er mal ein bisschen Alkohol trank?

Oder auch ein bisschen mehr, dachte er grinsend. Wer zählte schon jedes Glas?

Sicher, seine Erinnerungslücken beunruhigten ihn hin und wieder, diese seltsamen Zeitspannen, die scheinbar gar nicht stattgefunden hatten. Aber das lag wahrscheinlich am Stress, und gegen Stress war ein guter, steifer Whiskey noch immer das beste.

Ganz bestimmt.

Er redete sich ein, dass seine Frau ihm fehle, obwohl es immer schwerer war, sich ihr Gesicht klar vor Augen zu rufen oder sich an ihre Stimme zu erinnern. Gelegentlich, wenn er nüchtern war, durchzuckte ihn die Wahrheit. Er liebte Elise gar nicht mehr – und vielleicht hatte er sie überhaupt nie so geliebt, wie er sich einbildete. Also trank er, um diese Erkenntnis zu verdrängen, und genoss das Gefühl, betrogen worden zu sein.

Seit Annie ihn aus ihrem Lokal verbannt hatte, begann er mehr und mehr zu schätzen, allein zu trinken. Allein konnte man trinken, bis man umfiel, und wenn man umfiel, schlief man einfach. So kam man gut durch die Nacht.

Und ich muss gut durch die Nacht kommen, dachte er und blickte grüblerisch auf die Flasche, ehe er sie wieder ansetzte.

Im Grunde aber musste er ja nicht trinken. Er konnte es kontrollieren und jederzeit damit aufhören. Er wollte es nur nicht. Oder doch, er würde sofort damit aufhören, nur um Miranda und Annie zu beweisen, dass sie sich irrten.

Die Leute haben sich immer in mir geirrt, dachte er voller Selbstmitleid. Angefangen bei seinen Eltern. Sie hatten nie wirklich gewusst, wer er war, was er wollte – und noch viel weniger, was er brauchte.

Ach, verdammt.

Gut, er würde aufhören zu trinken. Morgen, dachte er schmunzelnd, während er die Flasche erneut ansetzte.

Lichter durchschnitten den Raum. Autoscheinwerfer, nahm er nach langem, angestrengtem Hinsehen an. Gesellschaft kommt. Wahrscheinlich Boldari.

Grinsend nahm er einen weiteren Schluck. Miranda hatte einen Freund. Das gefiel ihm. Es war lange her, seit er seine Schwester mit einem Mann hatte aufziehen können.

Eigentlich konnte er jetzt gleich damit beginnen. Lachend stand Andrew auf. Leisten wir ihnen etwas Gesellschaft, dachte er, während er zur Tür taumelte.

Er würde mal in Erfahrung bringen, welche Absichten Ryan Boldari hatte. Ja, natürlich. Er musste diesem schlauen New Yorker zeigen, dass Miranda einen großen Bruder hatte, der sich um sie kümmerte. Während er den Flur entlangtaumelte, setzte er wieder die Flasche an. Dann stellte er sich oben ans Treppengeländer und blickte hinunter.

Da stand seine kleine Schwester, genau am Fuß der Treppe, und gab dem New Yorker einen heißen Kuss. »Hey!«, rief er, wild gestikulierend. Er musste lachen, als Miranda erschrocken herumfuhr. »Was machen Sie da mit meiner Schwester, Mr. New York?«

»Hallo, Andrew.«

»Scheiß auf ›hallo Andrew‹. Du schläfst mit meiner Schwester, du Bastard!«

»Im Moment nicht.« Ryan legte Miranda den Arm um die Schultern.

»Hör zu, ich will mit dir reden, Kumpel.« Andrew schaffte es, die Treppe bis zur Hälfte aufrecht hinunterzugehen. Dann strauchelte er und fiel.

Miranda sprang zu ihm hin und kniete sich neben ihn. Auf seinem Gesicht war Blut. »O Gott, Andrew!«

»Alles in Ordnung. Es geht mir gut«, murmelte er und schob ihre Hände beiseite. »Hab' nur ein bisschen das Gleichgewicht verloren.«

»Du hättest dir den Hals brechen können.«

»Treppenstufen können tückisch sein«, sagte Ryan sanft. Er kniete sich neben Miranda und überzeugte sich davon, dass die Wunde auf Andrews Stirn nicht tief war. Mirandas Hände zitterten. »Wir müssen nach oben gehen und dich versorgen.«

»Mist.« Andrew betrachtete seine blutverschmierten Finger, mit denen er sich die Stirn betastet hatte. »Seht euch das an.«

»Ich hole den Erste-Hilfe-Kasten.«

Ryan blickte Miranda an. Sie war wieder blass geworden, und ihr Gesichtsausdruck war verschlossen. »Ich kümmere mich darum.

Komm, Andrew. Mein Bruder ist nach seiner Abiturfeier vom Bordstein gefallen und sah wesentlich schlimmer aus.« Er zog Andrew hoch. Miranda stand ebenfalls auf. Als sie jedoch mit ihnen nach oben gehen wollte, schüttelte Ryan den Kopf.

»Keine Frauen. Das ist eine Sache unter Männern, nicht wahr, Andrew?«

»Verdammt richtig.« In seinem Rausch erklärte Andrew Ryan sofort zu seinem besten Freund. »Frauen sind die Wurzel allen Übels.«

»Gott liebt sie.«

»Ich hatte eine Zeit lang mal eine. Sie hat mich verlassen.«

»Wer braucht schon Frauen?« Ryan dirigierte Andrew nach links.

»Du hast es erfasst! Ich kenne keinen!«

»Da tropft Blut in dein Auge.«

»Gott sei Dank, ich dachte schon, ich würde blind. Weißt du was, Ryan Boldari?«

»Was?«

»Mir wird langsam richtig übel.«

»Das glaub' ich dir.« Ryan zog ihn ins Badezimmer. »Das ist normal.«

Was für eine Familie, dachte Ryan, während er Andrews Kopf hielt und sich im Stillen fragte, ob es wohl möglich war, innere Organe zu erbrechen. Zumindest versuchte Andrew es eifrig.

Als es vorüber war, war Andrew kreidebleich und zitterte am ganzen Körper. Ryan brauchte drei Anläufe, bis es ihm gelang, ihn auf den Toilettendeckel zu setzen, damit er die Wunde auf Andrews Stirn versorgen konnte.

»Muss an dem Sturz gelegen haben«, sagte Andrew mit schwacher Stimme.

»Du hast dir die Seele aus dem Leib gekotzt«, sagte Ryan, während er ihm Blut und Schweiß abwischte. »Du hast mich und deine Schwester beleidigt und einen Kopfsprung gemacht, bei dem du dir sämtliche Knochen hättest brechen können, wenn sie nicht mit Whiskey gefüllt gewesen wären. Du riechst wie eine Kneipe um vier Uhr nachts, und aussehen tust du noch schlimmer. Ganz bestimmt, es liegt am Sturz.«

Andrew schloss die Augen. Am liebsten hätte er sich irgendwo zusammengerollt und geschlafen, bis er starb. »Vielleicht hatte ich heute ein paar Gläser zu viel. Wenn Miranda mich nicht fertiggemacht hätte, wäre das nicht passiert.«

»Spar dir deine lahmen Entschuldigungen. Du bist ein Trinker.« Ryan verteilte Jod über die Wunde und empfand kein Mitleid, als Andrew scharf die Luft einsog. »Du solltest zumindest Manns genug sein, um die Verantwortung dafür zu übernehmen.«

»Verdammte Scheiße.«

»Das ist eine äußerst kluge und originelle Bemerkung. Die Wunde muss wohl nicht genäht werden, aber du wirst von deiner Kriegsverletzung vermutlich ein blaues Auge bekommen.« Zufrieden zog er Andrew das blutverschmierte Hemd über den Kopf.

»Hey!«

»Du brauchst eine Dusche, Kumpel. Vertrau mir.«

»Ich will einfach nur ins Bett. Um Gottes willen, ich will mich hinlegen! Ich glaube, ich sterbe.«

»Noch nicht, aber du bist auf dem besten Weg dorthin.« Grimmig zog Ryan ihn hoch und hielt ihn fest, während er das Wasser andrehte. Da es viel zu viel Mühe bedeutete, Andrew die Hosen auszuziehen, schubste er ihn halbbekleidet in die Dusche.

»Jesus. Mir wird wieder übel.«

»Dann ziel auf den Abfluss«, schlug Ryan vor und kümmerte sich nicht darum, dass Andrew anfing, wie ein Baby zu schluchzen.

Er brauchte fast eine Stunde, bis er Andrew endlich ins Bett verfrachtet hatte. Als Ryan die Treppe hinunterging, stellte er fest, dass Miranda die Glassplitter von der zerbrochenen Flasche aufgefegt und Wände und Fußboden von den Whiskeyspritzern gereinigt hatte.

Er fand Miranda nirgendwo im Haus, also nahm er seine Jacke und eilte nach draußen.

Sie war auf den Klippen. Ryan betrachtete ihre Silhouette. Groß und schlank stand sie vor dem Nachthimmel. Der Wind zerzauste ihre Haare, und ihr Gesicht war dem Meer zugewandt.

Sie ist einsam, dachte er. Sehr einsam.

Er trat neben sie und legte ihr seine Jacke um die Schultern.

Es war ihr gelungen, ruhig zu werden. Die unablässig tosende See hatte bisher immer noch beruhigend auf sie gewirkt. »Es tut mir schrecklich leid, dass du da hineingezogen worden bist.«

Ihre Stimme klang kühl. Automatische Abwehr. Mirandas Körper war steif, und sie hatte sich ihm noch nicht zugewandt. »Ich bin nicht hineingezogen worden. Ich war einfach da.« Er legte ihr die Hände auf die Schultern, aber sie schüttelte sie ab.

»Das ist schon das zweite Mal, dass du mit einem beschämend betrunkenen Mitglied der Familie Jones zu tun hast.«

»Die Verrücktheit einer Nacht ist ein himmelweiter Unterschied zu dem, was dein Bruder sich selbst antut, Miranda.«

»Das mag ja stimmen, aber es ändert die Tatsachen nicht. Wir haben uns schlecht benommen, und du hast das Chaos in Ordnung gebracht. Ich weiß nicht, ob ich heute Abend mit Andrew fertiggeworden wäre. Trotzdem wäre ich lieber allein gewesen.«

»Schade.« Verärgert drehte Ryan sie zu sich herum, damit sie ihn ansehen musste. »Ich war aber hier, und ich werde auch noch für eine ganze Weile hier sein.«

»Bis wir die Skulpturen gefunden haben.«

»Ja. Und wenn ich dich bis dahin nicht leid bin …« Er umfasste Mirandas Gesicht mit den Händen und gab ihr einen zornigen, besitzergreifenden Kuss. »Darauf kannst du dich einstellen.«

»Ich weiß nicht, wie ich damit umgehen soll.« Ihre Stimme übertönte die tosenden Wellen. »Ich kann das nicht. Jede Beziehung, die ich hatte, endete unangenehm. Ich weiß nicht, wie man mit emotionalen Bindungen umgeht, niemand in meiner Familie kann das.«

»Wir beide sind doch noch gar nicht miteinander verbunden.« Er sagte das mit einer so offenen Arroganz, dass sie am liebsten gelacht hätte. Statt dessen wandte sie sich ab und starrte auf den beständig kreisenden Lichtstrahl des Leuchtturms.

Er wird derjenige sein, der geht, wenn es vorbei ist, dachte sie. Und dieses Mal hatte sie schreckliche Angst, dass sie leiden würde. Es spielte keine Rolle, dass sie wusste, warum er bei ihr war, was sein eigentliches Ziel war. Sie würde leiden, wenn er sie verließ.

»Alles, was passiert ist, seit ich dich kennengelernt habe, ist mir fremd. Ohne die gewohnten Richtlinien funktioniere ich nicht gut.«

»Bis jetzt hast du dich aber ganz tapfer geschlagen.«

»Zwei Männer sind tot, Ryan. Mein Ruf ist ruiniert, meine Familie zerstrittener als jemals zuvor. Ich habe das Gesetz gebrochen, ich habe moralische Grundsätze ignoriert, und ich habe eine Affäre mit einen Kriminellen.«

»Aber du hast dich bisher noch nicht gelangweilt, oder?«

Sie lachte leise auf. »Nein. Ich weiß nur nicht, was ich als Nächstes tun soll.«

»Dabei kann ich dir helfen.« Er zog sie an der Hand mit sich fort. »Morgen ist noch Zeit genug, um die nächsten Schritte zu unternehmen. Zeit genug, um darüber zu reden, wie sie aussehen sollten.«

»Ich muss alles in Ordnung bringen.« Miranda blickte zum Haus hinüber. »Ich sollte wahrscheinlich zuerst einmal nach Andrew schauen und dann einen Plan machen.«

»Andrew schläft, und vor morgen früh wird er nicht mehr auftauchen. Um etwas zu planen, braucht man einen klaren Kopf und Konzentration. Und du hast im Moment zu viel um die Ohren, um klar denken zu können.«

»Entschuldige bitte, aber das Planen ist mein Leben. Ich kann drei verschiedene Projekte organisieren, einen Vortrag vorbereiten und ein Seminar leiten, und zwar alles gleichzeitig.«

»Du bist eine furchterregende Frau, Dr. Jones. Dann sagen wir doch lieber, dass *ich* im Moment nicht besonders klar und konzentriert bin. Und außerdem war ich noch nie in einem Leuchtturm.« Er beobachtete, wie der Lichtstrahl die Dunkelheit durchschnitt und schimmernd auf der Wasseroberfläche lag. »Wie alt ist er?«

Miranda atmete aus. Wenn er sie ablenken wollte, dann wollte sie ihm die Freude lassen. »Er ist 1853 erbaut worden. Von außen ist er unverändert, aber in den vierziger Jahren hat mein Großvater das Innere ausbauen lassen, weil er es als Atelier benutzen wollte. Tatsächlich nutzte er es laut meiner Großmutter für seine Affären, weil er es genoss, in Sichtweite des Hauses und in einem so offensichtlich phallischen Symbol Sex zu haben.«

»Guter alter Großvater.«

»Er war lediglich einer der unerträglich emotionalen Jones'. Sein Vater – wieder laut meiner Großmutter, die als Einzige über solche Themen redete – gab mit seinen Geliebten in der Öffentlichkeit an und hatte zahlreiche illegitime Kinder, die anzuerkennen er sich jedoch weigerte. Mein Großvater setzte diese Tradition fort.«

»Es gibt viele Jones' in Jones Point.«

Miranda schüttelte den Kopf. Noch vor einer Weile hätte sie die Bemerkung als Beleidigung aufgefasst, jetzt aber amüsierte sie sich darüber. »Ja, vermutlich. Jedenfalls beschloss meine Urgroßmutter, die Gewohnheiten ihres Mannes zu ignorieren, und verbrachte die meiste Zeit des Jahres in Europa, wo sie sich rächte, indem sie so viel Geld wie möglich ausgab. Leider reiste sie dann auf diesem luxuriösen Schiff mit Namen *Titanic* in die Staaten zurück.«

»Wirklich?« Ryan war jetzt so nahe am Leuchtturm, dass er das verrostete Schloss an der dicken Holztür erkennen konnte. »Toll.«

»Nun, sie und ihre Kinder kamen in ein Boot und wurden gerettet. Aber sie holte sich auf dem Nordatlantik eine Lungenentzündung und starb ein paar Wochen später. Ihr Mann trauerte so sehr um sie, dass er kurz darauf mit einer Opernsängerin anbandelte. Er kam um, als der Mann der Opernsängerin, dem das Arrangement nicht so recht gefallen wollte, das Haus in Brand steckte, in dem sie beide in Sünde lebten.«

»Dann ist er wahrscheinlich glücklich gestorben.« Ryan nahm ein Schweizer Messer aus der Tasche und machte sich daran, das Schloss zu öffnen.

»Nicht. Ich habe einen Schlüssel im Haus, wenn du dir den Turm von innen ansehen willst.«

»Das hier macht mehr Spaß, und es geht schneller. Siehst du?« Er öffnete die Tür. »Feucht«, sagte er und zog seine Taschenlampe heraus, um den Raum auszuleuchten, »aber gemütlich.«

Die Wände waren mit altmodischem Pinienholz verkleidet, und in der hinteren Ecke befand sich ein kleiner Kamin mit kalter grauer Asche.

Ryan fand es schade, dass derjenige, der den Raum entworfen

hatte, die Wände nicht rund gelassen, sondern rechtwinklig ge-
staltet hatte.

»Hier hat Großvater also seine Damen beglückt?«

»Wahrscheinlich.« Miranda zog sich die Jacke enger um die
Schultern. Die Luft hier drinnen war eisig und abgestanden.
»Meine Großmutter verachtete ihn, aber sie hielt an der Ehe fest,
zog meinen Vater groß und pflegte meinen Großvater sogar in
den letzten zwei Jahren seines Lebens. Sie war eine wundervolle
Frau. Stark und eigensinnig. Sie hat mich geliebt.«

Er drehte sich um und streichelte ihr mit dem Handrücken über
die Wange. »Natürlich.«

»Wenn es in meiner Familie um Liebe geht, gibt es kein Natürlich.« Sie wandte sich ab, weil sie in seinen Augen Mitleid entdeckte. »Bei Tageslicht könntest du mehr sehen.«

Einen Augenblick lang schwieg er. Ihm fiel ein, dass er sie früher
einmal für kalt gehalten hatte. Er hatte sich bisher selten derart geirrt.

Sie war nicht kalt, sie hatte sich nur gegen alle Verletzungen in
ihrem Leben gewappnet. Verletzungen, verursacht durch Ver-
nachlässigung, Gleichgültigkeit und durch die Kälte seitens der
anderen, die er ihr zugeschrieben hatte.

Ryan ging in dem Zimmer umher und freute sich, als er eine Öl-
lampe und Kerzen fand. Er zündete beides an und bewunderte
das unheimliche Aussehen, das sie dem Raum verliehen. »Ge-
spenstisch.« Dann legte er seine Taschenlampe weg und grinste
Miranda an. »Bist du als Kind immer hierhergekommen und hast
nach Gespenstern Ausschau gehalten?«

»Sei nicht albern.«

»Liebling, du hattest wirklich eine armselige Kindheit. Wir
müssen dich dafür entschädigen. Komm her.«

»Was hast du vor?«

»Wir gehen hoch.« Er kletterte bereits die spiralförmige Metalltreppe empor.

»Fass nichts an.« Sie eilte hinter ihm her. »Da oben funktioniert
alles automatisch.«

Er entdeckte ein kleines Schlafzimmer, in dem sich nur noch
eine Matratze und eine alte Kommode befanden. Wahrschein-

lich hatte die Großmutter alle wertvollen Teile von hier entfernt. Recht so.

Ryan trat an das runde Fenster und bewunderte die Aussicht. Die See tobte, immer wieder durchschnitten von dem Lichtstrahl. Auch kleine Inseln tauchten entlang der zerklüfteten Küste auf. Er lauschte dem Rauschen der Wellen, dem kühlen Klang, mit dem die Brecher gegen die Felsen schlugen.

»Toll hier! Drama, Gefahr und Herausforderung.«

»Es ist nur selten ruhig«, bestätigte Miranda hinter ihm. »Aber vom anderen Fenster aus blickt man über die Bucht. Dort ist das Wasser manchmal spiegelglatt. Es sieht dann so aus, als könntest du darüber laufen.«

Ryan sah sie über die Schulter an. »Was magst du am liebsten?«

»Ich mag beides, aber vermutlich entspricht mir eher das offene Meer.«

»Ruhelose Geister fühlen sich von ruhelosen Geistern angezogen.«

Als er aus dem Zimmer ging, blickte sie ihm stirnrunzelnd nach. Niemand würde sie als ruhelosen Geist bezeichnen. Am wenigsten sie selbst.

Dr. Miranda Jones ist hart wie Granit, dachte sie. Und häufig, allzu häufig, genauso langweilig.

Schulterzuckend folgte sie ihm in den Raum mit der Lichtanlage.

»Das ist aufregend hier.« Er kümmerte sich nicht um ihre Bitte, nichts anzufassen.

Die Ausstattung war hochmodern. Der runde Raum besaß einen schmalen Rundgang an der Außenseite. Das Eisengeländer war verrostet. Als Ryan hinaustrat, peitschte ihm der Wind ins Gesicht, doch er lachte nur.

»Toll! Ich hätte wahrscheinlich auch meine Frauen hierhin gebracht. Romantisch, sexy und ein bisschen beängstigend. Du solltest den Turm herrichten lassen«, sagte er zu Miranda. »Er gäbe ein fantastisches Atelier ab.«

»Ich brauche kein Atelier.«

»Nun, wenn du dich mit der Malerei so beschäftigen würdest, wie du eigentlich solltest …«

»Ich bin keine Künstlerin.«

Lächelnd kam er wieder herein und schloss die Tür hinter sich. »Ich bin zufällig ein äußerst wichtiger Kunsthändler, und ich sage dir, du bist doch eine Künstlerin. Ist dir kalt?«

»Ein bisschen.« Sie kuschelte sich in die Jacke. »Es ist ziemlich feucht hier drin.«

»Die Räume werden Schimmel ansetzen, wenn du dich nicht darum kümmerst. Das wäre ein Verbrechen, und für Verbrechen bin ich Spezialist.« Er rieb ihre Arme, um sie zu wärmen. »Von hier drinnen hört sich das Meer ganz anders an. Geheimnisvoll, fast bedrohlich.«

»Bei einer steifen Nordostbrise hört es sich sogar noch bedrohlicher an. Der Leuchtturm dient immer noch dazu, Schiffen den Weg zu weisen, damit sie den Felsen und Untiefen nicht zu nahe kommen. Aber trotzdem sind im letzten Jahrhundert eine Menge Schiffe an dieser Küste gesunken.«

»Und die Geister schiffbrüchiger Seeleute gehen mit klappernden Knochen an der Küste um.«

»Wohl kaum.«

»Ich kann sie hören.« Ryan schlang seine Arme um Miranda. »Sie jammern um Gnade.«

»Du hörst den Wind«, verbesserte sie ihn, aber trotzdem überlief sie ein Schaudern. »Hast du genug gesehen?«

»Noch nicht ganz.« Er gab ihr einen leichten Kuss. »Aber bald.«

Sie versuchte, sich ihm zu entwinden. »Boldari, wenn du denkst, du kannst mich in einem feuchten, staubigen Leuchtturm verführen, bist du auf dem Holzweg.«

»Ist das eine Herausforderung?« Er bedeckte ihren Hals mit Küssen.

»Nein, eine Tatsache.« Und doch wurden ihre Beine bereits schwach. Er hatte wirklich eine höchst verführerische Zunge. »Im Haus gibt es ein wunderbares Schlafzimmer, sogar mehrere. Sie sind warm, gemütlich, und die Betten haben hervorragende Matratzen.«

»Wir werden sie später ausprobieren. Habe ich eigentlich schon erwähnt, dass du einen hinreißenden Körper hast, Dr. Jones?«

Seine Hände erforschten ihn bereits eifrig. Seine Finger machten sich an ihrer Hose zu schaffen, und bevor sie protestieren konnte, zog er den Reißverschluss auf.

»Ryan, das ist nicht der richtige Ort, um …«

»Für Großvater war er gut genug«, erinnerte er sie, und dann glitten seine Finger langsam in sie. Sie war bereits heiß und feucht, und Ryan sah ihr in die Augen, bis sie blicklos und dunkel wurden. »Gib dich einfach hin. Ich möchte, dass du spürst, wie du kommst. Genau hier. Ich möchte sehen, was ich mit dir mache.«

Ihr Körper ließ ihr keine Wahl. Die Spannung baute sich auf, alle ihre Nervenenden zuckten, und dann überfluteten sie Wellen der Lust.

Stöhnend warf Miranda den Kopf zurück, während Ryan ihre Kehle mit Küssen bedeckte. »Ist dir immer noch kalt?«, murmelte er.

»Nein. O Gott, nein.« Ihre Haut brannte wie Feuer, ihr Blut rauschte wie ein heißer Fluss durch ihre Venen. Sie packte seine Schultern fest und bog sich seiner Hand entgegen.

Als sein Mund sich über ihren senkte, erwiderte sie seinen Kuss leidenschaftlich. Zeit und Ort spielten angesichts des überwältigenden Verlangens keine Rolle mehr.

Ihre Hose war auf die Knöchel hinabgerutscht, und die Jacke von ihren Schultern geglitten. Weich wie Wachs schmiegte sie sich an ihn. Ryan hob sie auf das Schaltpult.

»Heb deine Arme, Miranda.«

Sie gehorchte, und er zog ihr langsam den Pullover hoch. Mit dem Daumen streichelte er unter dem dünnen Stoff des BHs ihre Brustwarzen und beobachtete dabei, wie sich das Verlangen in ihrem Gesicht widerspiegelte.

»Heute Abend verwischt der Wein deine Empfindungen nicht.« Leicht fuhr er ihr mit den Fingern über ihre Brüste. »Ich will, dass du alles fühlst. Dass du dich fragst, was du wohl als Nächstes empfinden wirst.« Er zog die Träger ihres BHs herunter und knabberte an ihren bloßen Schultern.

Es ist, als würde ich – probiert, dachte sie, während sie die Augen schloss. Als würde sie genossen, lustvoll genossen. Seine Zunge glitt leicht über ihre Haut, hier und da knabberte er mit den Zähnen an ihr. Seine Fingerspitzen fuhren an ihrem Körper entlang und kamen ihrem Baumwollschlüpfer erregend nahe.

Ryan stand zwischen ihren gespreizten Beinen, und sie hielt sich am Bedienungspult fest. Sie verstand jetzt, was es bedeutete, von jemandem beherrscht zu werden. Es sogar zu wollen. Sich danach zu sehnen.

Ein Teil von ihr war sich vollkommen darüber im Klaren, was für ein Bild sie abgeben musste – fast nackt, erregt und hingegeben, während der Mann, der vor ihr stand, vollständig angezogen war.

Doch als er ihr den BH auszog, und seine Lippen sich auf ihre Brust senkten, war ihr alles andere gleichgültig.

Er hatte nicht gewusst, dass sie so sein konnte, und auch nicht, wie sehr es ihn erregte, dass sie so war. Sie war sein, vollkommen, er konnte ihr Lust schenken, von ihr Lust empfangen. Sein Verlangen war von großer Zärtlichkeit geprägt.

Der Lichtstrahl glitt über Miranda und ließ ihre Haut weiß schimmern. Dann war er wieder fort, und ihr Körper glänzte golden im Kerzenschein. Ihre vom Wind zerzausten Haare fielen wie seidiges Feuer über ihre Schultern. Ihr weicher, üppiger Mund verging unter seinem.

Immer leidenschaftlicher wurde der Kuss, und dann tauchten beide in ein Stadium der Erregung ein, das keiner von ihnen hatte voraussehen können. Einen Augenblick lang hielten sie sich umschlungen und bebten.

Es war wie in einem Traum. Die Luft war so süß wie heißer, schmelzender Zucker.

Keiner von ihnen registrierte die Feuchtigkeit und die Kälte. Sie sanken auf den harten, kalten Fußboden, auf dem eine dicke Staubschicht lag, doch er kam ihnen so weich vor wie ein Federbett.

Schweigend zog sie ihm das Hemd aus und drückte ihre Lippen auf die Stelle, wo sich sein Herz befand.

Er wollte zärtlich zu ihr sein, wollte Liebe und Erregung miteinander verbinden, und so war sein Mund, waren seine Hände sanft, und er liebte sie gefühlvoll und verlangend.

Und während sie sich an ihn drängte und ihr Gesicht an seinem Hals vergrub, empfing er von ihr die gleiche Zärtlichkeit.

Als er sie auf sich zog und ihre Hüften umfasste, bis sie ihn tief in sich einließ, wusste sie, dass sie ihn liebte.

20

Miranda erwachte den zweiten Morgen hintereinander neben
Ryan, dieses Mal lediglich auf einem anderen Kontinent. Es war
eine seltsam erregende Erfahrung.

Sie verspürte das Bedürfnis, mit den Händen durch seine Haare
zu fahren, sein Gesicht zu streicheln und die kleine Narbe über
seinem Auge zu erforschen. Sentimentale kleine Berührungen,
die dann vielleicht zu langsamem, trägem morgendlichem Sex
führten.

Es war seltsam, dass auf einmal all jene Gefühle in ihr aufstiegen und Teile ihres Seins besetzten, die sie bislang für geradezu
unmöglich gehalten hatte. Es war mittlerweile viel mehr als das
erste heiße Verlangen. Viel mehr, und das machte sie sehr verletzlich.

Und davor hatte sie entsetzliche Angst.

Deshalb sprang sie aus dem Bett, statt dem Wunsch, ihn zu
berühren, nachzugeben, und schlich wie am Morgen zuvor auf
Zehenspitzen ins Badezimmer. Dieses Mal hatte sie jedoch gerade erst die Dusche aufgedreht, als sich Arme um ihre Taille
schlangen.

»Warum machst du das?«

Erschrocken schrie Miranda auf. »Was?«

»Schleichst dich einfach aus dem Bett. Ich habe dich doch schon
nackt gesehen.«

»Ich bin nicht geschlichen.« Sie versuchte sich ihm zu entwinden,
doch es gelang ihr nicht. »Ich wollte dich nur nicht wecken. Und
jetzt möchte ich gern duschen, wenn du gestattest.«

»Ich helfe dir.« Bereitwillig griff er nach der Seife, roch daran
und begann, ihr den Rücken einzuseifen.

»Ich beherrsche die Kunst des Duschens seit Jahren. Ich kann es
durchaus allein.«

»Warum?« Weil ihre Stimme so entzückend spröde klang,

drehte er sie herum und drückte ihren nassen, schlüpfrigen Körper an sich.

»Weil es …« Sie spürte, wie sie rot wurde. »Es sehr intim ist.«

»Oh, ich verstehe«, erwiderte er verschmitzt. »Und der Sex war nicht intim?«

»Das ist etwas anderes.«

»Okay.« Er blickte sie mit lachenden Augen an und streichelte mit seinen seifigen Händen über ihre Brüste. »Dann schließen wir doch einen Kompromiss und kombinieren beides.«

Und was nun folgte, war meilenweit entfernt von der raschen, gründlichen Säuberungsaktion, die sie im Sinn gehabt hatte.

Als Miranda schließlich schwer atmend und bebend im Dampf stand, gab er ihr einen Kuss auf den Hals. »Das«, sagte Ryan, »war sehr intim.« Dann seufzte er. »Ich muss in die Kirche.«

»Was?« Sie schüttelte den Kopf, überzeugt davon, dass sie sich verhört hatte. »Hast du gesagt, du musst in die Kirche gehen?«

»Ostersonntag.«

»Stimmt, das ist heute.« Verständnislos schob sie sich die nassen Haare aus den Augen. »Das scheint mir jedoch unter diesen Umständen ein seltsamer Gedankengang zu sein.«

»In biblischen Zeiten gab es vielleicht noch kein fließend warmes Wasser, aber die Menschen hatten jede Menge Sex.«

»Du bist Katholik.« Als Ryan die Augenbrauen hochzog, schüttelte Miranda den Kopf. »Ja, ich weiß, irisch und italienisch – wie könnte es anders sein. Ich habe mir nur nicht klargemacht, dass du deinen Glauben praktizierst.«

»Meistens tue ich das auch nicht.« Er trat aus der Dusche, reichte ihr ein Handtuch und nahm sich selbst ebenfalls eins. »Aber wenn du das meiner Mutter erzählst, werde ich schwören, dass du eine schmutzige, verdorbene Lügnerin bist. Doch heute ist nun mal Ostersonntag.« Er rubbelte seine Haare ab und schlang sich dann das Handtuch um die Hüften. »Wenn ich nicht in die Kirche gehe, bringt meine Mutter mich um.«

»Ich verstehe, weise dich aber darauf hin, dass deine Mutter nicht hier ist.«

»Sie erfährt es«, erwiderte er düster. »Sie erfährt es immer, und sie wird mich direkt zur Hölle schicken.« Er sah ihr zu, wie sie sich in das Handtuch wickelte und die Enden über der Brust zusammensteckte. Es wirkte atemberaubend sexy. Der Raum roch nach ihr – saubere Seife mit einem holzigen Unterton. Plötzlich wollte er nicht mehr weg, auch nicht für nur eine Stunde.

Er rollte die Schultern, als müsse er eine schwere, unangenehme Last verteilen.

»Warum kommst du nicht mit? Du kannst dein Osterhäubchen tragen.«

»Zum einen besitze ich gar kein Osterhäubchen, und zum anderen muss ich meine Gedanken ordnen.« Sie holte einen Fön aus dem Schrank neben dem Waschbecken. »Und ich muss mit Andrew reden.«

Er hatte mit dem Gedanken gespielt, die Nachmittagsmesse zu besuchen und zunächst den Knoten an ihrem Handtuch zu lösen. Doch jetzt schob er ihn beiseite. »Was willst du ihm sagen?«

»Nicht allzu viel.« Sie schämte sich deswegen. »Unter diesen Umständen ... Solange er ... Ich hasse es, dass er so viel trinkt. Ich hasse es.« Sie schämte sich auch, weil ihre Stimme bei diesen Worten zitterte. »Und gestern Abend habe ich ihn auch eine Zeit lang gehasst. Er ist mein Ein und Alles, und ich habe ihn gehasst.«

»Nein, das hast du nicht. Du bist nur wütend über das, was er getan hat.«

»Ja, du hast recht.« Und doch wusste sie, welches Gefühl in ihr aufgestiegen war, als sie ihn oben an der Treppe gesehen hatte. »Auf jeden Fall muss ich mit ihm reden. Ich muss ihm etwas sagen. Ich habe ihn noch nie angelogen.«

Ryan verstand nichts besser als familiäre Verbindungen und die Knoten, die daraus entstehen konnten. »Bevor er nicht aufhört zu trinken, ist er nicht er selbst, und du kannst ihm nicht vertrauen.«

»Ich weiß.« Und genau das zerrte an ihrem Herzen.

Im Badezimmer im anderen Flügel, wo der schale Geruch des Erbrochenen noch in der Luft hing, lehnte Andrew am Waschbecken und zwang sich dazu, sein Gesicht im Spiegel zu betrachten.

Es war grau, die Augen blutunterlaufen, die Haut teigig. Sein linkes Auge war blau und verschwollen, und darüber befand sich eine kleine Wunde. Sie brannte wie Feuer.

Er konnte sich nur noch bruchstückhaft an den Abend zuvor erinnern, aber angesichts dessen, was ihm einfiel, drehte sich ihm erneut der Magen um.

Er sah sich wieder oben an der Treppe stehen, eine fast leere Flasche schwenkend und irgendetwas lallend, während Miranda zu ihm heraufstarrte.

In ihrem Blick hatte Verachtung gelegen.

Andrew schloss die Augen. Es war alles in Ordnung, er konnte es kontrollieren. Vielleicht hatte er sich gestern Abend übernommen, aber er würde es nicht wieder tun. Er würde ein paar Tage lang gar nichts trinken und allen beweisen, dass er dazu in der Lage war. Es lag nur am Stress, das war alles. Und er hatte allen Grund, gestresst zu sein.

Er spülte ein paar Aspirin hinunter und redete sich ein, dass seine Hände nicht zitterten. Als ihm das Röhrchen jedoch entglitt und die Tabletten über den Fliesenboden kullerten, ließ er sie einfach liegen und ging hinaus.

Er fand Miranda in ihrem Arbeitszimmer. Sie trug Pullover und Leggings, hatte die Haare hochgesteckt und saß kerzengerade an ihrem Computer.

Er zögerte lange, bis er endlich den Mut aufbrachte einzutreten. Sie sah sich um, als sie ihn hörte, sicherte ihre Daten und schaltete das Gerät aus.

»Guten Morgen.« Sie wusste, dass ihre Stimme kühl klang, aber mehr Wärme konnte sie nicht aufbringen. »In der Küche steht Kaffee.«

»Es tut mir leid.«

»Das glaube ich dir. Du solltest dir vielleicht einen Eisbeutel auf dein Auge legen.«

»Was willst du von mir hören? Ich habe doch schon gesagt, dass es mir leidtut. Ich habe zu viel getrunken und dich in eine peinliche Situation gebracht. Ich habe mich wie ein Idiot benommen. Es wird nicht wieder vorkommen.«

»Nein?«

»Nein.« Die Tatsache, dass sie nicht einlenkte, machte ihn wütend. »Ich bin über meine Grenzen hinausgegangen, das ist alles.«

»Für dich ist schon *ein* Drink zu viel, Andrew. Ehe du das nicht einsiehst, wirst du dich weiter in peinliche Situationen bringen und dich selbst und die Menschen, die dich lieben, verletzen.«

»Hör zu, während du dein kleines Abenteuer mit Boldari gehabt hast, habe ich hier bis über beide Ohren in Arbeit gesteckt. Und ein Grund dafür ist dein Versagen in Florenz.«

Ganz langsam stand sie auf. »Wie bitte?«

»Du hast mich sehr wohl verstanden, Miranda. Ich musste mir die Vorträge unserer Eltern über deine Bronzeskulptur anhören. Und ich habe tagelang nach diesen verdammten Dokumenten über den *David* gesucht – für die *du* verantwortlich bist. Auch dafür habe ich die Prügel bezogen, weil du weg warst. Du verschwindest einfach und vögelst mit einem …«

Die Ohrfeige, die sie ihm versetzte, erschreckte sie beide. Sprachlos starrten sie einander an. Miranda ballte ihre schmerzende Hand zur Faust, drückte sie auf ihr Herz und wandte sich ab.

Andrew stand bewegungslos da und fragte sich, warum er die neue Entschuldigung, die ihm auf der Zunge lag, nicht aussprechen konnte. Dann drehte er sich wortlos um und ging hinaus.

Wenige Augenblicke später hörte sie die Haustür zuschlagen, und als sie aus dem Fenster blickte, sah sie, wie er mit seinem Wagen davonfuhr.

Ihr ganzes Leben lang war er ihr Fels gewesen. Und jetzt hatte sie, nur weil sie zu Mitgefühl nicht fähig war, die Hand gegen ihn erhoben, als er ihre Hilfe brauchte. Hatte ihn weggestoßen.

Ihr Faxgerät klingelte. Miranda rieb sich den Nacken, um die Anspannung zu lindern, und trat an das Gerät, als das Blatt Papier gerade in den Auffangkorb fiel.

Glaubst du, ich wüsste es nicht? Hat es dir in Florenz gefallen, Miranda? Die Frühlingsblumen und der warme Sonnenschein? Ich weiß immer, wo du bist. Ich weiß, was du denkst. Ich bin die ganze Zeit über in deinem Kopf.

Du hast Giovanni umgebracht. Sein Blut klebt an deinen Händen. Kannst du es sehen?

Ich sehe es.

Wütend zerknüllte Miranda das Blatt Papier und schleuderte es quer durchs Zimmer. Sie presste die Hände auf die Augen und wartete, bis sich der rote Schleier aus Wut und Angst gelichtet hatte. Dann hob sie den Papierball ruhig wieder auf und glättete ihn sorgfältig.

Und legte ihn zu den anderen beiden in die Schublade.

Ryan kam mit einem ganzen Arm voller Narzissen zurück. Ein Lächeln flog über Mirandas Gesicht, doch es erreichte nicht ihre Augen. Er tippte ihr ans Kinn.

»Was ist los?«

»Nichts. Die Blumen sind wundervoll.«

»Was ist los?«, wiederholte er.

»Andrew und ich haben uns gestritten. Er ist gegangen. Ich weiß nicht, wohin, und ich weiß, dass ich daran nichts ändern kann.«

»Du musst ihm Gelegenheit geben, mit sich selbst ins reine zu kommen, Miranda.«

»Ich weiß. Lass mich die Blumen ins Wasser stellen.« Aus einem Impuls heraus griff sie nach der Lieblingsvase ihrer Großmutter und nahm sie mit in die Küche, wo sie die Blumen geschäftig auf dem Küchentisch ausbreitete. »Ich glaube, ich habe schon Fortschritte gemacht«, sagte sie zu Ryan. »Ich habe ein paar Listen zusammengestellt.«

Sie fragte sich, ob sie ihm von dem Fax erzählen sollte, verschob es jedoch auf später. Später, wenn sie über alles noch einmal nachgedacht hatte.

»Listen?«

»Pläne, Fakten und Fragen. Ich hole mal die Ausdrucke, dann können wir sie durchgehen.«

»Gut.« Ryan öffnete den Kühlschrank und musterte den Inhalt. »Willst du ein Sandwich?« Da sie jedoch schon weg war, zuckte er mit den Schultern und begann zu überlegen, was ein einfallsreicher Mann aus den vorhandenen Lebensmitteln zusammenstellen konnte.

»Das Frühstücksfleisch und das Brot sind über dem Verfallsdatum«, sagte er zu Miranda, als sie zurückkam. »Aber entweder wir riskieren es, oder wir verhungern.«

317

»Andrew hätte eigentlich zum Markt gehen sollen.« Sie sah zu, wie Ryan die ziemlich matschigen Tomaten zerschnitt, und runzelte die Stirn. Es sah so aus, als ob er diese Tätigkeit gewohnt war.

»Du kannst vermutlich kochen.«

»Niemand von uns durfte das Haus verlassen, bevor er nicht kochen konnte.« Er blickte sie an. »Du kannst es wahrscheinlich nicht.«

»Ich bin eine ausgezeichnete Köchin«, erwiderte sie leicht verärgert.

»Wirklich? Wie siehst du denn mit einer Schürze aus?«

»Kompetent.«

»Ich wette, nicht. Warum ziehst du nicht mal eine an, damit ich es sehen kann?«

»*Du* bereitest das Essen zu. Ich brauche keine Schürze. Im Übrigen finde ich, dass du ziemlich abhängig von regelmäßigen Mahlzeiten bist.«

»Essen ist meine Leidenschaft.« Langsam leckte er Tomatensaft von seinem Daumen. »Ich bin insgesamt ziemlich abhängig von regelmäßigen Leidenschaften.«

»Das dachte ich mir.« Miranda setzte sich und schichtete die Papiere zu einem ordentlichen Stapel auf. »Nun …«

»Senf oder Mayo?«

»Spielt keine Rolle. Also, was ich getan habe …«

»Kaffee oder etwas Kaltes zu trinken?«

»Egal.« Sie seufzte, sagte sich aber, dass er sie doch bestimmt nicht ständig unterbrach, um sie zu ärgern. »Um …«

»Die Milch ist sauer«, beklagte er und schnüffelte abermals an dem Karton, den er aus dem Kühlschrank geholt hatte.

»Schütt das Zeug in den Ausguss, und setz dich.« Ärgerlich funkelte sie ihn an, was ihm aber nur ein Grinsen entlockte. »Warum machst du es mir so schwer?«

»Weil du dann eine besonders hübsche Gesichtsfarbe bekommst.« Er hielt eine Dose Pepsi hoch. »Diät-Cola?«

Miranda musste lachen, und er setzte sich ihr gegenüber an den Tisch. »Siehst du, das ist schon besser«, sagte er, schob ihr den Teller hin und griff nach seinem eigenen Sandwich. »Ich kann mich nicht konzentrieren, wenn du traurig bist.«

»O Ryan.« Wie sollte sie ihr Herz nur gegen seine liebevollen Übergriffe verteidigen? »Ich bin nicht traurig.«

»Du bist die traurigste Frau, die ich je gekannt habe.« Er küsste ihre Finger. »Aber das werden wir schon noch ändern. Also, was hast du da?«

Sie sammelte sich einen Augenblick, dann griff sie nach dem ersten Blatt. »Das hier ist eine erweiterte Liste der Personen, die Zugriff auf die Skulptur hatten.«

»Erweitert?«

»Ich habe einen Techniker hinzugefügt, der, wie ich mich erinnere, mit Giovanni aus Florenz hierhergekommen ist, um mit ihm gleichzeitig an einem anderen Projekt weiterzuarbeiten. Er war nur ein paar Tage hier, aber um der Genauigkeit willen muss er auch aufgeführt werden. Ich habe auch seine Beschäftigungsdauer aufgeführt und wie viel er verdient, falls Geld ein Motiv ist.«

Sie hatte die Namen sogar alphabetisch geordnet, stellte er fest. »Deine Familie zahlt gut.« Das war ihm früher schon aufgefallen.

»Spezialisten muss man angemessen bezahlen. Auf der nächsten Liste habe ich eine Wahrscheinlichkeitskurve dargestellt. Du wirst sehen, dass zum Beispiel mein Name immer noch dasteht, aber die Wahrscheinlichkeit, dass ich die Diebin war, ist gering. Ich weiß schließlich, dass ich die Originale nicht gestohlen habe. Giovanni habe ich gestrichen, weil er nicht beteiligt sein konnte.«

»Warum?«

Sie blinzelte ihn an. *Sein Blut klebt an deinen Händen.* »Weil er umgebracht worden ist.«

»Es tut mir leid, Miranda, aber das bedeutet nur, dass er jetzt tot ist. Deswegen ist es aber doch möglich, dass er beteiligt war und aus anderen Gründen umgebracht wurde.«

»Aber er wollte gerade die Skulpturen testen, als er getötet wurde.«

»Das musste er tun, um sicherzugehen. Vielleicht ist er in Panik geraten, hat einen größeren Anteil gefordert oder sich einfach mit einem seiner Partner gestritten. Sein Name bleibt auf der Liste.«

»Giovanni war es nicht.«

»Das ist eine emotionale Schlussfolgerung, keine logische, Dr. Jones.«

»Na gut.« Mit zusammengepressten Lippen schrieb sie Giovannis Namen hinzu. »Du magst ja vielleicht nicht damit einverstanden sein, aber auch die Wahrscheinlichkeit, dass meine restliche Familie verwickelt ist, habe ich niedrig angesetzt. Meiner Meinung nach hat sie keinen Grund, sich selbst zu bestehlen.« Ryan blickte Miranda stumm an, und nach einer Weile legte sie das Blatt beiseite.

»Lassen wir das zunächst. Auf diesem Papier habe ich eine Chronologie erstellt – von dem Tag, an dem der *David* in deine Hände gelangt ist, und wie lange er im Labor geblieben ist. Ohne meine Notizen und Berichte kann ich die Zeiten nur ungefähr angeben, aber ich glaube, ich bin ziemlich nahe daran.«

»Du hast Grafiken und alles Mögliche andere erstellt.« Ryan beugte sich vor und bewunderte ihre Arbeit. »Was für eine Frau!«

»Es gibt keinen Grund für Sarkasmus.«

»Ich bin nicht sarkastisch. Das ist großartig. Hübsche Farbe«, fügte er hinzu. »Du hast es auf zwei Wochen angelegt, aber du hast bestimmt nicht sieben Tage am Stück oder vierundzwanzig Stunden hintereinander gearbeitet.«

»Hier.« Sie wies auf ein anderes Chart, wobei sie sich ein bisschen albern vorkam. »Hier sind die ungefähren Zeiten vermerkt, in denen der *David* im Labortresor eingeschlossen war. Wenn man an ihn hätte gelangen wollen, hätte man eine Schlüsselkarte gebraucht, die Alarmanlage ausschalten und die Kombination wissen müssen und noch einen zweiten Schlüssel benötigt. Es sei denn«, fügte sie hinzu und legte ihren Kopf schräg, »man ist ein guter Dieb.«

Spöttisch sah er sie mit seinen dunkelgoldenen Augen an. »Ich war zu der Zeit in Paris.«

»Wirklich?«

»Ich habe keine Ahnung. Aber in deiner Wahrscheinlichkeitskurve komme ich sowieso nicht vor, weil es keinen Grund gibt, eine Kopie zu stehlen und in dieses ganze Chaos mit hineingezogen zu werden, wenn ich bereits das Original besitze.«

Miranda lächelte ihn süßlich an. »Vielleicht hast du es ja gemacht, um mich ins Bett zu bekommen?«

Er grinste. »Guter Gedanke.«

»Das«, entgegnete sie spröde, »war Sarkasmus. Dies hier ist die Chronologie der Arbeit an der *Dunklen Lady*. Wir haben die Berichte, und alles ist mir noch so frisch in Erinnerung, dass sie absolut korrekt ist. In diesem Fall waren wir noch bei der Arbeit, und die Echtheitsüberprüfung war noch nicht offiziell.«

»Projekt beendet«, las Ryan und blickte sie an. »Das war an dem Tag, als sie dich rausgeschmissen hat.«

»Wenn du es gern so einfach ausdrücken möchtest, ja.« Es schmerzte immer noch. »Am nächsten Tag wurde die Bronze nach Rom gebracht. In diesem kurzen Zeitraum muss der Austausch vorgenommen worden sein, weil ich bis nachmittags Tests gemacht habe.«

»Es sei denn, sie ist in Rom ausgetauscht worden«, murmelte er.

»Wie hätte das geschehen sollen?«

»Hat jemand von Standjo den Transfer begleitet?«

»Ich weiß nicht. Jemand vom Sicherheitsdienst, vielleicht auch meine Mutter. Schließlich mussten ja bestimmt von beiden Seiten irgendwelche Papiere unterzeichnet werden.«

»Nun, es ist eine Möglichkeit, aber es bedeutet in jedem Fall nur ein paar Stunden mehr. Sie mussten die Kopie schon bereithaben. Der Klempner hatte die Skulptur eine Woche lang bei sich – hat er gesagt. Dann übernahm die Regierung sie, und eine weitere Woche verging mit dem Papierkram und dem Vertrag mit Standjo. Deine Mutter ruft dich an und bietet dir den Job an.«

»Sie hat mir den Job nicht angeboten, sie hat mir befohlen, nach Florenz zu kommen.«

»Mmm.« Ryan studierte die Grafik. »Warum hast du zwischen dem Telefonanruf und dem Flug sechs Tage verstreichen lassen? Deiner Beschreibung nach kommt sie mir nicht gerade wie eine geduldige Frau vor.«

»Sie wies mich an – und so hatte ich es auch vor –, am nächsten oder spätestens übernächsten Tag zu fliegen. Es gab aber eine Verzögerung.«

»Warum?«

»Ich wurde überfallen.«

»*Was?*«

»Aus dem Nichts tauchte ein großer Mann mit einer Maske auf und hielt mir ein Messer an den Hals.« Automatisch fuhr ihre Hand dorthin, als wolle sie überprüfen, ob die dünne Blutspur nicht nur eine Einbildung war.

Ryan ergriff ihre Finger, um selbst nachzusehen, obwohl er wusste, dass es keine Narbe gab. Und doch konnte er es sich vorstellen. Seine Augen wurden ausdruckslos.

»Was ist dann passiert?«

»Ich kam gerade von einer Reise zurück. Stieg vor dem Haus aus dem Auto, und schon war er da. Er nahm meinen Aktenkoffer und meine Handtasche. Ich hatte Angst, dass er mich vergewaltigen wollte, und fragte mich, ob ich eine Chance hätte, mich gegen ihn, gegen sein Messer zur Wehr zu setzen. Ich habe eine Messerphobie.«

Mirandas Finger zitterten leicht, und Ryan verstärkte seinen Griff. »Hat er dich geschnitten?«

»Ein bisschen, gerade … gerade genug, um mir angst zu machen. Dann hat er mich niedergeschlagen, meine Reifen zerstochen und war weg.«

»Er hat dich niedergeschlagen?«

Sie blinzelte, weil seine Stimme so kalt klang und seine Finger zugleich mit unendlicher Zärtlichkeit über ihre Wangen strichen. »Ja.«

Ryan war außer sich vor Wut. »Wie schlimm warst du verletzt?«

»Nicht besonders, nur Beulen und Schrammen.« Sie senkte den Blick, weil ihr die Tränen in die Augen traten. Sie hatte Angst, ihre Gefühle zu zeigen – ihr Erstaunen und die Verwirrung über seine Gefühle ihr gegenüber. Nur Andrew hatte sie bisher so besorgt und liebevoll angesehen.

»Es war nichts«, sagte sie noch einmal. Als er ihr Kinn anhob und sie leicht auf die Wangen küsste, sah sie ihn hilflos an.

»Sei nicht so lieb zu mir.« Tränen liefen ihr über die Wangen, bevor sie sie zurückdrängen konnte. »Ich kann nicht damit umgehen.«

»Dann musst du es eben lernen.« Ryan küsste sie noch einmal und wischte ihre Tränen mit dem Daumen weg. »Hast du früher schon einmal hier in der Gegend Probleme gehabt?«

»Nein, noch nie.« Zitternd holte sie Luft und beruhigte sich langsam. »Deshalb war ich ja so geschockt, so unvorbereitet. Hier in der Gegend ist die Kriminalitätsrate sehr niedrig. Der Überfall war eine solche Sensation, dass er tagelang in den Lokalnachrichten Thema Nummer eins war.«

»Man hat ihn nicht gefasst?«

»Nein. Ich konnte ihnen aber auch keine allzu genaue Beschreibung geben. Er trug ja eine Maske, deshalb war ich nur imstande, etwas über seine Figur zu sagen.«

»Beschreib ihn mir.«

Miranda wollte sich eigentlich nicht mehr an den Zwischenfall erinnern, aber sie wusste, dass er nicht lockerlassen würde, bis sie nachgab. »Ein Weißer, ungefähr ein Meter fünfundachtzig groß, braune Augen. Schlammbraun. Lange Arme, große Hände, Linkshänder, breite Schultern, kurzer Hals. Keine auffälligen Narben oder Merkmale – jedenfalls keine, die ich sehen konnte.«

»Es hört sich so an, als ob du ihnen ziemlich viel sagen konntest.«

»Nicht genug. Er sprach nichts, keinen Ton. Das hat mir noch zusätzlich Angst gemacht. Alles passierte so schnell, so leise! Und er stahl meinen Pass, meinen Führerschein, alle Ausweise und Karten. Es dauerte mehrere Tage, bis ich alles wieder beantragt und beisammenhatte.«

Ein Profi, dachte Ryan. Mit einem Plan.

»Andrew war außer sich«, erinnerte sich Miranda mit einem schwachen Lächeln. »Er ist eine Woche lang jeden Abend mit einem Golfschläger bewaffnet ums Haus gegangen, in der Hoffnung, der Mann käme zurück und er könnte ihn zusammenschlagen.«

»Das Gefühl kenne ich.«

»So reagieren Männer. Ich hätte es lieber selbst geregelt. Es war demütigend, dass ich mich nicht gewehrt habe, dass ich einfach wie erstarrt war.«

323

»Wenn dir jemand ein Messer an die Kehle hält, ist es das Klügste, einfach zu erstarren.«

»Ich hatte furchtbare Angst. Wehgetan hat es eigentlich nicht«, murmelte sie und starrte blicklos auf den Tisch.

»Es war wahrscheinlich beides. Ins Haus wollte er nicht?«

»Nein, er schnappte sich nur meine Aktentasche und meine Handtasche, schlug mich nieder und lief weg.«

»Schmuck?«

»Nein.«

»Hast du welchen getragen?«

»Ja, ich trug eine Goldkette und eine Uhr – die Polizei hat mich auch danach gefragt. Aber ich hatte einen Mantel an, er hat es wahrscheinlich nicht gesehen.«

»Diese Uhr?« Ryan hob ihr Handgelenk und musterte die schmale, achtzehnkarätige Cartier-Uhr. Selbst ein Idiot kann mindestens einen Tausender dafür herausschlagen, dachte er. »Das Ganze klingt nicht nach einem Amateur, der eine solche Beute übersehen hat. Und er hat dich ja auch nicht gezwungen, die Haustür zu öffnen, damit er dort wertvolle Gegenstände stehlen konnte.«

»Die Polizei hat angenommen, dass er womöglich auf der Durchreise war und kein Geld mehr gehabt hatte.«

»Wenn er Glück gehabt hätte, wären vielleicht zweihundert Dollar in deiner Tasche gewesen. Das ist keinen bewaffneten Raubüberfall wert.«

»Manche Menschen töten für Designer-Turnschuhe.«

»Solche nicht. Er war auf deine Ausweise aus, Liebling, weil jemand wollte, dass du nicht zu schnell nach Florenz kommst. Sie brauchten Zeit, um an der Kopie zu arbeiten, und konnten es sich nicht leisten, dass du ihnen in die Quere kamst, solange sie noch nicht fertig waren. Also engagierten sie einen Profi. Jemand, der nichts durcheinanderbrachte und keinen dummen Fehler machte. Und sie haben ihm genug bezahlt, damit er nicht zu gierig war.«

Die Erklärung war so einfach und passend, dass Miranda Ryan nur anstarrte und sich fragte, warum sie nicht schon selbst auf die Idee gekommen war. »Die Polizei hat das nicht erkannt.«

»Die Polizei verfügt nicht über unser Wissen.«

Miranda nickte langsam, und Wut stieg in ihr auf. »Er hat mir wegen meines Passes ein Messer an die Kehle gehalten. Und alles nur, um mich aufzuhalten! Damit sie mehr Zeit hatten.«

»Ich würde sagen, die Wahrscheinlichkeit ist sehr hoch. Bedenke die Situation noch einmal genau. Es ist nur eine Vermutung, aber vielleicht können wir den Mann durch irgendeine meiner Verbindungen zur Rechenschaft ziehen.«

»Wenn das möglich ist«, entgegnete sie trocken, »dann möchte ich deine Verbindungen nicht kennenlernen.«

»Keine Sorge, Dr. Jones.« Ryan küsste ihre Handfläche. »Das wirst du auch nicht.«

Am Ostersonntag gab es nirgendwo Alkohol zu kaufen. Während Andrew auf der Suche danach durch die Gegend fuhr, begann er plötzlich zu zittern. Ich brauche eigentlich gar nicht viel Alkohol, redete er sich ein. Er wollte nur einen Schluck, und das war etwas anderes. Er wollte nur ein paar Drinks, um sich etwas zu beruhigen.

Verdammt noch mal, alle hackten auf ihm herum. Alles lastete auf ihm. Er war es leid. Er schlug mit der Faust auf das Lenkrad. Sie konnten ihm alle gestohlen bleiben.

Er würde einfach weiterfahren. Er würde nach Süden fahren und erst stehen bleiben, wenn er es für richtig hielt. Geld hatte er genug. Nur Frieden fand er nicht.

Er würde erst stehen bleiben, wenn er wieder frei atmen konnte. Wenn er einen verdammten Laden fand, der an einem verdammten Sonntag Alkohol verkaufte.

Er blickte auf seine Faust, die er immer wieder auf das Lenkrad geschlagen hatte. Sie war schon blutig und schien zu jemand anders zu gehören. Jemand, der ihm Angst einjagte.

O Gott, o Gott. Er hatte wirklich Probleme. Mit zitternden Händen lenkte er den Wagen an den Bordstein, ließ bei laufendem Motor den Kopf auf das Lenkrad sinken und betete um Hilfe.

Er fuhr hoch, als jemand an die Scheibe klopfte. Durch das Glas erkannte er Annies Gesicht. Sie bedeutete ihm, die Scheibe herunterzulassen. Erst da merkte er, dass er vor ihrem Haus stand.

»Was machst du hier, Andrew?«

»Ich sitze einfach nur im Auto.«

Sie rückte die kleine Tasche, die sie bei sich hatte, zurecht und musterte ihn. Sein Gesicht wirkte aufgedunsen, fahl und erschöpft, und er hatte ein blaues Auge. »Hast du dich mit jemandem gestritten?«

»Mit meiner Schwester.«

Annie zog die Augenbrauen hoch. »Hat Miranda dir das blaue Auge verpasst?«

»Was? Nein, nein.« Verlegen betastete er die Schwellung. »Ich bin die Treppe hinuntergefallen.«

»Wirklich?« Sie kniff die Augen zusammen und betrachtete die frischen, blutigen Stellen an seinen Handknöcheln. »Hast du auch in die Treppenstufen geboxt?«

»Ich …« Er hob seine Hand, und sein Mund wurde trocken, als er sie ansah. Er hatte noch nicht einmal Schmerzen empfunden. Wozu war ein Mann fähig, wenn er keine Schmerzen mehr empfand? »Kann ich reinkommen? Ich habe nichts getrunken«, fügte er rasch hinzu, als er die Abwehr in ihren Augen sah. »Ich möchte zwar gern, aber ich habe noch nichts gehabt.«

»Bei mir bekommst du nichts zu trinken.«

»Ich weiß.« Er hielt ihrem Blick stand. »Deshalb möchte ich ja reinkommen.«

Sie musterte ihn einen Augenblick lang, dann nickte sie. »Okay.«

Annie schloss die Tür auf, trat ein und legte die Tasche auf einen Tisch, der übersät war mit Formularen, Rechnungen und anderen Papieren, von denen manche zusammengeheftet waren.

»Ich mache gerade meine Steuererklärung«, erzählte sie. »Deshalb war ich weg, um das hier zu kaufen.« Sie holte eine große Flasche Excedrin aus der Tasche. »Wenn du deine Steuererklärung machst, bekommst du unweigerlich Kopfschmerzen.«

»Ich habe auch ohne Steuern Kopfschmerzen.«

»Kann ich mir vorstellen. Ich gebe dir eine Tablette ab.« Verhalten lächelnd füllte sie zwei Gläser mit Wasser. Sie öffnete die Flasche und schüttelte für jeden von ihnen zwei Tabletten heraus. Feierlich schluckten sie sie.

Dann nahm sie einen Beutel Tiefkühlerbsen aus dem Gefrierfach. »Leg dir das auf die Hand. Ich mache sie dir gleich sauber.«

»Danke.« Andrew hatte zwar bis jetzt keine Schmerzen gespürt, doch plötzlich registrierte er sie. Seine ganze Hand tat mörderisch weh. Als er den kalten Beutel darauf legte, unterdrückte er ein Stöhnen. Schließlich hatte er sein Ego und seine Männlichkeit schon genug vor Annie McLean gedemütigt.

»Und jetzt erzähl mir, warum du dich mit deiner Schwester gestritten hast.«

Er wollte lügen, irgendeinen dummen Streit unter Geschwistern erfinden, aber unter ihrem ruhigen, forschenden Blick gelang ihm das nicht. »Ich war sturzbetrunken und habe sie vor ihrem neuen Freund blamiert.«

»Miranda hat einen Freund?«

»Ja, ganz plötzlich. Er ist recht nett. Ich habe ihm gleich den richtigen Eindruck vermittelt, indem ich zuerst die Treppe hinuntergefallen und dann einen Teil meines Mageninhalts vor seinen Augen losgeworden bin.«

Annie verspürte Mitleid mit ihm, schüttelte aber trotzdem vorwurfsvoll den Kopf. »Du bist schlimm, Andrew.«

»Stimmt.« Er warf den Beutel mit den Erbsen in das Spülbecken, damit er auf und ab gehen konnte. Er vermochte einfach nicht ruhig sitzenzubleiben, und seine Hände waren ständig in nervöser Bewegung. »Und heute Morgen habe ich dem Ganzen noch die Krone aufgesetzt, indem ich ihr einen Vortrag über die Arbeit, unsere Familienprobleme und ihr Sexleben gehalten habe.« Er fuhr sich mit den Fingern über die Wange, als spüre er immer noch den Schreck über ihre Ohrfeige.

Annie wandte sich ab, um ihr Mitleid zu verbergen, und holte aus einem Küchenschrank Jod. »Über die Erwähnung ihres Sexlebens war sie wahrscheinlich am meisten verärgert. Frauen haben es nicht gern, wenn ihre Brüder sich da einmischen.«

»Ja, vielleicht hast du recht. Aber wir haben eine Menge Probleme im Institut, und ich stehe zurzeit ganz schön unter Stress.«

Sie schürzte die Lippen und blickte auf den Stapel von Papieren und Formularen, die Quittungen, die Bleistiftstummel und die Auflistungen, die aus der Rechenmaschine quollen. »Du hast schon Stress, wenn du nur atmest. Du trinkst dir die Dinge angenehm, und wenn du wieder klarer siehst, ist der Stress da.«

»Vielleicht habe ich ja wirklich ein kleines Problem, aber ich kann sicher damit umgehen. Ich brauche nur ein bisschen Zeit, bis mein Organismus wieder zur Ruhe gekommen ist. Ich …« Schwankend drückte er sich die Finger auf die Augen.

»Du hast ein großes Problem, und du kannst damit umgehen.« Sie trat zu ihm und zog ihm die Hände von den Augen, damit er sie ansah. »Und du brauchst nicht viel Zeit, sondern nur einen Tag dazu. Und der heutige Tag zählt.«

»Bis jetzt war es ein ziemlich beschissener Tag.«

Lächelnd stellte sie sich auf die Zehenspitzen und gab ihm einen Kuss auf die Wange. »Wahrscheinlich wird er sogar noch schlimmer werden. Setz dich. Ich verarzte deine Knöchel, harter Junge.«

»Danke.« Er seufzte und sagte noch einmal: »Danke, Annie.«

Er küsste sie ebenfalls auf die Wange und ließ seinen Kopf an ihre Stirn sinken, weil es ein so tröstliches Gefühl war. Sie hielt immer noch seine Handgelenke fest, und ihre Haare rochen so frisch, dass er ihr unwillkürlich einen Kuss darauf drückte.

Und irgendwie küsste er auf einmal ihren Mund, und sein Geschmack überflutete ihn wie Sonnenlicht. Er umfasste ihr Gesicht mit den Händen, zog sie an sich, und ihre Wärme tat ihm unendlich wohl.

So viele Gegensätze, dachte er. Der feste, schmale Körper, die weiche Fülle des Haares, die beherrschte Stimme und der großzügige Mund.

Ihre Strenge und ihre Weichheit trösteten ihn und waren ihm so vertraut. Und er brauchte sie so sehr.

Immer war sie da gewesen. Er hatte immer gewusst, dass sie da sein würde.

Es war nicht leicht, sich aus seiner Umarmung zu lösen, weil er sie so sanft hielt. Seine Hände glitten leicht wie Vogelflügel über ihr Gesicht, und sein Mund war fordernd und zärtlich zugleich.

Annie hatte sich schon oft gefragt, ob er sich noch genauso anfühlen würde wie früher. Doch das war schließlich lange her, und sie hatte sich immer gleich eingeredet, dass ihr seine Freundschaft genügen würde. Und jetzt wurde sie kaum mit dem Gefühl fertig, das sein langer Kuss in ihr auslöste.

Sie musste all ihre Willenskraft aufwenden, um das Bedürfnis, das er in ihr wieder zum Leben erweckt hatte, zu unterdrücken. Ein Bedürfnis, das schließlich ihnen beiden nichts nutzen würde.

Er wollte sie wieder an sich ziehen, aber Annie hob abwehrend und warnend die Hände, und er zuckte zurück, als ob auch sie ihn geschlagen hätte.

»Um Gottes willen … Es tut mir leid, Annie, es tut mir leid.« Was hatte er getan? Wie hatte er nur die einzige Freundschaft zerstören können, die ihm etwas bedeutete? »Ich wollte das nicht. Ich habe nicht nachgedacht. Es tut mir leid.«

Elend und schuldbewusst sah er sie an. Sie erwiderte: »Gestern Abend habe ich einen zweihundert Pfund schweren Mann aus meiner Bar geworfen, weil er dachte, er könne mich für ein Bier kaufen.« Sie ergriff Andrews rechten Daumen und drehte ihn um. Mit aufgerissenen Augen starrte er sie an. »Ich könnte dich auf die Knie zwingen, Junge, wenn ich deinen Daumen nur noch ein bisschen nach hinten drehen würde. Wir sind nicht mehr siebzehn, nicht mehr so dumm wie damals und ganz gewiss nicht mehr so unschuldig. Wenn ich deine Hände nicht hätte spüren wollen, dann lägst du jetzt flach auf dem Rücken und würdest dir die Risse in meiner Zimmerdecke ansehen.«

Schweiß trat ihm auf die Stirn. »Ah, könntest du mich bitte loslassen?«

»Natürlich.« Annie ließ seinen Daumen los und zog arrogant die Augenbrauen hoch. »Möchtest du eine Cola? Du siehst ein bisschen verschwitzt aus.« Sie drehte sich um und trat an den Kühlschrank.

»Ich möchte nichts verderben«, begann er.

»Was verderben?«

»Unsere Freundschaft. Du bist mir wichtig, Annie. Du bist mir immer wichtig gewesen.«

Sie starrte blicklos in den Kühlschrank. »Du bist mir auch immer wichtig gewesen. Ich lasse es dich wissen, wenn du dabei bist, irgendetwas zu verderben.«

»Ich möchte gern mit dir reden über – früher.«

Er schwieg, während sie zwei Colaflaschen öffnete. Anmutig in ihren sparsamen Bewegungen, dachte er. Und waren ihm die winzigen goldenen Flecken in ihren Augen schon einmal aufgefallen?

»Warum?«

»Vielleicht, um endlich einmal den Dingen ins Auge zu sehen. Es ist mir erst seit Kurzem klar, dass ich es immer verdrängt habe.« Er streckte seine Finger und spürte den Schmerz. »Ich bin zurzeit nicht gerade in der besten Verfassung, aber irgendwo muss ich ja schließlich anfangen. Und irgendwann.«

Annie stellte die Flaschen auf den Tresen und zwang sich, sich umzudrehen und ihm in die Augen zu blicken. Emotionen, die sie seit Jahren zurückgehalten hatte, wühlten sie auf. »Es ist schmerzlich für mich, Andrew.«

»Du wolltest das Kind.« Das Atmen tat ihm weh. Er hatte noch nie zuvor von dem Baby gesprochen. »Ich habe es dir angesehen, als du mir sagtest, du seist schwanger. Ich war zu Tode erschrocken.«

»Ich war zu jung, um wirklich zu wissen, was ich wollte.« Sie schloss die Augen, weil es eine Lüge war. »Ja. Ja, ich wollte das Kind. Ich hatte diese idiotische Hoffnung, dass ich es dir sage und du wärst glücklich und würdest mich mitreißen. Und dann würden wir … Na ja, das habe ich mir eben vorgestellt. Aber du wolltest mich ja nicht.«

Sein Mund war staubtrocken, und seine Kehle war rau. Er wusste, dass es nach einem Whiskey besser werden würde. Innerlich fluchend, weil er gerade jetzt daran dachte, nahm er eine der Colaflaschen und stürzte den Inhalt hinunter. »Ich habe dich gern gehabt.«

»Du hast mich nicht geliebt, Andrew. Ich war nur irgendein Mädchen, mit dem du es einen Abend lang am Strand nett hattest.«

Heftig stellte er die Flasche ab. »Das stimmt nicht. Verdammt, du weißt genau, dass es nicht so war.«

»Es war ganz genau so«, erwiderte sie gleichmütig. »Ich war in dich verliebt, Andrew, und als ich mich mit dir auf die Decke legte, wusste ich, dass du nicht in mich verliebt warst. Doch es war mir egal. Ich erwartete nichts. Andrew Jones von Jones Point und Annie McLean vom Hafen? Ich war zwar jung, aber dumm war ich nicht.«

»Ich hätte dich geheiratet.«

»Wirklich?« Ihre Stimme wurde eisig. »Dein Antrag war nicht einmal lauwarm.«

»Das weiß ich.« Und das hatte seit fünfzehn Jahren an ihm genagt. »Ich habe dir an jenem Tag nicht das gegeben, was du brauchtest. Warum, weiß ich nicht. Wenn ich es getan hätte, hättest du vielleicht eine andere Entscheidung getroffen.«

»Wenn ich dir mich und mein Leben aufgebürdet hätte, hättest du mich gehasst. Ein Teil von dir hasste mich bereits, als du mir den Antrag gemacht hast.« Annie zuckte mit den Schultern und griff ebenfalls nach ihrer Colaflasche. »Und rückblickend kann ich dir keinen Vorwurf daraus machen. Ich hätte dein Leben ruiniert.« Sie wollte gerade die Flasche an die Lippen setzen, als er auf sie zutrat. Angesichts der heißen Wut in seinen Augen wich sie an den Tresen zurück. Er nahm ihr die Flasche aus der Hand, stellte sie ab und packte sie grob bei den Schultern.

»Ich weiß nicht, wie es gewesen wäre. Aber ich habe es mich in den vergangenen Jahren mehr als einmal gefragt. Ich weiß allerdings, wie es an jenem Abend war. Vielleicht war ich nicht in dich verliebt. Aber mit dir zu schlafen hat mir etwas bedeutet.« Das hatte er noch niemals laut gesagt, darüber hatten sie noch nie gesprochen. »So armselig ich auch reagiert haben mag, jener Abend hat mir etwas bedeutet. Und verdammt, Annie, verdammt«, fügte er hinzu und schüttelte sie, »vielleicht wäre mein Leben mit dir anders verlaufen.«

»Ich war nicht die Richtige für dich«, flüsterte sie wütend.

»Woher, zum Teufel, willst du das wissen? Wir hatten ja nie eine Chance! Du erzählst mir, du bist schwanger, und bevor ich auch nur die Gelegenheit habe, es zu verdauen, lässt du das Kind abtreiben.«

»Ich habe nicht abgetrieben.«

»Du hattest einen Fehler gemacht«, entgegnete er. »Und dann hast du ihn in Ordnung gebracht. Ich hätte für dich, für euch beide gesorgt.« Er ballte die Fäuste, weil sich auf einmal der lange verdrängte Schmerz gewaltsam Bahn brach. »Ich hätte mein Bestes für euch getan. Aber das war ja nicht gut genug. Okay, es war deine Entscheidung, dein Körper. Aber verdammt noch mal, es war doch auch ein Teil von mir!«

Sie hatte die Hände gehoben, um ihn wegzustoßen, ließ sie dann aber auf sein Hemd sinken. Sein Gesicht war leichenblass und seine Augen dunkel. »Andrew, ich habe nicht abtreiben lassen. Ich habe das Baby verloren. Ich habe dir doch gesagt, dass ich eine Fehlgeburt hatte.«

Ein schwaches Funkeln trat in Andrews Augen. Sein Griff lockerte sich, und er trat zurück. »Du hast es verloren?«

»Ich habe es dir doch erzählt, als es passiert ist.«

»Ich dachte immer – ich habe angenommen, du ...« Er wandte sich ab und trat ans Fenster. Ohne nachzudenken riss er es auf und sog tief die kühle Luft ein. »Ich habe gedacht, du wolltest es uns beiden damit leichtermachen. Ich habe gedacht, du vertraust nicht darauf, dass ich zu dir stehe, dass ich für dich und das Baby sorge.«

»Ich hätte nie abgetrieben, ohne es dir zu sagen.«

»Danach bist du mir lange Zeit aus dem Weg gegangen. Wir haben nie darüber geredet. Ich wusste, dass du das Kind gewollt hattest, und die ganze Zeit über dachte ich, du hättest die Schwangerschaft beendet, weil ich dir nicht so beistand, wie du es gebraucht hättest.«

»Du ...« Sie musste den Kloß in ihrer Kehle hinunterschlucken. »Du hättest das Baby akzeptiert?«

»Ich wusste es nicht genau.« Selbst jetzt wusste er es nicht. »Aber ich habe in meinem ganzen Leben nichts mehr bedauert, als dass ich an jenem Tag am Strand nicht zu dir gestanden habe. Und dann war alles vorüber. Als sei es nie passiert.«

»Es hat mir wehgetan. Ich musste darüber hinwegkommen. Über dich hinwegkommen.«

Langsam schloss er das Fenster wieder. »Und hast du es geschafft?«

»Ich habe mir mein Leben eingerichtet. Eine lausige Ehe, eine hässliche Scheidung.«

»Das ist keine Antwort.«

Als er sich umdrehte und sie mit seinen blauen Augen fragend ansah, schüttelte sie den Kopf. »Das ist im Moment keine faire Frage. Ich werde mit dir nichts anfangen, was auf der Vergangenheit basiert.«

»Dann sollten wir lieber überlegen, wo wir jetzt stehen. Und von diesem Punkt aus beginnen.«

21

Miranda arbeitete erneut am Computer, überprüfte ihre Statistiken, erstellte neue. So hielt sie sich beschäftigt, doch ab und zu erwischte sie sich dabei, dass sie aus dem Fenster blickte und sich wünschte, Andrews Auto käme den Hügel herauf.

Ryan hatte sich mit seinem Handy ins Schlafzimmer zurückgezogen. Wahrscheinlich wollte er nicht, dass sie seine Anrufe mithörte. Darüber machte sie sich keine weiteren Gedanken.

Miranda machte sich über etwas ganz anderes Gedanken. Wenn er recht hatte, dann war der Überfall nicht nur ein Zufall gewesen. Dann war es dem Dieb gar nicht um ihr Bargeld gegangen, sondern der Angriff ein sorgfältig geplanter Teil des Ganzen gewesen. Mit dem Motiv, Mirandas Reise nach Italien und den Beginn ihrer Arbeit an der Skulptur zu verzögern.

Wer auch immer die Bronze gestohlen und kopiert hatte, wollte ihrem Ruf schaden. Sie fragte sich, ob persönliche Gründe dahinterstanden. Sie hatte zwar nur wenig echte Freunde, aber auch nur wenig richtige Feinde. Dazu war sie niemandem je nahe genug gekommen.

Allerdings waren die Botschaften, die sie über ihr Fax erreichten, sehr persönlich.

Auch die Attacke ist persönlich gewesen, dachte sie. Sie sollte in Angst und Schrecken versetzt werden. Das Schweigen, der leichte Schnitt in die Kehle. War das die Routine des Angreifers gewesen, oder hatte er genaue Anweisungen bekommen, wie er sein Opfer in Panik versetzen konnte?

Es hatte sie einiges an Selbstvertrauen gekostet, zudem ihr Gefühl der Sicherheit und ganz gewiss ihre Würde. Und es hatte ihre Reise um fast eine Woche verzögert. Durch die Verzögerung hatte sie sich, noch bevor die Arbeit überhaupt angefangen hatte, mit ihrer Mutter zerstritten.

Schichten, dachte sie, klug angelegte Schichten, die den Kern umhüllten. Es hatte jedoch nicht mit dem Überfall, sondern mit dem Diebstahl und der Fälschung des *David* begonnen.

Was war damals in ihrem Leben vorgegangen? Was verband das eine mit dem anderen?

Sie hatte an ihrer Doktorarbeit gearbeitet, erinnerte sie sich. Sie hatte ihre Zeit aufgeteilt zwischen dem Institut, ihren Seminaren und ihrer Dissertation. Ihr gesellschaftliches Leben, das noch nie reich an Ereignissen gewesen war, hatte damals praktisch überhaupt nicht stattgefunden.

Was war um sie herum passiert? Miranda hatte den Menschen um sich herum nie besonders viel Aufmerksamkeit geschenkt.

Sie schloss die Augen und versuchte, sich auf die Zeitspanne und die Menschen, die sie damals umgaben, zu konzentrieren.

Elise und Andrew waren verheiratet gewesen und allem Anschein nach sehr ineinander verliebt. Sie konnte sich auf jeden Fall an keinen Streit erinnern. Andrew hatte bereits getrunken, aber sie hatte sich noch keine Sorgen um ihn gemacht.

Und sie hatte sich Mühe gegeben, ihm und Elise so viel Privatsphäre wie möglich zu lassen.

Giovanni und Lori hatten eine kurze, nette Affäre. Miranda hatte gewusst, dass sie miteinander schliefen, aber da es weder die Qualität noch die Menge ihrer Arbeit beeinträchtigte, hatte sie sich herausgehalten.

Ihre Mutter war kurz ins Institut gekommen. Für ein oder zwei Tage, erinnerte sich Miranda. Länger nicht. Sie hatten ein paar Konferenzen gehabt, es gab ein steifes Familiendinner, und dann hatten sich ihre Wege wieder getrennt.

Ihr Vater war so lange geblieben, bis die ersten Tests an der Skulptur durchgeführt worden waren. Er war nur bei einem Teil der Konferenzen dabei gewesen, und bei dem Familienessen hatte er sich unter einem fadenscheinigen Vorwand entschuldigt.

Statt ihres Vaters waren Vincente und seine Frau gekommen, aber selbst ihre lebhaften Persönlichkeiten hatten das Ereignis nicht fröhlicher gemacht. Wenn ihr Gedächtnis sie nicht trog, war Gina nur einmal im Labor aufgetaucht.

Richard Hawthorne hatte sie nur vage in Erinnerung, weil er ständig hinter Büchern oder seinem Computer vergraben gewesen war.

John Carter war die ganze Zeit über da gewesen, hatte die Projekte beaufsichtigt und über Berichten gebrütet. Miranda rieb sich die Schläfen, während sie versuchte, sich die Einzelheiten ins Gedächtnis zurückzurufen. War er nicht ein bisschen fahrig und nachlässig gewesen? Er hatte einen Anflug von Grippe gehabt, fiel ihr ein, hatte aber trotzdem weitergearbeitet.

An welche außergewöhnlichen Dinge sollte sie sich auch erinnern? Ärgerlich ließ sie die Hände sinken. Es war Routine gewesen, einfach Routine, und ihre Arbeit die treibende Kraft. Alles andere wurde unwichtig, sobald sie die kleine reizende Statue in der Hand hielt.

Sie hatte den Erwerb des *David* als weiteren Schritt in ihrer Karriere angesehen, hatte seine Echtheitsüberprüfung als Grundlage für einen ihrer Aufsätze genommen. Die Sache hatte ihr in der akademischen und wissenschaftlichen Welt einiges an Aufmerksamkeit eingebracht. Sie war eingeladen worden, Vorträge darüber zu halten, und hatte ziemlich viel Anerkennung dafür erhalten.

Eigentlich war dies der wahre Beginn ihrer Karriere gewesen. Jene kleine Bronze hatte sie aus der Masse herausgehoben und sie an der Spitze der Branche etabliert.

Blicklos starrte Miranda auf ihren Bildschirm. In ihren Ohren rauschte es.

Die Fiesole-Bronze hätte sie endgültig ganz nach oben katapultiert. Damit wäre sie weltweit einer der Top-Archäometriker gewesen. In diesem Fall wäre sie nicht nur mit akademischem Lob überhäuft worden, sondern auch die Presse hätte sie wahrgenommen. Hier ging es um Michelangelo, um Liebe, Geheimnis und Geld. Miranda schloss die Augen und zwang sich, weiter nachzudenken.

Beide Objekte waren ihre Forschung gewesen. Beide Objekte hatten ihre Reputation befördert. Und beide Objekte waren gefälscht worden. Was, wenn es gar nicht um die Skulpturen gegangen war?

Wenn sie selbst das Ziel war?

Sie faltete die Hände im Schoß und wartete darauf, dass sich ihr innerer Aufruhr legte. Es war nicht nur logisch, es klang mehr als plausibel.

Aber was war das Motiv?

Sie überlegte, welche anderen Objekte sie überprüft hatte, die ohne viel Spekulation oder Aufwand im Institut noch einmal getestet werden konnten. Der Cellini. Bei dem Gedanken daran zog sich ihr Magen schmerzhaft zusammen. Die Nikestatue, dachte sie und bemühte sich um klare Gedanken. Und die kleine Skulptur von Romulus und Remus mit der Wölfin.

Sie musste ins Labor. Sie musste sicher sein, dass keins dieser Stücke durch Fälschungen ersetzt worden war.

Als das Telefon klingelte, zuckte sie zusammen und starrte ein paar Sekunden lang auf den Apparat, bevor sie den Hörer abnahm. »Hallo?«

»Miranda, ich habe problematische Neuigkeiten.«

»Mutter.« Sie rieb sich mit der Hand über das Herz. *Ich glaube, jemand versucht mich zu verletzen. Ich glaube, sie versuchen mich zu vernichten. Sie war echt, die Skulptur war echt! Du musst mir zuhören.* Doch die Wörter überschlugen sich nur in ihrem Kopf. »Was ist los?«

»Donnerstagnacht ist im Labor eingebrochen worden. Geräte, Berichte, Daten – alles ist zerstört.«

»Zerstört?«, wiederholte Miranda. *Ja, ich werde zerstört.*

»Giovanni …« Es folgte eine lange Pause, und zum ersten Mal, seit Miranda sich erinnern konnte, hörte sie Gefühl in der Stimme ihrer Mutter. »Giovanni ist umgebracht worden.«

»Giovanni?« *Du bist schuld. O Gott, du bist schuld.* Tränen traten ihr in die Augen. »Giovanni«, sagte sie noch einmal.

»Allem Anschein nach wollte er die Feiertage nutzen, um in Ruhe im Labor arbeiten zu können. Wir wissen nicht, mit welchem Projekt er beschäftigt war. Die Polizei …«

Wieder schwankte Elizabeths Stimme. »Die Polizei stellt Nachforschungen an, aber bis jetzt haben sie noch keine Spur. Ich habe in den vergangenen beiden Tagen versucht, ihnen zu helfen. Die Beerdigung ist morgen.«

»Morgen?«

»Ich dachte, es ist das beste, wenn ich es dir selbst sage. Du kannst es ja Andrew mitteilen. Ich weiß, dass ihr beide Giovanni gerngehabt habt. Das ging uns nicht anders. Es ist nicht nötig, dass ihr zur Beerdigung herkommt. Sie wird im kleinsten Kreis stattfinden.«

»Seine Familie …«

»Ich habe mit seiner Familie geredet. Wir haben zwar vereinbart, dass in seinem Namen Geld für wohltätige Zwecke gespendet wird, aber ich glaube, sie würden sich über Blumen freuen. Es ist eine schwierige Zeit für uns alle. Ich hoffe, wir beide können unsere geschäftlichen Differenzen beilegen und gemeinsam einen Kranz an die Familie schicken.«

»Ja, natürlich. Ich könnte heute Abend noch fliegen.«

»Das ist weder notwendig noch klug.« Elizabeths Stimme wurde wieder kühl. »Die Presse weiß ganz genau, dass ihr gemeinsam an der Fiesole-Bronze gearbeitet habt. Deine Anwesenheit hier würde alles nur wieder aufrühren. Und aus Rücksicht auf Giovannis Familie sollte die Beerdigung still und würdig verlaufen.«

Miranda fielen erneut die Worte auf dem letzten Fax ein: *Sein Blut klebt an deinen Händen. Kannst du es sehen?* »Du hast recht. Es würde die Lage nur noch schlimmer machen.« Sie schloss die Augen, um sich besser darauf konzentrieren zu können, dass ihre Stimme gleichmütig klang. »Weiß die Polizei, warum ins Labor eingebrochen wurde? Ist irgendetwas gestohlen worden?«

»Es ist schwer zu sagen, aber es sieht so aus, als ob nichts fehlt. Es ist eine ganze Menge zerstört worden. Der Alarm wurde von innen abgestellt. Die Behörden glauben, dass Giovanni seinen Mörder vermutlich gekannt hat.«

»Ich möchte, dass du mich auf dem Laufenden hältst. Ich habe ihn sehr gerngehabt.«

»Ich weiß, dass ihr eine persönliche Beziehung zueinander hattet.«

»Wir hatten keine Liebesbeziehung, Mutter.« Miranda seufzte. »Wir waren Freunde.«

»Ich wollte nicht …« Elizabeth schwieg ein paar Sekunden lang. »Ich sorge dafür, dass du unterrichtet wirst. Wenn du die Stadt verlässt, solltest du Andrew sagen, wo du zu erreichen bist.«

»Ich habe vor, zu Hause zu bleiben«, erwiderte Miranda, »und im Garten zu arbeiten.« Sie lächelte ein wenig, als keine Reaktion kam. »Mein Zwangsurlaub gibt mir die Zeit, ein Hobby aufzubauen. Das soll gut für die Seele sein.«

»Das habe ich auch gehört. Ich freue mich, dass du deine Zeit produktiv nutzen willst, statt zu grübeln. Sag Andrew bitte, er soll mich so bald wie möglich über den Stand der Nachforschungen bei euch unterrichten. Vielleicht komme ich für kurze Zeit vorbei, und dann hätte ich gern einen kompletten Bericht über alles, was mit dem *David* zusammenhängt.«

Ich werde ihn warnen. »Das versteht er sicher.«

»Gut. Auf Wiedersehen, Miranda.«

»Auf Wiedersehen, Mutter.«

Sie legte auf. Dann saß sie da und starrte vor sich hin, bis sie merkte, dass Ryan hereingekommen war. »Sie hat mich minutenlang getäuscht. Ich habe schon fast geglaubt, dass sie menschlich sein kann. Sie klang wirklich traurig, als sie mir das von Giovanni erzählte. Aber noch bevor sie damit fertig war, war sie wieder ganz die alte. Ich soll nicht kommen, weil meine Anwesenheit bei Giovannis Beerdigung zu viel Unruhe verursachen würde.«

Im ersten Impuls wollte Miranda sich versteifen, als er ihr die Hände auf die Schultern legte. Das allein machte sie schon wütend. Sie schloss die Augen und zwang sich, sich unter seinem Griff zu entspannen. »Sie hat mich angewiesen, Andrew über meinen Aufenthaltsort zu informieren, falls ich wieder wegfahren sollte. Und ich soll ihm ausrichten, er möge sie so bald wie möglich darüber informieren, wie weit die Polizei hier mit ihren Nachforschungen ist.«

»Sie hat im Moment viel um die Ohren, Miranda. Wie ihr alle.«

»Und wenn deine Familie in einer Krise steckt, was tut sie dann?«

Er drehte sie mit ihrem Schreibtischstuhl zu sich herum und kniete sich vor sie. »Deine Familie und meine sind nicht miteinander zu vergleichen. Du kannst nicht erwarten, dass deine Leute genauso reagieren.«

»Stimmt. Meine Mutter ist immer und jederzeit die Direktorin. Mein Vater bleibt auf Distanz und hält sich aus allem heraus, und Andrew ertränkt sich im Alkohol. Und was tue ich? Ich ignoriere alles so lange wie möglich, damit nur nichts meine Routine stört.«

339

»Das sehe ich nicht so.«

»Du hast nur einen winzigen Ausschnitt kennengelernt, nicht das ganze Bild.« Sie schob ihn beiseite, damit sie aufstehen konnte. »Ich gehe jetzt joggen.«

»Miranda.« Ryan packte sie am Arm, bevor sie aus dem Zimmer eilen konnte. »Wenn es dir egal wäre, wenn es für dich keine Bedeutung hätte, wärst du nicht so traurig.«

»Ich bin nicht traurig, Ryan, nur resigniert.« Sie schüttelte seine Hand ab und ging hinaus, um sich umzuziehen.

Sie lief nicht oft. Schnelles Gehen war ihrer Meinung nach ein sinnvolleres und gesitteteres Training. Wenn sich jedoch die Emotionen zu einer unerträglichen Spannung aufgebaut hatten, musste sie einfach laufen.

Sie entschied sich für den Strand unterhalb der Klippen, weil sie dort nahe am Wasser laufen konnte und die Luft frisch war. Sie wandte sich nach Norden. Die Gischt sprühte funkelnd im Sonnenschein, und Möwen kreischten über ihr.

Als ihre Muskeln warm geworden waren, zog sie ihre leichte Jacke aus und warf sie achtlos beiseite. Niemand würde sie stehlen. Die Verbrechensrate ist niedrig in Jones Point, dachte sie, und ihr Magen zog sich leicht zusammen.

Auf der dunkelblauen Wasseroberfläche tanzten orangefarbene Bojen. Ein kurzer Pier ragte ins Meer, unbenutzt, weil weder sie noch Andrew segelten. Weiter draußen am Horizont waren Boote zu sehen.

Miranda lief die Bucht entlang und achtete nicht darauf, dass ihre Waden und ihr Brustkorb brannten, dass sich Schweiß zwischen ihren Brüsten sammelte.

Ein Hummerkutter dümpelte in der Brandung. Ein Fischer mit hellroter Kappe kontrollierte seinen Fang. Er hob die Hand und winkte, und bei dieser einfachen Geste eines Fremden traten ihr die Tränen in die Augen. Sie winkte zurück, dann blieb sie stehen, stützte die Hände auf die Knie und zwang sich, ruhiger zu atmen.

Sie war zwar nicht weit gelaufen, aber mit Sicherheit zu schnell. Sie hatte ihren Rhythmus nicht eingehalten. Alles geschah im Moment viel zu schnell. Sie konnte kaum Schritt halten mit den Ereignissen, wagte aber auch nicht, das Tempo zu verlangsamen.

Und sie wusste noch nicht einmal, wohin die Reise ging.

In ihrem Haus befand sich ein Mann, den sie erst seit ein paar Wochen kannte. Ein Dieb, höchstwahrscheinlich ein Lügner und zweifellos gefährlich. Und doch hatte sie einen Teil ihres Lebens in seine Hände gelegt. Sie war ihm nahegekommen, näher als jemals zuvor einem anderen Menschen.

Miranda blickte zurück und betrachtete den fernen Leuchtturm. In diesem Turm hatte sie sich in ihn verliebt. Und es würde sich erst noch zeigen, ob dies ein positives Ereignis gewesen war.

Er würde wieder weggehen, wenn er seinen Auftrag erledigt hatte. Er war charmant und klug. Keineswegs grausam. Aber er würde in sein Leben zurückkehren. Und meins, dachte sie, wird weiterhin in Scherben liegen.

Sie konnten die Skulpturen finden, ihren Ruf wiederherstellen, das Rätsel lösen und vielleicht sogar den Mörder finden. Aber ihr Leben läge weiterhin in Scherben.

Und ihre ganze wissenschaftliche Vorbildung half ihr nicht vorherzusagen, wie lange sie brauchen würde, um es wieder aufzubauen.

Zu ihren Füßen lag ein von der Flut zurückgelassener Tümpel mit ruhigem, klarem Wasser, erfüllt von Leben.

Als Kind war sie hier mit ihrer Großmutter spazieren gegangen – und mit Andrew. Sie hatten diese Tümpel zusammen erforscht. Sie hatten davorgekniet und sie voller Interesse betrachtet. Und gelacht, wenn etwas, das wie ein Stein aussah, plötzlich in größter Eile vor ihnen floh.

Kleine Welten hatte ihre Großmutter sie genannt. Voller Leidenschaft, Sex, Gewalt und Politik – und häufig viel empfindlicher als das Leben auf den trockenen Gebieten des Planeten.

»Ich wünschte, du wärst hier«, murmelte Miranda. »Ich wünschte, ich könnte noch mit dir reden.«

Sie blickte von der geschäftigen Welt zu ihren Füßen wieder aufs Meer hinaus, und hielt ihr Gesicht in den Wind. Was soll ich jetzt tun?, fragte sie sich. Jetzt, wo sie wusste, wie es war, jemanden zu lieben, bis es schmerzte? Wo sie den Schmerz der Leere vorzog, die ihr so vertraut gewesen war?

Miranda setzte sich auf einen Felsen und legte den Kopf auf die

Knie. So etwas geschah wohl, wenn man dem Herzen erlaubte, Verstand, Handlungen und Entscheidungen zu kontrollieren. Ihr Leben lag in Trümmern, und sie saß auf einem Felsen, blickte aufs Meer und grübelte über eine Liebesaffäre nach, die unweigerlich zu Ende gehen musste.

Ein Austernfischer landete nahe am Strand und ließ sich von der Brandung schaukeln. Sie musste lächeln, als sie ihn sah. Sieh mich an, schien er zu sagen, ich bin völlig unbeeindruckt.

»Es würde sich zeigen, wie unbeeindruckt du bist, wenn ich ein paar Brotkrumen mitgebracht hätte«, sagte sie zu ihm. »Du würdest hastig alle verschlingen, bevor deine Kumpel Wind davon kriegen und sich mit dir darum zu streiten begännen.«

»Ich habe gehört, dass Menschen, die zu viel trinken, mit Vögeln sprechen.« Andrew kam auf sie zu. Er sah, wie sich ihre Schultern strafften, ging aber unbeirrt weiter. »Du hast das hier fallen gelassen.« Er legte ihr ihre Jacke in den Schoß.

»Mir ist zu warm geworden.«

»Wenn du nach dem Laufen hier ohne Jacke herumsitzt, holst du dir eine Erkältung.«

»Mir geht es gut.«

»Wie du willst.« Er nahm seinen ganzen Mut zusammen und setzte sich neben sie auf den Felsen. »Miranda, es tut mir leid.«

»Ich glaube, das sagtest du bereits.«

»Miranda!« Sie ließ es nicht zu, dass er ihre Hand nahm.

»Ich bin hierhergekommen, um eine Weile allein zu sein.«

Er wusste, wie eigensinnig sie sein konnte, wenn sie böse war. »Ich muss dir ein paar Dinge sagen. Wenn ich fertig bin, kannst du mich ruhig wieder schlagen. Ich bin heute Morgen weit übers Ziel hinausgeschossen. Es gibt keine Entschuldigung für das, was ich zu dir gesagt habe. Ich wollte deine Worte nicht hören, deshalb habe ich wild drauflosgeredet.«

»Verstanden. Einigen wir uns darauf, dass wir uns in Zukunft aus den persönlichen Entscheidungen des anderen heraushalten.«

»Nein.« Andrew ignorierte ihre Abwehr und ergriff ihre Hand. »Nein, das werden wir nicht tun. Wir haben uns immer aufeinander verlassen können.«

»Nun, das kann ich wohl jetzt nicht mehr, oder?« Miranda sah ihn an, sah, wie erschöpft sein Gesicht wirkte, trotz der Sonnenbrille, die er aufgesetzt hatte.

»Ich weiß, dass ich dich im Stich gelassen habe.«

»Ich kann auf mich selbst aufpassen. Du hast *dich* im Stich gelassen.«

»Miranda, bitte.« Er hatte gewusst, dass es nicht einfach werden würde, aber er hatte sich nicht klargemacht, wie sehr ihn ihre Zurückweisung schmerzen würde. »Ich weiß, dass ich ein Problem habe. Ich versuche, damit zurechtzukommen. Ich werde … Ich werde heute Abend zu einem Treffen der Anonymen Alkoholiker gehen.«

In ihren Augen flackerten Hoffnung, Mitleid und Liebe auf. Er schüttelte den Kopf. »Ich weiß nicht, ob das das Richtige für mich ist. Ich gehe einfach mal hin, höre mich um und entscheide dann, wie ich mich dabei fühle.«

»Es ist auf jeden Fall ein guter Anfang, glaube mir.«

Andrew stand auf und starrte auf das ruhelose Meer. »Als ich heute früh weggefahren bin, wollte ich unbedingt etwas zu trinken kaufen. Ich habe die Dringlichkeit der Angelegenheit erst gar nicht registriert. Aufgefallen ist es mir erst, als ich angefangen habe zu zittern und mir klar wurde, dass ich nur auf der Suche nach einem geöffneten Geschäft durch die Gegend fuhr.«

Er blickte auf seine Hand, krümmte die Finger und spürte die leisen Schmerzen. »Ich war zu Tode erschrocken.«

»Ich helfe dir, Andrew. Ich habe alles darüber gelesen, und ich war auch schon auf ein paar Guttempler-Sitzungen.«

Er starrte sie fassungslos an. Sie erwiderte seinen Blick. »Ich hatte Angst, du würdest mich hassen«, sagte er.

»Das hätte ich gern getan. Aber ich konnte es nicht.« Sie wischte sich die Tränen ab. »Ich war so wütend auf dich, weil du dich so von mir entfernt hast! Als du heute weggefahren bist, habe ich die ganze Zeit gedacht, du kämst betrunken zurück oder du würdest dich zu Tode fahren. Dafür hätte ich dich gehasst.«

»Ich bin zu Annie gefahren. Auch das ist ganz unbewusst passiert. Auf einmal stand ich vor ihrem Haus. Sie ist … ich bin … verdammt! Ich werde ein paar Tage bei ihr wohnen. Dann bist du mit Ryan ungestört, und du und ich bekommen ein bisschen Abstand voneinander.«

»Annie? Du willst bei Annie wohnen?«

»Ich schlafe nicht mit ihr.«

»Annie?«, fragte sie noch einmal und starrte ihn ungläubig an. »Annie McLean?«

»Hast du ein Problem damit?«

Bei seiner defensiven Antwort musste sie lächeln. »Nein, überhaupt nicht. Mir würde das äußerst gut gefallen. Sie ist eine willensstarke, ehrgeizige Frau. Und sie wird dir nichts durchgehen lassen.«

»Annie und ich ...« Er wusste nicht, wie er es erklären sollte. »Wir haben eine gemeinsame Geschichte. Vielleicht können wir jetzt etwas Neues aufbauen.«

»Ich wusste gar nicht, dass ihr mehr als Freunde seid!«

Andrew starrte den Strand entlang und glaubte fast, die Stelle ausmachen zu können, an der zwei Teenager damals ihre Unschuld verloren hatten. »Es war einmal mehr, und dann war es vorbei. Wo wir heute stehen, weiß ich noch nicht.« Das herauszufinden gab ihm ein Ziel, das er lange nicht mehr gehabt hatte. »Ich werde ein paar Nächte auf ihrer Couch schlafen und versuchen, wieder festen Boden unter die Füße zu bekommen, so schwer es auch sein mag. Nur – wenn es schiefgeht, enttäusche ich dich wieder.«

Miranda hatte alles über Alkoholismus gelesen. Sie wusste von den Rückschlägen, Neuanfängen und den Misserfolgen. »Heute enttäuschst du mich nicht.« Sie reichte ihm die Hand und verschränkte ihre Finger mit seinen. »Du hast mir so gefehlt.«

Er zog sie vom Felsen hoch, um sie zu umarmen. Am Zucken ihres Körpers merkte er, dass sie weinte, aber sie gab keinen Laut von sich. »Gib mich nicht auf, okay?«

»Versprochen. Das wäre mir gar nicht möglich.«

Andrew lachte leise und drückte seine Wange an ihre. »Was du da mit New York laufen hast ...«

»Wie kommt es, dass er zuerst Ryan war und jetzt auf einmal New York?«

»Weil er jetzt mit meiner Schwester rummacht, und ich mir

mein Urteil darüber noch aufspare. Also, diese Geschichte«, wiederholte er, »funktioniert sie?«

Miranda zog sich zurück. »Heute funktioniert sie.«

»Okay. Und jetzt, wo wir uns ausgesprochen haben, lass uns ins Haus gehen, die Sache mit einem Drink feiern?« Er zeigte seine Grübchen. »Der Humor eines Alkoholikers. Wie wäre es mit einem Eintopf?«

»Es ist schon zu spät, um noch anzufangen zu kochen. Ich mache dir ein ordentliches Steak.«

»Auch gut.«

Auf dem Heimweg holte Miranda tief Luft, weil ihr klar war, dass sie mit ihrer schrecklichen Nachricht den Augenblick zerstören würde. »Andrew, Mutter hat heute angerufen.«

»Kann sie sich nicht mal am Ostersonntag freinehmen wie andere Leute auch?«

»Andrew.« Sie blieb stehen und legte ihm die Hand auf den Arm. »Jemand ist in Florenz ins Labor eingebrochen. Giovanni war da, allein. Er ist ermordet worden.«

»Was? Giovanni? O mein Gott.« Andrew trat ans Wasser und blieb bewegungslos dort stehen. Die Brandung umspülte seine Schuhe. »Giovanni ist tot? Ermordet? Was, zum Teufel, ist eigentlich los?«

Sie konnte es nicht riskieren, es ihm zu erzählen. Seine Willensstärke, seine Gefühle, seine Krankheit … die Mischung war zu gefährlich. »Ich wünschte, ich wüsste es. Mutter sagte, das Labor sei verwüstet worden, Geräte und Berichte zerstört. Und Giovanni … sie glauben, er hat noch spät gearbeitet und jemand ist hereingekommen.«

»Diebstahl?«

»Ich weiß nicht. Es sieht nicht so aus … Sie hat gesagt, sie glaubt nicht, dass etwas Wertvolles gestohlen worden ist.«

»Das ergibt keinen Sinn.« Mit grimmigem Gesicht drehte er sich zu ihr herum. »Jemand bricht bei uns in die Galerie ein, stiehlt eine wertvolle Skulptur und tut niemandem etwas zuleide. Und jemand bricht in das Labor bei Standjo ein, bringt Giovanni um, verwüstet alles und nimmt nichts mit?«

»Ich verstehe es ja auch nicht.« Das stimmte zumindest zum Teil.

»Was ist die Verbindung?«, murmelte er.

Miranda starrte ihn an. »Verbindung?«

»Es gibt keine Zufälle.« Andrew begann, auf und ab zu gehen. »Zwei Einbrüche innerhalb weniger Wochen, in verschiedenen Filialen des gleichen Unternehmens. Einer lukrativ und leise, der andere gewalttätig und ohne ersichtlichen Grund. Aber es gibt immer einen Grund. Giovanni hat in beiden Filialen gearbeitet.« Er kniff die Augen hinter der Sonnenbrille zusammen. »Er hat auch am *David* gearbeitet, nicht wahr?«

»Äh … Ja, ja, das hat er.«

»Der *David* ist gestohlen worden, die Dokumente sind nicht aufzufinden, und jetzt ist Giovanni tot. Was gibt es da für eine Verbindung?« Er erwartete keine Antwort, und so blieb ihr eine Lüge erspart.

»Ich werde mit Cook darüber reden, vielleicht bringt das ja etwas. Vielleicht sollte ich nach Florenz fahren.«

»Andrew!« Miranda hatte ihre Stimme kaum unter Kontrolle. Das würde sie nicht zulassen. Sie würde ihn nicht in die Nähe von Giovannis Mörder lassen. »Das ist keine gute Idee. Du musst zu Hause bleiben und wieder gesund werden. Und stark. Lass die Polizei ihre Arbeit tun.«

»Ja, wahrscheinlich ist es besser hierzubleiben«, stimmte er zu. »Ich werde Cook anrufen und ihm zu seinem Osterbraten noch etwas zu kauen geben.«

»Ich komme in einer Minute nach.« Es gelang ihr zu lächeln. »Und dann brate ich dein Ostersteak.«

Andrew war so abgelenkt, dass er nicht merkte, wie schnell ihr Lächeln wieder erlosch und tiefer Sorge wich. Doch dann erblickte er Ryan auf dem Pfad über den Felsen. Stolz, Scham und brüderlicher Widerstand regten sich in ihm. Er stürmte Ryan entgegen.

»Boldari!«

»Andrew.« Ryan beschloss, einen Zweikampf zu vermeiden, und trat zur Seite.

Aber Andrew war schon nicht mehr aufzuhalten. »Du magst ja denken, dass sie eine erwachsene Frau ist und dass sich niemand um sie kümmert, weil unsere Familie so zerstritten ist, aber da irrst du dich. Wenn du ihr wehtust, du Bastard, breche ich dir sämtliche Knochen.« Als Ryan ihn angrinste, kniff er die Augen zusammen. »Hältst du das für einen Witz?«

»Nein. Der letzte Teil des Satzes ähnelt nur sehr dem, was ich zum Mann meiner Schwester Mary Jo gesagt habe, als ich sie beim Knutschen in seinem Chevy erwischte. Und dann habe ich ihn herausgezogen und ihm eine verpasst, sehr zu Marys Ärger und Kummer.«

Andrew wippte auf den Hacken. »Du bist nicht der Mann meiner Schwester.«

»Das war er damals auch noch nicht.« Die Worte waren heraus, bevor Ryan ihre volle Bedeutung aufging. Unbehaglich blickte er Andrew an. »Ich meinte …«

»Ja?« Andrew genoss die Situation. »Was wolltest du sagen?«

Ryan räusperte sich und dachte krampfhaft nach. »Ich wollte sagen, dass ich sehr viel Zuneigung und Achtung vor deiner Schwester empfinde. Sie ist eine schöne, interessante und anziehende Frau.«

»Gut gebrüllt, Ryan.« Anscheinend waren sie wieder beim Vornamen angelangt. »Gut pariert.« Beide blickte zu Miranda hinunter, die auf dem schmalen Stück Strand stand und auf die Brandung hinausblickte.

»Und sie ist nicht so stabil, wie es aussieht«, fügte Andrew hinzu. »Sie lässt nicht allzu viele Menschen nahe an sich herankommen, weil sie dann ihren weichen Kern offenbaren muss.«

»Sie ist mir wichtig. Wolltest du das hören?«

»Ja.« Vor allem, dachte Andrew, wenn er es mit solchem Nachdruck sagt. »Das ist in Ordnung. Übrigens danke ich dir für das, was du gestern Abend für mich getan hast. Und dafür, dass du es mir heute nicht unter die Nase reibst.«

»Wie geht es deinem Auge?«

»Tut entsetzlich weh.«

»Das ist Strafe genug, würde ich sagen.«

»Vielleicht.« Andrew drehte sich um und begann, den Pfad entlangzugehen. »Es gibt Steak«, rief er über die Schulter. »Sag ihr, sie soll ihre Jacke anziehen, ja?«

»Ja«, murmelte Ryan, »das mache ich.« Er ging weiter, suchte sich einen Weg über die Felsen, rutschte auf Kieselsteinen aus. Miranda kam ihm entgegen, sicher und leichtfüßig wie eine Bergziege.

»Du hast nicht die richtigen Schuhe an.«

»Wem sagst du das.« Er zog sie an sich. »Deine Arme sind ganz kalt. Warum ziehst du deine Jacke nicht an?«

»Die Sonne ist warm genug. Andrew geht heute Abend zu einem Treffen der Anonymen Alkoholiker.«

»Das ist großartig.« Er küsste sie auf die Stirn. »Ein guter Anfang.«

»Er wird es schaffen.« Der Wind zerzauste ihre Haare, und Miranda schüttelte sie aus dem Gesicht. »Ich weiß einfach, dass er es schaffen wird. Er wird ein paar Tage bei einer Freundin wohnen, um ein bisschen zur Ruhe zu kommen. Und ich glaube, ihm ist einfach nicht wohl bei dem Gedanken, mit uns unter demselben Dach zu schlafen, während wir …«

»Der typische Konservativismus der Yankees.«

»Erschüttere niemals die Grundfesten.« Sie holte tief Luft. »Ich muss dir noch etwas sagen. Ich habe ihm von Giovanni erzählt. Und er hat prompt die Verbindung hergestellt.«

»Was meinst du damit?«

»Ich meine, dass er sich seit ungefähr einem Jahr um den Verstand säuft und dass ich beinahe vergessen hatte, wie klug er eigentlich ist. Er hat es innerhalb weniger Minuten zusammengebracht. Eine Verbindung zwischen dem Einbruch hier und dem in Florenz. Er will mit Detective Cook darüber reden.«

»Großartige Idee, die Polizei einzuschalten!«

»Das ist das einzig Vernünftige. Andrew nimmt es nicht als Zufälle hin.« Miranda überdachte noch einmal, was ihr Bruder gesagt hatte. »Er wird der Sache nachgehen. Ich habe ihm nicht verraten, was ich weiß oder vermute. Ich kann ihn nicht mehr lange anlügen.«

»Dann müssen wir eben schneller arbeiten.« Er hatte nicht die Absicht, mit irgendjemandem um die Skulpturen zu verhandeln. Wenn er sie erst einmal in den Händen hielt, würde er sie auch behalten. »Der Wind frischt auf«, sagte er und legte den Arm um Miranda. »Ich habe etwas von Steaks läuten hören.«

»Du wirst schon satt werden, Boldari. Meine Steaks sind berühmt.«

»In manchen Kulturen werden sie als Aphrodisiaka angesehen.«

»Wirklich? Seltsam, dass ich in meinen Ethnologie-Seminaren nie davon gehört habe.«

»Es funktioniert nur, wenn man sie mit Kartoffelpüree serviert.«

»Dann muss ich diese Theorie doch mal überprüfen.«

»Es darf aber kein Fertigprodukt sein.«

»Bitte! Beleidige mich nicht.«

»Ich glaube, ich bin verrückt nach dir, Dr. Jones.«

Sie lachte. Längst hatte sie ihm ihren weichen Kern, von dem ihr Bruder gesprochen hatte, offenbart.

TEIL DREI

Der Preis

Wut ist grausam, und Zorn ist furchtbar,
doch wer kann Neid ertragen?

SPRICHWORT

22

Die Ruhe auf dem Land hielt Ryan wach. Er dachte an New York. An den ständigen, tröstlichen Verkehrslärm, an das Tempo, das einem ins Blut überging, sodass man seinen Schritt beschleunigte, um die nächste Ecke zu erreichen, um den Strom nicht aufzuhalten.

Orte wie Jones Point machten einen langsamer. Und ehe man sich's versah, hatte man sich niedergelassen und Wurzeln geschlagen.

Er musste zurück nach New York, in seine Galerie, die er schon viel zu lange fremden Händen überlassen hatte. Natürlich tat er das öfter, aber dann reiste er, bewegte sich von einem Ort zum anderen. Dann war er nicht so … unbeweglich.

Er musste seine Zelte abbrechen, und zwar bald.

Miranda schlief neben ihm, und ihr Atem glich dem langsamen und beständigen Rhythmus der Wellen draußen. Sie kuschelte sich nicht an ihn, sondern brauchte ihren eigenen Raum und ließ ihm seinen. Dies schätzte er sehr. Und doch nagte es an ihm, dass sie sich nicht an ihn schmiegte und wenigstens so tat, als wolle sie ihn festhalten.

Es wäre so viel einfacher gewesen aufzubrechen, wenn sie ihn festhielte.

Hier konnte er sich nicht konzentrieren. Sie lenkte ihn ständig von der Arbeit ab, einfach nur dadurch, dass sie in seiner Nähe war. Er hätte sie ständig berühren mögen, und sei es auch nur, weil Streicheleinheiten sie immer noch überraschten.

Und weil er das auch jetzt am liebsten getan hätte, sie wachgestreichelt und geküsst hätte, bis sie erregt und bereit für ihn war, stand er auf.

Sex war schließlich nur eine Form der Unterhaltung, keine Obsession, also wirklich.

Er zog eine schwarze Hose an, fand eine Zigarre und sein Feuerzeug, öffnete leise die Terrassentür und trat hinaus.

353

Die Luft war wie kühler, milder Weißwein. Man konnte sich richtig daran gewöhnen, und es sogar für selbstverständlich halten. Von hier aus hatte er eine wunderbare Aussicht auf das Meer, auf die zerklüftete Stelle, wo der Leuchtturm stand und seinen hellen Lichtstrahl aussandte.

Jeden Morgen würdest du das Gleiche sehen, sagte er sich. Ein paar Boote. Und immer wieder das Geräusch des Meeres im Hintergrund. Er konnte die Sterne sehen, leuchtende Punkte auf dunklem Samt. Der Mond verblasste schon, verlor seinen Glanz.

Ryan hatte Angst, auch seinen zu verlieren.

Ärgerlich auf sich selbst zündete er seine Zigarre an und blies den Rauch in den Wind.

Wir erreichen nichts, dachte er. Miranda konnte so viele Grafiken und Statistiken machen, wie sie wollte, ihre Chronologien berechnen und ihre Daten eingeben, bis sie ganze Berge von Papier beisammenhatte. Aber sie konnten damit nicht in die Herzen und Gehirne der Beteiligten eintauchen. Sie kamen damit nicht an Gier oder Wut, Eifersucht oder Hass heran. Eine Grafik konnte nicht illustrieren, warum ein Mensch einem anderen das Leben nahm.

Er musste die Mitspieler kennenlernen, sie verstehen. Doch damit war er noch nicht weit gekommen.

Er war nach Jones Point gefahren, um Miranda kennenzulernen. Sie war eine praktische, realistische Frau, deren Wärme und Bedürfnisse man mit dem richtigen Schlüssel leicht aus ihrem Versteck befreien konnte. Ihre Kindheit war privilegiert und kalt gewesen, und sie hatte darauf reagiert, indem sie sich von anderen Menschen distanzierte, sich ihre eigenen Ziele setzte und dann einen geraden Weg einschlug, um sie zu erreichen.

Ihre Schwäche war ihr Bruder.

Sie hingen zusammen. Ursprünglich mochte dieses Band aus Solidarität, Rebellion oder echter Zuneigung entstanden sein, aber das spielte jetzt keine Rolle mehr. Es war echt und stark und einte sie in Loyalität und Liebe. Ryan hatte mit eigenen Augen gesehen, was Andrews Trinken und seine unvorhergesehenen Reaktionen bei Miranda bewirkten. Sie erschütterten sie und machten sie wütend und verwirrt.

Und er hatte während des heutigen Abendessens die Hoffnung

und das Glück in ihren Augen gesehen. Sie glaubte, dass er wieder ganz der alte werden konnte. Sie brauchte diesen Glauben und dieses Vertrauen. Ryan konnte die Vorstellung, es zu zerstören, nicht ertragen.

Also würde er seine Vermutungen für sich behalten. Aber er wusste, wie Sucht, jede Art von Sucht, einen Mann kaputtmachen konnte. Ihn dazu bringen konnte, Überlegungen anzustellen und Handlungen zu begehen, die er sonst niemals begangen hätte.

Andrew leitete das Institut. Er hatte Macht, und er konnte sich so ungehindert bewegen, dass er den Austausch der ersten Bronze jederzeit hätte vornehmen können. Das Motiv hätte Geld sein können oder einfach nur die Lust am Besitz oder an einer Erpressung. Niemand hätte die Diebstähle und die Fälschungen besser in die Wege leiten können als einer der Jones'.

Ryan dachte über Charles Jones nach. Er hatte den *David* entdeckt. Es war nicht ganz unwahrscheinlich, dass er ihn eigentlich hätte behalten wollen. Aber er hätte dabei Hilfe gebraucht. Andrew? Möglicherweise. Vielleicht auch Giovanni. Oder irgendeiner von den Angestellten, der sein Vertrauen genoss.

Elizabeth Jones. Stolz, kalt, ehrgeizig. Sie hatte ihr Leben auf Kunst begründet, aber eher auf deren Wissenschaft als auf ihrer Schönheit. Sie hatte, wie ihr Mann, ihre Familie im Stich gelassen und stattdessen Zeit, Mühe und Energie auf ihre Karriere verwendet. Auf ihr eigenes Ansehen. Wäre eine unbezahlbare Statue nicht die perfekte Trophäe für ein lebenslanges Werk?

Giovanni. Ein geschätzter Angestellter. Ein genialer Wissenschaftler, sonst hätte er nie zu Mirandas Team gehört. Nach dem, was sie erzählt hatte, ein charmanter, allein lebender Mann, der gern mit Frauen flirtete. Vielleicht hatte er ja mit der Falschen geflirtet oder mehr gewollt, als seine Stellung bei Standjo hergab.

Elise. Exfrau. Exfrauen waren oft rachsüchtig. Sie war vom Institut zu Standjo nach Florenz gegangen. Arbeitete in einer vertrauensvollen und mächtigen Position. Vielleicht hatte sie Andrew nur benutzt und ihn dann verlassen. Als Labormanagerin hatte sie freien Zugang zu allen Daten. Und bestimmt beide Skulpturen schon einmal in der Hand gehabt. Hatte sie sie begehrt?

Richard Hawthorne. Bücherwurm. Stille Wasser waren tief und

manchmal auch gewalttätig. Er kannte sich in der Geschichte aus, wusste, wie man Nachforschungen anstellt. So jemand wurde häufig zugunsten von strahlenden und fordernden Persönlichkeiten übersehen. Das konnte an einem Mann nagen.

Vincente Morelli, langjähriger Freund und Partner. Mit einer sehr jungen, anspruchsvollen Frau verheiratet. Er hatte dem Institut und Standjo Jahre seines Lebens, seiner Arbeit und seiner Fähigkeiten geschenkt. Warum sollte er sich nicht noch einen anderen Ausgleich dafür besorgen als den monatlichen Scheck und ein Schulterklopfen für erwiesene Dienste?

John Carter, mit seinen abgetretenen Schuhen und den albernen Krawatten. Unerschütterlich wie Granit. Warum nicht genauso hart? Er arbeitete seit mehr als fünfzehn Jahren für das Institut. Befolgte Anweisungen, führte Routinearbeiten durch. Vielleicht befolgte er ja auch in diesem Fall Befehle.

Jeder von ihnen könnte es geplant haben, dachte Ryan. Er glaubte jedoch nicht, dass jeder von ihnen zweimal einen derart fehlerlosen Austausch allein hätte bewerkstelligen können. Es mussten mehrere Menschen beteiligt sein. Und hinter allem steckte ein kühler, scharfer Verstand.

Ryan benötigte mehr als persönliche Berichte und chronologische Aufzeichnungen, um dahinterzukommen.

Eine Sternschnuppe glitt über den Himmel und zog einen Lichtbogen zum Meer. Und Ryan begann zu planen.

»Was meinst du damit, dass du meine Mutter anrufen willst?«

»Ich würde lieber deinen Vater anrufen«, sagte Ryan und blickte Miranda über die Schulter, um zu sehen, was sie gerade am Computer tat, »aber ich habe den Eindruck, deine Mutter hat mehr Ahnung vom Geschäft. Was machst du da?«

»Nichts. Warum willst du meine Mutter anrufen?«

»Was ist das? Eine Garten-Webpage?«

»Ich brauche ein paar Daten, das ist alles.«

»Über Blumen?«

»Ja.« Sie hatte bereits einige Informationsdokumente über Bodenbehandlung, Stauden und Pflanzzeiten ausgedruckt, also schloss sie die Seite. »Warum meine Mutter?«

»In einer Minute. Warum brauchst du Daten über Blumen?«

»Weil ich einen Garten anlegen will und nichts darüber weiß.«

»Also näherst du dich dem Ganzen von der wissenschaftlichen Seite.« Er küsste sie auf den Scheitel. »Du bist wirklich süß, Miranda.«

Sie nahm ihre Brille ab und legte sie auf den Schreibtisch. »Es freut mich, dass ich dich amüsiere. Beantwortest du jetzt meine Frage?«

Ryan setzte sich auf den Schreibtisch und sah sie an. »Ich werde sie anrufen, um ihr meine Konditionen für das Ausleihen der Vasaris, eines Raffael und eines Botticelli mitzuteilen.«

»Raffael und Botticelli? Du wolltest uns nie etwas anderes ausleihen als die Vasaris.«

»Ein neues Geschäft. Fünf Gemälde – und vielleicht lasse ich mich von ihr dazu überreden, noch eine Donatello-Skulptur dazuzugeben – als dreimonatige Leihgabe. Wobei die Galerie Boldari in der Werbung hinreichend genannt werden muss und die Stiftungsmittel in die Nationale Kunststiftung fließen müssen.«

»Stiftungsmittel?«

»Darauf komme ich später. Der Grund, warum ich das New England Institute of Art History ausgesucht habe, ist sein Ruf und die Tatsache, dass dort nicht nur Kunst ausgestellt, sondern auch gelehrt, restauriert, studiert und erhalten wird. Als ich vor ein paar Wochen dort war und von Dr. Miranda Jones durch die Anlage geführt wurde, war ich sehr beeindruckt.«

Er löste ihre Haare und ließ sie über ihre Schultern fließen, wie er es am liebsten mochte. Den ärgerlichen Laut, den sie von sich gab, ignorierte er. »Besonders bezaubert war ich von ihrer Idee, die Geschichte und den Fortschritt der italienischen Renaissance in ihren sozialen, religiösen und politischen Auswirkungen darzustellen«, fuhr er fort.

»Ach, warst du das?«, murmelte sie. »Wirklich?«

»Ich war hingerissen.« Er spielte mit ihren Fingern, wobei ihm auffiel, dass sie den Ring nicht trug, den er ihr gegeben hatte. Er würde später darüber nachdenken, warum ihn das ärgerte. »Ich war fasziniert von dieser Idee und von der Vorstellung, nach drei Monaten eine solche Ausstellung auch in meiner Galerie in New York zeigen zu können.«

»Ich verstehe. Eine Partnerschaft.«

»Genau. Wir hatten dieselben Vorstellungen, und während der einleitenden Gespräche kamst du auf die Idee, am Institut eine Stiftung einzurichten, die der NEA zugute kommt. Da die Boldari-Galerien diese Organisation ebenfalls unterstützen, war ich einverstanden. Es war sehr klug von dir, das als Anreiz zu formulieren.«

»Ja«, murmelte sie, »das war es wohl.«

»Ich bin bereit, zum frühestmöglichen Zeitpunkt mit diesem gegenseitigen Projekt zu beginnen, aber mir wurde gesagt, dass Dr. Miranda Jones sich zurzeit in Urlaub befindet. Und das bereitet mir Sorgen, da ich nicht mit jemand anders zusammenarbeiten will. Diese Verzögerung hat mich zu der Überlegung geführt, die Ausstellung vielleicht besser mit dem Art Institute in Chicago zu planen.«

»Das wird ihr egal sein.«

»Das glaube ich nicht.« Ryan nahm Miranda die Haarnadeln aus der Hand, bevor sie ihre Haare wieder hochstecken konnte, und warf sie einfach weg.

»Verdammt, Ryan …«

»Unterbrich mich nicht. Wir brauchen dich im Institut. Wer auch immer die Fälschungen gemacht hat, muss wissen, dass du wieder da bist. Und dann müssen wir alle, die mit den beiden Skulpturen zu tun hatten, hier vor Ort versammeln.«

»Ersteres wird dir vielleicht gelingen. Eine Ausstellung, wie du sie beschreibst, wäre äußerst verdienstvoll.«

Sie hätte aufstehen müssen, um sich die Nadeln zu holen, aber er spielte schon wieder mit ihren Haaren und beobachtete dabei ihr Gesicht. »Hmm. Meine Mutter schätzt die Macht des Ansehens. Und danach wäre der zweite Teil wahrscheinlich auch möglich. Aber wie du den letzten Teil bewerkstelligen willst, ist mir nicht klar.«

»Das werde ich dir sagen.« Grinsend fuhr er ihr mit dem Finger über die Wange. »Wir werden eine riesige Party geben.«

»Eine Stiftungsparty?«

»Genau.« Ryan stand auf und wühlte in ihren Regalen und Schubladen herum. »Wir werden sie in Giovannis Namen geben, als eine Art Erinnerung.«

»Giovanni.« Miranda stockte der Atem. »Dafür willst du ihn missbrauchen? Er ist tot.«

»Das kannst du nicht ändern, Miranda. Aber wir werden es so einrichten, dass derjenige, der ihn getötet hat, auf jeden Fall zu der Feier kommt. Und damit sind wir einen Schritt näher an den Skulpturen.«

»Ich verstehe dich nicht.«

»Ich arbeite die Details gerade aus. Hast du einen Skizzenblock?«

»Ja, natürlich.« Zwischen Ärger und Verwirrung schwankend stand sie auf und holte einen Block aus dem Aktenschrank.

»Das hätte ich wissen sollen. Nimm ihn mit. Und auch ein paar Stifte.«

»Wohin mitnehmen?«

»Zur hinteren Veranda. Du kannst dich dort hinsetzen und deinen Garten entwerfen, während ich ein paar Anrufe tätige.«

»Du erwartest von mir, dass ich einen Garten zeichne, während du wichtige Dinge planst?«

»Das wird dich entspannen.« Er nahm ein paar Stifte von ihrem Schreibtisch, steckte sie in seine Hemdtasche, ergriff ihre Brille und steckte sie ihr in die Bluse. »Der Garten wird umso schöner, wenn du weißt, wie er aussehen soll.« Dann ergriff er ihre Hand und zog sie aus dem Zimmer.

»Wann hast du dir das alles ausgedacht?«

»Gestern Nacht. Ich konnte nicht schlafen. Jemand anders zieht im Moment die Fäden, und wir müssen endlich anfangen, die Hebel selbst in die Hand zu nehmen.«

»Das ist alles äußerst interessant und metaphorisch, Ryan, aber eine Stiftung in Giovannis Namen ist keine Garantie dafür, dass sein Mörder auftaucht! Und sie gibt uns mit Sicherheit nicht die Bronzeskulpturen in die Hand.«

»Eins nach dem anderen, Liebling. Ist es dir auch warm genug?«

»Lenk nicht ab. Ich kann mich nicht entspannen, wenn ich draußen sitze und zeichne. Wenn wir diese Ausstellung machen wollen, sollte ich mich an die Arbeit begeben.«

»Du wirst dich noch früh genug darum kümmern können.«

Resigniert trat sie auf die Veranda. Der April war bis jetzt mild gewesen, mit warmem Wind, blauem Himmel und viel Sonne. Aber sie wusste, dass sich das schnell ändern konnte. Das machte den Reiz des Wetters an der Küste aus.

»Setz dich einfach hin.« Ryan gab ihr einen brüderlichen Kuss auf die Stirn. »Ich regele alles.«

»Na, dann brauche ich mir ja nicht meinen armen kleinen Kopf zu zerbrechen.«

Er lachte und holte sein Handy aus der Tasche. »Das Einzige, was an dir klein ist, Dr. Jones, ist dein Toleranzlevel. Aber irgendwie finde ich das bezaubernd. Wie lautet die Nummer deiner Mutter?«

Seufzend akzeptierte sie, dass er unglaublich talentiert darin war, Frauen zu erregen und zu verärgern – manchmal beides gleichzeitig. Sie nannte ihm die Nummer und fügte hinzu: »Das ist ihre Privatnummer. Wegen der Zeitverschiebung triffst du sie jetzt am ehesten zu Hause an.«

Während er die Ziffern eingab, blickte sie über den Rasen. Elizabeth wird ihn hinreißend finden, dachte sie. Und er würde wissen, wie er mit Elizabeth umgehen musste, genauso wie er es verstanden hatte, ihre Tochter zu nehmen.

Miranda bekam noch mit, wie er den Namen ihrer Mutter nannte, als die Verbindung hergestellt war. Dann hörte sie weg.

Der strahlendblaue Himmel und das Funkeln der Brandung auf den Felsen ließen ihren Rasen noch schäbiger aussehen. Am Verandageländer blätterte die Farbe ab, und der Steinweg, der zu den Klippen führte, war von winterbraunen Gräsern überwuchert.

Größere Reparaturen und Erhaltungsmaßnahmen waren einfach durchzuführen. Man engagierte einfach jemanden dafür. Miranda konnte sich nicht erinnern, dass Andrew oder sie jemals den Rasen gemäht, Blätter zusammengeharkt, einen Strauch beschnitten oder Unkraut gezupft hätten.

Sie wollte ihn an der Umgestaltung des Gartens beteiligen. Die körperliche Arbeit, die Befriedigung über die Verbesserungen würden eine gute Therapie für ihn sein. Und für sie auch. Der Lebensabschnitt, in dem sie sich befand, würde so oder so zu Ende gehen. Und dann brauchte sie etwas, um die Leere zu füllen.

Sie versuchte sich zu erinnern, wie der Garten in ihrer Kindheit ausgesehen hatte. Große duftende Blumen mit purpurfarbenen und dunkelroten Blüten. Etwas Buttergelbes in einer Blume, die sich anmutig unter dem Gewicht beugt. Mirandas Stift begann sich wie von selbst zu bewegen, als sie sich daran erinnerte. Grüne Büschel, daraus ein schlanker Stiel, der in einer weißen Glocke endete. Und Blumen, die aussahen wie Nelken mit roten und weißen Blüten und einem würzigen Geruch.

Blaue Trompeten. Ja, und Löwenmäulchen. Miranda war begeistert, dass ihr endlich ein Name eingefallen war.

Während Ryan mit der Mutter telefonierte, beobachtete er die Tochter. Sie entspannt sich, stellte er fest, und lächelt sogar ein bisschen beim Zeichnen. Sie zeichnete schnell, etwas, wofür man wirklich Talent und ein gutes Auge brauchte.

Ihre Haare waren zerzaust, die Nägel kurz geschnitten und unlackiert. Sie hatte ihre Brille aufgesetzt. Ihr Pullover war an den Schultern ausgebeult und die hellgraue Hose schon etwas älter.

Sie war die aufregendste Frau, die er je gesehen hatte.

Bei diesem Gedanken verlor er den Faden, deshalb wandte er sich um und ging zum anderen Ende der Veranda.

»Bitte, nennen Sie mich Ryan. Ich hoffe, ich darf Sie Elizabeth nennen. Sie können sich sicher denken, welchen Eindruck Ihre entzückende und geniale Tochter auf mich gemacht hat. Als ich erfuhr, dass sie Urlaub macht, war ich – nun, enttäuscht ist ein milder Ausdruck dafür.«

Lächelnd lauschte er für einen Moment. Ob Miranda sich wohl bewusst war, dass ihre Stimme denselben arroganten Oberschichtakzent hatte, wenn sie versuchte, ihren Ärger zu verbergen?

»O ja, ich habe keine Zweifel daran, dass alle Mitarbeiter am Institut die Grundidee verstehen und die Durchführung bewältigen könnten. Aber ich bin nicht daran interessiert, mit der zweiten Garnitur zu arbeiten. Allerdings – Lois Berenski am Chicago Art Institute … Sie kennen Lois, nehme ich an … Ja. Sie ist äußerst kompetent und sehr an diesem Projekt interessiert. Ich habe ihr versprochen, mich innerhalb der nächsten achtundvierzig Stunden wieder bei ihr zu melden. Deshalb habe ich mir erlaubt, Sie zu Hause anzurufen. Ich würde das Institut und Mirandas Mitarbeit vorziehen, aber wenn das nicht rechtzeitig sichergestellt werden kann, werde ich …«

Ryan brach ab und grinste, während Elizabeth anfing zu verhandeln. Entspannt schwang er ein Bein über die Brüstung und ließ seinen Blick über die Küste schweifen. Er beobachtete die Möwen, während Elizabeth redete und redete, bis sie schließlich nachgab.

Am Ende kamen Elizabeth und er überein, sich am Abend vor der Gala – er bezeichnete das Ereignis jetzt als Gala – auf einen Drink zu treffen und auf ihr gemeinsames Projekt anzustoßen.

Er legte auf. »Miranda?«

Sie zeichnete immer noch und war mittlerweile bei der dritten Ecke ihres Gartens angelangt. »Hmmm.«

»Geh ans Telefon.«

»Was?« Sie blickte auf, leicht verärgert über die Unterbrechung. »Das Telefon klingelt doch gar nicht.«

Er zwinkerte ihr zu. »Warte«, sagte er. Als das Küchentelefon zu klingeln begann, grinste er. »Das wird deine Mutter sein. Wenn ich du wäre, täte ich sehr überrascht – und würde sie ein bisschen hinhalten.«

Miranda war schon aufgesprungen und hatte den Hörer abgenommen. »Hallo? … Hallo, Mutter.« Sie presste die Hand auf ihr heftig klopfendes Herz und lauschte.

Elizabeth formulierte es wie einen Befehl, aber das hatte Miranda nicht anders erwartet. Ja mehr noch, sie stellte es als *fait accompli* hin. Ihr Urlaub sei ab sofort beendet, und sie solle die Galerie Boldari anrufen und die notwendigen Vereinbarungen treffen. Sie solle ihren Terminkalender überprüfen, dies habe absolute Priorität, die Ausstellung fände am zweiten Maiwochenende statt.

»Das ist in weniger als einem Monat! Wie …«

»Ich weiß, dass es nicht viel Zeit für ein solches Thema ist, aber Mr. Boldari hat noch andere Verpflichtungen und Projekte. Er wird mit Andrew zusammen an der Werbung für die Gala arbeiten, und ich werde Vincente einschalten. Du musst dich in den nächsten vier Wochen nur um die Ausstellung kümmern. Er erwartet viel von dir, Miranda, und ich auch. Hast du verstanden?«

»Natürlich.« Geistesabwesend nahm sie ihre Brille ab und steckte sie in die Blusentasche. »Ich fange gleich an. Giovanni …«

»Die Beerdigung war wunderschön. Seine Familie hat sich sehr über die Blumen gefreut. Ich werde wegen der Ausstellung in engem Kontakt mit dir bleiben, Miranda, und versuchen, meine Termine so zu legen, dass ich in der ersten Maiwoche kommen kann, um die letzten Details zu überwachen. Stell bitte sicher, dass du mir die richtigen Berichte schickst.«

»Du bekommst alles. Wiedersehen … Es ist geschafft«, murmelte Miranda, nachdem sie aufgelegt hatte. »Einfach so.«

»Ich habe Giovanni nicht erwähnt«, sagte Ryan. »Das kann nicht von mir kommen. Aber dir wird diese Idee morgen einfallen, und nachdem du dir meine Zustimmung geholt hast, schickst du ihr ein Memo.«

Er stellte einen Teller mit Crackern und Käse auf den Tresen. »Und daraus ergibt sich dann, dass alle Mitarbeiter aller Jones-Unternehmen an dem Ereignis teilnehmen werden, um Einigkeit, Unterstützung und Respekt zu demonstrieren.«

»Sie werden schon kommen«, murmelte sie. »Dafür wird meine Mutter sorgen. Aber ich verstehe nicht, wozu das gut sein soll.«

»Logistik. Alles an einem Ort zur selben Zeit miteinander verbunden.« Er lächelte und aß einen Käsecracker. »Ich freue mich darauf.«

»Ich muss mich an die Arbeit machen.« Miranda fuhr sich mit beiden Händen durch die Haare. »Ich muss eine Ausstellung entwerfen.«

»Ich fliege morgen aus New York ein.«

Sie blieb auf der Türschwelle stehen und sah ihn an. »Oh, wirklich?«

»Ja. Mit der Morgenmaschine. Es wird mir ein Vergnügen sein, dich wiederzusehen, Dr. Jones.«

23

»Es ist schön, dass Sie wieder da sind.« Lori stellte eine Tasse mit dampfendem Kaffee auf Mirandas Schreibtisch.

»Ich hoffe, Sie sehen das am Ende der Woche auch noch so. Ich werde Sie zum Rotieren bringen.«

»Das halte ich schon aus.« Lori legte ihre Hand auf Mirandas Arm. »Das mit Giovanni tut mir so leid! Ich weiß, dass Sie befreundet waren. Wir mochten ihn alle sehr gern.«

»Ich weiß.« *Sein Blut klebt an deinen Händen.* »Wir werden ihn alle vermissen. Ich muss jetzt arbeiten, Lori, um in das Thema hineinzukommen.«

»In Ordnung.« Sie setzte sich und zückte ihren Stift. »Wo fangen wir an?«

Tu, was getan werden muss, sagte sich Miranda. Eins nach dem anderen. »Machen Sie einen Termin mit dem Schreiner – nehmen Sie Drubeck. Er hat bei der flämischen Ausstellung vor ein paar Jahren gute Arbeit geleistet. Dann muss ich mit der Rechts- und der Vertragsabteilung reden, und wir müssen jemanden von der Forschung freistellen. Es soll jemand sein, der Daten rasch überprüfen kann. Dann brauche ich anderthalb Stunden Zeit mit Andrew, und ich möchte, dass Sie mir Bescheid sagen, wenn Mr. Boldari eintrifft. Arrangieren Sie ein Mittagessen für uns in der VIP-Lounge um ein Uhr, und fragen Sie, ob Andrew sich uns anschließen kann. Fragen Sie auch in der Restaurierungsabteilung nach. Ich möchte wissen, wann die einzelnen Stücke aus der betreffenden Zeit fertig sind. Und laden Sie Mrs. Collingsforth für irgendeinen Tag in dieser Woche zum Tee ein – von mir aus auch in die VIP-Lounge.«

»Wollen Sie an ihre Sammlung heran?«

Mit begehrlichem Blick kniff Miranda die Augen zusammen. »Ich werde sie davon überzeugen, dass sie ihre Gemälde gern in dieser Ausstellung sehen möchte, mit einer hübschen Messingplakette daran, auf der steht: ›Leihgabe aus der Sammlung von‹.«

Und wenn *ich* Mrs. Collingsforth nicht überreden kann, dachte Miranda, dann schicke ich ihr Ryan auf den Hals.

»Ich brauche die Abmessungen der Südgalerie. Wenn es darüber keine Aufzeichnungen gibt, lassen Sie sie heute noch vermessen. Oh, und machen Sie mir einen Termin mit einem Dekorateur.«

Lori hielt inne. »Einem Dekorateur?«

»Ich habe eine Idee für – die Atmosphäre. Ich brauche jemanden mit Fantasie, jemanden, der zügig arbeitet und der weiß, wie man Anweisungen entgegennimmt.« Miranda trommelte mit den Fingern auf der Tischplatte. O ja, sie wusste ganz genau, was sie wollte. »Dann brauche ich ein Zeichenbrett hier und eins zu Hause. Schicken Sie Andrew ein Memo, in dem Sie ihm mitteilen, dass ich Kopien von allen Werbemaßnahmen und allen Konzeptionen für die Stiftung bekommen muss. Stellen Sie im Übrigen Mr. Boldari jederzeit durch. Alle seine Wünsche müssen erfüllt werden, wenn möglich.«

»Natürlich.«

»Ich muss mit dem Sicherheitsdienst reden.«

»Klar.«

»In vier Wochen können Sie mich um eine Gehaltserhöhung bitten.«

Lori lächelte. »Glasklar.«

»Dann lassen Sie uns anfangen.«

»Noch eins.« Lori klappte ihr Notizbuch zu. »Sie hatten eine Nachricht auf Ihrem Anrufbeantworter. Ich habe sie nicht gelöscht. Sie war auf italienisch, deshalb habe ich das meiste nicht verstanden.«

Miranda stand auf und schaltete das Gerät ein. Sofort kam ihr ein aufgeregter italienischer Wortschwall entgegen. Irritiert stoppte Miranda den Anrufbeantworter und hörte die Nachricht noch einmal ab.

Dr. Jones, ich muss mit Ihnen sprechen! Ich habe versucht, Sie hier zu erreichen. Niemand will mir glauben. Ich bin Rinaldi, Carlo Rinaldi. Ich habe die Lady gefunden. Ich habe sie in der Hand gehalten. Ich weiß, dass sie echt ist. Und Sie wissen, dass das stimmt. In den Zeitungen hat gestanden, dass Sie daran glauben. Niemand will mir zuhören. Niemand schenkt einem Mann wie mir Aufmerksamkeit. Aber Sie, Sie sind eine

365

wichtige Person. Sie sind Wissenschaftlerin. Ihnen werden sie zuhören. Bitte, rufen Sie mich an, damit wir darüber reden können. Es muss bewiesen werden. Niemand hört zu. Ihre Mutter hat mich aus ihrem Büro geworfen. Mich hinausgeworfen wie einen Bettler oder einen Dieb. Die Regierung denkt, ich will sie betrügen. Das ist eine Lüge. Eine schreckliche Lüge. Sie wissen, dass das eine Lüge ist. Bitte, wir werden allen die Wahrheit sagen.

Er hatte eine Telefonnummer angegeben, sie noch einmal wiederholt und seine Bitte ebenso.

Und jetzt ist er tot, dachte Miranda, als die Nachricht zu Ende war. Er hatte sie um Hilfe gebeten, aber sie war nicht da gewesen. Jetzt war er tot.

»Was war das?« Besorgt über Mirandas erschreckten Gesichtsausdruck berührte Lori ihren Arm. »Mein Italienisch beschränkt sich auf die Bestellung von Pasta. Schlechte Nachrichten?«

»Nein«, murmelte Miranda. »Alte Nachrichten, und es ist schon zu spät.«

Sie löschte die Aufzeichnung, aber sie wusste, dass sie sie in ihrem Kopf noch lange hören würde.

Es war gut, wieder arbeiten zu können, Aufgaben und Ziele zu haben. Ryan hatte recht gehabt. Sie brauchte Aktion.

Sie war gerade in der Restaurationsabteilung, um persönlich die Fortschritte an dem Bronzino zu überprüfen, als John Carter hereinkam.

»Miranda, ich habe dich schon gesucht. Willkommen!«

»Danke, John. Es ist schön, wieder hier zu sein.«

Er nahm seine Brille ab und putzte sie an seinem Laborkittel. »Das mit Giovanni ist schrecklich. Ich kann es noch gar nicht begreifen.«

Blitzartig hatte sie erneut den ausgestreckten Körper, die blicklosen Augen, das Blut vor Augen. »Ich weiß. Er hatte viele Freunde hier.«

»Ich musste es gestern allen sagen. Das ganze Labor ist wie ein Trauerhaus.« Er blies die Backen auf und atmete aus. »Mir wird die Art fehlen, wie er alles in Schwung gebracht hat, wenn er ein paar Tage hier war. Na ja, auf jeden Fall wollen alle etwas tun. Es gab mehrere Ideen, aber am besten gefiel uns der Vorschlag, einen Baum im Park zu pflanzen. Viele von uns verbringen bei gutem Wetter die Mittagspause draußen, und wir finden, das wäre eine schöne Erinnerung.«

»Ich halte das für eine wunderbare Idee, John. Das hätte ihm bestimmt gefallen.«

»Ich wollte es zuerst mit dir besprechen. Du bist schließlich immer noch Labordirektorin.«

»Meine Zustimmung hast du. Ich hoffe, ich darf mich mit einer Spende beteiligen, obwohl ich zum Management gehöre.«

»Jeder weiß, dass ihr Freunde wart – das hat Vorrang.«

»Ja, danke, John.« Miranda wandte sich ab, beschämt darüber, dass sie die Trauer eines Mannes anzweifelte, weil Ryan ihr Misstrauen geweckt hatte.

»Darüber hinaus hoffe ich, dass du bald wieder ins Labor zurückkommst. Wir haben dich vermisst.«

»Ich werde sicher dann und wann auftauchen, aber in den nächsten Wochen habe ich ein vorrangiges Projekt.«

»Die neue Renaissance-Ausstellung.« John brachte ein Lächeln zustande, als sie ihn ansah. »Wenn du alle Schätze hier versammeln kannst, gibt das eine tolle Ausstellung. Die können wir nach dem Einbruch gut gebrauchen. Hübsche Idee.«

»Ja. Wir …« Sie brach ab, weil sie Detective Cook erblickte. Er kam gerade durch die Tür. »Entschuldigung, John, aber ich kümmere mich besser um ihn.«

»In Ordnung. Ich weiß nicht, warum«, flüsterte er, »aber er macht mich nervös. Er wirkt so, als ob er uns alle verdächtigt.«

Er nickte Cook knapp zu und eilte, beinahe lautlos auf seinen staubigen Schuhen, hinaus.

»Detective, was kann ich für Sie tun?«

»Sie haben hier eine ganz schöne Organisation, Dr. Jones.« Ohne weiter zu erläutern, was er damit meinte, blickte er auf das Gemälde. »Das ist echt, nicht wahr?«

»Ja, es ist ein Bronzino. Ein italienischer Renaissancekünstler aus dem sechzehnten Jahrhundert. Das Institut ist äußerst glücklich, ihn hierzuhaben. Die Eigentümer haben ihn uns für eine Ausstellung geliehen.«

»Darf ich fragen, was sie da macht?«

Die Restaurateurin blickte kaum auf, sonderte widmete sich weiter dem Gemälde. »Das Bild war Teil einer lange vernachlässigten Sammlung in Georgia«, sagte Miranda. »Es ist beschädigt – durch Schmutz, Feuchtigkeit und direkte Sonneneinstrahlung. Es wird jetzt gereinigt. Das ist ein langsamer, sorgfältiger Prozess, für den viel Zeit und Erfahrung benötigt wird. Im Moment versuchen wir gerade, die Farbe wiederherzustellen. Wir verwenden nur Bestandteile, die in der Entstehungszeit des Gemäldes auch zur Verfügung standen, um es in seiner Gesamtheit zu erhalten. Dazu braucht man umfassende Forschung, Talent und Geduld. Wenn unsere Arbeit beendet ist, wird das Gemälde wieder so aussehen wie zu der Zeit, als der Künstler es vollendet hat.«

»Ein bisschen wie Polizeiarbeit«, kommentierte er.

»Tatsächlich?«

»Es ist ein langsamer, sorgfältiger Prozess. Wir verwenden nur die Informationen, die aus dem Fall selbst stammen. Und man braucht für die Nachforschungen eine Art von Talent«, sagte er mit dem Anflug eines Lächelns, »und furchtbar viel Geduld. Sie haben es gut. Vor Ihnen steht das vollständige Gemälde, wenn Sie mit Ihrer Arbeit fertig sind.«

»Eine hochinteressante Analogie, Detective.« Und eine, die sie unglaublich nervös machte. »Und Sie, haben Sie auch langsam ein komplettes Bild?«

»Nur kleine Stücke und Teile, Dr. Jones.« Er wühlte in seiner Tasche und zog ein Päckchen Kaugummi hervor. »Möchten Sie?«

»Nein, danke.«

»Ich habe aufgehört zu rauchen.« Er zog einen Streifen heraus, packte ihn umständlich aus und steckte das Papier wieder in seine Tasche. »Macht mich immer noch wahnsinnig. Das ist noch lange nicht ausgestanden, kann ich Ihnen sagen. Rauchen Sie?«

»Nein.«

»Sehr klug. Ich habe zwei Packungen am Tag geraucht. Dann fing es plötzlich an, dass man hier nicht rauchen darf und da nicht.

Also nimmt man ein paar Züge in irgendeiner Kammer oder geht nach draußen in den Regen. Man kommt sich vor wie ein Verbrecher.« Er lächelte wieder.

Miranda verspürte das Bedürfnis herumzuhüpfen, doch sie stellte sich stattdessen vor, dass sie mit den Fingern trommelte. »Es ist sicher schwierig, diese Gewohnheit aufzugeben.«

»Es ist eine Sucht. Es ist schwer, sich das selbst einzugestehen. Sie beherrscht das ganze Leben, und man tut Dinge, die man sonst nie getan hätte.«

Er wusste über Andrews Alkoholproblem Bescheid. Sie konnte es in seinen Augen sehen und nahm an, dass er wollte, dass sie es sah. »Ich habe nie geraucht«, entgegnete sie. »Möchten Sie mit in mein Büro kommen?«

»Nein, nein, ich will Sie nicht aufhalten.« Er atmete die Luft ein, die nach Farbe, Terpentin und Reinigungsmittel roch. »Ich habe gar nicht damit gerechnet, Sie anzutreffen, da man mir sagte, Sie seien in Urlaub. Waren Sie verreist?«

Fast hätte sie es bestätigt, aber ihr Instinkt oder auch einfach nur Furcht hielten sie davon ab. »Sie wissen sicher, dass man mir befohlen hat, Urlaub zu nehmen, Detective, wegen des Einbruchs und wegen einiger Probleme, die bei meinem letzten Aufenthalt in Florenz vor einem Monat entstanden sind.«

Sie reagiert schnell, dachte er, und ist nicht leicht hereinzulegen. »Ich habe davon gehört. Auch eine Bronzeskulptur, nicht wahr? Es gab Probleme damit, die Echtheit nachzuweisen.«

»Ich hatte damit keine Probleme. Andere sind anderer Meinung.« Miranda entfernte sich von dem Bild, weil sie genau wusste, dass alle aufmerksam zuhörten.

»Trotzdem bekamen Sie Schwierigkeiten. Zwei Bronzeskulpturen. Komisch, finden Sie nicht?«

»Ich kann nichts Komisches daran finden, wenn meine Reputation infrage gestellt wird.«

»Das kann ich verstehen. Aber Sie mussten ja nur ein paar Tage wegbleiben.«

Dieses Mal zögerte sie nicht. »Es wäre sicher noch länger gewesen, aber wir beginnen gerade mit einem wichtigen Projekt, das in mein spezielles Wissensgebiet fällt.«

»Ja, das sagte man mir. Und ich habe auch von Ihrem Mitarbeiter in Italien gehört. Von dem Mord. Das ist eine üble Geschichte.«

Ihre Augen verdunkelten sich, und sie sah weg. »Er war ein Freund. Ein guter Freund.«

»Haben Sie irgendeine Idee, warum man ihn aus dem Weg geschafft hat?«

Kühl sah sie ihn an. »Detective Cook, wenn ich wüsste, wer meinem Freund den Schädel eingeschlagen hat, wäre ich in Florenz und würde es der Polizei sagen.«

Cook schob seinen Kaugummi mit der Zunge auf die andere Seite seines Mundes. »Ich wusste gar nicht, dass man etwas über einen eingeschlagenen Schädel gemeldet hat.«

»Meine Mutter wusste Bescheid«, entgegnete Miranda eisig, »und ebenso Giovannis Familie.« Sie konnte nur beten, dass das stimmte. »Untersuchen Sie den Mord an ihm oder unseren Einbruch?«

»Ich bin nur neugierig. Polizisten sind immer neugierig.« Er spreizte die Hände. »Ich bin hierhergekommen, weil Ihr Bruder darüber eine Theorie hat, wie die beiden Zwischenfälle möglicherweise miteinander verbunden sind.«

»Ja, das sagte er mir schon. Sehen Sie eine Verbindung?«

»Manchmal kann man sie erst sehen, wenn man direkt daneben steht. Sie haben auch die Echtheit der, ähm …« – er zog sein Notizbuch heraus und blätterte es durch, um seinem Gedächtnis nachzuhelfen – »… Bronzeskulptur *David*, sechzehntes Jahrhundert, im Stil von Leonardo, nachgewiesen.«

Obwohl ihre Handflächen feucht wurden, widerstand Miranda dem Wunsch, sie an der Hose zu reiben. »Das ist richtig.«

»Anscheinend kann niemand die Unterlagen dazu finden, die Berichte, Dokumente und Bilder.«

»Das hat mir Andrew auch gesagt. Ich kann nur vermuten, dass der Dieb die Dokumente ebenfalls mitgenommen hat.«

»Das macht zwar Sinn, aber dann hätte er doch wissen müssen, wo er suchen muss, oder? Der Kameraausfall hat ihm nur …« – er blätterte abermals sein Notizbuch durch – »… ungefähr zehn Minuten Zeit gelassen. Um zu den Laborberichten zu gelangen, hätte er schnell wie der Blitz sein müssen. Ich bin die Strecke selbst einmal schnell abgegangen. Man braucht eine ganze Minute. Das hört sich zwar nicht nach viel an, aber in einer acht- bis zehnminütigen Zeitspanne ist es eine Menge.«

Miranda gab sich alle Mühe, dass ihre Stimme fest blieb. »Ich kann Ihnen nur sagen, dass die Berichte ordnungsgemäß abgelegt waren, und jetzt sind sie, genau wie die Bronze, nicht mehr da.«

»Hier arbeiten nachts eine Menge Leute allein, oder? Wie Ihr Freund in Florenz.«

»Gelegentlich, und eigentlich nur die Angestellten, die schon lange hier arbeiten. Der Sicherheitsdienst würde sonst niemandem den Zutritt gewähren, sobald das Gebäude abgeschlossen ist.«

»Sie und Ihr Bruder sind in der Woche nach dem Einbruch hierhergekommen.«

»Wie bitte?«

»Ich habe eine Erklärung Ihrer Wachleute vorliegen. Darin steht, dass Sie am dreiundzwanzigsten März, ungefähr um zwei Uhr dreißig, angerufen und sie informiert haben, dass Sie und Dr. Andrew Jones kämen, um im Labor zu arbeiten. Stimmt das?«

»Ich kann es nicht bestreiten.«

»Das ist ziemlich spät.«

»Unter Umständen nicht.« Mirandas Herz raste, aber ihre Hände waren ruhig, als sie eine lose Nadel in ihren Haaren feststeckte. »Wir haben beschlossen, eine Arbeit zu erledigen, während es ruhig war. Ist das ein Problem, Detective?«

»Für mich nicht. Ich halte mich nur auf dem Laufenden.« Er steckte sein Notizbuch weg und blickte sich im Raum um. »Wissen Sie, ich bewundere die Ordnung in diesem Hause. Sie und Ihr Bruder führen ein sehr ordentliches, durchorganisiertes Unternehmen.«

»Zu Hause wirft er seine Socken einfach auf den Boden und verlegt ständig die Schlüssel.« Übertrieb sie nicht langsam ein bisschen? Offenbar machte es ihr mittlerweile Spaß, sich mit einem Polizisten zu messen.

»Aber bei Ihnen ist immer alles an Ort und Stelle, könnte ich wetten. Ich meine, Sie legen bestimmt alles immer gleich richtig ab. Routine und Gewohnheit.«

»Man könnte es auch als Sucht bezeichnen.« Tatsächlich, irgendwie genoss sie das Spiel. »Detective, ich habe gleich eine Verabredung und bin ziemlich im Zeitdruck.«

»Ich wollte Sie gar nicht so lange aufhalten. Danke, dass Sie mir Ihre Zeit geopfert haben«, fügte Cook hinzu und wies auf das Bild. »Sieht nach ziemlich viel Arbeit aus. Wahrscheinlich wäre es einfacher, das Ganze noch einmal zu malen.«

»Dann wäre es kein Bronzino mehr.«

»Viele Leute würden den Unterschied gar nicht merken. Aber Sie schon.« Er nickte ihr zu. »Ich wette, Sie würden eine Fälschung schon auf den ersten Blick erkennen.«

Nervös fragte sie sich, ob ihr wohl alles Blut aus dem Gesicht gewichen war oder ob es ihr nur so vorkam. Er war der Sache schnell nahegekommen, während sie sich noch dazu beglückwünschte, dass sie ihren Part so großartig spielte.

»Nicht immer. Wenn die Fälschung gut gemacht ist, führt eine visuelle Überprüfung nicht sofort zu einem Ergebnis. Dazu braucht man schon Labortests.«

»So wie die, die Sie hier machen, und wie die, die Sie letzten Monat in Florenz gemacht haben.«

»Ja, genau.« Eiskalter Schweiß lief ihr in einem dünnen Rinnsal über den Rücken. »Wenn Sie Interesse daran haben, kann ich für Sie mal eine Demonstration arrangieren. Aber im Moment nicht«, sagte sie mit einem Blick auf ihre Uhr. »Ich muss wirklich …« Sie brach ab, weil sie nervös und erleichtert zugleich bemerkte, dass Ryan durch die Tür gekommen war.

»Miranda. Wie schön, dich wiederzusehen! Deine Assistentin sagte mir, du seist wahrscheinlich hier.« Er ergriff ihre Hand und zog sie an seine Lippen. »Es tut mir leid, dass ich mich ein bisschen verspätet habe. Der Verkehr war schuld.«

»Das ist nicht schlimm.« Sie hörte die Worte zwar, spürte aber gar nicht, wie sich ihre Lippen bewegten. »Ich bin sowieso eine Weile aufgehalten worden. Detective Cook …«

»O ja, wir haben uns bereits kennengelernt, nicht wahr?« Ryan streckte ihm die Hand hin. »Am Morgen nach dem Einbruch hier. Gibt es irgendwelche Fortschritte?«

»Wir arbeiten daran.«

»Da bin ich sicher. Ich will nicht stören. Soll ich in deinem Büro auf dich warten, Miranda?«

»Ja. Nein. Sind wir fertig, Detective?«

»Ja, Ma'am. Es freut mich, dass Sie der Einbruch nicht abschreckt, Mr. Boldari. Nicht jeder würde einer Galerie all diese Kunstwerke leihen, wenn die Sicherheit so fraglich geworden ist.«

»Ich habe Vertrauen in Dr. Jones und das Institut, und ich bin mir sicher, dass mein Eigentum hier gut geschützt wird.«

»Es würde aber bestimmt nichts schaden, noch ein paar zusätzliche Wachleute einzustellen.«

»Das ist bereits geschehen«, sagte Miranda zu Cook.

»Ich könnte Ihnen die Namen von ein paar guten Polizisten nennen, die nachts einen privaten Sicherheitsdienst betreiben.«

»Das ist sehr nett von Ihnen. Sie können die Namen bei meiner Assistentin hinterlassen.«

»Kein Problem, Dr. Jones. Mr. Boldari.« Zwischen den beiden ist etwas, dachte Cook, als er hinausging. Vielleicht nur Sex. Vielleicht aber auch etwas anderes.

Und Boldari war nicht sauber, ganz bestimmt nicht. Es mochte sein, dass man ihm nichts nachweisen konnte, aber irgendetwas stimmte da nicht.

»Ryan …«

Er unterbrach Miranda mit einer kaum merklichen Kopfbewegung. »Es tut mir leid, dass du dein Eigentum noch nicht zurückerhalten hast.«

»Wir haben es noch nicht endgültig verlorengegeben. Ich habe für uns ein Mittagessen in der VIP-Lounge arrangiert. Ich dachte, dann können wir in Ruhe über die Ausstellung reden.«

»Großartig.« Er bot ihr seinen Arm. »Ich bin ganz begierig darauf, mehr über deine Pläne zu erfahren.« Sie gingen den Flur entlang und die Treppe hoch und plauderten dabei über belanglose Dinge, bis sie in der kleinen, eleganten Lounge angekommen waren. »Hat er dich lange gequält?«

»Es kam mir wie eine Ewigkeit vor. Er hat über Fälschungen geredet und wollte wissen, ob ich eine bereits erkennen kann, wenn ich nur hinsehe.«

»Wirklich?« Der Tisch war für drei Personen gedeckt, und es

standen bereits Crackers mit schwarzer Olivenpâté darauf. Er nahm sich einen. »Er ist ein ziemlich scharfer Polizist, obwohl diese Columbo-Attitüde ein bisschen durchsichtig ist.«

»Columbo?«

»Lieutenant Columbo.« Ryan biss in den Cracker. »Peter Falk, billige Zigarre, zerknautschter Trenchcoat.« Als Miranda ihn nur verständnislos ansah, schüttelte er den Kopf. »Deine Bildung in populärer Kultur weist traurige Mängel auf. Aber es ist egal.« Er schwenkte die Hand. »Vielleicht ist er ja hilfreich bei der ganzen Geschichte.«

»Ryan, wenn er die Verbindung herstellt und das Thema verfolgt, könnte ihn das zu dir führen! Du hast die Fälschungen.«

»Es wird ihn weder zu mir noch zu dir führen. Und in ungefähr einem Monat habe ich auch die Fälschungen nicht mehr, dann habe ich nämlich die Originale. Und wir beide können unsere Reputation wieder neu aufpolieren.«

Sie drückte die Finger auf ihre Lider und versuchte, das kurze Gefühl der Befriedigung von vorhin wiederzuerlangen. Aber es gelang ihr nicht. »Ich weiß nicht, wie das funktionieren soll.«

»Du musst mir einfach vertrauen, Dr. Jones. Das ist mein ganz besonderes Spezialgebiet.« Er wies auf den gedeckten Tisch. »Wer kommt noch?«

»Andrew.«

»Du kannst es ihm nicht erzählen, Miranda.«

»Ich weiß.« Sie verschränkte die Hände. »Er versucht, sein Leben wieder in Ordnung zu bringen. Und ich werde ihm keinen zusätzlichen Stress bereiten, indem ich ihm erzähle, dass ich an der Planung eines Raubüberfalls beteiligt bin.«

»Wenn alles nach Plan läuft, ist es bloß ein Einbruch, und«, fügte er hinzu und ergriff beruhigend ihre Hände, »wir holen uns nur zurück, was uns gestohlen wurde. Warum sollten wir ihm also nicht sagen, dass du an einer Wiederbeschaffung beteiligt bist?«

»Deshalb ist es nicht weniger ein Verbrechen. Und ich fühle mich deshalb nicht weniger schuldig, wenn Cook mich mit seinem Spürhundblick ansieht und mich über Fälschungen ausfragt.«

»Du bist doch mit ihm fertiggeworden.«

»Es hat mir sogar beinahe Spaß gemacht«, murmelte sie. »Ich weiß nicht, was mit mir los ist. Jeder Schritt, den ich im Moment tue, ist außerhalb der Legalität.«

»Innerhalb, außerhalb …« Ryan zuckte mit den Schultern. »Das verschiebt sich schneller, als du denkst.«

»Bei mir nicht, Ryan. Bei mir steht diese Grenze fest.« Sie wandte sich ab. »Auf meinem Anrufbeantworter im Büro war eine Nachricht. Von Carlo Rinaldi.«

»Rinaldi?« Er legte den Cracker weg, den er gerade in die Hand genommen hatte. »Was wollte er?«

»Hilfe.« Miranda schloss die Augen. »Er bat mich um Hilfe. Niemand glaubte ihm wegen der Bronze. Er muss sogar bei meiner Mutter gewesen sein, weil er gesagt hat, sie habe ihn aus ihrem Büro geworfen. Er glaubte, ich sei die Einzige, die ihm dabei helfen könne nachzuweisen, dass die Skulptur echt war.«

»Und das wirst du auch tun.«

»Er ist tot, Ryan. Er und Giovanni sind tot. Ich kann nichts mehr für sie tun.«

»Du bist nicht dafür verantwortlich, was mit ihnen passiert ist«, beharrte er und drehte ihr Gesicht zu sich. »Und jetzt frage dich bitte …«, er hielt ihre Schultern fest und sah sie streng an, »… glaubst du, einer von beiden würde wollen, dass du aufgibst? Bevor du bewiesen hast, dass die Bronze echt ist? Bevor du mit dem Finger auf denjenigen zeigen kannst, der sie ermordet hat?«

»Ich weiß nicht. Woher soll ich das wissen?« Sie holte tief Luft. »Doch, ich weiß, dass ich nicht weiterleben kann, ohne es zu Ende gebracht zu haben. Der eine hat mich um Hilfe gebeten, der andere hat mir einen Gefallen getan. Ich kann nicht aufhören, bevor ich es nicht zu Ende gebracht habe.«

»Die Grenze hat sich schon verschoben. Wer auch immer sie umgebracht hat, hat sie verschoben.«

»Ich will Rache.« Sie schloss die Augen. »Ich warte noch darauf, dass ich mich deswegen schäme, aber ich tue es nicht. Ich kann es nicht.«

»Liebling, stellst du eigentlich jedes Gefühl, das du empfindest, infrage?«

»Ich glaube, in der letzten Zeit empfinde ich insgesamt viel mehr als je zuvor. Und das macht es schwierig, in logischen Mustern zu denken.«

»Du willst logisch denken? Dabei kann ich dir helfen. Ich möchte deine Pläne für die Ausstellung hören.«

»Nein, willst du nicht.«

»Doch, natürlich. Die Galerie Boldari leiht dir ein paar sehr wichtige Kunstwerke.« Er zog ihre Hand an seine Lippen. »Ich möchte gern wissen, was du mit ihnen vorhast. Das ist ein Geschäft.«

»Ryan …« Sie wusste nicht genau, was sie sagen sollte, hatte aber auch keine Gelegenheit mehr, irgendetwas zu sagen, weil die Tür aufging und Andrew eintrat.

»Das geht ja alles ziemlich schnell«, sagte er und beobachtete argwöhnisch, was Ryan mit den Fingern seiner Schwester anstellte.

»Hallo, Andrew.« Ryan ließ Mirandas Hand sinken, hielt sie aber weiter fest.

»Warum sagt ihr beiden mir eigentlich nicht, was hier vor sich geht?«

»Das werden wir sofort tun. Wir haben beschlossen, unseren früheren Plan einer Kooperation zwischen der Galerie und dem Institut auszuführen. Und wir haben ihn erweitert. Wir werden eine Stiftung gründen, deren Gelder der NEA zugute kommen, und Miranda nimmt wieder die Position ein, die ihr zusteht.«

Ryan ergriff eine Glaskaraffe und schenkte drei Gläser Wasser ein. »Deine Mutter war ganz begeistert von dem Projekt.«

»Ja, ich habe mit ihr gesprochen.« Was zumindest teilweise seine schlechte Laune erklärte, nahm Ryan an. »Sie hat mir gesagt, du hättest sie aus New York angerufen.«

»Tatsächlich?« Lächelnd verteilte Ryan die Gläser. »Wahrscheinlich hat sie einfach angenommen, dass ich da war. Wollen wir sie und alle anderen nicht einfach in dem Glauben lassen? Das macht alles viel einfacher. Miranda und ich möchten unsere Beziehung gern noch für uns behalten.«

»Dann solltet ihr lieber nicht händchenhaltend durch das Gebäude spazieren. Die Gerüchteküche brodelt bereits.«

»Für mich ist das kein Problem – für dich etwa?«, fragte Ryan Miranda und fuhr, bevor sie ihm antworten konnte, fort: »Miranda wollte mir gerade von ihren Plänen für die Ausstellung erzählen. Ich habe selbst einige Ideen – auch für die Gala. Setzen wir uns doch und sehen mal, wie weit wir kommen.«

Da Miranda dies auch für das Beste hielt, warf sie ein: »Das wird ein wichtiges Ereignis für die Firma, und für mich persönlich auch. Ich bin dankbar, dass Ryan es mit uns durchführen möchte. Dadurch bin ich wieder hier, Andrew, und ich brauche das. Abgesehen davon wollte ich eine solche Ausstellung schon seit Jahren machen. Das ist einer der Gründe, warum ich sie jetzt so schnell zusammenstellen kann. Ich habe sie schon lange im Kopf gehabt.«

Sie legte eine Hand auf seinen Arm. »Nach dem Vorfall in Florenz hätte Mutter mir nie wieder eine solche Chance gegeben, wenn Ryan nicht ausdrücklich mit mir hätte arbeiten wollen.«

»Ich weiß. Okay, ich weiß. Vielleicht brauche ich in letzter Zeit nur etwas länger, um in die Gänge zu kommen.«

»Geht es dir denn gut?«

»Ich habe nichts getrunken. Dritter Tag«, sagte er mit einem dünnen Lächeln. Und zwei Nächte voller Schweiß und Zittern und Verzweiflung. »Ich möchte nicht darüber reden, Miranda.«

»Okay.« Sie ließ die Hand sinken. Offensichtlich hatten sie jetzt beide Geheimnisse voreinander. »Ich sage Bescheid, dass sie das Essen bringen können.«

Es ist nicht fair, es ist nicht richtig. Sie hat nichts mehr im Unternehmen zu suchen. Ich will nicht, dass sie meine Pläne durchkreuzt. Ich habe jahrelang gewartet, Jahre geopfert. Die Dunkle Lady gehört mir. Sie ist mit ihrem schlauen Lächeln zu mir gekommen, ich habe eine verwandte Seele gefunden, einen Verstand, der warten, beobachten, planen und Macht sammeln kann. In diesem Lächeln habe ich endlich das Mittel gesehen, wie alle meine Feinde zerstört werden können. Wie ich mir nehmen kann, was mir gehört, mir immer gehört hat.

Ich hatte sie ruiniert. Ich hatte es getan.

Die Hand, die den Stift hielt, begann zu zittern, und der Stift stach heftig in die Seite des Tagebuchs. Der Raum war von keuchendem Atem erfüllt. Nach und nach ließen die Bewegungen nach, und das Atmen wurde langsam, tief und gleichmäßig, fast wie in Trance.

Die Kontrolle entglitt den geschickten Händen, verließ den starken und berechnenden Verstand. Aber noch konnte sie jederzeit wiederaufgebaut werden. Es war zwar anstrengend, aber zu schaffen.

Das ist nur ein Aufschub, ein paar Wochen im Auge des Sturms. Ich werde einen Weg finden, um sie zahlen zu lassen, um sie alle für das bezahlen zu lassen, was mir verweigert wurde. Die Dunkle Lady *gehört immer noch mir. Wir haben gemeinsam getötet.*

Miranda hat die Fälschung. Das ist die einzige Erklärung. Die Polizei hat die Waffe nicht. Es sieht ihr gar nicht ähnlich, und es war ziemlich kühn von ihr, nach Florenz zu fahren und die Bronze zu stehlen. Ich hätte nicht angenommen, dass das in ihrer Natur liegt. Also habe ich es nicht bedacht, habe die Möglichkeit nicht in die Gleichung einbezogen.

Diesen Fehler werde ich nicht noch einmal machen.

Hat sie in der Tür gestanden und auf Giovanni hinuntergeblickt? War Entsetzen und Furcht in ihren Augen? Oh, ich hoffe es. Verfolgt die Angst sie immer noch?

Ja, ich weiß es. Sie ist zurück nach Maine geflohen. Blickt sie nervös über die Schulter, auch wenn sie nur die Flure im Institut entlanggeht? Weiß sie, tief im Innern, dass ihre Zeit abläuft?

Sie soll ihren Aufschub haben, sie soll sich in ihrer Macht baden. Umso süßer wird es sein, sie dann ein für alle Mal auszuschalten.

Ich hatte nie vor, auch sie umzubringen. Aber gewisse Pläne ändern sich eben.

Wenn sie tot ist, ihr Ruf durch den Skandal zerstört, werde ich an ihrem Grab weinen. Es werden Tränen des Triumphes sein.

24

Der falsche Schnurrbart pikste, und wahrscheinlich war er unnötig. Genauso wie die Kontaktlinsen, die aus seinen dunkelbraunen Augen hellbraune machten, und die lange blonde Perücke, die er zu einem Pferdeschwanz zusammengebunden hatte. Sein Gesicht und alle sichtbare Haut hatte er sorgfältig aufgehellt, und aus dem goldenen Schimmer den blassen, teigigen Teint eines Mannes gemacht, der sich am liebsten der Sonne fernhielt.

An seinem rechten Ohrläppchen schimmerten drei Ohrringe, und auf seiner Nase saß eine runde Drahtbrille mit winzigen rosafarbenen Gläsern.

Auch seine Garderobe hatte er sorgfältig zusammengestellt. Enge rote Hosen, ein gelbes Seidenhemd mit fließenden Ärmeln, schwarze Lederstiefel mit kleinen Absätzen.

Zu unauffällig wollte er schließlich auch nicht sein.

Er sah aus wie ein Typ, der sich unbedingt modern kleiden will und sich dabei ständig am Rand des guten Geschmacks bewegt. Solche Typen kannte er gut genug, um genau die richtigen Bewegungen und die richtige Sprechweise zu beherrschen.

Er musterte sein Gesicht im Rückspiegel der Mittelklasse-Limousine, die er sich geliehen hatte. Es war kein Vergnügen, das Auto zu fahren, aber es hatte ihn immerhin die sechzig Meilen zur Pine-State-Gießerei gebracht. Und er hoffte, es würde ihn auch wieder zur Küste zurückbringen, wenn er fertig war.

Er holte seine billige Aktentasche aus Lederimitat aus dem Auto. Sie enthielt Dutzende von Skizzen – die meisten hatte er von Miranda ausgeborgt, sozusagen.

Die Fälschung des *David* musste irgendwo stattgefunden haben. Wegen der knappen Zeit wahrscheinlich irgendwo in der Nähe. Und das hier war die Gießerei, die dem Institut am nächsten lag. Diejenige, die, wie er herausbekommen hatte, die Angestellten und Studenten normalerweise beauftragten.

Er holte eine Rolle Pfefferminz hervor und begann eins zu lutschen, während er die Gießerei betrachtete. Das Gebäude war ein richtiger Schandfleck. Ein hässlicher Bau aus Ziegeln und Metall mit rauchenden Schornsteinen. Er fragte sich, ob sie sich wohl an die Emissionsgesetze hielten, rief sich aber sofort ins Gedächtnis, dass das nicht sein Problem war.

Er warf den Pferdeschwanz zurück, klemmte die Mappe unter den Arm und ging auf das niedrige Metallgebäude mit den staubigen Fenstern zu.

Die hohen Absätze seiner Stiefel verliehen seinem Gang zwangsläufig einen interessanten Hüftschwung.

Drinnen befand sich ein langer Tresen. Im Hintergrund reihten sich Metallregale aneinander, auf denen dicke Aktenordner, Plastikdosen mit Schrauben und Haken und große Metallobjekte, die sich jeder Beschreibung entzogen, standen. Auf einem Hocker am Tresen saß eine Frau, die gerade eine Ausgabe von *Good Housekeeping* durchblätterte.

Als Ryan eintrat, blickte sie auf. Ihre Augenbrauen schossen hoch, und sie musterte ihn von oben bis unten, wobei sie ein amüsiertes Lächeln nicht verbergen konnte. »Was kann ich für Sie tun?«

»Ich bin Francis Kowowski, Student am New England Institute of Art History.«

Erheitert sah sie ihn an. Bei seinem Geruch musste sie an Mohnblumen denken. Um Gottes willen, welcher Mann wollte schon nach Mohnblumen riechen? »Tatsächlich?«

»Ja.« Er trat an den Tresen und beugte sich eifrig vor. »Einige meiner Kommilitonen haben hier Bronzeskulpturen gießen lassen. Das ist mein Fach. Ich bin Bildhauer. Ich bin erst seit Kurzem am Institut.«

»Sind Sie nicht schon ein bisschen alt für einen Studenten?«

Es gelang ihm zu erröten. »Ich konnte es mir erst jetzt leisten … Finanziell, verstehen Sie.« Traurig und verlegen blickte er die Angestellte an. Sie war gerührt.

»Stimmt, es ist ganz schön teuer. Möchten Sie etwas gießen lassen?«

»Ich habe das Modell nicht mitgebracht, nur Skizzen. Ich möchte sichergehen, dass es genau nach meinen Vorstellungen gegossen wird.« Als habe er Zutrauen gefasst, öffnete Ryan rasch seine Mappe. »Einer der anderen Studenten hat mir von einer kleinen Bronze erzählt, die hier gegossen wurde – aber er konnte sich nicht erinnern, wer sie gemacht hat. Das ist eine Skizze der Figur. Es ist David.«

»Wie Goliath, ja?« Sie sah sich die Skizze an. »Das ist wirklich gut. Haben Sie das gezeichnet?«

»Ja.« Er strahlte sie an. »Ich hoffe, denjenigen ausfindig zu machen, der sie gegossen hat, damit er auch für mich arbeiten kann. Mein Freund sagt, es ist ungefähr drei Jahre her.«

»Drei Jahre?« Sie schürzte die Lippen. »Das ist eine lange Zeit.«

»Ich weiß.« Er setzte wieder den Welpenblick ein. »Aber es ist lebenswichtig für mich. Mein Freund hat gesagt, die Skulptur sei ganz wunderbar gemacht worden. Sie war perfekt – und wer auch immer sie gegossen hat, hat sein Handwerk verstanden und eine Renaissance-Technik verwendet. Die Skulptur muss Museumsqualität gehabt haben.«

Er zog eine andere Skizze heraus und zeigte ihr die *Dunkle Lady*. »Ich habe hart an diesem Werk gearbeitet, meine ganze Energie hineingelegt. Beinahe mein Leben, wenn Sie verstehen, was ich meine.« Seine Augen glänzten, während sie die Zeichnung studierte.

»Sie ist toll. Wirklich toll. Sie sollten diese Zeichnungen verkaufen, Junge. Ernsthaft.«

»Ich verdiene mir etwas dazu, indem ich Porträts zeichne«, murmelte er. »Aber das ist im Grunde nicht das, was ich auf Dauer tun möchte. Das mache ich nur wegen des Geldes.«

»Ich wette, Sie werden eines Tages Riesenerfolg haben.«

»Danke.« Entzückt über ihre Reaktion, ließ er seine Augen in Tränen schwimmen. »Das Ganze bedeutete schon so viel Mühe, so viele Enttäuschungen. Manchmal hätte ich am liebsten aufgegeben, aber irgendwie …«

Er hielt sich die Hand vor die Augen, als sei er von seinen Gefühlen überwältigt. Mitleidig reichte sie ihm ein Papiertaschentuch.

»Danke. Es tut mir leid.« Er betupfte seine Augen. »Aber ich weiß, dass ich es kann. Ganz bestimmt. Und für diese Bronze brauche ich den besten Mitarbeiter, den Sie haben. Ich habe genug Geld gespart, um jeden Preis zahlen zu können, sogar mehr als üblich, wenn es sein muss.«

»Machen Sie sich darüber mal keine Sorgen.« Die Frau tätschelte seine Hand und wandte sich dann ihrem Computerterminal zu. »Vor drei Jahren. Mal sehen, wen wir da haben. Wahrscheinlich war es Whitesmith. Er bekommt häufig Arbeit von den Studenten.«

Sie hämmerte mit ihren langen roten Fingernägeln auf der Tastatur herum und zwinkerte ihm zu. »Wollen wir doch mal sehen, ob wir den besten für Sie bekommen.«

»Ich bin Ihnen so dankbar! Auf dem Weg hierher wusste ich schon, dass dies ein ganz besonderer Tag für mich wird. Übrigens finde ich Ihre Fingernägel sehr schön. Diese Farbe passt wunderbar zu Ihrer Haut.«

Sie brauchte keine zehn Minuten.

»Ich wette, das ist er. Pete Whitesmith, genau wie ich mir gedacht habe. Er ist hier unser Spitzenmann, und auch im weiteren Umkreis, wenn Sie mich fragen. Er hat einen Auftrag für diesen Jungen ausgeführt – ich erinnere mich an ihn. Harrison Mathers. Er war auch ziemlich gut. Allerdings nicht so gut wie Sie«, fügte sie hinzu und schenkte Ryan ein mütterliches Lächeln.

»Hat er viel hier arbeiten lassen? Harrison, meine ich.«

»Ja, ein paar Stücke. Hing immer bei Pete herum. Nervöser Junge. Hier, zum Beispiel, eine kleine Aktbronze von David mit der Schleuder. Das ist von ihm.«

»Das ist toll. Großartig! Whitesmith – arbeitet er noch hier?«

»Ja, er ist schon lange bei uns. Gehen Sie in die Gießerei hinüber, und sagen Sie Pete, Babs lässt ihm ausrichten, er soll Sie gut behandeln.«

»Ich weiß nicht, wie ich Ihnen danken soll.«

»Was würde es kosten, wenn ich meine Kinder von Ihnen malen ließe?«

»Für Sie absolut nichts.« Ryan lächelte sie strahlend an.

»Klar erinnere ich mich daran.« Whitesmith wischte sich unter seiner verschwitzten blauen Kappe das Gesicht ab. Es hätte aus Granit gemeißelt sein können; es war viereckig und voller tiefer Falten. Er hatte breite Hüften und schmale Schultern. Seine Stimme übertönte das Röhren der Maschinen und das Hämmern auf Metall.

»War das die Skulptur?«

Whitesmith blickte auf die Skizze, die Ryan ihm hinhielt. »Ja. Harry war mächtig besorgt um sie. Er hat mir die Formel für die Bronze aufgeschrieben – er wollte, dass ich ein bisschen Blei hinzufüge, damit sie schneller fest wird, aber ansonsten war es die alte Formel. Warten Sie, ich mache eine Pause, dann können wir draußen weiterreden.«

Dankbar folgte Ryan ihm aus der Hitze und dem Lärm.

»Ich gieße schon seit fünfundzwanzig Jahren«, sagte Whitesmith und zündete sich eine Zigarette an. »Aber ich würde sagen, die Skulptur hier war ein kleines Juwel. Ja. Eine meiner Lieblinge.«

»Haben Sie auch noch andere für ihn gemacht?«

»Für Harry? Ja. Vier, vielleicht fünf innerhalb von ein paar Jahren. Die hier war allerdings die beste. Ich wusste schon, dass sie etwas ganz Besonderes war, als er die Form und den Wachsabdruck brachte. Wenn ich jetzt darüber nachdenke …« Er nahm einen tiefen Zug und blies den Rauch aus. »Das war die letzte Skulptur, die ich für ihn gemacht habe.«

»Ach ja?«

»Ja. Ich kann mich nicht erinnern, Harry danach noch einmal gesehen zu haben. Die Studenten vom Institut …« Er zuckte mit den Schultern. »Sie kommen und gehen.«

»Hat er noch mit jemand anders zusammengearbeitet?«

»Soweit ich weiß, nicht. Ich habe alle Arbeiten für Harry gemacht. Er war auch an den einzelnen Vorgängen interessiert. Das sind nicht alle Studenten. Sie interessieren sich normalerweise nur für das, was sie für Kunst halten.« Er schnaubte. »Aber ich kann Ihnen sagen, Junge, was ich mache, ist auch Kunst. Ein guter Gießer ist ein Künstler.«

»Der Meinung bin ich auch. Deshalb wollte ich Sie ja auch

unbedingt finden – den Künstler, der an diesem wundervollen kleinen *David* gearbeitet hat.«

»Gut.« Offensichtlich erfreut sog Whitesmith an seiner Zigarette. »Manche von diesen Künstlertypen sind Rotznasen, richtige Bastarde. Sie behandeln mich wie ein Werkzeug. Dabei bin ich Künstler und Wissenschaftler. Wenn eine Skulptur von hier preisgekrönt wird, sollte man sich wenigstens bei mir bedanken. Aber die meisten scheren sich nicht darum.«

»Ich kannte einmal einen Gießer in Toledo«, seufzte Ryan. »Er war fast ein Gott für mich. Ich hoffe, Harrison hat Ihre Arbeit entsprechend gewürdigt.«

»Er war schon in Ordnung.«

»Er hat wahrscheinlich eine flexible Form für den *David* verwendet.«

»Ja, Silikon. Sie müssen da sehr vorsichtig sein.« Whitesmith gestikulierte nachdrücklich mit seiner Zigarette und schnippte sie dann in hohem Bogen weg. »Es kann Verzerrungen und Schrumpfungen geben. Aber der Junge wusste Bescheid. Er hat bei seinem Modell die Wachsmethode angewendet. Ich kann mit allem arbeiten, mit Sand und Gips. Und ich mache auch die Feinarbeit, wenn der Kunde es will. Ich lasse mir aber Zeit bei der Arbeit, ich habe es nicht gern, wenn ich gehetzt werde.«

»Oh, hat Harry Sie denn gehetzt?«

»Bei diesem letzten Stück war er dauernd hinter mir her.« Whitesmith schnaubte. »Man hätte meinen können, er sei der verdammte Leonardo da Vinci und hätte einen Termin einzuhalten.« Dann zuckte er mit den Schultern. »Aber der Junge war in Ordnung. Hatte Talent.«

Obwohl es riskant war, zog Ryan die Skizze der *Dunklen Lady* heraus. »Was halten Sie davon?«

Whitesmith schürzte die Lippen. »Na, das ist ja eine sexy Braut. Die würde ich gern gießen. Was wollen Sie für sie verwenden?«

»Wachs mit Gipsfüllung.«

»Gut. Das wird gehen. Achten Sie darauf, dass der Gips warm genug ist, Sie wollen ja schließlich keine Blasen im Wachs haben, oder?«

»Nein, natürlich nicht.« Ryan steckte die Zeichnung wieder

weg. Der Mann ist zu solide, dachte er, zu kooperativ, um an der Fäschung beteiligt gewesen zu sein. »Ist Harry eigentlich jemals mit irgendeinem anderen Typen vorbeigekommen?«

»Nicht, dass ich mich erinnern könnte.« Whitesmith kniff die Augen zusammen. »Warum?«

»Oh, ich habe mich nur gefragt, ob der Freund, der mir von der Skulptur und von Ihnen erzählt hat, jemals mit hier war. Er hat so voller Hochachtung von Ihrer Arbeit geredet.«

»Ach, und wer soll das sein?«

»James Crispin«, improvisierte Ryan. »Er ist Maler, also wäre er nur interessehalber mit Harry gekommen. Ich habe die Formel erforscht«, fügte er hinzu. »Wenn ich sie mit der Wachsform herbringe, machen Sie es dann?«

»Deshalb sind wir ja hier.«

»Vielen Dank.« Ryan streckte die Hand aus. »Ich melde mich bei Ihnen.«

»Das Aussehen von Ihrer Lady gefällt mir«, sagte Whitesmith und wies auf Ryans Mappe, während er sich wieder auf den Weg in die Gießerei machte. »Ich habe nicht oft Gelegenheit, an so einem tollen Stück zu arbeiten. Ich werde sie schon richtig behandeln.«

»Danke.« Leise pfeifend ging Ryan zurück zum Auto. Er beglückwünschte sich gerade zu der einfachen und erfolgreichen Arbeit dieses Morgens, als ein anderes Auto auf den Parkplatz fuhr.

Cook stieg aus, streckte sich und starrte Ryan an.

»Morgen.«

Ryan nickte, rückte seine rosafarbene Brille zurecht und stieg in sein Auto, während Cook auf die Büros zuging.

Knapp, ganz knapp, dachte Ryan. Aber im Blick des Polizisten war kein Erkennen gewesen. Noch war er ihm einen Schritt voraus.

Als er wieder im Haus auf den Klippen angelangt war, nahm er den Schnurrbart und die Perücke ab und holte die Kontaktlinsen heraus. Die Vorsichtsmaßnahmen waren richtig gewesen, dachte er, während er sich fröhlich das Hemd auszog.

Offensichtlich dachte auch Cook an Fälschung.

Das war gut. Wenn die Geschichte vorbei war, war es von Vorteil, wenn Cooks Nachforschungen der Wahrheit nahekamen.

Im Moment war es nur ein bisschen störend.

Er entfernte das Make-up von seinem Gesicht, dem Hals und den Händen, kochte einen Kaffee und machte sich an die Arbeit.

Es gab acht Studenten, die in den fraglichen zwei Wochen die Gießerei in Anspruch genommen hatten. Drei hatte er bereits im Vorfeld gestrichen, da ihre Projekte zu groß gewesen waren.

Und jetzt hatte er dank der guten alten Babs und dank Pete den richtigen gefunden. Er brauchte nicht lange, um die Berichte durchzusehen, die er bereits aus dem Institut erhalten hatte. Und dort entdeckte er Harrys Seminar in jenem letzten Semester. Renaissance-Bronze, die menschliche Form.

Miranda hatte dieses Seminar geleitet.

Damit hatte er nicht gerechnet. Er hatte einen anderen Namen sehen wollen. Carter, Andrew – jemanden, auf den er sich konzentrieren konnte. Doch dann stellte er fest, dass es nur logisch war. Der *David* war ihre Sache gewesen, und die *Dunkle Lady* auch. Miranda war der Schlüssel, der Kern des Ganzen, und langsam begann er zu glauben, dass sie auch der Grund für die Fälschungen war.

Einer ihrer Studenten hatte den *David* gefälscht, daran zweifelte Ryan nun nicht mehr.

Er suchte weiter, rief die Abschlussnoten auf. Sie macht es ihnen nicht leicht, dachte er lächelnd. Miranda verteilte As nicht wie Bonbons. Nur vier ihrer zwanzig Studenten hatten ein A bekommen, die meisten ein B und dann gab es noch ein paar C.

Und ein Unvollständig.

Harrison K. Mathers. Unvollständig, kein Abschlussprojekt. Durchgefallen.

Warum, Harrison K.?, fragte sich Ryan. Wo du dir doch die Mühe gemacht hast, zehn Tage vor dem Abgabetermin eine Bronzefigur zu fälschen? Es sei denn, der Abschluss hat dich gar nicht interessiert.

Er sah Mathers' Berichte durch, stellte fest, dass er innerhalb von zwei Jahren zwölf Seminare am Institut belegt hatte. Seine

Ergebnisse waren bewundernswert … bis auf das letzte Semester, als sie auf einmal stark abfielen.

Er nahm sein Handy heraus und wählte die Nummer, die unter Harrisons Personalangaben stand.

»Hallo?«

»Hallo, hier spricht Dennis Seaworth von der Personalabteilung am New England Institute. Ich möchte gern Harrison Mathers sprechen.«

»Ich bin Mrs. Mathers, seine Mutter. Harry wohnt nicht mehr hier.«

»Oh, ich verstehe. Wir bringen unsere Unterlagen auf den neuesten Stand, um die Seminare für nächstes Jahr zu füllen. Ob Sie mir wohl seine neue Nummer sagen könnten?«

»Er ist nach Kalifornien gezogen.« Sie klang erschöpft. »Er hat seine Kurse am Institut nicht zu Ende gemacht.«

»Stimmt, wir haben hier die Berichte. Wir hoffen herauszufinden, ob und warum einige der früheren Studenten mit unserem Programm unzufrieden waren.«

»Wenn Sie es wissen, sagen Sie es mir. Er war am Anfang so erfolgreich! Und er ging ausgesprochen gern hin.«

»Das ist gut zu wissen. Wenn ich mit ihm sprechen könnte …«

»Natürlich.« Sie nannte ihm eine Nummer mit der Vorwahl von San Francisco.

Ryan wählte die Nummer an der Westküste, doch eine synthetische Stimme teilte ihm mit, dass der Anschluss stillgelegt worden sei.

Nun, ein Ausflug nach Kalifornien verschaffte ihm die Gelegenheit, seinen Bruder Michael wiederzusehen.

»Harrison Mathers.«

Miranda, deren Kopf voll war mit den neuesten Plänen für die Ausstellung, runzelte die Stirn und sah Ryan fragend an. »Ja?«

»Harrison Mathers«, wiederholte er. »Erzähl mir von ihm.«

Sie zog ihre Jacke aus und hängte sie in den Garderobenschrank. »Kenne ich einen Harrison Mathers?«

»Er war vor ein paar Jahren ein Student von dir.«

»Da musst du mir schon mehr als einen Namen nennen, Ryan. Ich hatte Hunderte von Studenten.«

»Er hat vor drei Jahren bei dir an einem Seminar über Renaissance-Bronzen teilgenommen. Er bekam ein Unvollständig.«

»Ein Unvollständig?« Sie dachte nach. »Harry.« Plötzlich fiel er ihr wieder ein – mit einer Mischung aus Vergnügen und Bedauern. »Ja, er war in diesem Seminar. Er war schon seit einigen Jahren am Institut, glaube ich. Sehr talentiert und intelligent. Am Anfang war er sehr gut, sowohl in den schriftlichen Arbeiten als auch im Zeichnen.«

Sie ließ den Kopf kreisen, während sie ins Wohnzimmer ging. »Doch dann schwänzte er auf einmal den Unterricht, oder wenn er kam, sah er so aus, als habe er die ganze Nacht durchgemacht. Irgendetwas lenkte ihn ab, und seine Arbeit litt darunter.«

»Drogen?«

»Ich weiß nicht. Drogen, familiäre Probleme, ein Mädchen.« Sie zuckte mit den Schultern. »Er war erst neunzehn oder zwanzig, es hätten alle möglichen Gründe sein können. Ich habe mit ihm geredet und ihn gemahnt, sich auf seine Arbeit zu konzentrieren. Danach wurde es ein bisschen besser. Und dann, kurz vor Ende des Seminars, kam er gar nicht mehr. Er hat nie ein Abschlussprojekt eingereicht.«

»Er hat einen Guss machen lassen. In der zweiten Maiwoche in der Pine-State-Gießerei. Eine Bronzefigur.«

Sie starrte ihn an und setzte sich. »Willst du etwa sagen, er hat etwas mit der Sache zu tun?«

»Ich sagte nur, dass er eine Figur hat gießen lassen, einen David mit der Schleuder. Ein Projekt, das er nie abgegeben hat. Er war da, als der *David* getestet wurde, und kurz danach hat er das Institut verlassen. War er jemals im Labor?«

Miranda spürte wieder das unbehagliche Gefühl im Magen. Sie erinnerte sich an Harry Mathers. Nicht deutlich, aber gut genug, dass es schmerzte. »Alle Seminarteilnehmer sind im Labor gewesen. Jeder Student durchläuft die Labors, die Restaurations- und die Forschungsabteilung. Es ist Teil des Programms.«

»Mit wem war er zusammen?«

»Ich weiß nicht. Ich kümmere mich nicht um das Privatleben

meiner Studenten. Ich erinnere mich auch nur deshalb so deutlich an ihn, weil er echtes Talent hatte und es am Ende zu vergeuden schien.«

Sie spürte, dass sie Kopfschmerzen bekam. In den letzten Stunden war sie unablässig mit der Ausstellung beschäftigt gewesen. »Ryan, er war noch jung! Er kann nichts mit dieser Fälschung zu tun gehabt haben.«

»Als ich zwanzig war, habe ich ein Madonnenmosaik aus dem dreizehnten Jahrhundert aus einer Privatsammlung in Westchester gestohlen, und danach bin ich mit Mary Ann Grimaldi zum Pizzaessen gegangen.«

»Wie kannst du nur mit so was angeben?«

»Ich gebe nicht an, Miranda. Ich konstatiere nur eine Tatsache und weise darauf hin, dass das Alter nichts mit bestimmten Verhaltensweisen zu tun hat. Wenn ich angeben wollte, hätte ich dir von dem T'ang-Pferd erzählt, das ich vor ein paar Jahren aus dem Met gestohlen habe. Aber das hatte ich nicht vor«, fügte er hinzu, »weil du dich dann immer so aufregst.«

Sie starrte ihn nur an. »Ist das ein Versuch, meine Stimmung zu heben?«

»Hat nicht funktioniert, nicht wahr?« Und weil sie plötzlich so müde aussah, ergriff er die Flasche Weißwein, die er schon geöffnet hatte, und schenkte ihr ein Glas ein. »Versuch es mal damit.«

Doch statt zu trinken, schob sie das Glas von einer Hand in die andere. »Wie hast du das mit Harry herausgefunden?«

»Feldforschung, ein kurzer Ausflug.« Ihre traurigen Augen lenkten ihn ab. Er setzte sich auf die Armlehne ihres Sessels und rieb ihr den Nacken und die Schultern. »Ich muss für ein paar Tage fort.«

»Was? Wohin?«

»Nach New York. Ich muss mich um ein paar Details kümmern, unter anderem auch um den Transport der Stücke für die Ausstellung. Außerdem will ich nach San Francisco und deinen Harry suchen.«

»Er ist in San Francisco?«

»Laut Auskunft seiner Mama, ja, aber sein Telefon ist stillgelegt.«

»Das hast du alles heute in Erfahrung gebracht?«

»Du machst deinen Job, ich mache meinen. Wie läuft's bei dir?«

Sie fuhr sich nervös durch die Haare. Diese Diebeshände waren magisch, und sie lösten Muskeln, von denen sie gar nicht gewusst hatte, dass sie verspannt waren. »Ich … Ich habe den Stoff für die Drapierungen ausgesucht und mit dem Schreiner an ein paar Schaukästen gearbeitet. Außerdem sind heute die Einladungen gekommen, und ich habe sie genehmigt.«

»Gut, wir sind also in der Zeit.«

»Wann fährst du?«

»Gleich morgen früh. Ich bin ungefähr in einer Woche zurück. Und ich melde mich bei dir.« Er spürte, wie sie sich langsam entspannte und spielte mit ihren Haaren. »Vielleicht solltest du dafür sorgen, dass Andrew wieder hier einzieht, damit du nicht so allein bist.«

»Es macht mir nichts aus, allein zu sein.«

»Aber mir.« Er zog sie hoch, ließ sich selbst im Sessel nieder und setzte sie auf seinen Schoß. Weil sie sowieso nichts trank, nahm er ihr das Glas aus der Hand und stellte es beiseite. »Aber da er im Moment nicht hier ist …« Er zog sie an sich und küsste sie.

Er hatte es dabei belassen wollen, ein Kuss, ein wenig kuscheln, ein ruhiger Augenblick. Aber sie fühlte sich wärmer an, als er erwartet hatte. Und ihr Duft wirkte auf ihn erregender, als er gedacht hatte.

Und als sie sich fester an ihn schmiegte und seinen Kuss drängend erwiderte, verlor er sich.

Er knöpfte ihre Bluse auf, und seine Hände glitten über ihre bloßen Schultern, über ihre schwellenden Brüste.

»Ich kann nicht genug von dir kriegen.« Irritiert stieß Ryan die Worte hervor. »Ich denke immer, es ist genug, aber dann muss ich dich nur sehen, und schon will ich dich erneut.«

Niemand hatte sie jemals so gewollt. Miranda ließ sich fallen, tief und tiefer in den Sog dieses Gefühls. Nur Gefühle, keine Gedanken, keine Vernunft. Nur Bedürfnisse, so ursprünglich wie Atmen.

Seine Finger glitten leicht wie Flügel über ihre Brüste. Dann schlossen sich seine Lippen um ihre Brustwarzen, und ein süßes Gefühl dehnte sich in ihren Lenden aus. Er zupfte sie mit den Zähnen, ein leichter Biss, ein kleiner, köstlicher Schmerz.

Bereitwillig bog sie sich zurück und gab sich dem Augenblick hin.

Behutsam streichelten ihre Hände über seinen Körper, glitten unter sein Hemd, bis sie auf Haut stießen. Und dann sanken sie vom Sessel auf den Teppich.

Ihre Beine öffneten sich, und ihre Hüften schoben sich ihm entgegen. Jede Bewegung erhöhte noch ihr Verlangen.

Er musste in sie eindringen, sie ausfüllen, sich in ihr vergraben. Das Bedürfnis, zu besitzen und besessen zu werden, ließ sie beide aufkeuchen.

Und dann saß sie auf ihm, mit vornübergebeugtem Oberkörper und den Händen auf seiner Brust, sodass ihre Münder sich berührten. Ganz langsam hob er ihre Hüften. Ihre Blicke versanken ineinander, und sie ließ sich wieder auf ihn hinunter und nahm ihn auf.

Immer schneller ritt sie ihn, mit zurückgebogenem Körper. Ihre Haare flossen über ihre Schultern wie wilder roter Regen, und sie hatte die Augen halb geschlossen vor Lust.

Schneller, härter, tiefer. Er grub seine Finger heftig in ihre Hüften. Ihr Atem kam in kurzen, keuchenden Schluchzern, bis ihr Orgasmus sie schließlich überwältigte.

Und immer noch stieß er in sie, mit starken, beständigen Stößen.

Ein Rauschen erfüllte ihren Kopf, als ob die wütende See über ihr zusammenschlug, und die nächste Welle nahm sie mit auf eine lange, heiße Reise.

Es kam ihr so vor, als hörte sie jemanden schreien.

Und er sah, wie sie in diesem Moment, in dem sie nichts dachte, mit wirren Haaren und halb geschlossenen Augen den Körper zurückbog und die Lippen zu einem schlauen Lächeln weiblicher Bewusstheit verzog.

Sie war genauso unbezahlbar, faszinierend und wundervoll wie die *Dunkle Lady*, und sie hatte ebenso viel Macht. Als seine eigene Erlösung nahte, beherrschte ihn nur noch ein Gedanke.

Hier war sein Schicksal.

Und als die Welle ihn mit sich riss, dachte auch er nichts mehr.

»Großer Gott!« Niemals zuvor hatte er sich so sehr in einer Frau verloren, sich so sehr an sie gebunden gefühlt. Sie bebte noch immer, schien mit ihm zu verschmelzen, ließ sich auf ihn sinken und atmete keuchend an seinem Hals.

»Miranda.« Er sagte ihren Namen ein einziges Mal und streichelte dabei ihren Rücken. »O Gott, ich werde dich vermissen.«

Sie hielt die Augen geschlossen und erwiderte nichts. Aber sie drückte sich noch enger an ihn, als ob ein Teil von ihr nicht glaubte, dass er wiederkommen würde.

Als sie am Morgen erwachte, war er weg und hatte nur eine Nachricht neben sie auf das Kopfkissen gelegt.

Guten Morgen, Dr. Jones! Ich habe Kaffee gekocht. Falls du nicht zu lange schläfst, ist er noch frisch. Du hast keine Eier mehr. Ich rufe dich an.

Obwohl sie sich vorkam wie ein alberner Teenager, las sie die Worte ein halbes dutzend Mal und legte sie dann wie eine poetische Liebeserklärung in ihren Schmuckkasten.

Der Ring, den er ihr an den Finger gesteckt hatte, der Ring, den sie in einer kleinen Samtschachtel in ihrem Schmuckkasten aufbewahrte, war weg.

Sein Flugzeug landete um neun Uhr dreißig, und um elf Uhr war Ryan bereits in seiner Galerie. Sie war nur einen Bruchteil so groß wie das Institut und wirkte eher wie ein luxuriöses Zuhause.

Die hohen Decken, breiten Flure und geschwungenen Treppen verliehen dem Gebäude eine luftige, offene Atmosphäre. Die Teppiche, die auf den Marmor- und Holzböden lagen, waren ebenso sehr Kunstwerke wie die Gemälde und Skulpturen.

Sein Büro befand sich im vierten Stock. Es war ein kleiner Raum, da jeder verfügbare Raum der Öffentlichkeit zur Verfügung gestellt werden sollte, aber es war sorgfältig eingerichtet und wies jeden Komfort auf.

Ryan verbrachte drei Stunden an seinem Schreibtisch, um mit seiner Assistentin die angefallene Arbeit zu erledigen, hatte eine Sitzung mit seinem Galeriedirektor, um sich über Verkäufe und Neuerwerbungen zu informieren, und kümmerte sich um die notwendigen Sicherheitsmaßnahmen für den Transport der Kunstwerke, die nach Maine gingen.

Er vereinbarte Interviewtermine mit der Presse für die Ausstellung und die Gründung der Stiftung, beschloss, eine Anprobe für einen neuen Smoking einzuschieben, und rief seine Mutter an, um ihr zu sagen, sie solle sich ein neues Kleid kaufen.

Er wollte die ganze Familie bei der Gala in Maine dabeihaben.

Als Nächstes stand ein Anruf bei seinem Vetter, dem Reiseagenten, auf dem Plan.

»Joey, ich bin's, Ry.«

»Hey, mein Lieblingsreisender. Wie geht es dir?«

»Ganz gut. Ich brauche einen Flug nach San Francisco, übermorgen, Rückkehr noch offen.«

»Kein Problem. Unter welchem Namen möchtest du fliegen?«

»Unter meinem.«

»Was für eine Veränderung! Okay, ich buche dir einen Flug und schicke dir die Zeiten per Fax. Wo bist du?«

»Zu Hause. Du kannst auch schon Flüge für meine Familie nach Maine buchen.« Er gab seinem Vetter die Daten.

»Verstanden. Alles erster Klasse, richtig?«

»Natürlich.«

»Es ist doch immer ein Vergnügen, mit dir Geschäfte zu machen, Ry.«

»Nett, das zu hören, vor allem, weil ich dich um einen Gefallen bitten muss.«

»Schieß los.«

»Ich gebe dir eine Liste mit Namen. Ich muss wissen, welche Reisen diese Leute gemacht haben. In den letzten dreieinhalb Jahren.«

»Dreieinhalb Jahre! Um Himmels willen, Ry!«

»Du kannst dich auf internationale Flüge konzentrieren, vor allem nach und von Italien. Können wir anfangen?«

»Hör mal, Ry, ich liebe dich wie einen Bruder. Aber für so einen Auftrag brauche ich Tage, vielleicht sogar Wochen, und es ist eine haarige Sache. Ich kann nicht einfach ein paar Knöpfe drücken

und mir diese Infos holen. Fluggesellschaften dürfen die normalerweise nicht herausgeben.«

Das Lied kannte Ryan schon. »Ich habe Saisonkarten für die
Yankees. VIP-Lounge mit Zutritt zu den Umkleideräumen.«

Am anderen Ende der Leitung herrschte kurzes Schweigen.
»Gib mir die Namen.«

»Ich wusste, dass ich auf dich zählen kann, Joey.«

Als er fertig war, lehnte er sich in seinem Stuhl zurück. Er holte
den Ring, den er Miranda gegeben hatte, aus der Tasche und betrachtete ihn.

Er würde seinen Freund, den Juwelier, bitten, die Steine heraus-
zunehmen und sie zu Ohrringen für sie zu verarbeiten. Ohrringe
waren sicherer als ein Ring. Frauen – sogar intelligente, praktisch
veranlagte Frauen – kamen bei einem Ring auf falsche Ideen.

Sie wird die Geste richtig verstehen, dachte er. Und schließlich
schuldete er ihr etwas. Er würde die Ohrringe anfertigen lassen
und sie ihr schicken, sobald er – samt der Skulpturen – in sicherer
Entfernung war.

Er steckte den Ring wieder in die Tasche. Er wollte sich nicht
länger vorstellen, wie er an ihrer Hand aussah.

Sie würde schließlich bekommen, was sie wollte. Aber als
er aufstand, spielten seine Finger immer noch mit dem Ring.
Sie würden beweisen, dass ihre Bronze echt gewesen war, sie
würden einen Fälscher entlarven, dazu einen Mörder, und sie
würde mit ihrer makellosen Reputation wieder im Rampenlicht
stehen.

Er hatte einige Kunden, die eine Menge Geld für etwas so Kostbares wie die *Dunkle Lady* zahlen würden. Er musste sich nur
noch den glücklichen Gewinner aussuchen. Und mit dem Geld
konnte er seine Zeit, seine Ausgaben und die ganzen Schwierigkeiten entgelten, und es bliebe immer noch ein hübscher Bonus
übrig.

Es sei denn, er beschloss, sie für sich zu behalten. Sie würde
ohne Frage das Schmuckstück seiner Privatsammlung sein.

Aber … Geschäft war Geschäft. Wenn er den richtigen Kunden
fand und genug Geld daran verdiente, konnte er eine neue Galerie in Chicago oder Atlanta oder … in Maine aufmachen.

Nein, er musste sich von Maine fernhalten, wenn die Sache vorbei war.

Schade, dachte er. Er hatte die Gegend liebgewonnen, das Meer, die Klippen, den Geruch nach Wasser und Pinien. Es würde ihm fehlen.

Sie würde ihm fehlen.

Aber es ist nicht zu ändern, sagte er sich. Er musste diesen Teil seines Lebens sauber abschließen und mit einem neuen anfangen. Als anerkannter, seriöser Kunsthändler. Er musste sein Wort gegenüber seiner Familie halten, und er musste auch gegenüber Miranda sein Wort halten. Mehr oder weniger jedenfalls.

Jeder würde da bleiben, wo er hingehörte.

Es war sein Fehler, dass er zugelassen hatte, dass zu viele Gefühle ins Spiel gekommen waren. Hauptsächlich lag das wohl daran, dass sie jetzt seit Wochen buchstäblich zusammenlebten.

Er wachte gern neben ihr auf, allzu gern. Er stand gern mit ihr auf den Klippen, lauschte ihrer heiseren Stimme und entlockte ihr eins dieser seltenen Lächeln. Eines, das die Augen erreichte und ihnen ihren traurigen Ausdruck nahm.

Tatsache war – eine sehr beunruhigende Tatsache –, dass er sie so unglaublich anziehend fand.

Es war gut, dass sie jetzt eine Zeit lang getrennte Wege gingen. Mit ein bisschen Distanz würde schon alles wieder ins Lot kommen.

Ryan fragte sich jedoch, warum er bei diesem Gedanken einen kleinen stechenden Schmerz im Herzen spürte.

Miranda versuchte, nicht an ihn zu denken. Sich nicht zu fragen, ob er wohl an sie dachte. Es ist viel produktiver, sagte sie sich, wenn ich mich vollkommen auf meine Arbeit konzentriere.

Bald würde es wahrscheinlich sowieso nichts anderes mehr geben.

Beinahe gelang es ihr. Den größten Teil des Tages beanspruchten Dutzende von Details ihren Kopf und ihre Aufmerksamkeit. Und wenn ihre Gedanken ein- oder zweimal abglitten, war sie diszipliniert genug, sich wieder der vor ihr liegenden Aufgabe zu widmen.

Da innerhalb eines Tages ein neuer Grad der Einsamkeit erreicht worden war, würde sie eben lernen, sich daran zu gewöhnen.

Sie würde es müssen.

Miranda wollte gerade ihren Schreibtisch verlassen und den Rest der Arbeit mit nach Hause nehmen, als ihr Computer signalisierte, dass sie eine E-Mail bekam. Sie beendete schnell noch den detaillierten Brief an den Dekorateur hinsichtlich der erforderlichen Stofflängen und kopierte ihn zweimal für Andrew und den zuständigen Angestellten im Einkauf.

Sie überflog den Brief noch einmal, nahm ein paar kleine Änderungen vor und schickte ihn dann an die beiden. Die neue E-Mail tauchte auf dem Bildschirm unter dem Titel »Tod in der Familie« auf.

Unbehaglich holte Miranda sich die Nachricht auf den Bildschirm.

Du hast die falsche Lady. An ihren Händen klebt Blut. Sie will, dass es deins ist. Gib deinen Fehler zu, bezahl den Preis, und du kannst leben. Wenn du so weitermachst, wird nichts sie aufhalten.

Sie wird dich töten.

Miranda starrte auf die Nachricht, las sie immer wieder, Wort für Wort, bis sie merkte, dass sie sich in ihrem Stuhl zusammengekrümmt hatte.

Sie wollten ihr angst machen. Und, o Gott, sie hatte Angst.

Sie wussten, dass sie die Fälschung besaß. Das konnte nur bedeuten, dass jemand sie mit Giovanni gesehen oder dass er es jemandem erzählt hatte. Demjenigen, der ihn umgebracht hatte und der jetzt ihren Tod wollte.

Um Beherrschung ringend studierte sie die Sendeadresse. Lostl. Wer war Lostl? Sie startete rasch eine Namenssuche, fand aber nichts. Dann drückte sie auf die Antworttaste.

Wer bist du?

Sie beließ es dabei und schickte die Nachricht ab. Es dauerte nur Sekunden, bis die Nachricht wieder auf ihrem Bildschirm auftauchte. Kein bekannter Anwender.

Er war schnell, dachte sie. Aber er hatte es immerhin riskiert, ihr eine Mail zu schicken. Und was gesendet werden konnte, konnte auch zurückverfolgt werden. Sie druckte die Nachricht aus und legte das Blatt in einen Ordner.

Dann warf sie einen Blick auf ihre Uhr. Es war fast sechs. Jetzt konnte ihr niemand mehr helfen. Und niemand wartete auf sie.

Sie war allein.

25

»Hast du mal etwas von Ryan gehört?«

Miranda überprüfte die Liste auf ihrem Klemmbrett. Sie überwachte gerade das Entfernen verschiedener Gemälde von der
Wand in der Südgalerie.

»Ja, sein Büro hat die genauen Transporttermine gefaxt. Alle
Stücke kommen nächsten Mittwoch an. Eine unserer Sicherheits-
mannschaften erwartet Ryans Sicherheitsleute am Flughafen.«

Andrew musterte sie von der Seite, dann zuckte er mit den
Schultern. Sie wussten beide, dass er das nicht gemeint hatte. Ryan
war jetzt schon eine Woche lang weg.

Er griff in die Tüte mit Brezeln, die er mittlerweile pfundweise
aß. Sie machten ihn durstig, und wenn er Durst hatte, trank er li-
terweise Wasser, und dann musste er ständig zur Toilette rennen.

Aber er stellte sich insgeheim vor, wie all diese Flüssigkeit die
Gifte aus seinem Körper spülte.

»Ms. Purdue und Clara kümmern sich um den Caterer«, sagte er.
»Wir kennen noch nicht die genaue Anzahl aller Gäste, aber sie
hätten gern schon das Menü genehmigt. Ich möchte, dass du einen
Blick darauf wirfst, bevor wir den endgültigen Vertrag unter-
schreiben. Eigentlich ist es ja deine Veranstaltung.«

»Es ist *unsere* Veranstaltung«, korrigierte Miranda ihn, immer
noch mit ihrer Liste beschäftigt. Sie wollte die Bilder und die Rahmen noch vor der Eröffnung reinigen lassen und hatte schon ein
entsprechend dringendes Memo an die Restaurationsabteilung
geschickt.

»Hoffentlich wird die Sache ein Erfolg. Es hat eine Menge Besucher verärgert, dass wir diesen Teil der Galerie geschlossen
haben.«

»Wenn sie in ein paar Wochen wiederkommen, kriegen sie viel
mehr für ihr Geld.« Miranda nahm die Brille ab und rieb sich die
Augen.

»Du hast eine Menge Arbeit hineingesteckt.«

»Es gibt noch viel zu tun, und ich habe nicht mehr viel Zeit. Außerdem habe ich gern viel Arbeit.«

»Stimmt.« Er raschelte mit seinen Brezeln. »Keiner von uns beiden möchte im Moment gern allzu viel Freizeit haben.«

»Geht es dir gut?«

»Ist das der Code für ›trinkst du‹?« Seine Worte kamen schärfer heraus, als er beabsichtigt hatte. »Tut mir leid.« Er griff wieder in die Tüte. »Nein, ich trinke nicht.«

»Ich weiß das. Es war kein Code.«

»Ich kann damit leben.«

»Ich bin froh, dass du wieder zu Hause wohnst, aber ich möchte nicht, dass du das Gefühl hast, bei mir sein zu müssen, wenn du lieber bei Annie wärst.«

»Es fällt mir ein bisschen schwer, auf ihrer Couch zu schlafen, seit ich mir darüber klar geworden bin, dass ich gern bei Annie bin. Wenn du weißt, was ich meine.«

»Ja, ich weiß, was du meinst.« Sie griff ebenfalls in seine Tüte.

»Hast du eine Ahnung, wann Ryan zurückkommt?«

»Nicht genau.«

Sie blieben noch für einen Moment stehen, kauten auf ihren Brezeln und dachten über das Problem der sexuellen Frustration nach. »Möchtest du ausgehen und dich betrinken?« Andrew grinste sie an. »Das war nur ein bisschen Genesungshumor.«

»Haha.« Sie griff wieder in die Tüte, holte aber nur noch ein paar Salzkörner heraus und seufzte. »Hast du noch mehr davon?«

Ryan fuhr in San Francisco zuerst in die Galerie. Er hatte seinerzeit das alte Lagerhaus am Hafen dafür ausgesucht, weil er viel Platz benötigte. Außerdem wollte er seine Galerie von den zahlreichen anderen in der Stadt abheben.

Es hatte funktioniert. Die Galerie Boldari war exklusiv, einzigartig, und gab arrivierten Künstlern die Möglichkeit, ihre Werke in einer erstklassigen Galerie auszustellen.

Die Ausstattung war eher lässig und nicht so elegant wie in New York. Die Gemälde hingen an unverputzten Ziegel- oder Holzwänden, und die Skulpturen standen häufig auf groben

Metallsäulen. Große, rahmenlose Fenster boten Aussicht auf die Bucht und den ständigen Touristenstrom.

Im Café im zweiten Stock gab es für Künstler und Kunstliebhaber Cappuccino und Milchkaffee, und sie konnten von dort auf die Galerie im Erdgeschoss oder auf die Ateliers im dritten Stock blicken.

Ryan setzte sich an einen der Tische und grinste seinen Bruder Michael an. »Nun, wie läuft das Geschäft?«

»Erinnerst du dich noch an die Metallskulptur, von der du gesagt hast, sie sähe aus wie ein verunglückter Zug?«

»Ich glaube, meiner Meinung nach hat sie sogar ausgesehen wie ein verunglückter Zirkuszug.«

»Ja, genau. Wir haben sie gestern für über zwanzigtausend verkauft.«

»Viele Leute haben offenbar mehr Geld als Geschmack. Wie geht's der Familie?«

»Gut. Du kannst dich selbst davon überzeugen, wir erwarten dich zum Abendessen.«

»Ich komme gern.« Ryan lehnte sich zurück und musterte Michael, während dieser Kaffee für sie beide bestellte.

»Steht dir gut«, kommentierte Ryan. »Ehe, Familie, das Häuschen im Grünen.«

»Ich bin eben fürs Dauerhafte. Dir täte es auch gut. Es hält einem Mama von der Pelle.«

»Das hilft nicht viel. Ich habe sie gestern gesehen. Ich soll dir ausrichten, dass sie neue Bilder von den Kindern braucht. Wie soll sie sich an sie erinnern können, wenn du nie Bilder schickst?«

»Wir haben ihr erst letzten Monat zehn Pfund Bilder geschickt.«

»Du kannst ihr den nächsten Stapel persönlich aushändigen. Ich möchte, dass du mit deiner Familie zur Ausstellung und Stiftungsgründung im Institut kommst. Du hast doch das Memo darüber erhalten, oder?«

»Ja, habe ich.«

»Gibt es irgendwelche Terminprobleme?«

Während ihnen der Kaffee serviert wurde, dachte Michael nach. »Nein, mir fällt nichts ein. Die Kinder finden es immer toll, wenn wir nach New York fahren, sie mit ihren Vettern und

Cousinen streiten können und Papa ihnen heimlich Süßigkeiten zusteckt. Und für mich ist es die Gelegenheit, mir deine Frau Doktor anzusehen. Mama hat uns davon erzählt. Wie ist sie denn so?«

»Miranda? Klug, sehr klug. Fähig.«

»Klug und fähig?« Michael trank einen Schluck Kaffee und beobachtete, dass sein Bruder leicht mit den Fingern auf dem Tisch trommelte. Ryan ist nicht oft so unruhig, dachte er. Er denkt an die kluge, fähige Frau – und sie macht ihn nervös. »Mama hat gesagt, sie sieht toll aus, mit roten Haaren.«

»Ja, sie ist ein Rotschopf.«

»Normalerweise stehst du auf Blondinen.« Als Ryan nur eine Augenbraue hochzog, lachte Michael. »Komm schon, Ry, spuck es aus. Was ist los?«

»Sie ist wundervoll. Sie ist kompliziert. Die Sache ist ebenfalls kompliziert«, sagte er und merkte endlich, dass er mit den Fingern trommelte. »Wir haben auf verschiedenen Ebenen geschäftlich miteinander zu tun.«

Dieses Mal zog Michael die Augenbrauen hoch. »Oh, wirklich?«

»Ich möchte das Thema jetzt nicht vertiefen.« Ryan hatte einen Kloß im Hals, so sehr fehlte sie ihm. »Lass es mich so formulieren: Wir arbeiten zusammen an ein paar Projekten, wie zum Beispiel dieser Ausstellung. Und wir haben eine persönliche Beziehung. Wir freuen uns aneinander. Das ist alles.«

»Wenn das alles wäre, würdest du nicht so besorgt dreinblicken.«

»Ich bin nicht besorgt.« Zumindest war er es nicht gewesen, bis sie sich wieder in seine Gedanken geschlichen hatte. »Es ist eben nur kompliziert.«

Michael gab ein zustimmendes »Hmm« von sich und beschloss, seiner Frau zu erzählen, dass Ryan völlig in eine rothaarige Akademikerin aus Maine verschossen war. »Du hast es doch sonst immer geschafft, dich aus allen Problemen wieder hinauszumanövrieren.«

»Richtig.« Da er sich bei dem Gedanken besser fühlte, nickte Ryan. »Auf jeden Fall ist das nur zum Teil der Grund, warum ich hier bin. Ich suche nach einem jungen Künstler. Ich habe zwar seine Adresse, aber ich dachte, ich höre zuerst einmal, ob du ihn kennst. Harrison Mathers. Bildhauer.«

»Mathers?« Michael runzelte die Stirn. »Ich wüsste im Moment nicht. Aber ich kann mal im Computer nachsehen, ob wir irgendetwas von ihm ausgestellt haben.«

»Gut, tu das. Ich weiß nämlich nicht, ob die Adresse noch stimmt.«

»Wenn er in San Francisco ist und Kunst verkaufen will, finden wir ihn. Hast du sein Werk gesehen?«

»Ich glaube, ja«, murmelte Ryan.

Mathers' letzte bekannte Adresse war ein Apartment im dritten Stock in der falschen Ecke der Innenstadt. Leichter Regen fiel, als Ryan sich dem Wohnhaus näherte. Eine Gruppe junger Männer lungerte im Hauseingang herum, blickte die Straße entlang und suchte nach Streit.

Auf den vernachlässigten, schmalen Briefkästen im Hausflur entdeckte Ryan »H. Mathers« in 3B.

Er stieg die Treppe hinauf. Im Treppenhaus hing der schwache Geruch von Urin und Erbrochenem.

An die Tür von 3B hatte jemand eine ausgezeichnete Studie eines mittelalterlichen Schlosses gezeichnet, mit Türmchen und Zugbrücke. Es sah aus wie aus einem Märchen, allerdings aus einem düsteren, fand Ryan. Das einzige Gesicht, das aus einem der Fenster blickte, sah unglaublich entsetzt aus.

Harry, dachte er, hat Talent und ein hervorragendes Gefühl für seine aktuellen Lebensumstände. Sein Heim mochte zwar sein Schloss sein, aber er sah sich als unglücklicher Gefangener darin.

Er klopfte und wartete. Fast sofort öffnete sich die Tür hinter ihm. Ryan drehte sich um.

Die Frau war jung, und sie wäre attraktiv gewesen, wenn sie ihr Gesicht nicht schon für den Abend zurechtgemacht hätte. Sie war geschminkt wie eine Nutte, und ihre Augen waren hart wie arktisches Eis. Ihr Haar war braun und kurz geschnitten wie das eines Jungen. Wahrscheinlich trug sie während ihrer Arbeitszeit eine Perücke.

Obwohl Ryan all das registrierte, ebenso wie den üppigen Körper, der in einem kurzen, blumengemusterten Morgenmantel achtlos zur Schau gestellt wurde, richtete sich seine Aufmerksamkeit auf die große schwarze .45er in ihrer Hand. Ihre Mündung war so groß wie der Pazifik und genau auf seine Brust gerichtet.

Er beschloss, dass es das beste war, die Augen nicht von ihr zu lassen, seine Hände in Sichtweite und seine Erklärung so einfach wie möglich zu halten.

»Ich bin kein Bulle. Ich verkaufe auch nichts. Ich suche nur nach Harry.«

»Ich dachte, Sie wären der andere Kerl.« Ihre Stimme kam direkt aus der Bronx, aber er fühlte sich deshalb nicht sicherer.

»Nun, unter den gegebenen Umständen bin ich froh, dass ich es nicht bin. Könnten Sie die Kanone woandershin halten?«

Sie musterte ihn einen Moment lang, dann zuckte sie mit den Schultern. »Ja, klar.« Sie ließ sie sinken und lehnte sich gegen den Türrahmen. »Mir gefiel das Aussehen von dem anderen Kerl nicht. Und ich mochte auch sein Benehmen nicht.«

»Solange Sie dieses Ding da in der Hand haben, richte ich mich in meinem Benehmen ganz nach Ihnen.«

Ihr Grinsen ließ für einen kurzen Augenblick ihr Make-up vergessen. »Sie sind in Ordnung. Was wollen Sie von Rembrandt?«

»Ich will mit ihm reden.«

»Er ist nicht da, und er wird auch ein paar Tage wegbleiben. Das habe ich dem anderen Typen auch gesagt.«

»Ich verstehe. Wissen Sie, wo Harry ist?«

»Ich kümmere mich lieber um meine eigenen Angelegenheiten.«

»Da bin ich sicher.« Ryan streckte eine Hand mit der Handfläche nach oben aus und ließ die andere vorsichtig in die Tasche gleiten. Die Frau schürzte nachdenklich die Lippen, als er einen Fünfzigdollarschein hervorzog. »Haben Sie ein paar Minuten Zeit?«

»Vielleicht. Für weitere fünfzig kriegen Sie eine ganze Stunde.« Doch dann schüttelte sie den Kopf. »Sie sehen nicht aus wie jemand, der für eine Party bezahlt.«

»Nur ein Gespräch«, erwiderte er und hielt ihr den Fünfziger entgegen.

Sie brauchte nur drei Sekunden, um nach dem Schein zu greifen. »Okay, kommen Sie herein.«

Der Raum enthielt ein Bett, einen einzelnen Stuhl und einen Kleiderständer aus Metall, der mit billigen Fähnchen in leuchtenden Farben behängt war. Mit der Perücke hatte Ryan recht gehabt. Auf Styroporköpfen hingen zwei davon, eine lockige blonde und eine glatte rabenschwarze.

Auf einem kleinen Schreibtisch standen ein großer Schminkspiegel und eine Ansammlung von Kosmetika.

»Fühlen Sie sich wie zu Hause.« Die Frau trat an die Kochplatte und den Campingkühlschrank, die die Küche darstellten. Ryan betrachtete den Bronzedrachen, der eins ihrer Tischchen bewachte.

»Das ist ein hübsches Stück.«

»Ja, es ist echte Kunst. Rembrandt hat ihn gemacht.«

»Er hat Talent.«

»Wahrscheinlich.« Sie zuckte mit den Schultern und machte sich nicht die Mühe, ihren Morgenmantel wieder zusammenzuziehen. »Ich habe ihm gesagt, wie gut er mir gefällt, und wir sind uns handelseinig geworden.« Lächelnd reichte sie Ryan eine Flasche Budweiser.

»Sie sind mit Mathers befreundet?«

»Er ist in Ordnung. Er nutzt mich nicht aus. Ich hatte einmal einen Kerl hier, der mich statt als Matratze als Punchingball benutzt hat. Als der Junge hörte, dass ich Probleme hatte, hat er an die Tür gehämmert. Schrie herum, er sei von der Polizei.« Sie kicherte in ihr Bier. »Das Arschloch ist mit der Hose um die Knöchel aus meinem Fenster gesprungen. Rembrandt ist in Ordnung. Bisschen depressiv, raucht viel Gras. Aber so sind Künstler wahrscheinlich.«

»Hat er viele Freunde?«

»Junge, niemand hier im Haus hat viele Freunde. Er ist jetzt seit ein paar Jahren hier, und das ist das erste Mal, dass kurz hintereinander zwei Leute an seine Tür gekommen sind.«

»Erzählen Sie mir von dem anderen Typen.«

Sie befühlte den Fünfziger in der Tasche ihres Morgenmantels. »Groß. Hässliches Gesicht. Wirkte auf mich wie der Handlanger von irgendjemandem. Und man sah ihm an, dass er anderen Leuten gern die Knochen bricht. Er sagte, er wolle eine von Rembrandts Statuen kaufen, aber der Heini war kein Kunstliebhaber. Er war ganz traurig, als ich ihm sagen musste, dass er nicht da ist und ich nicht wüsste, wo er wäre.«

Sie zögerte einen Moment lang, dann zuckte sie wieder mit den Schultern. »Er hatte 'ne Ausbuchtung in der Jacke. Deshalb habe ich ihm die Tür vor seinem fetten Gesicht zugeschlagen und meinen Freund hier herausgeholt.« Sie wies mit dem Kopf auf den winzigen Küchentresen, auf dem die .45er lag. »Sie haben ihn nur um ein paar Minuten verpasst, deshalb habe ich auch gedacht, Sie wären er.«

»Wie groß war er denn?«

»Ungefähr eins neunzig und ziemlich kräftig. Arme wie ein Gorilla und Schlachterhände. Unheimliche Augen, wie schmutziges Eis, wissen Sie. Wenn mir ein solcher Typ unterkommt, lasse ich mich nicht mit ihm ein.«

»Klug von Ihnen.« Die Beschreibung hörte sich sehr nach dem Mann an, der Miranda überfallen hatte. Harrison Mathers hatte Glück, dass er nicht da gewesen war.

»Also, was wollen Sie von Rembrandt?«

»Ich bin Kunsthändler.« Ryan zog eine Visitenkarte aus seiner Tasche und reichte sie ihr.

»Große Klasse.«

»Wenn Sie von Harry hören, oder wenn er zurückkommt, geben Sie sie ihm, ja? Sagen Sie ihm, ich fände seine Arbeiten gut und würde gern mit ihm darüber sprechen.«

»Klar.« Sie rieb mit dem Finger über die geprägte Schrift, dann hob sie den Drachen an und legte die Karte darunter. »Wissen Sie …« Sie fuhr mit einem ihrer langen roten Fingernägel vorne über sein Hemd. »Draußen ist es kalt und regnerisch. Wenn Sie sich noch ein bisschen länger – unterhalten wollen, gebe ich Ihnen Rabatt.«

Er war früher einmal eine Zeit lang in ein Mädchen aus der Bronx verknallt gewesen. Der Gedanke daran ließ ihn einen weiteren Fünfzigdollarschein aus der Tasche ziehen. »Das ist für Ihre Hilfsbereitschaft und das Bier.« Dann wandte er sich zur Tür, wobei er dem Drachen einen letzten Blick zuwarf. »Wenn Sie mal knapp bei Kasse sind, bringen Sie ihn zu Michael Boldari am Hafen. Er wird Ihnen einen guten Preis dafür machen.«

»Ja, ich werde daran denken. Sie können jederzeit wiederkommen.« Sie prostete ihm mit ihrem Bier zu. »Ich schulde Ihnen was.«

Ryan ging rasch über den Flur, knackte das Schloss und war bereits in Mathers' Apartment, bevor sie den zweiten Fünfziger weggesteckt hatte.

Das Zimmer war genauso groß wie das, in dem er gerade gewesen war. Ryan bezweifelte, dass der Vermieter die Kessel zum Metallschmelzen gutheißen würde. Einige Stücke in verschiedenen Entstehungsstadien standen herum. Keins von ihnen wies soviel Begabung auf wie der Drache, den er einer Nutte für Sex geschenkt hatte. Sein Herz hing an Bronzeskulpturen, dachte Ryan, als er den kleinen Akt betrachtete, der auf der Wasserspülung stand.

Ein Mensch mit Selbstkritik, dachte er. Künstler konnten so schrecklich unsicher sein.

Ryan durchsuchte die ganze Wohnung in weniger als fünfzehn Minuten. Auf dem Boden lag eine Matratze mit zerwühlten Decken und Laken, an der Wand stand eine Kommode, deren Schubladen klemmten und die übersät war mit Brandflecken von ausgedrückten Zigaretten.

Über ein Dutzend Skizzenblöcke, die meisten von ihnen voll, lagen auf dem Fußboden herum. Miranda hatte recht gehabt, dachte Ryan, während er sie durchblätterte, er hat eine gute Hand.

Die einzigen Dinge in dem Apartment, die offensichtlich gepflegt waren, waren seine Utensilien, die auf grauen Metallregalen lagen oder in Plastikmilchkartons steckten.

Die Küche enthielt eine Packung Rice Crispies, einen Sechserpack Bier, drei Eier, verschimmelten Schinken und sechs Pakete mit Tiefkühlmenüs. Außerdem fand Ryan vier säuberlich gerollte Joints, die in einer Lipton-Teedose versteckt waren.

Darüber hinaus entdeckte er dreiundsechzig Cents und einen uralten Riegel Milky Way. Es gab keine Briefe, keine Notizen, keinen Vorrat an Bargeld. Die Mitteilung über die Stillegung des

Telefons lag zusammengeknüllt im Abfalleimer, zusammen mit leeren Bierflaschen.

Nirgendwo gab es einen Anhaltspunkt, wohin Harry gegangen war, warum er weg war, wann er beabsichtigte wiederzukommen.

Er wird wiederkommen, dachte Ryan, während er sich das Zimmer noch einmal ansah. Er würde weder seine Utensilien noch seinen Dope-Vorrat hier zurücklassen.

Und wenn er wieder da war, würde er anrufen, sobald er die Visitenkarte in der Hand hielt. Hungernde Künstler mochten depressiv sein, aber sie waren auch leicht einzuschätzen. Und jeder Künstler auf der Welt hungerte nach einer Sache noch mehr als nach Essen.

Nach Protektion.

»Komm bald heim, Harry«, murmelte Ryan und verließ die Wohnung.

26

Miranda starrte auf das Fax, das gerade aus ihrem Gerät gekommen war. Die Wörter waren alle in Großbuchstaben, als habe der Absender sie hinausgeschrien.

ICH HABE DICH NICHT IMMER GEHASST, ABER ICH HABE DICH JAHR UM JAHR BEOBACHTET. ERINNERST DU DICH NOCH AN DAS FRÜH-JAHR, IN DEM DU GRADUIERT HAST – MIT AUSZEICHNUNG NATÜR-LICH – UND DIE AFFÄRE MIT DEM ANWALT HATTEST? GREG ROWE WAR SEIN NAME, UND ER HAT DICH VERLASSEN, WEIL DU ZU KALT WARST UND SEINEN BEDÜRFNISSEN NICHT GENUG AUFMERKSAM-KEIT SCHENKTEST. ERINNERST DU DICH DARAN, MIRANDA?

ER HAT SEINEN FREUNDEN ERZÄHLT, DU SEIST MITTELMÄSSIG IM BETT. ICH WETTE, DAS WUSSTEST DU NICHT. NUN, JETZT WEISST DU ES.

ICH WAR NIE SEHR WEIT WEG. ÜBERHAUPT NICHT WEIT WEG.

HAST DU JEMALS GESPÜRT, DASS ICH DICH BEOBACHTE?

SPÜRST DU ES JETZT?

DIR BLEIBT NICHT MEHR VIEL ZEIT. DU HÄTTEST TUN SOLLEN, WAS ICH DIR GESAGT HABE. DU HÄTTEST MEINE WÜNSCHE RES-PEKTIEREN SOLLEN. VIELLEICHT WÄRE GIOVANNI NOCH AM LEBEN, WENN DU ES GETAN HÄTTEST.

DENKST DU SCHON MAL DARAN?

ICH HABE DICH NICHT IMMER GEHASST, MIRANDA, ABER JETZT TUE ICH ES.

KANNST DU MEINEN HASS SPÜREN?

ICH GLAUBE SCHON.

Das Blatt Papier zitterte in ihrer Hand. An den großen Druck-buchstaben haftete etwas schrecklich Kindliches. Sie sollen verletzen, demütigen und angst machen, sagte sie sich. Das durfte sie nicht zulassen.

Doch als der Summer ihrer Gegensprechanlage ertönte, keuchte sie auf, und ihre Finger krampften sich um das Papier. Sie legte es auf den Schreibtisch, strich es glatt und beantwortete Loris Anfrage.

»Ja?«

»Mr. Boldari ist hier, Dr. Jones. Er fragt, ob Sie wohl einen Moment Zeit für ihn haben.«

Ryan! Fast hätte sie den Namen laut ausgesprochen. »Bitten Sie ihn zu warten.«

»Natürlich.«

Er war also zurück. Miranda rieb sich mit den Händen über die Wangen, um wieder Farbe hineinzubringen. Ich habe meinen Stolz, dachte sie. Sie würde nicht durch die Tür stürzen und sich wie eine liebeskranke Irre in seine Arme werfen.

Er war fast zwei Wochen weg gewesen und hatte sie nicht ein einziges Mal angerufen. Natürlich sind wir in Kontakt gewesen, dachte sie, während sie ihre Puderdose hervorholte und in dem kleinen Spiegel ihre Haare und ihre geschminkten Lippen kontrollierte. Durch Memos, Telexe, E-Mails und Faxe, alle von irgendeinem Büroangestellten geschickt und in seinem Namen unterschrieben.

Er war nicht mehr besonders rücksichtsvoll mit ihr umgesprungen, sobald er genug von ihr hatte. Das hatte er von seinen Angestellten erledigen lassen.

Sie würde ihm keine Szene machen. Schließlich hatten sie immer noch geschäftlich miteinander zu tun. Sie würde es schon durchstehen.

Er sollte nicht das befriedigende Gefühl verspüren dürfen, dass sie ihn brauchte. Ihn jede Nacht und jeden Tag in diesen zwei Wochen gebraucht hatte.

Miranda nahm sich zusammen und legte das Fax in die Schreibtischschublade zu den anderen. In der letzten Zeit war täglich eine Nachricht gekommen. Auf manchen stand nur eine Zeile, andere waren ausführlicher, wie das heutige Fax. Auch die ausgedruckte E-Mail lag inzwischen in der Schublade.

Sie schloss die Schublade ab, steckte den Schlüssel ein und ging zur Tür.

»Ryan!« Höflich lächelte sie ihn an. »Es tut mir leid, dass du warten musstest. Bitte, komm herein.«

Lori blickte von einem zum anderen und räusperte sich. »Soll ich Ihre Anrufe entgegennehmen?«

»Nein, das wird nicht nötig sein. Möchtest du einen ...«

Sie kam nicht dazu, den Satz zu Ende zu sprechen. Sobald die Tür hinter ihnen geschlossen war, presste er sie mit dem Rücken dagegen und überfiel sie mit einem hungrigen Kuss, der die Mauer, die sie so sorgfältig aufgebaut hatte, beinahe zum Einstürzen brachte.

Sie reagierte nicht darauf, leistete aber auch keinen Widerstand. Als er sich zurückzog, trat sie zur Seite. »Wie war deine Reise?«

»Zu lang. Wo warst du, Miranda?«

»Ich war hier in meinem Büro. Du willst sicher den letzten Entwurf sehen. Ich habe die Zeichnungen hier. Wir können aber auch gern hinuntergehen. Dann zeige ich dir, was wir bis jetzt fertig haben. Ich glaube, es wird dir gefallen.«

Sie trat zum Zeichenbrett und rollte ein großes Blatt Papier auf.

»Das kann warten.«

Sie blickte hoch und neigte den Kopf. »Hattest du etwas anderes vor?«

»Etwas völlig anderes. Aber offensichtlich kann das auch warten.« Mit zusammengekniffenen Augen trat er auf sie zu, sah sie an, als ob er sie zum ersten Mal sähe und alle Einzelheiten aufnehmen wollte. Als sie sich gegenüberstanden, legte er die Hand unter ihr Kinn und fuhr ihr langsam mit dem Daumen über die Wange.

»Du hast mir gefehlt.« Seine Stimme klang verwirrt, als habe er gerade ein komplexes Rätsel gelöst. »Mehr, als ich erwartet habe. Mehr, als ich wollte.«

»Wirklich?« Sie wich seiner Berührung aus. »Hast du deshalb so oft angerufen?«

»Deshalb habe ich *nicht* angerufen.« Er steckte die Hände in die Taschen. Er kam sich vor wie ein Idiot. »Warum hast *du* mich nicht angerufen? Du wusstest immer, wo du mich erreichen konntest.«

Sie senkte den Kopf. Das ist ein seltener Anblick, dachte sie. Ryan Boldari fühlt sich unbehaglich. »Ja, deine verschiedenen Assistentinnen waren äußerst bemüht, mir deinen jeweiligen Aufenthaltsort mitzuteilen. Aber da das Projekt plangemäß voranging, gab es keinen Grund, dich zu behelligen. Und da du anscheinend beschlossen hast, den anderen Geschäftsbereich allein in die Hand zu nehmen, hatte ich dem wenig entgegenzusetzen.«

»Du solltest mir nicht so viel bedeuten.« Ryan wippte auf den Fersen, während er redete, als müsse er sein inneres Gleichgewicht wiederfinden. »Ich will nicht, dass du mir so viel bedeutest. Es steht mir im Weg.«

Miranda wandte sich ab und hoffte, dass er die Kränkung ihren Augen nicht angesehen hatte. »Wenn du unsere Beziehung hättest beenden wollen, Ryan, dann hättest du es weniger kaltblütig tun können.«

Er legte ihr die Hände auf die Schultern und drehte sie ärgerlich zu sich herum, obwohl sie versuchte, sich ihm zu entwinden. »Sehe ich so aus, als wollte ich sie beenden?« Er zog sie an sich und küsste sie wieder, obwohl sie sich wehrte. »Fühlt sich das so an, als wollte ich sie beenden?«

»Spiel nicht mit mir.« Miranda wehrte sich jetzt nicht mehr, und ihre Stimme war schwach und zittrig. Sie verachtete sich dafür. »Ich kann bei solchen Spielen nicht mithalten.«

»Ich wusste nicht, dass ich dich verletzt habe.« Sein Ärger ließ nach, und er lehnte seine Stirn an ihre. Sanft fuhr er mit seinen Händen ihre Arme hinunter. »Vielleicht wollte ich ausprobieren, ob ich es kann. Das spricht nicht gerade für mich.«

»Ich habe nicht geglaubt, dass du zurückkommst.« Sie löste sich aus seinen Armen. »Es fällt anderen Leuten immer leicht, von mir wegzugehen.«

Er merkte, dass er etwas sehr Zerbrechliches beschädigt hatte. Nicht nur ihr Vertrauen in ihn, sondern auch ihren Glauben an ihn. Ohne nachzudenken, sagte er: »Ich habe mich in dich verliebt. Vielleicht ist es sogar mehr. Und das ist nicht leicht.«

Mirandas Augen wurden dunkel, und sie wurde blass. Sie schwankte und hielt sich an der Schreibtischkante fest. »Ich … Ryan …« Doch sie konnte die Worte, die in ihrem Kopf kreisten, nicht in einen vernünftigen Satz fassen.

»Darauf gibt es keine logische Antwort, Dr. Jones, nicht wahr?« Er trat zu ihr und ergriff ihre Hände. »Was machen wir bloß aus der Situation?«

»Ich weiß es nicht.«

»Was auch immer, ich möchte jedenfalls nicht hierbleiben. Kannst du weg?«

»Ich … Ja, ich glaube schon.«

Lächelnd zog er ihre Finger an seine Lippen. »Dann komm mit mir.«

Sie nahm an, dass er irgendwo hinwollte, wo es ruhig war und sie reden konnten, die Gefühle ausdiskutieren konnten, die ihnen offenbar beiden so fremd waren. Vielleicht in ein Restaurant oder in den Park.

Aber er fuhr die Küstenstraße entlang. Keiner von ihnen sagte etwas. Das Land wurde immer schmaler und das Meer, das ruhig und blau in der Mittagssonne lag, umspülte es von beiden Seiten.

An dem langen, steinigen Oststrand stand eine Frau und sah einem Jungen zu, der die Möwen mit Brotkrumen fütterte. Die Straße führte so dicht am Strand vorbei, dass Miranda das breite, entzückte Lächeln auf seinem Gesicht sehen konnte.

Unter ihnen kreuzte ein Schoner mit roten Segeln gegen den Wind.

Sie fragte sich, ob sie wohl jemals so unschuldig glücklich wie dieser kleine Junge gewesen war.

Auf der windabgewandten Seite schimmerten die Bäume schon im zarten Grün des April. Das mochte sie am liebsten, diesen zarten Anfang. Seltsam, dass ihr das noch nie bewusst gewesen war. Dort, wo die Straße weiter anstieg, schwankten die Bäume unter einem weichen Frühlingshimmel mit weißen Schäfchenwolken.

Und da, auf der Spitze des Hügels, stand das alte Haus, eingehüllt in ein Meer von fröhlich-gelben Narzissen und Forsythien, die schon vor Mirandas Geburt gepflanzt worden waren.

Ryan hielt den Wagen an und lächelte. »Das ist wunderschön.«

»Meine Großmutter hat sie gepflanzt. Sie sagte immer, Gelb sei eine einfache Frabe, die die Menschen zum Lächeln bringt.«

»Ich mag deine Großmutter.« Rasch stieg er aus und pflückte ihr eine Handvoll der gelben Glocken. »Das hätte ihr doch bestimmt nichts ausgemacht«, sagte er, während er wieder ins Auto stieg und sie ihr entgegenstreckte.

412

»Nein, bestimmt nicht.« Doch Miranda hätte am liebsten geweint.

»Ich habe dir schon einmal Narzissen mitgebracht.« Er legte ihr die Hand an die Wange, bis sie den Kopf wandte, um ihn anzusehen. »Warum bringen sie dich nicht zum Lächeln?«

Sie schloss die Augen und drückte die Blumen an ihr Gesicht. Sie dufteten unerträglich süß. »Ich weiß nicht, was ich tun, was ich fühlen soll. Ich möchte vernünftige, gleichmäßige Schritte machen, einen nach dem anderen.«

»Kannst du dir nicht vorstellen, einfach einmal zu stolpern und abzuwarten, wohin du fällst?«

»Nein.« Doch sie wusste, dass sie genau das getan hatte. »Ich bin ein Feigling.«

»Du bist alles andere als ein Feigling.«

Miranda schüttelte heftig den Kopf. »Auf emotionalem Gebiet bin ich ein Feigling, und ich habe Angst vor dir.«

Er ließ seine Hand sinken und umfasste das Lenkrad. Erregung und Schuldgefühle stiegen in ihm auf. »Es ist gefährlich, dass du mir das sagst. Ich könnte es benutzen und meinen Vorteil daraus ziehen.«

»Das weiß ich. Genauso, wie du dazu fähig bist, am Straßenrand anzuhalten und Narzissen zu pflücken. Wenn du nur solche Launen hättest, hätte ich keine Angst vor dir.«

Schweigend ließ er den Wagen wieder an, fuhr langsam die kurvige Straße entlang und parkte schließlich vor dem Haus. »Ich bin nicht bereit, alles wieder zurückzudrehen und lediglich eine geschäftliche Beziehung zu dir zu haben. Wenn du denkst, dass das eine Möglichkeit wäre, dann irrst du dich.«

Sie zuckte zurück, als er plötzlich nach ihrem Kinn griff. »Dann irrst du dich gründlich«, wiederholte er, und die leise Drohung in seiner Stimme ließ ihr Herz schneller schlagen.

»Ich will aber auf keinen Fall gedrängt werden.« Sie schob seine Hand weg. »Und ich will mir alle Möglichkeiten offenhalten.«

Mit diesen Worten öffnete sie die Tür und stieg aus. So entging ihr sein Grinsen – und das Feuer in seinen Augen.

»Das werden wir noch sehen, Dr. Jones«, murmelte er und folgte ihr zur Treppe.

»Wie auch immer unsere Beziehung weitergeht, wir müssen

Prioritäten setzen. Wir sollten die Pläne für die Ausstellung durchgehen.

»Das werden wir tun.« Ryan spielte mit den Münzen in seiner Tasche, während Miranda die Tür aufschloss.

»Du musst mir noch in allen Einzelheiten sagen, was passieren soll, wenn wir alle Leute zusammenhaben.«

»Das mache ich auch.«

»Wir müssen alles Schritt für Schritt durchgehen. Ich muss im Geiste alles durchorganisieren.«

»Ich weiß.«

Sie schloss die Tür. Dann standen sie in der stillen Halle und starrten einander an. Mirandas Kehle wurde trocken, als Ryan seine Lederjacke auszog, ohne den Blick von ihr zu wenden.

Wie ein Jäger mit seiner Beute, dachte sie und fragte sich, was an diesem Gefühl so schön war. »Ich habe eine Kopie des Entwurfs hier. Oben in meinem Arbeitszimmer. Alle Unterlagen. Die Kopien sind oben.«

»Natürlich.« Er trat einen Schritt vor. »Ich habe nichts anderes erwartet. Aber weißt du, was ich jetzt gern mit dir machen würde, Dr. Jones? Genau hier und jetzt?« Er trat näher, berührte sie aber noch nicht, obwohl alles in ihm danach schrie.

»Wir haben die Probleme noch nicht gelöst. Das müssen wir dringend tun.« Ihr Herz schlug heftig gegen ihre Rippen. »Ich habe die Kopien hier«, sagte sie noch einmal. »Damit ich daran arbeiten kann, wenn ich nicht ... O Gott.«

Sie stürzten förmlich aufeinander zu. Wie ein Geysir schoss die Hitze hoch, hüllte sie ein.

Verzweifelt zerrte sie an seinem Hemd. »O Gott, ich finde das schrecklich.«

»Ich werde es nie wieder anziehen.«

»Nein, nein.« Zitternd lachte sie. »Ich hasse es, dich so sehr zu brauchen. Berühr mich! Ich halte es nicht mehr aus. Berühr mich bitte.«

»Ich versuche es ja.« Er zog an der engen Paisley-Weste, die sie unter ihrem Tweedjackett trug. »Du hast ausgerechnet heute so viel an.«

Sie schafften es bis zum Fuß der Treppe. Dort taumelten sie

abermals. Die Weste flog in die Ecke. »Warte! Ich muss …« Seine Hände fuhren in ihr Haar und lösten die Nadeln, sodass es sich in seiner ganzen roten Pracht über ihre Schultern ergoss.

»Miranda!« Und dann war sein Mund wieder über ihrem.

Er erstickte ihr Stöhnen, sein eigenes, während sie zwei weitere Stufen hochstiegen. Sie zerrte sein Hemd aus dem Hosenbund, versuchte, es ihm auszuziehen, keuchte und schluchzte, bis endlich ihre Hände auf nackte Haut trafen.

Seine Muskeln bebten unter ihren Händen. Sie konnte spüren, dass sein Herz genauso wild schlug wie ihres. Es war nur die Begierde. Sie löste kein Problem, bewies nichts. Aber es war ihr egal.

Ihre Baumwollbluse hing an ihren Handgelenken fest, und einen Moment lang war sie gefesselt und hilflos, während er sie gegen die Wand drängte und sich über ihre Brüste hermachte.

Er wollte den Kampf, gewalttätig, primitiv, wild. Und sie reagierte ebenso wild und fordernd darauf. Er zog ihr die Hose über die Hüften, glitt mit seinen Fingern in sie. Sie kam heftig und schrie erstickt seinen Namen, während ihr Körper bebte.

Ihr Mund fuhr über sein Gesicht, seine Kehle, ihre Hände krallten sich in seine Hüften, zerrten an seinen Kleidern und steigerten seine Erregung noch. Er drückte sie hart gegen die Wand und drang immer tiefer in sie ein.

Sie klammerte sich an ihn, zerkratzte ihm mit ihren Fingernägeln den Rücken. Sie keuchte, wimmerte, stöhnte, schrie. Als ihre Erregung nachließ, hob er sie an den Hüften hoch, blind und taub gegenüber allem außer dem Bedürfnis, sie zu nehmen. Jeder heftige Stoß war eine Inbesitznahme.

Mein.

»Mehr«, keuchte er. »Bleib bei mir! Komm zurück!«

»Ich kann nicht.« Ihre Hände glitten von seinen feuchten Schultern.

»Noch ein Mal.«

Sie öffnete die Augen und sah ihn an. Seine Augen waren dunkel und heiß und sahen nur sie. Miranda begann wieder zu zittern, und das Verlangen kehrte zurück. Jeder Atemzug wurde zu einem Stöhnen. Die Lust hatte Krallen, und sie zerkratzten sie, drohten sie in Stücke zu zerreißen. Als sie aufschrie, vergrub er sein Gesicht in ihren Haaren und kam ebenfalls.

Es ist, als ob man ein Unglück überlebt hat, dachte Ryan. Gerade eben überlebt. Sie lagen auf dem Boden, ineinander verschlungen, gefühllos und taub. Miranda lag quer über ihm, war einfach zu Boden gesunken.

»Miranda«, krächzte er, und merkte plötzlich, wie durstig er war. Ihre Antwort bestand aus einem Grunzlaut. »Glaubst du, du kannst aufstehen?«

»Wann?«

Er lachte leise und gab ihr einen Klaps auf den Po. »Am besten jetzt.« Als sie sich nicht bewegte, grollte er: »Wasser. Ich muss Wasser haben.«

»Kannst du mich nicht einfach wegschieben?«

So einfach war es nicht, aber schließlich gelang es ihm, unter ihrem schlaffen Körper hervorzukriechen. Während er die Treppe hinunterging, stützte er sich an der Wand ab. In der Küche trank er zwei Gläser Wasser und schüttete sich noch ein drittes ein. Dann machte er sich gestärkt auf den Weg zurück und musste lächeln, als er die überall herumliegenden Kleidungsstücke sah.

Miranda lag immer noch oben an der Treppe, mittlerweile auf dem Rücken, mit geschlossenen Augen. Einen Arm hatte sie über den Kopf gelegt, und ihre Haare vereinten sich mit dem tiefen Rot des Läufers.

»Dr. Jones! Was würde die *Art Revue* wohl dazu sagen?«

»Hmm.«

Grinsend kroch er zu ihr und hielt das Wasserglas an ihre Brust. »Hier, das hilft vielleicht.«

»Hmm.« Mühsam setzte sie sich auf, ergriff das Glas mit beiden Händen und stürzte den Inhalt herunter. »Wir haben es nicht einmal bis ins Schlafzimmer geschafft.«

»Es gibt schließlich noch ein nächstes Mal. Du siehst sehr entspannt aus.«

»Ich komme mir vor, als stünde ich unter Drogen.« Sie blinzelte angestrengt zu dem Bild an der Wand hinter ihm hinüber, zu dem weißen BH, der an der Ecke des Rahmens hing. »Ist das meiner?«

Er blickte über seine Schulter. »Ich glaube nicht, dass ich einen getragen habe.«

»Mein Gott.«

Erstaunlicherweise war sie in der Lage, blitzschnell aufzuspringen und ihn von dem Bild zu nehmen. Sie gab kleine erschreckte Laute von sich und fing an, die herumliegenden Kleidungsstücke aufzusammeln.

Ryan lehnte mit dem Rücken an der Wand und sah ihr zu.

»Ich kann eine Socke nicht finden.«

Er lächelte. »Du hast sie noch an.«

Sie blickte an sich hinunter. »Oh.«

»Es sieht süß aus. Hast du einen Fotoapparat?«

Da ihr der Augenblick günstig erschien, warf sie ihm sämtliche Kleider an den Kopf.

Auf Ryans Wunsch nahmen sie eine Flasche Wein mit auf die Klippen hinaus und setzten sich dort in die warme Frühlingssonne. »Du hast recht«, sagte er. »Es ist hier im Frühling wunderschön.«

Am Horizont war das Wasser blassblau. Weiter vorne, wo Boote auf und ab schaukelten, wurde es dunkler und an der Küste, wo die Wellen sich an den Felsen brachen, war es von einem satten Dunkelgrün.

Es herrschte nur ein leichter Wind, fast wie eine Liebkosung.

Die Pinien, die den Hügel säumten, waren von zartem Grün überzogen, und auch die Laubbäume zeigten die ersten grünen Blätter.

Niemand wanderte am Strand entlang. Ryan war froh darüber, froh, dass die Boote wie weit entferntes Spielzeug aussahen, dass die Bojen schwiegen.

Sie waren allein.

Als er zum Haus zurückblickte, erkannte er die ursprüngliche Form des Südgartens. Er war von Gehölz und Unkraut gesäubert worden, und der Boden sah frisch umgegraben aus. Ryan fiel ein, dass Miranda gesagt hatte, sie wolle im Garten arbeiten, und sie war eine Frau, die sich an ihre Vorsätze hielt.

»Eigentlich sollten wir in meinem Büro sein und arbeiten«, sagte sie schuldbewusst.

»Lass uns das hier als Feldforschung betrachten.«

»Du musst dir aber den letzten Entwurf für die Ausstellung ansehen.«

»Miranda, wenn ich dir nicht vollständig vertrauen würde, hätte ich dir nicht mein Eigentum überlassen.« Er nippte an seinem Wein, richtete seine Gedanken nur widerstrebend auf die Arbeit. »Zudem hast du meinem Büro täglich Berichte geschickt. Ich kann mir also alles ganz gut vorstellen.«

»Die Arbeit daran hat mir geholfen, die anderen Themen etwas zu verdrängen. Ich weiß nicht, was dies alles bringen wird, außer dem offensichtlichen Nutzen für dein und mein Unternehmen und unserem Beitrag für die NEA. Das andere …«

»Das andere macht Fortschritte.«

»Ryan, wir sollten unsere Informationen an die Polizei weitergeben. Ich habe darüber nachgedacht. Das hätten wir von Anfang an machen sollen. Ich habe mich da hineinziehen lassen – wegen meines verletzten Stolzes und meiner Gefühle zu dir …«

»Du hast mir noch gar nichts über deine Gefühle zu mir erzählt. Kommt das jetzt?«

Miranda wandte sich von ihm ab und sah auf die eisernen Bojen hinaus, die ruhig auf den Wellen schaukelten. »Ich habe noch nie für jemanden so viel empfunden wie für dich. Ich weiß nicht, was es ist oder was ich dagegen tun soll. Meine Familie kann mit Liebesbeziehungen nicht gut umgehen.«

»Was hat denn deine Familie damit zu tun?«

»Der Fluch der Jones'.« Sie seufzte leise und wusste ohne hinzusehen, dass er lächelte. »Wir verderben immer alles. Nachlässigkeit, Teilnahmslosigkeit, Eigenliebe. Ich weiß nicht, warum, aber wir kommen nicht gut mit anderen Menschen zurecht.«

»Also bist du ein Produkt deiner Gene und nicht eine eigenständige Person.«

Ihr Kopf fuhr herum, und Ryan musste grinsen, als er ihren beleidigten Blick sah. Doch rasch hatte sie sich wieder unter Kontrolle und senkte den Kopf. »Ein Punkt für dich. Aber die Tatsache bleibt trotzdem bestehen, dass ich fast dreißig Jahre alt bin und noch nie eine ernsthafte, längere Beziehung hatte. Ich weiß nicht, ob ich überhaupt dazu fähig bin.«

»Zuerst einmal musst du dazu bereit sein, es in Erfahrung zu bringen. Willst du das?«

»Ja.« Sie rieb sich nervös die Hände an der Hose, aber er ergriff sie und hielt sie fest.

»Dann fangen wir hier und jetzt damit an. Ich bin genauso verwirrt wie du.«

»Du bist nie verwirrt«, murmelte sie. »Dazu bist du viel zu cool.«

Er lachte und drückte ihre Hand. »Warum benehmen wir uns nicht wie ein ganz normales Paar, und ich erzähle dir von meiner Reise nach San Francisco?«

»Du hast dich mit deinem Bruder getroffen?«

»Ja. Er und seine Familie kommen zur Gala. Und der Rest reist aus New York an.«

»Alle? Deine ganze Familie kommt?«

»Klar. Es ist schließlich eine große Sache. Ich sollte dich warnen – sie werden dich auf Herz und Nieren prüfen.«

»Wundervoll. Noch etwas, weswegen ich nervös sein muss.«

»Deine Mutter kommt auch. Und dein Vater – was ein kleines Dilemma ist, weil er denkt, ich sei jemand anders.«

»O Gott, das habe ich ganz vergessen! Was sollen wir tun?«

»Wir tun so, als wüssten wir nicht, wovon er redet.« Ryan grinste, als Miranda ihn fassungslos ansah. »Rodney ist Engländer, ich nicht. Und er sieht auch nicht annähernd so gut aus wie ich.«

»Glaubst du wirklich, dass mein Vater auf so etwas hereinfällt?«

»Natürlich, weil wir die Geschichte so erzählen und daran festhalten.« Ryan schlug die Beine übereinander und atmete tief die kühle, würzige Luft ein. Er war schon seit Tagen nicht mehr so entspannt gewesen. »Warum in aller Welt hätte ich mich ihm als jemand anders vorstellen sollen – vor allem, da ich in New York weilte, als er hier zu Besuch war? Er wird zwar verwirrt sein, aber er wird sich wohl kaum hinstellen und Ryan Boldari einen Lügner nennen.«

Miranda dachte für einen Augenblick nach. »Ich glaube, wir haben keine andere Wahl. Mein Vater schenkt im Übrigen den meisten Leuten nicht besonders viel Aufmerksamkeit, aber …«

»Halt dich nur an mich und lächle. Ach übrigens, als ich in San Francisco war, habe ich Harrison Mathers einen Besuch abgestattet.«

»Du hast ihn gefunden?«

»Ich habe seine Wohnung gefunden. Er selbst war nicht da. Ich habe jedoch eine interessante halbe Stunde mit der Nutte aus der Nachbarwohnung verbracht. Sie hat gesagt, er sei für ein paar Tage weg, und …«

»Moment.« Miranda entzog ihm ihre Hand und hob den Zeigefinger. »Würdest du das bitte wiederholen?«

»Er ist für ein paar Tage weg.«

»Nein, du hast gesagt, dass du deine Zeit mit einer Prostituierten verbracht hast!«

»Das war die fünfzig Dollar wirklich wert – na ja, eigentlich hundert. Als wir fertig waren, habe ich ihr nämlich noch einmal fünfzig gegeben.«

»Ach, als Trinkgeld?«

»Ja.« Er strahlte sie an. »Eifersüchtig, Liebling?«

»Wäre Eifersucht nicht angebracht?«

»Ein wenig Eifersucht ist äußerst gesund.«

»Na gut.« Sie ballte ihre Hand zur Faust und rammte sie ihm in den Magen.

Er stieß pfeifend die Luft aus und setzte sich vorsichtig hin, für den Fall, dass sie noch einmal zuschlagen würde. »Ich muss mich korrigieren. Eifersucht ist absolut ungesund. Ich habe sie bezahlt, damit sie mit mir redet.«

»Wenn ich etwas anderes angenommen hätte, wärst du jetzt schon auf dem Weg zu den Felsen da unten.« Miranda strahlte ihn an. »Was hat sie dir erzählt?«

»Weißt du, diese kühle Yankee-Art kann einem ein bisschen Angst machen, Dr. Jones. Sie sagte, ich sei der zweite Mann, der an diesem Tag nach Harry gefragt hat. Sie hat eine ziemlich große Kanone, die in diesem Moment auf mich gerichtet war.«

»Eine Pistole? Sie hat eine Pistole?«

»Sie konnte das Aussehen des anderen Typen nicht leiden. Frauen mit ihrem Beruf können Menschen meistens ziemlich schnell einschätzen. Und ihrer Beschreibung nach würde ich sagen, dass sie recht hatte. Ich glaube, es war derjenige, der dich überfallen hat.«

Mirandas Hand fuhr unwillkürlich an ihre Kehle. »Der Mann, der meine Tasche gestohlen hat? Er war in San Francisco?«

»Und hat nach Harry gesucht. Dein früherer Student hatte Glück, dass er nicht zu Hause war. Er steckt in der Sache drin, Miranda. Für wen auch immer er die Bronze gemacht hat, wem auch immer er sie gegeben oder verkauft hat – dieser Mensch will Harry nicht mehr um sich haben.«

»Wenn sie ihn finden …«

»Ich habe dafür gesorgt, dass jemand nach ihm Ausschau hält. Wir müssen ihn abfangen.«

»Vielleicht ist er weggelaufen. Vielleicht wusste er, dass sie nach ihm suchen.«

»Nein. Ich habe seine Wohnung durchsucht. Er hat all seine Utensilien und einen kleinen Rauschgiftvorrat dagelassen.« Ryan stützte sich auf seine Ellbogen und sah den Wolken nach, die am Himmel entlangzogen. »Ich hatte nicht den Eindruck, dass er in besonderer Eile aufgebrochen ist. Unser Vorteil ist, dass wir wissen, dass jemand nach ihm sucht. Und dass bis jetzt noch keiner weiß, dass wir auch nach ihm suchen. So, wie der Junge wohnt, hat er entweder nur wenig Geld für die Fälschung bekommen, oder er hat es schnell ausgegeben und die wundervolle Welt der Erpressung noch nicht entdeckt.«

»Ob sie ihn bedroht haben?«

»Mit welchem Grund? Sie wollten ja nicht, dass er wegläuft. Sie wollten ihn eliminieren, und zwar schnell und leise. Warum fragst du?«, fügte er hinzu, als er den unsicheren Blick in ihren Augen sah.

»Ich habe – Nachrichten bekommen.« Ein sauberes, professionelles Wort, das der Sache ein wenig die Dramatik nahm.

»Nachrichten?«

»Größtenteils Faxe. Seit einiger Zeit schon. Seitdem du weg warst, kamen sie jeden Tag. Faxe und eine E-Mail, hier und im Büro.«

Wieder setzte er sich auf. Dieses Mal waren seine Augen ganz schmal und kühl. »Drohungen?«

»Eigentlich nicht, bis auf die letzten.«

»Warum hast du mir nichts davon gesagt?«

»Ich sage es dir ja jetzt.«

»Warum, zum Teufel, hast du mir nicht schon früher davon erzählt?« Der verständnislose Blick, mit dem sie ihn ansah, ließ ihn so schnell aufspringen, dass das Glas über die Klippe fiel. »Es ist dir gar nicht in den Sinn gekommen, nicht wahr? Mir zu sagen, dass jemand dir solche Angst macht! Und erzähl mir nicht, dass du keine Angst hast«, stieß er hervor, bevor sie antworten konnte. »Ich sehe es dir am Gesicht an.«

Er kennt mich schon viel zu gut, dachte Miranda. »Was hättest du denn dagegen tun können?«

Ryan starrte sie an, dann steckte er die Hände in die Taschen und wandte sich ab. »Was steht darin?«

»Unterschiedliche Sachen. Manche Nachrichten sind ganz kurz und unterschwellig drohend. Andere sind ausführlicher. Persönlicher, und sie handeln von Dingen, die in meinem Leben passiert sind.«

Nun stand auch Miranda auf. »Eine kam nach Giovanni ... nach Giovanni«, wiederholte sie. »Darin stand, sein Blut klebe an meinen Händen.«

Warum verletzte es derart seinen Stolz, dass sie ihm nicht vertraut hatte? Nicht auf ihn gerechnet hatte? Er drehte sich wieder um und sah sie an. Jetzt war nicht der richtige Moment, um darüber nachzudenken.

»Wenn du das glaubst, wenn du es zulässt, dass irgendein anonymer Bastard dir das einredet, dann bist du dumm und verhältst dich genauso, wie sie es wollen.«

»Das weiß ich, Ryan. Ich verstehe es vollkommen.« Mirandas Stimme brach. »Ich weiß, dass es jemand ist, der mich gut genug kennt, um zu wissen, womit er mich treffen kann.«

Er trat zu ihr und nahm sie in die Arme. »Halt dich an mir fest. Komm, halt dich fest.« Als auch sie ihn umschlang, rieb er seine Wange an ihrem Haar. »Du bist nicht allein, Miranda.«

Aber sie war so lange allein gewesen! Ein Mann wie er würde nie wissen, wie es war, in einem Raum voller Menschen zu stehen und sich einsam zu fühlen. Wie eine Außerirdische. Unerwünscht.

»Giovanni … er war einer der wenigen Menschen, bei denen ich mich … normal gefühlt habe. Ich weiß, dass sein Mörder mir die Nachricht geschickt hat. Ich weiß das in meinem Kopf, Ryan. Aber in meinem Herzen habe immer ich die Schuld. Und das wissen sie.«

»Aber du darfst es nicht zulassen, dass sie dich oder ihn derart missbrauchen.«

Miranda schloss die Augen, überwältigt von dem Trost, den er ihr gewährte. Dann, als seine Worte ihr aufgingen, öffnete sie die Augen wieder und starrte aufs Meer. »Ihn missbrauchen«, murmelte sie. »Du hast recht, ich habe zugelassen, dass sie mich verletzen, indem sie ihn missbrauchen. Wer auch immer es ist, er hasst mich. Und in dem Fax, das heute kam, steht das auch ganz deutlich.«

»Hast du Kopien von allen?«

»Ja.«

»Zeig sie mir.« Als sie sich von ihm lösen wollte, hielt er sie fest und strich ihr über die Haare. »Die E-Mail … Hast du sie zurückverfolgt?«

»Ich hatte kein Glück. Der Name des Users taucht nicht auf dem Server auf – es ist der Server, den wir hier und bei Standjo benutzen.«

»Hast du sie noch im Computer?«

»Ja.«

»Dann können wir sie auch zurückverfolgen.« Oder Patrick, dachte er. »Es tut mir leid, dass ich nicht hier war.« Er trat zurück und umfasste ihr Gesicht mit den Händen. »Aber jetzt bin ich da, Miranda, und niemand wird dich verletzen, solange ich bei dir bin.« Als sie nicht antwortete, packte er sie fester und blickte ihr forschend ins Gesicht. »Ich mache keine leichtherzigen Versprechungen, weil ich mein Wort grundsätzlich nicht breche. Ich werde das mit dir durchstehen, bis zum bitteren Ende. Und ich werde nicht zulassen, dass dir etwas passiert.«

Er schwieg. Dann fragte er vorsichtig: »Willst du immer noch mit Cook sprechen?«

Sie war so sicher gewesen, dass dies das einzig richtige war. So sicher, bis Ryan sie angesehen und ihr sein Versprechen gegeben hatte. Und wider besseres Wissen hatte er ihr damit das Gefühl gegeben, dass sie ihm vertrauen konnte.

»Wir stehen es allein durch, Ryan. Wahrscheinlich könnte keiner von uns beiden anders handeln.«

»Stellen Sie die Säule direkt auf die Markierung.« Miranda trat einen Schritt zurück und beobachtete die beiden stämmigen Männer, die die Marmorsäule in die Mitte des Raumes wuchteten. Sie wusste, dass es genau die Mitte war, weil sie es dreimal hintereinander persönlich ausgemessen hatte. »Ja, so ist es richtig. Gut.«

»Ist das die letzte, Dr. Jones?«

»In diesem Bereich, ja, danke.«

Sie kniff die Augen zusammen und stellte sich die Donatello-Skulptur der Venus auf dieser Säule vor.

Ringsum sollten die Werke aus der frühen Renaissance ausgestellt werden. Eine Zeichnung von Brunelleschi und zwei prächtig gerahmte Gemälde von Masaccio hingen bereits an den Wänden, ebenso wie ein Bellini, der einmal eine venezianische Villa geschmückt hatte. Eine drei Meter sechzig hohe Botticelli-Skulptur zeigte die majestätische Himmelfahrt der Muttergottes.

Mit dem Donatello im Mittelpunkt belegte die Ausstellung den ersten wirklichen Ausbruch künstlerischer Innovation, der nicht nur die Grundlage für die Brillanz des sechzehnten Jahrhunderts bildete, sondern auch an sich eine Periode großartiger Kunst darstellte.

Zwar war der Stil dieser Periode weniger emotional und leidenschaftlich und die figürliche Darstellung in Masaccios Werk ein wenig statisch, da die menschlichen Emotionen eher stilisiert als echt wirkten.

Das Wunderbare jedoch war, dass es die Exponate gab und dass man sie noch Jahrhunderte, nachdem sie ausgeführt wurden, studieren und analysieren konnte.

Miranda tippte sich mit dem Finger an die Lippen und überprüfte den Raum noch einmal. Die großen Fenster waren eingerahmt von tiefblauen, golddurchwirkten Vorhängen. Die unterschiedlich hohen Tische waren mit dem gleichen Stoff verhüllt, und darauf lagen die Utensilien der Künstler aus jener Zeit. Die Meißel und Paletten, die Greifzirkel und Pinsel. Sie hatte jedes einzelne Stück selbst aus dem Museumsbestand ausgesucht.

Es war zwar schade, dass sie sie unter Glas legen musste, aber auch ein reiches, gebildetes Publikum konnte lange Finger machen.

Auf einer mächtigen Holzstaffelei stand eine riesige, prachtvolle aufgeschlagene Bibel, in ordentlicher Schrift von Mönchen geschrieben. Auf anderen Tischen war der Schmuck dekoriert, den Männer und Frauen in jener Zeit getragen hatten. Es gab bestickte Schuhe, einen Kamm, einen Schmuckkasten aus Elfenbein, jedes Stück sorgfältig ausgesucht. Riesige eiserne Kerzenleuchter flankierten den Durchgang.

»Sehr beeindruckend.« Ryan trat ein.

»Beinahe perfekt. Kunst, vor ihrem sozialen, ökonomischen, politischen und religiösen Hintergrund. Die Mitte des fünfzehnten Jahrhunderts. Die Geburt von Lorenzo il Magnifico, der Friede von Lodi und das daraus entstehende Gleichgewicht der Hauptstaaten Italiens.«

Miranda wies auf eine große Karte aus dem Jahr 1454, die an der Wand hing. »Florenz, Mailand, Neapel, Venedig und natürlich das Papsttum. Auch die Geburt einer neuen Schule in der Kunst – des Humanismus. Rationale Untersuchung war das Gebot der Stunde.«

»Kunst ist niemals rational.«

»Natürlich ist sie das.«

Ryan schüttelte nur den Kopf. »Du bist viel zu sehr damit beschäftigt, in das Werk hineinzusehen, anstatt es einfach zu betrachten. Schönheit ist völlig irrational«, sagte er und wies auf das heitere Gesicht der Madonna. »Du bist nervös«, fügte er hinzu, während er ihre Hände ergriff und fühlte, dass sie eiskalt waren.

»Aufgeregt«, verbesserte sie ihn. »Hast du die anderen Bereiche schon gesehen?«

»Ich habe gehofft, du führst mich herum.«

»In Ordnung, aber ich habe nicht viel Zeit. Ich erwarte meine Mutter in einer Stunde, und ich möchte, dass alles an Ort und Stelle ist, wenn sie kommt.«

Sie ging mit ihm durch den Raum. »Ich habe die Skulpturen – mit der Donatello-Bronze als Mittelpunkt – in den Raum gestellt, damit man um sie herumgehen kann. Die Leute sollen frei umherwandern können und dann hier durch die nächste Galerie betreten, die größte, in der die Hochrenaissance ausgestellt ist.«

Miranda trat in den Durchgang. »Wir zeigen auch hier nicht nur die Kunst selbst, sondern das, was um sie herum war und sie inspirierte. Hier habe ich mehr Gold und Rot verwendet. Für die Macht, die Kirche und das Königtum.«

Ihre Absätze klapperten auf dem Marmorboden, während sie herumging und noch kleine Korrekturen vornahm. »Diese Ära war prunkvoller, und es geschahen mehr Dramen. Sie konnte nicht ewig andauern, aber während ihrer kurzen Blütezeit sind die bedeutendsten Werke aller Zeiten entstanden.«

»Heilige und Sünder?«

»Wie bitte?«

»Schon immer die beliebtesten Themen der Kunst: Heilige und Sünder. Die grobe, ausschweifende Sexualität und die Selbstsucht der Götter und Göttinnen neben der Brutalität des Krieges und dem großen Leiden der Märtyrer.«

Er betrachtete das glückselige, wenn auch etwas verzerrte Gesicht des heiligen Sebastian, der gerade von Pfeilen durchbohrt wird. »Ich habe Märtyrer nie verstanden. Ich meine, was hatten sie davon?«

»Ihr Glaube ist die naheliegende Antwort.«

»Niemand kann dir deinen Glauben nehmen, aber dein Leben – und zwar auf bösartige, erfindungsreiche Weise.« Ryan hakte seine Daumen in die Hosentaschen. »Pfeile für den allseits beliebten Sebastian, lebendig geröstet für den guten alten San Lorenzo. Kreuzigungen, abgeschnittene Körperteile. Löwen, Tiger und Bären. Du liebe Güte!«

Miranda musste kichern. »Deshalb sind es ja Märtyrer.«

»Genau.« Er wandte sich von Sebastian ab und strahlte sie an. »Sie stehen also der heidnischen Horde und ihren primitiven, aber schrecklich wirkungsvollen Foltermethoden gegenüber. Warum haben sie nicht einfach gesagt: ›Klar, kein Problem, Jungs und Mädels. Welchen Gott soll ich eurer Meinung nach heute anbeten?‹ Was man sagt, hat doch nichts mit dem zu tun, was man denkt oder glaubt. Aber es kann deinen Lebensstatus verändern.«

Er wies mit dem Daumen auf die Leinwand. »Frag bloß mal den armen gequälten Sebastian.«

»Du hättest wahrscheinlich noch deinen Vorteil aus den Verfolgungen geschlagen.«

»Verdammt richtig.«

»Was hältst du von Mut, Überzeugung und Integrität?«

»Warum soll ich für eine Sache sterben? Es ist doch besser, dafür zu leben.«

Während Miranda noch über seine Philosophie nachdachte und versuchte, die Fehler darin zu entdecken, schlenderte er zu einem Tisch, auf dem kunstvoll religiöse Artefakte ausgelegt waren. Silberkruzifixe, Abendmahlskelche, Reliquien.

»Du hast erstaunliche Arbeit geleistet, Dr. Jones.«

»Ich glaube, es ist in Ordnung so. Die Tizians sind neben deinem Raffael der Hauptanziehungspunkt dieses Raums. Es ist ein großartiges Stück, Ryan.«

»Ja, ich mag es auch sehr. Möchtest du ihn kaufen?« Er drehte sich um und grinste sie an. »Das Schöne an meinem Geschäft ist, Dr. Jones, dass alles einen Preis hat. Bezahl ihn, und er gehört dir.«

»Wenn du es ernst meinst mit dem Verkauf des Raffael, arbeite ich ein Angebot aus. Die meisten unserer Stücke sind allerdings Schenkungen oder Dauerleihgaben.«

»Noch nicht einmal für dich, Liebling.«

Sie zuckte nur mit den Schultern. Sie hatte nichts anderes erwartet. »Ich würde die *Dunkle Lady* hierhin stellen«, sagte sie plötzlich. »Immer, wenn ich mir den Raum vorstellte und an seiner Ausstattung arbeitete, sah ich sie vor mir – auf einer weißen Säule, an der sich Wein hochrankt. Genau hier.« Sie trat vor. »Unter dem Licht. Wo sie jeder sehen kann. Wo *ich* sie sehen könnte.«

»Wir bekommen sie zurück, Miranda.«

Sie erwiderte nichts, verärgert über ihre Tagträumereien. »Möchtest du den nächsten Raum sehen? Wir haben deine Vasaris schon aufgehängt.«

»Später.« Er trat zu ihr. Er musste es hinter sich bringen. Er hatte eigentlich vorgehabt, es ihr sofort zu sagen, hatte es aber nicht über sich gebracht, abermals diesen erschreckten Ausdruck in ihren Augen zu verursachen. »Miranda, mein Bruder hat mich aus San Francisco angerufen. Sie haben letzte Nacht eine Leiche aus der Bucht gefischt. Es war Harry Mathers.«

Sie starrte ihn an. Dann schloss sie die Augen und wandte sich ab. »Es war kein Unfall. Und es war auch kein Zufall.«

»Mein Bruder sagt, die Nachrichten seien nicht besonders ergiebig gewesen. Sie haben lediglich gesagt, dass er schon tot war, als man ihn ins Wasser warf.«

Man hat ihm die Kehle durchgeschnitten, dachte Ryan. Aber es gab keinen Grund, warum er ihr das erzählen sollte. Wer es getan hatte und warum, wusste sie ja bereits.

»Jetzt sind es bereits drei. Drei Menschen sind tot. Und warum?« Mit dem Rücken zu ihm starrte sie auf das Gesicht der Madonna. »Wegen Geld, wegen Kunst, wegen der Selbstsucht? Vielleicht aus allen drei Gründen.«

»Oder vielleicht aus keinem von ihnen. Vielleicht bist nur *du* der Grund.«

Ein Schauer lief ihr über den Rücken. Sie drehte sich um. Er sah die Furcht in ihren Augen und wusste, dass sie nicht um sich selbst Angst hatte. »Wegen mir? Kann mich wirklich jemand so sehr hassen? Warum? Ich vermag mir niemanden vorzustellen, auf den ich eine solche Wirkung gehabt haben sollte. Oder jemanden, den ich so tief verletzt habe, dass er für eine Lüge, die meinen wissenschaftlichen Ruf zerstört, morden würde. Um Gottes willen, Ryan, Harry war doch noch ein Junge!«

Ihre Stimme war jetzt hart, scharf vor Wut, die ihre Angst überdeckte. »Ein Junge«, wiederholte sie, »und man hat ihn einfach abgeschnitten wie ein loses Stück Schnur. Genauso sorglos. Wem könnte mein Schaden so viel bedeuten, dass er einen Jungen auf diese Art und Weise umbringt? Ich habe niemals jemandem wirklich etwas bedeutet.«

Das, dachte er, ist das Traurigste, was ich jemals gehört habe. Und noch trauriger war, dass sie es glaubte. »Du hast mehr Ausstrahlung, als du glaubst, Miranda. Du bist stark und erfolgreich. Du konzentrierst dich auf das, was du erreichen willst. Und du erreichst es.«

»Aber ich habe auf meinem Weg niemanden überrannt.«

»Vielleicht hast du es ja nur nicht gemerkt. Patrick verfolgt deine E-Mail zurück.«

»Gut.« Sie fuhr sich mit der Hand durch die Haare. Es nicht gemerkt?, wiederholte sie im Stillen. War sie so sehr mit sich selbst beschäftigt, so kalt und distanziert? »Macht er Fortschritte? Es ist jetzt schon über eine Woche her. Ich habe gedacht, er hätte bereits aufgegeben.«

»Das tut er nie, wenn er sich in etwas verbissen hat.«

»Wer ist es? Was versuchst du mir zu verschweigen?«

»Der Name des Users ist nur ganz kurz auf einer Zugangsberechtigung erschienen. Aufgetaucht und gleich wieder gelöscht worden.«

Ein kalter Klumpen bildete sich in ihrem Magen. Die Wahrheit würde schlimm sein, das wusste sie. Sehr schlimm. »Welche Zugangsberechtigung war das?«

Er legte ihr die Hände auf die Schultern. »Die deiner Mutter.«

»Das ist nicht möglich.«

»Die Nachricht ist aus Florenz abgeschickt worden und wurde unter Elizabeth Standford-Jones und unter ihrem Passwort registriert. Es tut mir leid.«

»Das kann nicht sein.« Miranda wich vor ihm zurück. »Egal, wie sehr … wie wenig … egal wie«, stieß sie hervor. »Sie kann es nicht gewesen sein. So sehr kann sie mich nicht hassen. Das kann ich nicht glauben.«

»Sie hatte Zugriff auf beide Skulpturen. Niemand würde bei ihr auf die Idee kommen. Sie hat dich geholt, dann hat sie dich gefeuert und nach Hause geschickt. Und sie hat dich vom Institut ferngehalten. Es tut mir leid.« Er legte ihr die Hand an die Wange. »Aber du musst den Tatsachen ins Auge sehen.«

Es war logisch. Es war grässlich. Miranda schloss die Augen und ließ sich von Ryan in die Arme nehmen.

»Entschuldigung.«

Sie zuckte zusammen, als sei hinter ihrem Rücken eine Pistole abgefeuert worden. Langsam drehte sie sich um, holte tief Luft. »Hallo, Mutter.«

Elizabeth sah nicht so aus, als ob sie einen stundenlangen Transatlantikflug hinter sich hätte. Ihre Haare waren perfekt frisiert, und ihr stahlblaues Kostüm wies nicht eine einzige Knitterfalte auf.

Miranda fühlte sich so, wie sie sich angesichts der unerschütterlichen Perfektion ihrer Mutter immer fühlte – zerzaust, unbeholfen und linkisch. Und jetzt kam auch noch Misstrauen zu dieser Mischung dazu. Konnte es sein, dass diese Frau, die ihr ganzes Leben lang Integrität gepredigt hatte, ihre eigene Tochter verraten hatte?

»Es tut mir leid, dass ich euch bei der – Arbeit störe.«

Miranda war so sehr an mütterliche Missbilligung gewöhnt, dass sie nur nickte. »Elizabeth Standford-Jones, Ryan Boldari.«

»Mr. Boldari.« Elizabeth überblickte die Situation und nahm an, dass der Galeriebesitzer Mirandas Beteiligung an dem Projekt wahrscheinlich auch aus anderen Gründen als nur ihrer Qualifikation wegen gewünscht hatte. Doch weil die Ergebnisse dem Institut zugute kamen, schenkte sie ihm ein warmes Lächeln. »Wie nett, Sie endlich kennenzulernen.«

»Die Freude ist ganz auf meiner Seite.« Ryan trat auf sie zu und ergriff ihre Hand, wobei ihm auffiel, dass Mutter und Tochter nicht einmal kühle Luftküsse zur Begrüßung austauschten. »Ich hoffe, Sie hatten einen guten Flug.«

»Ja, danke.« Ein schönes Gesicht, dachte Elizabeth, und hervorragende Manieren. Die Fotografien, die sie im Laufe der Jahre von ihm in Kunstmagazinen gesehen hatte, hatten diese Kombination nicht annähernd vermitteln können. »Es tut mir leid, dass ich nicht früher kommen konnte. Ich hoffe, das Projekt schreitet in Ihrem Sinne voran, Mr. Boldari.«

»Ryan, bitte. Es hat meine Erwartungen bereits übertroffen. Ihre Tochter erfüllt alle meine Wünsche.«

»Du warst fleißig«, sagte sie zu Miranda.

»Stimmt. Wir haben in den letzten zwei Tagen diesen Flügel hier für die Öffentlichkeit geschlossen. Die ganze Mannschaft hat hart gearbeitet, aber es wird sich auszahlen.«

»Ja, das sehe ich.« Elizabeth blickte sich prüfend im Raum um, war beeindruckt und erfreut. Doch sie sagte nur: »Du hast jetzt sicher noch zu tun. Du kannst ab jetzt auf die Talente von Standjo zurückgreifen. Ein paar Mitarbeiter sind heute abgeflogen, weitere werden morgen ankommen. Sie wissen Bescheid. Elise und Richard sind schon hier, außerdem Vincente und seine Frau.«

»Weiß Andrew, dass Elise da ist?«

Elizabeth zog die Augenbrauen hoch. »Wenn nicht, dann wird er es in Kürze erfahren.« In ihrer Stimme lag eine deutliche Warnung. Familiäre Angelegenheiten standen nicht zur Diskussion. »Dein Vater kommt heute Abend. Er wird dir eine unschätzbare Hilfe bei der endgültigen Auswahl der Artefakte sein.«

»Ich habe die endgültige Auswahl bereits getroffen«, erwiderte Miranda gepresst.

»Ein Projekt dieser Größenordnung profitiert immer von einem unbelasteten Blick von außen.«

»Willst du mir jetzt *dieses* Projekt auch wieder wegnehmen?«

Einen Augenblick lang schien Elizabeth antworten zu wollen. Ihre Lippen zitterten, doch dann presste sie sie zusammen und wandte sich an Ryan. »Ich würde sehr gern Ihre Vasaris sehen.«

»Ja, Ryan, zeig ihr die Vasaris. Sie sind im nächsten Raum. Wenn ihr beide mich jetzt bitte entschuldigen wollt, ich habe einen Termin.«

»Ich muss Ihnen sagen, Elizabeth«, begann Ryan, als Miranda gegangen war, »dass diese eindrucksvolle Ausstellung ohne Ihre Tochter nicht möglich gewesen wäre. Sie hat sie geplant, entworfen und durchgeführt.«

»Ich bin mir Mirandas Begabung sehr wohl bewusst.«

»Tatsächlich?« Er sagte es ganz freundlich, zog aber leicht spöttisch eine Augenbraue hoch. »Dann irre ich mich offenbar. Da Sie die Ergebnisse ihrer vierwöchigen intensiven Arbeit mit keinem Wort lobten, nahm ich an, dass Sie sie nicht ganz ausreichend fanden.«

Leise Verlegenheit flackerte in ihrem Blick. Er hoffte es jedenfalls. »Keineswegs. Ich habe volles Vertrauen in Mirandas Fähigkeiten. Wenn sie einen Fehler hat, dann ist es eine zu große Begeisterungsfähigkeit und die Tendenz, stets zu sehr persönlich beteiligt zu sein.«

»Das würden die meisten Menschen eher als Vorzüge denn als Fehler bezeichnen.«

431

Er griff sie an, aber sie verstand den Grund nicht. »In geschäftlicher Hinsicht ist Objektivität ein ganz wesentlicher Grundsatz. Sie stimmen mir da sicher zu.«

»Ich ziehe in jeder Hinsicht Leidenschaft vor. Es mag zwar riskanter sein, aber es bringt einem mehr ein. Miranda besitzt Leidenschaft, neigt aber dazu, sie zu unterdrücken. Wahrscheinlich, weil sie dadurch Ihre Zustimmung erlangen möchte. Zeigen Sie sie ihr jemals?«

Elizabeths Blick wurde eisig, und ihre Stimme ebenso. »Meine Beziehung zu Miranda geht Sie nichts an, Mr. Boldari, genausowenig wie *Ihre* Beziehung zu ihr mich etwas angeht.«

»Seltsam. Ich würde sagen, eher das Gegenteil ist der Fall, da Ihre Tochter und ich uns lieben.«

Ihre Finger umschlossen den Griff ihres ledernen Diplomatenkoffers fester. »Miranda ist erwachsen. Ich mische mich in ihre persönlichen Angelegenheiten nicht ein.«

»Aber doch auf jeden Fall in ihre geschäftlichen? Erzählen Sie mir von der *Dunklen Lady*.«

»Wie bitte?«

»Die *Dunkle Lady*.« Er sah sie fest an. »Wo ist sie?«

»Die Fiesole-Bronze«, erwiderte Elizabeth gleichmütig, »wurde vor ein paar Wochen aus einem Lagerraum des Bargello gestohlen. Weder ich noch die Behörden haben irgendeine Ahnung, wo sie sich jetzt befindet.«

»Ich habe nicht von der Kopie gesprochen, ich meinte das Original.«

»Original?« Ihr Gesicht blieb scheinbar ausdruckslos. Er bemühte sich, dennoch darin zu lesen. Erkenntnis, Schock, Nachdenklichkeit – es war schwierig, bei einer Frau wie Elizabeth, die über eine solche Selbstbeherrschung verfügte, sicher zu sein.

»Elizabeth?« Eine Gruppe von Leuten kam herein, angeführt von jemandem, der Elise sein musste. Ryan erblickte eine kleine, zarte Frau mit üppiger Haarpracht und großen, strahlenden Augen. Hinter ihr betrat ein fast kahlköpfiger, blasser Mann, den er für Richard Hawthorne hielt, den Raum, dann eine wohlproportionierte Frau, die Sophia Loren ähnlich sah und sich bei einem kräftigen Mann mit olivfarbenem Teint und weißen Haaren eingehängt hatte. Die Morellis, dachte er. Ihnen folgte mit strahlendem Lächeln John Carter.

»Entschuldigung.« Elise verschränkte ihre hübschen Hände. »Ich wusste nicht, dass du zu tun hast.«

Dankbarer für die Unterbrechung, als sie je zugegeben hätte, stellte Elizabeth die Anwesenden einander vor.

»Ich freue mich so, Sie kennenzulernen«, sagte Elise zu Ryan. »Ich war erst letztes Jahr in Ihrer Galerie in New York. Sie ist wundervoll. Und das hier …« Ihre Augen glänzten, während sie sich langsam drehte, um alles aufzunehmen. »Das ist großartig. Richard, reiß dich mal von der Landkarte los, und sieh dir die Gemälde an.«

Der Angesprochene wandte sich mit einfältigem Lächeln um. »Ich kann keiner Landkarte widerstehen. Es ist eine ausgezeichnete Ausstellung.«

»Ihr müsst ja gearbeitet haben wie die Tiere.« Vincente versetzte Carter einen herzlichen Schlag auf den Rücken.

»Ich habe jeden Moment damit gerechnet, zum Bödenschrubben abkommandiert zu werden. Miranda hat uns durch Reifen springen lassen.« Carter lächelte abermals. »Die Restaurierung des Bronzino ist erst gestern abgeschlossen worden. Angeblich ist jeder im Unternehmen zusammengezuckt, wenn er sie kommen sah. Und alle Abteilungsleiter haben in den letzten zwei Wochen pausenlos Magentabletten geschluckt. Miranda scheint das alles nichts auszumachen. Die Frau hat Nerven aus Stahl.«

»Sie hat hervorragende Arbeit geleistet.« Elise blickte sich noch einmal um. »Wo ist sie denn?«

»Sie hat einen Termin«, sagte Elizabeth.

»Dann suche ich sie später. Ich hoffe, sie lässt uns mitarbeiten.«

»Sie weiß, dass ihr zur Verfügung steht.«

»Gut, ich … Ähm, ich denke, ich sehe mal nach, ob Andrew kurz Zeit hat.« Sie lächelte Elizabeth entschuldigend an. »Ich möchte gern wissen, wie es ihm geht. Wenn du mich jetzt gerade nicht brauchst …«

»Nein, geh nur.« Leicht amüsiert sah Elizabeth zu Gina Morelli hinüber, die vor dem Ausstellungstisch mit dem Schmuck stand und in Begeisterungsschreie ausgebrochen war. »Richard, ich weiß, dass Sie darauf brennen, sich die Bibliothek anzusehen.«

433

»Ich bin leicht zu durchschauen.«

»Ich wünsche Ihnen viel Vergnügen.«

»Wir wissen immer, wo wir ihn finden können«, sagte Vincente. »Er ist ständig unter Büchern begraben. Ich werde hier warten, bis Gina sich jedes einzelne Teil angesehen hat – und dann wird sie mich zum Einkaufen mitschleppen.« Er schüttelte den Kopf. »Auch sie ist leicht zu durchschauen.«

»Zwei Stunden«, verkündete Elizabeth im Ton der Direktorin. »Dann treffen wir uns wieder hier und machen uns an die Arbeit.«

Elise zögerte vor Andrews Tür. Seine Assistentin saß nicht an ihrem Schreibtisch, und sie war dankbar dafür. Ms. Purdue war Andrew treu ergeben und würde den unangemeldeten Besuch der Exfrau nicht gutheißen. Sie hörte seine Stimme durch die offene Tür. Es war eine kräftige Stimme, und sie weckte alte Sehnsüchte in ihr.

Sie hatte seine Stimme immer gemocht. Die Klarheit, den Oberschichtakzent, der fast wie bei einem der Kennedys klang.

Eigentlich hatte ihre Ehe die besten Voraussetzungen gehabt, dachte sie. Sie hatte solche Hoffnungen daran geknüpft. Aber letztendlich war ihr nichts anderes übrig geblieben, als sich scheiden zu lassen und sich auf eigene Beine zu stellen. Und soweit sie wusste, war sie dabei wesentlich erfolgreicher gewesen als Andrew.

Sie setzte ein fröhliches Lächeln auf und klopfte leise an.

»Wir erwarten fünfhundert Gäste«, sagte er gerade in den Hörer, dann blickte er auf und erstarrte.

Erinnerungen stürmten auf ihn ein. Wie er sie zum ersten Mal gesehen hatte, als sie als Assistenzlabormanagerin auf Empfehlung seines Vaters angefangen hatte. In einem Laborkittel und mit Schutzbrille. Wie sie die Schutzbrille auf den Kopf geschoben hatte, als Miranda sie miteinander bekannt machte.

Wie sie gelacht und zu ihm gesagt hatte, es würde aber auch langsam Zeit, als er es endlich wagte, sie zu fragen, ob sie mit ihm ausgehen wolle.

Wie sie sich das erste Mal geliebt hatten. Und das letzte Mal.

Wie sie an ihrem Hochzeitstag ausgesehen hatte, strahlend und zart. Wie sie ausgesehen hatte, als sie ihm gesagt hatte, dass es vorbei sei, so kalt und distanziert. Und all die Stimmungen in der

Zwischenzeit, wie aus Hoffnung und Glück Unzufriedenheit und Enttäuschung und schließlich Mangel an Interesse geworden war.

Die Stimme am anderen Ende der Leitung rauschte in seinen Ohren. Er ballte seine Hand unter dem Schreibtisch zur Faust. Und er wünschte sich, eine Flasche Whiskey in der Hand zu halten.

»Ich rufe Sie wegen der restlichen Dinge noch einmal an, aber alle Details stehen in der Pressemeldung. Wir können morgen Abend während des Ereignisses sicher ein kurzes Interview arrangieren … Bitte.«

»Es tut mir leid, Drew«, sagte Elise, als er aufgelegt hatte. »Ms. Purdue ist nicht an ihrem Schreibtisch, deshalb bin ich einfach hier hereingeschneit.«

»Ist schon in Ordnung.« Die albernen Worte kratzten ihn im Hals. »Es war schon wieder ein Reporter.«

»Die Gala bekommt viel positive Presse.«

»Die brauchen wir auch.«

»Es waren schwierige Monate.« Er stand nicht auf, also trat sie vor seinen Schreibtisch. »Ich hielt es für das beste und leichter für uns beide, wenn wir ein paar Minuten lang allein sind. Ich wäre ja gar nicht mit hierhergekommen, aber Elizabeth hat darauf bestanden. Und ich muss zugeben, ich hätte das Ereignis nur ungern verpasst.«

Er konnte seine Augen nicht von ihr abwenden, obwohl es seinem Herzen einen Stich gab. »Es ist richtig, wir wollen alle Führungskräfte hierhaben.«

»Du bist immer noch böse mit mir.«

»Ich weiß nicht, was ich bin.«

»Du siehst müde aus.«

»Die Vorbereitungen waren ziemlich anstrengend.«

»Ich weiß.« Sie streckte eine Hand aus, zog sie aber wieder zurück, als spüre sie, dass die Geste nicht erwünscht war. »Das letzte Mal haben wir uns …«

»In einer Anwaltskanzlei gesehen«, ergänzte er.

»Ja.« Elise schlug die Augen nieder. »Ich wünschte, wir hätten es anders regeln können. Wir waren beide so verletzt und ärgerlich, Drew. Ich habe jetzt gehofft, wir könnten wenigstens …«

»Freunde sein?« Er lachte bitter.

»Nein, nicht Freunde.« Ihre schönen Augen wurden feucht. »Nur eben nicht mehr Feinde.«

Sie hatte nicht erwartet, dass er so zynisch reagieren würde. Sie hatte Bedauern, Trauer, vielleicht sogar Wut erwartet. Auf all das war sie vorbereitet gewesen. Aber nicht auf diese starke Abwehr, die alle ihre guten Vorsätze zunichte machte.

Er hatte sie geliebt. Sie wusste, dass er sie geliebt hatte, sogar noch, als sie die Scheidungsurkunde unterschrieben hatte.

»Wir müssen keine Feinde sein, Elise. Uns verbindet nichts mehr.«

»Gut, dann war das also ein Irrtum.« Sie blinzelte ein paarmal und drängte die Tränen zurück. »Ich wollte nur nicht, dass der morgige Erfolg durch irgendwelche Missstimmungen verdorben wird. Wenn du dich aufregst und anfängst zu trinken …«

»Ich habe aufgehört zu trinken.«

»Tatsächlich.« Ihre Stimme war jetzt wieder kühl und unbeteiligt. Sie hatte ganz vergessen, dass sie diese Begabung besaß. »Wo habe ich das nur schon einmal gehört?«

»Der Unterschied ist, dass es nichts mit dir, sondern nur etwas mit mir zu tun hat. Ich habe viele Flaschen wegen dir geleert, Elise, aber das ist jetzt vorbei. Vielleicht enttäuscht dich das. Vielleicht bist du beleidigt, weil ich nicht vor dir auf dem Bauch krieche. Aber du bist nicht mehr der Mittelpunkt meines Lebens.«

»Das war ich nie.« Ihre Selbstbeherrschung bekam leichte Risse. »Andernfalls wäre ich noch bei dir.«

Sie wirbelte herum und rauschte hinaus. Als sie am Aufzug angekommen war, traten ihr erneut Tränen in die Augen. Wütend schlug sie mit der Faust auf den Knopf.

Andrew wartete, bis das Klappern ihrer Absätze nicht mehr zu hören war. Dann ließ er den Kopf auf die Schreibtischplatte sinken. Er hatte einen Kloß im Magen und sehnte sich nach etwas zu trinken, um das Gefühl erträglicher zu machen.

Sie war so schön. Wie konnte er nur vergessen haben, wie schön sie war? Er hatte sie einmal besessen, hatte sie jedoch nicht halten können, hatte ihre Ehe nicht aufrechterhalten können, war nicht der Mann gewesen, den sie brauchte.

Er hatte sie verloren, weil er ihr nicht genug gegeben, weil er sie nicht genug geliebt hatte.

Er musste an die frische Luft. Er musste gehen, laufen, ihr Parfüm aus der Nase bekommen. Andrew nahm die Treppe, mied den Flügel, in dem noch gearbeitet wurde, und schlüpfte an den wenigen Abendbesuchern vorbei nach draußen.

Er ließ sein Auto auf dem Parkplatz stehen und ging einfach darauflos, bis das Brennen in seinem Magen nachgelassen hatte. Ging so lange, bis er sich nicht mehr darauf konzentrieren musste, gleichmäßig ein- und auszuatmen. Er redete sich ein, jetzt wieder klar denken zu können.

Und als er vor dem Laden stand und auf die Flaschen starrte, die Erleichterung, Freude und Flucht versprachen, redete er sich ein, dass er es bei ein paar Drinks belassen würde.

Schließlich hatte er sie *verdient*. Verdient, weil er die Begegnung mit der Frau überstanden hatte, die er versprochen hatte zu lieben und zu ehren. Die ihm das Gleiche versprochen hatte. Bis in den Tod.

Andrew trat ein und starrte auf die Regale voller Flaschen. Sie warteten auf ihn, *bettelten* geradezu darum, ausgesucht zu werden.

Probier mich und es wird dir besser gehen. Du wirst dich wieder gut fühlen. Du wirst dich fantastisch fühlen.

Glänzende Flaschen mit farbigen Labels.

Wild Turkey, Jim Beam, Jameson.

Er nahm eine Flasche Jack Daniel's und fuhr mit dem Finger über das vertraute schwarze Label. Auf seinem Rücken bildete sich Schweiß.

Guter alter Jack. Verlässlicher Jack Black.

Er konnte ihn schon auf der Zunge spüren, konnte spüren, wie er heiß seine Kehle hinunterglitt und seinen Magen mit tröstlicher Wärme erfüllte.

Andrew stellte ihn auf den Tresen und holte mit ungeschickten Fingern seine Brieftasche heraus.

»Ist das alles?« Der Verkäufer tippte die Summe ein.

»Ja«, erwiderte Andrew. »Für mich ist das alles.«

Er nahm die Flasche in einer kleinen Papiertüte mit, und während er weiterging, konnte er ihr Gewicht, ihre Form spüren.

Einmal kurz am Verschluss gedreht, und seine Probleme waren vorbei. Der Schmerz in seinem Magen vergessen.

Während die Sonne langsam unterging und die Luft kühler wurde, ging Andrew in den Park.

Der Rasen war übersät von Narzissen. Sie standen wie ein gelbes Meer vor den eleganteren roten Kelchen der Tulpen. Eichen und Ahornbäume entfalteten bereits ihre Blätter, die in der Sommerhitze Schatten spenden würden. Der Brunnen plätscherte in der Mitte des Parks.

Der Spielplatz war verlassen. Die Kinder werden jetzt zu Hause für das Abendessen fertig gemacht, dachte er. Er hatte auch Kinder gewollt. Er hatte sich immer vorstellen können, eine Familie zu haben, eine richtige Familie, in der sich alle liebten. Lachen, Gutenachtgeschichten, lärmende Familienessen.

Das hatte er auch nicht geschafft.

Andrew setzte sich auf eine Bank, starrte auf die leeren Schaukeln, lauschte dem Geplätscher des Brunnens und fuhr mit der Hand an der Flasche in der Tüte entlang.

Ein Drink, dachte er. Sogar nur ein Schluck aus der Flasche. Dann würde nichts mehr ihn quälen können.

Zwei Schlucke, und er würde sich fragen, warum ihn überhaupt jemals etwas quälen konnte.

Annie zapfte gerade Bier, während im Mixer neben ihr die Zutaten für Margaritas wirbelten. Die Happy Hour am Freitagabend war beliebt. Hauptsächlich kamen Geschäftsleute, aber an ein paar Tischen saßen auch Studenten, die die günstigen Preise ausnutzten und an ihren Drinks nippten, während sie über ihre Professoren herzogen.

Annie streckte sich ein wenig, um die leichten Rückenschmerzen zu lindern. Dabei sah sie sich im Raum um, um sicherzugehen, dass ihre Kellnerinnen die Gäste anständig bedienten. Dann rieb sie die Ränder der Margaritagläser mit Zitronensaft und Salz ein.

Einer ihrer Stammgäste erzählte gerade einen Witz von einem Mann und einem tanzenden Frosch. Sie machte ihm einen frischen Wodka Collins und lachte über die Pointe.

Im Fernseher über der Bar lief ein Baseballspiel.

Sie sah Andrew hereinkommen, sah, was er in der Hand hielt. Ihr Magen hob sich, aber sie ließ sich nichts anmerken und arbeitete weiter. Tauschte volle Aschenbecher gegen saubere aus, wischte den Tresen mit einem feuchten Lappen ab. Doch dabei beobachtete sie, wie er sich auf einen freien Barhocker setzte und die Flasche auf den Tresen stellte.

Ihre Blicke begegneten sich. Annies Augen waren vollkommen ausdruckslos.

»Ich habe sie nicht aufgemacht.«

»Gut. Das ist gut.«

»Ich wollte es aber gern. Ich will es immer noch.«

Annie gab ihrer Oberkellnerin ein Zeichen und zog ihre Schürze aus. »Übernimm bitte für mich. Lass uns ein bisschen spazieren gehen, Andrew.«

Er nickte, doch als er ihr folgte, nahm er die Flasche mit. »Ich bin zu einem Spirituosengeschäft gegangen. Es war ein gutes Gefühl.«

Mittlerweile brannten die Straßenlaternen, kleine Lichtinseln in der Dunkelheit. Feierabendverkehr verstopfte die Straßen, und aus offenen Wagenfenstern drang die Musik unterschiedlicher Radiosender.

»Ich bin in den Park gegangen und habe mich auf eine Bank am Brunnen gesetzt.« Andrew nahm die Flasche in die andere Hand. »Es waren nicht viele Leute da. Ich fand, ich könnte ein paar Schlucke aus meiner Flasche nehmen. Nur ein paar, um mich aufzuwärmen.«

»Aber du hast es nicht getan.«

»Nein.«

»Es ist schwer. Was du tust, ist schwer. Und heute Abend hast du die richtige Entscheidung getroffen. Was auch immer passiert ist, was auch immer falsch läuft, du kannst es mit Trinken nicht ändern.«

»Elise war da.«

»Oh.«

»Sie ist wegen der Ausstellung hier. Ich wusste, dass sie kommt. Aber als ich sie sah, ist alles über mir zusammengestürzt. Sie wollte sich mit mir aussöhnen, aber ich habe es nicht zugelassen.«

Annie zog die Schultern hoch, steckte die Hände in die Taschen und sagte sich, dass sie verrückt sein musste, auch nur zu denken, dass Andrew und sie eine Chance hatten. Dass sie eine Chance bei ihm hatte. »Du musst das tun, was du für richtig hältst.«

»Ich weiß nicht, was richtig ist. Ich weiß nur, was falsch ist.«

Sie gingen abermals in den Park, setzten sich auf dieselbe Bank, und Andrew stellte die Flasche zwischen sie.

»Ich kann dir nicht sagen, was du tun sollst, Andrew, aber ich glaube, wenn du nicht endlich loslässt, dann wird es dir immer weiter wehtun.«

»Das weiß ich.«

»Sie wird nur ein paar Tage hier sein. Wenn du mit ihr deinen Frieden machen kannst, dann ist das besser für dich. Ich habe nie meinen Frieden mit Buster gemacht. Dieser Hurensohn.«

Sie lächelte, in der Hoffnung, ihn damit anzustecken, aber er sah sie nur ernst an. »Oh, Andrew!« Seufzend wandte sie sich ab. »Ich meine, ich habe mich nie darum bemüht, dass wir höflich miteinander umgehen können, und das frisst immer noch an mir. Er war es nicht wert, weiß Gott nicht, aber es frisst immer noch an mir. Er hat mich so oft verletzt, deshalb wollte ich ihn am Ende auch verletzen. Aber das habe ich natürlich nie geschafft, weil es ihm so egal war.«

»Warum bist du überhaupt bei ihm geblieben, Annie?«

Sie fuhr sich mit der Hand durch die Haare. »Weil ich es ihm versprochen hatte. Was man sich im Standesamt gelobt, ist genauso gültig wie das Gelöbnis in einer großen Kirche.«

»Ja.« Er drückte ihre Hand. »Das weiß ich. Ob du es glaubst oder nicht, auch ich wollte mein Gelöbnis halten. Ich wollte beweisen, dass ich es konnte. Und dass ich versagt habe, war für mich der Beweis, dass ich auch nicht anders bin als mein Vater, sein Vater und alle anderen.«

»Du bist du, Andrew.«

»Das ist ein furchtbarer Gedanke.«

Weil er es brauchte und sie auch, beugte sie sich vor und küsste ihn.

Sie konnte spüren, wie verzweifelt er war, aber er ging vorsichtig mit ihr um. Sie hatte viele Männer gekannt, die nicht vorsichtig waren. Sie streichelte sein Gesicht. Ihre Hand fuhr über seinen Eintagesbart und dann hinunter zu der weichen Haut an seiner Kehle.

Unvermittelt erwachte ihr Verlangen, doch sie hatte Angst davor, weil es ihnen beiden nicht weiterhelfen würde.

»Du bist nicht wie die anderen Männer.« Sie drückte ihre Wange an seine.

»Na ja, heute Abend jedenfalls nicht.« Er nahm die Flasche und reichte sie ihr. »Hier, das ist ein hundertprozentiger Gewinn für dich.«

Seine Stimme klang erleichtert. »Ich muss noch zu einer Sitzung, bevor ich nach Hause fahre.« Er stieß die Luft aus. »Annie, wegen morgen Abend ... Es würde mir viel bedeuten, wenn du deine Meinung änderst und mitkommst.«

»Andrew, du weißt genau, dass ich nicht zu all den schicken Kunstleuten passe.«

»Du passt zu mir. Das war schon immer so.«

»Ich habe samstagabends immer viel zu tun.« Ausreden, dachte sie. Feigling. »Ich denke darüber nach. Ich muss jetzt gehen.«

»Ich begleite dich zurück.« Andrew stand auf und ergriff abermals ihre Hand. »Annie, bitte komm morgen.«

»Ich denke darüber nach«, wiederholte sie, hatte aber nicht die Absicht, dies wirklich zu tun. Gegen Elise auf deren Parkett anzutreten war das Letzte, was sie wollte.

27

»Du musst hier mal raus.«

Miranda blickte von ihrem Schreibtisch hoch, auf dem sich ein Berg von Papieren türmte, und sah Ryan in der Tür stehen.

»Warum denkst du eigentlich, dass du alles selbst erledigen musst?«

Sie spielte mit ihrem Stift. »Bist du unzufrieden mit der Art, wie es erledigt wird?«

»Das habe ich nicht gesagt.« Er trat näher, stützte sich mit den Händen auf die Schreibtischplatte und beugte sich vor. »Du musst ihr nichts beweisen.«

»Es geht nicht um meine Mutter, es geht lediglich darum, dass der morgige Abend ein Erfolg wird. Und jetzt muss ich mich noch um ein paar Details kümmern.«

Ryan nahm ihr den Bleistift aus der Hand und zerbrach ihn in zwei Stücke.

Sie blinzelte erschrocken. »Na, das war eine tolle Leistung.«

»Auf jeden Fall toller, als dir den Hals umzudrehen.«

Ihr Gesicht nahm einen verschlossenen Ausdruck an.

»Schieb mich nicht weg. Sitz nicht ewig da und spiel mit einer deiner allgegenwärtigen Listen, als ob es für dich nichts Wichtigeres gäbe, als den nächsten Punkt abzuhaken. Ich bin kein Fremder, und ich weiß verdammt gut, was in dir vorgeht.«

»Fluch nicht.«

Ryan drehte sich auf dem Absatz um und ging zur Tür. Miranda erwartete, dass auch er hinausgehen würde, wie alle anderen vor ihm. Stattdessen schlug er die Tür zu und schloss sie ab. Zitternd stand sie auf.

»Ich weiß gar nicht, warum du so wütend bist.«

»Ach, das weißt du nicht? Glaubst du, ich habe deinen Gesichtsausdruck nicht deuten können, als ich dir sagte, von wem die E-Mail gekommen ist? Glaubst du eigentlich, du bist so beherrscht, Dr. Jones, dass man dir das Entsetzen nicht anmerkt?«

Es brachte ihn um den Verstand. Ihr kompliziertes Wesen, ihre Verschlossenheit machten ihn fertig. Er wollte das nicht. Er wollte sich nicht ständig zu ihr durchkämpfen müssen.

»Ich habe dein Gesicht gesehen, als deine Mutter hereinkam. Wie wachsam und kalt du wurdest.«

Das saß. Und tat weh. »Du hast mir gesagt, ich müsse akzeptieren, dass meine Mutter mich möglicherweise missbraucht, betrogen und terrorisiert hat. Dass sie in einen großangelegten Kunstdiebstahl verwickelt ist, der bereits drei Menschenleben gefordert hat. Das hast du mir alles gesagt, und jetzt kritisierst du die Art, wie ich damit umgehe?«

»Ich hätte es lieber gesehen, dass du sie zur Rede gestellt und eine Erklärung verlangt hättest.«

»Das mag vielleicht in deiner Familie funktionieren, aber wir sind nicht so offen.«

»Stimmt, du ziehst die eisige Klinge vor, die ohne Blutvergießen schneidet. Ich kann dir sagen, Miranda, Heißblütigkeit ist sauberer und wesentlich menschlicher.«

»Was hast du von mir erwartet? Was denn, verdammt noch mal? Dass ich sie anschreie, einen Wutanfall bekomme und sie beschuldige?« Mit einer wütenden Handbewegung fegte sie die ordentlich aufgeschichteten Papiere und sorgfältig gespitzten Bleistifte vom Schreibtisch. »Sollte ich von ihr verlangen, mir die Wahrheit zu sagen? Dass sie gesteht oder leugnet? Wenn sie mich so sehr hasst, dass sie mir das antut, dann hasst sie mich auch so sehr, dass sie mir ins Gesicht lügt!«

Heftig schob sie ihren Schreibtischstuhl zurück. »Sie hat mich nie geliebt. Hat mir nie offen ihre Zuneigung gezeigt. Keiner von beiden Eltern, weder mir noch Andrew gegenüber. Mein ganzes Leben lang hat keiner von beiden je gesagt, dass er mich liebt, und sie haben sich noch nicht einmal die Mühe gemacht, es mir vorzulügen. Du weißt nicht, wie das ist, es nie gesagt zu bekommen, nie im Arm gehalten zu werden, obwohl man sich so sehr danach sehnt!«

Miranda presste sich die Hände auf den Magen, als habe sie unerträgliche Schmerzen.

»Nein, ich weiß nicht, wie das ist«, erwiderte er leise. »Sag es mir.«

»Es war, als ob du in einem verdammten Labor aufwächst, wo alles steril und ordentlich ist, alles dokumentiert und berechnet, aber vollkommen freudlos. Regeln, das war alles. Regeln, was man zu sagen hatte, wie man sich zu benehmen hatte, was man lernen musste. Tu dies und tu es so und nicht anders, weil es anders nicht akzeptabel ist. Anderssein ist nicht korrekt. Wie viele dieser Regeln hat sie gebrochen, falls sie mir das angetan hat?«

Miranda atmete schwer. Tränen standen in ihren Augen, die Hände hatte sie zu Fäusten geballt. Ryan sah sie an, hörte ihr zu und hatte sich weder bewegt noch seine Stimme erhoben. Das einzige Geräusch im Zimmer war ihr heftiges Atmen.

Sie fuhr sich durch die Haare und rieb sich über ihr heftig klopfendes Herz. Dann erst merkte sie, dass ihr Tränen über die Wangen strömten.

»Wolltest du, dass ich mich so aufführe?«, fragte sie, während sie sich die Verwüstung ansah, die sie angerichtet hatte.

»Ich wollte, dass du es herauslässt.«

»Das habe ich jetzt ja wohl getan.« Sie presste sich die Finger an die Schläfen. »Ich bekomme von Wutanfällen immer Kopfschmerzen.«

»Das war kein Wutanfall.«

Sie lachte leise. »Wie würdest du es denn sonst nennen?«

»Aufrichtigkeit.« Er lächelte. »Selbst *ich* weiß, was das ist. Du bist nicht kalt, Miranda«, sagte er liebevoll. »Du bist nur verletzt. Und du bist liebenswert.«

Die Tränen strömten ihr über die Wangen, ohne dass sie etwas dagegen machen konnte. »Ich will nicht, dass meine Mutter mir das angetan hat, Ryan!«

Er trat auf sie zu und nahm ihr Gesicht in beide Hände. »Wir haben die Chance, dass wir in den nächsten Tagen die Antwort erfahren. Und dann wird es vorbei sein.«

»Aber ich werde mit der Antwort leben müssen.«

Er brachte sie nach Hause und überredete sie dazu, eine Schlaftablette zu nehmen und früh zu Bett zu gehen. Die Tatsache, dass sie kaum Widerstand leistete, bewies ihm, dass sie vollkommen am Ende war.

Als er sicher war, dass sie schlief und Andrew sich in seinen eigenen Flügel zurückgezogen hatte, zog Ryan den dunklen Pullover und die Jeans an, die er bei seinen nächtlichen Einbrüchen bevorzugte.

Er steckte seine Werkzeuge in die Tasche und nahm eine weiche, schwarze Aktentasche mit Schulterriemen mit, falls er etwas fand, das er transportieren musste.

Mirandas Schlüssel steckte in der Seitentasche ihrer Handtasche. Leise ging er nach draußen, öffnete die Autotür, setzte sich hinter das Steuer und rückte den Sitz zurecht. Er ließ den Wagen nicht an, sondern löste nur die Handbremse. Ohne Licht rollte er die Küstenstraße hinunter.

Er wartete, bis er ungefähr eine Viertelmeile vom Haus entfernt war, dann erst ließ er den Wagen an und schaltete das Licht ein.

Im Radio lief Puccini, und obwohl er Mirandas Vorliebe für die Oper teilte, passte sie jetzt nicht zu seiner Stimmung, deshalb suchte er einen anderen Sender. Als George Thorogoods »Bad to the Bone« erklang, grinste er.

Am Stadtrand wurde der Verkehr etwas dichter. Die Leute fahren zu Parties, dachte er, oder schon wieder nach Hause. Es war gerade erst Mitternacht.

Ganz anders als in der Stadt, die nie zur Ruhe kam.

Diese Yankees, dachte er, gehen früh zu Bett und stehen früh auf. Bewundernswert. Er stellte den Wagen auf dem Hotelparkplatz ab, weit entfernt vom Eingang. Er war sich ziemlich sicher, dass dieses bewundernswerte Verhalten auch für die Gäste aus Florenz galt. Der siebenstündige Zeitunterschied konnte in den ersten Tagen entsetzlich sein.

Er hatte bei seinem ersten Aufenthalt auch in diesem Hotel gewohnt und kannte die Gegebenheiten genau. Außerdem hatte er sich vorsichtshalber die Zimmernummern aller Personen besorgt, die er heute Nacht besuchen wollte.

Niemand nahm Notiz von ihm, als er die Halle durchquerte und direkt zu den Aufzügen ging – wie ein Mann, der es eilig hatte, in sein Bett zu kommen.

Elizabeth und Elise teilten sich im obersten Stockwerk eine Suite

445

mit zwei Schlafzimmern. Man brauchte einen Aufzugschlüssel, um dorthin zu gelangen. Und da Ryan ein umsichtiger Mann war – der zudem an alten Gewohnheiten festhielt –, hatte er den Zugangsschlüssel einfach behalten, als er seinerzeit aus dem Hotel ausgecheckt hatte.

Unter keiner der drei Türen der Suite sah er Licht, und er hörte auch keine Stimmen oder Geräusche vom Fernseher.

In weniger als zwei Minuten stand er im Wohnraum. Eine Weile lang blieb er ganz still stehen, lauschte und wartete, bis seine Augen sich an die Dunkelheit gewöhnt hatten. Zur Vorsicht entriegelte er die Terrassentüren, damit er, falls nötig, einen alternativen Fluchtweg hatte.

Dann machte er sich an die Arbeit. Zuerst durchsuchte er den Wohnraum, obwohl er bezweifelte, dass eine der beiden Frauen etwas Wichtiges oder Belastendes dort zurückgelassen hatte.

Im ersten Schlafzimmer musste er seine Taschenlampe benutzen. Er hielt den Lichtstrahl sorgfältig vom Bett weg, aus dem das leise, gleichmäßige Atmen einer Frau drang. Er nahm eine Aktentasche und eine Handtasche mit in den Wohnraum, um sie dort zu durchsuchen.

Sie gehörten Elizabeth, stellte er fest, als er die Handtasche durchsuchte. Er nahm alles heraus, sah jede Quittung, jeden Papierschnipsel durch und las jeden Eintrag in ihrem Terminkalender. In der Innentasche fand er einen Schlüssel. Einen Schlüssel für ein Bankschließfach. Er steckte ihn ein.

Er blätterte ihren Pass durch und nahm zur Kenntnis, dass die Stempel mit den Daten übereinstimmten, die sein Vetter ihm gegeben hatte. Es war Elizabeths erste Reise in die Staaten seit über einem Jahr, aber sie hatte in den letzten sechs Monaten zwei Kurzreisen nach Frankreich gemacht.

Bis auf den Schlüssel legte er alles wieder zurück. Dann wiederholte er die gleiche Prozedur mit ihrem Gepäck und durchsuchte schließlich noch ihren Schrank, die Kommode und den Kosmetikkoffer im Badezimmer.

Er brauchte über eine Stunde, bis er fertig war und sich dem zweiten Schlafzimmer widmen konnte.

Als er damit fertig war, kannte er Andrews Exfrau recht gut.

Sie mochte seidene Unterwäsche und das Parfüm Opium. Ihre Kleidung war zwar konservativ, stammte aber von Topdesignern. Sie benötigte viel Geld, um ihren teuren Geschmack zu befriedigen, und er nahm sich vor, ihr Einkommen zu überprüfen.

Der Laptop auf ihrem Schreibtisch wies darauf hin, dass sie sich Arbeit mitgebracht hatte. Der Inhalt ihrer Hand- und ihrer Aktentasche war unspektakulär. Ihr kleiner lederner Schmuckkasten enthielt ein paar gute Stücke aus italienischem Gold, ein paar sorgfältig ausgesuchte Juwelen und ein antikes Medaillon aus Silber mit dem Foto eines Mannes und dem einer Frau. Sie waren schwarz-weiß, bereits vergilbt und wahrscheinlich schon vor dem Zweiten Weltkrieg aufgenommen.

Vermutlich ihre Großeltern, dachte er.

Er verließ die beiden schlafenden Frauen und ging den Flur entlang zu Richard Hawthornes Zimmer. Auch er schlief fest.

Ryan brauchte zehn Minuten, um die Quittung für einen Lagerraum in Florenz zu finden. Er steckte sie ein.

Nach dreizehn Minuten fand er die .38er, ließ sie aber da, wo sie war.

Nach zwanzig Minuten hatte er das kleine Notizbuch entdeckt, das in einer schwarzen Herrensocke steckte. Ryan überflog die gekritzelten Eintragungen und verzog die Lippen zu einem grimmigen Lächeln.

Er steckte das Büchlein in die Tasche und ließ Richard schlafen. Sein Erwachen, dachte Ryan, während er hinausschlüpfte, wird rau genug sein.

»Wie bitte, hast du gerade gesagt, dass du heute Nacht in das Schlafzimmer meiner Mutter eingebrochen bist?«

»Ich habe nichts gestohlen«, beruhigte Ryan Miranda. Seit Stunden schon versuchte er, sie endlich einmal allein zu erwischen.

»In ihr Schlafzimmer?«

»Ich bin durch das Wohnzimmer gegangen, wenn es dich beruhigt. Es hätte doch nichts genutzt, sie alle hier zu versammeln, wenn ich nicht aktiv geworden wäre. Ich habe einen Schließfachschlüssel aus ihrer Handtasche entwendet. Mir kam es seltsam vor, dass sie ihn auf einer solchen Reise bei sich trägt. Aber er ist von einer amerikanischen Bank. Einer Bank aus Maine – mit einer Filiale in Jones Point.«

Miranda saß hinter ihrem Schreibtisch, zum ersten Mal, seit sie heute früh um sechs Uhr aufgestanden war. Es war inzwischen Nachmittag, und Ryan hatte sie während ihres Termins mit dem Floristen erwischt und sie vor die Alternative gestellt, entweder freiwillig mit ihm in ihr Büro zu gehen oder dorthin geschleppt zu werden.

»Ich verstehe das nicht, Ryan. Warum soll der Schlüssel zu einem Bankschließfach wichtig sein?«

»Leute tragen normalerweise die Dinge, die wichtig oder wertvoll für sie sind, bei sich, weil sie nicht wollen, dass andere Leute sie in die Finger bekommen. Auf jeden Fall gehe ich der Sache nach.«

Miranda öffnete den Mund, schloss ihn aber wieder, ohne etwas zu sagen. »In Elises Zimmer habe ich nur ihren Laptop gefunden. Komisch, dass sie ihn mit dorthingeschleppt hat, wo sie doch die meiste Zeit hier verbringt. Wenn es sich ergibt, gehe ich noch einmal hin und versuche, ob ich ihn öffnen kann. Natürlich nur, wenn sie nicht in ihrem Zimmer ist.«

»Oh, das wäre das beste«, erwiderte Miranda.

»Genau. In der Morelli-Suite habe ich so viel Schmuck gefunden, dass du einem Elefanten damit das Kreuz brechen könntest. Diese Frau ist ernsthaft schmucksüchtig – und wenn ich mir Zugang zu Vincentes Bankkonto verschaffen kann, werden wir sehen, wie hoch er sich verschuldet hat, um das alles bezahlen zu können. Und dein Vater …«

»Mein Vater? Er ist doch erst nach Mitternacht angekommen.«

»Wem sagst du das? Ich bin auf dem Weg aus der Suite deiner Mutter fast mit ihm zusammengestoßen. Nett vom Hotelpersonal, sie alle auf dem gleichen Flur unterzubringen.«

»Wir haben die Zimmer so gebucht«, murmelte sie.

»Jedenfalls habe ich erst die anderen Zimmer erledigt. Dadurch hatte er Zeit, sich einzurichten. Er ist auf der Stelle eingeschlafen. Wusstest du, dass dein Vater im letzten Jahr dreimal auf den Cayman-Inseln war?«

»Auf den Caymans?« Miranda wunderte sich, dass ihr Kopf nicht einfach von den Schultern fiel, so wie er sich drehte.

»Beliebtes Reiseziel. Gut zum Tauchen, Sonnen und Geldwaschen. Aber das ist alles nur Spekulation. Aber in Hawthornes Zimmer bin ich fündig geworden.«

»Du musst eine sehr abwechslungsreiche Nacht verbracht haben, während ich geschlafen habe.«

»Du brauchtest Ruhe. Schau mal, was ich gefunden habe.« Ryan zog die Lagerquittung aus seiner Tasche und faltete sie auseinander. »Er hat den Lagerraum gemietet, einen Tag nachdem die Bronze zu Standjo gebracht worden ist. Am Tag bevor dich deine Mutter angerufen und nach Florenz beordert hat. Was sagte Andrew noch über Zufälle? Es gibt keine.«

»Man mietet Lagerräume für alles Mögliche.«

»Im Allgemeinen mietet man keine Garage außerhalb der Stadt, wenn man kein Auto besitzt. Ich habe das überprüft, und es stimmt. Außerdem war da noch die Pistole.«

»Pistole?«

»Eine Pistole – frag mich nicht nach Baujahr und Modell. Ich versuche immer, Schusswaffen aus dem Weg zu gehen. Aber sie sah mir ziemlich brauchbar aus.«

Er nahm die Kanne von der Heizplatte, roch daran und stellte erfreut fest, dass der Kaffee noch frisch war. »Ich glaube, es gibt ein Gesetz über das Tragen von Schusswaffen in Flugzeugen«, fügte er hinzu, während er sich eine Tasse einschenkte. »Ich bezweifle, dass er sie auf legalem Weg hier eingeführt hat. Und warum sollte ein netter, ruhiger Forscher eine Pistole brauchen, wenn er eine Ausstellung besucht?«

»Ich weiß nicht. Richard und eine Pistole? Das macht keinen Sinn.«

»Ich denke doch. Sieh dir das hier mal an.« Er zog das Notizbuch aus seiner Tasche. »Du kannst es später lesen, ich erzähle dir jetzt schnell die wichtigsten Dinge. Es enthält die Beschreibung einer Bronze, neunzig Komma vier Zentimeter hoch, vierundzwanzig Komma achtundsechzig Kilogramm schwer. Ein weiblicher Akt. Es enthält Testergebnisse von dieser Bronze, die sie auf das späte fünfzehnte Jahrhundert im Stil von Michelangelo datieren.«

449

Das Blut wich Miranda aus den Wangen, und ihre Augen wurden glasig. Ryan drückte ihr die Kaffeetasse in die Hand. »Der erste Test ist neunzehn Uhr durchgeführt worden, an dem Tag, an dem die *Dunkle Lady* bei Standjo angenommen wurde. Die Labors schließen wahrscheinlich an den meisten Abenden um acht.«

»Er hat selbst Tests an ihr durchgeführt?«

»Sie sind Schritt für Schritt aufgeführt, mit Uhrzeit und Ergebnissen. Die Arbeit zweier ganzer Nächte, und dazu kommen noch einige andere Untersuchungspunkte. Die Dokumentation zum Beispiel. Er hat etwas entdeckt, was du nicht herausgefunden hast, und er hat dir nichts davon gesagt. Eine alte Taufurkunde aus dem Convent of Mercy, ausgestellt von der Äbtissin, über einen männlichen Säugling. Der Name der Mutter ist mit Giulietta Buonadoni angegeben.«

»Sie hatte ein Kind. Ich hatte darüber gelesen, dass es ein Kind gab, möglicherweise den illegitimen Sohn von einem der Medicis. Sie hat es wahrscheinlich zu seinem eigenen Schutz weggegeben, da es zu jener Zeit politische Spannungen gab.«

»Das Kind wurde auf den Namen Michelangelo getauft.« Ryan machte eine Pause. »Man könnte spekulieren, vielleicht nach seinem Papa.«

»Michelangelo hat nie ein Kind gezeugt. Er war, allen Berichten nach, homosexuell.«

»Deswegen kann er doch trotzdem ein Kind zeugen«, widersprach Ryan, aber dann zuckte er mit den Schultern. »Es muss ja nicht unbedingt bedeuten, dass das Kind von ihm war, aber es erhärtet auf jeden Fall die Theorie, dass sie eine enge persönliche Beziehung zueinander hatten, und wenn das so war …«

»Dann ist es um so wahrscheinlicher, dass sie ihm Modell saß.«

»Genau. Hawthorne hielt es jedenfalls für wichtig genug, um es in seinem kleinen Buch festzuhalten – und die Information vor dir zu verschweigen. Wenn sie ein Liebespaar waren – und sei es auch nur ein einziges Mal gewesen – oder wenn sie eine so enge platonische Beziehung hatten, dass sie ihr einziges Kind nach ihm benannte, dann liegt die Schlussfolgerung nicht mehr fern, dass er auch die Skulptur von ihr geschaffen hat.«

»Es wäre zwar kein Beweis, aber auf jeden Fall ein gewichtiger

Hinweis. Es macht es immer weniger wahrscheinlich, dass sie *nicht* Modell gestanden hat. Und wir haben keine Dokumentation von einer anderen Skulptur oder einem anderen Gemälde Michelangelos, für das Giulietta als Modell diente. Oh, das ist gut«, murmelte sie und schloss die Augen. »Das ist doch wenigstens ein Sprungbrett, von dem aus man weitersehen kann.«

»Richard wollte nicht, dass du weitersiehst.«

»Nein, und ich habe mich ja auch in diesem Bereich zurückgehalten. Ich habe alle Nachforschungen ihm überlassen. Ich habe mich nur an die Quellen gehalten, die er mir gegeben hat. Er hat die Wahrheit genauso erkannt wie ich. Wahrscheinlich in der Minute, in der er die Skulptur in der Hand hielt.«

»Ich würde sagen, da liegst du richtig, Dr. Jones.«

Sie sah jetzt ganz deutlich vor sich, wie alles abgelaufen war. »Richard hat die Bronze gestohlen und sie kopiert. Und den *David* muss er auch genommen haben.« Sie presste sich die Faust auf den Magen. »Er hat Giovanni umgebracht!«

»Es wäre kein Beweis«, sagte Ryan und legte das Notizbuch auf ihren Schreibtisch, »aber ein wichtiger Hinweis.«

»Wir müssen das Notizbuch der Polizei übergeben.«

»Noch nicht.« Er legte seine Hand darüber, bevor sie danach greifen konnte. »Ich würde mich sehr viel – wohler fühlen, wenn wir die Skulpturen in der Hand hätten, bevor wir mit der Polizei reden. Ich fliege morgen nach Florenz und nehme seine Garage in Augenschein. Wenn sie da nicht stehen, sind sie in seiner Wohnung, oder es gibt dort einen Hinweis, wo sie sind. Sobald wir sie haben, besprechen wir, was wir der Polizei sagen.«

»Er muss für den Mord an Giovanni bezahlen.«

»Das wird er. Er wird für alles bezahlen. Gib mir achtundvierzig Stunden Zeit, Miranda. Wir sind kurz vor dem Ziel.«

Sie presste die Lippen zusammen. »Ich habe noch nicht vergessen, was das für meine Karriere oder die Kunstwelt bedeuten kann. Und ich weiß, dass wir ein Abkommen geschlossen haben. Aber ich bitte dich, mir zu versprechen, dass die Aufklärung des Mordes an Giovanni an erster Stelle steht.«

»Wenn Hawthorne dafür verantwortlich ist, wird er bestraft. Das verspreche ich dir.«

»In Ordnung. Wir gehen erst zur Polizei, wenn du aus Florenz zurück bist. Aber heute Abend … Wie sollen wir den heutigen Abend überstehen? Er wird da sein!«

»Heute Abend läuft alles wie geplant. Es kommen Hunderte von Leuten«, fuhr er fort, bevor sie etwas einwenden konnte. »Alles ist vorbereitet. Du lässt dich einfach treiben. Das Institut und meine Galerien haben schließlich viel investiert. Und wir wissen nicht, ob er allein gearbeitet hat.«

Miranda fuhr sich mit den Händen an den Armen entlang. »Es ist immer noch möglich, dass es meine Mutter war. Jeder von ihnen könnte es gewesen sein.« Wieder trat der entsetzte Ausdruck in ihre Augen.

»Du musst damit zurechtkommen, Miranda.«

»Das habe ich auch vor.« Sie ließ die Hände sinken. »Das werde ich auch.«

»Hawthorne hat einen Fehler gemacht. Und jetzt warten wir ab, ob er – oder jemand anders – noch einen macht. Sobald ich die Skulpturen habe, übergeben wir ihn der Polizei. Und ich habe das Gefühl, er wird nicht allein hängen wollen.«

Miranda sprang auf. »Hängen!«

»Das ist nur so ein Ausdruck.«

»Aber – Gefängnis oder noch etwas Schlimmeres. Das heißt das doch. Ja, selbst lebenslänglich Gefängnis oder … Wenn es jemand aus meiner Familie war, wenn es einer von ihnen ist, Ryan, dann kann ich es nicht. Nein, das halte ich nicht aus.«

»Miranda.« Er griff nach ihren Händen, doch sie entzog sie ihm.

»Nein, nein! Es tut mir leid. Es ist nicht richtig, ich weiß, dass es nicht richtig ist. Giovanni, und dann dieser arme Mann, seine Frau und die Kinder, aber – wenn wir herausfinden, dass es jemand aus meiner Familie war, weiß ich nicht, ob ich mit dem Wissen weiterleben kann, dass ich ihn hinter Gitter gebracht habe.«

»Nur eine Minute.« Ryan packte sie, bevor sie ihm ausweichen konnte. »Wer auch immer für das alles verantwortlich ist, hat dein Leben aufs Spiel gesetzt. Und ich werde dafür sorgen, dass er dafür bezahlt.«

»Nein, nicht mein Leben. Meinen Ruf, meine Karriere.«

»Wer hat denn diesen Bastard engagiert, der dich mit dem Messer bedrohte? Wer hat dir Faxe geschickt, um dich zu ängstigen und zu verletzen?«

»Das muss Richard gewesen sein.« Traurig blickte Miranda ihn an. »Und wenn nicht, dann will ich trotzdem nicht dafür verantwortlich sein, dass jemand aus meiner Familie ins Gefängnis kommt.«

»Und was hast du für eine Alternative? Sie laufenzulassen? Die *Dunkle Lady* da zu lassen, wo sie ist, das Notizbuch zu verbrennen, zu vergessen, was geschehen ist?«

»Ich weiß nicht.«

Er nahm das Büchlein und legte es sich auf die Handfläche, als wolle er sein Gewicht abschätzen. Dann hielt er es ihr hin. »Nimm du es und bewahr es auf.«

Sie starrte darauf und ergriff es so zögerlich, als ob ihr das Leder die Hand verbrennen könnte. »Wie soll ich bloß den Rest des Tages überstehen? Und erst den Abend?«

»Das wirst du schon schaffen. Ich bin ja bei dir. Wir stehen das zusammen durch.«

Miranda nickte, legte das Buch in ihre Schreibtischschublade und schloss sie ab. Achtundvierzig Stunden, dachte sie. So lange hatte sie Zeit zu entscheiden, ob sie das Notizbuch der Öffentlichkeit übergeben oder es verbrennen sollte.

Es wird großartig werden. Ich weiß jetzt, wie es funktionieren wird. Alles ist vorbereitet. Miranda hat alles für mich vorbereitet. Alle Leute werden die großartigen Kunstwerke bewundern, Champagner trinken und sich mit Canapés vollstopfen. Und sie wird sich anmutig und kühl unter ihnen bewegen. Die geniale Dr. Jones. Die perfekte Dr. Jones.

Die dem Untergang geweihte Dr. Jones.

Sie wird der strahlende Mittelpunkt sein, sich in den Komplimenten sonnen. Eine großartige Ausstellung, Dr. Jones. Fantastisch arrangiert. O ja, das werden sie sagen, und sie werden es denken, und die Fehler, die sie gemacht hat, die Peinlichkeiten, die sie verursacht hat, werden in den Hintergrund treten. Als ob meine ganze Arbeit nichts gewesen wäre.

Ihr Stern ist wieder dabei aufzugehen.

Aber heute Abend wird er für immer sinken.

Ich habe für heute Abend meine eigene Ausstellung geplant, eine,
die ihre überstrahlen wird. Ich habe ihr den Titel Tod eines Verräters
gegeben.

Ich glaube, sie wird hervorragende Rezensionen bekommen.

28

Niemand sah ihr an, dass sich in ihrem Magen Tausende von Schmetterlingen tummelten. Ihre Hände waren kühl und ruhig, ihr Lächeln fröhlich. In ihrem Innern stolperte sie bei jedem Schritt, stotterte bei jedem Satz, den sie sagte. Aber äußerlich merkte man ihr nichts an.

Sie trug ein langes, schmales, mitternachtsblaues Kleid mit einem hochgeschlossenen Kragen und langen, schmalen Ärmeln. Sie war dankbar dafür, dass es so viel Haut bedeckte, denn ihr war unendlich kalt. Seit Ryan ihr das Notizbuch gegeben hatte, war ihr nicht mehr warm geworden.

Sie beobachtete ihre Mutter, die sich elegant wie eine Kaiserin in einem rosafarbenen Kleid in der Menge bewegte – sie berührte hier einen Arm, ergriff dort eine ausgestreckte Hand, küsste eine Wange. Sie beherrschte vollendet die Kunst, zur richtigen Zeit immer das richtige zur richtigen Person zu sagen.

An ihrer Seite war natürlich ihr Mann, blendend aussehend in seinem Smoking, der weitgereiste Abenteurer mit dem interessanten Aussehen eines Gelehrten. Wie gut sie doch zusammen aussahen, wie perfekt die Jones' aus Jones Point doch nach außen wirkten. Kein Makel verunzierte die Fassade. Aber unter dem Glanz war nichts.

Wenn sie es darauf anlegen, sind sie ein großartiges Team, dachte sie. Für das Institut, für die Kunst, für den Ruf der Jones' setzten sie sich ein, wie sie es für die Familie nie getan hatten.

Miranda wollte sie dafür hassen, aber sie dachte an das Büchlein und empfand nur Furcht.

Sie wandte sich ab und trat durch den Durchgang.

»Du gehörst in eines der Gemälde hinter dir.« Ryan ergriff ihre Hand. »Du siehst großartig aus.«

»Ich bin vor Angst wie gelähmt.« Kaum waren die Worte aus ihrem Mund, musste sie lächeln, weil ihr einfiel, dass sie noch vor ein paar Monaten nicht in der Lage gewesen wäre, irgendjemandem zu sagen, wie ihr zumute war. »Das geht mir in großen Menschenmengen immer so.«

»Dann tun wir doch einfach so, als wenn nur du und ich hier wären. Aber etwas fehlt. Du brauchst Champagner.«

»Ich halte mich heute Abend an Wasser.«

»Ein Glas, damit wir uns zuprosten können.« Er reichte ihr eine Champagnerflöte, die er vom Tablett eines vorbeieilenden Kellners genommen hatte. »Auf die äußerst erfolgreichen Ergebnisse deiner Arbeit, Dr. Jones.«

»Es ist schwer, sie zu genießen.«

»Gib dich einfach dem Augenblick hin«, forderte er sie auf. »Es ist ein guter Augenblick.« Er küsste sie leicht auf den Mund. »Ich finde deine Schüchternheit bezaubernd«, flüsterte er ihr ins Ohr. »Und deine Fähigkeit, sie zu verbergen, ist bewundernswert.«

Ihr Blick wurde fröhlicher. »Bist du mit diesem Talent schon auf die Welt gekommen, oder hast du es dir erst später angeeignet?«

»Welches? Ich habe so viele.«

»Das Talent, genau das richtige im absolut richtigen Augenblick zu sagen.«

»Vielleicht weiß ich einfach, was du hören musst. In der Center Hall wird getanzt. Du hast noch nie mit mir getanzt.«

»Ich bin eine furchtbar schlechte Tänzerin.«

»Vielleicht bist du nur nie richtig geführt worden.« Miranda zog missbilligend die Augenbrauen hoch, genau wie er gehofft hatte. »Komm, lass es uns versuchen.«

Ryan legte ihr die Hand unten auf den Rücken, während er sie durch die Menge führte. Auch er wusste offenbar, wie man sich in einer großen Gesellschaft bewegt. Wie er im Vorbeigehen mit wenigen Worten bezaubern konnte. Sie hörte die fernen Klänge eines Walzers – Klavier und Geige –, gemurmelte Gespräche und plötzlich aufbrausendes Gelächter.

Sie hatte die Center Hall mit Weinranken und Palmenkübeln dekorieren lassen. In den Palmen glitzerten die winzigen Lichterketten, die sie immer an Sterne erinnerten. Überall waren Kristallvasen mit duftenden weißen Lilien und blutroten Rosen verteilt. Jeder einzelne Tropfen des antiken Kristallüsters war mit Essigwasser abgewaschen worden, sodass er jetzt in seiner ganzen Pracht strahlte.

Auf der Tanzfläche drehten sich die Paare. Andere standen an der Treppe und tranken Wein oder saßen auf den Stühlen, die sie mit rosafarbenem Damast hatte beziehen lassen.

Ständig wurde Miranda angesprochen und beglückwünscht. Wenn es gelegentlich eine gemurmelte Bemerkung über die Fiesole-Bronze gab, so waren doch die meisten Leute diskret genug, zu warten, bis sie außer Hörweite war.

»Da ist Mrs. Collingforth!« Miranda nickte einer Frau mit dicken weißen Haaren in einem braunen Samtkleid zu.

»Von den Portland-Collingforths?«

»Ja. Ich möchte mich vergewissern, dass sie sich wohlfühlt – und dich ihr vorstellen. Sie mag attraktive junge Männer.«

Miranda trat auf die Witwe zu. »Mrs. Collingforth, ich hoffe, es gefällt Ihnen bei uns.«

»Hübsche Musik«, erwiderte diese. »Und schönes Licht überall. Es wurde auch Zeit, dass Sie ein bisschen Schwung hier hereinbringen. Orte, an denen Kunst ausgestellt wird, dürfen nicht allzu verstaubt sein. Kunst ist lebendig, und man sollte sie nicht wie Leichen verstauen. Und wer ist das?«

»Ryan Boldari.« Er verbeugte sich und küsste ihr die Hand. »Ich habe Miranda gebeten, uns einander vorzustellen, Mrs. Collingforth. Ich wollte Ihnen persönlich für Ihre Großzügigkeit danken, dass Sie dem Institut so viele wundervolle Stücke aus Ihrer Sammlung geliehen haben. Sie tragen wesentlich zum Erfolg der Ausstellung bei.«

»Wenn das Mädchen mehr Parties gäbe, statt sich in einem Labor zu vergraben, hätte ich sie ihr schon früher geliehen.«

»Da haben Sie vollkommen recht.« Ryan strahlte Mrs. Collingforth an, und Miranda kam sich völlig überflüssig vor. »Kunst muss zelebriert, nicht nur studiert werden.«

»Sie klebt förmlich an ihren Mikroskopen.«

»Und dabei übersieht man häufig das Gesamtbild.«

Mrs. Collingforth kniff die Augen zusammen und schürzte die Lippen. »Ich mag Sie.«

»Danke. Ich frage mich, Madam, ob ich Sie wohl zu einem Tanz überreden könnte?«

»Nun …« Ihre Augen funkelten. »Ich würde mich sehr freuen, Mr. Boldari.«

»Bitte nennen Sie mich Ryan«, forderte er sie auf, während er ihr half aufzustehen. Er warf Miranda über die Schulter ein wölfisches Grinsen zu und geleitete Mrs. Collingforth zur Tanzfläche.

»Das war gekonnt«, murmelte Andrew hinter Miranda.

»Ganz schön schleimig. Es ist ein Wunder, dass er nicht ausrutscht und sich den Hals bricht.« Sie nahm einen Schluck von ihrem Champagner. »Hast du seine Familie schon kennengelernt?«

»Machst du Witze? Ich glaube, jede zweite Person hier ist mit ihm verwandt. Seine Mutter hat mich umarmt und wollte wissen, ob ich schon einmal daran gedacht habe, hier Kunstunterricht für Kinder anzubieten, und warum denn nicht, ob ich Kinder nicht mögen würde? Und bevor ich reagieren konnte, hat sie mich auch schon dieser Kinderpsychologin vorgestellt – alleinstehend, weiblich«, fügte Andrew hinzu. »Sie ist großartig.«

»Die Psychologin?«

»Nein – na ja, sie war ganz nett und fast genauso verwirrt wie ich. Nein, Ryans Mutter. Sie ist großartig.« Er fummelte nervös mit seinen Händen herum.

Miranda ergriff seine Hand und drückte sie. »Ich weiß, dass es schwer für dich ist. All diese Leute – und dann Elise.«

»Eine Art Feuerprobe. Elise, die Eltern und überall kostenloser Stoff.« Er blickte zum wiederholten Mal zum Eingang. Annie war noch nicht gekommen.

»Du musst dich beschäftigen. Möchtest du tanzen?«

»Mit dir?« Er warf ihr einen verblüfften Blick zu und lachte dann lauthals auf. »Wir würden beide mit gebrochenen Zehen in der Notaufnahme landen.«

»Ich riskiere es, wenn du Lust hast.«

Zärtlich lächelte er sie an. »Miranda, du warst schon immer ein Höhepunkt meines Lebens. Mir geht es gut. Lass uns einfach ein bisschen die Leute beobachten.«

Doch plötzlich erstarrte sein Lächeln. Miranda brauchte nicht den Kopf zu wenden, um zu wissen, dass er Elise gesehen hatte.

Sie kam auf sie zu, eine schlanke Fee in Weiß. Miranda verspürte zunächst Ärger, doch dann sah sie die Nervosität in Elises Blick.

»Ich wollte euch beiden nur zu der wundervollen, erfolgreichen Ausstellung gratulieren. Alle geraten ins Schwärmen. Ihr habt großartige Arbeit für das Institut und das ganze Unternehmen geleistet.«

»Wir hatten reichlich Hilfe«, sagte Miranda. »Die Angestellten haben etliche Überstunden gemacht.«

»Das Ergebnis könnte nicht großartiger sein. Andrew ...« Es sah so aus, als hole sie tief Luft. »Ich möchte mich entschuldigen, weil ich die Situation so schwierig mache. Ich weiß, dass es unangenehm für dich ist, dass ich hier bin. Ich werde heute Abend nicht mehr lange bleiben, und ich habe beschlossen, morgen nach Florenz zurückzufliegen.«

»Du musst wegen mir deine Pläne nicht ändern.«

»Ich tue es auch wegen mir.« Sie blickte Miranda an und bemühte sich um ein Lächeln. »Ich wollte aber nicht verschwinden, bevor ich dir nicht gesagt habe, wie sehr ich deine Leistung hier bewundere. Deine Eltern sind sehr stolz auf dich.«

Miranda musste unwillkürlich lachen. »Meine Eltern?«

»Ja, Elizabeth sagte gerade ...«

»Annie.« Andrew sprach den Namen fast wie ein Gebet aus, und Elise brach mitten im Satz ab und starrte ihn an. »Entschuldigt mich bitte.«

Er kämpfte sich durch die Menge. Sie sieht ganz verloren aus in diesem Meer von Menschen, dachte er. Und so hübsch mit ihren glänzenden Haaren. Ihr rotes Kleid leuchtete wie eine Flamme und strahlte in all dem nüchternen, konservativen Schwarz Leben und Wärme aus.

»Ich freue mich so, dass du gekommen bist!« Andrew ergriff Annies Hände wie Rettungsanker.

»Ich weiß gar nicht, warum. Ich komme mir so albern vor.« Das Kleid ist zu kurz, dachte sie. Es ist zu rot. Es passte nicht hierhin. Ihre Warenhausohrringe sahen aus wie billige Kronleuchter – und was war in sie gefahren, dass sie sich Schuhe mit Straßspangen gekauft hatte? Sie sah so billig aus!

»Ich freue mich so, dass du da bist«, sagte Andrew noch einmal und küsste sie, ohne auf die zahlreichen hochgezogenen Augenbrauen zu achten.

»Ich sollte mir einfach ein Tablett nehmen und Drinks herumreichen. Dann würde ich besser hierherpassen.«

»Du passt sehr gut hierher. Komm mit zu Miranda.« Als er sich jedoch umdrehte, traf sein Blick den von Elise. Sie stand immer noch an derselben Stelle. Andrew sah, dass Miranda ihren Arm berührte und etwas murmelte, aber Elise schüttelte nur den Kopf und ging weg.

»Deine Frau hat recht aufgebracht ausgesehen«, kommentierte Annie eifersüchtig.

»Exfrau«, erinnerte Andrew sie. Dankbar registrierte er, dass Miranda auf sie zukam.

»Annie, wie schön, dich zu sehen! Jetzt weiß ich endlich, nach wem Andrew den ganzen Abend Ausschau gehalten hat.«

»Ich wollte eigentlich gar nicht kommen.«

»Dann freue ich mich, dass du deine Meinung geändert hast.« Miranda folgte einem seltenen Impuls und drückte ihre Wange an Annies. »Er braucht dich«, flüsterte sie. Dann richtete sie sich lächelnd wieder auf. »Ich sehe ein paar Leute, die du bestimmt gern kennenlernen möchtest. Andrew, warum stellst du Annie nicht Mr. und Mrs. Boldari vor?«

Er folgte ihrem Blick und grinste. »Ja, danke. Komm, Annie, sie werden dir gefallen.«

Miranda freute sich über den warmen Glanz in Andrews Augen. Ihre Laune hob sich so sehr, dass sie Ryan sogar gestattete, sie zum Tanzen zu führen.

Als sie Richard erblickte, der aufmerksam ein Gemälde von der Heiligen Familie betrachtete, wandte sie sich einfach ab.

Sie würde Ryans Rat befolgen – dieses Mal zumindest – und nur für den Augenblick leben.

Sie fragte sich gerade, ob sie noch ein Glas Champagner trinken und noch einmal tanzen sollte, als Elizabeth zu ihr trat. »Miranda, du vernachlässigst deine Pflichten. Ich habe mit einigen Leuten gesprochen, die sagten, sie hätten noch kein Wort mit dir gewechselt. Die Ausstellung allein reicht nicht, du musst heute Abend auch präsent sein.«

»Natürlich, du hast recht.« Sie reichte ihrer Mutter das Glas Champagner, aus dem sie noch nicht getrunken hatte, und ihre Blicke trafen sich. »Ich tue meine Pflicht. Ich tue, was für das Institut getan werden muss.« Dann trat sie einen Schritt zurück.

Nein, dachte sie dann, ich werde auch tun, was für mich selbst nötig ist. »Du hättest mir heute Abend wenigstens einmal sagen können, dass ich gute Arbeit geleistet habe. Aber vermutlich wären dir die Worte im Hals steckengeblieben.«

Damit drehte sie sich um und ging die Treppe zum zweiten Stock hoch.

»Gibt es ein Problem, Elizabeth?«

Elizabeth warf ihrem Mann einen kurzen Blick zu, dann sah sie wieder Miranda nach. »Ich weiß nicht. Aber ich werde es schon herausfinden.«

»Senator Lamb würde dich gern sehen. Er ist ein großer Förderer der NEA.«

»Ja, ich weiß.« Ihre Stimme klang eine Spur zu scharf. Freundlicher fügte sie hinzu: »Ich rede selbstverständlich mit ihm.«

Und danach würde sie sich um Miranda kümmern.

Miranda hatte Ryan aus den Augen verloren. Und Andrew machte wohl Annie mit den Boldaris bekannt. Ungefähr eine Stunde lang konzentrierte sich Miranda auf ihre Rolle als Gastgeberin. Als sie schließlich in die Damentoilette schlüpfte, war sie erleichtert, sie leer vorzufinden.

Zu viele Leute, dachte sie, während sie sich einen Augenblick lang an das Wandbord lehnte. Sie fühlte sich einfach nicht wohl in Gegenwart so vieler Leute. Konversation, Geplauder, schwache Witze. Ihr Gesicht war ganz steif vom ständigen Lächeln.

Doch dann schüttelte sie den Kopf. Sie hatte keinen Grund zum Jammern. Alles war gelungen. Die Ausstellung, die Gala, die Presse, die Reaktionen. All das würde dazu beitragen, den Makel in ihrer Reputation auszuwetzen.

Sie sollte dankbar dafür sein. Sie wäre ja auch dankbar, wenn sie nur wüsste, was sie als Nächstes tun musste.

Nun, morgen ist immer noch Zeit, um Entscheidungen zu treffen, redete sie sich gut zu. Morgen, nachdem sie mit ihrer Mutter geredet hatte. Das war der richtige Weg. Der einzig logische Schritt. Es war an der Zeit, dass sie sich endlich einmal auseinandersetzten.

Und wenn ihre Mutter schuldig war? Teil einer Verschwörung mit Diebstahl und Mord?

Sie schüttelte den Kopf. Morgen, dachte sie noch einmal, und holte ihren Lippenstift aus der Tasche.

Als der Knall ertönte, zuckte sie zusammen. Das kleine Goldröhrchen fiel zu Boden. Mit weit aufgerissenen Augen blickte Miranda in den Spiegel.

Schüsse? Unmöglich.

Sie war noch wie erstarrt, als sie den entsetzten Schrei einer Frau hörte.

Dann eilte sie zur Tür.

Draußen liefen schreiende Menschen umher. Miranda bahnte sich mit Händen und Ellbogen einen Weg und erreichte die Treppe gerade in dem Moment, in dem auch Ryan gerade dort ankam.

»Es ... Von oben. Es ist von oben gekommen.«

»Bleib hier.«

Er hätte sich seinen Atem sparen können. Sie raffte ihren Rock und rannte hinter ihm her. Er riss das Samtband beiseite, das den Bürobereich im dritten Stock von den Galerieräumen abtrennte.

»Du siehst hier nach«, begann sie. »Ich werde ...«

»Den Teufel wirst du tun. Wenn du schon nicht unten bleiben willst, dann kommst du mit mir!« Er ergriff ihre Hand und bemühte sich, sie zu decken, während sie den Flur entlangliefen.

Von der Treppe her näherten sich weitere Schritte. Andrew nahm die letzten drei Stufen auf einmal. »Das war eine Pistole! Miranda, geh nach unten! Annie, geh mit ihr zurück.«

»Nein.«

Da keine der beiden Frauen auf ihn hörte, wies Ryan nach links. »Ihr übernehmt diese Seite. Wir gehen hier entlang. Wer auch immer geschossen hat, ist möglicherweise schon längst weg«, fügte er hinzu, als er vorsichtig eine Tür öffnete. »Miranda, bleib hinter mir.«

»Bist du etwa kugelsicher?« Sie griff unter seinem Arm durch und schaltete das Licht ein. Ryan schob sie einfach beiseite, betrat das Zimmer, sah sich rasch um. Befriedigt darüber, dass es leer war, zog er Miranda hinein.

»Verschließ die Tür und ruf die Polizei an.«

»Ich rufe sie erst an, wenn ich weiß, was ich ihnen sagen soll.« Sie schubste ihn beiseite und machte sich auf den Weg zum nächsten Zimmer.

Er renkte ihr fast den Arm aus. »Gib dir bitte Mühe, ein bisschen weniger als Zielscheibe zu dienen, Dr. Jones!«

Sie schlichen weiter den Flur entlang. Dann entdeckte er einen schwachen Lichtschein unter der Tür, die in den Vorraum ihres Büros führte. »Hast du das Licht angelassen?«

»Nein. Und die Tür müsste eigentlich verschlossen sein. Sie ist aber nicht ganz zu!«

»Zieh deine Schuhe aus.«

»Wie bitte?«

»Zieh deine Schuhe aus«, wiederholte er. »Ich will, dass du weglaufen kannst, wenn es sein muss, und dass du dir dabei nicht auf den hohen Absätzen den Knöchel brichst.«

Schweigend hielt Miranda sich an ihm fest, um ihre Schuhe auszuziehen. Beinahe hätte sie über den Anblick gelacht, als er einen davon als Waffe in die Hand nahm.

Langsam schob er die Tür auf. Sie öffnete sich einen Spalt, stieß dann aber auf ein Hindernis. Miranda griff erneut unter seinem Arm durch und schaltete das Licht ein.

»O mein Gott!«

Sie erkannte die untere Hälfte des weißen Kleides, das Glitzern der silbernen Schuhe. Da ließ sie sich auf die Knie sinken und schob die Tür so weit mit der Schulter auf, dass sie sich hindurchquetschen konnte.

Elise lag mit dem Gesicht nach unten auf dem Boden. Aus einer Wunde an ihrem Hinterkopf sickerte Blut. Miranda presste die Finger auf Elises Kehle und spürte einen schwachen Puls. »Sie lebt«, rief sie. »Sie lebt! Ruf einen Krankenwagen. Schnell!«

»Hier.« Er gab ihr ein Taschentuch. »Drück das dagegen. Vielleicht stoppt es die Blutung.«

»Beeil dich doch!« Miranda faltete das Taschentuch zusammen

463

und presste es auf die Wunde. Ihr Blick fiel auf die Bronzeskulptur *Venus*. Eine Kopie des Donatello, den Ryan so gern haben wollte.

Noch eine Bronze, dachte sie dumpf. Noch eine Kopie. Noch ein Opfer.

»Miranda, was …« Andrew drängte sich durch die Tür und blieb abrupt stehen. »Jesus! O Jesus, Elise!« Er kniete sich hin und befingerte die Wunde und ihr Gesicht. »Ist sie tot? O mein Gott.«

»Nein, sie lebt. Ryan holt einen Krankenwagen. Gib mir dein Taschentuch. Ich glaube, die Wunde ist nicht tief, aber ich muss die Blutung stoppen.«

»Wir sollten sie zudecken. Hast du eine Decke oder Handtücher hier?«, fragte Annie. »Wir müssen sie warm halten, falls sie einen Schock hat.«

»In meinem Büro ist eine Decke. Dort durch die Tür.«

Annie trat über Andrew hinweg.

»Ich glaube, wir sollten sie umdrehen.« Miranda drückte das frische Taschentuch fest auf die Wunde. »Um nachzusehen, ob sie nicht noch eine andere Verletzung hat. Kannst du das machen, Andrew?«

»Ja.« Vorsichtig stützte er Elises Nacken ab, während er sie herumrollte. Ihre Augenlider flatterten. »Ich glaube, sie kommt zu sich. Außer an der Wunde an ihrem Kopf kann ich nirgendwo Blut sehen.« Er berührte vorsichtig eine Prellung an ihrer Schläfe. »Hier hat sie sich wahrscheinlich den Kopf angeschlagen, als sie zu Boden gestürzt ist.«

»Miranda.« Annie trat wieder ins Zimmer. Ihre Augen waren ganz dunkel, und ihre Stimme klang dumpf. »Ryan braucht dich. Andrew und ich kümmern uns um Elise.«

»In Ordnung. Versucht sie ruhig zu halten, wenn sie zu sich kommt.« Sie stand auf. Annie ergriff sie am Arm.

»Mach dich auf etwas Schlimmes gefasst«, murmelte sie. Dann trat sie zu Elise und legte die Decke über sie. »Sie kommt schon durch, Andrew. Der Krankenwagen ist unterwegs.«

Miranda lief in ihr Büro. *Ein* Kankenwagen wird nicht genug sein, dachte sie benommen. Und ein paar Taschentücher reichten nicht aus, um hier das ganze Blut aufzuwischen.

Es bildete einen Teich auf ihrem Schreibtisch und tröpfelte bereits auf den Teppich hinunter. Und auch das Fenster war von Blutspritzern bedeckt.

Quer über ihrem Schreibtisch lag mit blutgetränktem weißem Hemd Richard Hawthorne.

Der Sicherheitsdienst hielt die Journalisten und die Neugierigen vom dritten Stock fern. Als die Mordkommission eintraf, war alles gesichert, und Elise war bereits auf dem Weg ins Krankenhaus.

Miranda gab immer wieder die gleiche Erklärung ab. Und sie log. Lügen, dachte sie dumpf, sind mir schon zur Gewohnheit geworden.

Nein, sie hatte keine Ahnung, warum Richard oder Elise in ihrem Büro gewesen waren. Nein, sie wusste nicht, warum ihn jemand hatte umbringen wollen. Als sie sie schließlich entließen, ging sie mit zitternden Beinen die Treppe hinunter.

Annie saß auf der untersten Stufe und hatte die Arme um sich geschlungen.

»Darfst du nicht gehen, Annie?«

»Doch, sie haben gesagt, sie wären jetzt mit mir fertig.«

Miranda blickte auf die Wachbeamten an den Durchgängen und auf die Polizisten, die den Flur absuchten. Dann setzte sie sich neben Annie. »Ich weiß auch nicht, was ich mit mir anfangen soll. Ich nehme an, sie reden noch mit Ryan. Andrew habe ich nicht gesehen.«

»Sie haben ihn mit Elise ins Krankenhaus fahren lassen.«

»Oh.«

»Er liebt sie immer noch.«

»Das glaube ich nicht.«

»Er hängt immer noch an ihr, Miranda. Und warum auch nicht?« Annie presste die Hände an ihren Kopf. »Ich muss verrückt sein und schäme mich so sehr, dass ich mir darüber Gedanken mache, wo gerade ein Mann erschossen und Elise verletzt worden ist.«

»Man kann seine Gefühle und Gedanken nicht immer unter Kontrolle halten. Ich habe das früher nicht geglaubt, aber inzwischen weiß ich es besser.«

»Ich hatte meine auch immer gut im Griff. Na ja.« Annie schniefte, rieb sich das Gesicht und stand auf. »Ich gehe jetzt besser nach Hause.«

»Warte auf Ryan, Annie. Wir fahren dich.«

»Ist schon in Ordnung. Mein Schrotthaufen steht vor der Tür. Ich komme schon zurecht. Sag Andrew, ich hoffe, dass es Elise gut geht, und – wir sehen uns.«

»Annie, was ich vorhin gesagt habe, meinte ich ernst. Er braucht dich.«

Annie zog ihre Ohrringe ab und rieb sich die schmerzenden Ohrläppchen. »Er muss lernen, sich auf sich selbst zu verlassen. Er muss erkennen, wer er ist und was er will. Ich kann ihm dabei nicht helfen, Miranda, und du auch nicht.«

Anscheinend kann ich niemandem helfen, dachte Miranda, als sie allein war. Sie starrte auf ihre Hände. Alles, was sie in den letzten Monaten angefasst hatte, alles, woran sie gearbeitet hatte, hatte in einer Katastrophe geendet.

Als sie Schritte auf der Treppe hörte, blickte sie über die Schulter. Ryan kam herunter, trat vor sie und zog sie wortlos hoch.

»O Gott, o Gott, Ryan. Wie viel noch?«

»Schsch.« Er strich ihr über den Rücken. »Es war seine eigene Pistole«, murmelte er ihr ins Ohr. »Die, die ich in seinem Zimmer gefunden habe. Jemand hat den armen Bastard mit seiner eigenen Pistole erschossen. Du hättest es nicht verhindern können.«

»Ich hätte es nicht verhindern können«, wiederholte sie erschöpft und schob ihn weg. »Ich möchte ins Krankenhaus fahren und nach Elise sehen. Andrew ist bei ihr. Es ist nicht gut, wenn er allein ist.«

Er war nicht allein. Zu Mirandas Überraschung saß ihre Mutter im Wartezimmer. Sie hielt einen Pappbecher mit Kaffee in der Hand und starrte aus dem Fenster.

Andrew war unruhig auf und ab gegangen, blieb aber stehen, als Miranda und Ryan hereinkamen.

»Weißt du schon was?«, fragte Miranda ihn.

»Sie haben sie auf der Intensivstation stabilisiert. Röntgenaufnahmen und Untersuchungen – bis jetzt ist noch niemand hier gewesen, um uns die Ergebnisse mitzuteilen. Der diensthabende Arzt unten nimmt an, dass sie eine Gehirnerschütterung hat, aber sie wollen noch eine Tomografie machen, um einen Hirnschaden auszuschließen. Sie war lange bewusstlos und hat eine Menge Blut verloren. Miranda, du solltest nach Hause fahren«, fügte Andrew hinzu. »Ryan, bring sie nach Hause.«

»Ich werde bei dir bleiben, genauso wie du bei mir bleiben würdest.«

»Okay, okay.« Er lehnte seine Stirn an ihre. Eine Weile lang standen sie so da, während Elizabeth sie musterte. Als sie bemerkte, dass Ryan sie beobachtete, errötete sie.

»Es gibt Kaffee. Er ist weder frisch noch schmeckt er, aber er ist stark und heiß.«

»Danke, nein.« Miranda löste sich von Andrew und trat auf ihre Mutter zu. »Wo ist Vater?«

»Ich … Ich weiß es nicht. Ich glaube, er ist ins Hotel zurückgefahren. Er konnte hier sowieso nichts mehr tun.«

»Aber du bist hier. Wir müssen miteinander reden.«

»Entschuldigung, Dr. Jones …«

Cooks Mundwinkel zuckten, als sich daraufhin drei Personen zu ihm umdrehten. »Ziemlich verwirrend, was?«

»Detective Cook.« Miranda bekam ein eisiges Gefühl in der Magengrube. »Ich hoffe, Sie sind nicht krank.«

»Krank? Oh, oh, Krankenhaus – krank … Nein, ich bin hierhergekommen, um mit Dr. Warfield zu reden, sobald die Ärzte mich zu ihr lassen.«

»Mit Elise?« Verwirrt schüttelte Andrew den Kopf. »Ich dachte, Sie wären beim Einbruchsdezernat. Es hat aber keinen Einbruch gegeben.«

»Manchmal haben die Fälle miteinander zu tun. Die vom Morddezernat werden auch noch mit ihr reden. Wird wohl eine lange Nacht. Vielleicht können Sie mir schon sagen, was Sie wissen, damit ich ein klareres Bild habe, bevor ich mit Dr. Warfield rede.«

»Detective … Cook, nicht wahr?« Elizabeth stand auf. »Ist es wirklich nötig, dass Sie uns hier im Wartezimmer des Krankenhauses verhören, während wir voller Sorge auf die Untersuchungsergebnisse warten?«

»Die Sache tut mir leid, Ma'am, Dr. Jones.«

»Standford-Jones.«

»Ach ja, Elizabeth Standford-Jones. Sie sind die Arbeitgeberin des Opfers.«

»Das ist richtig. Sowohl Richard als auch Elise arbeiten in Florenz für mich. Arbeiteten für mich«, verbesserte sie sich. »Richard arbeitete für mich.«

»Was hat er gemacht?«

»Hauptsächlich Forschung. Richard war ein glänzender Historiker. Eine wahre Fundgrube für Fakten und Daten. Er war unschätzbar wertvoll für uns.«

»Und Dr. Warfield?«

»Sie ist meine Labordirektorin in Florenz. Eine fähige, kompetente und vertrauenswürdige Wissenschaftlerin.«

»Sie ist auch mal Ihre Schwiegertochter gewesen.«

Elizabeth hielt seinem Blick stand. »Ja. Wir haben uns weiterhin gut verstanden.«

»Das ist gut. Die meisten Ex-Schwiegermütter neigen dazu, die Frauen ihrer Söhne für die Probleme in der Ehe verantwortlich zu machen. Es gibt nicht viele, die zusammenarbeiten können – und sich weiterhin gut verstehen.«

»Wir sind beide Profis, Detective. Und ich lasse es nicht zu, dass Familienprobleme auf die Arbeit übertragen werden oder dass sie meine Meinung von einer Person beeinflussen. Ich mag Elise sehr gern.«

»War etwas zwischen ihr und Hawthorne?«

»Ob etwas zwischen ihnen war?«, wiederholte sie mit eisiger Verachtung. »Diese Frage ist beleidigend, erniedrigend und völlig unangemessen.«

»Meiner Information nach waren sie beide alleinstehend. Ich möchte niemanden beleidigen, wenn ich frage, ob sie etwas miteinander hatten. Sie waren zusammen in einem Büro im dritten Stock. Das Fest fand unten statt.«

»Ich habe keine Ahnung, warum sie in Mirandas Büro waren, aber offensichtlich waren sie nicht allein.« Elizabeth ließ ihn stehen, als ein Arzt im grünen OP-Kittel in der Tür auftauchte. »Was ist mit Elise?«

»Es geht ihr gut«, sagte er. »Sie hat eine ziemlich starke Gehirnerschütterung und ist leicht desorientiert, aber die Tomografie hat keine weiteren Schäden nachgewiesen, und ihr Zustand ist stabil.«

Elizabeth schloss die Augen und holte zitternd Luft. »Ich möchte sie gern sehen.«

»Ich habe die Polizei zu ihr gelassen. Sie wollten sie so schnell wie möglich befragen, und sie hat eingewilligt. Anscheinend erleichtert es sie, schon heute Abend mit ihnen zu sprechen.«

»Ich wäre auch gern ein paar Minuten mit ihr allein.« Cook zog seine Polizeimarke heraus und nickte Elizabeth und Andrew zu. »Ich kann aber warten. Ich habe viel Zeit.«

Er wartete über eine Stunde und wäre auch dann noch nicht zu ihr gelassen worden, wenn Elise nicht noch einmal darauf bestanden hätte, eine Aussage zu machen.

Cook traf auf eine zerbrechliche Frau mit einer schweren Prellung an der rechten Schläfe, die sich purpurrot bis zu den Augen ausbreitete. Ihre Augen waren rot gerändert und blickten erschöpft.

Ihr dunkles Haar war mit weißen Bandagen umwickelt. Cook wusste, dass die Kugel sie am Hinterkopf getroffen und die Wunde stark geblutet hatte. Wahrscheinlich hatten sie ihr die Haare abrasieren müssen, um die Wunde nähen zu können. Eine Schande.

»Sie sind Detective … Es tut mir leid, ich kann mich nicht mehr an den Namen erinnern. Man hat ihn mir gesagt.«

»Cook. Ma'am, ich bin Ihnen sehr verbunden, dass Sie mit mir reden wollen.«

»Ich möchte Ihnen helfen.« Elise bewegte sich und zuckte zusammen, als der Schmerz durch ihren Kopf fuhr. »Sie wollen mir gleich Schmerzmittel geben, und dann werde ich nicht mehr klar denken können.«

»Ich werde mich kurz fassen. Kann ich mich hierher setzen?«

»Ja, bitte.« Sie blickte zur Decke. »Jedesmal, wenn ich es erzähle, kommt es mir vor wie ein Albtraum. Als ob es nicht wirklich passiert wäre.«

»Erzählen Sie mir alles, woran sie sich erinnern.«

»Richard. Er hat Richard erschossen.«

»Er?«

»Das weiß ich nicht genau. Ich habe ihn ja nicht gesehen. Ich habe nur Richard gesehen.« Ihre Augen füllten sich mit Tränen. »Er ist tot. Sie haben mir gesagt, dass er tot ist. Ich dachte, vielleicht ... Ich weiß nicht – aber sie haben gesagt, er ist tot. Armer Richard.«

»Was haben Sie dort oben mit ihm gemacht?«

»Ich war gar nicht bei ihm – ich habe nach ihm gesucht.« Sie wischte sich die Tränen ab. »Er hat gesagt, er führe mit mir ins Hotel zurück, wenn ich gehen wollte. Richard ist nicht gern auf Parties. Wir wollten uns gemeinsam ein Taxi nehmen.«

»Langweilige Party?«

»Nein.« Sie lächelte. »Es war eine wundervolle Ausstellung, großartig präsentiert. Aber ich ... Sie wissen wahrscheinlich mittlerweile, dass Andrew und ich verheiratet waren. Und es war eine unangenehme Situation. Er war in Begleitung.«

»Entschuldigen Sie, Dr. Warfield, aber nach meiner Information haben Sie sich von ihm scheiden lassen.«

»Ja, und die Scheidung ist vor über einem Jahr rechtskräftig geworden. Aber deswegen hört man ja nicht auf zu fühlen ...«, sagte sie. »Für mich war es unangenehm und traurig. Ich fühlte mich verpflichtet, wenigstens zwei Stunden zu bleiben. Elizabeth ist immer sehr gut zu mir gewesen, und der Abend war ihr sehr wichtig. Auch Miranda und ich sind weiterhin Freundinnen geblieben, und ich wollte ihr nicht den Eindruck vermitteln, dass ihre Arbeit mir nichts bedeutet. Aber dann wollte ich gehen, und ich dachte, dass es um diese Zeit keinem mehr auffällt.«

»Also haben Sie sich auf die Suche nach Hawthorne gemacht.«

»Ja. Er kannte nur eine Handvoll Leute, und er ist nicht gerade ein Gesellschaftslöwe. Wir hatten vereinbart, gegen halb elf aufzubrechen. Ich nahm an, er säße in irgendeiner Ecke oder würde eine Landkarte studieren. Oder er sei vielleicht nach oben in die Bibliothek gegangen. Aber da war er auch nicht. Ach ... es tut mir leid, ich kann nicht mehr ganz klar denken.«

»Es ist schon in Ordnung. Nehmen Sie sich Zeit.«

Elise schloss die Augen. »Ich lief eine Weile herum, und dann entdeckte ich das Licht in Mirandas Büro. Ich wollte gerade wieder hinuntergehen, als ich seine Stimme hörte. Er schrie etwas. Etwas wie ›Ich habe genug‹.«

Sie begann hektisch an ihrer Bettdecke zu zupfen. »Ich bin zur Tür gegangen und hörte abermals Stimmen, konnte aber nicht verstehen, was sie sagten.«

»War die zweite Stimme die eines Mannes oder einer Frau?«

»Ich weiß nicht.« Erschöpft rieb sie sich über die Stirn. »Ich weiß es einfach nicht. Es war eigentlich nur ein Murmeln. Ich stand ungefähr eine Minute lang da und wusste nicht genau, was ich tun sollte. Ich nahm an, dass er und Miranda in ihr Büro gegangen waren, um über etwas zu reden, und ich wollte sie nicht stören.«

»Miranda?«

»Es war ihr Büro. Ich überlegte gerade, allein ins Hotel zu fahren, als ich … die Schüsse hörte. So laut und so plötzlich! Ich war geschockt, dachte nicht nach. Ich bin einfach hineingerannt, und ich glaube, ich habe geschrien. Ich … ich weiß es nicht mehr genau.«

»Ist schon in Ordnung. Erzählen Sie mir nur, woran Sie sich erinnern.«

»Ich sah Richard über dem Schreibtisch liegen. Überall war Blut. Es roch danach und nach Pulver. So ein verbrannter Geruch. Ich glaube, ich habe geschrien. Ich muss geschrien haben. Dann drehte ich mich um und wollte weglaufen. Ich schäme mich so, ich wollte weglaufen und ihn da einfach liegen lassen. Und dann traf mich irgendjemand – irgendetwas.«

Sie griff nach dem Verband um ihren Kopf. »Ich erinnere mich nur noch an diesen Blitz in meinem Kopf, und dann an überhaupt nichts mehr. Ich bin erst in der Notaufnahme wieder aufgewacht.«

Sie weinte jetzt und versuchte, an die Taschentücher auf ihrem Nachttisch zu kommen. Cook gab ihr eins und wartete, bis sie sich die Nase geputzt hatte.

»Wissen Sie noch, wie lange Sie nach ihm gesucht haben?«

»Zehn oder fünfzehn Minuten, glaube ich. Aber ich weiß es wirklich nicht mehr genau.«

»Und Sie haben niemanden gesehen?«

»Nur Richard …« Sie schloss die Augen, und die Tränen strömten jetzt durch ihre Wimpern. »Nur Richard, und nun ist er tot.«

29

Der Morgen graute schon, als Annie Andrew die Tür öffnete. Er war leichenblass und hatte tiefe Schatten unter den Augen. Er trug immer noch seinen Smoking. Die Fliege hing ihm lose um den Hals, und der oberste Hemdknopf fehlte. Das ursprünglich schneeweiße Hemd war zerknittert und blutbespritzt.

»Wie geht es Elise?«

»Sie wird wieder gesund. Sie behalten sie zur Beobachtung da, aber sie hatte Glück. Gehirnerschütterung und ein paar Stiche. Es gibt keine Anzeichen für innere Blutungen im Gehirn.«

»Komm herein, Andrew. Setz dich.«

»Ich musste einfach kommen und es dir sagen.«

»Ich weiß. Komm herein, ich habe schon Kaffee gekocht.«

Sie trug einen Morgenmantel und hatte sich abgeschminkt. Ihre Augen waren müde. »Hast du gar nicht geschlafen?«

»Ich habe es versucht, aber es ging nicht. Ich mache uns Frühstück.«

Er schloss die Tür hinter sich. Annie ging in die Küche und öffnete den kleinen Kühlschrank. Sie holte Eier und Speck heraus. Dann goss sie Kaffee in zwei dicke, blaue Becher.

Das Morgenlicht drang durch die schmalen Fenster und malte Muster auf den Fußboden. Das Zimmer roch nach Kaffee und Nelken.

Sie war barfuß.

Sie legte den Speck in eine schwarze Eisenpfanne, und schon bald war der Raum von seinem Duft und den zischenden Geräuschen erfüllt. Vertraute Sonntagmorgengeräusche, dachte er. Ein gemütlicher Duft.

»Annie …«

»Setz dich, Andrew. Du schläfst ja im Stehen.«

»Annie.« Er ergriff ihre Schultern und drehte sie zu sich herum. »Ich musste heute Nacht mit Elise fahren.«

»Natürlich.«

»Unterbrich mich nicht. Ich musste mitfahren und mich vergewissern, dass es ihr gut ging. Sie war einmal meine Frau, ich war
ihr das schuldig. Ich habe meine Ehe nicht gut im Griff gehabt
und die Scheidung noch viel weniger gut bewältigt. Ich habe darüber nachgedacht, während ich im Krankenhaus wartete. Ich
habe darüber nachgedacht, was ich hätte anders machen können,
damit es mit uns klappt. Und die Antwortet lautet: nichts.«

Er lachte kurz auf und streichelte Annies Arme. »Nichts. Ich bin
mir immer wie ein Versager vorgekommen, aber jetzt habe ich
begriffen, dass unsere Verbindung einfach nicht funktionieren
konnte. Weder ich noch sie haben versagt. Die Ehe konnte nicht
gut gehen.«

Er beugte sich hinunter und küsste Annie auf den Scheitel. »Ich
habe gewartet, bis ich wusste, dass sie wieder gesund wird, und
dann bin ich hierhergekommen, weil ich es dir sagen musste.«

»Ich weiß, Andrew.« Mitfühlend und mit leiser Ungeduld tätschelte sie ihm den Arm. »Der Speck brennt an.«

»Ich bin noch nicht fertig. Ich habe noch nicht einmal richtig angefangen.«

»Womit?«

»Mein Name ist Andrew, und ich bin Alkoholiker.« Ein kurzes
Zittern durchlief ihn, aber er fing sich sofort wieder. »Ich bin jetzt
seit dreißig Tagen nüchtern. Ich werde auch einunddreißig Tage
lang nüchtern sein. Ich habe heute Nacht im Krankenhaus auch
über das Trinken nachgedacht. Das war auf jeden Fall nicht die
richtige Art, mit meinen Problemen umzugehen. Dann habe ich
über dich nachgedacht. Und schließlich kam mir die Erkenntnis.
Ich liebe dich.«

Annies Augen wurden feucht, aber sie schüttelte den Kopf. »Ich
kann deine Probleme nicht lösen, Andrew. Deine Erkenntnis war
falsch.« Sie löste sich von ihm und trat an den Herd, um den Speck
zu wenden, aber Andrew schaltete die Platte einfach aus.

»Ich liebe dich.« Er umfasste ihr Gesicht mit beiden Händen.
»Ein Teil von mir hat dich immer geliebt. Und der andere Teil
musste erst erwachsen werden, um es zu begreifen. Ich weiß, was
ich empfinde, und ich weiß, was ich möchte. Wenn du nicht die

gleichen Gefühle für mich hegst, dann musst du es mir sagen. Dann musst du es mir ins Gesicht sagen. Ich werde mir nicht gleich eine Flasche Schnaps kaufen. Aber ich muss es wissen.«

»Was willst du von mir hören?« Sie boxte ihn leicht in den Magen. »Du bist Andrew Jones von den Jones' aus Maine, und ich bin Annie McLean von nirgendwo.« Sie legte ihre Hände über seine, brachte es aber nicht fertig, sie von ihrem Gesicht zu ziehen. »Du leitest das Institut, ich leite eine Bar. Nimm Vernunft an, Andrew.«

»Dein Snobismus interessiert mich nicht.«

»Snobismus?« Beleidigt schaute sie hoch. »Um Gottes willen …«

»Du hast meine Frage nicht beantwortet.« Andrew zog sie hoch, bis sie auf den Zehenspitzen stand. »Was empfindest du für mich, und was willst du?«

»Ich liebe dich, und ich will ein Wunder.«

Ein Lächeln breitete sich langsam auf seinem Gesicht aus, und die Grübchen auf seinen Wangen vertieften sich. Annie zitterte unter seinen Händen, aber seine Welt war gerade so stabil wie ein Felsen geworden. »Ich weiß nicht, ob ich ein Wunder zustande bringe. Aber ich werde mein Bestes tun.« Er hob sie hoch.

»Was machst du da?«

»Ich trage dich ins Bett.«

Panik stieg in ihr auf. »Ich habe nicht gesagt, dass ich mit dir ins Bett gehe.«

»Du hast aber auch nicht gesagt, dass du es nicht tust. Ich ergreife jetzt einfach die Gelegenheit.«

Sie hielt sich am Türrahmen fest. »Tatsächlich?«

»Und ob. Vielleicht magst du ja inzwischen nicht mehr, wie ich mich bewege. Und weist mich dann womöglich ab, wenn ich dich bitte, mich zu heiraten.«

Ihre Finger glitten vom Türrahmen. »Du … du könntest mich jetzt gleich fragen und dir die Spannung ersparen.«

»Nein.« Er legte sie aufs Bett. »Danach. Danach, Annie«, murmelte er und legte sich zu ihr.

Es war wie ein Nachhausekommen. Es war ganz normal und außergewöhnlich zugleich.

Dieses Mal waren sie nicht mehr unschuldig, keine eifrigen, neugierigen Jugendlichen mehr.

Die Jahre seit damals hatten die Gefühle zwischen ihnen reifen lassen.

Jetzt war es wie Wein von einem alten, guten Jahrgang.

Annie schlang die Arme um ihn. Er war so liebevoll, so vorsichtig. Seine Hände streichelten sie, fuhren ihren Hals entlang, ihre Schultern, und er folgte ihrem Weg mit den Lippen.

Während er sein Jackett auszog und sich von ihr aus dem Hemd helfen ließ, murmelte er leise Liebesworte. Und dann waren sie nackt, berührten sich, seufzten auf.

Der Morgen brach mit rosigem Licht herein, das Sturm ankündigte. Aber in dem schmalen Bett herrschten Friede und Geduld. Jede Berührung, jeder Kuss wurde mit stiller Freude gegeben und genommen.

Sogar als das Verlangen sich bereits wie ein Schmerz in ihr aufbaute, lächelte Annie noch, als er sie küsste.

Andrew nahm sich Zeit, streichelte ihren Körper, passte sich ihrem Tempo an.

Er bedeckte ihren Rücken bis hinunter zu den Hüften mit Küssen, dann drehte er sie um, liebkoste ihre Brustwarzen. Ihre Hände erkundeten seinen Körper und erregten ihn. Ihr Atem wurde schwerer, und als die Sonne aufgegangen war, glitt er endlich in sie.

Sie bewegten sich in einem langsamen, stetigen Rhythmus. Annie passte sich seinen Bewegungen an und umschlang ihn, als sie gemeinsam kamen.

Dann löste er sich von ihr und vergrub sein Gesicht in ihren Haaren.

»Ich mag es immer noch, wie du dich bewegst, Andrew.« Sie seufzte leise an seiner Schulter. »Ich mag es wirklich.«

Andrew kam sich vor wie geheilt. »Und ich mag dein Tattoo, Annie. Ehrlich.«

Sie zuckte zusammen. »O Gott, das habe ich ganz vergessen.«

»Ich werde Schmetterlinge nie wieder mit den gleichen Augen sehen können wie früher.« Er grinste sie an, und sie musste lachen. »Ich habe lange gebraucht, bis ich wusste, was ich will. Gib mir die Chance, dich glücklich zu machen. Ich möchte mit dir leben und eine Familie haben.«

»Wir haben es beide beim ersten Mal verdorben.«

»Wir waren eben noch nicht bereit dazu.«

»Nein.« Sie berührte sein Gesicht. »Aber jetzt sind wir bereit.«

»Du sollst zu mir gehören.« Er küsste ihre Handfläche. »Und lass mich zu dir gehören. Ja, Annie? Willst du?«

»Ja.« Sie legte ihre Hand über sein Herz. »Ja, Andrew. Ich will.«

Ryan stand in Mirandas Büro und versuchte, es sich vorzustellen. Er sah noch deutlich vor sich, wie die Szene am Abend zuvor ausgesehen hatte. Solche Dinge brannten sich ins Gedächtnis, und man konnte sie selbst mit größter Anstrengung nicht auslöschen.

Auf dem Teppich war ein hässlicher Fleck, die Fenster waren blutbespritzt, und über allem lag der Puder der Spurensicherung.

Wie weit mag die Kugel in Richards Körper eingedrungen sein?, fragte er sich. Wie nahe hatten er und sein Mörder beieinandergestanden? Ziemlich nahe, dachte er, denn die Kugeln haben Pulverspuren auf seinem Smokinghemd hinterlassen. Auf jeden Fall so nahe, dass Hawthorne in den Augen seines Mörders seinen Tod gesehen hatte.

Da war sich Ryan absolut sicher.

Er ging zur Tür und blickte sich abermals im Zimmer um.

Schreibtisch, Stühle, die Lampe, die eingeschaltet gewesen war. Ablage, Aktenschränke. Er konnte alles sehen.

»Sie dürfen sich hier nicht aufhalten, Mr. Boldari.«

»Sie haben das Siegel weggenommen«, erwiderte Ryan, ohne sich umzudrehen. »Anscheinend hat die Spurensicherung schon alles erledigt.«

»Aber der Raum bleibt besser noch eine Zeit lang verschlossen.« Cook wartete, bis Ryan aus der Tür getreten war. Dann schloss er sie. »Dr. Jones braucht das nicht alles noch einmal zu sehen, nicht wahr?«

»Nein, absolut nicht.«

»Aber Sie wollten es sich noch einmal ansehen?«

»Ich wollte sehen, ob ich alles richtig in Erinnerung habe.«

»Und?«

»Nicht ganz. Es gibt keine Anzeichen für einen Kampf, Detective, oder?«

»Nein. Alles scheint unberührt – bis auf den Schreibtisch.«

»Das Opfer und der Mörder haben sich so nahe gegenüberge-
standen wie wir beide jetzt. Meinen Sie nicht auch?«

»So ungefähr. Er wusste also genau, wer auf ihn schießt, Boldari.
Sie haben ihn kennengelernt, nicht wahr?«

»Als er am Freitag ankam wurden wir einander vorgestellt.
Und dann habe ich ihn gestern, als er starb, noch einmal gesehen.«

»Vorher kannten Sie ihn nicht?«

»Nein.«

»Seltsam, wo Sie doch beide im Kunstgeschäft tätig sind.«

»Es gibt viele Leute in verschiedenen Bereichen der Branche,
die ich nicht kenne.«

»Mag sein. Aber wissen Sie, die Welt ist klein. Sie halten sich
ziemlich oft hier auf.«

»So wie Sie«, murmelte Ryan. »Glauben Sie etwa, dass ich gestern Abend hier hochgegangen bin und zwei Kugeln in Richard
Hawthorne gejagt habe?«

»Nein. Es gibt Zeugen, die Sie unten an der Treppe gesehen haben, als geschossen wurde.«

Ryan lehnte sich an die Wand. Er hatte ein klebriges Gefühl auf
der Haut, als sei etwas von dem Bösen im Zimmer nebenan auf
ihn übergegangen. »Da habe ich ja Glück gehabt.«

»Richtig – ein paar von den Leuten sind natürlich mit Ihnen ver-
wandt, aber andere Gott sei Dank nicht. Sie stehen also nicht unter
Verdacht. Allerdings kann wohl niemand sagen, wo Dr. Jones,
Dr. Miranda Jones, sich zu der fraglichen Zeit aufgehalten hat.«

Ryan löste sich abrupt von der Wand. Einen Moment lang hatte
er seine Bewegungen nicht unter Kontrolle, und in Cooks Augen
flackerte es. »Sie beide haben sich intensiv angefreundet?«

»Jedenfalls so sehr, dass ich weiß, dass Miranda nie jemanden
umbringen könnte.«

Gleichmütig zog Cook einen Kaugummistreifen aus seiner Tasche, bot ihn Ryan an, wickelte ihn dann jedoch für sich selbst aus,
weil Ryan ihn einfach nur anstarrte. »Es ist seltsam, wozu Menschen mit der entsprechenden Motivation in der Lage sind.«

»Und was sollte ihr Motiv gewesen sein?«

»Ich habe lange darüber nachgedacht. Zum einen ist da die Bronze – die, die hier so professionell aus dem Ausstellungskasten ver-

schwunden ist. Ich habe einige Einbrüche mit demselben Muster überprüft. Es gibt jemanden, der genau weiß, was er macht, der sein Geschäft verdammt gut versteht. Jemand, der Verbindungen hat.«

»Also ist Miranda jetzt eine Diebin – eine Kunstexpertin, die stiehlt?«

»Oder sie kennt einen Dieb, ist mit ihm befreundet«, fügte Cook mit dünnem Lächeln hinzu. »Seltsam, dass die Dokumente zu der Skulptur auch verschwunden sind. Und noch seltsamer ist, dass ich in einer Gießerei Nachforschungen angestellt habe, mit der das Institut zusammenarbeitet, und dabei erfahren musste, dass schon jemand vor mir da gewesen ist. Jemand, der behauptete, er sei Student hier am Institut und der etwas wissen wollte über eine Bronzefigur, die vor ungefähr drei Jahren dort gegossen wurde.«

»Und was hatte das mit diesem Fall hier zu tun?«

»Der Name, den der Unbekannte in der Gießerei angegeben hat, ist in den hiesigen Unterlagen nicht zu finden. Und die Skulptur, an der er so interessiert war, ist ein David mit Schleuder. Anscheinend hatte er sogar eine Zeichnung davon.«

»Dann hat es vielleicht etwas mit dem Einbruch zu tun.« Ryan legte den Kopf schräg. »Es freut mich zu hören, dass Sie Fortschritte machen.«

»Oh, ich arbeite nur so vor mich hin. Offenbar hat Dr. Jones – Miranda Jones – mal ein Seminar über Bronzefiguren aus der Renaissance gehalten.«

»Da sie Expertin auf diesem Gebiet ist, wird sie dazu einige Seminare abgehalten haben.«

»Einer ihrer Studenten hat die Gießerei aufgesucht, um einen Abguss von einer *David*-Bronze machen zu lassen. Und zwar lange nachdem sie die verschwundene Bronze getestet hat.«

»Das ist faszinierend.«

Cook ignorierte den leisen Sarkasmus in Ryans Tonfall. »Stimmt. Es bedeutet, dass es zahlreiche lose Enden zu verknoten gibt. Der Student hat das Institut verlassen, kurz nachdem die Bronze gegossen wurde. Und wissen Sie was, jemand hat seine Mutter angerufen und gesagt, er arbeite hier im Institut und wolle Kontakt mit ihm aufnehmen. Der Junge ist nach San Francisco verzogen. Und vor ein paar Tagen haben sie ihn dort aus der Bucht gefischt.«

»Das tut mir leid.«

»Sie haben doch Familie in San Francisco.«

Ryan kniff die Augen zusammen. »Passen Sie auf, was Sie sagen, Detective.«

»Ich kommentiere nur die Fakten. Der Junge war Künstler. Sie haben eine Kunstgalerie dort. Ich nahm an, Sie würden ihn vielleicht kennen. Sein Name war Mathers, Harrison Mathers.«

»Nein, ich kenne keinen Harrison Mathers, aber ich kann leicht überprüfen, ob wir etwas von ihm ausgestellt haben.«

»Vielleicht keine schlechte Idee.«

»Gehört der Fall dieses Mathers auch zu den losen Enden?«

»O ja, die Sache ist nur einer von den ganzen Vorfällen, die mich ratlos machen. Dann habe ich angefangen, über die Geschichte mit der Bronze in Florenz nachzudenken. Ich denke mal, Dr. Jones war ziemlich sauer deswegen, sauer auch auf ihre Mutter, weil sie ihr das Projekt weggenommen hat. Ich habe herausgefunden, dass jemand die Skulptur gestohlen hat. Er ist einfach in die Lagerräume des Nationalmuseums marschiert und hat sie da weggenommen. Warum sollte jemand eine Kopie stehlen? Soviel für etwas riskieren, das nicht mehr wert ist als der Preis für das Metall, aus dem es besteht?«

»Kunst ist eine subjektive Geschichte, Detective. Vielleicht hat jemand eine Vorliebe für diese Skulptur gehabt.«

»Könnte sein, aber auf jeden Fall war es ein Profi, nicht irgendein Gelegenheitsdieb. Da würden Sie mir doch sicher zustimmen, Mr. Boldari, oder? Schließlich sind Sie doch selbst ein Profi.«

»Sicher.« Ich mag diesen Polizisten, dachte Ryan.

»Sehen Sie. Ich frage mich wirklich, welchen Wert diese Bronze für irgendjemanden hat.«

»Sobald ich es weiß, Detective, teile ich es Ihnen mit. Aber ich kann Ihnen heute schon sagen, dass, selbst wenn diese Bronze echt war, wenn sie Millionen wert war, Miranda nicht dafür töten würde. Und ich nehme an, Sie stimmen mir zu«, ergänzte Ryan, »schließlich sind Sie ja ebenfalls ein Profi.«

Cook schmunzelte. Irgendetwas stimmte mit diesem Kerl nicht. Und trotzdem mochte er ihn. »Nein, ich glaube auch nicht, dass sie jemanden umgebracht hat, und ich kann mir auch nicht vorstellen, dass sie durch die Weltgeschichte gondelt und überall Bilder und Statuen mitgehen lässt. Die Frau hat den Begriff Integrität auf der Stirn stehen. Deshalb weiß ich aber auch instinktiv, dass sie etwas zu verbergen hat. Sie weiß mehr, als sie sagt. Und wenn Sie wirklich eng mit ihr befreundet sind, Boldari, überreden Sie sie, sich mir anzuvertrauen, bevor irgendjemand auf die Idee kommt, sie aus dem Weg zu räumen.«

Miranda fragte sich gerade selbst, wie viel sie erzählen sollte, wie viel zu erzählen sie wagen konnte. Sie saß in der Südgalerie inmitten all der Kunstwerke, hatte die Hände vors Gesicht geschlagen und litt.

Sie wusste, dass Cook oben war. Sie hatte ihn hereinkommen sehen und war wie ein Kind, das eine Schulstunde schwänzt, hinter ihm durch die Tür geschlüpft.

Als ihre Mutter zu ihr trat, ließ sie die Hände sinken.

»Ich dachte mir, dass ich dich hier finde.«

»Natürlich.« Miranda stand auf und ergriff eine der Champagnerflöten, die noch auf dem Tisch standen. »Ich hänge glorreichen Zeiten nach. Wo sollte ich sonst sein? Wohin sollte ich sonst gehen?«

»Ich kann deinen Bruder nicht finden.«

»Ich hoffe, er schläft. Es war eine harte Nacht.« Miranda sah keinen Grund, ihr zu erählen, dass er nicht geschlafen hatte, zumindest nicht in seinem eigenen Bett, als sie heute früh aus dem Haus gegangen war.

»Es war für uns alle hart. Ich fahre jetzt ins Krankenhaus. Ich bin dort mit deinem Vater verabredet. Hoffentlich kann Elise schon Besucher empfangen. Sie will durchsetzen, dass sie sie heute Nachmittag entlassen.«

»Grüß sie von mir. Ich versuche, sie heute Abend noch zu besuchen, entweder im Krankenhaus oder im Hotel, falls sie sie gehen lassen. Sag ihr bitte, dass sie, so lange sie will, in meinem Haus wohnen kann.«

»Das wäre unangenehm für sie.«

»Mag sein, aber ich biete es ihr trotzdem an.«

»Sehr großzügig von dir. Sie … sie hatte Glück, dass sie nicht ernster verletzt worden ist. Es hätte sein können … Wir hätten sie auch so finden können wie Richard.«

»Ich weiß, dass du sie sehr gern magst.« Miranda stellte das Glas wieder ab. Sorgsam achtete sie darauf, dass es wieder genau am selben Platz stand. »Mehr, als du jemals deine eigenen Kinder gemocht hast.«

»Das ist wohl kaum der richtige Zeitpunkt für solche Belanglosigkeiten, Miranda.«

Miranda blickte auf. »Hasst du mich?«

»Was für eine lächerliche Frage, und was für ein ungeeigneter Zeitpunkt dafür.«

»Wann wäre denn der geeignetste Zeitpunkt, um meine Mutter zu fragen, ob sie mich hasst?«

»Wenn das etwas mit der Angelegenheit in Florenz zu tun hat …«

»Oh, es geht viel weiter zurück, geht viel tiefer als das, was in Florenz passiert ist. Aber im Moment können wir uns auch gern darauf konzentrieren. Du hast in der Sache nicht hinter mir gestanden. Das hast du allerdings nie getan. Dabei habe ich mein ganzes Leben lang auf solch einen Augenblick gewartet. Warum, zum Teufel, warst du nie für mich da?«

»Ich weigere mich, dein Benehmen zu dulden.« Mit eisigem Blick drehte Elizabeth sich um und machte sich auf den Weg zur Tür.

Aber Miranda war schneller, packte Elizabeths Arm und wirbelte sie mit einer Heftigkeit herum, die sie beide erschreckte. »Du wirst erst dann gehen, wenn du mir eine Antwort gegeben hast. Ich bin es leid, dass du mir ständig ausweichst. Warum konntest du mir nie eine Mutter sein?«

»Weil du nicht meine Tochter bist«, stieß Elizabeth wütend hervor. »Du bist nie meine Tochter gewesen.« Sie riss sich los. Ihr Atem kam stoßweise. »Wag es nicht, Forderungen an mich zu stellen, nach allem, was ich geopfert habe, was ich erlitten habe, weil dein Vater beschlossen hatte, seinen Bastard als mein Kind auszugeben.«

»Seinen Bastard?« Der Boden schwankte unter Mirandas Füßen. »Ich bin nicht deine Tochter?«

»Nein, das bist du nicht. Und ich habe mein Wort gegeben, dass ich es dir nie sagen würde.« Wütend, weil sie die Beherrschung verloren hatte, trat Elizabeth ans Fenster und starrte hinaus. »Nun, du bist eine erwachsene Frau, und vielleicht hast du sogar ein Recht darauf, es zu wissen.«

»Ich …« Miranda presste eine Hand auf ihr Herz, als sei sie nicht ganz sicher, dass es weiterschlagen würde. Sie konnte nur auf den geraden Rücken der Frau starren, die ihr auf einmal endgültig fremd geworden war. »Wer ist denn meine Mutter? Wo ist sie?«

»Sie ist vor ein paar Jahren gestorben. Sie war niemand Besonderes«, fügte Elizabeth hinzu und drehte sich wieder um. Im Sonnenlicht, das durch die Fenster fiel, erkannte Miranda, dass Elizabeth erschöpft aussah, beinahe krank. Dann schob sich eine Wolke vor die Sonne, und der Augenblick war vorbei. »Eine von den – kurzfristigen Affären deines Vaters.«

»Er hatte eine Affäre?«

»Sein Name ist schließlich Jones, nicht wahr?«, entgegnete Elizabeth bitter. Dann machte sie eine ärgerliche Geste. »In diesem Fall war er unvorsichtig, und die Frau wurde schwanger. Und sie ließ sich offensichtlich nicht so leicht abschütteln wie die meisten anderen. Charles hatte natürlich nicht die Absicht, sie zu heiraten, und als sie das erkannte, bestand sie auf dem Handel mit dem Kind. Es war eine schwierige Situation.«

Ein stechender Schmerz durchfuhr Miranda. »Sie wollte mich also auch nicht.«

Achselzuckend trat Elizabeth wieder an den Tisch und setzte sich. »Ich habe keine Ahnung, was die Frau wollte. Jedenfalls entschloss sie sich, von deinem Vater zu verlangen, dass er dich aufzog. Er kam zu mir und schilderte mir das Problem. Ich hatte die Wahl, mich von ihm scheiden zu lassen, mit dem Makel zu leben, zu verlieren, was ich hier im Institut aufgebaut hatte, und meine Pläne für mein eigenes Unternehmen aufzugeben. Oder …«

»Du bist bei ihm geblieben.« Unter dem Schock und der Verletzung regte sich leise Wut. »Nach einem solchen Verrat bist du dennoch bei ihm geblieben.«

»Ich hatte die Wahl. Ich habe mich für das entschieden, was für mich das beste war. Und – ohne Opfer ist es auch nicht vonstattengegangen. Ich musste mich zurückziehen und habe Monate verloren, während ich darauf wartete, dass du zur Welt kamst.« Die Erinnerung daran war immer noch bitter. »Als du dann geboren warst, musste ich so tun, als ob du mein Kind wärst. Das habe ich dir übel genommen, Miranda«, sagte sie gleichmütig. »Vielleicht ist es unfair, aber so war es eben.«

»Richtig, wir sollten bei der Wahrheit bleiben.« Miranda wandte sich ab, weil sie es nicht mehr ertragen konnte. »Wir sollten uns immer an die Fakten halten.«

»Ich bin keine mütterliche Frau, und ich habe es auch nie von mir behauptet.« Elizabeths Stimme klang ungeduldig. »Nachdem Andrew geboren war, hatte ich nicht die Absicht, noch ein Kind zu bekommen. Niemals. Und dann wurde mir durch Umstände, die ich nicht beeinflussen konnte, die Verantwortung übertragen, ein weiteres Kind meines Mannes als mein eigenes auszugeben. Für mich warst du die ständige Erinnerung an seine Unvorsichtigkeit, an seinen Mangel an ehelicher Treue. Für Charles warst du die Erinnerung an eine dumme Fehlkalkulation.«

»Fehlkalkulation«, sagte Miranda leise. »Ja, das ist wohl der richtige Ausdruck. Jetzt ist es kaum mehr verwunderlich, warum keiner von euch mich jemals lieben konnte – warum ihr überhaupt nie lieben konntet. Es steckt einfach nicht in euch.«

»Wir haben gut für dich gesorgt, dir ein schönes Zuhause, eine gute Ausbildung gegeben …«

»Und nicht *einen* Augenblick wahrer Zuneigung«, beendete Miranda den Satz, wobei sie sich wieder umdrehte. Vor ihr saß eine äußerst beherrschte, ehrgeizige Frau, die alle Emotionen ihrer Karriere geopfert hatte. »Ich habe mich mein ganzes Leben lang bemüht, eure Zuneigung zu erringen. Die Zeit hätte ich mir sparen können.«

Elizabeth stand seufzend auf. »Ich bin kein Monster. Dir ist nie Schaden zugefügt worden, du bist nie vernachlässigt worden.«

»Nie in den Arm genommen worden.«

»Ich habe mein Bestes getan und dir jede Gelegenheit gegeben, dich in deinem Fachgebiet zu beweisen. Bis hin zu der Fiesole-Bronze.« Sie öffnete eine der Wasserflaschen, die das Reinigungspersonal noch wegräumen musste.

»Ich habe deine Berichte, die Röntgenaufnahmen und die Dokumente mit nach Hause genommen. Nachdem ich mich beruhigt

483

hatte, nachdem die schlimmsten Unannehmlichkeiten vorbei waren, war ich mir nicht mehr sicher, ob du wirklich so offensichtliche Fehler gemacht hattest. Oder ob du die Tests gefälscht hattest. Deine Aufrichtigkeit habe ich nie angezweifelt.«

»Oh, vielen Dank«, sagte Miranda trocken.

»Aber die Berichte und die Dokumente sind aus meinem Safe zu Hause gestohlen worden. Ich hätte das vielleicht gar nicht so bald bemerkt, aber ich wollte etwas herausholen, bevor ich hierherflog. Und da sah ich, dass sie weg waren.«

Elizabeth goss Wasser in ein Glas, verschloss die Flasche wieder und trank einen Schluck. »Ich wollte die Perlen deiner Großmutter mitbringen und sie hier in ein Bankschließfach legen. Vor meiner Abreise wollte ich sie dir geben.«

»Warum?«

»Vielleicht, weil du zwar nie zu mir, aber trotzdem zu ihr gehört hast.« Sie stellte ihr Glas auf den Tisch. »Ich will mich nicht entschuldigen für das, was ich getan habe, oder für die Wahl, die ich getroffen habe. Ich bitte dich auch nicht um Verständnis, zumal ich dich auch nie verstehen konnte.«

»Also soll ich einfach so tun, als wäre nichts gewesen?«, fragte Miranda.

Elizabeth zog eine Augenbraue hoch. »Ich habe es auch ausgehalten. Ich bitte dich, das, was wir hier miteinander besprochen haben, für dich zu behalten. Du bist eine Jones, und als solche hast du die Verantwortung, den Familiennamen hochzuhalten.«

»O ja, diesen tollen Namen.« Miranda schüttelte den Kopf. »Ich kenne meine Pflichten.«

»Ja, das weiß ich. Jetzt bin ich mit deinem Vater verabredet.« Elizabeth nahm ihre Tasche. »Wenn du möchtest, rede ich mit ihm darüber.«

»Wozu?« Miranda war auf einmal erschöpft, zu erschöpft, um sich Gedanken zu machen oder Fragen zu stellen. »Es hat sich doch eigentlich nichts geändert, oder?«

»Nein.«

Als Elizabeth weg war, lachte Miranda kurz auf und trat ans Fenster. Der Sturm, der schon den ganzen Tag gedroht hatte, rollte jetzt heran.

484

»Geht's dir gut?«

Sie lehnte sich zurück, als Ryan ihr die Hände auf die Schultern legte. »Wie viel hast du mitbekommen?«

»Das meiste.«

»Wieder an der Tür gelauscht«, murmelte sie, »auf leisen Katzenpfoten hereingeschlichen. Ich weiß nicht, wie es mir geht.«

»Was auch immer du empfindest, es ist richtig. Du bist du selbst, Miranda. Du bist es immer schon gewesen.«

»Wahrscheinlich hast du recht.«

»Willst du mit deinem Vater darüber reden?«

»Wozu sollte das gut sein? Er hat mich nie angesehen. Er hat mir nie zugehört. Und jetzt weiß ich auch, warum.« Sie schloss die Augen und legte ihre Wange in Ryans Hand. »Was sind das für Menschen, Ryan, von denen ich abstamme? Mein Vater, Elizabeth, die Frau, die mich ihnen überlassen hat?«

»Ich kenne sie nicht.« Sanft drehte er sie um, bis sie einander gegenüberstanden. »Aber ich kenne dich.«

»Ich fühle mich ...« Sie holte tief Luft. »Erleichtert. Solange ich mich erinnern kann, hatte ich immer Angst, genauso zu sein wie sie. Glaubte, keine Wahl zu haben, anders zu sein. Aber ich bin nicht so wie sie. Ich bin es nicht.«

Ein Schauer lief ihr über den Rücken, und sie legte ihren Kopf an seine Schulter. »Ich muss mir darüber nie wieder Sorgen machen.«

»Ich bedaure sie«, murmelte Ryan. »Sich so vor dir zu verschließen. Und vor der Liebe.«

Miranda wusste inzwischen, was Liebe war, sie kannte den Zauber und den Schrecken. Was auch immer noch geschehen würde, sie war dankbar dafür, dass sie Zugang zu diesem Teil ihres Selbst erhalten hatte. Auch wenn ein Dieb ihn ihr verschafft hatte.

»Ja, ich bedaure sie auch.« Sie hielt Ryan noch einen Moment lang umschlungen, dann löste sie sich von ihm. »Ich gehe mit Richards Notizbuch zu Cook.«

»Warte, bis ich in Florenz bin. Ich möchte dich heute eigentlich nicht allein lassen. Also fliege ich erst heute Abend oder gleich morgen früh. Länger als sechsunddreißig Stunden werde ich nicht brauchen.«

»Mehr kann ich dir auch nicht zugestehen. Ich möchte, dass die Sache endlich vorbei ist.«

»Das wird sie auch.«

Sie lächelte. »Und du schleichst nicht in Schlafzimmer, um Schmuckkästen zu durchwühlen oder Safes zu knacken.«

»Bestimmt nicht. Sobald ich bei den Carters fertig bin.«

»Oh, um Gottes willen!«

»Ich werde nichts stehlen. Habe ich nicht auch den Perlen deiner Großmutter widerstanden? Und all dem schönen italienischen Gold von Elise? Selbst dem hübschen kleinen Medaillon, das ich meinen Nichten hätte schenken können? Ich wäre ihr Held gewesen.«

»Deine Nichten sind noch zu klein für Medaillons.« Seufzend ließ Miranda ihren Kopf wieder an seine Schulter sinken. »Ich habe meins auch erst mit sechzehn bekommen. Meine Großmutter hat mir ein sehr hübsches herzförmiges Medaillon geschenkt, das sie von ihrer Mutter erhalten hatte.«

»Und du hast eine Haarlocke von deinem Freund hineingelegt.«

»Wohl kaum. Ich hatte keine Freunde. Sie hatte schon ein Bild von sich und eins von meinem Großvater hineingetan. Damit ich mich immer an meine Wurzeln erinnere.«

»Und? Hat es gewirkt?«

»Natürlich. Jemand aus New England denkt immer an seine Wurzeln. Ich bin eine Jones«, sagte sie leise. »Und Elizabeth hatte recht. Ich war vielleicht nie *ihr* Kind, aber immer das meiner Großmutter.«

»Du bekommst jetzt ihre Perlen.«

»Ja, und ich werde sie in Ehren halten. Das Medaillon habe ich vor ein paar Jahren verloren. Es hat mir fast das Herz gebrochen.« Sie streckte sich. »Ich muss jetzt hier für Ordnung sorgen. Wir müssen alles aufräumen, und morgen kann ich die Ausstellung hoffentlich schon für die Öffentlichkeit zugänglich machen.«

»Tu das«, murmelte Ryan. »Wir sehen uns später zu Hause. Komm bitte direkt dorthin, damit ich dich nicht erst suchen muss.«

»Wohin sollte ich sonst gehen?«

30

Andrew pfiff vor sich hin, als er das Haus betrat. Das Grinsen auf seinem Gesicht war wie festgeklebt, den ganzen Tag schon. Es war nicht nur der Sex. Nun ja, dachte er, während er die Treppe hinauflief, der Sex hat nicht geschadet. Der alte Andrew J. Jones hatte eine lange Durststrecke hinter sich.

Aber er war verliebt. Und Annie liebte ihn. Den Tag mit ihr zu verbringen war die aufregendste, friedvollste und erstaunlichste Erfahrung gewesen, die er jemals gemacht hatte.

Sie hatten im Bett gefrühstückt. Sie hatten geredet, bis ihm der Hals wehtat. So viele Worte, so viele Gedanken und Gefühle drängten auf einmal nach außen. Er hatte noch nie mit jemandem so gut reden können wie mit Annie.

Außer mit Miranda. Und er konnte es gar nicht erwarten, es Miranda zu erzählen.

Sie würden im Juni heiraten.

Keine große, öffentliche Hochzeit, nicht so, wie er und Elise geheiratet hatten. Irgendetwas Einfaches, Nettes – so wollte Annie es haben. Im Garten mit Freunden und Musik. Er würde Miranda bitten, Trauzeugin zu sein. Das würde ihr sicher gefallen.

Andrew trat in sein Schlafzimmer. Er wollte endlich den völlig zerknitterten Smoking loswerden. Er würde Annie zum Abendessen ausführen, und morgen würde er ihr einen Ring kaufen. Sie hatte zwar gesagt, sie wollte keinen, aber er würde sie einfach überrumpeln.

Er wollte seinen Ring an ihrem Finger sehen.

Er zog sein Jackett aus und warf es beiseite. Irgendwann in dieser Woche wollte er seine Sachen packen. Er und Annie würden nicht hier einziehen, wenn sie verheiratet waren. Das Haus gehörte jetzt Miranda. Dr. und Mrs. Jones würden auf Haussuche gehen, sobald sie aus ihren Flitterwochen zurückgekommen waren.

Er wollte mit ihr nach Venedig fahren.

Andrew grinste immer noch, während er seine Hemdknöpfe öffnete. Dann sah er aus den Augenwinkeln eine Bewegung. Und schon explodierte der Schmerz in seinem Kopf, rote Lichtgarben stiegen hinter seinen Augen auf. Als er sich umdrehen wollte, um sich zu wehren, gaben seine Knie nach. Der zweite Schlag ließ ihn über den Tisch stürzen, und alles um ihn herum wurde schwarz.

Das Unwetter brach aus. Miranda war noch ungefähr eine Meile von zu Hause entfernt, als der Regen auf ihre Windschutzscheibe herunterzuprasseln begann. Die Blitze schlugen so nahe ein, dass der fast gleichzeitig erfolgende Donner das Auto zum Beben brachte. Sie zwang sich, langsamer zu fahren, obwohl sie im Moment nichts lieber wollte, als sicher, geborgen und warm zu Hause zu sitzen.

Nebel kam auf und verwischte die Konturen der Straße. Miranda schaltete das Radio aus, um sich besser konzentrieren zu können, und beugte sich vor.

Doch in Gedanken ging sie alles noch einmal durch.

Der Anruf aus Florenz, dann der Überfall. John Carter, der schon hinflog, während sie noch warten musste. Die Bronze war im Safe im Büro ihrer Mutter gewesen. Wer hatte Zugang zu dem Safe? Nur Elizabeth.

Aber ihre Verbindung zu Ryan hatte Miranda eins gelehrt: Schlösser waren dazu da, geknackt zu werden.

Richard hatte Tests durchgeführt – also musste er irgendwie Zugang zu der Skulptur gehabt haben. Wer hatte mit ihm zusammengearbeitet? Wer hatte die Pistole ins Institut gebracht und sie benutzt?

John? Miranda versuchte, es sich vorzustellen, sah aber immer nur sein braves, besorgtes Gesicht vor sich.

Vincente? Der laute, freundliche, onkelhafte Vincente? Konnte einer von den beiden zwei Kugeln auf Richard abgefeuert und Elise verletzt haben?

Und warum gerade in ihrem Büro, warum bei einem Ereignis, bei dem Hunderte von Menschen die unteren Stockwerke bevölkerten? Warum sollten sie ein solches Risiko eingehen?

Weil es wirkungsvoll war, stellte Miranda fest. Weil es wieder einmal ihren Namen in die Schlagzeilen brachte. Weil es die Eröffnung der Ausstellung überschattete und alle ihre Anstrengungen und Mühen ruinierte.

Es ging um sie, es konnte gar nicht anders sein. Aber was hatte sie getan, um so viel Animosität und Besessenheit hervorzurufen? Wen hatte sie verletzt? John? Wenn sie endgültig in Ungnade fiel, wenn sie sich aus dem Institut zurückziehen musste, würde er ihr Nachfolger sein. Das bedeutete Beförderung, ein höheres Gehalt, mehr Macht und Prestige.

War es wirklich so einfach?

Oder Vincente. Er kannte sie am längsten, war ihr immer nahe gewesen. Hatte sie irgendetwas getan, um seinen Neid zu wecken? Ging es um Geld, damit er den Schmuck und die Kleider kaufen, die großen Reisen bezahlen konnte, die seine junge Frau glücklich machten?

Wen gab es sonst noch? Giovanni und Richard waren tot, Elise war im Krankenhaus. Elizabeth …

Konnte ihre Ablehnung in einen solchen Hass umgeschlagen sein?

Überlass es der Polizei, sagte sie sich, als sie vor dem Haus hielt, und rollte ihre Schultern, um sich zu entspannen. In weniger als sechsunddreißig Stunden würde sie diesen hässlichen Ball Cook zuwerfen.

Das bedeutete aber, dass sie sich an diesem Abend Stück für Stück überlegen musste, was sie ihm erzählen konnte. Und was nicht.

Sie griff nach ihrer Aktentasche. Richards Notizbuch war darin, und sie hatte vor, es später Seite für Seite zu lesen. Vielleicht hatte sie ja bei der ersten flüchtigen Durchsicht etwas übersehen.

Sie hielt die Aktentasche über den Kopf, um sich vor dem Regen zu schützen, und lief auf die Haustür zu.

Trotzdem war Miranda vollkommen durchweicht, als sie sie erreichte.

Drinnen fuhr sie sich mit der Hand durch die nassen Haare und rief nach Andrew. Sie hatte ihn seit der Nacht im Krankenhaus nicht mehr gesehen, aber sein Auto stand vor der Tür. Es ist Zeit, dachte sie, dass auch wir beide uns einmal unterhalten.

Es war Zeit, dass sie ihm alles erzählte und ihm vertraute.

Während sie die Treppe hinaufging, rief sie noch einmal seinen Namen. Verdammt, sie wollte endlich aus ihren Kleidern und ein heißes Bad nehmen. Warum antwortete er nicht?

Wahrscheinlich schläft er, dachte sie. Der Mann schlief immer wie ein Toter. Na ja, dann würde sie ihn eben aufwecken. Sie wollte ihm alles sagen, bevor ihre Mutter kam.

»Andrew?« Seine Tür war nicht ganz zu, aber Miranda klopfte trotzdem vorsichtshalber an, bevor sie eintrat. Im Zimmer war es stockdunkel, und ungerührt griff sie nach dem Lichtschalter, um die Deckenlampe einzuschalten. Sie fluchte leise, als die Lampe dunkel blieb.

Verdammt, er hatte schon wieder vergessen, die Birne auszuwechseln. Miranda trat vor, um ihn wachzurütteln – und stolperte dabei über ihn.

»Andrew, um Gottes willen!« Ein Blitz zuckte auf, und sie sah ihn zu ihren Füßen liegen. Er trug immer noch den Smoking vom Abend zuvor.

Es war nicht das erste Mal, dass sie über ihn stolperte, vollständig bekleidet auf dem Boden liegend und nach Alkohol stinkend.

Zuerst stieg Wut in ihr auf, und sie wollte sich einfach umdrehen, weggehen und ihn da liegenlassen. Dann aber siegten Enttäuschung und Kummer.

»Wie konntest du dir das nur antun?« murmelte sie. Sie kniete neben ihm nieder, und hoffte, dass er nicht derart besinnungslos war, dass sie ihn nicht zum Aufstehen bewegen und ins Bett bringen konnte.

Plötzlich jedoch fiel ihr auf, dass es gar nicht nach Whiskey oder dem Schweiß des Betrunkenen roch. Sie schüttelte Andrew und legte dann seufzend die Hand auf seinen Kopf.

Und fühlte warmes, klebriges Blut.

»O Gott, Andrew! Nein, o bitte nein.« Mit beschmierten, zitternden Fingern tastete sie nach seinem Puls. Da ging die Nachttischlampe an.

»Er ist nicht tot. Noch nicht.« Die Stimme war sanft und fröhlich. »Hättest du gern, dass er am Leben bleibt, Miranda?«

Normalerweise hasste Ryan es, die gleiche Sache zweimal zu tun. Dennoch drang er genauso in Elizabeths Suite ein wie beim ersten Mal. Jetzt war nicht die Zeit für Spielereien. Die Zimmer lagen still und verlassen da.

Im Schlafzimmer ergriff er, genau wie beim ersten Mal, den Schmuckkasten. Und nahm das Medaillon heraus.

Ein ungutes Gefühl überfiel ihn, ein kleiner Eisklumpen in seinem Magen, aber er hatte gelernt, seinen Instinkten zu folgen. Er studierte die alten Fotografien, konnte aber keine Ähnlichkeiten erkennen. Oder doch, vielleicht um die Augen.

Mit einem Federmesser holte er das kleine Oval heraus. Mirandas Großmutter hatte etwas auf ihr Foto geschrieben.

Ryan las: *Für Miranda, zu ihrem sechzehnten Geburtstag. Vergiss nie, wo du herkommst oder wohin du gehen willst. Oma.*

»Wir haben dich«, sagte er leise, und ließ das Medaillon in seine Tasche gleiten. Auf dem Rückweg zum Flur holte er bereits sein Handy heraus.

»Elise!« Miranda zwang sich, ganz ruhig zu sprechen und ihren Blick nicht von Elises Gesicht auf die Pistole wandern zu lassen, die auf ihre Brust gerichtet war. »Er ist schwer verletzt. Ich muss einen Krankenwagen rufen.«

»Er wird schon noch eine Weile durchhalten.« Mit der freien Hand tippte Elise sich an den Verband um ihren Kopf. »Ich habe es ja auch geschafft. Es ist erstaunlich, wie schnell man sich von einem kräftigen Schlag auf den Kopf wieder erholt. Du hast gedacht, er sei betrunken, nicht wahr?« Ihre Augen funkelten vor Entzücken bei dem Gedanken. »Das ist wirklich großartig. Wenn ich daran gedacht und Zeit genug gehabt hätte, hätte ich eine Flasche genommen und sie über ihm ausgegossen. Einfach nur, damit das Bild stimmt. Mach dir keine Sorgen, ich habe ihn nur zweimal geschlagen – nicht annähernd so oft oder so hart wie Giovanni. Aber Andrew hat mich auch nicht gesehen. Giovanni schon.«

Aus Angst, dass Andrew verbluten würde, wenn sie nichts unternahm, ergriff Miranda ein T-Shirt vom Fußboden, knüllte es zusammen und presste es auf die Wunde.

»Giovanni war dein Freund. Wie konntest du ihn nur umbringen?«

»Ich hätte es nicht tun müssen, wenn du ihn nicht in die Sache hineingezogen hättest. Sein Blut klebt an deinen Händen, so wie jetzt Andrews.«

Miranda ballte ihre Hand zur Faust. »Und Richard?«

»Oh, Richard. Er hat sich selbst umgebracht.« Zwischen ihren Augenbrauen bildete sich eine leichte Falte. »Er ist nach Giovannis Tod durchgedreht. Fiel Stück für Stück auseinander. Weinte wie ein Kleinkind und wollte mir weismachen, dass es aufhören müsse. Niemand sollte mehr sterben, sagte er. Na ja.« Sie zuckte mit den Schultern. »Pläne werden eben schon mal geändert. Als er dir diese lächerliche E-Mail schickte, war er praktisch schon tot.«

»Aber du hast die Faxe geschickt?«

»O ja.« Mit ihrer freien Hand drehte Elise an der zarten Goldkette um ihren Hals. »Haben sie dir Angst gemacht, Miranda? Dich verwirrt? Hast du darüber gegrübelt?«

»Ja.« Mit langsamen Bewegungen zog sie eine Decke vom Fußende des Bettes und legte sie über ihren Bruder. »Du hast auch Rinaldi umgebracht.«

»Dieser Mann war ein ständiges Ärgernis. Er beharrte darauf, dass die Bronze echt war – als ob ein Klempner was davon verstünde! Er kam sogar in Elizabeths Büro gestürmt und brabbelte drauflos. Und sie fing an, langsam nachdenklich zu werden. Ich habe es gemerkt.«

»Du hast die Skulptur zwar, aber du wirst sie nie verkaufen können.«

»Sie verkaufen? Warum sollte ich sie verkaufen wollen? Glaubst du, hier geht es um Geld?« Elise lachte freudlos auf. »Es ist nie um Geld gegangen. Es geht um dich. Um dich und mich, Miranda, wie schon immer.«

Ein Blitz fuhr über den Himmel und beleuchtete das Fenster hinter Elise. »Ich habe dir nie etwas getan.«

»Du wurdest geboren! Du kamst auf die Welt, und alles lag dir zu Füßen. Die wunderbare Tochter des Hauses. Die großartige Dr. Jones von den Jones' aus Maine, mit den hochachtbaren Eltern, dem tollen Stammbaum, den Dienstboten und der hochnäsigen Großmutter in ihrem großen Haus auf dem Hügel.«

Sie fuchtelte wild mit der Pistole, und Miranda hob sich der Magen. »Weißt du, wo ich geboren bin? In einer Wohlfahrtseinrichtung, und ich habe in einer lausigen Zweizimmerwohnung gewohnt, weil mein Vater mich nicht anerkennen und keine Verantwortung für mich übernehmen wollte. Ich habe genau das Gleiche verdient wie du, und ich habe es auch bekommen. Aber ich musste dafür arbeiten, musste um Stipendien betteln. Ich habe sichergestellt, dass ich auf dieselben Colleges kam wie du. Ich habe dich beobachtet, Miranda. Du wusstest noch nicht einmal, dass es mich gab.«

»Nein.« Miranda nahm das T-Shirt von Andrews Kopf. Sie hatte den Eindruck, dass das Blut jetzt langsamer aus der Wunde sickerte. Sie betete, dass der Eindruck stimmte.

»Aber du hast ja auch nie viel mit anderen zu tun gehabt, nicht wahr? Erstaunlich, dass du trotz deines Reichtums so langweilig warst. Und ich musste sparen und meine letzten Pfennige zusammenkratzen, während du die ganze Zeit in einem schönen Haus wohntest, von hinten und vorne bedient wurdest und ein schönes Leben hattest.«

»Lass mich einen Krankenwagen für Andrew rufen.«

»Halt den Mund! Halt verdammt noch mal den Mund, ich bin noch nicht fertig.« Elise trat vor und fuchtelte erneut mit ihrer Pistole herum. »Halt verdammt noch mal den Mund und hör mir zu, sonst erschieße ich den jämmerlichen Bastard hier auf der Stelle.«

»Nicht!« Instinktiv warf Miranda sich schützend vor Andrew. »Tu ihm nicht weh, Elise. Ich höre dir zu.«

»Und du hältst deinen Mund. Jesus, ich hasse deinen Mund! Du redest – und alle hören zu. Als ob du Goldmünzen spucken würdest.« Sie trat nach einem einzelnen Schuh, der auf dem Boden lag. »Mir hat das zugestanden. Mir hat das immer schon zugestanden, und so wäre es auch gekommen, wenn nicht der Bastard, der meine Mutter geschwängert und ihr das Blaue vom Himmel versprochen hat, mit deiner Großmutter verheiratet gewesen wäre.«

»Mit meiner Großmutter?« Miranda schüttelte den Kopf, während sie vorsichtig nach Andrews Puls fühlte. »Willst du mir etwa erzählen, dass mein Großvater dein Vater war?«

»Der alte Bastard konnte selbst mit sechzig seinen Reißverschluss noch nicht zuhalten. Meine Mutter war jung und dumm, und sie dachte, er würde diese Eishexe von einer Ehefrau vor die Tür setzen und sie heiraten. Dumm, dumm, dumm!«

Um ihre Gefühle zu unterstreichen, ergriff Elise einen Briefbeschwerer aus Achat und warf ihn über Mirandas Kopf hinweg. Er knallte wie eine Kanonenkugel an die Wand.

»Sie ließ sich benutzen. Er brauchte nichts zu bezahlen, hat ihr nie Geld gegeben, und wir lebten von der Hand in den Mund.« Ihre Augen glitzerten vor Wut.

Noch eine Jones, dachte Miranda entsetzt, noch eine unkluge Verbindung und eine unerwünschte Schwangerschaft. Sie hockte sich auf die Fersen, bereit zum Sprung. Aber schon war die Pistole wieder auf sie gerichtet. Und Elise lächelte süßlich.

»Ich habe dich beobachtet. Ich habe dich die ganzen Jahre beobachtet. Ich habe seit Jahren Pläne geschmiedet. Du warst mein Ziel, solange ich denken kann. Ich habe dasselbe studiert wie du. Ich war genauso gut wie du. Besser. Ich ging für dich zur Arbeit. Ich habe deinen nutzlosen Bruder geheiratet. Ich habe mich bei deiner Mutter unentbehrlich gemacht. Ich bin ihr mehr eine Tochter, als du es jemals gewesen bist.«

»O ja«, entgegnete Miranda aufrichtig. »Das bist du. Glaub mir, ich bedeute ihr nichts.«

»Du bist das Glanzstück. Ich hätte früher oder später deine Position bekommen, und du wärst diejenige gewesen, die sich mit den Krumen hätte begnügen müssen. Die Sache mit dem *David* – das war ein ganz schöner Schlag für dich, was?«

»Dann hast du ihn also gestohlen und von Harry kopieren lassen?«

»Harry war äußerst enthusiastisch. Es ist so erbärmlich leicht, Männer zu manipulieren. Sie sehen mich an und denken: Sie ist so zart, so hübsch! Und alles, was sie wollen, ist mit mir schlafen und mich beschützen.«

Sie lachte wieder, und ihr Blick glitt zu Andrew. »Das war für deinen Bruder bestimmt. Er war ganz gut im Bett. Ein netter Nebeneffekt, aber sein Herz zu brechen war besser. Zuzusehen, wie er immer öfter an der Flasche hing, weil er sich nicht vorstellen konnte, was er getan hatte, um mich zu verjagen. Armer, armer Andrew.«

Wieder änderte sich ihr Gesichtsausdruck. »Ich hatte vor, ihn zurückzuerobern, wenn ich mit allem fertig bin. Mit dir fertig bin. Was für eine wunderbare Ironie das gewesen wäre. Ich will es immer noch«, fügte sie hinzu und lächelte abermals. »Diese billige kleine Nummer, die er im Moment schiebt, wird nicht mal mehr eine Erinnerung sein, wenn ich wieder nach Maine komme. Das heißt, wenn ich ihn am Leben lasse.«

»Du hast keinen Grund, ihn zu verletzen. Er ist nicht schuld, Elise. Lass mich einen Krankenwagen rufen. Du kannst die Pistole weiter auf mich richten. Ich werde nicht versuchen wegzulaufen. Lass mich einfach bloß einen Kankenwagen für ihn holen.«

»Nicht ans Betteln gewöhnt, was? Aber du machst es ganz gut. Du machst alles so gut, Miranda. Ich werde darüber nachdenken.« Warnend hob sie den Kopf, als Miranda aufstand. »Vorsicht! Ich würde dich nicht gleich töten, sondern nur verkrüppeln.«

»Was willst du eigentlich von mir?«, fragte Miranda. »Was, zum Teufel, willst du eigentlich?«

»Ich will, dass du mir zuhörst!«, schrie Elise und fuchtelte dabei mit der Pistole herum. »Ich will, dass du da stehen bleibst und zuhörst, was ich dir sage, tust, was ich dir sage, vor mir auf dem Boden kriechst, wenn ich fertig bin. Das will ich.«

»In Ordnung.« Wie viel Zeit noch?, dachte Miranda panisch. Wie viel Zeit blieb ihr noch, bevor Elise abdrückte? »Ich höre dir zu. Der *David* war also nur zu Übungszwecken gedacht, nicht wahr?«

»Oh, du bist klug. Du bist immer so klug. Ja, das war nur ein kleiner Rückschritt. Ich wusste, dass ich damit deinem Ruf nur eine Schramme zufügen konnte. Aber ich bin geduldig. Es würde schon noch etwas Größeres kommen – so wie dein Stern aufging, musste einfach noch etwas Wichtigeres kommen. Und dann war sie da, die *Dunkle Lady*. Als Elizabeth mir sagte, dass sie dich holen würde, weil ein wichtiges Stück hereinkäme, wusste ich, dass es so weit war. Sie vertraute mir. Ich hatte dafür gesorgt, dass sie mir vertraut. Schließlich hatte ich jahrelang vor ihr den Kotau gemacht. Standjo wird auch mir gehören«, fügte sie hinzu. »Wenn ich vierzig bin, bin ich Direktorin.«

Miranda blickte sich um, suchte nach einer Waffe.

»Sieh mich an! Du siehst mich gefälligst an, wenn ich mit dir rede.«

»Ich sehe dich an, Elise. Ich höre zu. Es war die *Dunkle Lady*.«

»Hast du jemals ein großartigeres Stück gesehen? Etwas so Gewaltiges?«

»Nein.« Der Regen trommelte gegen die Fensterscheiben. »Nein, das habe ich nicht. Du wolltest sie haben. Und ich kann dir das nicht zum Vorwurf machen. Aber allein hast du es nicht geschafft. Also hast du mit Richard zusammengearbeitet.«

»Richard war in mich verliebt. Und ich mochte Richard sehr«, sagte sie fast träumerisch. »Ich hätte ihn vielleicht sogar geheiratet, wenigstens für eine Zeit lang. Er war nützlich, und er hätte noch weiterhin sehr nützlich sein können. Wir haben die Tests nachts gemacht. Ich wusste die Kombination von Elizabeths Safe. Es war lächerlich einfach. Ich musste nur dafür sorgen, dass du erst später kamst. Ich habe Anweisung gegeben, dass du nicht ernsthaft verletzt werden solltest. Ich wollte, dass du gesund bist, wenn ich dich ruiniere.«

»Richard hat die Kopie gemacht.«

»Wie ich schon sagte, er war äußerst nützlich. Einiges von der Arbeit habe ich auch selbst gemacht. Wir wollten über die Grundlagentests hinauskommen, um selbst die Fachleute täuschen zu können. Du warst genial, Miranda. Du wusstest es schon, als du sie sahst, nicht wahr? Genau wie ich. Es war unverkennbar. Du konntest es fühlen, nicht wahr? Die Kraft und die Großartigkeit.«

»Ja, ich konnte es fühlen.« Miranda hatte das Gefühl, Andrew habe sich bewegt, aber sie war sich nicht sicher. »Du hast die Informationen an die Presse weitergegeben.«

»Elizabeth ist so streng in diesen Dingen. Regeln und Vorschriften, die richtigen Kanäle, Integrität. Sie hat genauso reagiert wie erwartet – es hat nicht geschadet, dass ich ihr von Zeit zu Zeit einen kleinen Schubs gegeben habe, während ich ständig behauptete, du hättest es sicher nicht so gemeint. Du hattest schon Feuer gefangen. Du warst so begeistert! Ich war dein Champion, Miranda. Ich war brillant.«

Das Telefon läutete. Sie starrten einander an. Dann lächelte Elise. »Der Anrufbeantworter soll den Anruf entgegennehmen. Wir haben noch viel zu besprechen.«

Warum, zum Teufel, ging sie nicht ans Telefon? Ryan kämpfte sich durch den Sturm. Der Wagen schlingerte auf der nassen Straße, als er beschleunigte. Sie war aus dem Institut nach Hause gefahren, aber sie ging weder an ihr Handy noch nahm sie im Haus den Hörer ab. Mit einer Hand lenkte er, und mit der anderen wählte er die Auskunft, um sich die Nummer des Krankenhauses geben zu lassen.

»Elise Warfield«, verlangte er. »Sie ist Patientin.«

»Dr. Warfield ist heute Abend entlassen worden.«

Wieder breitete sich das eisige Gefühl in seinem Magen aus. Er trat das Gaspedal durch. Entgegen seinen Gewohnheiten rief er die Polizei an. »Geben Sie mir Detective Cook.«

»Ich brauche die Kopien, Miranda. Wo sind sie?«

»Ich habe sie nicht.«

»Ich weiß, dass das eine Lüge ist, und du bist eine schlechte Lügnerin. Ich brauche die Kopien wirklich.« Elise trat auf sie zu. »Wir wollen die Geschichte doch ordentlich zu Ende bringen, oder?«

»Warum sollte ich sie dir geben? Du bringst mich ja doch um.«

»Natürlich tue ich das. Es ist schließlich der einzig logische Schritt. Aber …« Sie schwenkte die Waffe, und Mirandas Herz blieb beinahe stehen. »Dann müsste ich Andrew nicht töten.«

»Nicht.« Abwehrend hob Miranda die Hände. »Bitte nicht.«

»Gib mir die Kopien, und ich tue es nicht.«

»Sie sind draußen im Leuchtturm versteckt.« Nur möglichst weit weg von Andrew, dachte sie.

»Oh, großartig! Kannst du erraten, wo ich empfangen wurde?« Elise lachte, bis ihr die Tränen kamen. »Meine Mutter hat mir erzählt, wie er sie dort hingebracht hat – um sie zu malen –, und dann hat er sie verführt. Wie wundervoll, dass alles dort endet, wo es einmal begonnen hat.« Elise fuchtelte mit der Pistole herum. »Nach dir, Nichte Miranda.«

Mit einem letzten Blick auf ihren Bruder drehte Miranda sich um. Sie wusste, dass die Pistole auf ihren Rücken gerichtet war. In einem größeren Raum hätte sie vielleicht eine Chance gehabt. Wenn sie Elise nur einen Moment lang ablenken konnte, würde sie es versuchen. Sie war größer, stärker, und sie war nicht verletzt.

»Die Polizei hat Nachforschungen angestellt«, sagte sie zu Elise. »Cook ist fest entschlossen, den Fall aufzuklären. Er wird nicht aufgeben.«

»Noch am heutigen Abend wird der Fall abgeschlossen sein. Geh weiter! Du gehst doch sonst immer mit zielgerichteten Schritten durchs Leben, Miranda.«

»Wenn du mich erschießt – wie willst du das erklären?«

»Ich hoffe, das wird nicht nötig sein. Und wenn doch, lege ich Andrew die Waffe in die Hand, mit seinem Finger am Abzug, und schieße noch einmal. Das ist zwar aufwändig, aber die logische Schlussfolgerung daraus würde sein, dass ihr euch über die Sache gestritten habt. Du hast ihn niedergeschlagen, und er hat dich erschossen. Schließlich ist es deine Pistole.«

»Ja, ich weiß. Es muss nach dem Mord an Richard schwierig für dich gewesen sein, dich selbst niederzuschlagen, sodass du eine Gehirnerschütterung bekamst.«

»Ein Schlag auf den Kopf, ein paar Stiche. Das hat mir viel Mitgefühl eingebracht, und es machte mich vor allem unverdächtig. Wie könnte ein so zerbrechliches kleines Ding wie ich einen solchen Angriff vortäuschen?«

Elise stieß die Pistole in Mirandas Rücken. »Aber du und ich, wir wissen, dass ich noch viel mehr kann.«

»Ja. Wir brauchen eine Taschenlampe.«

»Hol sie. Du bewahrst sie wahrscheinlich immer noch in der zweiten Schublade links auf, nehme ich an. Du bist so ein Gewohnheitstier.«

Miranda holte die Taschenlampe, schaltete sie ein und prüfte dabei ihr Gewicht. Sie konnte als Waffe dienen. Sie musste nur die passende Gelegenheit abwarten.

Sie öffnete die Hintertür und trat in den Regen hinaus. Einen Augenblick lang dachte sie daran, einfach wegzulaufen, im schützenden Nebel unterzutauchen, aber die Pistole bohrte sich immer noch in ihren Rücken. Sie würde tot sein, noch bevor sie den ersten Schritt getan hatte.

»Sieht aus, als würden wir nass werden. Geh weiter!«

Miranda stemmte sich gegen Wind und Regen und ging auf den Leuchtturm zu. Sie musste so viel Entfernung wie möglich zwischen sich und das Haus bringen. Sie hörte, wie die vom Sturm aufgewühlte See gegen die Felsen donnerte. Jeder Blitz tauchte die Klippen in ein scharfes, gespenstisches Licht.

»Dein Plan wird diesmal nicht funktionieren, Elise.«

»Geh weiter, los, geh weiter!«

»Er wird nicht funktionieren. Wenn du mich jetzt erschießt, werden sie wissen, dass es jemand anders gewesen sein muss. Sie werden wissen, dass es Andrew nicht gewesen sein kann. Und sie werden dich finden.«

»Halt den Mund! Warum zerbrichst du dir darüber den Kopf? Du bist doch dann sowieso tot.«

»Du wirst niemals all das bekommen, was ich habe. Das ist es doch, was du willst, oder? Der Name, der Stammbaum, die Position. Das wirst du nie alles haben.«

»Da irrst du dich. Ich werde alles bekommen, weil du nicht nur ruiniert sein wirst, sondern tot.«

»Richard hat Tagebuch geführt.« Miranda folgte jetzt dem kreisenden Licht des Leuchtturms und packte ihre Taschenlampe fester. »Er hat alles aufgeschrieben. Alles, was er getan hat.«

»Lügnerin!«

»Alles, Elise. Er hat alles aufgeschrieben. Sie werden erfahren, dass ich recht gehabt habe. Tot oder lebendig, der Ruhm wird meiner sein. Und deine ganze Mühe war umsonst.«

»Hexe! Verlogene Hexe!«

»Ich lüge doch angeblich so schlecht.« Mit zusammengebissenen Zähnen wirbelte Miranda plötzlich herum. Die Wucht des Schlags traf Elise am Arm und brachte sie zum Taumeln. Miranda sprang auf sie zu und griff nach der Pistole.

Doch sie hatte sich geirrt. Ihre Unversehrtheit war keine aus-

499

reichende Waffe. Elise kämpfte wie eine Löwin, mit Zähnen und Klauen. Miranda verspürte einen stechenden Schmerz am Hals, als Elise sie dort kratzte. Blut tröpfelte aus der Wunde, während sie auf dem felsigen Untergrund immer mehr auf den Rand der Klippen zurollten.

Ryan rief ihren Namen. Er rannte ins Haus, rief ihn immer wieder, stürzte die Treppe hoch. Als er Andrew fand, presste ihm das Entsetzen den Magen zusammen.

Im nächsten Moment hörte er das Krachen eines Donners, und dann, wie ein Echo, Pistolenschüsse. Voller Angst trat er durch die Terrassentüren nach draußen.

Dort, im Lichtschein eines Blitzes, sah er auf den Klippen zwei Personen, die miteinander kämpften. Er schickte ein Stoßgebet zum Himmel, sprang über das Geländer und sah, wie sie hinunterstürzten.

Mirandas Atem ging stoßweise, alles tat ihr weh. Sie griff nach der schlüpfrigen Pistole, versuchte sie wegzuschieben. Dabei ging sie los, und der Knall der Schüsse drang schmerzhaft in ihre Ohren.

Jemand schrie, hörte nicht auf zu schreien. Sie versuchte sich mit den Hacken abzustützen und stellte fest, dass sie im Leeren hing. Im Lichtschein der Blitze konnte sie Elises Gesicht über sich erkennen, verzerrt, mit gefletschten Zähnen, die Augen blind vor Wahnsinn. Und eine entsetzliche Sekunde lang sah sie sich selbst in ihnen.

Von irgendwoher hörte sie, dass jemand verzweifelt ihren Namen rief. Sie versuchte verzweifelt, ihre Position zu verändern. Doch Elise packte sie plötzlich, und zusammen rutschten sie über die Kante.

Sie hörte eine Frau lachen, oder vielleicht weinte sie auch. Ihre Finger griffen nach Felsen und Erde, und sie spürte, wie sie hinuntergezogen wurde.

Tausend Gebete fuhren ihr durch den Kopf, tausend Bilder. Während sie versuchte, sich an der Kante des Abgrunds festzuhalten, schürften ihr die Felsen die Haut auf. Keuchend vor Angst blickte sie über ihre Schulter, sah Elises weißes Gesicht, ihre dunklen

Augen, sah, wie sie den Felsen losließ, um die Pistole auf sie zu richten – und dann fiel sie endgültig.

Zitternd und schluchzend presste Miranda ihre Wange an die kalten Klippen. Jeder einzelne Muskel tat ihr weh, ihre Finger brannten. Unter ihr donnerte ungeduldig die See, die sie immer so geliebt hatte.

Ihr wurde übel. Sie kämpfte dagegen an und hob den Kopf dem Regen entgegen, der Kante des Abgrunds, die nur ein paar Zentimeter von ihrem Kopf entfernt war, sah, wie der Lichtstrahl des alten Leuchtturms die Dunkelheit durchschnitt, als wolle er ihr den Weg weisen.

So wollte sie nicht sterben. So wollte sie nicht verlieren. Sie hielt ihre Augen fest auf das Ziel gerichtet und versuchte, mit den Füßen Halt zu bekommen. Sie hatte sich gerade millimeterweise hochgezogen, als ihre Füße wieder abrutschten.

Miranda hing an ihren blutigen Fingerspitzen, als Ryan über ihr auftauchte.

»O Gott. O Gott, Miranda, halt durch! Sieh mich an, Miranda, sieh mich an, nimm meine Hand.«

»Ich rutsche ab.«

»Nimm meine Hand. Du musst nur ein bisschen nach oben greifen.« Er legte sich auf die schlüpfrigen Felsen und streckte ihr beide Hände entgegen.

»Ich kann nicht loslassen. Meine Finger sind erfroren. Ich kann nicht. Ich falle.«

»Nein, das tust du nicht.« Regen und Schweiß rannen ihm übers Gesicht. »Nimm meine Hand, Miranda.« Innerlich schrie er vor Panik, aber er grinste sie an. »Komm schon, Dr. Jones. Vertrau mir.«

Schluchzend holte sie tief Luft. Sie löste ihre tauben Finger vom Felsen und griff nach seiner Hand. Einen entsetzlichen Moment lang hing sie in der Luft, nur eine Fingerspitze vom Tod entfernt. Dann schloss sich seine Hand fest um ihre.

»Jetzt die andere. Ich brauche deine beiden Hände.«

»O Gott, Ryan.« Blindlings ließ sie los.

Als er ihr volles Gewicht hielt, wäre er fast über die Kante gerutscht. Er schob sich mit aller Kraft zurück und verfluchte den

501

Regen, der ihre Hände so schlüpfrig machte. Aber sie half ihm, stieß sich mit den Füßen ab. Ihr Atem ging zischend vor Anstrengung.

Als Miranda schließlich erschöpft an seine Seite sank, nahm Ryan sie in die Arme und wiegte sich mit ihr im Regen hin und her.

»Ich habe dich fallen sehen. Ich dachte, du wärst tot.«

»Beinahe.« Sie hatte ihren Kopf an seiner Brust vergraben und spürte, wie sein Herz raste. Irgendwo in der Ferne ertönte das Heulen von Sirenen. »Wenn du nicht gekommen wärst, läge ich jetzt dort unten. Ich hätte mich nicht mehr viel länger halten können.«

»Du hättest dich halten können.« Er schob ihren Kopf zurück und sah ihr in die Augen. Auf ihrem Gesicht war Blut. »Du hättest dich noch halten können«, wiederholte er. »Und jetzt kannst du dich an mir festhalten.« Er hob sie hoch, um sie ins Haus zu tragen.

»Geh so bald nicht wieder fort.«

»Bestimmt nicht.«

Epilog

Aber er tat es natürlich doch. Sie hätte es wissen müssen. Dieser diebische Bastard.

Vertrau mir, hatte er gesagt. Und sie hatte ihm vertraut. Er hatte ihr das Leben gerettet, um es dann sorglos selbst zu zerstören.

Oh, er hat eine Weile gewartet, dachte Miranda, während sie in ihrem Schlafzimmer auf und ab ging. Er war bei ihr geblieben, bis ihre Schürfwunden und Prellungen behandelt worden waren. Er war an ihrer Seite geblieben, bis sie wussten, dass Andrew außer Gefahr war.

Er hatte sie beschützend im Arm gehalten, während sie den Albtraum erzählte, den sie mit Elise durchlebt hatte.

Er hatte sogar ihre Hand gehalten, als sie Cook Ryans leicht abgewandelte Version der Ereignisse erzählten. Und sie hatte ihn dabei unterstützt. Sie hatte jedes Wort von ihm bestätigt und bestimmte Einzelheiten verschwiegen, damit er nicht ins Gefängnis kam.

Er hatte ihr schließlich das Leben gerettet. Der Wurm.

Dann war er verschwunden, ohne ein Wort, ohne Vorwarnung. Er hatte gepackt und war auf und davon.

Sie wusste, wohin er gefahren war. Er war außer ihr der Einzige, der von dem Lagerraum wusste. Er war hinter der *Dunklen Lady* her. Sie zweifelte nicht daran, dass er sie mittlerweile hatte, sie und den *David*. Wahrscheinlich hatte er sie einem seiner Klienten bereits für eine horrende Summe verkauft und aalte sich an irgendeinem tropischen Strand, schlürfte Rumpunsch und ölte einer knackigen Blondine den Hintern ein.

Wenn sie ihn jemals wiedersah … aber natürlich würde das nicht geschehen. Die Geschäfte, die sie miteinander machten – die legalen Geschäfte –, wurden von seinem Galeriemanager betreut. Die Ausstellung war ein rauschender Erfolg. Er hatte davon profitiert, und auch davon, dass er zur Aufklärung einiger Mordfälle beigetragen hatte.

Auch ihr guter Ruf war wiederhergestellt. Die internationale Presse erging sich in Lobeshymnen. Die tapfere und großartige Dr. Jones.

Elise hatte sie vernichten wollen und sich am Ende selbst vernichtet.

Aber sie hatte die Bronze nicht, und sie hatte Ryan nicht.

Sie musste akzeptieren, dass sie beide niemals erreichen würde.

Sie war jetzt allein in einem großen, leeren Haus, während Andrew von seiner Verlobten umsorgt wurde. Er war auf dem Weg der Besserung, und er war glücklich. Miranda freute sich darüber, aber sie war auch entsetzlich neidisch.

Ihr Ruf war wiederhergestellt, na gut. Sie hatte das Institut, und wurde endlich von ihren Eltern respektiert, wenn auch nicht geliebt.

Aber das war kein Leben.

Sie würde sich ein neues schaffen müssen. Ungeduldig fuhr sie sich mit der Hand durch die Haare. Als Erstes würde sie den Rat annehmen, den alle ihr gaben, und einen langen, wohlverdienten Urlaub machen. Sie würde sich einen Bikini kaufen, braun werden und flirten.

O ja, das mache ich, dachte sie und schob ihre Terrassentüren auf, um in die warme Frühlingsnacht zu treten.

Die Blumen, die sie in die großen Steinkübel gepflanzt hatte, erfüllten die Luft mit ihrem Geruch. Der süße Duft der Levkojen, der würzige Duft der Nelken, der Zauber der Verbenen. Ja, sie lernte kleine, hübsche Dinge kennen, sie nahm sich Zeit zu lernen. Und zu genießen.

Den Augenblick zu genießen.

Voll und weiß hing der Mond über dem Meer und tauchte die Küste, die sie so liebte, in ein mystisches Licht. Die See sang ihr Lied mit einer Inbrunst, die die Sehnsucht in ihr weckte.

Ryan war jetzt seit zwei Wochen weg. Sie wusste, dass er nicht mehr wiederkommen würde. So war es immer gewesen. Es gab Wichtigeres als Miranda.

Sie würde darüber hinwegkommen. Sie war schon auf dem besten Wege. Sie würde Urlaub machen, aber auch hier ihre Zeit nutzen. Hier gehörte sie hin. Sie würde sich das Heim einrichten, das sie nie gehabt hatte. Sie würde den Garten fertig machen und das Haus anstreichen lassen. Sie würde neue Vorhänge kaufen.

Sie würde zwar nie wieder in ihrem Leben einem Mann vertrauen – aber sie wusste, dass sie sich auf sich selbst verlassen konnte.

»Dieser Augenblick wäre noch stimmungsvoller, wenn du ein langes, fließendes Gewand tragen würdest.«

Miranda wirbelte nicht herum. Dafür reichte ihre Selbstbeherrschung. Langsam wandte sie sich um.

Ryan grinste sie an. Er trug seine schwarze Diebeskleidung und stand lässig in ihrem Schlafzimmer.

»Jeans und T-Shirt …«, fuhr er fort. »Das steht dir zwar gut, aber sie wirken nicht so romantisch wie ein Seidenkleid.« Er trat auf die Terrasse. »Hallo, Dr. Jones.«

Sie starrte ihn an. Er fuhr mit seinen Fingerspitzen leicht über eine Prellung auf ihrer Wange, die noch nicht ganz verheilt war. »Du verdammter Bastard«, erwiderte sie und schlug ihm mit aller Kraft ihre Faust ins Gesicht.

Ryan taumelte ein paar Schritte zurück und konnte einen Augenblick lang nichts sehen, fand aber schnell sein Gleichgewicht wieder. Vorsichtig betastete er sein Kinn und tupfte das Blut an seinem Mund ab. »Na, das ist ja eine nette Begrüßung! Du bist offenbar nicht sehr erfreut, mich zu sehen.«

»Ich würde mich nur freuen, wenn ich dich hinter Gittern sähe, du Bastard! Du hast mich missbraucht, mich angelogen. Vertrau mir, hast du gesagt, und dabei warst du die ganze Zeit nur hinter der Bronze her.«

Er fuhr sich mit der Zunge über das Zahnfleisch und schmeckte Blut. Verdammt noch mal, die Frau hatte einen harten Schlag. »Das stimmt nicht ganz.«

Miranda ballte die Faust, bereit, noch einmal zuzuschlagen. »Du bist nach Florenz geflogen, oder etwa nicht? Du bist hier weggefahren, hast ein Flugzeug bestiegen und bist wegen der Statuen nach Florenz geflogen.«

»Natürlich, das habe ich dir doch gesagt.«

»Elender Dieb!«

»Ich bin ein hervorragender Dieb. Selbst Cook findet das –

obwohl er es mir nie wird nachweisen können.« Lächelnd fuhr er sich mit der Hand durch das dichte, dunkle Haar. »Und jetzt bin ich ein Dieb im Ruhestand.«

Sie verschränkte die Arme. Ihre linke Schulter schmerzte immer noch von dem Abend an den Klippen, aber wenn sie sie abstützte, war der Schmerz besser zu ertragen. »Mit dem, was du für die Skulpturen bekommen hast, kannst du wahrscheinlich hervorragend im Ruhestand leben.«

»Ein Mann bräuchte mehrere Leben lang nicht mehr zu arbeiten, wenn er das Geld hätte, das der Michelangelo wert ist.« Da Miranda schon wieder die Fäuste ballte, beobachtete Ryan sie misstrauisch, während er eine Zigarre herausholte. »Sie ist das exquisiteste Stück, das ich jemals gesehen habe. Die Kopie war gut, sie hat gezeigt, wie viel Kraft in ihr steckt. Aber sie hat ihr Herz, ihren Geist, ihr Wesen nicht eingefangen. Es erstaunt mich, dass jemand, der beide gesehen hat, sie miteinander verwechseln konnte. Die *Dunkle Lady* singt, Miranda. Sie ist unvergleichlich.«

»Sie gehört dem italienischen Volk. Sie gehört in ein Museum, wo sie angeschaut und studiert werden kann.«

»Weißt du, dass dies das erste Mal ist, dass du so von ihr redest? Bisher hast du immer ›die Skulptur‹ gesagt und niemals ›sie‹.«

Miranda drehte sich um und blickte über den Rasen, wo der Garten im Mondschein schimmerte. »Ich will jetzt nicht über Pronomina diskutieren.«

»Es steckt mehr dahinter, und das weißt du auch. Du hast etwas gelernt, das du in all diesen Jahren, in denen du nur Wissen sammeltest, vernachlässigt hast. Kunst lebt.«

Er blies den Rauch aus. »Wie geht es Andrew?«

»Ach, jetzt ist also meine Familie dran. Gut. Es geht ihm sehr gut. Elizabeth und Charles auch.« Sie nannte sie jetzt immer beim Vornamen. »Sie führen wieder ihre getrennten Leben, und obwohl Elizabeth den Verlust der *Dunklen Lady* beklagt, geht es ihr gut. Die Sache mit Elise hat sie schlimmer getroffen. Sie hat ihr Vertrauen und ihre Zuneigung missbraucht.« Miranda wandte sich ab. »Ich weiß, wie das ist. Ich weiß genau, wie man sich fühlt, wenn man gebraucht und dann weggeworfen wird.«

Ryan wollte auf sie zutreten, überlegte es sich dann aber anders und lehnte sich an die Wand. Schmeicheleien, Entschuldigungen und beruhigende Worte waren bei Miranda im Moment nicht angebracht.

»Wir haben einander gebraucht«, verbesserte er sie. »Und das hat sich als äußerst erfolgreich erwiesen.«

»Und jetzt sind wir miteinander fertig«, erwiderte sie gepresst. »Was willst du also noch hier?«

»Ich komme, um dir ein Geschäft vorzuschlagen.«

»Ach, tatsächlich? Warum sollte ich mit dir noch ein Geschäft machen?«

»Da fallen mir mehrere Gründe ein. Aber sag mir zuerst, warum du mich nicht der Polizei verraten hast.«

»Weil ich mein Wort halte.«

»Nur deswegen?« Als sie nicht antwortete, zuckte er mit den Schultern, aber es wurmte ihn trotzdem. »Okay, dann zum Geschäft. Ich habe etwas, das du sicher gern sehen würdest.«

Er warf die Zigarre in hohem Bogen über das Geländer der Veranda und ging zurück ins Schlafzimmer. Kurz darauf kam er mit seiner Tasche wieder und holte einen sorgfältig eingewickelten Gegenstand heraus. Noch bevor er ihn ausgepackt hatte, wusste sie, was es war, und vor Erregung brachte sie kein Wort heraus.

»Ist sie nicht großartig?« Er hielt die Figur so, wie ein Mann seine Geliebte hält – liebevoll und besitzergreifend. »Es war Liebe auf den ersten Blick. Sie ist eine Frau, die Männer auf die Knie zwingt, und sie weiß es. Sie ist nicht immer nett, aber sie fasziniert. Kein Wunder, dass für sie gemordet worden ist.«

Er blickte zu Miranda hinüber und beobachtete, wie das Mondlicht auf ihrem Haar und den Schultern schimmerte. »Weißt du … Als ich sie fand, verstaut in einem Metallkasten, eingesperrt in dieser staubigen Garage – in der im Übrigen Elises Auto stand –, als ich sie herausnahm und sie das erste Mal im Arm hielt, hätte ich schwören können, dass ich Harfenklänge hörte. Glaubst du an solche Dinge, Dr. Jones?«

Beinahe konnte sie sie selbst hören, wie in ihrem Traum. »Warum hast du sie hierhergebracht?«

»Ich habe angenommen, dass du sie noch einmal sehen wolltest. Dich vergewissern wolltest, dass ich sie habe.«

»Ich wusste, dass du sie hast.« Miranda konnte nicht anders, sie musste näher treten und mit der Fingerspitze das lächelnde Gesicht berühren. »Ich weiß es schon seit zwei Wochen. Als ich feststellte, dass du weg warst, wusste ich es.« Sie blickte von der Bronze zu Ryan. In sein schönes, verräterisches Gesicht. »Ich habe nicht damit gerechnet, dass du zurückkommst.«

»Ich ehrlich gesagt auch nicht.« Er stellte die Bronzeskulptur auf den Steintisch. »Wir haben beide bekommen, was wir wollten. Du hast deinen guten Ruf wieder. Du bist jetzt eine ziemliche Berühmtheit. Du bist rehabilitiert. Mehr noch als rehabilitiert – du wirst mit Lobeshymnen überschüttet. Wahrscheinlich hast du schon Angebote von Buchverlegern und von Hollywoodproduzenten, die deine Geschichte kaufen wollen.«

Das stimmte, und es war ihr ziemlich peinlich. »Du hast meine Frage nicht beantwortet.«

»Ich komme schon noch dazu«, murrte er. »Ich habe mich an die Absprachen gehalten. Ich habe niemals versprochen, den *David* zurückzugeben, und was *sie* betrifft – ich habe niemals etwas anderes versprochen, als sie zu finden. Ich habe sie gefunden, und jetzt gehört sie mir, also müssen wir ein neues Abkommen treffen. Wie dringend willst du sie haben?«

Miranda musste all ihre Willenskraft zusammennehmen, um nicht aufzukeuchen. »Heißt das, du willst sie mir verkaufen? Ich soll gestohlene Ware kaufen?«

»Eigentlich hatte ich eher an einen anderen Handel gedacht.«

»Einen Handel?« Sie dachte an den Cellini, den er so gerne besitzen wollte. Und den Donatello. Ihre Handflächen begannen zu jucken. »Was willst du für sie haben?«

»Dich.«

Entgeistert starrte sie ihn an. »Wie bitte?«

»Eine Lady für eine Lady. Scheint mir fair zu sein.«

Miranda ging bis ans Ende der Veranda und wieder zurück. Oh, er ist schlimmer als ein Wurm, dachte sie. »Du erwartest Sex mit mir – im Austausch für einen Michelangelo?«

»Sei nicht albern. Du bist gut, aber so gut ist keine. Ich möchte das ganze Paket. Sie gehört mir, Miranda. Ich kann sogar versuchen, das Recht desjenigen zu beanspruchen, der sie gefunden hat, aber das könnte haarig werden. Auf jeden Fall habe ich sie, und du nicht. Aber in den letzten Tagen ist mir, sehr zu meinem Unbehagen, klar geworden, dass ich dich noch mehr will als sie.«

»Ich kann dir nicht folgen.«

»Doch, das kannst du. Du bist zu intelligent, um es nicht zu verstehen. Du kannst sie haben. Du kannst sie auf den Kamin stellen oder sie nach Florenz zurückschicken. Du kannst sie meinetwegen sogar als Türstopper benutzen. Aber du musst mir dafür geben, was ich für sie haben will. Ich möchte gern in diesem Haus leben.«

Ein unerträglicher Druck lag auf ihrer Brust. »Du möchtest *hier leben*?«

Ryan kniff die Augen zusammen. »Weißt du, Dr. Jones, ich glaube, du tust gar nicht nur so, als ob du begriffsstutzig wärst. Du bist es wirklich. Ja, ich möchte hier in diesem Haus wohnen. Hier werden es Kinder gut haben. Jetzt sieh dir das an, du wirst ja leichenblass! Gott, das ist einer der Züge, die ich an dir liebe. Du bist immer so geschockt, wenn jemand nicht mehr in logischen Sätzen redet. Und ich liebe dich, Miranda, mehr als alles andere auf der Welt.«

Sie gab einen leisen Laut von sich. Zu mehr war sie nicht in der Lage. Ihr Herz raste.

Er trat zu ihr, eher erheitert als erschreckt. Sie hatte sich noch nicht bewegt. »Ich will wirklich Kinder haben, Miranda. Ich bin halb Ire, halb Italiener. Was kannst du da anderes erwarten?«

»Fragst du mich etwa, ob ich dich heiraten will?«

»Ich arbeite mich langsam dahin vor. Es mag dich überraschen, aber für mich ist das auch nicht leichter als für dich. Ich habe gesagt, ich liebe dich.«

»Ich habe es gehört.«

»Du verdammte, eigensinnige …« Er brach ab und sog scharf die Luft ein. »Du willst die Bronze, nicht wahr?« Noch bevor sie antworten konnte, hob er ihr Kinn. »Und du liebst mich.« Als sie die Stirn runzelte, grinste er. »Gib dir keine Mühe, es zu verbergen. Wenn du mich nicht lieben würdest, hättest du mich der Polizei verraten, als dir klar wurde, dass ich sie mir hole.«

»Ich bin darüber hinweg.«

»Lügnerin.« Er küsste sie leicht auf den Mund. »Nimm den Handel an, Miranda. Du wirst es nicht bereuen.«

»Du bist ein Dieb.«

»Im Ruhestand.« Er umfasste sie mit einem Arm und griff mit der anderen Hand in die Tasche. »Hier, lass es uns offiziell machen.«

Sie wich seinem Kuss aus und zog ihre Hand weg, als er ihr den Ring auf den Finger stecken wollte. Denselben Ring, den er ihr schon einmal gegeben hatte, wie sie überrascht und entzückt feststellte.

»Sei nicht so stur!« Er nahm ihre Hand, bog ihre Finger auseinander und schob ihr den Ring auf den Ringfinger. »Nimm den Handel an.«

Jetzt wurde ihr klar, woher der Druck in ihrer Brust kam – ihr Herz schlug wieder. »Hast du für den Ring bezahlt?«

»Jesus. Natürlich habe ich für den Ring bezahlt!«

Miranda dachte nach und betrachtete den Ring. Sollte er ruhig noch ein wenig schwitzen. Hoffentlich. »Ich werde sie den Italienern zurückgeben. Es könnte allerdings schwierig werden, ihnen zu erklären, woher ich sie habe.«

»Wir denken uns etwas aus. Nimm den Handel an, verdammt noch mal!«

»Wie viele Kinder?«

Er begann zu lächeln. »Fünf.«

Sie lachte auf. »Also nein. Zwei.«

»Drei, mit einer Option auf ein weiteres.«

»Drei, und damit Schluss.«

»Einverstanden.« Er wollte sie küssen, aber sie gab ihm einen Klaps auf die Brust. »Ich bin noch nicht fertig.«

»Wenn ich dich endlich küssen könnte, Liebling, wärst du es«, sagte er so arrogant, dass sie unwillkürlich grinsen musste.

»Keinen Nebenjob«, sagte sie. »Ganz gleich, was und aus keinem Grund.«

Er zuckte zusammen. »Aus *keinem* Grund? Und wenn es einen guten gibt?«

»Aus keinem Grund.«

»Ich bin im Ruhestand«, murrte er. »Also kein Nebenjob.«

»Du übergibst mir all deine falschen Ausweise, die du in deiner wechselvollen Karriere angesammelt hast.«

»Alle? Aber ...« Er riss sich zusammen. »Gut.« Schließlich konnte er sich immer wieder einen neuen besorgen, wenn es die Umstände erforderten. »Was sonst noch?«

»Das müsste genügen.« Sie berührte seine Wange und umfasste dann sein Gesicht mit beiden Händen. »Ich liebe dich mehr als alles andere auf der Welt«, murmelte sie mit seinen Worten. »Ich nehme den Handel an. Ich nehme dich, aber das bedeutet auch, dass du mich nimmst. Den Fluch der Jones'. Ich bedeute Unglück.«

»Dr. Jones ...« Er küsste die Innenfläche ihrer Hand. »Von jetzt an hast du Glück. Vertrau mir.«

Werkverzeichnis der im
Heyne und Diana Verlag
erschienenen Titel von
Nora Roberts

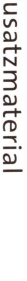

Zusatzmaterial

© Bruce Wilder

HEYNE

Die Autorin

Nora Roberts wurde 1950 in Silver Spring, Maryland, als einzige und jüngste Tochter von fünf Kindern geboren. Ihre Ausbildung endete mit der Highschool in Silver Spring. Bis zur Geburt ihrer beiden Söhne Jason und Dan arbeitete sie als Sekretärin, anschließend war sie Hausfrau und Mutter. Anfang der siebziger Jahre zog sie mit ihrem Mann und den beiden Kindern nach Maryland aufs Land. Sie begann mit dem Schreiben, als sie im Winter 1979 während eines Blizzards tagelang eingeschneit war. Nachdem Nora Roberts jedes im Haus vorhandene Buch gelesen hatte, schrieb sie selbst eins. 1981 wurde ihr erster Roman *Rote Rosen für Delia* (Originaltitel: *Irish Thoroughbred*) veröffentlicht, der sich rasch zu einem Bestseller entwickelte. Seitdem hat sie über 200 Romane geschrieben, von denen mehr als 400 Millionen Exemplare verkauft wurden; ihre Bücher wurden in mehr als 30 Sprachen übersetzt. Sowohl die Romance Writers of America als auch die Romantic Times haben sie mit Preisen überschüttet; sie erhielt unter anderem den Rita Award, den Maggie Award und das Golden Leaf. Ihr Werk umfasst mehr als 175 New-York-Times-Bestseller, und 1986 wurde sie in die Romance Writers Hall of Fame aufgenommen.

Heute lebt die Bestsellerautorin mit ihrem Ehemann in Maryland.

E-Books

Alle Romane in diesem Werkverzeichnis sind auch als E-Book erhältlich.

Besuchen Sie Nora Roberts auf ihrer Website
www.noraroberts.com

1. Einzelbände

Dunkle Herzen *(Divine Evil)*

Eine New Yorker Bildhauerin erlebt in ihren Albträumen eine »Schwarze Messe«, welche in ihrem Heimatort in Maryland stattfindet. Sie erinnert sich an den grauenvollen Tod ihres Vaters und entschließt sich zur Heimkehr in ihr Elternhaus. Dunkle Mächte werden daraufhin wiedergeweckt.

Erinnerung des Herzens *(Genuine Lies)*

Eine alleinerziehende Mutter und erfolgreiche Autorin soll für eine Filmdiva die Memoiren verfassen. Sie erhält deshalb immer häufiger Drohbriefe, je mehr sich die Diva in ihren brisanten Informationen öffnet.

Gefährliche Verstrickung *(Sweet Revenge)*

Die schöne Adrienne führt ein Doppelleben: bei Tag elegante Society-Lady, bei Nacht gefürchtete Juwelendiebin. Doch all ihre Einbrüche sind bloß Fingerübungen für ihren größten Coup: Sie will jenen Mann bestehlen, der einst ihrer Mutter das Leben zur Hölle machte. Nur einer könnte ihre Pläne zunichtemachen: Philip Chamberlain, Ex-Juwelendieb und Interpol-Agent ...

Das Haus der Donna *(Homeport)*

Eine amerikanische Kunstexpertin wird zu einer wichtigen Expertise über eine Bronzefigur aus der Zeit der Medici nach Florenz eingeladen, doch vorher überfallen und mit einem Messer bedroht. Die Echtheit der Figur und der Überfall stehen in einem gefährlichen Zusammenhang.

Im Sturm des Lebens *(The Villa)*

Teresa Giambelli legt die Führung ihrer Weinfirma in die Hände ihrer Enkelin Sophia und in die von Tyker, dem Enkelsohn ihres zweiten Mannes, beide charakterlich sehr unterschiedlich. Als vergiftete Weine der Firma auftauchen, erkennen beide, dass sie gemeinsam für ihre Familie und das Weingut kämpfen müssen.

Insel der Sehnsucht *(Sanctuary)*

Anonyme Fotos beunruhigen die Fotografin Jo Hathaway, und deshalb kommt sie nach Jahren zurück in ihr Elternhaus auf der Insel Desire. Dort findet sie ihren Vater und die Geschwister vor. Jo versucht herauszufinden, weshalb ihre Mutter vor langer Zeit verschwand.

Lilien im Sommerwind *(Carolina Moon)*

South Carolina. Tory Bodeen findet keine Ruhe, seit vor achtzehn Jahren ihre beste Schulfreundin Hope ermordet wurde. Heimlich stellt sie Nachforschungen an, unterstützt von Hopes Bruder. Sie stellen fest, dass Hope das erste Opfer einer Mordserie ist.

Nächtliches Schweigen *(Public Secrets)*

Der Sohn eines umjubelten Bandleaders wird entführt und dabei versehentlich getötet. Die Tochter Emma beobachtet die Untat, stürzt dabei und verliert jede Erinnerung an die Täter. Sie quält sich mit Vorwürfen und versucht mithilfe eines Polizeibeamten, ihr Gedächtnis wiederzuerlangen. Dadurch gerät sie in große Gefahr.

Rückkehr nach River's End *(River's End)*

Auf mörderische Weise verliert die kleine Livvy ihre Eltern, ein Hollywood-Traumpaar. Die Großeltern bieten ihr im friedlichen River's End eine neue Heimat. Jahre später kommen die Erinnerungen und damit die Gefahr, dass bedrohlicher Besuch eintreffen könnte.

Der Ruf der Wellen *(The Reef)*

Auf der Suche nach einem geheimnisumwitterten Amulett vor der Küste Australiens wird James Lassiter bei einem Tauchgang ermordet. Dessen Sohn Matthew und sein Onkel sind weiter auf der Suche, zusammen mit Ray Beaumont und dessen Tochter Tate, und entdecken ein spanisches Wrack.

Schatten über den Weiden *(True Betrayals)*

Nach der Trennung von ihrem Mann erhält Kelsey einen Brief von ihrer totgesagten Mutter. Diese widmet sich seit ihrer Entlassung aus dem Gefängnis der Pferdezucht in Virginia. Kelsey entdeckt dort ihre Wurzeln, verliebt sich, beginnt aber auch in der Vergangenheit ihrer Mutter zu forschen: Weshalb wurde ihr ein mysteriöser Mord zur Last gelegt?

Sehnsucht der Unschuldigen *(Carnal Innocence)*

Innocence am Mississippi ist für die Musikerin Caroline Waverly der richtige Ort der Erholung nach einer monatelangen Tournee mit Beziehungskonflikten. Tucker Longstreet, Erbe der größten Farm in Innocence, verliebt sich in Caroline. Drei Frauen werden innerhalb einiger Wochen ermordet, eine von ihnen war die ehemalige Geliebte von Tucker.

Die Tochter des Magiers *(Honest Illusions)*

Roxanne teilt das geerbte Talent für Magie mit Luke, einem früheren Straßenjungen, den ihr Vater, ein Zauberkünstler, einst aufnahm. Allerdings erleichtern sie Reiche auch um deren Juwelen. Sie werden Partner in der Zauberkunst und in der Liebe. Ein dunkler Punkt in Lukes Vergangenheit lässt ihn verschwinden – Jahre später taucht er wieder auf ...

Tödliche Liebe *(Private Scandals)*

Die erfolgreiche Fernsehmoderatorin Deanna Reynolds hat Glück im Beruf – und in der Liebe mit dem Reporter Finn Riley. Doch eine eifersüchtige Kollegin und anonyme Fanpost machen ihr das Leben schwer.

Träume wie Gold *(Hidden Riches)*

Philadelphia. Die Antiquitätenbesitzerin Dora Conroy kauft eine Reihe von Objekten und gerät damit ins Blickfeld von internationalen Schmugglern. Sie und der ehemalige Polizist Jed Skimmerhorn beginnen, Diebstähle und Todesfälle im Umkreis der geheimnisvollen Lieferung zu untersuchen.

Verborgene Gefühle *(Hot Ice)*

Manhattan. Auf der Flucht vor Gangstern landet der charmante Meisterdieb Douglas Lord im Luxusauto von Whitney. Dabei erfährt sie von Douglas Plan, im Dschungel von Madagaskar einen sagenhaften Schatz zu suchen.

Verlorene Liebe *(Brazen Virtue)*

Zwei Schwestern. Während Grace unbekümmert alleine als Krimiautorin lebt, arbeitet Kathleen als Lehrerin an einer Klosterschule und verdient sich nebenbei Geld mit Telefonsex für den Scheidungsanwalt. Ein lebensgefährlicher Job, denn Grace findet Kathleen mit einem Telefonkabel erdrosselt.

Verlorene Seelen *(Sacred Sins)*

Washington. Blondinen sind die Opfer eines Frauenmörders, die Tatwaffe immer eine weiße Priesterstola. Mithilfe der Psychiaterin Tess Court versucht Police Sergeant Ben Paris die Mordserie aufzuklären. Doch nicht nur er hat ein Auge auf Tess geworfen.

Der weite Himmel *(Montana Sky)*

Montana. Der steinreiche Farmer Jack Mercy verfügte in seinem Testament, dass seine drei Töchter aus drei Ehen erst dann ihren Erbteil erhalten, wenn sie ein Jahr lang friedlich zusammen auf der Farm verbringen. Sie versuchen es, doch in dieser Zeit geschehen auf der Farm mysteriöse Dinge.

Tödliche Flammen *(Blue Smoke)*

Reena Hale ist Brandermittlerin und kennt durch ein schlimmes Kindheitserlebnis die Macht des Feuers. Neben Bo Goodnight interessiert sich noch jemand sehr für sie – allerdings verfolgt dieser Unbekannte ihre Spur, um die Macht des Feuers für seinen Racheplan zu benützen.

Verschlungene Wege *(Angels Fall)*

Reece Gilmore ist auf der Flucht: vor der Erinnerung und vor sich selbst. Als sie sich endlich in einem Dorf in Wyoming dem einfühlsamen Schriftsteller Brody anvertraut, glaubt sie, zur Ruhe zu kommen. Doch die Vergangenheit holt sie bald ein.

Im Licht des Vergessens *(High Noon)*

Phoebe MacNamara kennt die Gefahr. Geiselnehmer, Amokläufer – kein Problem für die beim FBI ausgebildete Expertin für Ausnahmezustände. Aber erst die Liebe zu Duncan hat sie unverwundbar gemacht. Glaubt sie. Bis sie von einem Unbekannten brutal überfallen wird. Fortan muss sie um ihr Leben fürchten.

Lockruf der Gefahr *(Black Hills)*

Tierärztin Lilian führt auf ihrer Wildtierfarm in South Dakota ein erfülltes, aber auch abgeschiedenes Leben. Fast zu spät erkennt sie die Gefahr, der sie ausgesetzt ist, als ein Mann sie und ihre Familie bedroht. In letzter Minute nimmt sie die Hilfe ihrer Jugendliebe Cooper an. Kann er sie retten?

Die falsche Tochter *(Birthright)*

Als die Archäologin Callie Dunbrook an den Fundort eines fünftausend Jahre alten menschlichen Schädels gerufen wird, ahnt sie nicht, dass dieses Projekt auch ihre eigene Vergangenheit heraufbeschwören wird.

Sommerflammen *(Chasing Fire)*

Die Feuerspringerin Rowan kämpft jeden Sommer erfolgreich gegen die Brände in den Wäldern Montanas. Doch seit ihr Kollege dabei ums Leben kam, plagen sie Schuldgefühle. Hätte sie Jim retten können?

Gestohlene Träume *(Three Fates)*

Tia Marshs Leben gehört der Wissenschaft. Dass das Interesse für griechische Mythologie ihr einmal zum Verhängnis wird, ahnt sie nicht – bis sie Malachi Sullivan begegnet. Der attraktive Ire ist dem Geheimnis dreier Götterfiguren auf der Spur, und nicht nur er will die wertvollen Statuen um jeden Preis besitzen …

Das Geheimnis der Wellen *(Whiskey Beach)*

Eli Landon wird unschuldig des Mordes an seiner Frau verdächtigt. Im Anwesen seiner Familie an der rauen Küste Neuenglands sucht er Zuflucht. Auch seine hübsche Nachbarin, Abra Walsh, will dort ihre schmerzhaften Erinnerungen vergessen. Doch während sich die beiden näherkommen, holt sie die Vergangenheit ein.

2. Zusammenhängende Titel

a) Quinn-Familiensaga

– Tief im Herzen *(Sea Swept)*
Maryland. Der Rennfahrer Cameron Quinn kehrt zurück in die Kleinstadtidylle an das Sterbebett seines Adoptivvaters. Dieser bittet ihn, sich mit den beiden Adoptivbrüdern um den zehnjährigen Seth zu kümmern. Er ist ein ebenso schwieriger Junge, wie es Cameron einst war. Hinzu kommt, dass sich die Sozialarbeiterin Anna Spinelli einmischt, um zu prüfen, ob in dem Männer-Haushalt die Voraussetzungen für eine Adoption gegeben sind.

– Gezeiten der Liebe *(Rising Tides)*

Ethan Quinn übernimmt während der Abwesenheit seiner Brüder die Rolle des Familienoberhaupts. Seine Arbeit als Fischer und die Verantwortung für den elfjährigen Seth binden ihn an die kleine Stadt. Außerdem liebt er Grace Monroe, eine alleinerziehende Mutter, welche den Haushalt der Quinns führt.

– Hafen der Träume *(Inner Harbour)*

Gemeinsam kämpfen die drei Quinn-Brüder um das Sorgerecht für Seth, denn sie wissen, dass Seths Mutter eher am Geld als an dem Jungen gelegen ist. Da kommt die Bestsellerautorin Sybill in die Stadt und will unbedingt verhindern, dass Seth von Philipp und seinen Brüdern adoptiert wird.

– Ufer der Hoffnung
(Chesapeake Blue)

Seth Quinn hat sich durch die Fürsorge seiner älteren Brüder zu einem erfolgreichen Maler entwickelt. Als er aus Europa nach Maryland zurückkehrt, wird er von seiner leiblichen Mutter mit der Publikation seiner Kindheitsgeschichte erpresst. Seth lernt Drusilla kennen, welche sich auch nicht mehr mit ihrer leiblichen Familie identifizieren kann.

b) Garten-Eden-Trilogie

– Blüte der Tage *(Blue Dahlia)*
Tennessee. Die Witwe Stella Rothchild kehrt mit ihren kleinen Söhnen in ihre Heimat zurück. Die Gartenarchitektin beginnt, sich ein neues Leben in der Gärtnerei Harper aufzubauen, unterstützt von der Hausherrin Rosalind. Alles ist gut, bis Stel-

la dem Landschaftsgärtner Logan Kitridge begegnet. Doch jemand will diese Verbindung verhindern.

– Dunkle Rosen *(Black Rose)*

Rosalind Harper hat sich in die Arbeit gestürzt, um den Tod ihres Mannes zu überwinden. Besonders der Gartenkunst widmet sie sich. Doch in dem Harperschen Anwesen geht ein Geist um. Rosalind engagiert den Ahnenforscher Mitchell Carnegie, um zu erfahren, um welche übernatürlichen Kräfte es sich dabei handelt.

– Rote Lilien *(Red Lily)*

Hayley Phillips kommt mit ihrer neugeborenen Tochter Lily zu ihrer Cousine Rosalind Harper und findet dort ein neues Heim. Für Rosalinds Sohn Harper empfindet sie tiefe Gefühle, doch dann ergreift eine dunkle Macht von Hayley Besitz.

c) Der Jahreszeiten-Zyklus

– Frühlingsträume *(Vision in White)*
Gemeinsam mit ihren Freundinnen Parker, Laurel und Emma betreibt Mac eine erfolgreiche Hochzeitsagentur. Sie lebt und arbeitet mit den drei wichtigsten Menschen in ihrem Leben – wozu braucht sie da noch einen Mann? Doch als Mac Carter trifft, gerät ihr so gut ausbalanciertes Leben ins Wanken.

– Sommersehnsucht *(Bed of Roses)*

Freundschaft und Liebe – das geht nicht zusammen. Zu dumm nur, dass sich Emmas langjähriger Freund Jack völlig überraschend als ihre große Liebe erweist. Nun steckt Emma in der Klemme, zumal sie weiß, wie sehr Jack an seiner Freiheit hängt.

– Herbstmagie *(Savor the Moment)*

Laurel verliebt sich in den smarten Staranwalt Del, den Bruder ihrer Freundin Parker. Er ist für sie die Liebe ihres Lebens, aber sieht der heißbegehrte Junggeselle das ebenso?

– Winterwunder *(Happy Ever After)*

Parker ist anscheinend mit ihrem Beruf verheiratet – bis Malcolm in ihr Leben tritt. Aber wie soll sie mit ihm eine Beziehung führen, wenn er sich weigert, über seine Vergangenheit zu sprechen?

d) Die O'Dwyer-Trilogie

– Spuren der Hoffnung *(Dark Witch)*

Iona verlässt Baltimore, um sich im sagenumwobenen County Mayo auf die Suche nach ihren Vorfahren zu machen. Als sie den attraktiven Boyle trifft, bietet er ihr an, auf seinem Gestüt zu arbeiten. Schnell spüren beide, dass sie mehr verbindet als die gemeinsame Leidenschaft für Pferde. Doch dann droht ein dunkles Familiengeheimnis das Glück der beiden zu zerstören.

3. Sammelbände

a) Die Unendlichkeit der Liebe

(Drei Romane in einem Band)

Auch als Einzeltitel erschienen:

- **Heute und für immer**
  (Tonight and Always)

Kasey gewinnt das Herz von Jordan und seiner Nichte Alison, aber jetzt fürchtet Großmutter Beatrice, dass sie die Macht über ihre Familie verliert.

- **Eine Frage der Liebe** *(A Matter of Choice)*

Ein Antiquitätenladen im Herzen Neuenglands. Ohne Jessicas Wissen dient er einer internationalen Schmugglerbande als Umschlagplatz für Diamanten. Zu ihrem Schutz reist der New Yorker Cop James Sladerman nach Connecticut, wo ihm Jessica die Ermittlungen aus der Hand nimmt.

- **Der Anfang aller Dinge** *(Endings and Beginnings)*

Die beiden erfolgreichen Fernsehjournalisten Olivia Carmichael und T.C. Thorpe sind erbitterte Konkurrenten im Kampf um die neuesten Meldungen. Sie kommen sich näher, doch da gibt es einen dunklen Punkt in Olivias Vergangenheit.

b) Königin des Lichts
   (A Little Fate)

   (Drei Fantasy-Kurzromane
   in einem Band)

- **Zauberin des Lichts**
  (The Witching Hour)

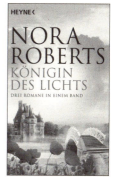

Aurora muss den Königsthron zurückerobern, nachdem Lorcan ihre Eltern getötet und ihre Heimatstadt zerstört hat. Verkleidet gelangt sie an den Hof des Tyrannen. Dort trifft sie auf dessen Stiefsohn Thane und verliebt sich.

- **Das Schloss der Rosen** *(Winter Rose)*

Der schwer verletzte Prinz Kylar wird von Deidre, Königin der Rosenburg, auf welcher ewiger Winter herrscht, gerettet und gepflegt. Dafür will Kylar die Rosenburg von ihrem Fluch befreien.

- **Die Dämonenjägerin** *(World Apart)*

Kadra ist auf der Jagd nach den Bok-Dämonen. Dabei erfährt sie, dass sich der Dämonenkönig Sorak des Tors zu einer anderen Welt bemächtigt hat. Um beide Welten vor dem Untergang zu bewahren, folgt sie Sorak dorthin. Sie landet mitten in New York, in der Wohnung von Harper Doyle. Sie braucht seine Hilfe.

c) Im Licht der Träume
(A Little Magic)

(Drei Romane in einem Band)

– Verzaubert *(Spellbound)*

Der amerikanische Fotograf Calin Farrell begegnet im Schlaf der Hexe Bryna, welche ihn um Hilfe bittet, und wird dazu bewegt, nach Irland zu reisen, ins Land seiner Vorfahren. Dort kommt er dem Rätsel auf die Spur: Die Vorfahren von Calin und Bryna waren vor tausend Jahren ein Paar. Doch der Magier Alasdir hatte ihr Leben zerstört – und er versucht es aufs Neue.

– Für alle Ewigkeit *(Ever After)*

Allena aus Boston soll eigentlich ihrer Schwester in Irland helfen. Durch Zufall verbringt sie stattdessen einige Tage im Haus von Conal O'Neil. Die offenbar zufällige Begegnung scheint vom Schicksal vorbestimmt zu sein, denn die beiden fühlen sich stark zueinander hingezogen.

– Im Traum *(In Dreams)*

Die Amerikanerin Kayleen landet durch einen Sturm im Haus des Magiers Draidor. Kayleen verliebt sich sofort in Draidor, und er bereitet ihr einen im wahrsten Sinne des Wortes zauberhaften Aufenthalt.